SHAVAS

Bernard DENIS-LAROQUE

SHAVAS

Roman

L'Harmattan

Du même auteur :

L'Ambassadeur, roman (2012)
Wouristok, roman (2019)
Titours et autres nouvelles bizarres (2020)

5-7, rue de l'École-Polytechnique, 75005 Paris

www.editions-harmattan.fr

ISBN : 978-2-343-23500-4
EAN : 9782343235004

SOMMAIRE

PROLOGUE :
IL Y A 3600 ANS

Pérou, région de Nazca, il y a 3600 ans.

Le soleil se levait au-dessus des hautes montagnes de l'est. Peu à peu les ombres diminuaient tandis que l'air se réchauffait. La plaine noire et aride était maintenant baignée par la lumière qui chassait le froid de la nuit.

La plaine était large d'une quinzaine de kilomètres. À l'est, au sud et à l'ouest, des montagnes cachaient l'horizon. Au nord, le sol s'élevait lentement pour se transformer en collines plus noires et arides encore que la plaine elle-même. Seules des bandes de végétation rectilignes, d'à peine cent mètres de large et de plusieurs kilomètres de long tempéraient l'aspect inhospitalier des lieux. Elles étaient le fruit de l'irrigation de la plaine par les hommes.

Au milieu de la plaine, la Cité avait été créée par les Anciens. Elle était restée semblable depuis la nuit des temps. Les maisons étaient regroupées en quartiers, corporation par corporation. Toutes étaient enterrées. Dans chaque maison, les pièces à vivre étaient souterraines et donnaient sur un atrium carré, creusé dans le sol, de quelque douze mètres de côté par où arrivait la lumière du jour. Le sol de l'atrium, planté de végétation ornementale, était quatre mètres sous le niveau de la plaine. Au milieu de l'atrium, un bassin d'eau chaude dégageait, quand le temps était frais comme aujourd'hui, de légères et délicates volutes de vapeur d'eau. Seuls édifices de la Cité visibles en surface, des palais à l'architecture massive abritaient les activités publiques. Ces palais publics étaient en pierre de taille noire polie. Ils restaient ouverts, sans murs entre les colonnes épaisses et carrées d'un lourd péristyle. Ils étaient recouverts d'un toit massif à deux ou quatre pentes en pierre de

taille noire. Le plus grand des palais, de forme elliptique, était le Temple Public du Feu-des-Anciens. C'était là que des scories actives de Feu-des-Anciens étaient régulièrement distribuées aux citoyens pour leur permettre, entre autres, de chauffer l'eau de leur atrium. A côté du Temple, se trouvait le Lycée, bâtiment carré où les philosophes transmettaient aux enfants des deux sexes la sagesse et la science des Anciens. Quelques autres bâtiments publics, plus petits, entouraient une agora où tous les citoyens adultes participaient à la gestion et à la vie de la cité. C'est là que l'assemblée des Trente-Six rendait publiquement la justice et que le peuple décidait des lois.
Ce jour-là était le premier jour de l'année du calendrier lunaire. Tous les citoyens adultes, hommes et femmes, devaient se présenter avec un galet noir. Les douze prêtresses vierges, gardiennes du Feu-des-Anciens étaient là, debout en demi-cercle. Elles étaient vêtues de leur robe de cérémonie, en toile ocre bordée d'une frise géométrique aux couleurs vives et retenue à l'épaule par une fibule de métal brillant, insigne de leur ordre. Sous le contrôle des douze prêtresses, chaque citoyen écrivait sur son galet, à l'aide d'une plume de cocoptéryx trempée dans un mélange d'huile de porzuah et de poudre de gypse, le graphisme qui figurait son nom. Ils n'avaient pas d'écriture, au sens où nous l'entendons aujourd'hui, par exemple, des cunéiformes sumériens ou des idéogrammes chinois, mais ils représentaient librement les gens et les choses par des dessins ou des symboles plus ou moins figuratifs. Au fur et à mesure, chacun jetait ensuite son galet dans une jarre. Quand tous les citoyens eurent fait leur devoir, la jarre fut scellée et roulée sur le sol tout autour de l'agora. Une fois les galets bien mélangés, Shava-Nua, la plus jeune des douze prêtresses vierges, se fit bander les yeux. A l'aide d'une masse, elle brisa la jarre et prit 36 galets au hasard. C'était ainsi que, depuis toujours, le peuple désignait, pour l'année à venir, l'assemblée des Trente-Six qui avait pour charge de veiller à la bonne marche de la cité, de rendre la justice et de convoquer l'assemblée du peuple pour les grandes décisions. Les 36 membres de la nouvelle assemblée se rendirent au Temple Public pour prêter serment devant les douze prêtresses. Puis, un premier groupe de six prêtresses, avec neuf galets réunis dans un panier, repartit pour le temple de la Montagne de l'Ouest. Les six autres prêtresses, avec, elles aussi, un panier de neuf galets, se dirigeaient maintenant vers le temple de la Montagne de l'Est. Shava-Nua était dans ce groupe. Les dix-huit derniers galets qu'elle avait choisis resteraient toute l'année dans l'agora, sur l'Autel des Anciens, dans deux paniers de neuf galets

chacun. Ainsi en était-il de ce rituel immuable depuis des générations. Le dernier évènement qui l'avait affecté était la mort du Feu-des-Anciens dans le temple de la Montagne du Sud, désormais muré. C'était plus de deux cents ans plus tôt. Le grand-père de Shava-Nua lui avait décrit la mort du temple de la Montagne du Sud. Il tenait ce récit de son grand-père qui le tenait lui-même de son père. Shava-Nua ne sut jamais si ce dernier avait assisté à l'évènement ou s'il le tenait de plus anciens que lui.

Shava-Nua avait été consacrée six mois plus tôt prêtresse du Feu-des-Anciens. C'était un immense honneur, mais c'était aussi une lourde responsabilité. Les prêtresses jouissaient du respect et de la considération du peuple. Manquer de respect à une prêtresse était puni de mort. Leur tâche était essentielle : entretenir le Feu-des-Anciens. C'était un très ancien savoir-faire, transmis de bouche de prêtresse à oreille de prêtresse. Trop faible, le Feu risquait de s'éteindre et trop fort, il risquait de tout dévorer. La tradition disait que les Anciens avaient créé quatre temples dans quatre montagnes. Un au nord, un à l'est, un au sud et un à l'ouest. Il n'en restait que deux. Être prêtresse du Feu-des-Anciens était la plus haute dignité de la cité. Mais le Feu-des-Anciens, qui apportait chaleur et prospérité au peuple, était trop puissant pour que les hommes vivent dans son intimité. Les prêtresses mouraient jeunes. Et il leur était interdit de connaître l'homme. Toute relation sexuelle de leur part était punie de la peine de mort. Une autre loi très ancienne disait que les prêtresses qui laisseraient mourir le Feu-des-Anciens devraient mourir emmurées dans la montagne privée du Feu par leur faute. C'était, disait-on, ce qui était arrivé aux prêtresses de l'ancien temple de la Montagne du Sud. Il était impossible de rallumer le Feu-des-Anciens d'un temple où il était mort.

Shava-Nua avait seize ans. En chemin, elle demanda à ses consœurs si elles ne pensaient pas que la cérémonie avait duré plus longtemps que d'habitude

— Oui, lui répondit Stynna-Osra, Nous avons laissé bien trop longtemps le Feu-des-Anciens sans surveillance. Courons, mes sœurs…

A vingt-neuf ans, Stynna-Osra était la plus âgée des six. À ce titre, elle était la grande prêtresse du temple de la Montagne de l'Est. Les six jeunes filles se mirent à courir et, une heure plus tard, elles parvenaient, essoufflées, à l'entrée du temple, au flanc de la montagne. Elles allumèrent leurs torches pour emprunter la galerie souterraine. La galerie mesurait deux cent cinquante pas et tournait trois fois à angle droit avant de parvenir au sanctuaire souterrain où couvait le Feu-des-Anciens. Stynna-Osra avait raison. Elles s'étaient absentées trop longtemps. Le feu, qui éclairait, d'ordinaire, la salle d'une belle lumière bleue, était devenu verdâtre et vaguement vacillant... Elles savaient ce qu'elles avaient à faire. Sans perdre de temps, elles se mirent à l'ouvrage, tirant ici du métal sacré, ajoutant de l'eau, poussant là une barre, dégageant l'excédent de scories incandescentes, jusqu'à ce qu'enfin le Feu-des-Anciens brille à nouveau, dans l'athanor, de cet éclat bleu profond, paisible et rassurant.

Soudain, sans un bruit, un éclair aveuglant emplit la salle venant du couloir d'entrée, laissant les six jeunes filles pétrifiées de stupéfaction... Une fois leur éblouissement passé, elles virent que l'obscurité ne retombait pas complètement. Le couloir d'accès, devenu lumineux, continuait à éclairer la salle d'une agressive lumière blanche qui dominait la douce lumière bleue de l'athanor. Shava-Nua, la première, rompit le silence.

— Serait-ce...

— Oui, je crois bien répondit Galinn-Dua... J'ai peur... J'ai peur que le Feu-des-Anciens n'ait dévoré le temple de la Montagne de l'Ouest...

— Attendons, dit Stynna-Osra. Surtout restez ici. Si c'est ça, nous n'allons pas tarder à le savoir...

Après un nouveau silence, un bruit d'explosion suivi d'un énorme séisme ébranla la montagne. De l'air brûlant se mit à fuser dans le temple... Des pierres et de la poussière tombaient un peu partout du plafond. Au bout d'une minute qui leur sembla une heure, tout finit par se calmer. Très inquiètes, les six jeunes filles remontèrent à la hâte le couloir d'accès vers la sortie. Elles voulaient savoir... L'air du couloir était brûlant. Le spectacle qu'elles virent dehors était terrifiant. En face d'elles, à quinze kilomètres, la montagne qui abritait le temple de l'ouest n'existait plus. A sa place, dans un grondement de tonnerre, un gigantesque champignon de feu s'élevait dans le ciel. Il était plus haut que dix fois la hauteur de la montagne. Son chapeau incandescent se boursouflait en gigantesques volutes ignées qui se succédaient sans cesse dans un bouillonnement d'enfer. Il était plus clair que mille soleils et baignait la plaine d'une lumière aveuglante. Par-dessus la plaine, sa chaleur brûlante parvenait jusqu'au temple de l'est et inondait les six jeunes filles effrayées qui abritaient leurs yeux de leurs mains. Dans un ciel rougeâtre, le soleil était caché par la poussière qui tombait en fines cendres blanches dans l'air brûlant.

— Mes sœurs, dit Stynna-Osra, mes très chères sœurs, avec la disparition du temple de la Montagne de l'Ouest, il ne reste plus que nous.

Toutes les six, elles savaient que cela signifiait pour elles la fin de la civilisation. Il leur fallait protéger le savoir des Anciens, puis éteindre le Feu-des-Anciens et mourir.

Pour le peuple de la plaine commençait une longue ère d'errance et de souffrance.

PREMIÈRE PARTIE : GAËLLE

XXIe siècle Neuquén, Argentine, 29 octobre 15h30

Gaëlle Le Couëdic était une belle jeune femme à la trentaine rayonnante. Une longue chevelure blonde encadrait son visage épanoui. Vêtue d'une chemise aux manches retroussées et d'un jean, elle avait une allure élancée et sportive. Ses yeux bleus vous regardaient avec intensité et contenaient toujours un je-ne-sais-quoi d'amusement ou de facétie… Elle venait d'atterrir à l'aéroport de Neuquén. Elle arrivait de Paris après une longue correspondance à Buenos Aires.

Avant l'atterrissage, elle avait regardé le paysage par le hublot. Neuquén était une ville au milieu de l'immensité de la pampa. Ici, la Patagonie n'était qu'un vaste espace désolé juste interrompu par trois vallées sinueuses, un peu moins désertes que le reste de la pampa. En consultant la carte elle avait vu que Neuquén était au confluent de deux rios qui se réunissaient pour former le Rio Negro, un des plus grands fleuves d'Argentine, après le Parana bien sûr.

Gaëlle était grand reporter -elle s'était toujours refusée à dire grande reportère- à La Cinquième, la chaîne de télévision française indépendante.

L'Argentine est un bien curieux pays. Il ne fait pas partie des pays dits riches, mais il maîtrise des filières technologiques que l'on croit généralement réservées aux quatre plus grandes nations mondiales. L'Argentine possède, notamment, sa propre technologie spatiale. Elle a créé une agence spatiale et s'apprête à disposer de sa propre autonomie en matière de satellites, fabrication, lancement et exploitation.

Un pays du bout du monde que peu d'Européens connaissent. Un pays modeste qui joue discrètement dans la cour des grands : il a fait la guerre à l'Angleterre et il dispose d'une marine plus que respectable et d'une technologie qui n'a rien à envier à celle des grandes puissances. La Cinquième avait ainsi demandé à Gaëlle de faire un reportage sur la filière nucléaire argentine.

Sitôt sortie de l'aéroport, elle alla louer une voiture chez Hertz. Elle voulait une petite voiture pas trop voyante. L'hôtesse lui expliqua qu'une trop petite voiture l'obligerait à ne circuler qu'en ville. Si elle voulait se déplacer sur les routes de la pampa, un modèle plus robuste et surtout plus haut sur roues était nécessaire. Elles tombèrent d'accord sur une Chevrolet Tracker bleu nuit.

En quittant l'aéroport au volant de sa voiture, elle allait tourner à gauche sur l'avenue qui mène au centre-ville de Neuquén. L'avenue, bordée

d'eucalyptus étiques, ressemblait plus à une route poussiéreuse qu'à une artère urbaine. Mais elle vit, juste en face de l'aérogare, un hôtel qui lui parut convenable, le « Neuquén Land Express ». Comme elle savait que sa mission la conduirait à l'opposé du centre-ville, sur le Rio Limay, elle prit une chambre dans cet établissement.
Elle avait rendez-vous le lendemain matin à une cinquantaine de kilomètres, à l'usine PIAP "Planta Industrial de Agua Pesada", l'usine de fabrication d'eau lourde argentine, l'une des dix usines de production d'eau lourde du monde, sans doute même la plus importante du monde. L'Argentine a construit cette usine pour être entièrement maîtresse de sa filière nucléaire. Sa centrale nucléaire d'Atucha est une centrale à eau lourde pressurisée.
Elle avait étudié le dossier que le service documentation de sa chaîne lui avait constitué. Dans un réacteur nucléaire des neutrons heurtent des atomes « fissiles » dans un bloc d'uranium. À peine quelques atomes sont fissiles dans l'uranium. La plupart, les "238" sont inertes, seuls les "235" peuvent capter un neutron. Quand un atome d'uranium 235 le fait, il se casse et éjecte un neutron en produisant de l'énergie. Ce neutron, à son tour, va pouvoir casser un atome et ainsi de suite. Mais quand on casse des atomes, les neutrons sont éjectés à grande vitesse. Si vite que, si on les laisse filer, ils n'auront pas le temps de rencontrer un autre atome. Pour qu'ils aient une chance de taper à leur tour dans un autre atome fissile, il faut les ralentir, les rendre ni plus ni moins mobiles que les atomes. Il faut les transformer en neutrons que l'on appelle thermiques parce que leurs seuls mouvements sont l'agitation erratique sous l'effet de la température. L'eau lourde ralentit les neutrons et, contrairement à d'autres ralentisseurs comme le graphite ou l'eau naturelle, elle n'en absorbe aucun. Ainsi, si l'on utilise l'eau lourde comme ralentisseur, on peut faire un réacteur avec de l'uranium naturel qu'il n'est pas nécessaire d'enrichir. C'est ainsi que l'Argentine s'est lancée dans ce programme depuis 1968. Elle a créé une usine de fabrication d'eau lourde à Arroyito, à cinquante kilomètres de Neuquén, d'une capacité de 500 tonnes par an... Depuis lors, cette usine a produit assez d'eau lourde pour fournir la centrale d'Atucha jusqu'à sa fin de vie. L'Argentine n'a jamais démantelé l'usine d'Arroyito. Elle l'entretient pour préserver son savoir-faire, mais l'usine tourne au ralenti. Elle ne produit plus que quelques dizaines de litres d'eau lourde par an, le minimum pour maintenir son potentiel, et elle le fait avec juste un contrôle annuel de l'AIEA.
Comme c'était le début de l'après-midi, Gaëlle se dit qu'elle pourrait

aller faire un tour de reconnaissance. Elle pourrait tourner quelques images de contexte, quelques séquences de vues des alentours qui lui permettraient de monter un reportage attractif. La lumière était belle et elle ne savait pas si elle serait aussi belle demain… Elle partit donc sur l'autoroute dans la direction opposée à la ville de Neuquén.
Le paysage était d'une obsédante monotonie. L'autoroute mal entretenue devint une simple route. Elle traversa le village de Senillosa, puis celui d'Arroyito. Plus loin, elle quitta la route 22 pour prendre la direction de Bariloche, une route encore pire. De monotone, le paysage était devenu carrément désertique. Il n'y avait plus aucun arbre. Peu après Arroyito, elle vit apparaître l'usine à l'horizon sur sa gauche. Un curieux enchevêtrement de poutres métalliques et de tuyauteries noires. Cette usine était le but de son voyage. Elle tourna alors à gauche sur une petite route qui descendait en pente douce, dans une tranchée en déblai creusée dans le plateau, vers un lac. En réalité, c'était la route du barrage du lac d'Arroyito.
Elle était maintenant derrière un camion-citerne. Au lieu de continuer sur le barrage comme le pensait Gaëlle, le camion bifurqua à gauche, sur une sorte d'esplanade. Une barrière la fermait qui s'ouvrit devant lui. Gaëlle n'était pas là pour attirer l'attention, aussi continua-t-elle sa route. Mais la route qui franchissait le Rio Limay sur le barrage était fermée. De toute façon, l'usine d'eau lourde était en deçà du Rio Limay. D'évidence, ce n'est donc pas cette route qui la desservait.
Elle gara sa voiture sur le parking du barrage et fit d'abord quelques images du paysage, lac et barrage. Puis elle se retourna pour regarder le camion-citerne. Il était arrêté devant ce qui ressemblait à une station-service au pied d'une falaise d'une vingtaine de mètres. En haut de la falaise, au-dessus de la station-service, il y avait le poste de dispatching haute tension du barrage. La route arrivait au barrage, en déblai de quelque vingt mètres dans la falaise. De l'autre côté de la route, en haut de la falaise, elle voyait les superstructures de l'usine d'eau lourde. Le camion-citerne faisait apparemment le plein. En regardant mieux, Gaëlle remarqua qu'il faisait en réalité le plein de sa citerne. Le camion se remplirait-il simplement d'essence ? Curieux, le lieu ne ressemblait pas à un dépôt d'hydrocarbures. Il n'y avait aucun réservoir.
Gaëlle, en bonne journaliste, n'aimait pas laisser des questions sans réponse. Elle voulait savoir ce que faisait ce camion-citerne. Elle décida de temporiser avant de chercher la vraie route d'accès à l'usine, sans doute un peu plus loin sur la route principale. Le camion repartait maintenant d'où il était arrivé. Gaëlle franchit à pied les trois cents

mètres qui la séparaient de la station-service. Elle vit que le tuyau n'était pas raccordé à un volucompteur, mais directement à une sorte de réservoir enterré, fermé par une porte métallique, inaccessible. Elle prit dans son sac une boite de bonbons qu'elle avait achetée la veille à Roissy avant de partir. C'était un petit bocal en verre contenant encore trois ou quatre M&M's avec un couvercle métallique vissé. Elle mangea ces derniers bonbons. Il restait un peu de liquide dans l'embout du robinet. Avec ses doigts, elle le fit couler dans sa boîte... A peine quelques centimètres cubes... C'était apparemment de l'eau. En tout cas, c'était incolore, inodore et sans saveur. Quel est ce mystère ? Ce lieu ne ressemble pourtant pas à une source thermale... Elle referma soigneusement la boîte, regagna sa voiture et repartit.

Arrivée à nouveau sur la grande route, elle tourna à gauche et ne tarda pas à voir l'entrée de l'usine sous forme d'une grille et d'une route privée mentionnée « Commission Nacional de Energia Atomica - Planta Industrial de Agua Pesada ». On apercevait l'usine derrière une colline juste un peu à gauche de cette route. C'est bien là qu'elle avait rendez-vous demain matin.

Dans sa chambre d'hôtel, en fin d'après-midi, elle mit le bocal, avec l'eau qu'elle y avait recueillie, dans le compartiment à glace du minibar. Puis elle partit dîner à Neuquén. Deux blocs avant l'Avenida Argentina, le centre de Neuquén, sans plus réfléchir, elle s'arrêta à « La Toscana » dont elle avait vu une publicité dans le numéro de « Neuquén Today » dans sa chambre. Un très bon dîner sud-américain comme elle les aime, malgré le nom et le décor italiens du restaurant ! Le bœuf argentin est décidément un des meilleurs du monde.

De retour à sa chambre d'hôtel, elle avisa une bouteille d'eau minérale "Gota" sur la table, au pied du lit et s'en versa un verre. Elle sortit du mini-bar le bocal qu'elle y avait placé deux heures avant. L'eau qu'elle avait prise à la mystérieuse station-service d'Arroyito était maintenant gelée. Elle en cassa un morceau pour se faire un glaçon qu'elle jeta dans le verre d'eau minérale.

Le glaçon tomba comme un caillou au fond du verre d'eau.

Ainsi, elle avait vu un camion de 28 mètres cubes faire le plein d'eau lourde, alors que l'usine voisine n'était censée en produire que quelques dizaines de litres par an.

Usine d'eau lourde d'Arroyito, 30 octobre 9h30

Le lendemain, Gaëlle se présenta à la barrière de l'usine PIAP exactement à l'heure. Elle avait horreur d'être en retard. Il faisait aussi beau que la veille et seuls quelques cumulus en provenance des montagnes, à l'horizon, ponctuaient l'uniformité du ciel. Vue de près, l'usine était encore plus impressionnante que de loin. Pendant que le planton contrôlait son passeport et téléphonait pour signaler son arrivée, elle contemplait l'usine, derrière le bâtiment du contrôle d'entrée.
A sa droite, un bâtiment blanc d'une centaine de mètres paraissait bas, malgré ses quelque quinze mètres de hauteur, comparé aux infrastructures situées derrière, au milieu du terrain. Elle apercevait un incroyable enchevêtrement de poutres métalliques noires surchargées de tuyaux noirs ou blancs de tous diamètres qui reliaient entre elles toutes sortes d'installations bizarres… Au premier rang desquelles elle voyait deux tours métalliques brillantes qui ne devaient pas faire moins de cinquante mètres de haut. Des tuyaux sortaient de cet enchevêtrement qu'ils raccordaient aux bâtiments et aux réservoirs en périphérie du domaine. Un immense et mystérieux portique en poutres métalliques noires dominait le tout. Une légère odeur alcaline flottait dans l'air.
Elle sursauta presque quand une voix la tira de sa contemplation.
— Madame Le Couëdic ?
— …
— Madame Le Couëdic ?
— Que… Oui… Oh pardon… Désolée, mais le spectacle est fascinant.
— Oui, il fait souvent cet effet à ceux qui viennent pour la première fois… Pablo Fonseca, je suis le directeur de l'usine… Et il ajouta en souriant : Ce n'est pas une plaisanterie…
— Gaëlle Le Couëdic, enchantée… Et pourquoi devrait-ce être une plaisanterie ? répondit-elle étonnée.
— Vous ne connaissez pas ? J'ai un homonyme crooner colombien qui interprète une vieille chanson latino appelée Arroyito…
— Désolée, mais non, je ne connais pas… Mais quel drôle de hasard !
— Rien à voir avec cette usine. Ce n'est qu'un hasard, même s'ils ont bien ri à Buenos Aires, quand la CNEA m'a confié la direction de l'usine d'Arroyito !
— J'imagine… La CNEA, c'est bien la Commission Nacional de Energia Atomica ?

— On ne peut rien vous cacher, oui, c'est l'équivalent de votre Commissariat à l'énergie atomique. Suivez-moi, je vais vous présenter l'usine puis je vous confierai à un mentor qui vous fera visiter l'ensemble des lieux. Je suis obligé de vous dire que vous pourrez prendre des notes, mais pas de photos. Nous avons une photothèque-vidéothèque très riche et vous pourrez y prendre tous les documents qui conviendront à votre reportage.

— Pas de vidéo non plus ? C'est ennuyeux, La Cinquième est une chaîne de télévision.

— Vous pourrez filmer les interviews, la mienne et celle des collaborateurs que nous allons rencontrer. Vous aurez les installations de production en arrière-plan. Mais pas non plus de caméra dans l'usine elle-même.

— Bien, fit laconiquement Gaëlle déçue.

A gauche après l'entrée, ils gagnèrent un bâtiment de deux niveaux, blanc comme les autres, mais doté de fenêtres. C'était le bâtiment administratif du complexe. Au premier étage, une salle de réunion sobrement meublée d'une table ovale et d'une douzaine de chaises ouvrait sur l'usine par une large baie vitrée. Une femme et deux hommes les attendaient. Le premier était assez sec d'aspect dans son costume strict, les cheveux noirs coiffés en arrière et le regard caché par des lunettes teintées.

— Karl Guttmann, directeur adjoint, présenta Pablo Fonseca

A côté de lui, en robe bleu électrique, une jeune femme aux cheveux bruns très foncés dont la coiffure à la garçonne mettait en valeur un visage latino très fin aux yeux sombres et pénétrants.

— Anna Mendez, directrice des relations publiques

Enfin, le troisième personnage, en manches de chemise, était un quinquagénaire ventripotent à l'air jovial derrière sa moustache tombante et sous son crâne largement dégarni.

— Eduardo Glus, notre directeur technique qui vous présentera les installations. Tout l'état-major de l'usine d'eau lourde d'Arroyito est très honoré qu'une grande télévision d'Europe s'intéresse à nous. L'Argentine est bien loin de l'Europe et nous avons souvent l'impression que, chez vous, on nous prend un peu pour des sous-développés.

— Monsieur le Directeur...

— Pablo, s'il vous plaît...

— Eh bien, Pablo, vous exagérez en parlant de sous-développement, mais c'est vrai qu'on ignore votre niveau technologique et scientifique. C'est la raison pour laquelle ma chaîne souhaite vous faire mieux connaitre... Vous êtes la première usine de production d'eau lourde du monde. Cette prouesse n'est pas le fait d'un pays de peu d'importance !

Puis Eduardo Glus commença la présentation en s'appuyant sur un "Powerpoint" dont Gaëlle n'était certes pas la première bénéficiaire. Gaëlle prenait des notes et, de loin en loin, elle demandait à Eduardo de répéter pour qu'elle puisse filmer. De temps en temps, Pablo prenait la parole sur un point plus stratégique que technique.

— Vous savez que l'eau a pour formule H2O, c'est-à-dire deux atomes d'hydrogène et un atome d'oxygène. L'atome d'hydrogène, H, est le plus petit et le plus simple des atomes. Il comporte un proton et un électron qui gravite autour. Il a des isotopes, c'est-à-dire d'autres atomes à un seul électron. Le deutérium, D, comprend un neutron collé au proton. Il a les mêmes propriétés chimiques que l'hydrogène mais pèse deux fois plus lourd. On l'appelle pour ça hydrogène lourd. Si on remplace les deux hydrogènes de l'eau par deux hydrogènes lourds, on obtient de l'eau lourde. Vous me suivez ?

— Oui, oui, mais comment peut-on faire ? Si l'hydrogène et le... deutérium, c'est ça ?, ont les mêmes propriétés chimiques, aucune réaction chimique ne pourra les distinguer l'un de l'autre ? Je me trompe ?

— Non, Mademoiselle...

— Gaëlle, appelez-moi Gaëlle

— Bien, Gaëlle. Non, reprit Eduardo, vous ne vous trompez pas. Simplement, comme l'hydrogène lourd est, justement, lourd, certaines réactions pourront être un tout petit peu plus rapides ou un tout petit peu plus lentes avec l'hydrogène lourd qu'avec l'hydrogène simple. Dans la nature, il y a toujours un peu d'hydrogène lourd dans l'hydrogène naturel, et toujours un petit peu d'eau lourde dans l'eau naturelle.

— Ah ? Et ce n'est pas dangereux ?

— Rassurez-vous, le deutérium, malgré son nom barbare n'est ni toxique ni radioactif. Vous pouvez boire un grand verre d'eau lourde, vous ne remarquerez pas la différence avec l'eau naturelle. C'est tout aussi désaltérant et vous ne risquerez rien pour votre santé...

— Mais votre portefeuille, interrompit Pablo Morena, lui, il verra la différence... Regardez cette usine... Vous comprenez pourquoi l'eau lourde, c'est des millions de fois plus cher que la plus rare des eaux minérales.

—Dans la nature, reprit Eduardo Glus, il y a un atome de deutérium pour 6600 atomes d'hydrogène. Dans un litre d'eau, il y a un demi millième de millimètre cube d'eau lourde... Et comme l'eau lourde bout à 101 degrés au lieu de 100, chaque fois que vous faites bouillir de l'eau, vous l'enrichissez un peu en eau lourde... Oh très peu, mais si vous procédez à un très grand nombre d'enrichissements successifs, vous finirez par faire de l'eau lourde. La première usine d'eau lourde, celle que les nazis ont voulu utiliser en Norvège, brassait des milliers de mètres cubes d'eau pour sortir juste un petit goutte à goutte d'eau lourde. Elle ne distillait pas l'eau, elle l'électrolysait, mais ça revient au même.

—Et vous, c'est comme ça que vous faites ? On m'a parlé d'ammoniac...

—Non, non, nous ne faisons pas comme ça. Vous avez raison, nous utilisons l'ammoniac.

—C'est ça l'odeur que j'ai sentie à l'entrée ?

—Oui, sans doute. L'odeur de l'ammoniac est très agressive et, même s'il y en a très peu, on peut la sentir. La fabrication de l'eau lourde repose sur un constat : l'ammoniac, NH3, c'est-à-dire un atome d'azote pour trois atomes d'hydrogène, à l'état liquide, contient une proportion d'hydrogène lourd un peu plus forte que l'hydrogène gazeux.

—Pourquoi ?

—Ce serait très long à vous expliquer,

—Alors, pas la peine, je ne comprendrais pas...

—Sans doute que si, mais ça prendrait longtemps parce que c'est complexe. Simplement, en général, les liquides hydrogénés sont plus riches en deutérium que les gaz hydrogénés. C'est pour cela que l'eau liquide contient un peu plus de deutérium que la vapeur d'eau et que certains font de l'eau lourde en distillant de l'eau naturelle. Nous, nous faisons barboter de l'hydrogène gazeux dans de l'ammoniac liquide, en présence de catalyseurs, en le propulsant par des trous microscopiques à travers toute la hauteur des deux grandes tours que vous apercevez là-bas. On fait entrer l'hydrogène par en haut et l'ammoniac par en bas. L'ammoniac qui sort par en haut est juste un peu plus riche en deutérium que celui qui était entré en bas. Cet ammoniac enrichi est alors envoyé dans une des deux “cracking units” que vous devinez derrière, entre les tuyaux. On casse sa molécule. Ce cracking produit de l'azote que l'on rejette dans l'air et de l'hydrogène que l'on ré-introduit dans la tour pour enrichir à nouveau de l'ammoniac.

— Et l'ammoniac, il vient d'où ? Si vous le craquez après usage, il vous en faut tout le temps du frais !

— Exact. Vous avez vu ce grand bâtiment à droite de l'entrée ? C'est notre usine de production d'ammoniac. Nous utilisons un procédé électrolytique et nous en produisons plus de 2000 tonnes par jour... Pour l'azote, on prend celui de l'air et pour l'hydrogène, on en fabrique en électrolysant l'eau du lac...

— Le lac de barrage, juste à côté ?

— Oui, il a deux intérêts : il nous fournit l'énergie... Et il en faut pour craquer ces milliers de tonnes d'ammoniac et pour électrolyser ces milliers de tonnes d'eau ! Et il nous fournit l'eau qui nous sert à la fois de matière première et de refroidisseur.

— Et, reprit Pablo, depuis plusieurs années nous tournons au ralenti.

— Combien produisez-vous ?

— A peine deux litres par jour, alors qu'à plein régime nous en produisons plus de 800. Une fois qu'elles sont chargées, les centrales nucléaires à eau lourde ne consomment presque pas d'eau lourde. Et elles ont des stocks... La nôtre, par exemple, celle d'Atucha, près de Buenos Aires, possède au moins dix années de stock. Les Canadiens ont même fermé leur usine d'eau lourde tellement leurs centrales ont de stocks. Alors, nous produisons juste ce qu'il faut pour maintenir le potentiel de l'usine. De toute façon, les Canadiens finiront bien par en importer.

— Importer de chez vous, alors ? Demanda Gaëlle

— J'espère bien que, commercialement, nous serons meilleurs que les Indiens. L'Inde est le premier producteur mondial avec sept usines d'eau lourde.

— Si vous ne produisez pas, on ne peut pas mettre l'usine en sommeil ?

— Si on l'arrête, il faut tout refaire. On doit reconstruire les tours d'échange. Le grand portique, que vous voyez en arrière-plan, est prévu pour ça. Mais c'est cher et c'est du gaspillage. L'ammoniac liquide nécessite des pressions importantes et de basses températures et, gazeux, il est toxique. Alors, nous devons maintenir les tours d'échange en activité. Mais, bien sûr, quand on tourne au ralenti, la quantité d'ammoniac nécessaire est très faible.

— Quand même cette énorme installation pour produire deux litres par jour...

— Et même deux litres que nous stockons faute de pouvoir les vendre. Mais, même en tournant au ralenti, l'usine ne perd pas d'argent. Ce qui lui permet de tourner, financièrement, c'est la vente de tout l'ammoniac que nous n'utilisons pas. Actuellement, nous avons 600 000 tonnes d'excédent d'ammoniac par an... Ça nous paie nos frais de fonctionnement courant ! C'est l'avantage de la filière que nous utilisons et qui est dite...

— MAHE pour “Monothermal Ammonia-Hydrogen Exchange”, je sais, le coupa Gaëlle.

— Bravo ! Vous avez bien retenu notre dossier de presse !

— En fait je ne comprends pas tout, mais pour une Française, Mahé, c'est facile à retenir... C'était un des comptoirs français des Indes au début du vingtième siècle.

— Si vous le voulez bien, dit alors Eduardo, Anna et moi allons vous faire faire le tour de l'usine. Vous n'avez pas peur de marcher ? Parce que c'est grand... Je vais vous demander de laisser votre caméra ici. Elle vous encombrerait et, de toute façon, nous ne pouvons pas vous laisser filmer ou photographier dans l'usine.

— Oui, je sais. Je vais juste prendre mon carnet et mon stylo pour prendre des notes. Je peux, au moins ?

— Oui, oui, bien sûr.

Les voilà partis pour faire le tour de l'usine. Gaëlle gardait présent à l'esprit le mystérieux camion d'hier qui était venu faire le plein d'eau lourde. Ainsi l'usine n'est censée produire que deux litres par jour ? Qui cache quoi à qui ?

— Nous allons commencer par l'usine de production d'ammoniac. C'est le grand bâtiment que vous avez vu à droite de la grille par laquelle vous êtes entrée. Voilà. Il y a un sas parce que...

— Oui, je sens déjà l'odeur... Ce n'est pas dangereux ?

— La concentration de l'atmosphère en ammoniac est contrôlée en permanence dans tous les points du hangar, et même au-dehors. L'ammoniac a une odeur très déplaisante bien avant d'être dangereux. Mais il est impossible de supprimer complètement l'odeur. La molécule d'ammoniac est deux fois plus petite que la molécule d'oxygène... Elle se faufile partout...

— En fait, depuis que je suis arrivée, je sens cette odeur d'ammoniac, moins fort que dans le bâtiment, mais je la sens.

— Ah, je sais que c'est désagréable. Nous, nous travaillons ici et nous y sommes habitués, mais les visiteurs n'aiment pas. Rassurez-vous, même si ça pue, on est très loin en dessous du seuil de danger !

— Ici, dit-il en montrant un ensemble au fond du bâtiment, nous avons les pompes qui font venir l'eau du lac dans les cuves d'électrolyse qui sont là. Ce que vous voyez entre les deux cuves à électrolyse, c'est le poste de transformation qui transforme le 22000 volts alternatifs en 30 volts continus pour l'électrolyse. L'électrolyse produit de l'hydrogène et de l'oxygène. Une partie de l'hydrogène brûle pour chauffer le catalyseur et absorber l'oxygène et le reste est nitré par l'azote de l'air sur le catalyseur. Tout cela se passe ici dans les sept fours de catalyse.

— Et l'hydrogène, il n'est pas dangereux ?

— Oh si, bien plus que l'ammoniac. Il n'a pas d'odeur et il peut tout faire exploser. Mais plusieurs dizaines de détecteurs sont là pour stopper tout si l'atmosphère du bâtiment se charge en hydrogène. Enfin, vous voyez les conduites d'ammoniac. Il y en a trois. Dans les deux premières, maintenues à basse température, l'ammoniac est liquide. Il va vers les deux tours de catalyse que vous avez aperçues et que nous allons voir de plus près tout à l'heure et la troisième, la plus grosse, est le départ d'un gazoduc qui alimente une usine d'ammonitrates agricoles près de Neuquén.

Gaëlle ne put s'empêcher de constater que la vanne de départ du gazoduc était en position fermée… Ils ressortirent pour aller dans le cœur de l'usine, les deux tours de catalyse et tout ce qui va autour : refroidisseurs, compresseurs, réservoirs de gaz, tours de cracking, réservoirs de liquides… Un enchevêtrement de cuves et de tuyaux de cinquante mètres de hauteur s'étendait sur l'équivalent de deux ou trois terrains de football. Des tuyaux, des poutres, des passerelles… Tout cela évoquait le laboratoire démentiel d'un alchimiste géant. Enfin, après avoir longé des kilomètres de tuyaux, noirs, blancs, jaunes et bleus, après avoir observé des dizaines de compresseurs, de détendeurs, de réservoirs et autres vistemboirs, ils entrèrent dans le bâtiment voisin du bâtiment administratif où ils avaient tenu le briefing.

— Enfin là, dit Eduardo, c'est la phase finale de la production. Quand on a assez enrichi l'hydrogène pour qu'il compte 20 à 30 % d'hydrogène lourd D2 en plus du deutérure d'hydrogène HD et des résidus d'hydrogène H2, on achève le process en liquéfiant tout cela sous vide cryogénique à -260° et en le réchauffant progressivement en sorte que seul reste liquide l'hydrogène lourd.

— Oui, bien sûr dit Gaëlle pour faire semblant de comprendre…

— L'hydrogène lourd sort de la cuve cryogénique par ce tuyau et, dans ce réacteur, on le brûle, avec une sorte de gros bec Bunsen, dans une atmosphère d'oxygène pur provenant de l'électrolyse de l'eau dans l'usine d'ammoniac et arrivant ici par ce tuyau blanc. On condense la vapeur d'eau lourde sous le brûleur, et on récupère l'eau lourde qui arrive dans le réservoir que vous avez vu dehors à côté du bâtiment.

— Cet énorme réservoir ne recueille que deux litres par jour ?

— Oui, en ce moment... A plein régime, il est plein en un mois.

— Donc soit vous vendez de l'ammoniac, soit vous vendez de l'eau lourde et en ce moment, c'est de l'ammoniac. J'ai bien compris ?

— Oui, mais c'est soit une tonne d'eau lourde soit 2000 tonnes d'ammoniac par jour...

Ils terminèrent la visite par le poste d'arrivée d'électricité. Elle venait du poste de dispatching que Gaëlle avait aperçu hier en haut de la falaise. La ligne à haute tension aboutit dans le dispatching de l'usine après avoir traversé la route en déblai qui va au barrage et que Gaëlle avait empruntée la veille... Ce dispatching consistait en deux énormes transformateurs haute tension dans des cages grillagées.

— Le dispatching nous délivre du 345 000 Volts et ici, nous le transformons en 22000 volts pour le distribuer aux différentes unités qui le transforment à leur tour en 220/380 V ou en toutes sortes d'autres tensions.

De retour dans la salle de réunion, ils retrouvèrent Pablo Fonseca et Karl Guttmann. Gaëlle posa encore plusieurs questions.

— Cette eau lourde, vous l'utilisez pour vos centrales nucléaires, n'est-ce pas ? Alors pourquoi les autres pays du monde n'en utilisent-ils pas ?

— En fait, d'autres pays en utilisent, comme le Canada et l'Inde. La France en a utilisé pour sa centrale de Brennilis en Bretagne... La plupart des autres centrales ralentissent les neutrons avec de l'eau naturelle ou du graphite, c'est-à-dire de la mine de crayon.

— Pourquoi faut-il ralentir des neutrons ?

— Le problème de l'énergie atomique est que les atomes dits « fissiles » doivent être cassés par des chocs avec des neutrons. En se cassant, ils émettent de la chaleur et quelques neutrons. Mais ces neutrons sont éjectés à grande vitesse et ne restent pas dans le matériau. Ils sont de suite captés par les parois... Il faut arrêter les neutrons, pour qu'ils se promènent tranquillement dans le matériau jusqu'à rencontrer un autre atome fissile qu'ils casseront à leur tour. Pour cela, on leur fait traverser un ralentisseur.

— Mais si l'eau du robinet ou la mine de crayon marchent aussi bien, pourquoi avoir construit cette énorme usine d'eau lourde ?

— Parce que l'eau naturelle ou le graphite ralentissent bien quelques neutrons, mais les autres, ils les capturent, c'est-à-dire qu'ils sont perdus pour la réaction. Il en reste beaucoup moins que ce qui a été produit et, pour que ça marche il faut augmenter le nombre d'atomes fissiles. Ça s'appelle enrichir l'uranium parce que la plupart des atomes d'uranium, les « 238 », ne sont pas fissiles. L'eau lourde, elle, ne capture pas de neutrons, elle les ralentit mais n'en perd aucun. Si on utilise l'eau lourde, l'uranium naturel suffit à produire assez de neutrons pour faire chauffer la chaudière nucléaire... Et en plus, il n'y a pas de risque de divergence cataclysmique comme à Tchernobyl.

— Divergence cataclysmique ?

— Un emballement... Trop de neutrons, donc de plus en plus d'atomes cassés et encore plus de neutrons etc... Les centrales à eau lourde sont juste une grosse cuve cylindrique pleine d'eau lourde sous pression de 85 bars à une température de 300°. Cette cuve est traversée par des canaux dans lesquels on glisse des tubes de deux mètres de long et 14 centimètres de diamètre remplis de grappes de billes d'uranium naturel. L'uranium de chaque tube reçoit les neutrons venant de celui des autres tubes, ralentis par la traversée de l'eau lourde. La fission provoquée par ces neutrons le fait chauffer. Il chauffe ainsi l'eau lourde dans laquelle il baigne. Elle ne bout pas parce qu'elle est sous pression. Elle circule dans des échangeurs de chaleur à l'extérieur de la cuve où elle fait bouillir de l'eau naturelle qui entraîne des turbines.

— Et pourquoi n'y a-t-il pas de danger ?

— D'abord parce que l'uranium naturel ne contient pas assez d'atomes fissiles pour que la réaction puisse s'emballer, il ne présente pas de risque de surcriticité, pour parler savamment. Ensuite, même si l'eau lourde devenait trop chaude, sa pression augmenterait trop et la cuve se viderait par des soupapes de sécurité. Au pire, même si les soupapes étaient coincées, la cuve se fissurerait sous l'effet de la pression et l'eau lourde se vaporiserait dans l'enceinte, où elle se condenserait en pluie pour retomber dans le bac de rétention en bas. Sans ralentisseur entre les barres d'uranium, la réaction en chaîne s'arrête.

— Alors pourquoi si peu de pays utilisent-ils des centrales à eau lourde ?

— Voilà notre dilemme. Les centrales nucléaires à eau lourde ont bien des avantages pour des pays comme nous. Elles utilisent de l'uranium naturel, pas besoin de l'enrichir... Et de l'uranium naturel, il y en a partout. C'est un des éléments les plus abondants sur terre. Il y en a même dans l'eau des océans... En plus, ces centrales produisent moins de déchets que les autres et elles sont plus faciles à maintenir : on peut changer le combustible à chaud, sans arrêter le réacteur. L'inconvénient est qu'elles sont mal vues par l'Agence Internationale de l'Énergie Atomique

— L'AIEA ? Mais pourquoi ?

— Parce qu'ils ne peuvent pas contrôler le pays en auditant, comme ailleurs, ses usines d'enrichissement d'uranium : nous n'en avons pas. De plus, si ces centrales produisent peu de déchets, leurs déchets sont très convoités par les armuriers nucléaires. Les barres de combustible neuf contiennent juste des grappes d'uranium naturel que n'importe qui peut se procurer n'importe où. Mais la barre usagée, celle que l'on enlève pour la remplacer par une barre neuve, contient, elle, jusqu'à 3 grammes de plutonium par kilo ! Et le plutonium, c'est la base du nucléaire militaire.

— Alors, finalement, votre adversaire commercial, c'est l'AIEA qui s'oppose à la création de centrales à eau lourde ? C'est incroyable, des centrales nucléaires qui ne présentent pas de risque genre Fukushima ou Tchernobyl, c'est l'AIEA qui les voit d'un mauvais œil ?

— On peut le dire comme ça. Même ici, elle nous contrôle ! Elle vient au moins une fois par an contrôler notre production pour s'assurer que nous ne produisons pas plus d'eau lourde que celle que nous déclarons ! Et elle contrôle aussi notre centrale nucléaire d'Atucha… Elle a fait toutes sortes de difficultés contre nos projets de nouvelles centrales à eau lourde, mais nous résistons. Nous avons un projet de deux nouvelles tranches nucléaires à eau lourde, des « PHWR[1] » comme on les appelle en jargon.

— Comment peut-elle contrôler votre production d'eau lourde si elle ne vient qu'une fois par an ?

— En examinant notre consommation d'énergie. Le cracking de l'ammoniac, par exemple, consomme énormément d'énergie. On n'en craque presque pas en ce moment, alors nous consommons moins d'électricité et ils le vérifient… Ils relèvent nos compteurs.

Un peu assommée par ces cours de physique nucléaire, Gaëlle se fit quand même la réflexion qu'il y avait quelque chose de louche. Parce que le camion qu'elle avait vu la veille, c'était quoi au juste ? Elle avait matière à un très beau sujet sur l'industrie nucléaire argentine… Pourtant elle avait un sentiment d'inachevé. On lui cachait quelque chose, mais quoi ? Elle se rappela la machine où on brûlait le deutérium

[1] Pressurized heavy water reactor

avec de l'oxygène pour faire de l'eau lourde. Gaëlle se rappelait qu'une goutte d'eau représentait à peine quelques centièmes de millilitre... A deux litres par jour ce réacteur ne devait guère produire plus d'une vingtaine de gouttes d'eau lourde par minute... Donc la flamme devait être toute petite... Alors pourquoi ce bruit de brûleur de chaudière ?

— Oh, ajouta-t-elle en désignant le barrage par la fenêtre, en contrebas. Tout à l'heure, je me suis trompée de route et je suis arrivée au barrage. J'ai vu que la route qui traverse le Rio Limay sur le barrage, est fermée à la circulation. Vous savez pourquoi ? On peut le visiter, ce barrage ?

— La route a toujours été fermée à la circulation, dit Karl Guttmann... Pour des raisons de sécurité. Je ne sais pas si on peut visiter le barrage. Je ne crois pas. Il n'y a pas de personnel permanent. Il est entièrement télécontrôlé.

Pourquoi Gaëlle a-t-elle eu le sentiment que cette question sur le barrage n'était pas la bienvenue ? D'ailleurs, à compter de ce moment, on lui fit comprendre que la visite était terminée et après les remerciements d'usage, on la raccompagna à sa voiture...

Carthagène-des-Indes, Colombie, 30 octobre

Carthagena, en Colombie du nord, est une des plus anciennes cités d'Amérique du Sud, port de la mer des Caraïbes, une vieille ville aux rues pittoresques et bigarrées. Dominant le front de mer, dans un ancien monastère du quinzième siècle, l'hôtel Santa Clara, est l'un des plus beaux hôtels de Colombie.
Ils étaient quatre hommes confortablement assis sur la terrasse de la suite royale de l'hôtel. Ils dominaient l'horizon de toute la hauteur du bâtiment. On voyait, en contrebas, la côte et l'avenue du bord de mer, Avenida Santander, bordée de fortifications anciennes. Le soleil se couchait sur la mer à peine ridée de quelques vaguelettes tranquilles.
Pedro, le plus âgé des quatre, avait le teint basané et des joues couperosées. Sous une calvitie avancée, des lunettes de soleil et une moustache épaisse cachaient en partie ses traits. Il était vêtu d'un costume de lin beige sur une chemise noire à col ouvert. Une pochette rouge vif débordait largement de sa poche de poitrine, il parlait peu, il écoutait en tenant son cocktail de la main gauche, posé sur l'accoudoir de son fauteuil.
Miguel, à sa droite, était plus nerveux. Ses cheveux noirs étaient coupés court, à l'exception d'un catogan derrière la nuque. Son visage émacié et son nez aquilin lui donnaient un air sévère. Son regard perçant était perpétuellement agité de clignements d'yeux crispés qui ressemblaient à un tic. Il était vêtu d'un jean et d'une chemise hawaïenne. Il parlait beaucoup, surtout pour interrompre ses interlocuteurs et les contredire à tout propos.
José Gonzalo était apparemment le plus assuré du groupe. C'était dans sa suite qu'ils s'étaient réunis. Il avait une chevelure et une barbe grisonnantes. Ses yeux marron donnaient l'impression de percer les secrets de ses interlocuteurs. Il ne souriait pas, pourtant, quand il parlait, il donnait toujours l'impression de vous regarder avec un sourire vaguement narquois. Apparemment, Pedro et Miguel le respectaient et le jalousaient à la fois. Il tenait un verre de whisky à la main, plus pour soigner son attitude que par plaisir.
Les trois hommes ne pouvaient renier leurs origines sud-américaines, tant leurs visages et leur teint étaient typés. Ils étaient les trois patrons de la cocaïne en Amérique du Sud, Pedro le Colombien, Miguel l'Équatorien et José Gonzalo le Péruvien. A eux trois, ils « pesaient » dix milliards de dollars. Ils occupaient les trois suites qui composaient

l'étage supérieur de l'hôtel et leurs hommes, gardes du corps et autres sbires, occupaient tout l'étage du dessous.
Le quatrième, en revanche, ne logeait pas dans cet hôtel. Il avait le teint pâle, une calvitie naissante et des manières réservées. Un costume blanc, une chemise rouge rayée de blanc avec une cravate bleu nuit et une pochette assortie. Il parlait espagnol avec un fort accent français et portait un ruban rouge à la boutonnière. Son nom était Joël Vanderloo. Il était un ancien haut fonctionnaire français, actuellement conseil en intelligence économique et lobbyiste actif. Il faisait métier de monnayer ses relations dans la haute administration française et européenne.

— Si je résume bien, disait Vanderloo, vous avez investi dans la fabrication de sous-marins pour acheminer votre marchandise vers les États-Unis. Chaque cargaison vaut environ 200 millions de dollars en valeur de revente au détail, soit 50 millions de dollars prix CIF[2] et chaque sous-marin vous coûte 100 millions de dollars. La perte d'un sous-marin vous coûte donc trois fois le prix de la cargaison.

— En réalité, la perte d'un sous-marin coûte à notre consortium. Nous assurons collectivement les transports. Pourtant les sous-marins appartiennent à Pedro, dit Jose Gonzalo.

— Et puis, ajouta Pedro, la valeur réelle de la cargaison, pour nous, n'est en réalité que le prix que les acheteurs nous paient. Ce n'est pas le prix de vente au détail. C'est à peu près quatre fois moins.

— Oui, 50 millions par cargaison, nous sommes d'accord. Vous ne pouvez pas utiliser ces sous-marins pour traverser l'Atlantique, enchaîna Joël Vanderloo, parce qu'ils n'ont pas assez d'autonomie et que vous ne disposez pas de ports d'avitaillement sur la route. C'est bien ça ? C'est pour ça que, vers l'Europe, vous avez toujours recours à des conteneurs de fret traditionnels sur des navires marchands légaux.

— C'est ça, dit José Gonzalo. Nos sous-marins ne peuvent naviguer qu'en plongée périscopique, et encore pas plus de deux heures sur leurs batteries. Sinon, c'est au schnorchel, et ce n'est pas discret. L'immersion périscopique, surtout au schnorchel, n'empêche pas leur détection par les satellites d'observation des garde-côtes américains.

— Oui, acquiesça Pedro. C'est là le problème.

---

[2] « Cost Insurance & Freight » est un terme défini par la Chambre de Commerce Internationale pour désigner le prix dû par le destinataire quand la marchandise est à bord du bateau et sa livraison garantie par une assurance.

— Alors ils naviguent à l'abri de navires marchands, à l'immersion périscopique dans leur sillage... Mais les bateaux qu'ils suivent voient forcément le schnorchel... Et les Coast Guards viennent de promettre une prime de cinq cent mille dollars à quiconque signalera un sous-marin dans son sillage...

— Mais, intervint Miguel crispé, nous allons riposter et nous coulerons les navires qui nous dénonceront...

— Arrête, Miguel, dit Pablo, on en a déjà parlé. Tu sais bien que c'est impossible...

— En fait, les coupa Vanderloo, vos sous-marins, vous ne les utilisez que pour le marché nord-américain. Jamais pour l'Europe.

— L'Europe, c'est loin et nos sous-marins ont mieux à faire avec les États-Unis. Un sous-marin, c'est cher. C'est bien plus cher que des conteneurs dans un porte-conteneurs...

— ...D'accord, mais des conteneurs, ça se fait saisir par les douanes. C'est un vrai problème. En Europe, tous les ports sont maintenant hyper-protégés.

— Tu as raison, gringo, on se fait saisir une fois sur cinq, et même plus ces derniers temps.

— Vos clients européens, que je représente, pensent que vous avez tort de négliger l'Europe. C'est un marché en plein développement. Les filières islamistes d'approvisionnement en héroïne saturent. La clientèle européenne demande de la coke et du crack.

— Que voudriez-vous faire ? Demanda Pablo

— Ces saisies coûtent cher aux Européens, répondit Joël Vanderloo, puisqu'ils vous doivent la moitié du prix de la cargaison saisie alors qu'ils n'ont pas la marchandise... En plus, elles désorganisent les réseaux de distribution. Chaque saisie est suivie de règlements de compte, et les morts, ce n'est pas bon pour le commerce.

— Elles nous coûtent cher à nous aussi puisque nous avons livré la marchandise et que nous n'avons que la moitié du prix... Et nos clients européens nous disent qu'ils comptent sur vous pour empêcher que les douanes ne saisissent leurs livraisons... Ils nous disent aussi que vos relations dans les milieux douaniers ne valent sans doute plus les commissions d'intermédiaire que vous leur facturez.

— Soyons constructifs, reprit Joël Vanderloo. Je vous propose de transporter moi-même la marchandise à travers l'Atlantique. En échange je vous demande un rabais de 18% sur les tarifs.

— Dix-huit pour cent, ça ne va pas, Gringo ? glapit Miguel en portant la main à son arme...

— Du calme répondit José Gonzalo… Il nous propose d'acheter la marchandise FOB[3] dix-huit pour cent moins cher que ses clients CIF comme actuellement. On peut discuter…
— Discuter quoi ? Tu veux perdre dix-huit pour cent ? Répartit Miguel
— Calcule avec moi, Miguel. Actuellement, on perd une cargaison sur cinq, donc une fois sur cinq, ça nous coûte la moitié du prix. Si on lui livre FOB, on ne perdra rien, puisque les saisies, c'est le gringo qui les aura dans le cul, pas nous.
— Bon, d'accord, mais tout ça, ça ne fait… Attends que je compte… dit Miguel en réfléchissant
— La moitié du prix d'une cargaison sur cinq, ça fait dix pour cent du chiffre d'affaires total, répondit José Gonzalo agacé.
— En plus, renchérit Pedro, si c'est lui qui affrète le bateau, nous n'avons plus à rémunérer les armateurs pour qu'ils ferment les yeux sur nos cargaisons… Ça vaut bien cinq pour cent. Je crois que nous pouvons proposer 15% au Gringo si c'est lui qui transporte la marchandise… D'accord ?
— OK, OK, dit Miguel, apparemment dépité de n'avoir pas eu la peau de Joël Vanderloo
— OK, conclut Jose Gonzalo. Je crois que c'est du bon business, parce que l'Europe, ça va être de plus en plus chaud comme conditions de livraison. Avec ce deal, on a une garantie… Combien pouvez-vous nous assurer comme minimum de commandes mensuelles garanties.
— Combien livrez-vous à l'Europe actuellement ?
— Ça ne te regarde pas, gringo. Ce qui te concerne, c'est qu'au prix que nous proposons, nous te demandons de nous garantir d'en écouler 20 tonnes.
— Je vous garantis ce minimum à 4 250 dollars le kilo. Deux livraisons mensuelles de 42,5 millions de dollars chacune. Je vous garantis un chiffre d'affaires de 85 millions de dollars par mois. Mais je peux faire plus. Combien pouvez-vous fournir ?
— Considérez que c'est illimité. Mais nous débuterons le business avec 20 tonnes par mois. On verra après à augmenter, en fonction de vos résultats. Et quand nous disons que tu nous garantis ces 20 tonnes, tu comprends bien ce que ça veut dire, hein ? Tu es le garant… Tu nous as bien compris ?

[3] « Free on board » est une autre définition de la Chambre Internationale de Commerce qui désigne le prix dû par l'acheteur quand la marchandise est juste livrée à bord dans le port de départ.

— Oui, cinq sur cinq. Première cargaison de 10 tonnes avant la fin de l'année. Mais attention, il y a une contrepartie à cet engagement.
— Je savais bien que le gringo, il voulait nous la faire à l'envers, beugla Miguel, en saisissant encore son arme
— Calme-toi, Miguel reprit Pedro. On écoute d'abord le gringo. On le liquide après… Et seulement si c'est une arnaque.
— Oui, dit José Gonzalo, c'est ça. Alors, gringo, quelle est ta condition ? Je te conseille de bien réfléchir à ce que tu vas dire. Nous sommes des personnes importantes. On ne nous dérange pas pour rien. Alors, dans ton intérêt, fais en sorte que ta proposition soit une bonne proposition. Une proposition qui vaille le temps que nous te consacrons et les risques que nous prenons en venant en ville.
— Ce que dit Jose Gonzalo, enchaîna Pedro, c'est que si le gouvernement nous savait ici tous les trois, je crois qu'il n'hésiterait pas à bombarder l'hôtel ! Alors, quelle est ta contrepartie ?
— Je veux que vous me vendiez un de vos sous-marins…
— Quoi ?!
— Un sous-marin, je veux un sous-marin
— Mais aucun de nos sous-marins ne peut traverser l'Atlantique.
— C'est mon affaire… Alors ce sous-marin ?
— Je peux te vendre seulement le Pablo Escobar, dit Pedro
— C'est votre plus vieux, il n'a jamais très bien marché et il est à bout de souffle. Je vous en offre 5 millions de dollars. Il ne vaut pas un peso de plus.
— 10 millions…
— Vendu… conclut Joël Vanderloo en serrant la main de Pedro.
— Mais dis-moi, gringo, tu n'espères quand même pas bricoler ce vieux rafiot pour lui faire traverser l'Atlantique ?
— A mon tour, ce que je pense ne vous regarde pas. Vous avez juste à me le vendre, ce vieux rafiot… Descendez à la réception de l'hôtel. Vous trouverez 30 millions de dollars dans le coffre-fort de Pedro. Les vingt derniers sont un à-valoir sur la première cargaison.
— Tu es très fort, gringo… Ainsi, j'aurais pu demander 30 millions !…
— Pas pour le Pablo Escobar… Ne rêvez pas, amigos, pas pour ce tas de ferraille ! Je savais bien que c'était celui-là que vous me proposeriez… Le problème est que si, en arrivant à Carthagena, j'avais appris que le Pablo Escobar était indisponible, coulé par exemple, vous m'en auriez sans doute proposé un autre, en meilleur état, et ça m'aurait coûté plus cher ! Le Pablo Escobar me convient.
— Tu es fou, gringo. Mais bon courage pour sa remise en état !

— Merci, amigo. Du courage, mes clients, qui sont aussi les vôtres, n'en manquent pas ! Ce que je voudrais maintenant, c'est m'entretenir avec le commandant et l'officier mécanicien du Pablo Escobar, puis aller le visiter, leur donner des instructions, et rentrer en Europe rendre compte à nos clients communs.

— Pas de problème, gringo. Le Pablo Escobar est à toi, et si tu veux recruter l'équipage, c'est d'accord aussi. Je fais prévenir le commandant. Il te fixera un rendez-vous en ville. Le sous-marin est à quai dans notre base sous-marine enterrée. C'est à deux heures de route seulement de Carthagena.

Saint-Cergue-sur-Seine 2 novembre

Située en petite couronne parisienne, Saint-Cergue-sur-Seine est une commune au centre-ville paisible. Une place avec quelques tilleuls, sans feuilles en cette saison, entourée par une église, la mairie, une halle pour le marché, un restaurant et le commissariat de police. C'était un centre-ville pittoresque, mais banal. Ce côté paisible masquait une réalité beaucoup plus contrastée. A l'ouest, une vaste colline était occupée par des pavillons et quelques petits immeubles plutôt bourgeois. C'était le quartier dit du Coteau. À l'est au contraire, entre le centre-ville et la Seine, se trouvait « Le Quartier ». Essentiellement cinq tours de douze étages, sur une dalle recouvrant un sous-sol de caves et de parkings. Un ensemble de HLM comme on en construisait dans les années 60. Ce quartier, dont le nom officiel était « Quartier du Quatorze Juillet », était appelé simplement « Le Quartier » par les Saint-Cergois. Il n'était tranquille que si personne ne dérangeait les innombrables trafics qu'il abritait. Les rues étaient parcourues en permanence par cinq ou six gamins en scooter. Qu'une voiture inconnue s'y aventure et tous les scooters disparaissaient, jusqu'à ce que le véhicule soit identifié. Le plus souvent, il s'agissait d'un client pour acheter de la drogue ou des cigarettes de contrebande, et dans ce cas, il ne tardait pas à voir son dealer. Les dealers avaient leurs places et leur clientèle attitrées. Parfois, surtout le soir, c'était un habitant qui rentrait simplement chez lui. Mais qu'une voiture de police, de pompiers, de SOS médecins ou même un simple livreur de pizza s'y aventure sans avoir préalablement avisé la mairie de l'objet de sa visite et de l'appartement qu'il allait visiter, et il n'en repartait que pneus crevés ou pare-brise défoncé à coups de battes de base-ball. L'ordre qui règnait dans Le Quartier était loin de ce que les politiques appellent pompeusement l'ordre républicain. Il était fait d'un statu quo reposant sur une allégeance des autorités municipales à l'autorité des caïds.

Dans Le Quartier, on naissait pauvre parce que, dès qu'une famille avait les moyens de le faire, elle partait. Les enfants allaient à l'école jusqu'à ce que le Réseau les recrute. Au début, ils étaient recrutés comme « choufs », c'est-à-dire comme guetteurs : de dix à douze ans, en échange d'un salaire comparable à celui d'un salarié de l'industrie, ils devaient juste circuler à scooter plusieurs heures par jour sur un itinéraire déterminé et avertir de toute arrivée dans Le Quartier. Plus tard, ils deviendraient coursiers. Les garçons de treize à quinze ans allaient chercher la drogue dans les nourrices[4] pour l'apporter à chaque dealer au fur et à mesure de ses transactions. Treize à quinze ans était aussi l'âge auquel les filles étaient prostituées par leurs frères ou par les autres garçons du quartier. A 18 ans, les filles atteignaient l'âge où les plus présentables d'entre elles étaient vendues à des réseaux d'escort-girls et quittaient définitivement le Quartier. Pendant ce temps, les garçons, eux, montaient dans la hiérarchie. À dix-huit ans, un garçon du Quartier avait généralement déjà assez d'argent pour s'acheter une Porsche ou un gros 4x4. C'est aussi l'âge où les plus sûrs d'entre eux se voyaient confier la responsabilité de « Go-fast », ces virées en Espagne ou aux Pays Bas dans des véhicules plus rapides que ceux de la police… Pour la plupart d'entre eux, leur carrière se terminait avant 30 ans d'une balle dans la tête au cours de ce que les journaux appellent un règlement de compte dans le milieu. Ces règlements de compte ont toujours été bien plus fréquents que ce qu'en relataient les journaux, ils étaient monnaie courante lorsqu'un caïd voulait en évincer un autre et que les troupes de l'un ou de l'autre devaient choisir leur bord. Ceux qui avaient misé sur le mauvais cheval le payaient de leur vie ou, pour les plus chanceux, d'un exil définitif. Les règlements de compte étaient également fréquents dans les semaines qui suivaient une grosse saisie de drogue par les douanes : dans ce milieu, la cessation de paiement n'était pas protégée par un tribunal de commerce, et c'est la mort qui attendait le débiteur défaillant.

14h30

La brasserie « Le Saint-Cergois » était loin du Quartier. Elle étalait sa terrasse en plein centre-ville, sur la Grand Place, entre la mairie et le marché. Une terrasse vitrée et une terrasse extérieure chauffée pour les fumeurs. En été, la terrasse du Saint-Cergois est très agréable, à l'ombre des tilleuls. Mais ce jour-là, le ciel était couvert, le temps humide et froid et seuls deux clients étaient assis à l'extérieur. Deux jeunes du Quartier qui discutaient ferme. Jamel, 13 ans et son frère aîné, 15 ans.

— T'es ouf ou quoi, Jamel, quitter l'organisation ?

— Oui, ils me soûlent…

— Et tu feras quoi ? Tu veux travailler toute ta vie comme notre bouffon de dab ?

— Non. Je veux juste être libre. Juste ça.

---

[4] Appartements habités par des personnes sans histoire qui sont utilisés pour stocker la drogue et l'argent de la drogue.

— N'importe nawak. Tu déconnes. T'aurais peut-être pu juste te barrer… Comme ça. Un jour t'es là, un jour t'es plus là… Mais là, tu fais quoi ?
— Juste ça. Ce soir, j'aurai quitté Saint Cergue. Là c'est juste pour te prévenir, que tu préviennes la mère et le dab de pas s'inquiéter… C'est tout… Juste après, je m'arrache…
— Et tu feras comment ? Pour becqueter, pour crécher…
— T'occupe… Du blé, j'en ai…
— Comment ?
— J'en ai, je te dis…
— Oh je vois… Mais là, ils vont pas aimer ça, l'organisation. Surtout en ce moment, ça craint…

Comme il disait ces derniers mots une moto arrivait au ralenti, chevauchée par un pilote et un passager tous deux vêtus de cuir noir, leurs visages invisibles derrière leurs casques intégraux identiques. Elle accéléra, monta sur le trottoir, renversa une table de la terrasse du « Saint-Cergois » et s'arrêta un instant. Le temps pour le passager de sortir de son blouson une arme de poing de calibre .22 et de loger une balle à bout touchant dans l'occiput de Jamel. Avant que les témoins n'aient repris leurs esprits, la moto avait contourné l'église et disparaissait sur l'avenue de l'Europe en direction du Pont de Saint-Cergue et de Paris.

15h20

La mairie de Saint-Cergue est un manoir du dix-neuvième siècle, ancienne résidence rurale du Marquis de Fracasse, un obscur familier du roi Charles X. Au premier étage, séparé de la salle du conseil municipal par son secrétariat, où officiait l'incontournable Marie-Jeanne, se trouvait le bureau du maire, Francis Calcomycès. Il y était assis derrière sa table Boulle, propriété du Mobilier National, mis à la disposition de la mairie de Saint-Cergue depuis des temps immémoriaux.

Francis Calcomycès était un septuagénaire de haute taille. Sa stature d'ancien sportif un peu avachi lui donnait une allure de grand dépendeur d'andouilles. Sous un cheveu rare et grisonnant, ses traits mous et son regard fuyant mettaient ses interlocuteurs mal à l'aise, surtout quand il forçait son éternel sourire incertain et un peu condescendant. Haut fonctionnaire, il avait fait presque toute sa carrière détaché dans des fonctions extra- ou para-administratives diverses où

ses échecs plus ou moins retentissants n'avaient jamais nui, pour lui en tout cas, à leur caractère lucratif. Il était maire de Saint-Cergue-sur-Seine depuis dix ans maintenant.
Ce jour-là, en face de lui, était assis Mahmoud Ben Gharbi, maire-adjoint chargé de la jeunesse et des sports. C'était un homme plutôt fluet, cheveu et barbe très noirs et un regard caché par des lunettes aux verres teintés de bleu. Il était assis du bout des fesses sur une chaise et se tenait très droit, apparemment mal à l'aise en face du maire confortablement calé au fond de son fauteuil, derrière le bureau.

— Mahmoud, j'ai voulu te voir parce que je veux qu'on discute un peu de ce qui vient de se passer... Il faut accorder nos violons pour la réunion de municipalité[5] de ce soir.

— Oui, Francis. C'est affreux... Un gosse de treize ans...

— Arrête les conneries. Je ne te demande pas de me préparer le discours funèbre ! C'est surtout affreux pour nous. Lui, je ne le connais pas et je m'en fous... Mais nous, à dix-huit mois des élections municipales... Écoute-moi bien Mahmoud. Tu es maire-adjoint parce que j'ai besoin de quelqu'un qui a autorité sur les réseaux du Quartier. Ton unique rôle est de faire en sorte que les affaires du Quartier restent dans le Quartier... Là, tu as merdé... Et merdé est un mot faible. Et en plus, en plein centre-ville, juste sous nos fenêtres...

— C'est compliqué. Je contrôle parfaitement les réseaux qui approvisionnent le Quartier en héro... Ce sont eux qui font la loi dans le Quartier. Je les contrôle, et même leurs dealers. Ça marche bien. Saint-Cergue est un des points de deal les plus importants et les plus sûrs de tout Paris. N'oublie pas que le réseau te paie son tribut. Avec ça, tu n'auras pas de peine à financer ta campagne électorale. Alors, jusqu'ici, tu ne peux pas dire que j'ai merdé.

— Arrête, veux-tu... Je ne sais pas combien tu touches, toi, mais je sais que tu es en train d'amasser une petite fortune avec ça et avec tout ce que la ville te paie. Qu'est-ce qui s'est passé... Vous ne pouviez pas liquider ce gamin hors de la commune ?

— Ce gamin était un porteur pour les réseaux de coke... Là, c'est plus délicat. C'est pas comme l'héro. La coke, ce ne sont pas des réseaux salafistes... Ce sont d'autres réseaux... Je ne les contrôle pas, bien que je traite un peu avec eux...

---

[5] Les réunions de municipalité, généralement hebdomadaires, regroupent le maire, les adjoints, le directeur général des services et, en tant que de besoin, tel ou tel conseiller municipal

— Pour sauver ma crédibilité, je ne peux pas m'opposer à une descente de police dans le Quartier. J'ai vu avec le commissaire Racine… Lui non plus ne peut pas s'y opposer. Il a des ordres.

— Ne fais pas ça. C'est hyper-dangereux. Tout le Quartier pourrait descendre dans la rue. C'est comme tirer au revolver sur une bombe atomique[6].

— Il vaut mieux pour moi que le Quartier vive quelques heures un peu chaudes plutôt que d'assister immobile à une enquête de police interminable… Ceux qui votent, à Saint-Cergue, ce ne sont pas ceux du Quartier. Ce sont ceux du Coteau et du centre-ville. Et ces gens-là ne regardent pas trop le Quartier. Ils l'ignorent et c'est pour pouvoir l'ignorer qu'ils votent pour moi. Mais là, ils sont obligés de voir… Si je ne fais rien, les dix-huit mois qui me séparent des municipales seront ponctuées, chaque semaine, et même chaque jour, de commentaires acerbes de l'opposition sur l'inaction de la Municipalité, peut-être même parlera-t-on de complaisance… Non. Je dois manifester mon existence sans attendre… Pour les calmer, tu peux leur dire que, si les deux tueurs ont quitté Saint-Cergue, il n'y aura aucune arrestation… Mais je dois le faire…

— Qu'est-ce que tu crois… Tu ne pourras pas empêcher les flics d'arrêter un ou deux gamins, au moins pour de simples gardes à vue… Et si, parmi les gardés à vue, il y a des gens importants, on est bons pour l'insurrection. Personne ne peut l'empêcher…

— Tout Saint-Cergue sait ce qui se passe dans le Quartier. Les électeurs du Quartier votent très peu. Et les électeurs qui votent, ceux du coteau et du centre-ville, eux, n'attendent qu'une chose de leur maire : que les affaires du Quartier restent dans le Quartier… Et là… Tu te rends compte… Au Saint-Cergois… Le restau le plus en vue de toute la ville… Tous les habitants du Coteau y vont au moins une fois par mois… Regarde le spectacle par la fenêtre : ça grouille de flics et la table pleine de sang n'a même pas encore été retirée… Regarde tous ces badauds… Regarde-les, ces Saint-Cergois de base… Ce n'est pas de la peur qu'ils manifestent, ni de la compassion pour la victime. C'est de la réprobation. Et pas contre les assassins, ils s'en foutent des gens du Quartier, c'est contre moi… Ce qui vient de se passer, c'est exactement ce qu'ils attendent que je leur évite : les affaires du Quartier qui débordent dans leurs vies tranquilles…

---

[6] L'auteur tient à préciser qu'il n'y a aucun risque d'explosion nucléaire, à tirer sur une bombe atomique avec un revolver. Mais peu de gens le savent, et, en tout cas, pas Mahmoud.

— Je n'y peux rien…

— Si tu n'y peux rien, alors peux-tu me dire à quoi tu me sers ? Tu n'as pas d'autorité sur tes troupes, voilà tout… Non, la police investira le Quartier ce soir… Préviens-les que tout se passera bien et que, si les deux tueurs ne sont pas arrêtés, personne ne sera déféré… Je ne veux pas de débordement. Je te tiens pour responsable… Ah, oui, je ne t'ai pas dit ? Les tueurs pourraient être identifiés grâce à la vidéosurveillance… Ils étaient masqués, mais la police scientifique a des outils informatiques qui analysent la stature des personnes, leur manière de se mouvoir… Et là, ils ont deux pistes sérieuses…

— Qui est-ce ?

— Le commissaire Racine n'a pas voulu me le dire… Il m'a juste dit que c'étaient deux nouveaux arrivants dans le Quartier… Allez, fais ton job et va calmer les esprits…

18h00

Depuis dix minutes, six voitures de police et trois cars de CRS bloquaient tous les accès au Quartier. Quatre voitures de police fermaient la rue Quarton et un car de CRS la D19 qui relie Saint-Cergue à Boxigny et Basquervilliers. L'Avenue de l'Europe, qui relie le Quartier au centre-ville, était barrée par une voiture de police et un car de CRS. Enfin, un car de CRS, arrêté en travers de la chaussée, interdisait l'accès au Pont de Saint-Cergue, qui mène à Boucquencourt et Paris.

Les policiers, tout en noir caparaçonnés dans leurs exosquelettes, avec leurs visages cagoulés derrière les visières en plexiglas de leurs casques évoquaient une troupe d'aliens dans un mauvais film de science-fiction… Une escouade de dix policiers commença à remonter l'Avenue de l'Europe en direction des deux premières tours. A droite, la Tour Danton et à gauche la Tour Robespierre. Ils progressaient en deux groupes, un à droite et l'autre à gauche de la chaussée. Il régnait sur le Quartier un silence de plomb.

Ils arrivaient au niveau des deux tours quand un cri jaillit du centre du Quartier. Aussitôt, un réfrigérateur tomba juste devant eux, balancé de la terrasse de la tour Robespierre une demi-seconde trop tôt pour faire une victime… Le capitaine Clicquot lança un ordre « Éloignez-vous des tours ! »… Il avait à peine dit ces mots qu'une lourde cuisinière à gaz était projetée de la terrasse de la Tour Danton… Elle s'écrasa juste à l'emplacement où se trouvait Dubreuil, le plus jeune gardien de la

paix de la compagnie… Dubreuil ne dut la vie sauve qu'à la vitesse avec laquelle il venait d'exécuter l'ordre de son capitaine.
Ce fut le signal. De plusieurs fenêtres jaillirent des cocktails Molotov et des fusées de feux d'artifice… Des jeunes jaillirent des cinq tours et se précipitèrent vers la rue Quarton, la D19 et le pont pour jeter leurs cocktails Molotov sur les véhicules de police qui prirent feu aussitôt. Seuls restaient encore intacts une voiture de police rue Quarton et le car de CRS du Pont de Saint Cergue auquel les insurgés n'ont pas pu accéder, arrêtés par le rempart de policiers qui défendait l'accès au pont. L'escouade de policiers qui était au niveau des tours sous les ordres du capitaine Clicquot étaient maintenant dispersée par groupes de deux ou trois isolés par les jeunes cagoulés qui les démolissaient à coups de battes de base-ball ou de fers à béton. Trois d'entre eux avaient immobilisé le jeune Dubreuil et lui avaient arraché casque et cagoule. Leur chef, un certain Key Abbas, le tenait par les cheveux tandis que deux acolytes le maintenaient immobile. Key Abbas sortit un couteau et, au cri de « Allahu Akbar », s'apprêta à trancher la gorge du policier. Il avait déjà entamé la carotide gauche quand un coup de feu retentit. C'était le capitaine Clicquot qui venait d'arrêter le geste du voyou en lui logeant une balle au bas de la colonne vertébrale, ce qui eut pour effet non seulement d'arrêter son geste, mais aussi de déséquilibrer le groupe qui immobilisait le gardien de la paix. Profitant de la confusion, le capitaine Clicquot aidé du major Yourcenar et de deux brigadiers se précipitèrent vers le malheureux Dubreuil, et ils l'évacuèrent en catastrophe pendant qu'ils se relayaient pour comprimer l'hémorragie de sa carotide.
Plusieurs des insurgés, armés de tronçonneuses à disque se mirent à démonter tout ce qui pouvait l'être. Ils commencèrent par les abribus et les bancs publics. D'autres extrayaient les rayonnages du supermarché de la rue Quarton. Deux jeunes s'en prirent à un premier candélabre d'éclairage public. L'éclairage public de Saint-Cergue était alimenté en 5 500 volts… Quand le disque commença à couper les conducteurs électriques, une grande flamme jaillit et Yazid, le gamin qui tenait la découpeuse fut tétanisé. Il ne pouvait plus ni crier ni bouger. Il mourut en trois secondes et demie. Le disjoncteur de protection situé dans le local technique municipal était calibré à cinq secondes. Saint-Cergue fut plongé dans le noir. La flamme du court-circuit avait mis le feu à la supérette kabyle à laquelle était adossé le candélabre. La supérette achevait maintenant de carboniser le corps du jeune Yazid, encore crispé sur sa découpeuse. Il allait avoir quatorze ans la semaine

suivante. Il était le conducteur de la moto qui avait servi à tuer Jamel au Saint-Cergois quatre heures plus tôt.
En moins d'une demi-heure, des barricades furent établies sur les quatre axes menant au Quartier, à une centaine de mètres des véhicules de police en feu. Les insurgés avaient utilisé tout ce qui leur tombait sous la main pour construire ces barricades… Le quartier n'était plus éclairé que par les véhicules en train de brûler. L'air empestait le lacrymogène et retentissait de cris d'insultes lancés par les jeunes insurgés. Les policiers ne pouvaient pas approcher l'entrée des tours sans recevoir des cocktails Molotov, des boules de pétanque et toutes sortes d'autres projectiles lancés depuis les étages supérieurs.
Le capitaine Clicquot ordonna de donner l'assaut sur la tour Robespierre. Dix-huit policiers avançaient prudemment, derrière leurs boucliers, en direction de la barricade quand un groupe cagoulé, jailli de nulle part, les prit à revers et se précipita entre eux et l'ambulance qui s'apprêtait à évacuer le gardien de la paix Dubreuil et son agresseur Key Abbas. L'ambulance fut défoncée à coups de battes de base ball. Un gamin cagoulé d'à peine douze ans allumait un cocktail Molotov pour le lancer à l'intérieur quand un cri jaillit de derrière la barricade. « Arrête, ils évacuent Key… ». Se retournant alors, il lança son cocktail Molotov sur les policiers du groupe d'assaut. Deux d'entre eux s'embrasèrent et ne durent la vie qu'à la qualité de l'ignifugation de leur tenue d'assaut. Les policiers, renonçant à la Tour Robespierre, se repliaient maintenant par l'avenue de l'Europe à la faveur du départ de l'ambulance.

19h15

Dans son bureau, Francis Calcomycès préparait la réunion de Municipalité prévue à 20 heures. Il avait, à côté de lui, un Talkie Motorola par lequel le commissaire de police le tenait informé en temps réel de ce qui se passait dans le Quartier.
Mahmoud Ben Gharbi, son adjoint en charge de la jeunesse et des sports, frappa et entra essoufflé, sans attendre d'y être invité…
— Je t'avais dit que ce n'était pas une bonne idée
— A quoi sers-tu si tu n'es pas capable d'empêcher ça ?
— Empêcher ça, tu rigoles ? Un flic a quand même tiré sur un gamin…
— Un gamin qui était occupé à égorger un de ses collègues…
— Cinquante mille
— Quoi cinquante mille ?

— Cinquante mille euros. C'est Jamel…
— Qui est Jamel ?
— Le gamin abattu au Saint-Cergois
— Eh bien quoi Jamel ?…
— Il avait piqué cinquante mille euros à l'organisation et il voulait quitter le Quartier.
— Quitter le Quartier ? Seul ? À treize ans ?
— Avec sa prise de cinquante mille euros, il pensait avoir les moyens de partir… Au Saint-Cergois, il était juste en train de dire adieu à son frère.
— Il voulait partir où ?
— Je n'en sais rien, mais loin… La loi de l'organisation est stricte. On ne la quitte pas. Alors tu penses !… La quitter après lui avoir, en plus, levé cinquante mille euros… Je crois qu'il s'agit de nouveaux…De ceux de la coke… Moi, je n'ai autorité que sur ceux de l'héro, ce sont des ultra-religieux musulmans… Jusqu'ici, la coke, ils l'achetaient à l'extérieur de Saint-Cergue pour leurs dealers, qui n'en vendaient, d'ailleurs, pas beaucoup… J'ai l'impression qu'un réseau nouveau essaie de fourguer directement sa coke aux dealers Saint-Cergois…
— Alors ?… Que comptes-tu faire ?
— Je peux essayer de négocier… Ils n'avaient pas le droit de le liquider en plein quartier bourgeois ni en plein jour.
— Alors, pourquoi cette merde ?
— Ils n'avaient pas le droit, ça fait partie du deal.
— C'est pour faire respecter ce deal que tu touches ton indemnité de maire-adjoint, ton indemnité de membre du conseil communautaire, ton indemnité de directeur de l'EPSSC[7] et ton indemnité de vice-président de l'AISNOP[8]… C'est pour ça que tu as un Cayenne de fonction au lieu d'une Zoé et que je paie tes notes de frais pharaoniques… C'est pour ça que je t'ai trouvé un appartement bourgeois sur le coteau… C'est pour ça que tous les mecs que tu m'as recommandés sont logés par la ville et que toutes leurs épouses qui l'ont demandé sont employées par la ville… Avec tout ce que ça me coûte, je suis en droit d'exiger la paix. Et tu es infoutu de me la garantir, cette paix.
— Tu sais bien que je t'en suis reconnaissant et que je fais tout ce que je peux

[7] Établissement Public Sportif Saint Cergois
[8] Association intercommunale des sports du nord-ouest parisien.

— Je ne te demande pas seulement de faire de ton mieux… Je te demande de réussir… C'est pour ça aussi que, l'année dernière, quand ta copine est soi-disant tombée dans l'escalier, j'ai écrasé le coup avec le commissaire pour qu'il n'y ait pas d'autopsie… Je ne te demande pas de remerciements, mais ton seul rôle était de maintenir la paix et tu vois où on en est, maintenant ?
— Donne-moi cinquante mille euros en cash et je vais essayer de les raisonner. Ils n'avaient pas le droit de régler leurs comptes en centre-ville. Je leur rends leurs cinquante mille euros, le gamin est mort. Il n'y a plus d'offense… Je crois que c'est jouable.
— Tu fais chier, Mahmoud… Je ne te demande pas d'essayer de les raisonner, mais de réussir à le faire. Une demi-heure après la fin de la réunion de municipalité, attends-moi au Saint-Cergois. Mais fais gaffe…

20h00

La situation était stabilisée dans le Quartier. Le bâtiment de la supérette kabyle, au centre du Quartier, n'était plus qu'une carcasse noirâtre. Le corps carbonisé de Yazid, soudé à sa découpeuse, n'était plus reconnaissable. Des deux côtés des barricades, la vie s'organisait. Les insurgés établissaient un horaire de garde et planifiaient leurs attaques. Les policiers aussi. Des deux côtés, on prenait des repas sommaires et on faisait le bilan. Toutes les dix minutes, à peu près, un ou deux projectiles étaient envoyés sur les policiers qui ripostaient par un tir de LBD ou l'envoi d'une grenade lacrymogène.
Pendant ce temps, à l'Hôtel de Ville, la Municipalité était réunie. Il y avait, comme toujours, le Maire, les adjoints et le directeur général des services. Le Maire avait, en plus, invité le Commissaire Racine, le responsable du commissariat de police de Saint-Cergue.
Tous les adjoints y allaient de leur couplet sur la maladresse qu'il y a eu à vouloir investir le Quartier. Le commissaire exposa son point de vue.
— En principe, l'idée d'investir le Quartier était mauvaise. Mais j'ai reçu des instructions du sous-préfet. Il voulait que l'enquête soit menée normalement conformément au code de procédure pénale, ce que le Procureur s'est empressé de confirmer, bien évidemment. Nous avons tenté une voie discrète. Deux policiers en civil sont allés dans le Quartier pour interroger leurs informateurs et, le cas échéant, d'autres personnes bien informées. Le gardien des tours, l'épicier de

la supérette, les vendeurs du supermarché de la rue Quarton, quelques passants... Finalement, quand ils ont voulu interroger un certain Key Abbas, trois nervis sont apparus autour de lui et ont menacé les policiers. Ils les ont menacés de mort et de faire disparaître leurs cadavres, comme disparaissent toujours les cadavres dans le Quartier... Les deux officiers de police savaient bien ce que cela signifiait...

— Et qu'est-ce que cela signifiait ? demanda Roselyne Flack, maire-adjointe chargée de la culture et des écoles.

— Dans le quartier, les comptes se règlent au niveau -2 des parkings et les cadavres disparaissent dans la chaudière de la Tour Danton, juste à côté... Parce que cette chaudière à granulés de bois, on peut y mettre n'importe quoi et ça ne laisse pas de traces... J'ai demandé au préfet de revenir sur les instructions du sous-préfet... En ma présence, il a essayé de joindre le ministre de l'Intérieur, mais il était en déplacement à Bruxelles pour un sommet d'Europol et il était impossible de le déranger... Ainsi personne n'a voulu prendre le risque de désavouer le sous-préfet... Et voilà où nous en sommes...

Roselyne Flack revint à la charge :

— Mais quand-même... C'est normal... L'ordre républicain s'applique partout...

— C'est bien ce que dit le sous-préfet, et tu vois où ça nous a menés, lui répondit Mahmoud Ben Gharbi

— Oui, renchérit le Maire, dans l'expression « ordre républicain », il y a d'abord « ordre »... Nous sommes élus pour ça... Les gens du coteau et du centre-ville veulent l'ordre, accessoirement républicain... Ils l'ont... Les autres veulent juste un ordre, le leur... Ils l'avaient aussi... Jusqu'à la maladresse de ce sous-préfet... Et à la couardise de ce préfet qui n'a pas voulu le désavouer...

— En même temps, répliqua Roselyne Flack, de par sa fonction, il serait plutôt porté sur l'ordre républicain, le préfet, non ?

— Si tel était le cas, reprit Francis Calcomycès, la moitié des préfets de France devraient être virés... Des villes comme la nôtre où on préfère passer la main dans certains quartiers plutôt que de voir la situation que nous connaissons, il y en a des brouettées...

— Puis-je vous demander de ne pas faire état de ma présence dans le compte-rendu de cette réunion ? Je suis fonctionnaire de l'État et je dois obéissance au préfet... Donc officiellement, je n'ai pas le droit d'entendre ce que vous me dites... Même s'il est clair que je ne pourrais pas être commissaire de police de Saint-Cergue si je devais y faire régner l'ordre républicain à tout prix…

21h50

Un sac de toile bleue Eastpack à la main, Francis Calcomycès entra dans la salle brillamment éclairée du Saint-Cergois. Le patron de la brasserie s'avança.

— Bonsoir, Monsieur le Maire… Quelle histoire… un mort… dans mon établissement…

— Oui… Et une émeute… Dans ma commune… Loin de votre restaurant, mais dans ma commune…

— Asseyez-vous là, Monsieur le Maire, dit-il obséquieux… Que puis-je vous servir ?

— Un hamburger et une bière… Saignant, le hamburger… Oh, mais c'est Ben Gharbi que je vois là-bas… Mahmoud !

Mahmoud Ben Gharbi prit son verre et vint s'asseoir à la table du Maire. Le patron se retira avec la commande.

— Tes cinquante mille euros, dit le maire à mi-voix, sont dans le sac par terre à côté de moi. Prends-le et casse-toi. Tu as trois heures pour faire cesser cette chienlit.

— Trois heures, mais c'est rien !

— C'est pas négociable. A une heure du matin, je ne veux plus personne dans les rues du Quartier. Maintenant, dégage… Et fais ton job. Il te reste deux heures cinquante-neuf minutes.

Les émeutes de Saint-Cergue-sur-Seine durèrent deux jours et trois nuits. Le bilan fut de dix-sept blessés graves parmi la police et vingt-trois parmi les manifestants. L'un d'eux, le voyou notoire Key Abbas, atteint d'une balle dans les lombaires restera paraplégique à vie. Le capitaine Clicquot qui lui a tiré dessus a été suspendu.

Mar del Plata, Argentine, 6 novembre

Mar del Plata… "La Perle de l'Atlantique", "La Biarritz argentine"… Un lieu qui fait rêver.
En réalité, Mar Del Plata ne fait rêver que ceux qui ne la connaissent pas. C'est une ville dense, urbanisée, polluée, où la classe moyenne de Buenos Aires vient tous les étés s'entasser dans des studios trop petits. Des hôtels minables louent à prix d'or de microscopiques chambrettes à quatre lits où logent les parents et leurs trois ou quatre enfants… Dans la journée, la plage n'est pas mieux. Pas un centimètre carré disponible sur ce sable médiocre. Et fort peu de monde se baigne dans l'océan qui reste froid, même au plus chaud de l'été.
C'était en novembre, c'est-à-dire au milieu du printemps sous cette latitude. Les hordes de vacanciers n'avaient pas encore envahi la ville. La plage était même presque déserte. Le soleil brillait et il faisait une température agréable, à défaut d'être vraiment chaude. Mais, par 38° de latitude sud et en cette saison, la baignade relevait de l'exploit. L'eau était à 14° dans cette "Mer Argentine", morceau de l'Atlantique sud isolé par un haut fond à quelque 200 kilomètres au large.
Il était 11 heures du matin et l'eau glaciale n'avait pas découragé cet homme à la carrure athlétique qui regagnait la plage d'un crawl puissant. Une fois sur le sable, il fit quelques exercices de gymnastique, une cinquantaine de pompes, puis il partit d'une foulée accélérée courir le long de l'eau presque un kilomètre pour revenir sans ralentir l'allure. Son excellente condition physique faisait qu'il était à peine essoufflé. Il avait laissé ses affaires sur une des chaises longues que le plagiste installe tous les matins et replie tous les soirs.
Charles Longhieu était un robuste quadragénaire à la musculature impressionnante d'ancien pilier de rugby. Le visage carré et ouvert, une chevelure d'un noir que ne venait encore entacher aucun cheveu blanc, un regard droit et direct, Charles était de ceux qui inspirent naturellement une sympathie respectueuse.
Charles vivait avec Gaëlle depuis plusieurs années. Il l'avait rencontrée au Cambodge alors qu'il était attaché militaire près l'ambassade de France. Ils s'étaient plu tout de suite et avaient même adopté deux orphelins cambodgiens[9]. Leurs deux professions faisaient que les périodes de calme où Charles et Gaëlle pouvaient être ensemble dans

[9] L'Ambassadeur, roman du même auteur

leur pavillon de Sèvres avec leurs deux enfants adoptifs étaient, somme toute, assez rares.
Il était jeune colonel de l'armée de l'air française. Pilote de chasse, il ne pilotait plus guère que pour faire ses heures de vol annuelles. Son affectation était la DGSE. Il faisait du renseignement militaire sous les ordres de son supérieur et ami le général de Saint-Elme. À tout moment, ce dernier pouvait décider de l'envoyer sur-le-champ à l'autre bout du monde. Ce n'était pas le cas de la mission d'aujourd'hui, planifiée depuis plusieurs semaines.
Il avait rendez-vous en début d'après-midi avec le commodore Agusto Moralés, commandant la base navale de Mar Del Plata. Il s'était réjoui d'avoir l'occasion de visiter une station balnéaire si renommée. Il a vite déchanté quand il a découvert la ville triste et moche qu'est la Mar Del Plata du vingt-et-unième siècle, ravagée par des promoteurs avides qui ont remplacé une à une toutes ses belles villas par des buildings concentrationnaires.
C'est vêtu d'un polo blanc et d'un pantalon de jean noir qu'il regagnait l'hôtel Sheraton d'un pas alerte. Il comptait relire le dossier dans sa chambre tout en déjeunant avant son rendez-vous de 14 heures à l'amirauté.
Il s'était fait apporter un club-sandwich et une bière et il relisait le fond de dossier en attendant l'attaché naval de l'ambassade de France qui, protocole diplomatique oblige, allait l'accompagner chez le commodore.
L'affaire était partie d'un constat. L'Argentine est un pays qui n'a pas beaucoup de ressources et pourtant elle possède depuis toujours une marine de premier ordre. Elle a perdu la guerre des Malouines en 1982. Mais elle n'y a pas perdu la face. La marine s'est même bien battue. Le tournant de la guerre a été la destruction du croiseur "ARA[10] General Belgrano" coulé par le sous-marin nucléaire britannique "HMS[11] Conqueror". Mais pour ce faire, la marine britannique avait dû utiliser un engin aussi sophistiqué qu'un sous-marin nucléaire d'attaque... Et on dit même qu'elle aurait usé d'un procédé discutable. Elle aurait coulé ce croiseur en dehors de la zone maritime d'exclusion pendant qu'il s'éloignait de l'archipel. Les mauvaises langues n'ont pas manqué de souligner que, si le fair play est une invention typiquement britannique, il reste, pour les Anglais, à usage externe.

---

[10] ARA = « Armada de la República Argentina »
[11] HMS = « Her majesty Ship »

L'Argentine possède des sous-marins, la Santa-Cruz et le San-Juan qui avaient été commandés par la junte militaire d'alors à la compagnie allemande Thyssen avec un cahier des charges qui devait rendre possible un éventuel remplacement des batteries et des trois moteurs diesel par un réacteur nucléaire et deux turbines. Ce remplacement avait été très sérieusement envisagé, puis abandonné faute de moyens au début des années 2000. Même sans être nucléaires, les deux sous-marins classiques de la flotte Argentine, l'ARA San-Juan et l'ARA Santa-Cruz n'étaient pas ridicules, loin de là. En 1994, le San-Juan avait participé à des manœuvres navales avec la marine des États-Unis. Pendant toute la durée des manœuvres, la défense anti-sous-marine américaine n'avait pas réussi à le détecter. Il avait même percé leurs lignes et coulé virtuellement l'USS Mount Whitney. Aucune des grandes puissances d'alors n'aurait cru un tel exploit possible de la part d'un sous-marin autre que nucléaire.
L'Argentine ne serait-elle pas en train de reprendre en secret le projet de construire un sous-marin nucléaire d'attaque ? C'était la question que se posait la DGSE à Paris. L'Argentine a les sous-marins et elle maîtrise la filière nucléaire. L'idée qu'un pays comme l'Argentine puisse disposer de sous-marins nucléaires avait fasciné Charles. Son dossier contenait une étude de la Direction du Trésor sur le programme nucléaire argentin. Le réacteur civil d'Atucha est à eau lourde et uranium naturel. Il peut donc aisément produire du plutonium. Bien entendu, l'AIEA récupère ce plutonium et veille à ce qu'on n'en puisse faire un usage militaire. Mais le combustible usagé de la centrale d'Atucha est facile à transformer en MOX[12]. Une chaudière nucléaire à uranium naturel et eau lourde serait bien trop encombrante pour un sous-marin. Mais il est parfaitement possible, si on dispose de MOX et d'un minimum de savoir-faire, de faire une chaudière compacte à eau naturelle pressurisée.
L'attaché naval de l'ambassade de France, Lionel Blizat, était un capitaine de corvette dont c'était la première affectation diplomatique. Comme convenu, il rejoignit Charles à 13 heures. Il était en uniforme blanc et ils firent le point sur l'entrevue que leur avait accordée le commandant de la base.

[12] MOX = « mixed oxydes » désigne un mélange d'oxydes d'uranium et de plutonium. C'est un combustible nucléaire apprécié par l'AIEA parce qu'il recycle le plutonium produit par les centrales, le rendant impropre à un usage militaire.

—Mais alors, pourquoi êtes-vous ici, mon Colonel ? L'Argentine n'a jamais fait mystère de son ambition, avortée, de construire un sous-marin nucléaire.

—Ce projet est-il vraiment abandonné ? C'est ce que je dois essayer d'apprendre, avec votre aide. Évidemment, nous ne pourrons pas poser directement la question à Moralés. Il faudra essayer de deviner à demi-mots…

—Il devrait nous proposer de visiter un bateau[13].

—Alors il faut que ce soit un sous-marin. Ce matin, j'ai aperçu deux sous-marins à quai.

—Oui, le San-Juan et la Santa-Cruz[13]. Deux sous-marins de type T1700. Ils datent des années 1980. L'Argentine a un troisième sous-marin, la Santa-Fe, mais il n'a jamais été armé, faute de moyens financiers. Sa coque attend des jours meilleurs au chantier naval de Tandanor à Buenos Aires.

—Nous verrons bien lequel nous pourrons visiter. Normalement, s'il y a un sous-marin nucléaire ou en cours de nucléarisation, ce sera l'autre qu'il nous fera visiter…

—Le San-Juan sort de grand carénage et va prendre la mer dans quelques jours. La Santa-Cruz, elle, va être mise en cale sèche pour carénage dès que le San-Juan sera parti.

—Donc s'il choisit de nous faire visiter la Santa-Cruz, c'est qu'il a des choses à cacher sur le San-Juan.

—Certainement, mon Colonel. Il devrait naturellement être tenté de nous faire plutôt visiter un bateau opérationnel, rénové et prêt à prendre la mer. Donc, s'il ne le fait pas…

13h45, Charles revêtit son uniforme – il était en mission militaire officielle – et ils attendirent qu'on vienne les chercher. A 13h55, la réception l'avertit qu'un officier de marine les demandait dans le hall. Ils descendirent et virent un jeune officier qui se mit au garde-à-vous.

—Teniente de corbeta Miguel Rojas, mes respects mon Colonel, mes respects commandant. Le Commodore Moralés nous attend

—Repos, jeune homme, merci, allons-y.

À vol d'oiseau, la base navale était à trois cents mètres à peine, mais il fallait contourner le golf qui séparait l'hôtel du Boulevard Maritime. Une voiture les attendait qui les conduisit dans la base, devant le

---

[13] Dans la marine, tout ce qui flotte, depuis la plus petite chaloupe jusqu'au plus grand porte-avions est un bateau, et un bateau genré : on dit « LA Jeanne-d'Arc » et « LE Suffren » . Les militaires laissent aux civils l'usage de termes pompeux comme « navire » ou « bâtiment » et non genrés comme « LE France » ou « LE Queen Mary ».

bâtiment de l'amirauté. Le Commodore Moralés était devant la porte pour accueillir ses invités. Charles sortit de la voiture, suivi de Lionel Blizat, salua réglementairement le commodore qui lui rendit son salut. Puis ils ôtèrent leurs casquettes pour entrer dans le bâtiment et se serrer la main en se congratulant.

— Bonjour, Commandant Blizat. Je suis heureux de vous revoir. Quant à vous, Colonel Longhieu, je suis très honoré de l'intérêt que le gouvernement français porte à nos bateaux.

— Après le club des quatre, États-Unis, France, Russie et Royaume-Uni, l'Argentine a sans doute, qualitativement, la meilleure marine du monde.

— Nous faisons ce que nous pouvons avec nos modestes moyens. L'Argentine n'est pas un pays aussi riche que la France, mais nous tenons notre rang…

— C'est pourquoi nous sommes très honorés que vous puissiez nous faire visiter l'un de vos bateaux.

— J'ai prévu de vous présenter le sous-marin ARA Santa-Cruz…

— La Santa-Cruz ? Mais on m'a dit qu'elle était en carénage…

— Non, pas encore. Elle entrera en carénage dès le départ du San-Juan. Vous voyez, d'ailleurs, les deux sous-marins sont à quai. Le San-Juan va appareiller dans deux jours.

Par la fenêtre, ils voyaient les deux sous-marins à quai l'un derrière l'autre. Leur étrave était revêtue d'un drapeau argentin, sans doute pour cacher les ouvertures des tubes lance-torpilles… Mais pourquoi, se demandait Charles, n'ont-ils pas la même assiette ? L'un des deux était légèrement incliné vers l'avant et l'autre vers l'arrière. Très légèrement, et cela aurait échappé à n'importe qui, mais pas à l'œil exercé d'un officier du renseignement militaire.

— Ah, fit Lionel Blizat, en prenant délibérément un ton déçu… J'avais espéré que nous verrions le San-Juan. Je crois que vous l'avez complètement remis à neuf.

— En réalité, il appareille bientôt et l'activité à bord n'est pas vraiment compatible avec une visite…

— Tant pis, fit Charles… Tant pis… sur un ton qui laissait entendre qu'il ne croyait pas un instant à l'excuse du commodore.

— Je comprends votre déception… Écoutez, je vais voir ce que je peux faire.

Il quitta la salle et Charles dit alors discrètement à Lionel :

— Vous avez vu, les deux sous-marins ne sont pas complètement identiques. Ils ne flottent pas pareil…

— Oh oui, je n'avais pas remarqué. Le San-Juan a une assiette légèrement négative… Vous avez l'œil, mon Colonel… enfin pour un aviateur…
— Est-il possible que ses ballasts avant ne soient pas complètement vides ? Répondit Charles sans relever la pique du marin à l'aviateur.
—Normalement non, en surface, les ballasts sont toujours vides d'eau et pleins d'air il n'y a pas de demi-mesure. Le San-Juan sort de grand carénage. Ils lui auraient plutôt fait quelque chose qui alourdit l'avant…
— … Ou qui allège l'arrière, non ?
— C'est peut-être simplement signe que la Santa-Cruz est débarrassée de ses torpilles… Ainsi ce ne serait pas le San-Juan qui a une assiette négative, mais la Santa-Cruz qui a une assiette positive… Ce n'est pas comme un bateau de commerce où la ligne de flottaison est peinte sur la coque !
Retour du Commodore.
— Messieurs, une bonne nouvelle : le commandant du San-Juan accepte de nous accueillir à son bord, mais nous ne verrons que le poste opérations et la zone vie. Cela poserait trop de problèmes de sécurité de vous présenter les moteurs, les batteries ou les torpilles. Il nous demande juste quinze minutes pour installer les protections de secrets.
— Bien sûr, bien sûr, Commodore, fit Lionel. Nous avons les mêmes contraintes quand nous faisons visiter nos bateaux. Il nous faut déployer des bâches et des stores pour cacher les secrets… Quant aux moteurs, les nôtres sont nucléaires, et c'est pour d'autres raisons que les étrangers ou les civils ne les voient pas…
Est-ce une idée ou bien Charles a-t-il vraiment vu une fugitive ombre d'inquiétude traverser le regard du Commodore Moralés ?
— Le San-Juan, reprit alors le Commodore est un sous-marin construit par Thyssen sur une commande de l'Amirauté argentine en 1983. Il a subi deux grands carénages dont le dernier vient de se terminer. Il est toujours parmi les plus performants et les plus furtifs des sous-marins d'attaque conventionnels. Lors de manœuvres navales avec l'US Navy en 1994, le San-Juan a virtuellement coulé l'USS Mount Whitney, un bateau de commandement ultra-protégé qui sert actuellement de navire amiral à la sixième flotte américaine…
— Oui, justement, Commodore, et votre capacité opérationnelle est précisément ce qui nous fait penser à une possible coopération militaire entre nos deux pays

— C'est une possibilité qui intéresse tout le haut état-major

— Mais cela devra rester discret. Nos voisins et alliés britanniques ne vous aiment pas…

— Ils nous ont vaincu. Que veulent-ils de plus ?

— Vous savez, avec la Perfide Albion, on n'est jamais sûr de rien, répondit Charles avec un sourire en coin.

— Pour continuer sur le San-Juan, il ne possède pas moins de six tubes lance-torpilles et embarque 22 torpilles, ce qui en fait une arme redoutable… Même vos SNA[14] n'en possèdent pas autant. Il déplace 2264 tonnes en plongée. Il est propulsé par un moteur électrique de 6800 kilowatts et quatre diesels de 2000 chevaux chacun. Il plonge à plus de 300 mètres avec une autonomie batterie de quatre heures. Sa vitesse en plongée dépasse les 25 nœuds.

— C'est un beau bateau ! résuma alors Lionel

Par la fenêtre, ils virent un matelot faire des signaux à bras sur le pont du San-Juan. Aussitôt après, le lieutenant Rojas entra dans la salle, se mit au garde à vous en disant

— Commodore, le San-Juan est à vous !

— Eh bien, messieurs, allons le visiter, je pense que c'est prêt.

Une coupée était posée entre le quai et le San-Juan, un peu à l'arrière du kiosque. Son bastingage était couvert d'un taud blanc portant l'inscription « ARA San-Juan » en gros caractères bleus. Au bout de la coupée, les trois officiers saluèrent le midship qui leur rendit leur salut[15] tandis qu'un gabier sifflait et que le Commodore demandait « Permission de monter à bord ».

Puis, précédés par le midship, ils pénétrèrent dans le bateau par la porte latérale du kiosque. Ils furent accueillis par le commandant Daniel Ferrer qui leur fit les honneurs des lieux.

— Le poste opérations… Là, les postes d'écoute, là le poste de pilotage, là le poste de contrôle machines, là encore le poste de contrôle torpilles…

C'était à peu près comme n'importe quel sous-marin. Mais les écrans et autres synoptiques étaient masqués par des stores en tissu.

— Allons vers l'arrière… Voici la coursive qui dessert les logements des officiers et, plus loin, le carré des officiers. Au niveau inférieur, sous le poste opérations, les bannettes où dort l'équipage. La cafétéria, là, c'est le réfectoire des matelots avec, à l'arrière, un coin faisant

---

[14] Sous-marin nucléaire d'attaque

[15] Dans la marine argentine, celui qui monte à bord, quel que soit son grade, salue en premier.

office de carré des officiers mariniers… La cuisine avec la cambuse juste à côté… En fait, c'est la cambuse qui détermine le rayon d'action du sous-marin, disait le commandant…

— Autant que les réservoirs de gazole, bien sûr le coupa le Commodore

— Oui, oui, bien sûr approuva aussitôt le commandant Ferrer.

Charles et Lionel n'ont pas manqué de remarquer combien le commandant Ferrer semblait embarrassé d'avoir été repris ainsi par le Commodore. Pourtant, c'était une remarque bien anodine.

— Là derrière, le compartiment batteries, et, juste au-dessus de lui le compartiment diesels. Plus loin, le moteur électrique… Mais je ne suis pas autorisé à vous faire visiter ces compartiments.

Mais pourquoi un store de confidentialité couvre-t-il la porte d'accès au compartiment moteur ? se demanda Charles. Il avait déjà remarqué un tel store au bout de la coursive des officiers, au niveau supérieur, sur une porte qui desservait sans doute les diesels… Comme Charles se posait cette question, un matelot entra et le mouvement de la porte fit bouger le store. Fugitivement, il aperçut le panonceau que cachait le store. Il regarda aussitôt les officiers argentins, mais ils n'avaient rien remarqué.

C'était un panonceau triangulaire, jaune, portant un trisecteur noir et la mention « Radioactive »

Pérou, plaine de Nazca, 6 novembre

Avant de rentrer à Paris, Gaëlle avait prévu de visiter les géoglyphes de la plaine de Nazca, au sud du Pérou. Elle était déjà venue plusieurs fois en Amérique du Sud. Au Pérou, elle avait visité le Machu Pichu, mais jamais le très antique site de Nazca. Si la cité de Machu Pichu a été construite à peine un siècle avant l'invasion espagnole, l'origine des étranges figures de Nazca se perd, elle, dans la nuit des temps. Ce site l'intriguait d'autant plus que les spécialistes ne sont toujours pas d'accord ni sur sa datation, ni sur son origine, ni sur sa signification. La plaine est couverte de dessins immenses visibles seulement du ciel. On les appelle les géoglyphes de Nazca. Du sol, on ne voit rien, ou presque, à tel point que les premiers conquistadores les ont pris pour des routes et que cela n'a posé de problème à personne de les détruire en partie pour construire la fameuse route panaméricaine dans les années 1920. C'est un aviateur du début du vingtième siècle qui les a découverts. Depuis lors, les scientifiques sont nombreux à se passionner pour ces dessins.
Gaëlle était dans une sorte d'ULM dont la bulle avant lui permettait une vue panoramique de la plaine. Malgré la bulle, il ne faisait pas trop chaud dans l'ULM parce que le vent s'engouffrait par toutes les jointures approximatives de sa verrière. La plaine se déroulait sous l'appareil. Une plaine aride et caillouteuse. Au sud et à l'est, l'horizon était occupé par des montagnes tout aussi arides et caillouteuses. Tout le paysage était si desséché que Gaëlle avait soif rien qu'à le contempler. Pablo, le pilote était derrière elle et lui commentait les figures tracées au sol en criant pour couvrir le bruit du moteur.

— Nous allons survoler le Colibri. Là, vous le voyez, avec son long bec. Il mesure plus de 50 mètres de long… Maintenant, nous survolons une sorte de navet… Là-bas, à côté de ce qui ressemble à une piste d'atterrissage, vous voyez ce que nous appelons le Vautour… quarante mètres!

— Impressionnant…

— Et là, l'araignée…

— Oh, oui, je la vois…

— Je voudrais aussi vous montrer… Virons un peu à gauche… Regardez, là-bas devant… Un oiseau aux ailes déployées et à la queue en éventail…

— Avec son cou en zigzag ?

— Oui, et son long bec. Nous l'appelons le héron. Il mesure près de 80 mètres de la queue à la pointe du bec... Revenons vers la droite...

L'ULM prit un virage et continua sa route. Pablo reprit :

— Après la spirale, juste en dessous, vous voyez l'iguane et, au-delà, le lézard malheureusement abîmés par l'autoroute transaméricaine... Et plus loin, le perroquet, devant le lézard...

— Dites-moi, et les lignes droites, que signifient-elles ?

— C'est difficile à dire. Beaucoup d'archéologues s'interrogent. Voyez, certaines font plus de dix kilomètres... Et elles sont parfaitement droites vues d'en haut. Celles qui sont plus loin, vous les voyez un peu ondulées, mais c'est la perspective avec les ondulations du terrain. Vues de dessus, elles sont droites. Elles convergent vers des points multiples... Par exemple, vous voyez, à côté du tumulus et de la figure en forme de mains...

— Là-bas devant nous ?

— Oui...

— Je vois...Il y a cinq lignes principales qui s'échappent de ce point... Certaines sont très longues... Celle qui passe sur le gros oiseau à notre droite, par exemple...

— Le Condor, on l'appelle le Condor... Eh bien cette ligne traverse aussi le colibri que nous avons vu tout à l'heure !

C'était une vaste plaine incroyable. Autant ce bestiaire mystérieux que ce réseau de lignes de plusieurs kilomètres parfaitement droites, tout ce qu'elle voyait était fascinant..

De retour à la base, pour remercier son pilote, elle l'emmena boire une bière au bar de l'aéro-club. Pablo était un vieil indien à la peau ridée et tannée par le soleil. Il était impossible de lui donner un âge mais ses yeux noirs pétillaient d'intelligence et de sagesse.

— Je suis complètement bluffée par ce que je viens de voir.

— Et encore, vous êtes loin d'avoir tout vu. De nos jours encore on découvre de nouvelles figures. Vous comprenez, certaines sont dessinées si finement qu'on ne les voit que sous certains éclairages.

— Comment sont-elles dessinées ? On peut aller les voir de près ?

— On ne peut pas les approcher. Préservation du site... Nazca est classé au patrimoine mondial par l'UNESCO !

— Pouvez-vous me dire alors comment ces lignes sont tracées ?

— Oui, c'est simple. La plaine de Nazca est un désert de sable blanc recouvert de pierres noires. Les Anciens ont simplement écarté les pierres noires pour former des chemins blancs bordés de deux talus de pierres noires de part et d'autre. Quand le chemin est plus large, il est d'autant plus visible que ses deux bordures noires sont aussi plus importantes... Quand il est plus étroit, il n'est visible qu'à la lumière rasante du soleil.

— Mais les lignes rectilignes sur des kilomètres...

— Tout le monde sait faire ça... Voyez vos voies romaines en Europe...

— Les géoglyphes sont contemporains des voies romaines ?

— Là, Madame, vous me posez une question difficile. La réponse officielle est qu'ils sont à peu près contemporains. Selon les archéologues, ils auraient été dessinés par le peuple Nazca qui a régné sur cette plaine entre les années -200 et +400... Et ils seraient un hommage des hommes aux dieux, ou une sorte de calendrier astrologique, ce qui reviendrait au même parce que, toujours selon les archéologues, les dieux pré-incaïques seraient les planètes qui errent entre les étoiles dans la voûte céleste.

— Et selon vous ?

— Moi, mais qui suis-je pour avoir une opinion en face de sommités scientifiques comme Madame Reiche[16] ?

— Vous êtes quelqu'un que je soupçonne d'avoir une opinion différente de la pensée unique. Je me trompe ?

— En fait, je ne suis rien qu'un pauvre vieil homme. J'appartiens à une très ancienne famille d'un peuple qui a été réduit à l'esclavage par les Incas d'abord, puis par les Espagnols ensuite...

— Vous êtes un Nazca !?

— C'est ainsi que les archéologues nous appellent en effet. Mais nous ne sommes plus rien.

— Mais vous avez des traditions.

— Écoutez, madame, je ne peux pas vous parler de cela. Les traditions, c'est une affaire de famille. C'est très intime. Et de toute façon, mon peuple n'existe plus.

— Mais vous pensez intimement que les archéologues ont tort.

— Dans leur interprétation des dessins et des lignes, oui, sans aucun doute. D'ailleurs eux aussi savent qu'ils ont tort puisqu'ils ne parviennent pas à se mettre d'accord sur une interprétation.

— Pouvez-vous me parler de vos ancêtres Nazcas.

— Nous étions un peuple farouche. Nous avons asservi un peuple décadent qui avait perdu ses dieux. Nous appelons ce peuple anéanti le « Peuple des Anciens ». Parce qu'ils appelaient leurs dieux « Les Anciens ». La plupart de leurs dieux sont morts dans de terribles

[16] Maria Reiche (1903-1998) a passé l'essentiel de sa vie à étudier les géoglyphes de Nazca

explosions de feu et de colère. Ils en avaient tellement peur qu'ils ont tué les derniers dieux qui leur restaient... Mais, en tuant leurs dieux, ils ont perdu leur âme. Ils sont devenus un peuple dégénéré et sauvage. Mes ancêtres ont simplement pris leur place. Sans violence. Je ne sais pas comment ça s'est passé, mais on dit qu'ils ont simplement été dispersés par le peuple de mes ancêtres, qui a juste pris leur place... Je ne sais pas pourquoi je vous raconte cela. C'est un secret de mon peuple... Enfin de ce qu'il reste de mon peuple, massacré par les Incas, puis massacré par les Espagnols et enfin fondu dans la masse des populations interlopes de l'ouest des Andes.

— Personne ne le sait ?

— Non... Enfin plutôt personne n'a jamais attaché d'importance à cette tradition, hormis les quelques descendants de mon peuple. On dit que le Peuple des Anciens comptait quatre fois sept dieux. On dit que trois fois sept dieux sont morts. Nos très anciennes légendes disent que certains dieux sont morts dans une explosion de colère plus claire que mille soleils et que cette explosion a dévoré beaucoup des enfants du Peuple des Anciens. Certains disent que les sept derniers dieux du Peuple des Anciens ne sont pas morts et demeurent à jamais prisonniers sous la montagne où le Peuple des Anciens les a ensevelis pour mettre fin à la menace qu'ils faisaient peser sur eux. Mais privé de dieux, le Peuple des Anciens a dégénéré et est devenu sauvage. On dit que les derniers sages du Peuple des Anciens ont dessiné ces figures sur le sol. Ils sont un avertissement donné par le Peuple des Anciens aux autres hommes contre ces dieux terribles. Pour cette raison, mon peuple veille à préserver les géoglyphes. Il les a préservés contre les Incas et contre les Espagnols... Malheureusement nous ne sommes plus assez nombreux. Je suis peut-être le dernier des Nazcas. Nous n'avons pas su empêcher l'autoroute... Mais j'ai bien connu Madame Reiche et d'autres archéologues qui ont finalement pu faire classer la plaine par l'UNESCO. Ainsi la mission que s'était assignée mon peuple est accomplie et c'est l'UNESCO, c'est-à-dire l'humanité tout entière, qui nous succède à cette tâche.

— Vous êtes le dernier des Nazcas ?

— Hélas, Madame, je crois bien. Après moi, il n'y aura plus personne pour transmettre la tradition et préserver les hommes des dieux terribles que le Peuple des Anciens a su conjurer.

— Quelle tragique perspective...

— Écoutez... Je suis un vieil homme et je vais vous dire... Une de vos compatriotes est venue. Elle s'appelait Pauline et elle est restée un peu plus de deux années. Elle est repartie en début d'année, janvier ou février. Elle a vu et elle a compris. Enfin, je suis sûr qu'elle a compris. Quand, vers la fin de son séjour, je lui ai parlé des mille soleils, elle comprenait, quand je lui ai dit pour la montagne, elle comprenait... Elle est la seule à avoir compris. Tous les autres scientifiques parlent de fables ou, quand ils parlent de dieux, ils n'y croient pas. Vous voulez comprendre ? Allez la voir. Elle s'appelle Pauline. Elle était étudiante et elle préparait une thèse de doctorat...

— Pauline comment ?

— Je ne sais pas... Je l'ai toujours appelée Pauline

— Et sa thèse, elle l'a soutenue ?

— Oui, je crois... Enfin, c'est probable... Avant de quitter le Pérou, elle m'avait proposé de m'en envoyer une copie... Mais elle ne l'a pas fait, ou pas encore.

— Comment puis-je la retrouver ?

— Je ne sais pas. Je n'ai plus de nouvelles.

— Vous savez au moins où elle préparait sa thèse ?

— Où ? Mais ici bien sûr... Au début, j'avais un « Stampe ». C'était plus maniable que mon ULM, mais la vision du sol était moins facile.

— Non, je voulais dire à quelle université ?

— Ah, oui !... A la Sorbonne à Paris.

— Merci Pablo. Je crois que je vais aller chercher cette thèse à la Sorbonne et retrouver cette Pauline.

— Faites-en bon usage. Je sais que vous êtes une bonne personne. Pauline aussi, mais si elle a découvert ce que je crois, et si des hommes mal intentionnés utilisent sa découverte, ils pourraient réveiller les dieux terribles du Peuple des Anciens.

— Et ce serait...

— ...Effroyable... Plus clair que mille soleils dit la tradition... Et surtout, confinés depuis si longtemps, ces sept derniers dieux doivent être très en colère.

— Pablo, je te remercie pour tout. Sache que je suis très honorée d'avoir rencontré le dernier des Nazcas.

Ushuaïa vendredi 10 novembre

Ushuaïa, un autre nom qui fait rêver... La ville la plus au sud de tout le monde civilisé... C'est une petite ville de 50000 habitants, une ville récente. Il y a un siècle, il n'y avait qu'une prison au Presidio de Ushuaïa, à l'est d'un village peuplé de quelques amérindiens qui vivaient de la pêche et de la chasse. Puis les prisonniers libérés créèrent, avec les gardiens de la prison, une communauté qui se mêla peu à peu à celle des Amérindiens. Aujourd'hui, les descendants de ces Ushuaïens d'origine forment une communauté chaleureuse et soudée. Le temps passant, la mondialisation en marche a fait connaître au monde entier l'existence de cette petite ville, la plus méridionale de toute l'humanité. Les touristes ont afflué. La plupart, déçus de ne trouver qu'une ville avec ses boutiques, ses rues et ses hôtels, errent à la recherche d'une quelconque activité qui soit dans leurs moyens. La nature sauvage est d'une beauté à couper le souffle, mais les excursions en 4x4 proposées par les agences ne sont pas à la portée de touristes baba cool qui ont déjà épuisé leurs économies pour arriver jusqu'ici. Ainsi certains quartiers d'Ushuaïa ne sont pas sans évoquer l'ambiance de Katmandou en 1968. Pour la plupart déçus, les voyageurs errent désœuvrés dans les rues de la ville, allant de la plage à l'auberge de jeunesse et vice-versa. Ils ne sont qu'une toute petite minorité à apprécier ce qui fait le charme de la communauté Ushuaïenne : son côté authentique et accueillant. Même si cet accueil n'est pas dénué d'arrière-pensées commerciales, il n'en reste pas moins sincère pour tous ceux qui, derrière la façade touristique de la ville aux mille boutiques à souvenirs, cherchent l'authenticité du Grand Sud. Le soir, les Ushuaïens rentrent chez eux et les touristes dans les restaurants et dans les bars.

Ce soir-là, les rues d'Ushuaïa étaient déjà presque désertes et le soleil déclinant éclairait les toits et les façades multicolores d'une douce lumière orangée. La mer était d'huile dans le canal Beagle et les sommets enneigés des montagnes de la Terre de Feu, derrière la ville, comme celles de l'île Navarino, à une vingtaine de kilomètres en face, étaient paisiblement illuminés de cette lumière chaude. Nous étions en novembre, à peine plus d'un mois avant le solstice d'été et les couchers de soleil, sous ces latitudes, peuvent durer des heures. Le ciel était sans nuage, la journée avait été ensoleillée, l'air restait plutôt doux. Seul relief sur l'eau incroyablement calme de la baie, le sillage d'un sous-marin qui gagnait, en surface, la base navale à l'est de la ville, à côté du Presidio. Dans la journée, les eaux du canal sont plutôt animées, parcourues qu'elles sont par des navires de croisière australe, des cargos et des chalutiers bigarrés. Ce soir, seul sur ces eaux inhabituellement calmes, un gros sous-marin noir fendait la surface en silence. Le spectacle avait un côté fantasmagorique..

L'ARA San-Juan arrivait de Mar Del Plata et achevait sa première traversée depuis le grand carénage qui l'avait transformé secrètement en sous-marin nucléaire.

Contrairement à la préfecture maritime qui domine le boulevard du bord de mer, la base navale d'Ushuaïa, entre le boulevard et la mer, n'a rien de ces prestigieuses bases navales qui font la fierté des armées du monde entier. Elle n'a rien de commun avec celle de Mar Del Plata que le San-Juan avait quittée trois jours plus tôt. Un simple hangar métallique blanc au toit rouge avec une enseigne « Armada Argentina - Base Naval Ushuaïa ». Pas de clôture de barbelés, pas de chemins de ronde, pas même un poste de garde à l'entrée. D'ailleurs, à quoi bon un poste de garde ? Le terrain est ouvert à tous. Quant au port militaire, c'est juste une darse d'à peine plus de cent mètres entre la terre et un wharf contre lequel était amarrée une frégate, l'ARA Rosales, à l'extérieur de la darse, côté canal.

Aujourd'hui, une activité inhabituelle animait la base. Des fusiliers marins occupaient le tour du bassin, le wharf et le quai à terre. D'autres gardaient l'entrée du hangar. Lentement, le San-Juan entrait dans le bassin entre deux remorqueurs pour accoster contre le wharf, face à l'ARA Rosales.

Une fois à quai, les deux tiers de l'équipage du San-Juan eurent le droit de débarquer. Mais, hormis les officiers, ils n'avaient pas le droit d'aller en ville. Ils devaient rester dans la caserne des fusiliers marins qui jouxte la préfecture maritime. Même les officiers, qui avaient pourtant, eux, le droit d'aller en ville, étaient tenus de loger au mess. Ces consignes strictes avaient pour but d'empêcher toute fuite d'informations sur la propulsion nucléaire dont était doté le sous-marin. Le San-Juan devait rester à quai tout le week-end pour ne repartir que le lundi pour Mar Del Plata, son port d'attache.

L'équipage était un peu déçu de ne pouvoir aller en ville, aussi occupa-t-il son week-end à faire du sport, jouer au poker ou au billard et boire sans doute plus que de raison.

L'équipage était réparti en 3 tiers dédoublés, soit 6 équipes, qui se succédaient à raison de 2 équipes de quart à bord, les quatre autres à terre.

Par curiosité, certains touristes venaient voir le sous-marin. Ils pouvaient aller jusque sur le quai, à l'opposé du wharf où il était amarré, mais les fusiliers marins les contenaient pour qu'ils ne puissent s'en approcher. De toute façon, ils n'étaient guère nombreux parce que la base navale, même avec un sous-marin, les attirait moins que le musée du Bout du Monde, juste à côté, dont le principal intérêt était que, pour vingt pesos, il apposait un tampon « Fin Del Mundo » sur le passeport des visiteurs !
Dimanche soir, Carlo Fuéres, le commandant en second proposa à son commandant d'aller dîner d'un repas de fruits de mer au Tia Elvira, un petit restaurant sympathique qu'il connaissait, sur le front de mer, un peu plus loin que le musée du Bout du Monde… Il accepta d'autant plus volontiers que cela lui permettait d'échapper au traditionnel banquet offert par les fusiliers marins d'Ushuaia à leurs hôtes, banquet qui, selon la tradition, ne manquerait pas de dégénérer en beuverie. Au Tia Elvira, ils soupèrent superbement d'une centolla[17] exceptionnelle et juste cuite comme il faut, accompagnée d'un remarquable malbec des Terrazas de Los Andes…
Pendant qu'ils dégustaient leur centolla, la compagnie de fusiliers marins offrait à ses hôtes sous-mariniers un banquet pour marquer la fin de leur escale à Ushuaïa. L'ordinaire amélioré et l'ambiance de ripaille avaient pour but de leur faire oublier le dépit d'avoir dû rester cantonnés pendant toute l'escale. La tradition de la marine argentine veut que tout le monde, officiers, officiers mariniers et matelots aient le même menu. Pas dans les mêmes salles à manger et pas servi de la même manière, mais le même menu.
On ne sut jamais exactement ce qui l'a provoqué, mais tous ceux qui ont mangé ce menu ont été pris d'une crise de dysenterie niagaresque. A tel point qu'à 23 heures, il était impossible de relever l'équipage de quart sur le San-Juan par des marins à terre. Parmi les officiers, seul le commandant Ferrer et le commandant Fuéres, ont été épargnés. Lundi matin, il n'était pas question, pour le San-Juan, d'appareiller. Les deux tiers de l'équipage étaient dans un état d'hygiène sanitaire indescriptible. Lundi soir, il était clair que cette épidémie ne permettrait pas au San-Juan de quitter Ushuaïa avant le lendemain au plus tôt. Enfin, mardi à 16 heures, la décision de l'amirauté tomba. Dans le local radio du San-Juan, le commandant Ferrer écoutait le commodore Moralés, très énervé « Reprenez la mer quoi qu'il arrive. Vendredi à

[17] Sorte de grosse araignée de mer locale

midi précises, une conférence de presse ministérielle est convoquée pour vous présenter, à votre arrivée, comme le nouveau fleuron de la Marine argentine. Un commandant qui ferait arriver en retard le fleuron de sa marine nationale juste parce que ses marins ont la chiasse, est un jean-foutre ».

— Qu'a dit le commodore ? Lui demanda Carlo Fuéres, le commandant en second.

— Il nous demande de nous démerder.

— Il a le sens de la formule…

— Oui… enfin c'est moi qui traduis. Mais il nous veut vendredi à 12:00 à quai à Mar Del Plata.

— On est mardi soir, il faudrait partir tout de suite et naviguer en plongée tout le temps à pleine puissance… Et nous n'avons pas d'équipage !

— On appareille avec l'équipage valide. Ils sont tous à bord. Pas le temps de faire embarquer les malades.

Puis, prenant le micro de commandement :

— Équipage, ici le commandant… Équipage, ici le commandant. Appareillage immédiat. Navigation par bordée.

Puis, en petits coups brefs, une sirène signifiait à tout le bord de se mettre aux postes de combat. Et tout le monde de courir vers son poste prévu en cas d'effectifs réduits.

A terre, les touristes virent les deux remorqueurs tirer le San-Juan hors du bassin jusque dans le canal. Ils virent ensuite le sous-marin prendre brièvement de la vitesse vers l'est et plonger.

Bibliothèque de la Sorbonne, 14 novembre

Gaëlle Le Couëdic s'était présentée au bureau de la bibliothèque pour demander une thèse de doctorat en civilisations précolombiennes soutenue par « une certaine Pauline… Je ne suis pas sûre du nom, au début de l'année. » Après consultation de sa base de données, l'hôtesse répondit, sûre d'elle :

— Aucune thèse ne répond à votre recherche.

— L'année dernière peut être ?…

— Pas non plus

— Ah ? Fit Gaëlle intriguée… Elle a peut-être été recalée…

— C'est très rare, vous savez.

— Où puis-je consulter l'agenda des soutenances pour cette époque.

— Je peux le faire… Voyons… Oh oui ! C'est très récent, le 1er octobre, Pauline Dummoulin a soutenu une thèse « Les connaissances en science physique d'une civilisation pré-Paracas de la côte sud du Pérou ». Je n'ai pas la thèse… Elle a sans doute été recalée… À moins que…Attendez, il faut que je note…

Elle prit un crayon et griffonna un nombre à quinze chiffres sur un post-it et elle décrocha son téléphone.

— Bonjour, c'est Carol… Oui… Une thèse que je ne trouve pas… Je ne retrouve que l'agenda de la soutenance… Oui, attends …1540 980 000 562… 77… Oui, 77… D'accord, j'attends… Tu es sûr ?… Ça alors… Je ne l'ai pas dans ma base de données. Bon… Oui, si tu pouvais l'apporter… Je sais que tu n'as pas le droit… Mais c'est une thèse et c'est sûrement une erreur de la base de données… Oui, je lui demanderai de la corriger, mais il est en vacances jusqu'à la semaine prochaine… Merci… On se voit ce soir ?… OK, ciao !

Puis, se tournant vers Gaëlle

— C'est incroyable… La thèse n'est pas dans la base de données, c'est le signe qu'elle n'a pas été soutenue ou alors que le jury a sanctionné son auteur… J'ai un copain qui travaille dans les étagères, au sous-sol… Eh bien, cette thèse qui n'existe pas, il l'avait ! Pas l'original, mais une copie… Une de ces copies qui nous reste quand un membre du jury se récuse… Je ne sais pas pourquoi, mais on ne détruit pas ces exemplaires en trop et on les entasse dans une pièce du sous-sol…Vous avez de la chance, il y en a un, et comme la thèse est récente, il est encore accessible… Je dois vous avouer que je l'ai appelé surtout pour lui parler, je n'y croyais pas à cette thèse… On vous l'apporte…

Ce qu'elles ignoraient toutes deux, c'est que cette thèse oubliée avait été jugée farfelue par le jury de l'époque. Pauline Dummoulin avait quand même été doctorée de justesse, après une délibération du jury inhabituellement houleuse. Dans le milieu très intellectuellement rigide de la vénérable université Panthéon-Sorbonne, elle avait quand même valu quelques problèmes de considération à ses deux directeurs de thèse. Pauline Dummoulin, déjà docteur en physique nucléaire, avait consacré trois années, essentiellement au Pérou, à la préparation de cette thèse sur une civilisation précolombienne dont l'existence même était encore sujette à caution.
Avant d'aller l'interviewer, Gaëlle voulait connaître ses travaux. Elle était maintenant assise dans l'impressionnante salle « Jacqueline de Romilly » à une table éclairée d'une lampe de bureau en laiton à abat-jour blanc en verre soufflé. Le calme des lieux était aussi impressionnant que la beauté de l'architecture de cette vaste salle faite d'immenses fenêtres, de lambris et de fresques vert amande d'une sobriété remarquable, comparée à d'autres réalisations de la fin du dix-neuvième siècle. Elle consultait un exemplaire oublié de la thèse de doctorat soutenue par Pauline Dummoulin il y avait six semaines à peine.

Thèse pour obtenir le grade de docteur en archéologie précolombienne
présentée par
Pauline Dummoulin, docteur en physique nucléaire
Les connaissances en science physique d'une civilisation pré-Paracas de la côte sud du Pérou.
Thèse dirigée par Aristide Lofiszell, professeur d'archéologie précolombienne à l'université de Paris I Panthéon-Sorbonne et co-dirigée par Bill Snohr, professeur de physique nucléaire à l'Ecole Normale Supérieure.

RÉSUMÉ : Cette thèse repose sur une étude approfondie des géoglyphes de Nazca et sur la découverte, au même endroit, de diverses poteries et tablettes d'argile très antérieures aux civilisations Nazca et Paraca. Nous y démontrerons que les premiers habitants de la côte sud du Pérou entre -2500 et -1700, que nous appellerons les Shavas, avaient une connaissance, propre à eux mais précise, de la structure intime de la matière. Il semble que les Shavas avaient une définition ésotérique des constituants de la matière différente de notre définition scientifique. Nous connaissons très bien les éléments chimiques et nous ne faisons pas de grande différence entre, par exemple, les deux principaux isotopes du potassium, le 39-K et le 41-K. Pour cette science ésotérique, au contraire, le potassium 40-K était plus proche du calcium 40-Ca que du potassium 39-K ou 41-K que l'on trouve dans la nature. Ils ne connaissaient ni bosons ni fermions, leurs connaissances étaient empiriques. Ils ne théorisaient pas, mais la science de la matière des Shavas décrivait des interactions bosoniques autant que des interactions fermioniques. Les Géoglyphes de Nazca constituent une tentative de sauvegarder cette science sous une forme capable de résister à ce qu'il faut bien appeler une catastrophe nucléaire.

Au premier chapitre, nous verrons l'intérêt d'étudier la civilisation Shava à la lumière de la science contemporaine. Les éminents archéologues qui ont étudié les géoglyphes de Nazca l'ont fait du seul point de vue archéologique [Bibliographie, références 17 à 188] qui présuppose que le savoir de l'humanité est en progrès et qu'une civilisation ancienne connaissait forcément moins de choses que nous dans le domaine scientifique. Ils ont vu, à Nazca, des animaux et des êtres humains reliés par des lignes et ont très généralement conclu qu'il s'agissait d'un hommage au vivant ou d'un hommage du vivant aux dieux.

Au chapitre deux, nous examinerons d'abord les lignes de Nazca, et nous y découvrirons que celles-ci montrent, à très grande échelle, plus de 100 000, la trajectoire de particules rapides comme nous pouvons en voir de nos jours dans nos modernes chambres à brouillard. Les spirales suggèrent la présence d'un champ magnétique intense.

En étudiant le libre parcours moyen, au chapitre 3, nous allons conclure que ces trajectoires sont observées en présence d'un ralentisseur. Comme les lignes ne figurent que des particules rapides, il n'est évidemment pas possible de savoir si ces particules sont simplement ralenties ou si elles sont absorbées, mais nous verrons que ce libre parcours moyen est instructif sur l'usage que les Shavas faisaient de cette science.

Au chapitre quatre, nous examinerons les principaux points de convergence de ces lignes.. Les points les plus simples sont la création de paires boson-antiboson, aisément reconnaissables. L'étude des angles que font les particules dans les nœuds complexes sur lesquels convergent plus de trois lignes, nous permettra de conclure qu'ils sont la désintégration d'atomes atteints par un neutron.

Au chapitre cinq nous déterminerons la correspondance entre les symboles animaliers ou humains et les atomes. Chaque symbole figure un isotope d'un atome. En plus de certains métaux apparemment secondaires pour les Shavas, il semble que leur science sacrée utilisait sept métaux, ou plutôt sept isotopes métalliques. Deux plombs, le 207-Pb et 208-Pb (à moins que le 208-Pb ne soit en fait un bismuth 208-Bi, elle ne fait guère de différence), un platine le 195-Pt (à moins que ce ne soit de l'or 195-Au), un uranium, le 235-U, un neptunium, le 236-Np, un radium, le 226-Ra et un plutonium, le 239-Pu.

Au chapitre six, nous examinerons les sept métaux qui apparaissent dans toutes les traditions antiques et nous constaterons que ce nombre de sept est plus arbitraire que vraiment représentatif de la métallurgie d'alors. Nous verrons que la science alchimique du douzième au seizième siècle, utilisait le nom des sept métaux de l'antiquité pour décrire, entre initiés, des phénomènes qui sont indubitablement des transmutations nucléaires, impossibles avec les sept métaux que sont Au, Ag, Cu, Pb, Fe, Sn et Hg. A cet égard nous démontrerons que la science alchimique s'explique bien mieux en faisant correspondre les sept isotopes shavas aux symboles qui servaient aux alchimistes à désigner leurs sept métaux.

Au chapitre sept, nous décrirons ce que les tablettes et autres poteries découvertes dans la plaine de Nazca nous apprennent de l'usage que les Shavas faisaient de leurs sept isotopes.

Au chapitre huit, nous étudierons la fin de la civilisation Shava. Un cataclysme, dont nous établirons la probable origine nucléaire, a conduit cette civilisation à disparaître, non sans avoir eu le temps de consigner son savoir sous forme de géoglyphes et de divers objets sacrés portant une forme d'écriture sophistiquée, mais si discrète que, jusqu'à ce jour, elle a été prise pour de l'ornementation ou pour des dessins figuratifs d'animaux et de plantes. Nous ferons le parallèle entre cette science Shava et plusieurs traditions du monde méditerranéen antique, dans l'Ancien-Empire égyptien, à Troie et sous les premiers rois à Rome..

Au dernier chapitre, nous émettrons des hypothèses sur les raisons qui ont poussé les civilisations suivantes, Paracas puis Nazcas, à préserver les géoglyphes des Shavas. Nous établirons que les Shavas disposaient d'importantes réserves des sept isotopes. Enfin nous définirons un programme de fouilles archéologiques qui permettraient de découvrir la nature de ces réserves et ce qu'il en reste.

Gaëlle était intriguée par cet incipit pas très compréhensible. Pour tout dire, elle craignait que le texte de la thèse soit carrément trop compliqué pour elle. Néanmoins, elle ne voulait pas interroger Pauline Dummoulin sans avoir lu -sinon compris- sa thèse.

En réalité, quand la Cinquième lui avait demandé un sujet sur l'industrie nucléaire Argentine, elle était loin de se douter que son détour touristique à Nazca lui suggérerait de relier cette vieille civilisation précolombienne à l'industrie nucléaire actuelle. Apparemment la thèse de Pauline Dummoulin développait cette hypothèse.

Elle retourna à l'accueil, avec la thèse à la main, et elle demanda si elle pouvait en acheter une photocopie.

— Bien sûr, mais ça vous coûtera 12 centimes la page… Ah, mais non… je suis désolée, mais je ne peux rien faire, puisqu'elle n'est pas dans la base de données…

— Ah ? Je croyais qu'on pouvait obtenir une copie de n'importe quelle thèse… Je l'ai déjà fait plusieurs fois.

— En fait, cette thèse n'existe pas dans la base… Les seules copies que je peux faire, ce sont des impressions de thèses numérisées dans la base de données, ce ne sont pas des photocopies… Comme elle n'est pas dans la base de données, je ne peux rien faire…

— Je comprends, répondit calmement Gaëlle que cela commençait à agacer… Mais si vous aviez une photocopieuse, je pourrais peut-être la copier moi-même… Je l'ai là, cette thèse qui n'existe pas…

— Je suis désolée, mais nous avons beaucoup d'ouvrages avec des copyrights très divers et, à cause de cela, nous n'avons pas de photocopieuse en libre-service. Si vous pouviez revenir la semaine prochaine, notre informaticien sera rentré de congés et il aura restauré la base de données…

— Bon, d'accord pour la semaine prochaine… Oh, une question encore… Vous savez comment joindre l'auteur, la Docteure Dummoulin ?

— Je ne peux vous donner que son adresse… Attendez… 17, place Dauphine, dans le premier arrondissement. De toute façon, c'est écrit sur la page de garde de sa thèse…

Elle mit toute la journée à lire la thèse. Avec son iPhone, elle en photographia une à une toutes les pages, au fur et à mesure de sa lecture. Le moins qu'on en puisse dire est qu'elle n'avait pas tout compris, mais ce qu'elle avait compris lui est apparu tellement énorme qu'elle fit un texto à son rédacteur en chef. « Le nucléaire en Amérique du sud est un sujet apparemment immense qui excède largement les problèmes argentins. Je voudrais explorer une voie plus originale. Je voudrais situer l'industrie nucléaire argentine dans une vaste perspective historique qui aurait des racines précolombiennes. Je sais que ça a l'air dingue, mais je te raconterai en détail ». La réponse arriva rapidement : « Tu sais pourquoi ça a l'air dingue ? Parce que ça l'est. Arrête de déconner et donne-nous déjà ton sujet sur l'eau lourde d'Arroyito. Tu me parleras des Incas un jour où je n'aurai rien d'autre à faire. »

Atlantique sud 46°44'S 60°08'O 15 novembre

La mer était agitée à forte. Mais rien d'exceptionnel dans cette partie de l'Atlantique sud. Dès qu'il eut quitté le canal Beagle en plongée périscopique, le San-Juan avait plongé à 80 mètres. C'est à cette profondeur qu'il gagnait Mar Del Plata de toute la puissance de son réacteur nucléaire. Il était à peu près à mi-parcours.
Le commandant Daniel Ferrer, même s'il ne le montrait pas devant l'équipage, était fier comme un paon de commander un sous-marin nucléaire. Le premier sous-marin nucléaire d'Argentine et même de toute l'Amérique, hors États-Unis. Mais cette fierté, il la gardait secrète, tout comme devait rester secrète l'existence de sa propulsion nucléaire… Secrète jusqu'à après-demain. Le ministre de la Marine avait convoqué une conférence de presse à l'occasion du retour du San-Juan à la base de Mar Del Plata. Il allait dévoiler que la marine argentine était désormais membre du club très fermé des exploitants de sous-marins nucléaires…
La traversée se déroulait parfaitement. Ils étaient en plongée 80 mètres et ils tenaient allègrement les 30 nœuds. Le commandant exultait intérieurement. A la vitesse actuelle, ils seraient en avance pour la conférence de presse du ministre. Ils devraient même attendre au large pour faire une entrée théâtrale à la base de Mar Del Plata à 12:00 précises. L'équipage était fatigué. Naviguer par bordée, impose des quarts de six heures. Deux quarts de six heures par jour pour chaque homme. L'équipage ne dort que par périodes de quatre heures. En principe les sous-mariniers sont entrainés à de courtes périodes de sommeil, mais ce rythme est épuisant.
Il était 20 heures et nous étions à la première heure du quatrième quart. L'éclairage du sous-marin venait de passer au rouge. Pour permettre à l'équipage de conserver ses repères, l'éclairage intérieur du bateau est blanc le jour et rouge la nuit. Tous les sous-marins du monde ont cette convention. Le commandant était dans le poste central navigation opérations. Le quartier-maître Javier Gettal était au sonar. Il avait signalé divers « biologiques ». C'est le terme utilisé pour désigner les multiples bruits que font les animaux marins. Bancs de poissons, baleines et surtout les tonitruants bancs de crevettes… Soudain, il annonça :
— Bruiteur dans le zéro un neuf gisement avant… Top chronomètre
— Quel classification pour ce bruiteur ? demanda le commandant

— Je ne sais pas… Une seule hélice à sept pales… 77 tours / minute… On n'entend pas la vague d'étrave… C'est un sous-marin en plongée…

— Un SNLE[18] américain ?

— Non… Non… On dirait un TR 1700, comme nous… Enfin comme nous avant… Ce qui est bizarre, c'est qu'il était parfaitement silencieux. Il était sans doute en plongée moteurs stoppés et il vient de démarrer sa propulsion électrique… Il est à l'immersion périscopique… Il fait surface… on entend sa vague d'étrave. Non, ce n'est pas un TR1700. Sa vague d'étrave est bien trop tourbillonnaire… Elle est bruyante comme celle d'un chalutier… C'est une hélice de TR1700, mais elle est montée sur un autre sous-marin…

Après un temps de silence

— Cinq minutes… On l'a maintenant dans le zéro deux un.

— Distance 4000 mètres…

— En surface, mais toujours sur ses batteries… Non, ça y est, il a démarré ses diesels… Attendez, j'écoute… J'entends deux diesels de seize cylindres en V, comme les quatre nôtres autrefois…

Les seuls sous-marins qu'il était raisonnable d'attendre en ces eaux étaient d'éventuels sous-marins nucléaires en transit vers le cap Horn. Cette partie de l'Atlantique sud n'était pas vraiment connue pour être une zone de patrouille de SNLE. « C'est un sous-marin classique, se disait le commandant Ferrer mais ça ne peut pas être la Santa-Cruz, elle est en carénage à Mar Del Plata. C'est proprement incompréhensible. En plus, il était arrêté et il a démarré quand nous étions tout proches… A peine plus de 4000 mètres… Il nous a sûrement entendus arriver… » Il s'adressa au pilote.

— Vitesse huit nœuds, immersion périscopique, assiette plus 20

— Assiette plus vingt.

Dans le San-Juan, tout ce qui n'était pas bien posé tomba par terre. La plupart des matelots du quart quittant étaient allés dormir sur leurs bannettes, à l'arrière. Deux d'entre eux était encore à la cafétéria, cette petite cantine, chichement éclairé de rouge. Ils virent le café s'incliner dans les tasses… Ils n'avaient pas mis les tapis réglementaires antidérapants sur la surface d'inox de la table, en sorte que les tasses se mirent à glisser. L'une d'elles tomba même par terre.

— On fait surface ? Dit le premier

[18] Sous-marin lanceur de missiles balistiques stratégiques

— R.A.B.[19], je vais dormir… Répondit le second en ramassant sa tasse par terre, sans considération pour le café répandu.
— Mais… Tu sais bien que…. Si jamais…
— Quelle lettre tu ne comprends pas dans « R.A.B.» ?… Si on a besoin de nous, ils nous réveilleront…
— Après tout, tu as raison.

Les deux matelots gagnèrent leurs bannettes. Mais ils s'allongèrent tout habillés… Ce serait toujours ça de gagné s'il y avait branle-bas. Ils n'avaient pas remarqué que, tout à l'arrière, devant la porte du compartiment machines, un officier marinier n'attendait plus qu'eux. Quand tout l'équipage du quart quittant fut couché, il posa une sorte de boîte de conserve munie d'une cuiller, comme celles des grenades, derrière le caisson électrique tribord et s'éloigna dans la coursive. Cinq secondes plus tard, le pot fumigène dégagea une épaisse fumée qui se répandit dans la coursive…

Dans le poste opérations, le pilote égrenait la remontée vers l'immersion périscopique

— 20 mètres, 18 mètres, 14 mètres,…
— Top la vue, annonça le commandant qui avait hissé le périscope,
— Azimut du sous-marin inconnu ? Demanda alors le commandant
— Zéro six trois, répondit le quartier-maître Gettal
— Route au zéro six trois, vitesse cinq nœuds ordonna le commandant Ferrer.
— Route au zéro six trois, répondit le pilote… Cinq nœuds

Il régnait un silence de plomb. Tout le monde était suspendu aux lèvres de Javier Gettal, au sonar. Le commandant Ferrer, au périscope d'attaque, ne voyait pas encore le sous-marin quand il entendit l'interphone d'urgence.

— Mécanicien à commandant, alerte radiations. Alerte radiations. Vapeur radioactive dans la coursive de l'équipage…
— Niveau de radiations ? Demanda le commandant
— Critique… En croissance rapide…
— Diagnostic ?
— Rupture d'une canalisation primaire…
— Risque de fusion du cœur ?
— Négatif… Le flux neutronique décroît et va cesser dans trois minutes… Deux minutes 50. Pas de risque de surcriticité.
— Pilote, Surface ! Ordonna le commandant

---

[19] Acronyme grossier signifiant à peu près « je n'en ai cure » ou « peu me chaut »

— Bien, commandant. On chasse à tous les ballasts, assiette plus cinq répondit le pilote.
— Major, branle-bas ! Hurla le commandant.
— Équipage, branle-bas ! Ce n'est pas un exercice ! dit le major au micro.
Une sirène à deux tons retentit alors dans le poste central navigation opérations. Il en retentissait d'autres dans tout le sous-marin. Un léger choc latéral secoua le sous-marin, comme s'il accostait. Avant que le commandant Ferrer ait eu le temps de se demander ce qui se passait et, sans qu'il sache d'où il venait, Carlo Fuéres, le commandant en second était à côté de lui.
— C'est fini, Commandant. Il faut abandonner le bateau.
Il pointait une arme de poing sur lui.
Carlo Fuéres obligea le commandant Ferrer ainsi que le major, deux seconds maîtres et un premier maître à sortir sur le pont du sous-marin en surface. Ils virent qu'il était amarré à couple à un autre sous-marin, légèrement plus petit, d'un modèle qu'ils ne reconnurent pas dans la nuit. C'est là l'origine du heurt qu'ils avaient ressenti. L'obscurité le leur cachait, mais s'ils avaient pu le voir, ils auraient été surpris de constater que ce sous-marin portait, lui aussi, sur son kiosque, l'inscription « San-Juan ». Toujours sous la menace, les cinq hommes durent embarquer dans ce sous-marin, tandis que plusieurs membres de son équipage en transbordaient des caisses avant de le quitter pour embarquer eux-mêmes à bord du San-Juan. Les cinq hommes débarqués du San-Juan ignoraient qu'ils embarquaient en fait à bord du Pablo Escobar, sous-marin pirate basé à Cartagena, Colombie. Quand ils se trouvèrent à bord tous les cinq, ils virent qu'ils étaient seuls... Tout l'équipage du Pablo Escobar avait gagné le San-Juan. Sans qu'ils ne fassent rien, les ballasts se remplirent. Ils eurent tout juste le temps de fermer les panneaux de pont. Ils tentèrent de prendre le contrôle du sous-marin, mais en vain. Les commandes avaient été sabotées. Il descendait de toute la puissance de son moteur électrique avec l'assiette effroyable de moins 30°. Les commandes ne répondaient pas, la barre de plongée était sabotée. La coque retentissait d'inquiétants craquements et il était impossible de redresser la trajectoire. A une profondeur de 50 mètres, une voie d'eau apparut à l'avant. L'assiette négative du sous-marin augmenta rapidement jusqu'à moins 78°. Le sous-marin atteignit rapidement l'immersion critique et, à 200 mètres de profondeur, juste avant que le bateau ne soit complètement vertical, la coque implosa d'un coup. Les cinq hommes moururent en une

fraction de seconde.
Pendant ce temps, le San-Juan filait vingt-cinq nœuds plein sud en plongée à 150 mètres sous le commandement du commandant en second Carlo Fuéres. La marine argentine venait de se faire voler son sous-marin nucléaire.
La carcasse écrasée du Pablo Escobar gît depuis ce jour-là sur un fond de 807 mètres, au large du Golfo San Jorge, à 685 kilomètres au nord des Malouines et 670 kilomètres à l'est de Comodoro Rivadavia. Il est méconnaissable et les recherches ont été abandonnées juste après la découverte de son hélice, cette hélice qui est une copie exacte de celle du San-Juan. Nul n'a jamais remarqué que la coque disloquée à côté de cette hélice, mesurait à l'origine sept mètres de moins que celle du San-Juan.
Le San-Juan n'arriva jamais à Mar Del Plata. La conférence de presse fut annulée. Le monde ne sut jamais que la marine argentine avait possédé un sous-marin nucléaire pendant huit jours.

Lima, aéroport Jorge Chavez, 15 novembre 21h

Dans les toilettes pour dames, sur la tablette à côté du dernier lavabo, une jeune femme écrivait fébrilement une carte postale.
Elle était vêtue d'un sweat-shirt ocre trop grand pour elle et d'un pantalon de treillis léopard. Ajoutez à cela une longue écharpe kaki et vous pourriez imaginer être en face d'une baroudeuse ou d'une aventurière. Mais son visage disait le contraire. Elle avait le visage pâle et les traits tirés sous une longue chevelure brune en désordre. Elle n'était pas maquillée et ce qui frappait d'emblée est que ses beaux yeux noisette avaient peur. Ils jetaient en permanence des regards de tous côtés…
Appuyée sur la tablette, elle rédigeait une carte postale… Dans le texte, elle disait juste « Je pars pour Gizeh. Grosses bises » et pas de signature.
L'adresse :
Pauline Dummoulin,
c/o Caveau du Palais
6, place Dauphine
75001 Paris France
DJB-C05651497
Elle était à moitié tournée vers le mur afin qu'on ne puisse pas voir ce qu'elle faisait. Parce que, bien que la carte postale fût complètement rédigée, elle s'appliquait à écrire encore dessus à l'aide d'un coton-tige cassé qu'elle trempait dans un gobelet où bouillonnait un comprimé d'aspirine effervescent… Quand elle eut fini, elle vida le gobelet et approcha une dame qui se remaquillait trois lavabos plus loin. Elle lui dit, en anglais, en se lavant les mains sans la regarder :
— S'il vous plaît, Madame, pouvez-vous mettre cette carte dans une boîte aux lettres? Je n'ai pas de timbre, voici cinq euros, ça fait quinze soles… Ça devrait suffire pour le timbre.
— Gardez votre argent répondit-elle en français après avoir glissé prestement la carte dans son sac à main… J'ai vu l'adresse. Je vais à Paris. J'habite place Saint-Michel. Je la porterai moi-même dès demain au Caveau du Palais… Je connais, j'y dîne souvent. Mais je vois que vous avez des ennuis… Vous devriez faire appel à la police…
— Ils m'ont dit qu'ils me tueraient si je fais quoi que ce soit… Ils m'attendent juste à la porte des toilettes… Je vais sortir la première… Attendez une minute avant de sortir à votre tour… Merci, Madame, Merci d'accepter… Mais, puisque vous allez à Paris, nous sommes sur le même vol. Je vous en supplie, ne tentez rien…

— C'est promis… Je ne connais pas vos ennuis, mais c'est promis…

— Même au patron du Caveau du Palais, vous ne lui raconterez rien. Vous pouvez juste lui dire de faire suivre cette carte, que c'est urgent… Merci encore…

Quand la dame, une fois remaquillée, sortit à son tour des toilettes, elle vit la jeune femme encadrée de deux aventuriers à la mine patibulaire se diriger vers l'embarquement du vol Air France AF483, le même que le sien… Elle voyageait en classe "éco-premium" et, au cours du vol, elle a juste entr'aperçu les trois mystérieux personnages à l'arrière de la première cabine éco du Boeing « Triple Sept ».

Sèvres, 16 novembre, 10 heures du matin

Gaëlle était très préoccupée par ce qu'elle avait lu dans la thèse de Pauline Dummoulin… Des Amérindiens pré-précolombiens auraient possédé une science de la physique nucléaire et cette science les aurait anéantis. Elle avait fait des recherches approfondies sur Internet. Elle y passait une partie de ses nuits depuis trois jours… Mais rien. Comme si la thèse de Pauline Dummoulin n'avait jamais été lue par personne.
Charles devait rentrer de mission ce matin. Elle l'attendait avec Tchang et Phuong, leurs deux enfants adoptifs cambodgiens, ainsi que leur baby-sitter, une jeune fonctionnaire de gendarmerie en disponibilité que les enfants aimaient bien depuis l'affaire des orphelins de Phnom Penh[20].
Le temps était gris et froid. Ils étaient à la fenêtre et regardaient le morne climat de novembre, un froid humide qui se glissait partout, un ciel aux reflets de plomb bas et sans relief. A l'horizon, la colline de Meudon avait perdu ses belles couleurs d'automne et la forêt s'était habillée de gris pour l'hiver. Les arbres du jardin aussi avaient perdu leur frondaison, sauf le charme qui garderait ses feuilles mortes jusqu'au printemps. La pelouse grasse et humide laissait apparaître la terre rejetée en surface par les bêtes souterraines qui, dès l'automne, travaillent l'humus saturé d'humidité.
Un taxi s'arrêta devant la grille. Charles n'en était pas encore sorti que les deux enfants se précipitaient déjà dehors pour accueillir leur papa. Ils savaient qu'il avait un métier difficile et aventureux. Le secret dont il l'entourait était moins une frustration pour eux qu'un émerveillement devant l'aura dont le mystère auréolait leur père. Par la fenêtre, Gaëlle les vit courir dans le jardin et sauter au cou de Charles qui venait à peine de franchir la grille.
Dans l'entrée, Charles et Gaëlle s'embrassaient chaleureusement, savourant cette nouvelle période de retrouvailles, au milieu de leurs deux vies aventureuses.
— Au fait, Gaëlle, j'ai vu ton reportage en Argentine. Super…
— Tu as aimé ?
— Oui, et surtout le ton de mystère avec lequel tu décris la centrale d'eau lourde… Je ne sais pas pourquoi tu as fait ça, mais ça donnait

[20] Voir « L'Ambassadeur » du même auteur

vraiment le sentiment que tu n'avais pas tout dit... On a envie de connaître la suite.

— Il y a des zones d'ombre... Je n'en ai pas parlé dans mon reportage parce que je veux d'abord savoir où je mets les pieds, mais cette centrale, qui est censée tourner au ralenti et produire à peine quelques litres par jour, je crois qu'elle en produit bien plus. Juste à côté, j'ai vu un camion-citerne de 28 mètres cubes faire le plein d'eau lourde.

— Tu auras sans doute eu des visions. Pourquoi dis-tu que c'était de l'eau lourde ?... C'était à côté de l'usine, dis-tu, même pas dedans... Ça ne suffit pas pour dire que c'est de l'eau lourde

— Non, dit-elle, ou plutôt oui, mais je suis sûre. J'ai pris les quelques gouttes qui restaient dans le bec du tuyau de remplissage. J'en ai fait de la glace qui ne flotte pas sur l'eau. Elle coule au fond du verre d'eau. Si tu veux, il m'en reste plusieurs centimètres cubes. Tu peux les faire analyser ? Je voudrais être sûre avant de faire un sujet là-dessus...

— Je veux bien que tu me donnes ça, mais restons calmes, je pourrai demander au labo. Il y a sûrement une explication. Tu as posé la question à l'usine d'eau lourde ?

— Non... Je ne sais pas pourquoi, mais j'ai eu l'impression qu'ils me cachaient quelque chose et je ne voulais pas abattre mes atouts avant de savoir quoi... Et puis, il y a eu mon excursion à Nazca... Le sujet du nucléaire, en Amérique du Sud est loin d'être épuisé. Tu as aimé mon reportage ? Je crois que tu vas adorer les suites qu'il pourrait avoir... Mais Armand n'est pas vraiment d'accord

— Armand ?

— Oui, tu sais bien, Armand Blot, le rédac'chef.

— Ah ? Et pourquoi ?

Gaëlle lui raconta les géoglyphes de Nazca, la thèse de Pauline Dummoulin. Elle lui dit les doutes qu'elle avait de voir un pays comme l'Argentine acquérir spontanément l'indépendance nucléaire... Et maintenant cette découverte au Pérou. Est-ce un hasard ?

— Je ne peux pas te dire tout, mais ce que tu dis me rappelle quelque chose que j'ai vu au cours de ma propre mission en Argentine. Bien entendu, je ne peux rien te dire, mais, c'est vraiment étrange...

— Je t'ai dit que je recherchais Pauline Dummoulin. Mais si le nucléaire en Argentine t'intéresse aussi, tu pourrais m'aider à la chercher...

— Elle est si difficile à trouver, ta thésarde ?

— Je suis allée à l'adresse où elle habitait au moment de sa thèse. Il y a là un restaurant « Le Caveau du Palais »… Pas mauvais d'ailleurs, il faudrait que nous y allions ensemble…
— Oui, bon, et alors ?
— J'ai interrogé le patron… « Pauline ? M'a-t-il dit, bien sûr que je la connais bien. Elle habite le sixième et dernier étage… Sans ascenseur. » Selon lui, elle serait partie pour une expédition archéologique. Elle n'est pas encore revenue et il n'a pas de nouvelles. J'ai cherché sur Internet, mais je n'ai pas trouvé trace d'une expédition archéologique conduite ou comprenant une Pauline Dummoulin… Avec tes services secrets, tu devrais la trouver sans problème…
— Ce ne sont pas "mes" services secrets ! Il faut que le boss soit d'accord. On ne mène pas d'investigations juste pour complaire à des personnes étrangères au service !
— Le général de Saint-Elme ? Il ne peut rien te refuser.
— N'en crois rien. Il n'utilisera les moyens des services que s'il est convaincu que c'est nécessaire aux intérêts du pays… Et ton histoire, je suis sûr de sa réponse… Je veux bien l'appeler, parce que tu es ma Gaëlle chérie et que je ne peux rien te refuser, mais je suis sûr de sa réponse…
— Bonjour, mon Général… oui, je sais, mais j'ai peut-être un addendum à mon rapport… Non, Gaëlle… Oui, pour « la Cinquième »… Il est possible que l'industrie nucléaire argentine soit bien plus avancée que ce que nous croyons… Oui, elle a des raisons de penser qu'il existe d'importants stocks d'eau lourde et de matière fissile… L'eau lourde oui, mais la matière fissile… Non, non… Sans doute au Pérou, mais… Oui… Non, c'est une thèse de doctorat qui traite de physique nucléaire dans une civilisation précolombienne… Se tournant vers Gaëlle : c'est quoi, ta civilisation précolombienne ?… De nouveau au téléphone : Nazca au Pérou… Une certaine Pauline Dummoulin, pourquoi ?… Ah ?… Bien mon Général et quand voulez-vous ?… Mais… Non, non, pas d'objection… Oui, avec elle, d'accord… A toute de suite, mon Général.
Il raccrocha, resta un instant pensif et regarda Gaëlle, perplexe
— Dans quel nid de guêpes as-tu encore été fourrer ton joli nez ?
— Pourquoi…
— Saint-Elme était très distant, voire incrédule et il ne m'écoutait que par courtoisie. L'eau lourde ne le passionnait pas… Il a eu l'air intéressé quand j'ai parlé de tes Incas au Pérou…

— Ce ne sont pas des Incas, c'est bien plus ancien que les Incas…

— Oui, bon… Mais surtout, dès que j'ai cité le nom de Pauline Dummoulin, il a bloqué net. Il m'a juste dit « Pas au téléphone. On en parle de vive voix ». Je lui ai demandé quand nous pouvions venir et il m'a répondu, comme si c'était un évidence « Tout de suite, bien sûr. Je vous attends »… Dis-moi, qui est cette Pauline Dummoulin ?

— Je t'assure que je n'en sais rien. Elle a juste soutenu une thèse sur une civilisation pré-incaïque qui traite d'un sujet rocambolesque dont m'a parlé un vieil Indien au Pérou… Cette thèse, c'est tout ce que je connais d'elle.

Marnes-la Coquette 16 novembre midi

Marnes-la-Coquette est une toute petite ville au milieu des bois entre Paris et Versailles. En réalité, c'est même un village. Un village paisible. C'est la seule commune rurale de la petite couronne parisienne. La place du village comprend une mairie, une église, deux boutiques d'antiquaires, une poste désaffectée et un restaurant. Elle est entre le bois de Saint-Cloud et la forêt de Fausses-Reposes. Un petit morceau de campagne resté ignoré des urbanistes frénétiques de la fin du vingtième siècle. Juste après la place, une grille ouvre sur le « Parc-de-Marnes ». C'est un parc privé composé d'une vingtaine de propriétés magnifiques qui offrent à leurs heureux habitants un asile aussi paisible que discret.
Francis Calcomycès résidait Parc-de-Marnes, à plusieurs kilomètres de Saint-Cergue, pour pouvoir échapper aux sujétions de ses fonctions de maire. Il était d'autant plus satisfait de résider loin de ses administrés que l'environnement cossu du Parc-de-Marnes était infiniment plus plaisant que le contexte Saint-Cergois, même sur le coteau.
Ce jour-là, Francis Calcomycès avait organisé un déjeuner de travail avec quelques amis et collègues. Il y avait le ministre de l'Intérieur et plusieurs maires de communes de banlieue parisienne. Dans un salon au mobilier contemporain et à la décoration impersonnelle, ils ne discutaient que des récentes émeutes de Saint-Cergue-sur-Seine qui avaient fait la une des journaux pendant plusieurs jours. La manière dont tout s'était embrasé… La violence délibérée et la durée des émeutes, il était évident que quelqu'un soufflait sur les braises pour attiser le feu. Mais ils ne savaient pas qui.

— Vous savez, cher ami, j'ai eu aussi des règlements de compte dans le milieu chez moi, mais c'est resté dans leurs quartiers. La presse l'a su, mais elle n'en a pas parlé
— Oui, la presse est très tolérante avec ces voyous et elle ne parle de ces sujets que quand elle ne peut pas faire autrement. Elle les appelle « les jeunes ». Elle ne cite le nom d'un voyou que lorsqu'il n'est pas à consonance maghrébine.
— C'est vrai, les journalistes fustigent instantanément le moindre d'entre nous qui omettrait de payer ses contraventions, mais ils deviennent tout à coup aussi plombés que l'Agence Tass sous Staline quand il s'agit des « jeunes »…
— Il faut que ce soit au moins une fusillade à la kalachnikov entre voyous notoires, une chose que nul ne peut ignorer, pour qu'ils

l'évoquent du bout des lèvres avec le traditionnel « la piste d'un règlement de comptes dans le milieu n'est pas écartée. ».

— Vous n'avez pas de chance, Calcomycès, s'il n'y avait pas eu ces émeutes, l'assassinat qui a mis le feu aux poudres à Saint-Cergue n'aurait même pas été mentionné dans les journaux.

La sonnette retentit et Aminata, la femme de service ivoirienne, introduisit le dernier convive.

— Mes amis, dit Francis Calcomycès, vous connaissez tous Joël Vanderloo, mais vous ne l'avez pas tous rencontré en personne... Notre ami Joël est un personnage discret ! Il va nous communiquer ce soir ses premières conclusions dans la mission que nous lui avons confiée... Joël, prenez d'abord une coupe de champagne... Nous allons ensuite passer à table, où vous nous exposerez vos exploits.

Il saisit une bouteille de Dom Pérignon 2008 dans le seau à glace en argent et lui en versa une coupe. Après quelques minutes, le minimum pour que Joël Vanderloo ait le temps de serrer les mains et de boire une gorgée du précieux nectar, Aminata annonça à Francis Calcomycès que le déjeuner était servi dans la salle à manger attenante.

Une table sobrement dressée sur une nappe bleue et blanche. Au milieu de la table, le caviar était présenté avec une cuiller dans un large bol posé sur un saladier de glace flanqué de deux corbeilles de blinis tièdes. Des flacons de vodka et deux carafes de vin blanc complétaient l'ensemble. Les six hommes prirent place autour de la table. Francis Calcomycès prit alors la parole.

— Alors, Joël, dites-nous tout... Nous vous avons missionné pour nous dire ce que vous savez des trafics de substances illicites qui occupent la jeunesse de nos banlieues. Où en êtes-vous ?

— Monsieur le Ministre, Messieurs les Maires, vous avez été plusieurs à m'expliquer que la stabilité des "quartiers" de vos communes reposait sur le plein emploi de vos jeunes et que seules les filières de vente de drogue étaient à même de garantir ce plein emploi...

— C'est un peu simplificateur l'interrompit le ministre de l'Intérieur, mais c'est pertinent.

— Oui, quand je dis vente de drogue, j'inclus toutes les substances illicites, comme les cigarettes de contrebande ou les médicaments frelatés.

— Cynique mais réaliste, reprit le ministre. Je tiens pour certain au plan national que le trafic de substances illicites est le facteur-clé de la paix dans les cités et qu'à cause de cela, nous sommes tous obligés de nous assurer que, même illégal, il se déroule aussi paisiblement que possible.

— Oui, répondit Francis Calcomycès. En échange d'un pourcentage sur les ventes, j'assurais à cette filière, autant d'impunité que son illégalité me permet politiquement de le faire. Je mettais deux conditions à cette cohabitation pacifique : pas un gramme de leurs saloperies ne doit être consommé sur place. Je n'ai pas de junkies dans les arrière-cours ni d'overdoses dans les parkings… Je crois que vous en faites tous plus ou moins autant, n'est-ce pas ?

— Et la seconde condition ?

— La seconde condition était que les affaires du quartier sensible devaient rester dans le quartier sensible.

— Eh bien, mon cher, pour ce qui est de cette seconde condition, il semble que, depuis les récents évènements, c'est un peu raté, vous ne trouvez pas ? dit le ministre de l'Intérieur ironique.

— Le problème, fit le maire de Boxigny, vient de ce que les filières d'approvisionnement de l'héroïne sont maintenant toutes trustées par les réseaux islamistes. L'objectif de ces réseaux n'est pas, ou en tout cas pas seulement le business. Il est de recruter des jeunes sous couvert de business, puis de les endoctriner et d'en faire les machines à tuer de leur Jihad. La recette n'est pas nouvelle. Elle date des ismaéliens d'Alamut[21] au onzième siècle…

— Non. Justement, répondit le maire de Saint-Cergue, maintenant, je suis sûr que ce n'est pas ça la bonne analyse. J'avais négocié une paix avec les réseaux islamistes… Je ne mettais pas mon nez dans leurs systèmes d'endoctrinement de djihadistes et, en contrepartie, ils me garantissaient la paix. J'avais même créé une « maison annexe des associations », la MAA, rue Quarton, une rue tellement mal située que la MAA n'intéressait aucune des associations saint-cergoises traditionnelles. Comme ça, les barbus étaient les seuls à l'utiliser et ils y étaient chez eux. Et en toute discrétion parce que la MAA n'avait aucun voisin, donc personne pour s'inquiéter de ce qui s'y passait. Et ça me garantissait qu'au moins, Saint-Cergue ne serait jamais la cible d'un attentat. La DGSI[22] a voulu faire fermer cette maison, parce que,

---

[21] Au moyen-Âge, au sud de la mer Caspienne, Alamut était un palais où les Ismaéliens formaient les « hachichins ». On les droguait et on les mettait entre les mains expertes de superbes prostituées. A leur réveil on leur expliquait qu'ils avaient entrevu le paradis d'Allah et on les envoyait en mission-suicide, gagner ce paradis…

[22] Direction Générale de la Sécurité Intérieure

soi-disant, il s'y stockerait des armes... Je m'y suis fermement opposé parce que je voulais préserver la paix dans ma commune.

— Je me rappelle, c'était l'année dernière, j'ai dû bloquer moi-même l'action de la DGSI, dit le ministre.

— Tout à fait, Monsieur le Ministre et je vous en remercie. Non, ce qui vient de se passer chez moi est extérieur aux salafistes. Les salafistes, je gère. Leur financement, c'est le commerce de l'héroïne, de l'herbe et des cigarettes de contrebande. Donc ça aussi, je contrôle. Mais il semble bien qu'un nouveau réseau cherche à s'implanter chez moi. Selon mes informations, ce réseau serait lié à la cocaïne et au crack, pas à l'héroïne... Et ce réseau, je ne parviens pas à le contrôler.

— Oui, renchérit le maire de Basquervilliers, je n'ai pas eu les émeutes de notre ami Calcomycès, mais j'ai les mêmes informations : je crois qu'un nouveau réseau, orienté cocaïne, essaie de s'implanter. Peut-être même cherche-t-il à supplanter les barbus pour le contrôle des dealers et des choufs dans les quartiers. Jusqu'ici, la cocaïne, c'était secondaire pour nos dealers... Je crois que, maintenant, les rapports de force s'inversent. Les filières de l'héroïne sont en train de se faire marginaliser par celles de la cocaïne.

— En effet, et je constate le problème au niveau national, reprit le ministre. Ces nouveaux réseaux sont beaucoup plus imprévisibles que ceux contrôlés par les islamistes. La raison en est que l'approvisionnement en cocaïne est très chaotique à cause des nombreuses saisies que parviennent à opérer les douanes. Selon leurs statistiques, les douaniers saisissent près d'une cargaison de cocaïne sur deux dans les ports. Cet approvisionnement chaotique fait que celui qui se retrouve à découvert parce que sa marchandise a été saisie se fait tuer et que, chaque fois qu'un cadre est tué, une guerre s'engage pour sa succession...

— Et comment contrôler des réseaux dont les chefs changent tout le temps ? reprit le maire de Basquervilliers. Les barbus, eux au moins, ne nous posent pas de problème. Je protège l'intégrité de leur territoire et ils s'engagent en contrepartie à ne pas faire déborder leur activité sur les territoires bourgeois. Avec ces nouveaux réseaux qui ne respectent rien, nous sommes, comme Calcomycès à Saint-Cergue, à jouer avec un cierge magique au-dessus d'un baril de poudre.

— C'est là que je peux vous aider, intervint alors Joël Vanderloo. Je prévois que l'approvisionnement en cocaïne va devenir bien plus régulier. Les réseaux qui leur sont liés vont se renforcer. Si vous misez sur eux, vous jouez sur le cheval gagnant. C'est avec eux que vous devriez négocier la paix dans votre commune en échange de votre soutien quand ils voudront évincer les barbus.

— Et comment espérez-vous que les saisies douanières diminuent ?

— Laissez-moi faire, Monsieur le Ministre, ayez confiance.

— Confiance est un mot bien étrange concernant ces matières…

— Simplement, de moins en moins de marchandise passera par les ports. A moins de recréer le Mur de l'Atlantique, les Douanes vont voir leurs saisies de cocaïne baisser drastiquement, et, vous verrez, elles en concluront même qu'elles ont gagné la bataille de la coke.

— Pouvez-vous être plus précis ?

— Pas vraiment. Vous m'avez engagé pour analyser la situation et formuler des recommandations. Je vous ferai un rapport écrit, mais, je puis vous le résumer ainsi. La situation évolue et les filières sud-américaines de la cocaïne sont en train de mener à mal vos réseaux islamistes. Je vous le confirme. Mon analyse est que ces nouveaux réseaux vont évincer vos réseaux islamistes d'aujourd'hui.

— Et alors ?

— Eh bien, vous m'avez embauché pour vous faire des recommandations, alors ma recommandation est que, si vous ne voulez pas que cette éviction mette vos quartiers à feu et à sang…

— Comme Saint-Cergue… L'interrompit Calcomycès

— … Si vous ne voulez pas que toutes vos villes vivent, de façon récurrente, ce qu'a vécu Saint-Cergue, reprit Joël Vanderloo, vous devriez pactiser sans délai avec ces nouveaux réseaux, quitte à lâcher tous ces imams avec lesquels vous avez conclu un pacte de non-agression.

— Comment êtes-vous sûr qu'ils vont s'imposer ? Demanda le ministre.

— Parce que leur objectif est le business et seulement le business. Ils n'ont pas d'objectif secondaire. Ils ne cherchent pas en permanence à se séparer de leurs meilleurs dealers, de leurs meilleurs go-fast et de leurs meilleurs caïds pour les envoyer faire la guerre sainte. Ils sont donc intrinsèquement plus forts… La seule chose qui les affaiblissait était l'action des douanes. Et, d'ici très peu de temps, les douanes seront impuissantes contre eux.

— Comment…

— Vous m'avez engagé pour analyser d'abord et recommander ensuite. Vous m'avez réglé un acompte de trois cent cinquante mille euros et vous m'en devez encore autant. J'ai analysé. J'ai aussi recommandé. Mes recommandations vous inquiètent ? Alors disons que, si, d'ici trois mois, les chiffres de saisie de cocaïne par les douanes n'ont pas baissé d'au moins cinquante pour cent, alors je ne vous facturerai pas les derniers trois cent cinquante mille euros que vous me devez. C'est un geste commercial pour apaiser vos inquiétudes. Ce n'est pas une explication, j'en suis conscient, mais je ne vous donnerai pas d'explication… Admettez quand même qu'il est plus confortable de maîtriser une situation que l'on ne comprend pas que de succomber à une situation que l'on comprend !

— C'est frustrant conclut le maire de Basquervilliers, mais ce n'est pas faux… Et je connais assez bien la réputation de Monsieur Vanderloo pour penser que, s'il ne veut pas nous dire pourquoi il nous recommande ces nouveaux réseaux, c'est parce qu'il sait des choses que nous avons tout intérêt à ne pas connaître. Je me trompe Monsieur Vanderloo ?

En guise de réponse, Joël Vanderloo leva juste son verre avec un sourire entendu dans sa direction. Le maire de Basquervilliers était connu pour son pragmatisme, aussi tout le monde se rangea-t-il à cet avis.

Pendant tout le déjeuner, les uns et les autres ont encore essayé en vain de tirer les vers du nez de Joël Vanderloo… Dès quatorze heures, ils prirent congé de leur hôte, à l'exception de Joël Vanderloo.

— Auriez-vous encore quelques minutes à me consacrer Francis ?

— Bien sûr, voulez-vous un verre d'armagnac ?

— Très volontiers…

— Et un cigare ?

— Ah, oui, un bon cigare, c'est la meilleure façon de conclure un bon déjeuner… Mais vous n'en prenez pas vous-même ?

— Non, non, je ne fume plus… C'est mauvais pour la forme… Vous savez qu'en plus du golf, je pratique la course à pied… Et j'ai remarqué qu'avec l'âge, mon souffle commençait à se faire un peu court… Alors j'ai cessé le tabac…

— Sage décision, sage décision, mais un peu austère ne trouvez-vous pas ?

— Ma santé n'est vraiment pas un sujet intéressant. J'imagine que vous vouliez me parler d'un sujet plus…

— Plus sérieux et plus confidentiel, oui. Quand je vous ai dit tout à l'heure que les réseaux d'importation de cocaïne vont évincer les barbus qui importent l'héro, vous pensez bien que ce n'était pas une prévision en l'air…

— Ça va semer un bordel monstrueux…

— Sans doute, mais je ne voudrais pas que Saint-Cergue en pâtisse… J'ai du business à faire à Saint-Cergue, c'est un business très intéressant, mais il y a deux conditions : la première est que la fièvre retombe et la seconde, qui en sera sans doute un simple corollaire, que vous soyez réélu l'an prochain.
— Ma réélection ne posera pas de problème.
— Je vous trouve bien optimiste après vos trois jours d'émeute !
— J'ai des moyens considérables pour orienter l'opinion. Je suis le seul à pouvoir assurer l'ordre dans la commune et c'est ce que mes électeurs attendent de moi… Parce que dans Le Quartier, l'ordre règne. En tout cas jusqu'aux dernières émeutes, il régnait. Mais c'est leur ordre… Ils ont leurs lois, leurs règles… En revanche, que l'État ou la Commune vienne y mettre son nez, et c'est l'émeute. Vous avez vu… Jusque-là, je m'efforçais de faire en sorte que leur autorité ne soit pas contestée. Personne n'entre dans Le Quartier sans leur accord… La Mairie leur signale le moindre livreur de pizza… Et ils donnent leur accord, mais pas toujours, et dans ce cas la Mairie avertit le pizzaiolo qu'il ne devra pas livrer. Par exemple, pas question de livrer une pizza à un musulman un jour de ramadan… Ils ont leurs propres règles… Ils ont même un tribunal islamique qui juge les actes de la vie civile. Par exemple, un divorce doit être prononcé par l'imam avant toute saisine du tribunal judiciaire… La femme qui demanderait le divorce au juge sans l'accord préalable de l'imam mettrait ses jours en danger. Le Coran dit qu'elle doit être lapidée, et elle a toutes les chances de l'être… Dans le Quartier, les exécutions se font en toute discrétion, personne n'en entend parler en dehors… En tant que maire, je ne marie un couple musulman du Quartier que si l'imam me notifie préalablement son accord… Tout ça fait que Le Quartier me fout la paix et qu'en échange, je lui garantis une grande autonomie…
— C'est un bon équilibre…
— Oui, et je ne comprends pas pourquoi ils ont été exécuter ce Jamel…
— Jamel ?
— Oui, un gamin qui a été flingué à bout portant sur ma Grand Place. C'est cette exécution qui a été à l'origine des émeutes… Pourquoi ne l'ont-ils pas tué en silence dans un de leurs sous-sols, comme d'habitude ?
— Mais vous disiez que vous avez des moyens considérables ?…
— Oui, en échange de ma protection, ils me versent un petit pourcentage de tout leur business sur Saint-Cergue. Et un petit pourcentage de très grosses sommes, ça fait déjà une belle cagnotte…

Je peux donc payer des instituts de sondage et les meilleures boîtes de com... Et je serai réélu, je suis confiant...
— Sauf s'il arrive un autre incident comme ce Jamel...
— Oui... Et je ne maitrise pas. J'ai un maire-adjoint qui était mon alter ego vis à vis des réseaux. Il négociait au jour le jour les modalités dans lesquelles l'autorité des barbus dans le Quartier n'interférait pas avec celle de la République hors du Quartier... Mais, depuis Jamel, ça ne marche plus... J'ai déjà dû payer cinquante mille euros que ce Jamel avait soi-disant dérobés... Et ça n'a pas suffi à obtenir la paix. J'ai encore eu deux jours d'émeute après cette rançon... Ils sont cons... Si je suis battu aux prochaines élections, ce ne pourra être qu'au profit du Rassemblement National qui aura pour programme de faire régner à nouveau l'ordre républicain dans le Quartier. Ce sera un bordel sans nom et ils auront tout perdu, parce que le business ne se développe que dans le calme.
— Écoutez, Francis. Ce qui se passe, c'est que vos barbus sont en train de perdre la main. Quoi qu'il arrive, ils ne tiennent plus votre Quartier... Ce n'est certainement pas eux qui ont fait exécuter votre Jamel... Ce sont les nouveaux arrivants, les barons du business de la coke... Ils vont supplanter les barbus qui vivent essentiellement de l'héroïne. Ils sont déjà en train de débaucher leurs choufs et leurs dealers...
— Mais mon adjoint, Mahmoud Ben Gharbi, ce sont les réseaux salafistes qu'il connaît bien, pas ces nouveaux...
— Il ne peut plus vous servir à rien... Voilà ce que vous allez faire. Vous allez recevoir un type... Je lui ai dit d'être à la mairie de Saint-Cergue à 15 heures. Vous allez voir, au premier abord, il a l'air sympa. Rapidement, vous verrez qu'il est, en fait, assez primaire, mais ce n'est pas le problème. Ce type est retors. C'est même ce que l'on appelle un sale con, mais il est très bien introduit dans ces nouveaux réseaux... Il s'appelle Michel... Michel Sangulier, et je ne vous conseille pas de vous en faire un ennemi. Prenez-le avec vous et laissez-le agir... Il vous aidera à vous débarrasser de votre Ben Gharbi en douceur... Il a de la méthode.
— Merci... Mais pourquoi me faites-vous cette proposition ? J'imagine que ce que vous êtes en train de faire là, c'est normalement un contrat de consulting et de lobbying que vous facturez plusieurs dizaines de milliers d'Euros... Pourquoi moi ? Pourquoi Saint-Cergue ?
— Disons que j'ai mes raisons. Je souhaite mener certaines activités et je ne peux les mener que dans une ville dont je suis sûr. Avec votre

aide, je vais donc faire de Saint-Cergue un modèle de sécurité… Parce que Saint-Cergue possède une particularité géographique qui m'intéresse et dont il sera temps de parler quand Michel aura fait le boulot… Bon, assez parlé… Je vous l'envoie et on en reparle après. J'ai déjà bien assez abusé de votre temps pour aujourd'hui… Oh, avant de partir… Merci pour votre armagnac, il était grandiose… Et aussi ce Cohiba… Je suis le seul à fumer, désolé… Vous ne savez pas ce que vous perdez à ne plus fumer, cher ami !

Et il le gratifia d'un sourire entendu accompagné d'un petit salut de sa main qui tenait le cigare.

Extrait de la thèse de doctorat de Pauline Dummoulin

RESUME DE L'EXTRAIT

La guerre de Troie avait pour objet la conquête d'un feu sacré semblable à celui de Nazca. La princesse Cassandre en était la gardienne. Tout porte à croire que Troie aurait été détruite par une explosion nucléaire causée par ce feu sacré. Énée a emporté le secret du feu sacré dans le Latium. Le roi Tullius Hostilius l'a laissé s'éteindre et est mort d'avoir essayé de le ranimer. Ce secret du feu sacré se trouverait caché dans le « Palladium », statue tutélaire de Troie qu'Énée a emportée avec lui et qui est restée vénérée par les vestales Romaines pendant plus de mille ans.

(TEXTE INTEGRAL)

TROIE

Les prêtresses shavas du Feu-des-Anciens ne sont pas sans rappeler d'autres prêtresses antiques comme les Vestales romaines ou les prêtresses d'Hestia à Troie. Toutes avaient en commun le devoir d'entretenir un feu sacré et l'obligation de rester vierges. Le feu nucléaire est dangereux et difficile à maîtriser. En termes de l'époque, ce feu sacré est infiniment précieux et ésotérique au point d'exiger un ordre dédié de prêtresses pour l'entretenir. Ces prêtresses n'ont pas le droit de connaître l'homme, règle absolue érigée en interdiction divine, en tabou. Ceux qui ont légué le feu à ces civilisations anciennes, les Anciens pour les Shavas, savaient que ce feu ne pouvait pas être côtoyé en permanence par le peuple... Le côtoyer quotidiennement, comme le faisaient celles qui l'entretenaient, entraînait l'interdiction d'avoir des relations sexuelles, en réalité l'interdiction d'avoir une descendance. C'est compréhensible quand on connaît le caractère tératogène des rayonnements ionisants générés par les réactions nucléaires.

La princesse Cassandre, fille du roi Priam, était gardienne du feu à Troie. On a surtout épilogué sur sa destinée tragique de pythonisse condamnée à ne jamais être crue, et sur sa fin cruelle, massacrée à coups de hache par Clytemnestre. Cette solitude de la parole était en réalité une solitude physique : tous ses prétendants sont morts de mort violente. Que ce soit le noble Othryonée de Cabésos, tué par Idoménée, le prince Corèbe de Phrygie, tombé sous les glaives des Grecs malgré les avertissements de sa fiancée, tous les princes alliés des Troyens qui ont courtisé Cassandre sont tombés sous les coups des Achéens. Agamemnon lui-même, qui en avait fait sa captive après la prise de Troie, n'a pas eu le temps d'en faire sa maîtresse avant d'être assassiné par Egisthe... A la fin de la guerre, quand Troie était envahi par les Grecs, où Cassandre a-t-elle cherché refuge pour tenter vainement d'échapper au viol d'Ajax ? Au Palladium, au pied de la statue de Pallas-Athéna... Le Palladium, le siège du feu sacré de Troie, le temple d'Hestia où elle officiait, avec quelques autres prêtresses, qui entretenaient ce feu terrible et perpétuaient la tradition.

Il est significatif de constater qu'après dix ans d'une guerre féroce qui s'est terminée par l'épouvantable bain de sang complaisamment décrit par Dictys de Crète et Darès de Phrygie, le viol de Cassandre par Ajax ait été considéré par les dieux comme un crime majeur qui les dépassait tous, un sacrilège au point que la déesse Athéna châtiera Ajax en coulant personnellement son bateau et que Poseidon, après avoir tenté de le sauver, rendra son châtiment plus cruel encore.

Ni Homère, ni Hérodote, ni aucun historien ne cite un évènement comparable à une catastrophe nucléaire à Troie, comme celle dont témoignent les vestiges laissés à Nazca par les Shavas. Il est donc possible que le feu du Palladium se soit simplement éteint, comme ceux des montagnes du sud et de l'est à Nazca. Une campagne de fouilles dans les tréfonds de la ville de Troie, pourrait alors permettre d'en retrouver l'athanor et les restes de métaux sacrés qui entretenaient la réaction en chaîne. Toutefois, il est plus probable que l'incertitude dans laquelle nous sommes au sujet de la localisation du site de Troie résulte précisément du fait que le désert créé par une explosion nucléaire ait rendu les historiens incapables d'imaginer a posteriori que l'orgueilleuse cité ait jamais pu se trouver là. L'Iliade est postérieure de près de cinq siècles aux évènements qu'elle relate. La plupart des historiens d'aujourd'hui (notamment bibliographie : 18, 54, 122) estiment qu'à l'époque d'Homère, Troie n'existait plus et que tous les Troyens avaient fui la Troade. Homère n'a jamais vu que des ruines de Troie, ce qui explique d'ailleurs que ses descriptions de la ville soient si géométriques et minérales. Jusqu'au dix-neuvième siècle, il était couramment admis que ce qu'a vu Homère ne serait pas les vestiges de Troie, mais ceux d'une ville reconstruite juste après l'Iliade, à quelques kilomètres de là, par des Troyens survivants. Dans la « table géographique » de l'Histoire d'Hérodote traduite du grec par Pierre-Henri Larcher en 1786 (vol. 8 p.588), on lit :

« Apres la destruction de Troie ou Ilion, on batit une ville d'Ilion a trente stades des ruines de l'ancienne [...] On respectoit la nouvelle ville d'Ilion parce qu'elle portoit le meme nom que l'ancienne Troie et que son temple de Minerve tenait lieu de celui de cette fameuse ville ou l'on avoit si long-temps conserve le Palladium, c'est-a-dire la statue de Pallas ou Minerve »

Pourtant les Grecs étaient repartis. Les survivants du massacre auraient donc eu meilleur temps à reconstruire à partir des ruines de Troie plutôt qu'à construire une nouvelle Troie ex nihilo à quatre kilomètres de là. Pourquoi, alors, cette nouvelle ville ? C'est incompréhensible sauf si l'on admet qu'ils étaient les survivants d'une catastrophe bien pire que le massacre par les Grecs, une catastrophe qui n'aurait laissé de Troie qu'un désert insalubre, comme l'explosion du feu sacré décrite par les Shavas, et la catastrophe de Zerzura sur laquelle nous reviendrons plus loin, qui a vitrifié des kilomètres de désert. Une explosion nucléaire.

Il est raisonnable de penser que la conquête du feu sacré, cette source de prospérité inépuisable, était, en réalité, le véritable moteur de la guerre de Troie. Selon les classiques, une sordide histoire de cocufiage, à peine digne des plus mauvais théâtres de boulevard, aurait conduit tous les Grecs, traditionnellement rivaux entre eux, à s'unir comme un seul homme dans une guerre totale qui a duré dix ans... C'est objectivement invraisemblable. D'autant, rapporte Hérodote, ("Euterpe", 118-120) que, pendant toute cette guerre, Hélène n'était sans doute même pas à Troie et qu'elle coulait des jours tranquilles à Memphis, en Égypte, où Ménélas l'a d'ailleurs retrouvée après la guerre. En revanche, si la guerre avait pour objet la conquête de ce feu formidable, alors on comprend qu'Homère ait passé tout cela sous silence. Grec, il chante la gloire des Grecs et il est bien peu glorieux de constater que les dix années de guerre passées à conquérir ce feu se seront soldées par un fiasco. De même, à la fin de la guerre, il est aisé d'imaginer que, si Cassandre s'est précipitée vers le Palladium, c'était sans doute moins pour échapper à Ajax que pour éteindre le feu sacré et mettre son secret à l'abri pour qu'il ne tombe pas entre les mains des Achéens.

ROME

L'extinction du feu sacré à Troie n'a pas pour autant éteint la tradition. On tient, notamment d'Apollodore, que le Palladium, cette statue de Pallas-Athéna qui n'a pas su protéger la ville de Troie, non plus que la malheureuse Cassandre, fut dérobé par Ulysse et Diomède et échappa ainsi à la destruction de la ville. Énée, investi de la mission divine de fonder une Nouvelle Troie, l'emporta avec lui jusqu'en Italie où il devint roi des Latins, comme le chante superbement Virgile. Son fils Ascagne transféra la statue de Lavinium à Albe-la-Longue, sa nouvelle capitale. Tite-Live, Plutarque et Aulu-Gelle s'accordent à dire que le culte rendu à cette déesse fascinera le roi Numa Pompilius, successeur de Romulus sur le trône de Rome, au point qu'il en engagera des prêtresses pour servir le feu qu'il faisait entretenir pour la déesse romaine Vesta, feu dont il aurait reçu le secret par héritage. Un feu, disait-on, qui était rien moins que la foudre apprivoisée. Son belliqueux successeur, Tullius Hostilius, déclara la guerre à Albe-la-Longue. Après le combat des Horaces et des Curiaces qui le fit vainqueur de cette guerre, il enleva la statue de Pallas-Athéna pour l'installer dans le temple de Vesta à Rome. Quand Ovide, dans « Les Fastes » évoque ce pouvoir de maîtriser la foudre que Numa Pompilius aurait hérité de Jupiter, il est impossible de ne pas noter qu'Ascagne, le fils d'Énée était appelé aussi Iolum, diminutif de Iovis, nom latin de Jupiter. Ainsi Ovide conforte l'idée que ce pouvoir de maîtriser la foudre est bien ce feu acquis d'Ascagne et entretenu par les prêtresses qu'il a fait venir d'Albe-la-Longue. C'est ce même feu que la princesse Cassandre entretenait à Troie devant la statue de Pallas-Athéna. Plutarque[23] suggère que Tullius Hostilius, aurait perdu le secret de Numa Pompilius

« IL PASSA A L'AUTRE EXTREME, PAR L'EFFET D'UNE GRAVE ET ETRANGE MALADIE DONT IL AVAIT ETE FRAPPE ET IL TOMBA DANS UNE SUPERSTITION QUI NE RESSEMBLAIT EN RIEN A LA PIETE DE NUMA. LE PEUPLE S'EN RESSENTIT ET LA MORT DU ROI, BRULE PAR LA FOUDRE, AUGMENTA ENCORE, DANS LES AMES, LES RAVAGES DU MAL. ».

À la lumière de ce qui précède, le récit de Plutarque incline à penser qu'il aurait succombé à une forte dose de radiations, peut être en tentant de ranimer lui-même le feu sacré, cette foudre domestiquée que maîtrisait son père et dont il avait oublié le secret.

Par la suite, les précautions prises autour de l'entretien du feu de Vesta ne sont plus que la pérennisation servile de celles qui étaient prises autour d'un feu sacré dont tout porte à croire qu'il était, jusque sous Numa Pompilius, de la même nature nucléaire que ceux de Nazca, et, probablement aussi de Troie et de Gizeh. Après Tullius Hostilius, les

[23] « Vie des hommes illustres », vers 110 ap. J.C. (trad. Alexis Pierron , 1853)

quatre derniers rois de Rome n'eurent de cesse de célébrer la noblesse des racines de la Ville, racines divines par Romulus, et troyennes par Énée. C'est clairement à cette volonté que l'on doit la pérennisation du Palladium en culte de Vesta, hommage aux racines troyennes de Rome.

LE PALLADIUM

Après le règne de Tullius Hostilius, le feu de Vesta n'était plus qu'un feu ordinaire, mais il avait été érigé en culte majeur et, mille années durant, de jeunes prêtresses vierges auront entretenu ce feu dans le temple de Vesta, au pied du Palladium, cette ancienne statue troyenne qui avait vu le viol de la princesse Cassandre. Ce culte dura jusqu'à ce que Theodose 1er le ferme en 380 après Jésus-Christ, plus de mille ans après son installation officielle par Numa Pompilius à Rome en 706 avant Jésus-Christ et 1300 ans après l'enlèvement de la statue du Palladium par Ulysse à Troie.

Dans les deux cas, c'est Zeus-Jupiter qui est à l'origine du feu sacré. Tout au début, le Palladium, cette statue de Pallas-Athéna indissociable du feu sacré, a été, selon Apollodore, jetée du ciel par Zeus devant la tente d'Ilos, le fondateur de Troie. À Rome, le pouvoir de maîtriser la foudre a été transmis par Jupiter à Numa Pompilius, le fils de Romulus et son fils Tullius comptaient sur la statue pour en retrouver le secret qu'il avait perdu. Ainsi cette statue de Pallas-Athéna serait la clé du feu sacré de Zeus-Jupiter, connu des prêtresses troyennes, puis des deux premiers rois de Rome... .

Montmartre, avenue Junot, 16 novembre midi

Occupant tous les cinquième et sixième étages du 27 bis avenue Junot, l'appartement était ce que les agents immobiliers appellent un superbe duplex traversant proche du sommet de la Butte. L'avenue était en courbe en sorte qu'à chaque niveau il y avait trois fenêtres donnant sur l'avenue et quatre sur l'arrière. De ces quatre fenêtres, on dominait Paris. Presqu'au pied de l'immeuble, juste après la rue Caulaincourt, on voyait la tache verte du cimetière de Montmartre. Et partout autour, une vue d'aigle sur les toits de Paris. Se détachaient de cette mer d'ardoise et de zinc la Tour Eiffel, la tour de la Porte Maillot devant la colline du mont Valérien, les tours de la Défense et, plus à droite, le curieux jeu de constructions que constitue le Tribunal de Paris aux Batignolles.

La pièce était vaste et faisait toute la largeur de l'immeuble. Elle comportait quatre larges fenêtres par où la lumière du soir entrait à flots. Ses murs étaient lambrissés de panneaux d'acajou moulurés. Accrochés au lambris entre les deuxième et troisième fenêtres, il y avait quatorze tablettes de jade finement couvertes d'hiéroglyphes égyptiens. Un spécialiste aurait pu les dater des débuts de l'Ancien Empire, tout au plus la troisième ou la quatrième dynasties… Les autres murs étaient ornés de tableaux ou de gravures anciennes représentant des symboles d'apparence maçonnique ou des représentations de laboratoires d'alchimie. On voyait notamment, au-dessus de la porte, une gravure en couleur figurant un pentagramme portant, en caractères gothiques, la devise « VISITA INTERIORA TERRÆ RECTIFICANDO ET INVENIES OCCVLTVM LAPIDEM »[24] dont les initiales enluminées faisaient apparaître le terme « vitriol ». À droite, une rambarde entourait une ouverture circulaire dans le plancher, d'environ trois mètres de diamètre, donnant sur le cinquième étage. Une sorte de tour circulaire en pierres, basée au niveau inférieur dépassait le plancher par cette ouverture et atteignait presque le plafond avec son sommet voûté. C'était un athanor alchimique.

Le personnage qui était assis à sa table de travail au sixième étage face au panorame grandiose qu'il embrassait depuis la deuxième fenêtre, s'appelait Jules Canéli. À ce moment, il lisait la thèse de doctorat de Pauline Dummoulin. Jules Canéli était un vieil homme. Sa chevelure d'un blanc éclatant et les rides de son visage paisible pouvaient trahir

---

[24] Visite l'intérieur de la terre et, en rectifiant, tu trouveras la pierre secrète. Adage alchimique.

quatre-vingts ans. Mais quand on le voyait bouger, marcher et même courir, ou quand on l'entendait parler, on lui en donnait à peine trente. Même son secrétaire particulier, le vieil Eugène Lansquenet ne connaissait pas son âge. C'était un homme au regard perçant et au visage austère. Front dégarni et nez aquilin, il était assis dans un fauteuil, et fumait avec délectation un énorme Cohiba Genios en conversant avec Jules Canéli :

— Rappelez-moi, Eugène, disait Canéli en pivotant son fauteuil vers lui, comment avez-vous eu vent des travaux de cette...

— Pauline Dummoulin, Monsieur.

— Oui, c'est ça... Pauline Dummoulin... Comment en avez-vous entendu parler ?

— Tout à fait par hasard... Elle avait soutenu une thèse de doctorat en physique nucléaire sur la fusion froide... Alors, évidemment, comme chaque fois qu'un scientifique s'approche de ces sujets, j'avais eu un œil dessus... D'autant plus que c'était à Paris, pour une fois. Je n'ai pas eu besoin d'aller encore à Menlo Park[26].

— Je me rappelle, vous m'en aviez parlé à l'époque, mais vous ne sembliez pas y attacher beaucoup d'importance.

— Oui, ses travaux n'ont pas dépassé l'étude de l'action de divers muons sur du tritium liquide. Ils étaient bien moins dangereux que ceux de Fleischmann et Pons[27]. J'avais sympathisé avec un de ses directeurs de thèse, le professeur Théodore Sagnol...

— Oui, bien sûr, je me rappelle bien. Et vous l'avez revu ce cher Ted ?

— Oui, justement, je l'ai croisé par hasard en début d'année dans les couloirs du quai Conti. C'est lui qui m'a appris que Pauline Dummoulin avait tourné casaque et s'intéressait maintenant à l'archéologie précolombienne dans les Andes...

— Curieux, n'est-ce pas ?... Et vous avez pu en savoir davantage sur ses motivations ?

— Il est vrai que vous n'avez jamais rencontré Pauline Dummoulin... C'est une jeune surdouée un peu insouciante... Ça ne m'a pas étonné, il aura suffi qu'elle lise un livre sur les Incas et roulez jeunesse ! Selon Théodore Sagnol, elle est aussi fantasque que géniale, elle ne fait que ce qui lui plaît et elle n'a aucun souci de sa carrière.

---

[26] Petite ville de la Silicon Valley voisine de Stanford, siège international du Stanford Research Institute qui a réalisé les premières expériences de réactions de fusion nucléaire dite « froide » dans un simple bac à électrolyse, sans plutonium ni uranium.

[27] Chercheurs du Stanford Research Institute, les premiers à avoir mis en évidence la fusion froide en 1989

— Je lis sa thèse… Comment n'avons-nous rien vu ! Les géoglyphes de Nazca !… C'est incroyable… Tout est là, comme dans une chambre à bulles[28]… À ce que je vois, ces Shavas, comme elle les appelle, avaient tout compris…
— Compris, je ne sais pas, mais ils pratiquaient le Grand Œuvre, cela, c'est certain…
— Écoutez-moi bien, Eugène. Cette Pauline Dummoulin est si proche du secret qu'il nous faut la surveiller étroitement. Vous m'avez bien dit que vous aviez un Écossais qui la surveillait pour notre compte ?…
— Mc Gwyr… Oui, mais il bouffe à tous les râteliers. Il se fait aussi payer par un certain Joël Vanderloo, un Inspecteur des Finances en rupture de ban, expert en affaires louches…
— Mais, à vous, Mc Gwyr vous rend compte fidèlement ? Qu'il rende compte aussi à d'autres m'indiffère…
— J'ai tout lieu de penser qu'il me rend compte aussi bien qu'à ce Vanderloo… Selon son dernier rapport, ils ont trouvé un temple à Nazca, avec un athanor et des barres de métaux philosophaux qu'il a dérobées pour les ramener en France.
— Bon… Reste à savoir ce qu'il va en faire.
— C'est une commande de ce Vanderloo.
— Ah ? Mais il ne saura pas allumer le feu du Grand Œuvre… C'est le plus grand secret de l'œuvre… Sans ce secret, il ne peut rien faire de ses métaux. Le secret est ici dit-il en montrant les tablettes de jade au mur… Et, si j'en crois la thèse de cette Pauline Dummoulin, il aurait été aussi dans une statue qui a brûlé en 1944.
— Ne craignez-vous pas qu'il parvienne à déchiffrer les gravures du Mutus Liber ou de l'Atalanta Fugiens[29] ?
— Même pour vous et moi, ces deux ouvrages restent partiellement obscurs… Alors, pensez-vous, pour un non-initié !
— Dummoulin est aussi surveillée par la DGSE. La thèse que vous avez entre les mains a été retirée de la documentation de la Sorbonne. Elle a été saisie par la DGSE et classifiée à un des plus hauts niveaux de secret défense. Ce qui signifie que, juste pour posséder cet exemplaire de la thèse, vous pourriez être poursuivi pour atteinte à la sûreté de l'État .

[28] Version ancienne des chambres à brouillard qui permettent de visualiser les trajectoires des particules élémentaires de la radioactivité.
[29] Mutus Liber et Atalanta Fugiens sont deux célèbres traités alchimiques du dix-septième siècle.

— Ah, la DGSE… Il y a là un général qui ne connaît pas le secret du Grand Œuvre, bien sûr, mais qui a compris le danger de voir ses arcanes tomber en des mains hostiles… Ce n'est pas la première fois que nous croisons sa route… J'aimerais bien le rencontrer, à l'occasion…

— Je peux vous arranger un rendez-vous…

— Non, non, ce n'est pas le moment… Restons dans l'ombre, c'est plus prudent. Voir le Grand Œuvre tomber entre des mains militaires serait bien la pire chose qui puisse nous arriver.

— La dernière fois que c'est arrivé, c'était l'affaire Tullius…

— Vous avez raison… Tullius Hostilius… C'est vieux ! Il serait regrettable que cela arrive maintenant à nouveau et sous ma responsabilité !

Caserne Mortier, bureau du général de Saint-Elme, 16 novembre 12:00

La caserne des Tourelles, dite caserne Mortier, parfois encore appelée la Piscine par les plus anciens, est le siège de la redoutable Direction Générale de la Sécurité Extérieure, la DGSE… Son architecture ressemble à celle de toutes les casernes de la fin du dix-neuvième siècle. La différence réside dans le fait qu'elle est impeccablement entretenue, nette comme l'étaient les casernes à l'époque où la conscription fournissait une main d'œuvre gratuite capable de balayer quatre fois par jour la moindre feuille morte et de repeindre les barrières plusieurs fois par an. La différence est aussi sa modernité. Le poste de garde, par exemple, est sécurisé, les portails blindés et la zone vidéosurveillée. À l'intérieur aussi : votre badge visiteur vous donne juste dix minutes pour gagner le bureau de la personne qui vous attend, mais rien d'autre, pas même la cafétéria ne vous est accessible sans être accompagné.

C'était là que travaillait le général de Saint-Elme. Le général de brigade Gonzague Pasquier de Saint-Elme était le directeur de la branche Action de la DGSE. C'était un militaire "*old fashion*", issu d'une longue lignée de guerriers qui remonte à Saint-Louis. Il avait la réputation d'être impitoyable envers les agents qui recherchaient, dans leur travail, autre chose que l'intérêt supérieur de leur pays. Très exigeant avec ses collaborateurs, on le disait tolérant aux erreurs quand elles ne résultaient ni de l'incompétence, ni de la négligence. Le bureau du Directeur Action était situé au premier étage. Un bureau au style administratif et cossu. A la DGSE, aucun document ne traîne sur les bureaux, aussi une imposante armoire forte était-elle le plus gros meuble de la pièce. Une moquette vert olive et des murs lambrissés d'acajou achevaient de créer une atmosphère confortable résolument vieillotte. Les murs étaient chichement décorés de gravures ou de divers souvenirs d'opérations passées.

Derrière un large bureau d'acajou, le général de Saint-Elme était assis, bien calé au fond de son fauteuil de cuir fauve. Un front quelque peu dégarni, un visage ovale un peu replet et un éternel et vague sourire bienveillant tempéraient la sévérité d'un regard perçant et incisif qui donnait toujours l'impression qu'il connaissait vos pensées avant vous-même. Il était vêtu d'un costume strict sur une chemise blanche barrée d'une cravate bleu uni. Il ne portait l'uniforme que lors des cérémonies et conférences officielles. Son uniforme était d'ailleurs pendu dans la minuscule penderie encastrée entre la porte et l'armoire forte.

Sur le bureau, juste quelques stylos, un ordinateur portable et un sous-main de cuir grenat sur lequel était posé un dossier étiqueté « Pauline Dummoulin » avec un tampon rouge portant en gros caractères « Secret Défense » et, en petits caractères « Toute personne en possession de ce document sans avoir qualité pour en connaître est passible des peines et sanctions prévues par la loi pour les crimes et délits d'atteinte à la sûreté de l'État ».
Charles était son subordonné. Mais Charles et Gaëlle étaient avant tout des amis depuis l'affaire Pezng Chu Ho[30]. Lui qui avait cette réputation d'être très service-service, était même le parrain de leurs deux enfants adoptifs cambodgiens qui l'appelaient affectueusement papy. Charles et Gaëlle étaient arrivés toutes affaires cessantes en laissant les enfants à Sèvres avec leur baby-sitter. Mais les encombrements parisiens, les travaux du tramway et les feux rouges invariablement réglés pour arrêter toutes les voitures au même endroit en même temps ont fait qu'ils ont mis près d'une heure pour arriver. Ils étaient maintenant assis en face de lui dans deux fauteuils Chesterfield du même cuir fauve que le fauteuil du général.

— Alors, dites-moi, que savez-vous de Pauline Dummoulin ? Leur demanda-t-il tout de go.
— Mais, je croyais que vous le saviez... Répondit Charles. Pour nous, c'est juste une vague thésarde en civilisation précolombienne. Dès que j'ai cité son nom, vous nous avez demandé de venir tous les deux... Alors, je conclus que c'est vous qui en savez plus que nous.
— La thèse de Pauline Dummoulin, ne me dites pas que vous l'avez...
— Je l'ai consultée à la bibliothèque de la Sorbonne avant-hier...
— Elle n'y est plus. Alors qu'avez-vous consulté ?

Gaëlle prit son iPhone dans son sac à main, et tapota deux ou trois fois avant de lui présenter la photo de la page de garde de la thèse.

Thèse pour obtenir le grade de docteur en archéologie précolombienne
présentée par
Pauline Dummoulin, docteur en physique nucléaire
Les connaissances en science physique d'une civilisation pré-Paracas de la côte sud du Pérou.
Thèse dirigée par Aristide Lofiszell, professeur d'archéologie précolombienne à l'université de Paris I Panthéon-Sorbonne et co-

[30] « L'Ambassadeur » roman du même auteur

dirigée par Bill Snohr, professeur de physique nucléaire à l'École Normale Supérieure.

— Voilà ce que j'ai consulté… C'était souvent incompréhensible pour moi, mais ce que j'ai compris est très intéressant. Elle fait 390 pages, un mélange incroyable de sciences physiques, de philologie et d'archéologie, pas seulement pré-incaïque. Une sorte de feu sacré, dont elle démontre qu'il serait de nature nucléaire. Elle affirme que la même chose a existé en Égypte, dans l'Ancien Empire jusqu'à la quatrième dynastie

— Oui, répondit Saint-Elme, et aussi à Troie, puis à Rome… Elle suggère même que ce feu sacré était le véritable enjeu de la guerre de Troie. Étrange et inquiétant dit Saint-Elme en ouvrant le dossier Pauline Dummoulin.

— Vous l'avez donc lue, vous aussi…

— Étrange parce que le seul exemplaire qui devrait subsister de cette thèse est ici.

— Pourriez-vous être plus clair ?

— Oui, cette thèse pouvait intéresser la défense nationale. Vous savez que, quand des thèses de doctorat ou des brevets d'invention sont susceptibles d'intéresser la défense nationale, l'État a un droit de préemption. Il indemnise l'auteur, mais il saisit la publication ou le brevet.

— Mais ce salmigondis scientifico-historique, ne me dites pas que ça intéresse la défense nationale… dit Gaëlle

— Non, évidemment non… Enfin, au début…

— Au début…

— Oui, au début. Le principe, quand on saisit un travail de recherche universitaire, c'est que l'auteur est rémunéré pour poursuivre ses travaux sous le sceau du secret. Et nous avions donné à Pauline Dummoulin de quoi monter une expédition au Pérou à la recherche des matières fissiles qui, dit-elle, s'y trouveraient encore à l'emplacement de temples. Elle dit dans sa thèse qu'il en resterait deux…

— Oui, l'interrompit Gaëlle, j'ai lu ça. Ceux de l'est et du nord. Ils auraient été murés parce que le feu s'était éteint alors que les deux autres auraient explosé.

— Je ne sais plus lesquels, parce qu'il y a longtemps que j'ai lu sa thèse, mais c'est ça. Elle voulait localiser au moins un de ces deux temples et creuser sous la montagne pour le retrouver…

— Et elle n'a pas pu le faire ?

— Elle est partie avec des moyens matériels et humains significatifs. Jugez vous-mêmes dit-il en regardant dans le dossier. Avec les cent cinquante mille euros que je lui ai alloués, elle a déjà monté une expédition avec un autre archéologue... Un archéologue nommé... Euh... Ian Mc Gwyr... Comme Pauline Dummoulin, il a signé un accord de confidentialité... Le voici, dit-il en montrant un document de deux feuillets ! Ils sont partis au début du mois et ils devaient faire un rapport hebdomadaire...

— Et alors ?

— Pffuitt... Rien, aucun rapport... Envolés tous les deux avec l'argent...

— Soixante-quinze mille euros chacun, on ne trahit pas son pays pour ça, dit Charles.

— J'ai quand même fait un minimum de recherches reprit Saint-Elme. Je voulais les poursuivre, mais on m'a stoppé en disant que les recherches coûteraient plus cher que les sommes détournées. En plus, la probabilité pour que ces élucubrations scientifico-religieuses soient une menace pour la sécurité nationale était bien mince, avouez-le...

— Pas plus mince que les avions-renifleurs du Président Giscard d'Estaing en 1980...

— Pas plus minces en effet... Mais, justement, c'est pour ça que l'Élysée m'a stoppé... Chat échaudé craint l'eau froide et personne ne souhaite plus voir la France escroquée une deuxième fois par une mystification nucléaire... Puisque cette Pauline Dummoulin ne travaille plus pour nous, on a payé cent cinquante mille euros juste pour que cette thèse disparaisse... Et ce qui est agaçant, c'est que, même ça, ça n'a pas marché : elle n'a pas disparu puisque vous l'avez trouvée.

— Et ce rapport, elle devait l'adresser à la DGSE ?

— Depuis le Pérou, il n'en est pas question... Non, elle devait l'adresser à notre ambassade à Lima qui est informée de nous le faire suivre par la valise diplomatique... Par ailleurs, je lui sers de boîte postale et je garde son courrier personnel que son voisin, le restaurant le Caveau du Palais, a pour consigne de me faire suivre... Je ne veux pas passer pour naïf en lançant une opération de renseignement sur la foi de ce que d'aucuns appellent des élucubrations, mais j'ai quand même des inquiétudes parce que tout ce qui touche au nucléaire avive toutes sortes de cupidités... Alors, j'ai préféré lui servir de boîte postale... Ça ne coûte rien, et ça élimine le risque...

— Et rien ? Ni du Quai d'Orsay, ni du restaurant ?

— Jusqu'hier, rien. Aujourd'hui, je vérifie... et, en appuyant sur la touche de l'interphone : Corinne, dans la valise diplomatique DGSE d'aujourd'hui, il y a quelque chose concernant Pauline Dummoulin au Pérou ?... Oui, s'il vous plaît...

Puis, pendant que son assistante faisait ses recherches, il composa un numéro de téléphone.

— Le Caveau du Palais ?... Bonjour, pourrais-je parler à Jean ?... Bonjour... Je vous appelle au sujet de Pauline, vous vous rappelez, vous lui faites suivre son courrier... C'est ça, oui... Non, justement, je suis le général de Saint-Elme... Il y a dix minutes ?... Non, surtout pas... Je vous envoie un motard... Oui, un gendarme... Vous êtes en plein coup de feu ? Bon, je demanderai au gendarme d'être discret... C'est ça... Oui, on fait comme ça... Au revoir...

Il appela le poste de garde.

— Général de Saint-Elme à l'appareil, pouvez-vous envoyer un motard place Dauphine, au restaurant « Le Caveau du Palais » Le patron a une carte postale à lui remettre... Oui, très bien...

Puis, se tournant vers Charles et Gaëlle

— Quand on parle du loup... Figurez-vous qu'une dame arrivant directement de Lima a choisi de venir déjeuner au Caveau du Palais et a remis au patron une carte postale adressée à Pauline Dummoulin en lui demandant de la faire suivre d'urgence... Selon le patron, cette carte postale est de la main de Pauline Dummoulin elle-même...

— C'est une bouteille à la mer... suggéra Charles

— C'est bien ce que je pense...

Le téléphone sonna...

— Saint-Elme... Oui, passez-le-moi... Je confirme... Le motard vient de partir... Brigadier Duquesne... Au revoir... Non, non, au contraire, vous avez fait ce que tout agent de renseignement aurait fait... C'est ça, je vous promets de venir déjeuner chez vous un de ces jours... Avec Pauline Dummoulin, j'espère bien... Au revoir...

Puis, à Charles et Gaëlle

— Il est bien, ce restaurateur... Il a rappelé le numéro public de la DGSE pour s'assurer que j'étais bien le Saint-Elme que je prétends être... Il a le sens de la sécurité !

Il fallut vingt minutes montre en main au motard. Il entra, se mit au garde-à-vous et salua sans retirer son casque... « Brigadier Duquesne, mes respects mon Général » dit-il en lui tendant la carte postale... Merci, brigadier. 20 minutes, c'est du bon travail... Repos, vous pouvez disposer conclut-il souriant en lui serrant la main... Il avait passé la carte à Charles qui lut tout de suite, dans la côté adresse, sous le mot « France » : DJB-C05651497.

— DJB, c'est CIA, dit-il… Il chercha sur l'ordinateur de Saint-Elme… Ah, voilà. C'est un déclassifié CIA d'un document français concernant une encre sympathique utilisée par les Allemands au cours de la première guerre mondiale… De l'aspirine ! Il vient d'être déclassifié au bout de 100 ans…

— Corinne, merci de foncer au labo pour faire révéler cette carte postale. Vous leur dites que c'est de l'encre sympathique qui se révèle comme indiqué sur le document…

— Tout de suite, Général. Et elle partit.

— Mais, dit Gaëlle, comment Pauline Dummoulin aura-t-elle trouvé ce texte ?

— Les déclassifiés CIA sont publics… Je suis sûr que si vous cherchez « C05651497 » simplement sur Google, vous le trouverez… Pauline Dummoulin a écrit… Bon… Elle n'est sans doute pas la malfaisante que je soupçonnais, mais ça ne vaut pas de déclencher une opération…

— Vous savez, dit Gaëlle, j'ai rencontré un vieil Indien qui se disait descendant d'une tribu pré-incaïque chargée de défendre les secrets de Nazca. Il m'a dit que Pauline Dummoulin était la seule à avoir compris ces secrets… Il m'a dit texto : « Je suis sûr qu'elle a compris. Quand je lui ai parlé des mille soleils, elle comprenait, quand je lui ai dit pour la montagne, elle comprenait… Elle est la seule à avoir compris. Tous les autres scientifiques parlent de fables ou, quand ils parlent de dieux, ils n'y croient pas. »…

— Voyons, Gaëlle, je vous aime bien, mais un vieil Indien qui raconte une légende, il n'y a pas de quoi déclencher l'état d'urgence ! Attendons de savoir ce que nous écrit Pauline Dummoulin.

— Attendez, Général, « Plus clair que mille soleils », c'est le titre d'un livre écrit par l'un des créateurs de la première bombe atomique à Los Alamos en 1945… Aussi, « Si la lumière de mille soleils éclatait dans le ciel au même instant, ce serait comme cette glorieuse splendeur » est une citation de la Bhagavad-Gîtâ, un texte sacré hindou aussi fondamental que les Upanishad. Et l'Inde est le seul pays qui ait accédé seul à l'indépendance nucléaire, sans l'aide d'aucun pays occidental… Mille soleils, c'est l'expression d'un vieil Inca presqu'illettré qui n'a sûrement jamais entendu parler d'aucun de ces deux livres. Et il parle de ça sur un site dont Pauline Dummoulin affirme qu'il a été le théâtre d'une catastrophe nucléaire il y a quatre mille ans… Tout ça ne vous fait pas peur ?

— C'est troublant en effet. Mais aujourd'hui, je suis directeur de la branche action de nos services de renseignements extérieurs et je ne veux pas exposer la France au ridicule d'une nouvelle tentative d'escroquerie… Mais si, par hasard, une chaîne de télévision venait à s'intéresser au sujet, elle aurait mon appui discret. Surtout si elle le confie à une journaliste que je connais et en qui j'ai confiance.

— Je sais que votre appui peut être efficace, dit Gaëlle. J'en parlais justement à Charles en venant. Le problème, c'est que La Cinquième ne veut pas.

— L'appui de la DGSE sait être efficace, vous avez raison, Gaëlle. Avant que vous n'arriviez, j'ai passé quelques coups de téléphone et notamment à Armand Blot. C'est bien votre rédacteur en chef, n'est-ce-pas ?

— Justement, c'est lui qui ne veut pas. Il m'a dit que si mon histoire avait l'air dingue, c'est parce qu'elle l'était. Et circulez, y'a rien à voir ! Il veut bien qu'on en reparle, mais, schématiquement, pas avant la Saint-Glinglin

— Depuis une heure, il veut bien… En échange, je lui ai obtenu l'autorisation de faire un reportage de 52 minutes sur l'état-major de la FOST[31] dans les souterrains du château de Brest où aucune télévision n'a encore mis le bout d'un pied de caméra. Après ça, il ne pouvait rien me refuser.

— Général, vous êtes formidable… En échange, je vais vous révéler ce que j'ai vu en Argentine… Une usine d'eau lourde, censée être en sommeil, fabrique de l'eau lourde à plein régime…

[31] Force Océanique stratégique : ce sont les sous-marins lanceurs d'engins intercontinentaux basés à l'Ile Longue, dans la rade de Brest.

Saint-Cergue-sur Seine le bureau du maire 16 novembre 15 h

Francis Calcomycès était assis derrière son bureau au premier étage de la mairie de Saint-Cergue. En face de lui, le visiteur que son assistante, Marie-Jeanne, venait d'introduire. C'était l'homme dont Joël Vanderloo lui avait dit l'avant-veille : « Au premier abord, il a l'air sympa, mais c'est ce que l'on appelle un sale con ». Michel Sangulier était un homme plutôt petit, vêtu d'un costume gris anthracite sur une chemise bleu foncé et une cravate jaune uni. Un visage ovale, pas très bien rasé, des yeux perçants sous un front carré encadré d'une chevelure noir de jais un peu exubérante. Et surtout un exaspérant sourire satisfait qui ne le quittait jamais et semblait dire à son interlocuteur « Moi, j'ai compris et toi, tu ne peux pas comprendre ». Il portait une sacoche bandoulière en toile PVC marron siglée « LV », qu'il posa à terre pour se débarrasser les mains et saisir la tasse de café que lui proposait Marie-Jeanne. Il agissait par gestes secs, précis, avec une grande économie de mouvements sans jamais quitter le regard de son interlocuteur.

— Je vous écoute, lui dit le maire sans se compromettre...

— Eh bien, je suppose que notre ami commun...

— Joël Vanderloo...

— Joël Vanderloo, c'est bien ça, a dû vous dire que je pouvais résoudre vos problèmes.

— Il ne m'a pas exactement dit ça, mais si vous le dites...

— Je vous le dis, mais pour ça, il faudra que vous me fassiez confiance... Nous avons des projets pour Saint-Cergue...

— Il me l'a dit aussi, mais sans me préciser lesquels.

— Je suis là pour ça. Il y avait, à Saint Cergue, contre la falaise qui sépare le centre-ville du quartier d'en haut...

— Ici, nous disons le Coteau

— Le Coteau, c'est ça... Il y avait jadis des chais...

— C'est très ancien. Il n'y a plus de vigne sur le Coteau depuis le début du dix-neuvième siècle. En 1827 et 1828, le Marquis de Fracasse a loti tout le vignoble, quant aux bâtiments viticoles, en contrebas du coteau, il les a rasés pour construire l'hôtel particulier où nous nous trouvons.

— Oui, mais il y a toujours les caves creusées dans le calcaire sous le Coteau... Ces caves ont été ensuite utilisées comme mûrisserie de bananes jusqu'en 1970, avec une vaste entrée située derrière l'église.

— Je vois que vous avez fait des recherches… D'ailleurs la SHASC pourrait vous éclairer encore mieux…
— La chasse ?
— Non la S.H.A.S.C., la société d'histoire et d'archéologie de Saint-Cergue. Sa présidente est une de mes adjointes. De toute façon, l'entrée de la mûrisserie a été murée par un de mes prédécesseurs. Juste devant, on a construit l'immeuble que vous voyez par la fenêtre, avec le restaurant au rez-de-chaussée.
— Là , Le Saint-Cergois ?
— Oui, c'est ça… Le rez-de-chaussée et les trois premiers étages sont adossés à la falaise, ils n'ont pas d'ouverture sur l'arrière. Le mur qui ferme l'entrée de l'ancienne mûrisserie est derrière les cuisines du restaurant et les appartements du premier étage
— Mais la mûrisserie et les chais, ce sont les mêmes caves…
— Pas vraiment, mais elles communiquent. Ce sont de très anciennes carrières de pierre exploitées du dixième au treizième siècle, notamment pour construire Notre-Dame de Paris.
— Très bien… Et on peut donc y entrer par l'hôtel de Ville.
— En effet, oui, il y a une entrée par la cour derrière l'hôtel de ville, là où se trouve le parking des véhicules municipaux. Cette entrée est murée, elle aussi, sauf un petit portillon en fer qui permet de visiter les caves… Il y a des visites régulières du service des carrières… Et chaque année, aux journées du patrimoine…
— Je sais, j'y étais en septembre dernier. Écoutez, ces caves conviennent à notre projet. Il faudra juste agrandir le portillon pour permettre à des véhicules de calibre gros 4x4 pick-up ou camionnette d'y entrer…
— Je ne peux pas prendre cette responsabilité. Les caves ne sont pas assez ventilées… Il y aurait des problèmes d'intoxication au monoxyde de carbone…
— C'est notre affaire. Nous n'y accèderons pas, ou très occasionnellement, avec des véhicules thermiques. En temps normal, nous n'utiliserons que des véhicules électriques… Et nous ne devrions pas trop perturber la vie municipale parce que nous n'entrerons et sortirons guère que de nuit… Et sans laisser à Francis Calcomycès le temps de faire une nouvelle objection, il conclut : Très bien, Monsieur le Maire… maintenant que nous sommes d'accord, il faut que vous me recrutiez à la Mairie.

— Vous recruter ? Oh là ! Ce n'est pas si simple... Je n'ai pas de poste budgétaire vacant, sinon quelques postes d'agent administratif ou d'agent de voirie...
— Vous pouvez créer un poste budgétaire... C'est possible, non ?
— Théoriquement oui, mais...
— ... Alors dès le prochain conseil municipal, vous allez créer un poste de directeur de cabinet pour moi...
— Le Conseil se réunit dans quatre jours, et ensuite, pas avant la mi-février...
— Justement, dans quatre jours, ce sera très bien...
— Mais c'est impossible, l'ordre du jour est bouclé... Les dossiers sont déjà passés en commission...
— Alors ajoutez une délibération, voilà tout...
— L'opposition va hurler... Un poste aussi important, sans avoir soumis la délibération en commission...
— Que préférez-vous ? Des problèmes avec votre opposition ou bien des émeutes ?... Vous voyez, Monsieur le Maire, nous sommes d'accord sur tout.

Il ramassa sa sacoche, la remit à l'épaule, serra la main du maire et partit. Comme il atteignait porte, il fit mine de se raviser :

— Ah, à propos, Monsieur le Maire, ne remplacez pas Ben Gharbi. Aussi bien, vous n'avez plus vraiment besoin d'un adjoint pour les problèmes du Quartier, je suis là...
— Mais comment savez-vous que je veux lui retirer sa délégation, je ne l'ai annoncé à personne et je voulais juste le faire au conseil municipal, dans trois jours... Je pense que c'est normal après les émeutes...
— Je ne le savais pas... Mais Ben Gharbi est malade, une leucémie ou quelque chose comme ça...

Très intrigué, Calcomycès attendit que Sangulier soit parti. Il décrocha son téléphone et, après un moment d'hésitation, il appela Ben Gharbi

— Mahmoud ? Francis à l'appareil... Tu comptes bien venir au conseil dans trois jours ?
— Oui, bien sûr, pourquoi ?
— Juste pour savoir...
— Tu vas me retirer ma délégation, c'est ça ?
— Écoute... C'est une éventualité, en effet. Tu comprends, je ne peux pas faire moins après ces émeutes... Rappelle-toi, nous avions dit deux heures et ça a duré deux jours... Et en plus, j'ai été taxé de cinquante mille Euros...

— Tu es un beau salaud quand même…
— Dis-moi, Mahmoud, tu vas bien ?
— Pourquoi ? Parce que je t'ai traité de salaud ?
— Non, je veux dire, ta santé ?
— T'inquiète… Je ne suis jamais malade… Même si ton retrait de délégation est une saloperie, je m'en branle, je te le dis !
— Tu es sûr que tu n'as pas de problème de santé ?
— Sûr. Pourquoi tu tiens tant à vouloir me voir malade ? Si tu espères que je vais démissionner pour raisons de santé, c'est raté… Tu devras me retirer formellement ma délégation de maire-adjoint… Je ne te conteste pas ce droit, mais, bordel, il faudra que tu aies les couilles de le faire toi-même devant le conseil municipal… L'opposition va rigoler et la majorité va bisquer… Et ne compte pas sur moi pour t'aider… Alors, fais pas chier… Je suis assez vénère comme ça. Et il raccrocha.

Il n'a pas tort, se dit Francis Calcomycès… Il est très apprécié de ses collègues maires-adjoints. Les sports marchent bien à Saint-Cergue… Les centres aérés du mercredi et les colonies de vacances aussi… Non, sur ce plan, il fait du bon boulot. Son rôle occulte devant les barbus, je ne peux pas en parler devant le conseil… Il a raison, le conseil ne comprendrait pas… Et le même jour, je vais devoir leur enfiler le poste budgétaire de ce Michel Sangulier… Il faudra que je fasse ça dans le bon ordre, sinon, ça va être la bronca dans la majorité. Le retrait de délégation de Mahmoud à la fin du conseil, parce qu'il n'y a pas de vote… Non, c'est idiot, il y a trois points d'ordre du jour qu'il doit présenter : le nouveau terrain de basket, le recrutement d'une nouvelle animatrice des centres aérés, et la cession de l'ancien terrain de basket pour agrandir la caserne de pompiers… S'il les présente normalement, alors j'aurai l'air d'un vrai salaud à le virer en fin de réunion. Dans le cas contraire, ces points seront retoqués par le conseil et la situation sera si merdique avec les pompiers qu'ils risquent d'abandonner Saint-Cergue pour créer une nouvelle caserne ailleurs… Bon, allez, j'ai perdu… Et merde… Et il tapa un texto pour Mahmoud. « OK. TU GARDES TA DELEGATION MAIS JE GERE MOI-MM LE QUARTIER. »

Au reçu de ce texto, Mahmoud eut un hoquet de plaisir et il se dit à mi-voix : « Yes ! Je l'ai maté ce gros porc ! Gérer lui-même les affaires du Quartier, ça va être un beau bordel… Je ne lui donne pas une semaine avant de m'appeler au secours, et là, je deviens tout-puissant à Saint-Cergue ».

Pendant ce temps, caserne Mortier, bureau du général de Saint-Elme

Le général de Saint-Elme avait fait apporter des plateaux-repas que Charles et lui ont mangés pendant que Gaëlle faisait le récit de sa visite au barrage d'Arroyito, et à l'usine d'eau lourde. Devant la perplexité du général, elle conclut en disant :

— J'ai quand même vu un camion-citerne de 28 mètres cubes en remplir sa cuve alors que l'usine ne produit officiellement que deux litres par jour. Et voilà la preuve : c'est ce qui restait dans le tuyau de la pompe. Et elle lui remit le flacon d'eau lourde qu'elle avait prélevé à Arroyito.

— Vous me la laissez ?...

— Bien sûr... Vous allez la faire analyser ?

— Pas de problème... Puis, appuyant sur la touche de l'interphone, il dit à son assistante : Corinne, je crois que le professeur Tournesol est dans nos murs. Pouvez-vous lui demander de venir...

— Le professeur Tournesol ? demanda Gaëlle,

— Oui, chut ! Tu vas voir, lui chuchota Charles avec un sourire.

Une voix provenant du bureau de Corinne, à côté : « Le général a demandé à me voir ? ». Entra alors un personnage petit et fluet, visage ovale, tête dégarnie, portant barbichette et moustache noires et doté d'un regard pétillant derrière des lunettes rondes à la fine monture d'acier... Un étroit pantalon de toile noire trop long et une vieille veste informe vert olive passée sur un gilet de cachemire mité... Gaëlle dut se retenir de pouffer. Elle avait vraiment devant elle le professeur Tournesol !

— Je vous présente le professeur Théodore Sagnol, membre de l'Académie des Sciences et professeur de physique à l'école Polytechnique... En plus de celui de l'X, le professeur a accepté de diriger le laboratoire de la DGSE. Un scientifique hors pair, mondialement respecté. Professeur, vous connaissez le colonel Longhieu... Voici sa compagne Gaëlle Le Couëdic qui m'a rapporté un échantillon d'eau qu'elle a des raisons de penser enrichie en eau lourde...

— Enchanté, Madame... Théodore Sagnol... Tryphon Tournesol pour les élèves de l'X... dit-il en lui faisant un baise-main à l'ancienne.

— Professeur, reprit le général, pouvez-vous faire doser l'eau lourde dans cet échantillon ?

— Pas de problème, mon général, répondit le professeur Tournesol… Un jeu d'enfant avec le spectrographe de masse dont vous avez accepté de doter le laboratoire l'année dernière… Sans lui, j'aurais dû faire analyser l'échantillon au laboratoire de l'école Polytechnique à Palaiseau, et, avec la circulation, vous n'auriez pas eu les résultats avant demain… Là, vous aurez ça dans une heure…

— Cinq minutes…

— Disons vingt, il faut quand même démarrer et étalonner le spectrographe… Il y a un temps de préchauffage et de conditionnement de l'échantillon…

Entretemps, Corinne était revenue avec la révélation du message écrit par Pauline Dummoulin à l'encre sympathique, en petits caractères pattes de mouche…

> *« Au secours. Mc Gwyr dangereux. Suis prisonnière. Attention : ma thèse contient des erreurs. Ne rien tenter en labo… Réflecteur à neutrons WC, danger de divergence surcritique. Cahier d'esquisses abandonné à Nazca. Même encre invisible. Temple souterrain à l'est des géoglyphes et au NNO de la ville. Danger. Mc Gwyr veut s'approprier la technologie nucléaire Shava. Ne pourrai pas lui cacher la vérité longtemps encore. Départ pour Gizeh. Hôtel Mena House. Essaierai déposer message réception "to Mr. de Saint-Elme hand deliver only". Au secours »*

— Cette fois, il y a assez de matière pour que la DGSE parte au moins à la recherche de cette miss Dummoulin… dit alors le général. Après tout, c'est pour le compte de la DGSE qu'elle poursuit ses recherches… Charles, vous allez devoir partir pour Gizeh et vous allez tenter de savoir ce qu'elle est devenue… Point de départ : Hôtel Mena House… Je connais, c'est juste à côté des pyramides. Voyez avec Corinne, qu'elle vous établisse un ordre de mission… Je ne peux pas y aller moi-même, alors je vais vous faire établir un passeport de service à mon nom, à n'utiliser qu'à l'hôtel Mena House.

— Très bien mon Général… Et d'où vient ce Mc Gwyr dont parle Miss Dummoulin ?

— Je ne l'ai jamais rencontré… Pauline Dummoulin m'a cité son nom avant de partir. Je croyais qu'elle l'avait recruté pour la nouvelle campagne de fouilles, celle que finançait la DGSE, alors je lui ai demandé de lui faire signer un accord de confidentialité. Ce document est dans le dossier… Peut-être pourrez-vous en apprendre davantage… Tout ce que je sais de lui, c'est qu'il est sujet de la Couronne britannique et qu'il l'accompagnait à Nazca…

— Je peux prendre l'attache de notre agent du Caire ? Au fait qui est-ce ?
— C'est le capitaine Prossez. Je ne crois pas que vous le connaissiez, c'est un biffin, il est adjoint à l'attaché militaire de l'ambassade… Je lui fais savoir que vous êtes en Égypte… Je préférerais que vous restiez discret vis à vis de notre réseau diplomatique… Alors, pour le voir, convoquez-le, par crypté DGSE, et rencontrez-le où vous voudrez, mais pas à l'ambassade…

Il fut interrompu par le professeur Tournesol qui venait d'entrer, fébrile, sans frapper.

— Mon Général… Incroyable… L'échantillon comprend 99,9% d'eau lourde D2O, 0,1% d'eau deutérée DHO et moins de 0,05% d'eau H2O. C'est de l'eau lourde d'excellente qualité. Je vous rends l'échantillon et vous aurez un rapport de mesure écrit avant ce soir.
— Très bien, professeur, très bien… Je vous remercie…
— Si vous voulez mon avis, on n'aurait pas obtenu cette distribution isotopique par électrolyse ou distillation fractionnées. Alors… Euh… dit-il en compulsant les papiers qu'il avait à la main… Ah oui ! Voilà… J'ai noté 1,4 ppm[32] d'ions ammonium, enfin surtout ammonium lourd ND4+, bien sûr…
— Bien sûr firent ironiquement en chœur Saint-Elme et Longhieu qui ne comprenaient pas un mot à ce charabia…
— Ce n'est donc pas par un procédé Gridler qu'on a fabriqué cette eau lourde, poursuivait doctement le professeur sur le même ton imperturbable, mais par un échange gaz-liquide H2-NH3… J'en conclus que l'échantillon vient sans doute d'une usine indienne… C'est en Inde que cette filière est exploitée…
— Arroyito, parvint à proférer Gaëlle, qui avait finalement réussi à réprimer le fou rire qui l'avait prise, elle aussi…
— Oh oui ! répondit le professeur… Oui, oui, Arroyito aussi utilisait l'ammoniac… Mais c'est une usine arrêtée depuis plusieurs années, elle ne produit plus que des nitrates. Cet échantillon doit être ancien.
— Faut croire qu'elle produit… conclut Charles… Apparemment, elle en aurait livré 28 tonnes le mois dernier.
— Et puis, renchérit Gaëlle, sous l'œil médusé des deux officiers qui n'avaient rien compris au discours du professeur, ses deux tours d'échange capillaire ammoniac-hydrogène sont toujours en pression. Quant à l'unité de cracking de l'ammoniac lourd – ou semi-lourd, il y

[32] parties par million (1000 ppm=0,1%)

a majorité de NHD2 –, qui tourne, prétendument au ralenti, elle fonctionne sans doute plus que ça parce que l'unité de combustion du deutérium, qui ne devrait débiter que six à dix gouttes par minute, débite en réalité à jet continu…

— Oh ! Fit le professeur Tournesol, tout à coup intéressé… Je vois que vous connaissez le sujet…

— Attention… coupa le général… Tout ceci est secret défense. On n'en parle pas, sauf entre nous quatre… Votre rapport, vous n'en faites pas de copie et vous m'apportez l'original en mains propre. Si je suis absent, donnez-le à Corinne et vous lui demanderez d'apposer le cachet Secret simple.

— Dites-moi, professeur, l'interrompit Gaëlle, si je vous dis « Danger de divergence surcritique », cela évoque-t-il quelque chose de particulier au scientifique que vous êtes ?…

— Oh, oui, Madame… répondit-il, toujours sur le même ton professoral. C'est très simple. Cette expression est juste synonyme de « risque de surcriticité »

— Oh ! Merci, professeur… Merci, mais, « risque de surcriticité », euh… Comment dirais-je ? Ce n'est pas vraiment plus clair pour moi. Pourriez-vous être plus explicite ? dit-elle pendant que Charles réprimait encore un fou rire.

— C'est le domaine du nucléaire. La surcriticité est l'état d'une réaction de combustion nucléaire qui échappe au contrôle. Dans une combustion nucléaire, chaque neutron, en heurtant un atome fissile produit, en moyenne, un seul autre neutron actif et de la chaleur ou un photon gamma. C'est la divergence simple. On est en état de divergence surcritique quand chaque neutron se met à produire plus d'un neutron qui, chacun en produit lui-même plus d'un etc. C'est comme cela que plusieurs atomistes sont morts au début de l'ère nucléaire… Ils avaient une réaction sous-critique de désintégration du plutonium, c'est-à-dire une divergence simple et, en augmentant la quantité de neutrons ils approchaient la masse critique… Deux physiciens américains, vers la fin de la seconde guerre mondiale sont morts à dix mois d'intervalle d'énormes flux de radiations parce qu'ils avaient tous les deux fait une erreur de manipulation avec du plutonium qui avait juste dépassé un instant la surcriticité. Tchernobyl, c'est un accident de surcriticité…

— Oh, je vois, dit Gaëlle qui n'arrivait plus à interrompre la logorrhée du professeur…

— Et même, si la divergence est très fortement surcritique, c'est-à-dire quand chaque neutron produit beaucoup de neutrons, on obtient une explosion nucléaire... Alors « danger de divergence surcritique », ça peut aussi bien vouloir dire « Danger d'irradiation brutale » que « Danger d'explosion nucléaire ». Où avez-vous vu cette inquiétante formule, madame ?

— Secret défense le coupa Saint-Elme. Merci, professeur...

— Encore une question, si vous le voulez bien, Professeur, reprit Gaëlle, avez-vous connaissance de miroirs de waters utilisant des neutrons ?

— Non, madame, en voilà une idée... Les neutrons libres, ça peut être dangereux pour la santé... Il n'y en a pas dans les locaux habités...

— Le dispositif est appelé "réflecteur de neutrons WC"

— Ah ! Oh ! Ah Ah !... dit le professeur Tournesol, en riant aux éclats... WC... Waters... Très drôle, madame... Il en pleurait presque de rire. Vous avez le sens de l'humour, vous au moins... Je le raconterai à mes polytechniciens, ça les amusera... Ils sont assez gamins, vous savez, et ils adorent ce genre de plaisanteries !

— Oui ? hasarda Gaëlle... Moi, par contre, je ne suis pas sûre, en fait, d'en saisir tout le sel...

— Mais, voyons... Les premiers réflecteurs de neutrons rapides, en quoi étaient-ils ? Hein ? En quoi ?

— Comment le saurais-je ?

— Ah c'est vrai !... Eh bien, ils étaient en carbure de tungstène... Vous comprenez, maintenant !

— A vrai dire, toujours pas... Quel rapport avec les toilettes ?

— Mais voyons ! Le carbure de tungstène, c'est un atome de tungstène, W, pour un de carbone, C... Donc sa formule chimique est WC... Très amusant, vraiment...

Une fois le professeur parti, ils donnèrent libre cours à leur hilarité.

— Cet inénarrable professeur me surprendra toujours !... dit le général, on ne comprend rien à ce qu'il dit et il est le seul à rire de ses plaisanteries... Mais il est génial.

— A vrai dire, la plaisanterie, c'est moi, à mon corps défendant, répondit Gaëlle.

— Dites-moi, Gaëlle, vous avez encore votre dongle cryptographique pour communiquer sous SecureSkype, n'est-ce pas ?

— Oui, bien sûr, Général...

— Pauline Dummoulin n'en a pas. Elle n'est pas habilitée... Pour me contacter, elle devait se signaler avec quelques codes simples que je vais vous donner. Je ne désespère pas que Charles ou vous la retrouviez et dans ce cas, certains de ces codes pourront vous servir de moyen de reconnaissance. Ils sont très simples. Ils sont décrits dans le fascicule que voici. Apprenez-les par cœur. Vous verrez c'est toujours la concordance de trois éléments relativement banals qui est remarquable et qui sert de moyen de reconnaissance... Non, non, installez-vous dans le fauteuil et mémorisez-les. Ce document ne doit pas quitter le bureau.

— Mais, général, je ne suis pas comme Charles, ce n'est pas mon métier... Apprendre par cœur des codes secrets...

— Allez Gaëlle, l'encouragea Charles, ce n'est pas très difficile... Aussi bien, je les connais, et quand tu auras bien appris ici, je te ferai répéter à la maison avant ton départ, pour que tu sois bien sûre...

— Avant notre départ, tu veux dire... Parce que j'ai l'impression que nous partons tous les deux, chacun à deux extrémités opposées du monde !

Le port d'Anvers. Même jour

Le porte-conteneurs Mississauga-Express, propriété de la Hapag-Lloyd était à peine à quai que cinq grues commençaient déjà à abaisser leurs flèches colossales à l'horizontale pour le décharger.
Dans le port d'Anvers, chaque conteneur a sa place prévue dans la zone sous douane où il sera entreposé dans l'attente de son dédouanement. Chaque minute perdue coûte cher aux armateurs. Les grues vont et viennent sans temps mort. En permanence, chacune de ces grues titanesques saisit un conteneur du bateau, le lève, le ripe et le dépose sur un véhicule trans-container qui a l'air tout petit à côté de cette grue monstrueuse. Aussitôt le véhicule s'engage entre les empilements de conteneurs. Il s'arrête et, avec la même facilité qu'un cariste avec une palette, dépose son conteneur sur une pile avant de repartir sous les grues charger un autre conteneur. Multipliez tout cela par vingt-cinq grues, et cent cinquante trans-containers et vous avez là un hallucinant ballet bien réglé par un ordinateur central, où personne ne bloque personne, où tout a sa place et où pas une minute ne se perd. Cet incessant chassé-croisé de monstres d'acier déplaçant jour et nuit, sans arrêt, d'énormes conteneurs avec la facilité qu'ont les enfants à déplacer un pion de Monopoly, a quelque chose de fascinant. Le port d'Anvers, c'est ça… Les piles et alignements de conteneurs créent un labyrinthe géant et on ne serait pas étonné de voir tout à coup arriver le jeune Pantagruel pour jouer avec ce gigantesque jeu de Lego…
Le déchargement prit une trentaine d'heures : le Mississauga-Express est un bateau qui doit être rentabilisé. Il transportait ce jour-là un peu moins de 13 000 conteneurs. Tous devaient être déchargés à Anvers. Dès le déchargement, il devait repartir lège pour Rotterdam où 11500 autres conteneurs l'attendaient. Parmi les treize mille conteneurs à décharger, deux conteneurs blancs sale ne portaient aucune inscription latérale, juste, sur leur porte droite, le poids brut maximal, la tare, la charge utile et le volume… Comme tous les conteneurs, ils étaient tous deux accompagnés d'une copie de leur connaissement maritime[33]. Ils contenaient chacun 24 palettes de 100 packs de 6 bouteilles d'eau minérale « Gota » capsulées le 1er novembre dernier dans une usine

[33] Document dont une copie accompagne la marchandise sur le bateau et dont l'original est nécessaire pour la sortir du port de destination.

d'embouteillage de la banlieue de Buenos Aires. Le connaissement maritime était établi au nom d'un certain Joël Vanderloo.
Peut-on imaginer qu'un douanier soit assez inquisiteur pour découvrir que le contenu de chaque bouteille pesait cent dix grammes de plus que si elle avait vraiment contenu de l'eau minérale ? On peut d'autant moins se l'imaginer que les bouteilles en verre utilisées pesaient elles-mêmes cent dix grammes de moins que les bouteilles standard de la société Gota. Au lieu de 1000 grammes d'eau et 578 grammes de verre, ces bouteilles comprenaient 1110 grammes d'eau lourde et 468 grammes de verre, mais qui pouvait le remarquer ? Les douaniers ont juste prélevé un pack de six bouteilles au hasard, en ont ouvert une pour constater qu'elle contenait de l'eau et gardé les cinq autres pour leur consommation personnelle. L'eau lourde n'est pas toxique et elle est aussi incolore, aussi inodore et aussi dénuée de saveur que l'eau normale. Les douaniers établirent un rôle de taxe d'importation conforme au connaissement maritime, pour 48 palettes de 600 bouteilles d'un litre d'eau minérale argentine. Après ce contrôle douanier, le lendemain de leur déchargement, les deux conteneurs furent transférés sur une aire où ils attendirent leur propriétaire au tarif d'entreposage de 71 euros par jour et par conteneur.
Deux jours plus tard, de retour chez lui en fin d'après-midi, un des douaniers se servit un verre de vieux Schiedam sous l'œil réprobateur de son épouse. Il eut la surprise de voir le glaçon tomber au fond de son verre au lieu de flotter. Il se frotta les yeux, regarda son verre de plus près, enleva le glaçon et en mit un autre qui coula aussi. Il chaussa ses lunettes, se gratta la tête et conclut qu'il avait assez bu pour aujourd'hui. Il vida le tout dans l'évier, le genièvre et le bac de glaçons. Ni lui ni ses collègues ne surent jamais qu'ils avaient dérobé une eau plus rare et plus chère que les meilleurs genièvres de Flandre et des Pays-Bas.

Extrait de la thèse de doctorat de Pauline Dummoulin

RESUME DE L'EXTRAIT
Au troisième millénaire avant notre ère, une explosion nucléaire causée par le même feu sacré a eu lieu à Zerzura, colonie égyptienne situé dans le désert de Libye qui a été entièrement vitrifiée. La pyramide de Khéops aurait pour objet d'enfouir ce feu sacré. Le secret du feu sacré égyptien a été gravé sur la « Table d'Émeraude » dont le « Mutus Liber », imprimé à la renaissance serait une transposition en images.

(TEXTE INTEGRAL)
Il semble qu'à 12000 kilomètres du Pérou, s'était déjà produit, en Égypte, cinq siècles plus tôt, un cataclysme de même nature que celui de l'explosion de la montagne de l'ouest de Nazca. Des textes sacrés à peine postérieurs à Khéops et des traditions orales rapportées par divers historiens comme Diodore de Sicile ou Muhammad al Maqrizi, attribuent la construction de la Grande Pyramide non pas au Pharaon, mais au dieu Thot, – Hermès pour les Grecs et Idris pour les Arabes – avant l'époque des hommes, ce qui signifierait avant l'époque historique qui commence avec l'invention des hiéroglyphes vers 3100 avant notre ère. De toute façon Khéops, très versé dans les arts alchimiques, se disait lui-même l'incarnation de Thot. Qu'il ait construit la pyramide ou qu'il se soit attribué le mérite d'une pyramide plus ancienne, il n'est pas douteux qu'il y a effectué d'importants travaux. Sur la grande pyramide, le nom de Khéops n'apparaît qu'en de rares emplacements, en petit et, de surcroît, avec une incongruité sémiologique. Normalement, son nom, Khe Ops, s'écrit 𓐍𓅱𓆑𓅱 (Chu Fu[34]). La transcription ChuFu en Khéops est le fait d'Hérodote qui s'efforçait, avec plus ou moins de bonheur, de transcrire en grec les sons égyptiens. Or, dans la grande pyramide, il est principalement orthographié 𓇳𓅱𓆑𓅱 qui se lirait Rê u Fu.... Mais rien n'explique ce changement de 𓐍 (ch, comme le ch allemand) en 𓇳 (Rê)... En effet 𓐍 est un symbole alphabétique, ou, en tant que mot, il signifierait une pelote de ficelle, alors que 𓇳 est un symbole syllabique qui, en tant que mot,

---

[34] NdA :Les textes égyptiens en ligne horizontales se lisent à partir du côté où est tournée la tête des animaux ou humains des hiéroglyphes. Ici, 𓐍𓅱𓆑𓅱 se lit donc de g. à dr.

signifierait le soleil. Plus significatif encore est le fait qu'apparait, à plusieurs reprises, le symbole 𓆼 associé au nom du pharaon. Ce symbole signifie 1000... Les égyptologues se sont beaucoup interrogés sur la présence de ce nombre... Il n'y a pas mille pharaons Khéops. On a voulu y voir le vœu que Khéops ait une large descendance de mille pharaons. Mais si c'était le cas, si cette inscription était une sorte d'hommage au souverain, elle aurait été écrite en bonne place et, surtout, sans faute d'orthographe. Il y a une autre lecture, plus prosaïque et plus conforme au contexte. Si, au lieu de lire: mille Khéops, soit 𓆼 𓇳𓅱𓆑𓅱 , on associe le nombre mille, 𓆼, à la seule première syllabe, en scindant le nom du pharaon, on lit 𓆼𓇳 𓅱𓆑𓅱 soit 𓆼𓇳, mille soleils, suivi de 𓅱𓆑𓅱 , ufu, qui veut dire fou, irresponsable. Et cette lecture est confortée par le fait que, chaque fois que ce nombre apparaît devant le nom du pharaon, on lit, à côté ou juste en dessous, 𓅓𓐍𓏏, « mht », la mort. Il s'agit là d'une lecture ésotérique parce que 𓇳𓅱𓆑𓅱 est dans un cartouche, donc graphiquement insécable... Mais on peut quand même y voir une sorte de jeu de mots sur le nom du pharaon, comme celui des Italiens vaincus dont Bonaparte aimait à dire « Gli Italiani tutti ladroni », « Les Italiens sont tous des voleurs », et qui répliquaient en secret « Non tutti ma buona parte ».

Quoi qu'il en soit, on peut affirmer que ces écritures ne sont pas le fait des scribes de Khéops[35] : jamais des lettrés n'auraient commis une faute d'orthographe sur le nom de leur pharaon, et encore moins un jeu de mots... Ce sont vraisemblablement le fait d'ouvriers et de gens du peuple. Ce seraient, en réalité, des graffitis, probablement faits en cachette par les maçons à l'occasion des travaux ordonnés par Khéops dans la pyramide. Ils associent Khéops à mille soleils, à la folie et à la mort.

Hérodote rapporte (Euterpe-124) que Khéops a fait fermer tous les temples et interdire les cultes, sans expliquer les raisons de cette décision. A sept cent cinquante kilomètres au sud-ouest de Gizeh, se trouvait une riche oasis appelée Zerzura habitée par un peuple néolithique, les Saramous. Elle était la seule colonie égyptienne extra-nilotique et la piste qui traversait le désert entre l'Égypte et elle était

[35] Pauline Dummoulin est dans l'erreur. Les prêtres détestaient Khéops, comme le relève Hérodote.

constamment parcourue par des caravanes. Depuis le début de la quatrième dynastie, Zerzura était administrée par des fonctionnaires égyptiens. Des prêtres saramous y célébraient le culte des dieux tutélaires de l'Égypte, en dépit de l'opposition des prêtres égyptiens de Memphis qui revendiquaient le monopole de ces cultes. Zerzura n'existe plus. Elle se distingue du désert environnant par des myriades de blocs de verre brut qui en parsèment le sol sur des kilomètres. Son sol sablonneux a, en effet, été entièrement vitrifié vers l'époque du pharaon Khéops. Ces vitrifications, connues sous le nom de « verre libyque » se vendent encore aujourd'hui comme curiosités dans les boutiques à touristes de Khan el Khalili[36]*. Seule une explosion nucléaire, très puissante même, aurait assez d'énergie pour provoquer une vitrification pareille sur un si grand territoire. On comprend bien alors que Khéops et les prêtres égyptiens, connaissant les pratiques alchimiques relatives au feu sacré, aient tout de suite compris l'origine du cataclysme. Et quand les quelques Saramous rescapés du cataclysme sont venus se réfugier en Égypte, leur témoignage a exacerbé l'opposition entre Khéops et les prêtres. C'est dans ce contexte insurrectionnel que le Pharaon aura préféré calmer le peuple et ordonner l'extinction du feu, quitte à faire interdire les cultes, plutôt que de voir un prêtre égyptien maladroit risquer d'anéantir l'Égypte, comme la maladresse des prêtres Saramous a vitrifié Zerzura. Comme les prêtresses de Nazca, les prêtres d'Égypte auront alors reçu l'ordre d'éteindre le dernier feu sacré. En enfouissant l'athanor sous cette gigantesque pyramide, Khéops pensait qu'il serait oublié à jamais. Sans doute certains prêtres récalcitrants ont-ils alors tenté, malgré l'édit de leur pharaon, de préserver le savoir du feu sacré sous forme ésotérique, sous forme d'aide-mémoire pour initiés... Ce sont des conjectures qu'il conviendra de confirmer par un programme de fouilles non pas tant dans la grande pyramide, qui n'était sans doute que l'ouvrage de défense de la porte d'accès, mais sous la pyramide, dans le temple même de l'athanor du feu sacré. A cet égard, la « chambre souterraine » est-elle inachevée comme le pensent les égyptologues, ou n'est-elle pas plutôt incomplètement détruite ? Cela expliquerait tout. Cela expliquerait que, bien qu'il soit censé avoir bâti ce qui est resté près de 4000 ans, le plus haut ouvrage architectural prétendument construit par l'homme, Khéops se soit contenté pour lui, sa mère et deux de ses épouses, d'un temple funéraire et de trois petites*

[36] Grand bazar du Caire, plein de boutiques à touristes

pyramides, ridicules au pied de la grande... Et surtout cela expliquerait que, de ce supposé colossal bâtisseur, il ne subsiste aucune effigie si ce n'est une unique et microscopique statuette... Contrairement à la société shava de Nazca, qui était démocratique, la société égyptienne était théocratique. Pharaon était un dieu et exerçait le pouvoir sur le peuple et sur les prêtres... La catastrophe de Zerzura aura donc été imputée au Pharaon. Et on comprend le désarroi du peuple que le conflit entre leur empereur-dieu et ses prêtres a exposé à un tel enfer... Ils auront détruit toutes ses effigies et, lors des travaux de condamnation du temple enfoui sous la pyramide de Gizeh, ils auront même inventé un méchant jeu de mots sur son nom pour le brocarder et graver à tout jamais dans la pierre le souvenir de la responsabilité d'un pharaon fou dans une catastrophe brûlante comme mille soleils.
Ainsi, tout porte à croire que les travaux de la Grande Pyramide avaient un objet comparable à ceux qu'ont entrepris les prêtresses de Nazca avant d'éteindre le dernier « Feu des Anciens ». Tout porte à croire que, comme ceux de Nazca, ces travaux avaient pour but d'ensevelir l'athanor du feu sacré éteint et d'en effacer le souvenir, mais que, comme à Nazca, les prêtres ont laissé des indices à destination des civilisations futures. Cet épisode de Gizeh est antérieur à la fin de la civilisation shava et il la relativise par rapport à d'autres civilisations antiques. Un programme de recherches dans la Grande Pyramide sous cet éclairage permettrait sans doute des découvertes comparables à celles des géoglyphes de Nazca sur la science de l'Ancien Empire : une science sans doute nucléaire, dangereuse et ésotérique que les initiés eux-mêmes ont enfouie pour n'avoir pas su la maîtriser. Mais, comme on se demande, à Nazca, qui étaient les Anciens (cf. Chapitre 7.5 ci-avant), pour Gizeh, on peut se demander qui était Thot, Hermès pour les Grecs. Qui était ce légendaire constructeur de pyramides, et pourquoi Khéops se disait-il incarnation de Thot ?
A cet égard, la tradition dit que Thot-Hermès serait l'auteur de la « Table d'Émeraude », un texte emblématique de la philosophie alchimique du haut moyen-âge. Dans ce texte, l'auteur se définit comme «le Trismégiste » qui veut dire trois fois grand. C'est un texte gravé sur une pierre verte (émeraude était un terme générique qui désignait toutes les pierres vertes) dont ne nous sont parvenues que diverses traductions en arabe et en latin. Selon la tradition, ce sont des pilleurs de tombeaux qui auraient dérobé la Table d'Émeraude dans la grande pyramide au 2ème ou 3ème siècle après Jésus-Christ. Le texte connu, très court, laisse à penser qu'il n'est que l'incipit d'un ouvrage plus

vaste dont nous ne savons rien.

Si nous en avons des traductions, nul ne sait ce qu'est devenue la Table d'Émeraude elle-même.

En 1677, à La Rochelle, en France, sous les presses de Pierre Savouret, un important éditeur huguenot, paraît un curieux ouvrage intitulé « MUTUS LIBER IN QUO TAMEN TOTA PHILOSOPHIA HERMETICA, FIGURIS HIEROGLYPHICIS DEPINGITUR ». Ce livre est l'édition imprimée de l'un des piliers de l'alchimie de la Renaissance, l'autre étant l'Atalanta fugiens de Michael Maier. Le Mutus Liber se réfère à Hermès[37]*. La référence à Hermès et aux hiéroglyphes laisse entendre que c'est d'Égypte que ce livre est inspiré, contrairement à l'Atalante Fugitive, qui revendique surtout ses sources latino-troyennes. En effet, son titre est généralement traduit à tort par « Livre muet dans lequel néanmoins toute la philosophie hermétique est dépeinte en figures hiéroglyphiques. ». Mais il est patent que les gravures du mutus liber ne sont pas des hiéroglyphes et que le titre doit se traduire en réalité par « Livre muet dans lequel est néanmoins dépeinte toute la philosophie hermétique aux figures hiéroglyphiques. » ("figuris hieroglyphicis" est un attribut de "Philosophia hermetica" et non un complément de "depingitur" comme l'ont cru tous ceux qui l'ont commenté depuis sa première édition), c'est donc bien qu'elles illustrent une philosophie rédigée en hiéroglyphes. Le Mutus Liber comprend en tout et pour tout quinze planches… La première n'est qu'une page de titre, sans doute composée au dix-septième siècle pour attirer l'attention sur les clés de lecture des quatorze autres. Mais la planche II illustre, pour qui sait lire, tout le texte de la Table d'Émeraude que nous connaissons. Ainsi, il est probable que la traduction de la Table d'Émeraude que tout le monde connaît ne soit que l'incipit d'un ouvrage gravé qui comporterait 14 tablettes… Sans doute les pillards du deuxième siècle ont-ils fait traduire la première tablette à titre d'échantillon, pour les aider à vendre le lot de quatorze, un peu comme Google Books ou Amazon publient plusieurs pages des livres à titre de "teasing", pour donner envie d'acheter… Personne ne sait, malheureusement, qui est l'auteur du Mutus Liber… Mais il est patent que cet auteur avait en sa possession quatorze tables écrites par Toth Hermès, dont ce que nous connaissons sous le nom de « table*

[37] hermétique signifie « d'Hermès » et n'a pris le sens actuel de "fermé" ou "incompréhensible" qu'en raison du caractère obscur des livres traitant de la philosophie d'Hermès, appelée aussi alchimie, terme égyptien, 𓆎𓅓𓏏𓊖 qui nous est parvenu par sa transposition arabe لكيمياء .

d'émeraude » n'est que la première. Il est hautement vraisemblable que les quatorze tables contiennent le secret de ce feu nucléaire entretenu depuis des temps immémoriaux sous la grande pyramide de Gizeh et éteint par Khéops pour donner des gages au peuple après la catastrophe de Zerzura, comme nous avons éteint Fessenheim après la catastrophe de Fukushima.

Nazca 19 novembre midi

Gaëlle était arrivée le matin même. C'était l'été, mais la température restait tempérée. Il ne faisait guère plus de 25 ou 26 degrés. Le ciel était d'un bleu immaculé, variant du bleu profond au zénith à un bleu plus doux, moins intense au niveau de la ligne de crête et même presque blanc à l'horizon à l'opposé des montagnes. Il n'avait pas plu depuis bientôt cinq mois et la poussière sèche du sol était partout. Elle recouvrait tout d'une fine pellicule blanc mat, bâtiments, voitures et même les quelques arbres étiques qui poussaient ici et là. Seuls les avions récemment arrivés en étaient dépourvus et semblaient luire d'un éclat artificiel dans cet environnement terne.
En sortant de l'Embraer 135 qui l'amenait de Lima, Gaëlle reconnut tout de suite l'ambiance de Nazca, l'odeur de Nazca... Cette odeur de poussière qui, pourtant n'enlevait rien à la vivacité d'un air, mélange subtil des masses atmosphériques venant du Pacifique à l'ouest et de celles qui descendaient des Andes à l'est. Gaëlle avait une mémoire olfactive des innombrables lieux qu'elle avait visités dans le monde et elle aurait été capable, les yeux bandés, de dire où elle venait d'atterrir juste en respirant l'air extérieur d'un aéroport. Nazca avait une senteur unique, moins épaisse que l'atmosphère des pays du golfe, moins ténue que celle de la Patagonie... Une atmosphère à l'image de ses habitants, accueillants mais mystérieux, urbains mais fermés... L'aéroport de Nazca, « aéroport Maria Reiche » ne doit sa qualification d'aéroport qu'à une petite tour de contrôle bleue et blanche. Le bâtiment de l'aérogare proprement dite n'est qu'un vague hall sans originalité... Il n'y a pas de consignes de sécurité en sorte qu'une fois sortis de l'avion sur le tarmac, les passagers font ce qu'ils veulent. Ainsi, Gaëlle, qui n'avait pas de bagage de soute, se dirigea directement vers le hangar de l'aéro-club, de l'autre côté de la piste, à la recherche de Pablo. Quand elle l'aperçut, occupé à briquer son ULM, elle l'appela de loin :
— Pablo !
— Señora Gaëlle ! Répondit-il avec un large sourire sous son épaisse moustache noire
— Salut, ô le dernier des Nazcas !
— Chut ! Pas si fort, señora. Il ne fait pas bon dire certaines choses de nos jours...
Le hangar de l'aéroclub abritait toutes sortes d'appareils, depuis un vieux Stampe jusqu'à d'étranges ULM aux lignes futuristes comme celui de Pablo. Avec la poussière qui règne sur Nazca neuf mois sur

douze, les pilotes sont constamment en train de changer des filtres à air, joints tournants et autres pièces d'usure de leurs appareils.

— Vous comprenez, dit Pablo, cette poussière fine est abrasive et, si je ne soigne pas le moteur tous les jours, il faudrait le rechemiser et changer les pistons tout le temps !

— Quel plaisir de te revoir, Pablo... Tu vois, maintenant je ne viens plus en touriste, mais pour faire un reportage. Je t'ai dit que j'étais journaliste ?

— Non, vous ne me l'avez pas dit, mais je l'avais deviné à toutes les questions que vous m'avez posées. Je me doutais bien que vous reviendriez, mais je ne vous espérais pas si rapidement... Alors, vous l'avez retrouvée, la señorita Pauline ? Elle est venue avec vous ?

— Non, je n'ai pas retrouvé Pauline. Au fait, Dummoulin, son nom est Pauline Dummoulin. Mais pour tout dire, personne ne sait où elle est.

— Dios mio ! Pourvu qu'il ne lui soit rien arrivé...

— Pourquoi dis-tu ça, Pablo ?

— Une semaine après votre départ, je l'ai vue à Nazca... Je l'ai vue une seule fois... Elle m'a juste vaguement dit bonjour, alors qu'on a travaillé ensemble pendant plus d'un an ! Mais elle était coincée par les personnes avec elle... Des archéologues, elle m'a dit... Mais ce n'étaient pas des bonnes personnes... Eux, je les ai revus toute la semaine... Ils venaient en ville, mais sans Pauline. Ils ne parlaient pas et ils étaient armés... Des vrais archéologues, j'en ai rencontré beaucoup, ils ne sont pas armés... Et ils aiment parler de ce qu'ils font... Non, ce n'étaient pas de bonnes personnes... Des desperados, j'ai peur.

— Dis-moi, Pablo, tu sais tenir une caméra ? Enchaîna Gaëlle sans épiloguer.

— Bien sûr, señora, vous n'avez pas vu ma brochure publicitaire ? Je sais tout faire à Nazca, pas seulement promener les touristes. Je peux faire des reportages vidéo touristiques ou broadcast, des photos aériennes pour l'archéologie... Au sol ou en l'air, Pablo fait tout !

— Alors, on peut se mettre d'accord sur un tarif journalier et je te garde quelques jours ? Ça va ?

— Combien de jours ?

— On pourrait dire une semaine, ça irait ?

— Mille deux cents dollars US par jour, y compris l'ULM en usage illimité.

— Cinq cents dollars par jour plus les frais, et 75 dollars l'heure d'ULM plus l'essence ?

— D'accord, señora, dit-il avant de lever sa main droite et de taper dans celle de Gaëlle. Venez, on va au bar de l'aéro-club fêter votre retour. En cette saison, l'air est sec et parler, ça donne soif.

Le bar de l'aéro-club était à côté du hangar, juste en face de l'aérogare, de l'autre côté de la piste. En fait de bar, c'était une salle avec quelques tables, un comptoir de bar, une pompe à bière, des bouteilles, mais pas de barman. Chacun devait se servir et mettre l'argent dans la cagnotte... Et une pancarte, derrière le bar, rappelait qu'il fallait laver son verre avant de partir... Pablo servit deux bières à la pression, mit une pièce de cinq soles dans la cagnotte et rejoignit Gaëlle à table.

— Tu n'oublieras pas de compter ces bières dans ta note de frais...

— Ah pas ici, señora ! Ici, c'est le Club, vous êtes mon invitée... Alors parlons affaires. Que souhaitez-vous filmer pour votre reportage ? J'ai déjà d'excellentes séquences des géoglyphes... Si vous voulez, vous pouvez en utiliser. Mais nous pouvons aussi tout refilmer. Vous m'avez dit que c'étaient les lignes plus que les symboles qui vous intéressaient... Mais, si je peux me permettre, pour un reportage, les symboles, c'est plus parlant.

— Oui, je voudrais des séquences sur les géoglyphes, bien sûr. Mais ce qui m'amène ici, c'est plus pour essayer de deviner ce qu'a découvert Pauline Dummoulin... Je voudrais surtout aller dans la montagne... A l'est de la plaine des géoglyphes et nord-nord-est de Nazca

Pablo s'étrangla dans son verre et éclaboussa de la bière tout autour de lui...

— Non, non, c'est pas bon... Où vous voudrez, mais pas là... C'est là qu'ils sont restés une semaine, Pauline et ses desperados... Je vous assure que les compagnons de Pauline, ce sont des gens qu'il faut éviter...

— Pourquoi tu dis ça, Pablo... Il y a encore du monde sur le site ?

— Sur le site, non, je ne crois pas, mais à Nazca, je ne sais pas...Pauline a pris l'avion pour Lima avec ces trois types louches il y a quelques jours, mais deux sont revenus, sans Pauline... Depuis l'ULM, je les ai vus sortir des caisses et les charger dans un camion. Le camion est revenu le soir, bâché en sorte que je n'ai pas pu voir les caisses... Toute la journée, le camion était garé juste là, derrière cette porte, avec toujours un des types dedans pour le garder. Un archéologue du camion, un Anglais, je crois... Et tout cas, il parlait anglais avec un drôle d'accent... Enfin, il a voulu venir boire au bar de l'aéro-club, mais je lui ai dit que c'était privé, qu'il fallait être membre du club.

— Là, par cette porte derrière le bar ?

— Oui, cette porte… Elle donne directement sur la grand rue de Nazca. C'est par là que j'entre à l'aéro-club… Et hier, ils sont partis avec le camion sur la Carretera Panamaerica, en direction de Puerto de Lomas…
— Donc il n'y a plus personne, alors…
— Oui, je crois, mais je ne veux pas risquer de déplaire à ces furieux… Ils ont pu laisser quelqu'un…
— Écoute, Pablo, si tu as peur…
— Peur ? Moi ? Ne soyez pas insultante, Señora Gaëlle… Non, il faudra juste prendre des précautions…
— Par exemple ?
— Donner le change. Nous ferons des survols des géoglyphes, pour donner le change, même si ça ne vous intéresse pas. Nous partirons pour le site de la montagne à la nuit tombée et nous en reviendrons de nuit aussi.
— Bon, très bien…
— Et je devrai avoir une arme… Vous aussi… Je crois que c'est prudent.
— Moi ? Pas question… Répliqua Gaëlle… Et pour toi, je n'aime pas ça non plus… J'ai utilisé une arme une seule fois, c'était à Hong-Kong[38] il y a très longtemps, et je ne recommencerai jamais.
— Vous aimerez encore moins si vous rencontrez ces desperados… Bon, c'est entendu, pas d'arme pour vous. J'en prendrai deux pour moi, au cas où…

Gaëlle prit de nombreuses photos et tourna deux heures de vidéo des géoglyphes avant leur retour sur la piste de l'aérodrome. Il était maintenant dix-huit heures. Pablo avait fait atterrir son ULM et roulait vers le hangar. Une fois l'ULM rangé, au lieu de sortir vers le village, ils traversèrent la piste à pied pour se rendre à l'aérogare, du côté opposé au village. Là, ils attendirent l'arrivée du vol régulier venant de Lima. Ils avaient loué un gros pick-up chez Hertz, mais, pour donner le change, ils avaient l'intention de ne quitter l'aéroport qu'en même temps que les passagers. Pablo craignait que les pseudo-archéologues qui accompagnaient Pauline aient demandé à un complice habitant Nazca de leur signaler les allers et venues de Gaëlle.

L'avion d'Aeroparacas avait du retard et il n'atterrit qu'à la nuit tombante. Quand ils prirent la route en se mêlant aux arrivants, le ciel était déjà presque noir. Seul l'horizon à l'ouest restait encore teinté de

[38] L'Ambassadeur, du même auteur

rouge sombre. Ils roulèrent une demi-heure. Arrivés au niveau des grillages qui interdisent l'accès aux géoglyphes, à gauche de la route, Pablo ralentit. Il observait le côté droit de la route. Dès qu'il eut reconnu, il tourna à droite et s'engagea dans un méchant chemin de pierres qui se dirigeait vers la montagne, sur un sol désertique de sable et de rochers où pas un arbre n'était visible.. Dans la nuit, l'énorme masse sombre de la montagne devant la voiture avait quelque chose d'oppressant. Devant eux, la tache de lumière des phares éclairait une vague piste… Ou plutôt des traces de passages de véhicules laissées dans le sol de pierres et de sable. Pablo savait que c'était là qu'avait travaillé Pauline Dummoulin, mais il n'y était jamais allé. Il espérait que la piste les mènerait au site de fouilles. La voiture sautait et se trémoussait sur ce chemin de pierres. Pablo et Gaëlle étaient secoués comme les glaçons d'un cocktail dans un shaker… Ils avaient rejoint une sorte de vallée, toujours aussi aride. Au-delà d'une colline qu'ils contournaient, ils semblaient se diriger tout droit vers la paroi de cette haute montagne qu'ils voyaient maintenant devant eux à la lumière de la lune.

Tout à coup, Pablo stoppa le long de la paroi de roche sombre qui s'élevait au-dessus d'eux.

— C'est là. Ils ne sont pas allés plus loin.

— Ici ? Mais il n'y a rien.

— C'est pourtant ici. Voyez, c'est là qu'ils garaient leur véhicule.

Avec leurs lampes, Gaëlle et Pablo examinaient la base de la paroi rocheuse et les traces laissées dans la terre par l'expédition archéologique de Pauline Dummoulin.

— Là, regardez ces traces. Apparemment une roue de brouette ou de quelque chose comme ça.

— Oui, il y a plusieurs traces. Ils ont dû utiliser des brouettes, sans doute pour décharger leur matériel de fouilles…

— Ou pour évacuer leur butin après avoir pillé le site… dit Gaëlle en examinant les traces… Regardez, les traces s'arrêtent à ce talus en pierres. Ils ont obstrué l'entrée du site avec des pierres…

— Sûrement, répondit Pablo… Nous ne pouvons rien faire… Il faut revenir demain avec des moyens plus puissants pour dégager ça.

— Nous ne pouvons pas quitter Nazca avec un engin de chantier… Tout le monde le saura…

— C'est un problème, oui… En attendant nous devons rentrer. Nous ne pouvons rien faire de plus ici.

Il était un peu plus de onze heures quand ils entrèrent dans Nazca. Pablo déposa Gaëlle à son hôtel en lui souhaitant bonne nuit… Oh, ajouta-t-il attendez-moi en bas… Je reviens, je voudrais vous montrer quelque chose… L'hôtel où était descendue Gaëlle, juste à côté du bar de l'aéro-club, s'appelait curieusement « La Maison Suisse » (en français !). C'était un ensemble de plusieurs bâtiments d'un seul niveau, tout lambrissés de frisettes de sapin blond… Et l'intérieur était fait pour évoquer une Suisse de clichés, comme la salle à manger, attenante au hall avec ses nappes rouges et ses grosses chaises de bois massif aux pieds écartés et au dossier ouvragé. Un vieux tonneau servait de desserte au milieu de la salle… Gaëlle attendait dans le hall, à côté du bar, sur une banquette formée d'un socle en sapin assorti aux murs et de coussins aux couleurs sobres… Le personnel n'était pas suisse, mais sa gentillesse et la chaleur de son accueil auraient pu être helvétiques… Pablo ressortit à pied dans la nuit noire. Dix minutes plus tard, il était de retour. Il portait un colis soigneusement enveloppé d'un morceau de toile écrue. Il suggéra à Gaëlle de s'asseoir plutôt dans le salon TV de l'hôtel, désert à cette heure, pour ne pas risquer d'être entendu du concierge…Il ouvrit le colis et découvrit une tablette d'obsidienne polie, aux bords arrondis de trente centimètres sur trente et deux centimètres d'épaisseur environ. La dalle était couverte de dessins gravés dans la pierre et rehaussés de couleurs vives à la peinture. Au premier coup d'œil, Gaëlle reconnut ce style de dessins. Il s'agissait de l'écriture Shava, qui, comme l'écrivait Pauline Dummoulin dans sa thèse, était « *une forme d'écriture sophistiquée, mais si discrète que, jusqu'à ce jour, elle a été prise pour de l'ornementation ou pour des dessins figuratifs d'animaux et de plantes* ».

— C'est beau, n'est-ce pas ? Dit Pablo… C'est infiniment précieux. Mon père le tenait de son père qui lui aussi le tenait de ses aïeux… C'est, m'a-t-il dit un objet plus ancien que les Nazcas… Il viendrait de ce peuple qui a tué ses dieux. Il représente des scènes de leur vie quotidienne. Vous voyez, là, ils vont au marché et achètent une oie… Là, ils font l'amour… Là, ils ont trois enfants et il cultive son jardin pendant qu'elle fait la cuisine… Là, je pense que c'est une cérémonie religieuse…

— Magnifique, dit Gaëlle subjuguée… Magnifique… La finesse de la gravure… La vivacité de la couleur bien que cette tablette ait plus de trois mille ans… Incroyable… Mais dis-moi, l'as-tu montrée à Pauline Dummoulin ?

— Non, je dois dire non… C'est un très ancien objet… J'aurais pu le lui montrer, parce que Pauline était une bonne personne… Mais quand j'ai vu avec quels bandits elle est revenue à Nazca la deuxième fois, j'ai su que j'avais eu raison de ne pas la lui avoir montrée… Ils me l'auraient certainement volée…
— Pablo, m'autorises-tu à photographier ta tablette ?… Je ne dirai à personne où je l'ai vue… Je peux même mentir en disant, par exemple, que je l'ai trouvée dans la montagne…
— La photographier, oui, mais juste pour vous… Je vous fais confiance, señora… Le peuple Nazca vous fait confiance… Les secrets du peuple qui l'a gravée sont terribles… Mon père me l'a dit, qui le tenait de son père qui le tenait de ses lointains aïeux… Un dieu terrible et destructeur… Un dieu dont la colère brûle d'un feu plus clair que mille soleils…
Gaëlle avait tout son matériel dans sa sacoche avec elle, elle n'était pas repassée dans sa chambre depuis leur retour de la montagne. Elle en sortit un Leica SL et fit plusieurs clichés de la pierre.
— Et derrière ?
— Derrière, il n'y a rien répondit Pablo en retournant la dalle dont le verso était uniformément noir et lisse.
Par réflexe, elle fit aussi une rafale de photographies du verso…
— Tu sais expliquer ces images, Pablo ?
— Oui, ce sont des scènes de leur vie… Je t'ai montré… C'est mon père qui me l'a dit. Il m'a même dit que cela représentait l'essence même de la vie de ceux qui ont tué leurs dieux.
— Garde ta pierre très soigneusement, Pablo… Ne la montre à personne…
— Personne ne l'a vue avant vous, señora… Personne… Je vous fais confiance… Je la garde cachée en un lieu que personne ne peut deviner…
— Très bien, Pablo… Oh, avant de partir, dis-moi quel programme tu nous prévois demain.
— Je vais prendre une petite pelleteuse…
— Mais tout le monde va le voir…
— Non, je ferai livrer la pelleteuse à l'aérogare… Il y a un chantier… Nous la chargerons sur le pick-up demain dans l'après-midi et, demain soir, nous partirons comme aujourd'hui à la tombée de la nuit en profitant de ce que les touristes quittent l'aéroport… Auparavant, nous aurons fait un survol des géoglyphes… Il faut qu'on vous voie faire ça, ça donne le change…

— Charger une pelleteuse sur le pick-up ?
— Non, survoler les géoglyphes… Si vous ne le faisiez pas, ce serait suspect.
— Mais la pelleteuse ?
— Je m'en occupe, faites-moi confiance, señora… Vous verrez, c'est facile… Allez, bonne nuit, señora, dit-il en se levant après avoir remballé la dalle de pierre dans sa toile. Je vous prends ici demain à quatorze heures.
— Tu ne veux pas qu'on déjeune ensemble avant de partir ? Le restaurant de l'hôtel est très bien !
— Ça me fera plaisir, alors à demain midi ! Buenas noches Señora !
— Bonne nuit, Pablo, à demain !

Gaëlle passa une partie de la nuit à essayer de déchiffrer la pierre de Pablo en utilisant les rudiments de grammaire shava annexés à la thèse de Pauline Dummoulin qu'elle avait photographiée à la Sorbonne et qu'elle avait avec elle, dans son ordinateur. Les sujets des dessins étaient faciles à interpréter, mais ce sont les relations entre eux qui posaient problème. Gaëlle écrivait au fur et à mesure, au crayon, gommait et réécrivait…

Après quatre heures d'un travail acharné et décevant, elle avait écrit :

La tablette comprend quatorze scènes distinctes et entremêlées, quatorze phrases selon la grammaire shava. Réparties en deux groupes de sept. L'ordre des groupes et celui des scènes est donné par la grammaire shava :

 # Vérité - Vérité vraie (?) - Certitude
 # Bas et haut égaux à haut et bas
 # Un seul prodige.
 # Naissance - seul père de toutes les choses - Évolution des choses…
 # Soleil = géniteur, lune = génitrice, Vent = parturiente, Terre = nourrice (nourricière ?)
 # Ceci (la tablette ?) est le talisman universel.
 # Force et puissance quand il est enterré (transformé en terre ?).

 # Faire attention en séparant le feu et la terre
 # (Objet sacré en forme d'œuf) monte au ciel et prend la force du ciel. Il descend sous terre et prend la force de la terre.
 # Force colossale et lumière aveuglante.

La force (absolue ? éternelle ?) pénètre tout et détruit tout, la terre et le feu (le solide et le gazeux ?)
C'est ainsi que les Anciens ont été (?) la création du monde (nota : « les Anciens » ne sont pas figurés comme les acteurs de la création, mais comme la substance même de l'acte de créer).
C'est ici (sur la tablette ? L'auteur évoque cette tablette et d'autres qui iraient avec elle) qu'on apprend (qu'on s'adapte) à faire ces prodiges.
Je suis l'Ancien des Anciens des Anciens. J'ai créé un soleil parfait. Ce que je dis est ce que j'ai fait.

Ça n'avait aucun sens… Elle ne s'en sortait pas. Elle froissa son papier et le jeta dans la corbeille à papiers. Des heures de travail et elle n'avait réussi à écrire que des inepties. Elle avait espéré exposer son travail à Pablo pour lui demander ce que cela lui évoquait, mais elle n'était vraiment arrivée à rien. Après tout, elle n'était pas archéologue. Il fallait qu'elle parle à Pauline Dummoulin pour plus de précision dans la grammaire shava… Elle tombait de sommeil et elle s'endormit.
Elle se réveilla au milieu de la matinée, Une petite musique résonnait en elle qui chatouillait son esprit. L'impression qu'elle était passée à côté de quelque chose d'important… Une tablette gravée… Elle avait entendu parler d'une tablette gravée avant que Pablo ne lui présente la sienne… Elle cherchait en vain le souvenir de tablettes gravées… Comme toujours, c'est quand on cherche activement ce genre de réminiscence qu'il est le moins aisé de trouver à quoi elle se raccroche… Elle prit donc le parti de se doucher, de s'habiller et d'aller prendre son petit déjeuner. Il était temps, il était 10h20 et le petit déjeuner n'était servi que jusqu'à 10h30.
Un opulent buffet était dressé dans la salle de restaurant, jus de fruit, charcuteries, œufs brouillés, fromage, viennoiseries… Elle mangeait de bon appétit quand tout à coup, elle se rappela que c'était dans la thèse de Pauline Dummoulin qu'il était question de tablettes gravées. Sans prendre le temps de terminer son dernier croissant, elle posa sa serviette et repartit en courant vers sa chambre. Elle ouvrit son ordinateur où elle avait fait une reconnaissance optique[39] de caractères sur la thèse de Pauline Dummoulin qu'elle avait photographiée à la Sorbonne.
Une recherche sur le mot « tablette » ne donna rien. Elle était déçue… Mais la reconnaissance de caractères n'est pas toujours fiable… Ça ne

---

[39] Logiciel qui transforme des photos d'écrits en texte interprétable

voulait pas forcément dire que le mot « tablette » ne figurait pas dans la thèse… Elle essaya le mot « table ». Il en avait 21 occurrences dont trois dans l'expression « Table d'Émeraude »… Oui, c'est ça ! la Table d'Émeraude… Un texte gravé sur une tablette de pierre verte… Elle se rappelait maintenant, au chapitre de l'Égypte et de la grande pyramide de Khéops. Elle lut :

A cet égard, la tradition dit que Thot-Hermès serait l'auteur de la « Table d'Émeraude » où il se définit comme «le Trismégiste » qui veut dire trois fois grand. C'est un texte gravé sur une pierre verte (émeraude était un terme générique qui désignait toutes les pierres vertes) dont ne nous sont parvenues que diverses traductions en arabe et en latin.

Curieuse, elle chercha sur Internet « Table d'Émeraude » dans Wikipédia et elle lut :

Il est vrai, sans mensonge, certain, & très véritable : Ce qui est en bas, est comme ce qui est en haut et ce qui est en haut est comme ce qui est en bas, pour faire les miracles d'une seule chose. Et comme toutes les choses ont été, & sont venues d'un, par la médiation d'un : ainsi toutes les choses ont été nées de cette chose unique, par adaptation. Le soleil en est le père, la lune est sa mère, le vent l'a porté dans son ventre la Terre est sa nourrice. Le père de tout le telesme de tout le monde est ici. Sa force ou puissance est entière, si elle est convertie en terre. Tu sépareras la terre du feu, le subtil de l'épais doucement, avec grande industrie. Il monte de la terre au ciel, et derechef il descend en terre, & il reçoit la force des choses supérieures et inférieures. Tu auras par ce moyen la gloire de tout le monde et pour cela toute obscurité s'enfuira de toi. C'est la force forte de toute force : car elle vaincra toute chose subtile, et pénétrera toute chose solide. Ainsi le monde a été créé. De ceci seront & sortiront d'admirables adaptations, desquelles le moyen en est ici. C'est pourquoi j'ai été appelé Hermès Trismégiste, ayant les trois parties de la philosophie de tout le monde. Ce que j'ai dit de l'opération du Soleil est accompli, et parachevé.

Certes, c'étaient des termes différents, mais, au fond, c'était bien le texte qu'elle avait vainement tenté de traduire de la tablette de Pablo… La femme de chambre n'avait pas encore fait la chambre en sorte que Gaëlle put récupérer, dans la corbeille, ses notes de la nuit et les défroisser pour comparer… Incroyable… Pour autant qu'elle pouvait en juger avec ses rudiments de grammaire shava, le texte de la Table d'Émeraude cité par Wikipédia était le même que celui de la tablette de

Pablo. Deux versions d'un même texte l'un en shava et l'autre traduit de l'égyptien ancien.
Gaëlle se replongea dans la lecture de la thèse de Pauline Dummoulin. Selon la tradition, cette Table d'Émeraude aurait été écrite par Thot bien avant le règne de Khéops... C'est-à-dire au début du troisième millénaire avant notre ère ou à la fin du quatrième. En tout cas entre l'invention de l'écriture égyptienne, vers -3500 et le règne de Khéops, vers -2600 avant notre ère. Elle dit que la table serait restée enfermée dans la pyramide jusqu'au deuxième ou troisième siècle de notre ère. Alors, se demandait Gaëlle, comment la tablette de Pablo est-elle possible ? Pauline Dummoulin a démontré qu'après la disparition des Shavas, personne ne connaissait plus l'écriture Shava. Les Paracas étaient une société peu évoluée, qui n'avait évidemment pas d'écriture et les Nazcas ne savaient même pas que l'écriture existait... Pablo n'imaginait pas que sa tablette pût être de l'écriture. Il est donc exclu que cette tablette soit un apocryphe postérieur, une tablette composée par un mystificateur après la fin des Shavas. Elle est forcément shava. Or, selon Pauline Dummoulin, la fin de la civilisation shava se situerait au début du deuxième millénaire avant notre ère... Les Shavas ne pouvaient pas avoir connu la Table d'Émeraude qui n'a été extraite de la pyramide que deux mille ans plus tard... Il faudrait demander à un laboratoire de dater la tablette de Pablo pour en être sûr, mais Pauline Dummoulin, en tout cas, n'a aucun doute sur le fait que la fin de la civilisation shava a coïncidé avec la disparition de leur écriture, donc personne n'a pu traduire la Table d'Émeraude en shava deux mille ans plus tard... Vraiment étrange, et même la signature : Trismégiste, trois fois philosophe dit la Table d'Émeraude, mais en grec Trismégiste serait plutôt trois fois grand, comme l'écrit, d'ailleurs, Pauline Dummoulin (τρεῖς, trois et μέγας, grand). Gaëlle le comparait avec « l'Ancien des Anciens des Anciens » qu'elle avait présumé comme traduction de la dernière scène... Le trois fois Ancien... Pour les Shavas, Ancien signifiait dieu puisque leur culte était celui du « Feu-des-Anciens »... Et si le Trismégiste égyptien, Thot-Hermès, était aussi l'Ancien des Anciens des Anciens des Shavas ?...
La curiosité de Gaëlle était piquée au vif... Fabuleux ! Il fallait absolument qu'elle rencontre Pauline Dummoulin... Son âme de journaliste, surexcitée de curiosité, pressentait la matière d'un reportage énorme...

Saint-Cergue-sur-Seine 19 novembre deux heures du matin

A Saint-Cergue, le Coteau est un quartier paisible. Situé entre le parc de Basquervilliers, le golf de Villeneuve-la-Breche, et le centre-ville, c'est un monde à part. Il est loin du Quartier, de ses vicissitudes et de ses trafics. Il est ce que l'on appelle une « zone résidentielle » et ce que les autres habitants de Saint-Cergue appellent « chez les bourges ». Des propriétés plus ou moins grandes, plus ou moins belles, plus ou moins visibles de la rue, mais toujours cossues, bordent des artères longues et bien entretenues. Aucune maison n'y respire la misère, mais aucune n'affiche le luxe ostentatoire des quartiers que l'on dit riches. C'est un quartier calme et prospère, à défaut d'être opulent, un quartier qui exsude le charme discret de la bourgeoisie.

Il était deux heures du matin et pas un bruit ne troublait le silence… Rien à voir avec l'incessant manège des choufs dans le Quartier ou la circulation sur l'Avenue de l'Europe en centre-ville… Des lampadaires éclairaient la rue du Bois-Fosset d'une lumière paisible et terne. Un homme, vêtu de noir, était accroupi à côté d'un Porsche Cayenne noir stationné au niveau du numéro 94. La porte côté conducteur était ouverte vers le trottoir. L'homme sortit de sa sacoche une sorte de boîte cylindrique munie de crochets à ressorts. La boîte faisait dix centimètres de haut et dix centimètres de diamètre et il la manipulait avec de visibles précautions. A voir la manipulation, la boîte semblait lourde. Elle pesait en effet 7 kilos et demi.

L'homme accrocha précautionneusement la boîte sous le siège conducteur. Il vérifia qu'elle tenait bien à ses quatre crochets tendus par les huit ressorts. Il consulta son smartphone, apparemment pour lire le mode d'emploi, puis se pencha sous le siège de la voiture pour comparer ce qu'il lisait avec ce qu'il venait de poser. Apparemment satisfait du résultat, il remit son smartphone dans sa poche. Il prit alors un fil dans sa sacoche et il le passa dans une rainure circulaire qui courait autour de la boîte qu'il venait d'accrocher. Une fois le fil ainsi installé, il s'assura que personne ne pouvait le voir et il tira d'un coup sec sur ses deux extrémités. Quelque chose tomba alors sur le plancher de la voiture, sous le siège passager. Il tendit la main et retira un disque de même diamètre que la boîte qu'il venait d'accrocher. A la faible lumière du lampadaire d'éclairage public, on pouvait voir que c'était un disque en plomb de 20 millimètres d'épaisseur estampillé d'un label jaune au trisecteur noir. Ses gestes se firent alors plus hâtifs. Il remit rapidement le disque et le fil dans sa sacoche, vérifia qu'il ne restait rien sur le plancher du Cayenne, ferma la portière, s'assura qu'il ne restait rien non plus par terre, ni sur le trottoir ni dans le caniveau. Il se releva et partit à pied de la démarche paisible mais rapide qu'aurait un quidam rentrant simplement chez lui trop tard le soir. Tant qu'il était penché sur la voiture dans l'ombre, il était impossible de voir son visage. Mais quand il s'est relevé, c'est le visage de Michel Sangulier que révéla la lumière des lampadaires, mais elle la révéla aux yeux de personne parce que la rue était déserte. Michel Sangulier, la personne que Joël Vanderloo avait recommandée à Francis Calcomycès qui allait le recruter comme directeur de cabinet après accord du conseil municipal le soir même. Il marcha ainsi jusqu'à la rue suivante où il avait garé une Smart Electric Drive avec laquelle il partit silencieusement.

Sous le siège conducteur du Cayenne était désormais solidement fixée une boîte cylindrique en plomb contenant un disque de 5 centimètres de diamètre et 2 centimètres d'épaisseur composé d'un eutectique de strontium 90, de radium 226 et de thorium 232. La boîte de plomb n'avait plus de couvercle.

Extrait de la thèse de Pauline Dummoulin

RESUME DE L'EXTRAIT
Après la démolition du temple de Vesta à Rome, le Palladium, cette statue de Pallas-Athéna qui contient le secret du feu sacré des Troyens, est passé de mains en mains, pour, finalement, parvenir au Mont Cassin au treizième siècle où il restera jusqu'au 18 mai 1944. L'Atalante Fugitive, imprimée en 1498 serait une transposition des secrets que renferme le Palladium.

(TEXTE INTEGRAL)
En l'an 380 de notre ère, l'empereur de Rome Theodose 1er proclama par édit la religion chrétienne romaine religion d'état. Il fit transformer en églises tous les temples qui pouvaient l'être et détruire les autres. Il ordonna aussi la destruction de toutes les effigies de dieux de l'ancienne religion, les dieux païens...
Le temple de Vesta, du fait de son architecture circulaire ne pouvait être transformé en église et il fut donc détruit. Il n'en reste aujourd'hui que trois colonnes sur le Forum à Rome. Mais tous ces bouleversements suscitaient la désapprobation des derniers tenants de l'ancienne religion, et attiraient aussi les amateurs d'œuvres d'art antiques. Zosime relate dans son « Histoire nouvelle », qu'un certain Servius de Nursie, chef de la plus riche famille romaine d'Ombrie, resté secrètement fidèle à l'ancienne religion, avait connaissance d'une très belle et très ancienne statue conservée au temple de Vesta. Cette statue aurait été donnée par Zeus lui-même au fondateur de Troie et emportée par Énée dans le Latium, puis par Numa, ou Tullius à Rome... Ce serait malheur de détruire une œuvre d'une telle beauté, plaida-t-il auprès de l'empereur, d'autant qu'elle ne représente pas une déesse, mais une mortelle dont une vieille légende troyenne disait qu'elle n'avait été que la compagne de jeux de la déesse Athéna... Peu soucieux de s'aliéner l'Ombrie, Théodose autorisa Servius à prendre la statue, à condition de le faire si secrètement que nul Romain de l'Urbs n'en ait connaissance.
C'est ainsi que la statue du Palladium, cette statue de Pallas-Athéna qui avait veillé deux mille ans sur Troie et sur les Vestales à Rome, prit la route de la villa de Servius à Nursie en Ombrie. Il l'installa dans son atrium comme ornement et fit graver sur son socle

HOC SIGNVM PVLCHERRIMVM HEREDITARIVM TROJANIBVS. PVELLA ILLA HVMANA NON DIVINA "Cette effigie est la plus belle héritée des Troyens. La jeune fille est humaine et non divine".
Son fils Justinien Probus fut un des plus grands généraux de l'armée romaine de son époque. Il avait 71 ans et vivait retiré dans sa villa quand Odoacre envahit Rome et déposa Romulus Augustule, le dernier empereur d'Occident. Le fils de Justinien Probus, Europe de Nursie, avait trente ans et menait une vie tout entière consacrée à la philosophie et aux arts. Il est l'auteur d'une étude sur l'histoire du culte de Vesta, mais cet ouvrage ne nous est pas parvenu. En revanche, on sait qu'Europe de Nursie avait un fils, Benoît, qui avait définitivement délaissé la religion ancienne et était devenu complètement chrétien... Benoît ne voulait pas froisser son père, qui respectait les deux religions comme beaucoup de patriciens de son époque, aussi n'est-ce que l'année de sa mort, en 529, qu'il décida de consacrer la fortune dont il héritait à la fondation d'un ordre monastique et à la construction d'un monastère sur le Mont Cassin, non loin de chez lui. Un lieu à l'architecture héritée de sa domus familiale, autour d'un atrium utilisé comme cloître. Tous les monastères, jusqu'à nos jours, adopteront la même architecture. Les œuvres d'art de la famille de Nursie furent transférées au mont Cassin mais elles n'y resteront que cinquante-neuf ans, jusqu'en 589.
Cette année-là, les Lombards envahissent le Latium et pillent le mont Cassin. La statue du Palladium est alors emportée par le duc païen Zotton de Bénévent qui l'installa en bonne place de son orgueilleux palais familial de Pavie où il s'installa définitivement pour ses vieux jours. En 774, Charlemagne prend Pavie et installe son pouvoir sur toutes les possessions lombardes. Les biens de l'arrière-arrière-petit-fils de Zotton sont dispersés. Certaines œuvres d'art partent en Gaule et meubleront le futur palais d'Aix-la-Chapelle, mais la plupart sont réparties par Charlemagne entre les aristocrates lombards comme gage d'une suzeraineté bienveillante. C'est ainsi qu'une famille de petite noblesse reçut la statue du Palladium. Sa grande beauté et l'inscription qu'y avait portée Servius cinq cents ans plus tôt inspiraient le respect. Lorsque, un siècle plus tard, l'arrière-petit fils fut fait comte d'Aquino, dans le Latium, il l'emporta avec lui dans le palais qu'il se fit construire à Roccasecca. La statue y resta deux cent cinquante ans. Thommaso, le benjamin des fils de Landolphe, avant-dernier comte d'Aquino et Grand Justicier impérial, a été élevé par les moines du Mont Cassin parce qu'il n'était pas l'héritier du titre de son père. En

consultant d'anciens manuscrits à la bibliothèque, le jeune Thomasso découvrit que ce monastère avait jadis possédé une statue antique que l'on disait venir de la mythique Ilion... Il ne lui fallut pas longtemps pour faire le rapprochement avec celle que son père avait héritée de ses ancêtres. En 1237, Landolphe, cédant aux prières de son fils de douze ans, fit don du Palladium au monastère qui le récupéra ainsi 674 ans après son pillage par le duc Zotton.

Plus tard, Thommaso d'Aquino, Thomas d'Aquin, a beaucoup fréquenté les milieux universitaires à Paris, et en Allemagne. Un jour, un moine de l'ordre de Saint Benoît présenta Thomas à un érudit de Thuringe, qui se montra très intéressé par cette statue antique qu'il supposait troyenne... Nous n'avons de certitude ni sur le nom du moine, ni sur celui de l'érudit. Toujours est-il qu'ils vinrent tous deux au mont Cassin pour voir la merveille. Ils consignèrent chacun leurs observations en un manuscrit. Le laïc déposa plus tard le sien à la bibliothèque du Sénat impérial de Thuringe, bibliothèque qui fut transférée à l'université d'Erfurt en 1392. En 1498, un incunable intitulé « ATALANTA FVGIENS » était imprimé à l'université d'Erfurt, sans signature, en un très petit nombre d'exemplaires. Il comportait 100 pages avec, sur les pages recto, une gravure et sur les pages verso un épigramme musical. À ces cent pages s'ajoutaient une cinquantaine de pages de préface et autant de postface. L'incipit de cet ouvrage disait qu'il relatait de très anciennes connaissances troyennes transmises par la grâce de la statue de Pallas-Athena. Cent vingt ans plus tard, en 1618, cet ouvrage reparaissait sous le burin du célèbre graveur Jean Theodore de Bry à Oppenheim et sous la signature d'un certain Michael Maier. La préface et la postface en avaient été presqu'intégralement censurées, mais l'ouvrage comportait les cinquante gravures et les cinquante épigrammes. Michael Maier y avait ajouté une page de titre entourée de gravures allégoriques, desquelles on pouvait remarquer, en bas à droite, le temple de Vesta à Rome tel qu'il était avant sa destruction douze siècles plus tôt... Nul ne sait qui est vraiment Michael Maier. Il a écrit plusieurs ouvrages sous des noms divers, plus ou moins anagrammes les uns des autres, dont le plus fréquent était Hermès Malavici. On ne manquera pas de remarquer qu'Hermès était le Thot des Égyptiens et le Trismegiste de la Table d'Émeraude. Et surtout, on constatera que l'Atalanta Fugiens de 1618, écrite en latin, est, naturellement, signée "MICHAELE MAJERO" le datif de son nom... Or MICHAELE MAJERO est l'anagramme de ALCHEMIE ROMA (JE). Tout porte donc à croire que l'ouvrage de

Michael Maier, considéré comme un des fondateurs du savoir alchimique (Alchemie signifie alchimie en allemand) de la Renaissance vient de Rome avec une origine troyenne, et que le secret qu'il décrit est caché dans la statue troyenne du Palladium qui a séjourné mille ans dans le temple de Vesta à Rome. Il est en cela le pendant du "Mutus Liber" qui traite le même sujet à peu près de la même manière, mais revendique des sources égyptiennes.
Simultanément à l'Atalanta Fugiens, paraissait aussi à Eisleben, à 80 kilomètres d'Erfurt, un traité alchimique intitulé « Les Douze Clefs de la Philosophie », très semblable à l'Atalanta Fugiens, sous la plume de Frère Basile Valentin, de l'ordre de Saint Benoît... Il ne fait guère de doute que cette édition soit en fait la réédition d'un manuscrit plus ancien et que ce Frère Basile Valentin, dont on sait peu de choses par ailleurs, soit, en réalité, le moine que Thomas d'Aquin, élevé lui-même, rappelons-le, par les moines de l'ordre de Saint Benoît, a rencontré en Thuringe et dont le manuscrit des Douze Clefs, aura incité les propriétaire de l'incunable de l'Atalanta Fugiens à en faire une plus large diffusion.
Trois siècles plus tard, en 1944, le Troisième Reich était en train de perdre la guerre, mais les nazis préparaient une arme absolue. On sait aujourd'hui que leurs recherches portaient sur l'arme nucléaire. Ont-ils eu connaissance de l'incunable de l'Atalanta Fugiens ? Ont-ils fait tout ou partie des recherches qui m'ont permis de retracer les tribulations de la statue du Palladium ? Toujours est-il que, lorsqu'ils ont voulu chercher la statue au Mont Cassin, ils ne pouvaient plus repartir, cernés qu'ils étaient par les armées alliées... Comment expliquer, si ce n'est par l'intérêt majeur que le Reich portait à l'une des richesses du monastère – et quelle pourrait-elle être sinon le Palladium ? –, l'acharnement des nazis à défendre ce monastère isolé. Les alliés, eux aussi sur la piste de l'arme nucléaire, savaient-ils que le monastère du mont Cassin abritait cette statue qui pouvait receler le secret qu'ils cherchaient ? Comment expliquer, sinon, l'acharnement qu'ils ont mis à conquérir cette colline ? Si c'était pour son seul caractère stratégique, pourquoi ne l'ont-ils pas purement simplement anéantie par un bombardement aérien massif ?... Que voulaient-ils en préserver à la faire prendre ainsi d'assaut par l'infanterie ?... Officiellement, le 18 mai 1944, quand le monastère est tombé aux mains des assaillants alliés, polonais en l'occurrence, il était détruit en totalité. Ainsi la statue du Palladium, cette statue porteuse du secret du feu nucléaire des Troyens, aurait été détruite avec le monastère, quatre

mille ans après qu'Ilos, le fondateur de Troie, l'ait reçue, selon Apollodore, de Zeus lui-même... À moins qu'elle ne soit définitivement oubliée dans une quelconque caisse au fin fond des archives d'un service secret américain, français, anglais ou polonais ? Si l'on tient compte du fait que la Russie soviétique annexera la Pologne à Yalta neuf mois après, les vainqueurs du mont Cassin sont précisément les quatre premières puissances nucléaires...

Caserne Mortier bureau du général de Saint-Elme 20 novembre 9h

Le général de Saint-Elme relisait distraitement la thèse de Pauline Dummoulin… Incroyable, se disait-il, que cette thèse soit prise au sérieux… Moi-même, c'est plus par acquit de conscience que je l'ai préemptée. L'idée d'expliquer la fin de cette civilisation amérindienne par une catastrophe nucléaire est intéressante, mais n'est-elle pas un simple jeu de l'esprit ? Apparemment, cette Pauline Dummoulin est intelligente, brillante, même… Mais elle fonde sa thèse uniquement sur les similitudes entre les lignes des géoglyphes et les lignes que font les particules rapides qui se révèlent dans les chambres à brouillard… Pourtant des personnages dangereux la menacent. Il y a donc certainement plus qu'un brillant jeu de l'esprit. Et cette énergie nucléaire simple et facile qui s'entretient dans un simple fourneau… Un athanor dit-elle… Cette idée fait peur. C'est juste pour ça que j'ai préempté sa thèse sans trop y croire, mais, finalement, n'ai-je pas eu raison de le faire ? Cette thèse est-elle si folle que cela, au fond ? Elle cite à juste titre des expériences de fusion nucléaire froide[40] faites par des laboratoires aussi sérieux que le Stanford Research Institute[41]… Ces expériences consistent à faire interagir du deutérium avec du palladium pour récupérer de l'hélium et de l'énergie… Ils l'ont fait, avec un budget ridicule, mais ils l'ont fait… Puis ce fut le black-out, on n'en a plus entendu parler… Pourquoi ? On a dit que le sérieux de l'expérience était contestable… Mais, eu égard à la modestie des moyens mis en œuvre, pouvait-il en être autrement ?… Que sont devenus, Stanley Pons et Martin Fleischmann qui ont été les premiers à montrer la réalité de réactions nucléaires de fusion à basse température ?… Y aurait-il un vrai secret… Pauline Dummoulin relie le savoir alchimique du 17ème siècle à cette science nucléaire…. C'est très étrange. Il y a cette, ou plutôt ces tables d'émeraude qui seraient illustrées par le *Mutus Liber*… Surtout cette statue de Pallas-Athéna, le Palladium qui serait illustré par l'*Atalanta Fugiens*… Ça semble délirant. Pourtant, apparemment, des criminels sont prêts à tout pour obtenir de Pauline Dummoulin le secret de ses découvertes post-thèse.

---

[40] la « fusion froide » est une fusion nucléaire qui se produit dans les conditions ambiantes d'un labo, par opposition à la fusion nucléaire d'Iter qui ne se produit qu'à des dizaines de millions de degrés.

[41] Expérience de Pons et Fleischmann en mars 1989

Nazca d'abord, puis Gizeh maintenant… Est-ce un hasard si Palladium est à la fois le nom de ce métal qui permet la fusion nucléaire froide de Pons et Fleischmann et la statue antique qui serait le secret d'une énergie nucléaire venue de la nuit des temps ?… Troie, Lavinium, Albe-la-Longue, Rome, Nursie, le Mont Cassin, Pavie, Roccasecca et retour au Mont Cassin… Quelle histoire pour cette statue plusieurs fois millénaire… Une statue qui date de la fondation de Troie et qui aurait fini sous le pilonnage d'artillerie du Mont Cassin en mai 1944… Mais, au fait… Il appuya sur une touche de son interphone…

— Capitaine Bermier ? Dites-moi, avons-nous des œuvres d'art qui nous viendraient de la campagne d'Italie du général Juin en 1943-1944 ?

— Je me renseigne, mon Général

Il était là, perdu dans ses pensées quand le téléphone sonna

— Mon Général, sur les œuvres d'art qu'aurait pu glaner le CEF[42], on n'a pas grand-chose… Le général Juin avait interdit les exactions au CEF qui ne pillait pas les œuvres d'art italiennes. Les hommes ont commis d'autres crimes, mais, officiellement du moins, pas de pillages. Une recherche approfondie par mots-clés avec notre nouveau logiciel d'IA[43] m'a juste donné un document isolé qui évoque une statue que les Allemands avaient saisie et s'apprêtaient à envoyer à Berlin… C'est une sorte de journal de guerre que tenait un jeune lieutenant qui a fait toute la campagne sous les ordres du général Juin

— Vous pouvez me le communiquer ?

— Oui, mon Général, tout de suite.

Extrait des carnets du lieutenant Jean Laporte.

14 mai 1944

Nous avons franchi le Garigliano sur un pont de bateaux. La colonne que je commande, ma section et celle du lieutenant Karcher, comprend encore sept GMC, le dernier ayant été atteint par un obus juste après notre départ de Castelforte. Depuis deux heures, le barrage d'artillerie allemand est moins nourri. Nous avons ordre d'enfoncer au plus vite la Ligne Hitler en bénéficiant de l'effet de blitz imaginé par le général Juin et rendu possible par l'arrivée du renfort de deux nouvelles divisions américaines. Le point de résistance allemand, le Mont Cassin est durement malmené par les Polonais.

---

[42] Corps expéditionnaire français, commandé par le général Juin.

[43] Intelligence artificielle

15 mai 1944
Les combats sont acharnés sur le mont Cassin, à quelques kilomètres de nous. Nous entendons nettement les tirs incessants d'armes automatiques et les explosions et, en nous retournant, nous voyons la colline couronnée d'un nuage de fumées rousses et noires. Notre bataillon qui avance dans la vallée du Liri, a pour mission d'isoler le mont Cassin en coupant la route aux convois allemands qui y apportent munitions, vivres et renforts... Je m'apprête à me battre pour la maîtrise de cette route quand je vois les convois allemands interrompre leur avance pour faire la place à un camion, précédé de deux motards descendant du mont Cassin et repartant vers le nord. Je n'ai pas le temps d'attendre les ordres. Un convoi assez important pour interrompre l'avitaillement des troupes de contact a certainement une grande valeur pour l'ennemi. Sur mon ordre, deux tireurs d'élite marocains ont raison des motards et une roquette de bazooka stoppe le camion. Nous prenons position et nos tirs empêchent les tringlots nazis de dégager l'épave du camion sur la route étroite. Couvert par Karcher et sa section, je gagne la route avec toute ma section et nous avons ainsi les moyens de tenir la position. C'est grâce à cette opération inespérée que la compagnie est maintenant maîtresse de la route et stoppe les mouvements de véhicules allemands vers le Mont Cassin.
17 mai 1944
Les combats ont cessé au Mont Cassin. En tout cas, on ne les entend plus. Les Polonais ont certainement remporté la victoire parce que les véhicules allemands que nous avons contenus pendant quarante heures font maintenant demi-tour. Je m'avance sur la route dans ce qui était, il y a encore une heure, le no man's land, jusqu'au camion allemand que j'ai stoppé avant hier. Dans ce camion, une caisse de deux mètres sur un sur un, à claire-voie, frappée de l'aigle nazie contient une statue antique. Elle a certainement une énorme valeur pour que le Reich ait pris le risque de perdre la bataille du Mont Cassin pour se l'approprier. Je la charge sur ma Jeep avec l'aide de mon chauffeur. Après avoir laissé la section aux ordres de l'adjudant-chef Sahmel sous le commandement de Karcher, j'apporte la caisse au QG du régiment où les commandants de compagnies sont réunis en briefing. Le général Juin en personne est présent aux côtés du colonel. Je leur fais part des circonstances de la prise de cette caisse en soulignant l'importance que les Allemands lui accordent au point qu'elle a largement contribué à la chute du mont Cassin. Le général Juin décide de la conserver avec les diverses prises du CEF, « Parce qu'elle n'est pas italienne. Selon moi,

dit-il, elle est grecque de l'époque Périclès, voire plus ancienne. De toute façon, elle sera bien en France, je ne veux pas qu'elle tombe aux mains de Clark[44] *qui ne saurait qu'en faire. Je crois qu'il n'a aucun sens artistique. Lieutenant, je vous félicite. ».*

— Et alors où est-elle maintenant, cette statue ?
— Toutes les œuvres d'art prises aux nazis ont été versées à la CRA[45], mon Général... Mais celle-là, je ne sais pas. J'ai cherché et je n'ai pas trouvé trace d'une statue ramenée par le général Juin dans les versements à la CRA.
— Alors, elle a disparu ?
— Pas forcément, mon Général. Les œuvres qui n'avaient pas été volées aux juifs n'ont pas été versées à la CRA, elles ont été restituées à leur musée d'origine.
— Alors, cherchez si on a restitué une telle statue au monastère du mont Cassin.
Il fallut une heure au capitaine Bernier pour trouver.
— Mon Général, nous n'avons rien reversé au mont Cassin... Les rapports disaient qu'il ne restait pas pierre sur pierre et que l'idée même d'y trouver une œuvre d'art apparaissait saugrenue.
— Pourtant, le document que vous m'avez apporté dit le contraire. Il semble que cette statue avait été dérobée par les nazis avant l'assaut final.
— Sans doute, mon Général
— Ça ne me dit pas où elle est maintenant.
— Elle n'a jamais été aliénée, c'est certain. Donc elle est toujours en notre possession.
— Alors où ?
— Les biens culturels nazis dont il est prouvé qu'ils n'ont été pris ni à des musées, ni à des juifs, et que personne n'a revendiqués ont été versés au FBCNI
— Le quoi ?
— Le FBCNI, fonds des biens culturels nazis inconnus. Théoriquement, le comité de gestion de ce fonds est censé enquêter activement pour retrouver l'origine des œuvres... Mais en pratique, il a un budget ridicule qui permet tout juste de les conserver et, théoriquement, d'empêcher qu'elles se dégradent. Le FBCNI est un

[44] Général Mark W Clark commandant la 5ème armée américaine
[45] Commission de récupération artistique

machin oublié de tous chargé d'œuvres que personne ne connaît… Même la Cour des Comptes l'ignore parce que la faiblesse de son budget le maintient en dessous de sa couverture radar.
— Et il y a beaucoup d'œuvres dans ce fonds ?
— Je l'ignore, mon Général… Elles sont tellement oubliées qu'elles n'ont même pas fait l'objet d'un référencement informatique… Il faut dire que la plupart de ces œuvres n'ont aucune valeur de cote.
— Et où est-il ce fonds ?
— À Dun-le-Palestel…
— Où ça ?
— Dun-le-Palestel. C'est dans la Creuse, mon Général.
— Et pourquoi Dun-le-Palestel ?
— C'est là que se trouve le FBCNI depuis 1952. Dans le sous-sol d'une gare que la SNCF vendait parce qu'elle fermait la ligne Guéret-Saint-Sébastien…
— De Troie à Dun-le-Palestel… quatre mille années d'un destin bien étrange… dit le général à mi-voix.
— Vous disiez, mon Général ?
— Rien, rien, je rêvais… Savez-vous que cette statue est peut-être celle au pied de laquelle Cassandre a été violée par Ajax à la fin de la guerre de Troie ?… Non, ne dites rien… C'est délirant… Mais, qui sait ?

Saint Cergue, 20 novembre 14 heures.

Tour Danton, 9ème étage, appartement 9D. Michel Sangulier était assis à une table sur laquelle étaient servis deux tasses de thé. Face à lui, Souff était un jeune homme d'allure sportive, au teint mat et aux cheveux noirs frisés. Il avait un visage étroit, des joues creuses et un menton oblong. De petits yeux noirs profondément enfoncés sous des arcades sourcilières proéminentes lui donnaient un certain air de méchanceté. Souff était son nom de guerre… Et malheur à celui qui aurait osé l'appeler autrement… Il s'appelait en réalité Jean-Baptiste… Il avait choisi Souff comme nom de guerre, peut-être parce que cela laissait sous-entendre Youssouf, mais, à part ses parents qui l'appelaient Jean-Ba, il ne tolérait de personne autre chose que Souff.
Si Souff avait l'air méchant, il ne l'était pas intrinsèquement. Il n'avait simplement pas de morale. Depuis l'âge de dix ans, il était capable de voir torturer quelqu'un sans broncher. Dès l'âge de douze ans, il était expert dans l'art de torturer lui-même, sans état d'âme, quiconque avait quelque chose à avouer. A l'âge de quinze ans, il accompagnait un soir son chef de dix-huit ans, son « grand frère » comme on dit dans le Quartier, au deuxième sous-sol du parking pour exécuter un dealer qui avait perdu ou volé un stock de 250 grammes d'héro… C'était la première exécution à laquelle il assistait. Arrivés sur les lieux de l'exécution, Souff jeta par terre la victime ligotée et, au lieu de s'écarter pour permettre au grand frère de tirer, il la roua méthodiquement de coups pendant plusieurs minutes. Ce n'est qu'une fois épuisé par l'effort, qu'il dit à son aîné… « À toi, finis-le… ». Le grand frère, estomaqué par la sauvagerie froide avec laquelle il avait vu Souff démolir la victime, restait immobile… « Vas-y, qu'esstatan ? » reprit Souff… Devant la sidération qui paralysait le grand frère, Souff lui arracha son arme des mains et abattit froidement la victime, puis le grand frère.
Le vendredi, à la mosquée, après la prière, l'imam s'approcha de lui.
— Tu es seul ? Où est le grand frère ?
— Il est mort… Le grand frère, c'est moi, maintenant.
L'imam ne pipa mot, ce qui valait adoubement… Personne ne se risquerait plus à contrarier Souff. À tout juste quinze ans, il était devenu l'un des grands frères les plus respectés parce que les plus imprévisibles du Quartier… C'était comme ça dans le Quartier. Celui qui montrait sa force prenait le pas sur celui qui montrait de la faiblesse…

Deux ans après cet évènement, c'est de cet imam que Souff et Sangulier discutaient dans un appartement de la tour Danton.

— L'imam, c'est l'imam, disait Souff... Je suis un bon musulman... J'obéis à l'imam...

— Mais, Souff, tu sais bien que l'Islam et le business, ce sont deux choses différentes...

— L'imam dit que le Coran est la règle de tout...

— Mais la religion, ce n'est pas le commerce...

— L'islam, c'est le Jihad... C'est la guerre sainte contre le Bachar et les mécréants... Pour le Jihad, il faut des combattants et du flouze... Le business, c'est le flouze de l'Islam...

— Tu crois que c'est pour le jihad que l'Imam roule en Rolls-Royce...

— Il roule pas en Rolls-Royce, l'Imam... C'est une voiture de bourge...

— Qu'est-ce qu'il a comme voiture ?

— Je sais pas, moi... Et puis qu'est-ce que j'en ai à foutre, moi, de la voiture de l'imam ?

— Il s'appelle bien Salmane ?

— Oui, c'est son nom, c'est l'imam Salmane...

— Et il est souvent à la mosquée, l'imam Salmane ?

— Ben, oui, il fait les prêches...

— Et en dehors des prêches ?

— Ben, je sais pas. J'y suis pas...

— Tu ne le vois jamais en dehors des prêches ?...

— Si, si, quand il me fait venir... On se parle à la mosquée.

— Et vous parlez de quoi ?

— Ben, le business... Les gars, comment ils sont dans le Quartier... Ceux qui pourraient aller faire le Jihad... Tout ça...

— Et il loge à la mosquée, l'imam ?

— Non, c'est un autre imam, qui loge à la mosquée... Un copain du maire...

— Et tu le connais bien l'autre imam ?

— Non, il est pas drôle... Il parle jamais du Jihad, il parle jamais du business. Il fait rien que nous lire le Coran. Il ne nous demande pas de tuer les mécréants... Il est chiant.

— Et l'imam Salmane, tu le connais bien...

— Oui... Je le connais bien.

— C'est lui, là ? dit-il en montrant une photo en portrait prise au téléobjectif

— Oui, c'est lui...

— Et là ? dit-il en lui montrant le même, vêtu d'un keffieh blanc et d'un luxueux manteau arabe aux coutures brodées d'or, sortant d'une Rolls-Royce Phantom 8 rouge grenat à la calandre dorée, pendant qu'un chauffeur lui tenait la porte…
— Oui, oui, c'est lui, mais je ne l'ai jamais vu habillé comme ça…. Et la caisse… et le chauffeur…
— Et là ? La photo le représentait, dans la même tenue, sortant d'un jet privé sur l'aéroport d'un pays arabe.
— Oui, c'est lui aussi…
— Alors, tu crois toujours que le business ne sert qu'à financer le Jihad ?
— Ça me troue le cul… C'est quoi, ces photos ? J'y crois pas…
— Et là, dit-il en lui présentant trois photos du même, vêtu à l'européenne attablé dans trois bars parisiens différents et partageant une bouteille de champagne avec une call-girl, chaque fois différente…
— De l'alcool… Le porc… Il dépense l'argent qu'on gagne pour se payer de l'alcool, des putes et des caisses de luxe… Il respecte même pas le Coran…
— Je crois que tu as compris, Souff. Et pour le business… À quoi il sert l'imam, pour le business ?
— Ben, c'est le chef, quoi… C'est lui qui nous dit, pour les go-fast, pour le pognon, pour la came, tout… c'est lui qui connaît les réseaux où on achète la marchandise…
— Tu le vois, là, sur cette photo ? Il lui présentait maintenant la photo de l'imam en train de recevoir deux liasses de billets de banque d'un homme en costume-cravate…
— Je le connais, l'autre, c'est lui qui collecte le pognon… Il nous dit qu'il l'envoie en Syrie pour le Jihad… C'est notre pognon qu'il donne à ce porc de Salmane ?
— Voilà, Souff… Voilà… Je ne crois pas que l'imam soit vraiment utile pour le business. Moi, par contre, je peux te brancher sur des filières vraiment intéressantes… De la coke autant que tu pourras en fourguer.
— La coke, ça marche pas fort, ici… On a eu des livraisons vraiment merdiques et des clients se sont plaints…
— Ça dépend de toi. Cette blanche-là, c'est de la super came, pas coupée… Tu verras, les clients vont adorer. Je te propose un deal… Tu fais le prochain go-fast… Après-demain… C'est moins loin que pour l'héro, c'est au Havre… Tu ramènes la came, tu la mets en

nourrice[46] et je t'en laisse pour toi deux cent cinquante grammes à titre d'échantillon… Gratos… Tu les vendras et tu garderas le pognon pour toi…

— Et le reste du go-fast ?

— Comme pour l'héro… Tu paies, tu revends et tu gardes juste la différence… Mais les premiers 250 grammes, tu vends, tu paies rien et tu gardes tout…

— Et à qui je paie ?

— C'est moi qui te dirai à chaque fois à qui tu donnes le blé… Tu le gardes en nourrice et toutes les semaines, tu le verses à qui je te dirai…

— Et j'en aurai assez pour le business… J'ai beaucoup de dealers, tu sais bien… J'ai quatre nourrices maintenant dans le Quartier…

— Je sais tout ça… Je sais que personne ne dealera plus dans le Quartier sans passer par toi… mais pour répondre à ta question, il y aura tout ce que tu peux vendre… Et même plus que ce que tu vends d'héro… Tu verras comment avec le prochain go-fast… Une nouvelle filière, tranquille !

— Et à qui je verse l'argent de mes potes dealers ?

— Je t'ai déjà dit : à qui je te dirai chaque semaine et à personne d'autre… Et je te demande de faire savoir à tes potes que, maintenant, c'est toi qui remplaces l'imam pour tout le business… Et que s'ils ont quelque chose à dire, c'est à toi qu'ils doivent le dire et à personne d'autre…

— Sinon il est mort… Donc tu me demandes de laisser tomber l'imam Salmane…

— Oui, c'est ce que je te demande.

— Et si je dis non ?

— Tant pis… Mais je ne te demande pas de répondre tout de suite… Simplement tu ne dois pas parler de moi. Et encore moins à l'imam Salmane… Tiens, je te laisse ses photos…

— Le porc ! dit-il en regardant à nouveau les photos et en crachant par terre… Je peux lui montrer les photos, à l'imam ?

— Tu fais comme tu le sens, Souff… Mais tu ne parles pas de moi… À personne.

Après le départ de Sangulier, Souff était encore à ruminer ses pensées en tapant du poing contre le mur… « Le porc… Ah il nous a bien eus avec ses discours… Le Coran, le Jihad… Être un bon musulman…Tout

[46] Une nourrice est un appartement habité par des gens sans histoires qui sert uniquement à stocker la drogue et l'argent de la drogue.

ça pour qu'il puisse vivre comme un prince koweïtien, aller aux putes et boire de l'alcool, pendant que les frères, ils se font péter la caisse pour Allah… Le porc… Il va maintenant m'expliquer ces photos… Ou il me le paiera… »

DEUXIEME PARTIE : PAULINE

Mena House, Gizeh 20 novembre

Arriver à l'hôtel Mena House, c'est entrer dans un palais. Tout au long du dix-neuvième siècle, les Européens ont découvert l'Égypte. Depuis la campagne de Bonaparte, les pyramides étaient le lieu qu'il fallait avoir visité. Les riches Égyptiens construisaient des palais destinés à montrer aux Européens la grandeur et l'opulence de l'Égypte. L'hôtel Mena House avait été construit à la fin du dix-neuvième siècle par le Khédive lui-même, Ismaïl Pacha. Au début du vingtième siècle, il était l'hôtel où tout voyageur digne de ce nom se devait d'avoir séjourné. Encore aujourd'hui, il est l'hôtel le plus proche des pyramides. A peine cinq cents mètres à pied entre la réception de l'hôtel et l'entrée de la pyramide de Khéops... Trois cents mètres à vol d'oiseau. La pyramide est si grande, si massive qu'on la voit de partout dans les jardins. La frénésie bétonnière des années 70 a saisi le groupe hôtelier qui l'exploitait et il a construit un ensemble nouveau très banal, en contrebas derrière le palais... Des chambres toutes pareilles dans des barres de béton entourant une piscine...

La réception de l'hôtel est au rez-de-chaussée du bâtiment ancien. Charles présenta son vrai-faux passeport au nom de Gonzague de Saint-Elme...

— Monsieur de Saint-Elme... Oui, nous avons une réservation pour vous... Euh... Une chambre standard au premier niveau donnant sur la piscine... Mais la direction de l'hôtel est heureuse de vous upgrader gracieusement pour une chambre au second niveau donnant aussi sur la piscine, la 1574...

— Avec vue sur les pyramides ?...

— Ah non, ça, ce sont les chambres supérieures... Et elles sont plus chères... Je peux vous upgrader, mais je devrais vous faire payer un supplément de... La vôtre est à 2500 Livres... Cela a fait donc un supplément de 600 Livres égyptiennes... Euh... 36 euros...

— Bon, d'accord pour 36 euros... ce n'est pas la peine de venir à Gizeh pour avoir la vue sur une piscine...

— Je ne vous le fais pas dire, Monsieur de Saint-Elme... Alors, je peux vous donner la 1129. Elle est au bout du bâtiment. C'est la plus proche de la pyramide... Parmi les chambres du complexe d'en bas, bien sûr... Oh, je me rappelle... Attendez... Oui, J'ai un pli pour vous, Mr de Saint-Elme, à remettre en mains propres...

Il lui remit une enveloppe format commercial siglée du logo de l'hôtel, du genre de celles qui sont mises à la disposition des clients dans les tiroirs des chambres… Il en sortit une feuille de papier à lettre, de l'hôtel également, sur lequel était juste écrit « Bienvenue à Gizeh, Général. Pauline Dummoulin, chambre 31 », mais, tout en bas, la mention DJB-C05651497 qui figurait déjà sur la carte postale que Pauline Dummoulin avait envoyée de Lima… « Intelligente la miss Dummoulin, se dit-il… Lu par n'importe qui, ça semble être une invite coquine… Mais il y a un message secret, à l'encre invisible, il allait falloir le décrypter… » En attendant, Charles, levant les yeux de sa lettre, demanda au concierge :

— Dites-moi, mon ami, auriez-vous une chambre voisine de la chambre 31…

— La chambre 31 est la plus grande de nos suites "De Luxe"… Un salon, trois chambres et deux salles de bains… Elle est ici, dans le bâtiment ancien, au niveau 3… Vous voulez une chambre voisine ?… Ce ne sera pas le même prix, vous savez ! Et je dois vérifier les disponibilités… Euh… Dit-il en consultant son ordinateur… Oui, j'ai la 33. C'est la suite voisine… Elle est plus petite que la 31, elle a juste une entrée, un salon, une chambre et un dressing… Mais elle est très joliment meublée… Uniquement du mobilier ancien… Rien à voir avec ce que vous aviez réservé…

— Combien, pour la suite 33 ?

— Elle est à 16000 Livres. Comme nous sommes en basse saison, je peux vous la faire à 14000, ce qui fera… 829 Euros la nuit… Pour nos suites De Luxe, le petit-déjeuner buffet est inclus… Vous ne paierez le breakfast que si vous voulez le prendre en chambre… Vous verrez, ce n'est pas notre suite la plus grande, mais, selon moi, c'est la plus belle… Et puis, vous qui vouliez avoir vue sur les pyramides, là, au moins, vous ne serez pas déçu ! Rien à voir avec les chambre du complexe d'en bas ! On dit que c'est cette chambre qu'Ismaïl Pacha préférait quand il dormait ici. Ismaïl Pacha était le Khédive, le vice-roi d'Égypte en quelque sorte. Il a fait construire ce palais au dix-neuvième siècle.

En découvrant sa suite, Charles fut bluffé… Les murs étaient en marqueterie de marbre… Une large porte fenêtre donnait sur un balcon de bois finement sculpté. Une claustra en moucharabieh de marbre séparait l'entrée du salon et, par la fenêtre de la chambre, on voyait davantage de pyramide que de ciel… Le concierge avait raison… La grande pyramide, pourtant distante de 300 mètres, était juste là, devant… Et on ne pouvait se défaire de l'impression magique qu'il suffirait de tendre le bras pour pouvoir la toucher… Cet endroit était

féérique et Charles ne comprenait pas qu'à côté de ce palais, un hôtel de cette qualité puisse galvauder son nom, au point d'offrir des chambres banales avec vue sur une piscine !...
Il s'assit dans un fauteuil sur le balcon... Il avait besoin de se ressaisir pour décider comment agir.
En cette saison, la température était spécialement clémente et, malgré le soleil qui inondait le balcon, il faisait très bon... La porte-fenêtre ouverte laissait entrer l'air extérieur... Et il n'est pas fréquent, en Égypte, que l'air extérieur soit plus agréable que l'air conditionné... Neuf mois par an souffle le khamsin, ce vent du désert, brûlant et poussiéreux, dont même les Cairotes disent qu'il rend fou...
Au bout de quelques minutes, il entendit parler dans la suite voisine... La suite 31, celle où loge Pauline Dummoulin... Apparemment, eux aussi avaient ouvert la fenêtre...
— Combien de temps on va rester ici ? Demandait une voix féminine.
— On attend Mc Gwyr, répondit une voïx masculine...
— Et pourquoi je ne peux pas sortir ? Mc Gwyr n'est pas là, il n'a pas besoin de moi...
— C'est comme ça... Ordre de la DGSE répondit une deuxième voix masculine...
— Vous faites chier tous les deux... DGSE par ci... DGSE par là... Vous faites chier, la DGSE et vous... Et puis merde ! Marre de rester cloîtrée.
Et aussitôt, il vit une jeune femme sortir sur le balcon voisin du sien... Elle se tourna vers lui et il reconnut Pauline Dummoulin... Plus maigre que sur la photo, pas maquillée, mais c'était bien elle... L'apparition ne dura qu'un instant. Un homme sortit sur le balcon, la saisit, et la fit rentrer violemment en disant « Jamais le jour... On ne doit pas te voir... Tu sais bien pourtant... » et il ferma la fenêtre... Fenêtre fermée, Charles ne pouvait plus entendre ce qui se disait... Pauline Dummoulin l'avait vu... Et elle était seule à l'avoir vu parce qu'il était rentré dès que le gros bras avait fondu sur elle... Mais elle ne l'avait pas reconnu parce qu'elle n'avait jamais été en contact qu'avec le général de Saint-Elme... Le vrai, n'oublions pas que Charles aussi se faisait appeler Saint-Elme ici. Il nota qu'elle n'avait le droit d'aller sur le balcon que la nuit... Elle était prisonnière... Mais, le côté positif, se dit-il, c'est que la nuit, précisément, elle pouvait aller sur le balcon...
Il rentra prestement dans la chambre et, à l'aide de son ordinateur et de sa clé de cryptage biométrique, il envoya un message urgent

###############
Origine : Mission Gizeh
Destinataire : Le Caire mili
Copie : DGSE
19 novembre 16:31 TU
Urgence : flash
###############
Pauline Dummoulin localisée… Mena House suite 31. Apparemment séquestrée. Elle a laissé un message.
Attn : CNE Prossez, vous procurer les produits décrits sur le décla CIA C05651497. Apportez aussi une paire de ciseaux et un cordage qualité alpinisme d' une vingtaine de mètres. Rendez-vous Mena House suite 33 pour déchiffrage. Je ne tente rien avant d' avoir lu le message.
Attn: GBR de Saint-Elme, je viens au rapport quand j' ai déchiffré le message et élaboré la stratégie d' exfiltration de Pauline Dummoulin.
COL Charles Longhieu
CL528K
###############

Dix minutes plus tard, il reçut :

###############
Origine : Le Caire mili
Destinataire : Mission Gizeh
Copie : DGSE
18 novembre 16:41 TU
Urgence : flash
###############
Je vous rejoins avec les produits et matériels dans 60 minutes.
CNE C.Prossez
CL078K
###############

Efficace, pour un biffin, se dit Charles… Il sortit se promener dans les jardins de l'hôtel et y ramassa un gros caillou d'environ trois cents grammes

Une heure plus tard, le capitaine Prossez, une valise à la main, entrait dans le hall de l'hôtel. Charles, qui l'attendait, le remarqua tout de suite à l'accent avec lequel il demandait au groom « Where is the suite Nr. 33 please ? ». Il alla au-devant de lui en lui tendant la main :

— Gonzague de Saint-Elme…
— Mais…
— Bonjour, Capitaine,
— Mais…
— Soyez naturel, quoi… dit Charles entre ses dents…
— Que… Euh… Bonjour, mon Général
Une fois dans l'ascenseur, Charles lui expliqua le vrai faux passeport parce que la cible ne connaissait que Saint-Elme… Donc, à Gizeh, résuma-t-il, Charles Longhieu s'appelle Gonzague de Saint-Elme…
Une fois dans la suite, Prossez, qui n'avait jamais rencontré Charles, a eu besoin de mettre en œuvre une procédure de sécurité. Il sortit sur le balcon en demandant à Charles de rester à l'intérieur. Il échangea quatre textos convenus avec Saint-Elme et rentra souriant.
— Ben mon Colonel, j'ai eu peur… Ce rendez-vous ressemblait tellement à un guet-apens… Bon, c'est bien vous et j'en ai confirmation… Mais vous auriez dû dire dans votre message que vous vous présenteriez sous le nom de Saint-Elme…
— Oui, d'accord, j'aurais dû… J'ai eu peur que vous ne demandiez Charles Longhieu à la réception,. C'est pour ça que je vous ai attendu en bas… Du coup vous n'étiez pas sûr que nous allions bien suite 33… Bon, c'est pas le tout, voici le message.
— Recto-verso ?
— Je n'en sais rien… De toute façon, on ne peut pas faire les deux en même temps… Commençons par le recto.
— Et, sans vouloir paraître indiscret, pourquoi voulez-vous des ciseaux ?
— Parce que je n'en ai pas ici… Vous allez voir…
Il prit une feuille de papier à lettre dans le tiroir, le caillou qu'il avait ramassé et la paire de ciseaux et il installa le tout en évidence sur la table de son balcon… Pierre-ciseaux-papier, c'est un signe de reconnaissance DGSE.
— Compris mon Colonel ! Comme ça, la cible saura que nous sommes bien la DGSE et que nous ne sommes pas complices de ce Mc Gwyr.
Ils durent révéler le recto et le verso. Le message disait

Général,

Votre Mc Gwyr me tient carrément prisonnière et c'est intolérable, même de la part des services secrets. J'ai en permanence deux ou trois sbires qui m'empêchent de me déplacer. Ils m'ont même menacée de mort. A Nazca, je n'ai pas été autorisée à sortir du temple et j'ai profité de la nuit pour écrire mes découvertes avec de l'aspirine, comme ce message. Mais quand j'ai voulu emporter le carnet où j'avais écrit tout ça, Mc Gwyr m'a dit que je n'en avais plus besoin puisqu'il avait lui-même noté ce que je lui avais dit et il l'a jeté sur le tas de détritus que nous avons laissé dans le temple et que le service des biens archéologiques de Nazca devait enlever et incinérer après notre départ. Je ne veux plus travailler avec ce Mc Gwyr et, si ce sont là les conditions de travail de la DGSE, je laisse tomber. Tant pis pour les intéressantes recherches que vos 150000 Euros auraient pu financer. Juste pour vous dire ce que vous perdez, j'ai la confirmation que les Shavas, les Égyptiens, les Troyens, les Latins et les tout premiers Romains disposaient d'une énergie de nature nucléaire, facile à gérer, et utilisant un combustible fissile qui régénérait, cycle après cycle, son spectre isotopique en perdant juste un peu de masse. Je n'explique pas comment des peuples aussi éloignés ont eu cette même science, mais c'est un fait. Ce savoir s'est perdu parce que, faute de l'entretenir, la réaction s'arrête, paisiblement ou de façon cataclysmique. Ce qui figure dans ma thèse est confirmé dans ses grandes lignes, mais j'ai découvert à Nazca qu'utiliser le contenu de cette thèse au pied de la lettre serait dangereux parce qu'elle contient trop d'erreurs et d'approximations. Les shavas ont couché ce savoir sur les treize tablettes d'obsidienne. Mc Gwyr vous a sans doute donné les tablettes, mais vous ne savez pas les lire. Je saurais les lire, mais je ne veux plus travailler avec vous. Pauline Dummoulin.

Il fallait attendre la nuit et espérer que Pauline Dummoulin sortirait sur le balcon et verrait le pierre-ciseau-papier qu'elle devrait connaître par cœur.

— Elle est bel et bien prisonnière, dit le capitaine Prossez, et elle croit que c'est nous ! Le plus simple serait que nous allions sur son balcon en lançant la corde, par exemple et que nous entrions en force dans sa suite, nous neutralisons ses gardes et nous l'emmenons avec nous…

— Nous la voyons d'abord et nous avisons. Je ne suis pas sûr que la méthode forte que vous préconisez… Et puis, vous voyez un moyen de lancer la corde d'un balcon à l'autre et de la fixer à son balcon sans faire de bruit, sans alerter ses geôliers ?

— Vous voyez une autre solution ?

— Tout de suite, non, mais il ne fait pas encore vraiment nuit… C'est l'heure de dîner…

Charles commanda un dîner pour deux au room service et il fit dresser la table sur le balcon, non sans avoir installé la pierre et le ciseau par-dessus la feuille de papier sur le garde-corps du balcon côté suite 31. Le garçon d'étage leur demanda de ne pas boire de vin sur le balcon. L'alcool, c'est seulement dans la suite… Ce n'est pas que ce soit interdit, mais c'est mal vu, ce n'est pas un délit, mais ce serait une faute de savoir-vivre leur expliqua-t-il… Et des gentlemen comme eux ne commettent pas de faute de savoir-vivre, *of course*… Bon.. Bon, conclut Prossez, posez la bouteille et les verres au salon. Le reste sur le balcon…

Ils avaient fini de dîner et Prossez s'était allumé un cigare. Il faisait maintenant nuit. Ils avaient entendu au loin la cacophonie de milliers de muezzins appelant tous ensemble les millions de Cairotes à la prière. Et, maintenant, le silence était retombé sur le plateau de Gizeh. Au bout d'une heure, Pauline Dummoulin parut sur son balcon. Elle était plus décontractée que tout à l'heure et elle s'alluma une cigarette. Tournant la tête vers eux, elle vit tout de suite la feuille, les ciseaux et la pierre. Ils la virent mettre juste une fraction de seconde à comprendre. Grande, brune, les cheveux mi-longs, Pauline Dummoulin avait une silhouette sportive. Son allure fatiguée, pas maquillée et les cheveux vaguement en bataille trahissaient son état de prisonnière. Mais malgré tout, ses yeux noirs et son regard direct montraient une fille qui n'entendait pas se laisser abattre.

Elle se tourna fugitivement vers eux un doigt sur les lèvres pour leur demander le silence. Rapidement, elle désigna sa montre et fit le signe « 2 » avec deux doigts de sa main droite. Puis, nonchalamment, elle tourna à nouveau son regard vers la pyramide et finit tranquillement sa cigarette comme si de rien n'était.

Deux heures plus tard, les deux officiers étaient sur le balcon. Pauline les vit mimer péniblement le fait qu'ils voulaient lui lancer la corde, qu'elle l'attacherait à la balustrade pour qu'ils puissent venir la chercher. Elle leur fit signe d'envoyer la corde. Ce qu'ils firent de l'extrémité libre, l'autre étant attachée à leur balcon. Pauline Dummoulin l'attrapa vivement et, au lieu de l'attacher à son balcon, elle la passa juste autour de la main courante et renvoya l'extrémité libre. Charles l'attrapa et l'attacha à son balcon… « Futée la donzelle, se dit-il, comme ça, on récupère la corde au retour, et on ne laisse pas de traces ! ». Il s'apprêtait à partir la chercher, accroché par les mains et les mollets à la double corde. Mais il n'avait pas plutôt commencé la manœuvre que la jeune femme était déjà à mi-chemin entre les deux balcons. Un rétablissement et elle avait rejoint les deux officiers, récupéré et dénoué la corde. Tous trois entrèrent dans la suite et fermèrent la porte-fenêtre et les rideaux.

Charles allait donner le signal du départ, mais Pauline était déjà assise dans un fauteuil, un verre de vin à la main et les regardait en souriant, juste un peu essoufflée par l'effort.

— Merci… Merci vraiment… Sans vous… Je ne sais pas…

— Colonel Charles Longhieu, DGSE et voici le capitaine Prossez, de la mission militaire de l'ambassade de France.

— Pauline Dummoulin… Merci encore. Je commençais vraiment à désespérer.

— A voir comment vous avez fait, j'imagine que désespérer ne fait pas vraiment partie de vos schémas de pensée habituels… Bon, maintenant, il faut partir… Dès qu'ils se réveilleront, ils penseront à une fuite par le balcon et ils viendront ici.

— Vous savez, je suis peut-être une femme et peut-être que, dans vos petites têtes de militaires, femme veut dire ramollie de la coiffe, non ?… Eh bien, il faudra réviser vous préjugés, les gars. Je crois, au contraire, que c'est ici que je risque le moins d'être retrouvée. Ils verrouillent la porte de la suite par un cadenas intérieur, pour m'empêcher de sortir.

— Justement, ils penseront tout de suite que, puisque vous n'êtes pas sortie par la porte, c'est que vous êtes sortie par la fenêtre…

— Ils seront sûrs que je suis sortie par la porte parce que j'ai crocheté leur cadenas et laissé la porte de la chambre à moitié ouverte.

— Alors, si c'est si simple de sortir par la porte, en quoi notre intervention vous a-t-elle été utile ?

— Ils sont en cheville avec tout le personnel de l'hôtel. J'ai déjà essayé, avant qu'ils ne mettent leur foutu cadenas et j'ai été arrêtée dans le hall par les sbires du service de sécurité… Là, la porte de la suite à moitié ouverte masque à la caméra de surveillance toute la moitié droite du couloir entre leur suite et la sortie de secours… C'est par là qu'ils seront sûrs que je suis partie…

— Alors vous croyez qu'ils vont vous poursuivre par là ?

— J'en suis sûre… On parie ? Vous savez, vos gorilles, ils sont très primaires… Mc Gwyr aurait peut-être flairé le piège, mais ces deux bourrins, vous pensez… Ils vont fouiller tout l'hôtel.

— Ce ne sont pas nos gorilles.

— Enfin… ceux de Mc Gwyr, donc de la DGSE…

— Mc Gwyr, ce n'est pas la DGSE.

— Peu importe à qui sont les gorilles… Pour moi, et jusqu'à preuve du contraire, Mc Gwyr, c'est la DGSE… En tout cas, ceux-là, ils ont dû se mélanger les cellules-souches à la naissance et échanger leurs neurones contre du biceps… Mc Gwyr doit arriver après-demain… Ils vont être si paniqués à l'idée qu'il puisse les retrouver sans que je sois avec eux qu'ils pourraient bien, tout simplement quitter l'Égypte pour lui échapper… À moins qu'ils ne préfèrent régler son compte à Mc Gwyr… Vous savez, ce qui les rend dangereux, c'est qu'ils sont très cons et les cons, ça ose tout…

— C'est même à ça qu'on les reconnaît[47] ! dirent en chœur les deux officiers en éclatant de rire avec Pauline.

— Bon les duettistes, c'est pas tout ça, merci de m'avoir sauvée, mais maintenant, je dors où ? Je vois que cette suite n'a qu'une chambre… Alors, je la prends, ce n'est pas négociable. Vous, je vous suggère le canapé du salon et vous, ma foi, vous êtes cairote, alors, si vous dormiez chez vous. Pas d'objection, militaires ? Alors bonne nuit !

Sur ce, elle entra dans la chambre et s'y enferma. Le capitaine Prossez résuma bien la pensée de Charles en disant « Têtue, cette cible… Elle n'en fait qu'à sa tête… Ça va être dur de l'exfiltrer ! »

```
###############
Origine : Mission Gizeh
Destinataire : DGSE
19 novembre 23:50 TU
Urgence : routine
###############
Pauline Dummoulin récupérée. Elle était
séquestrée. L' environnement est hostile. Je
laisse passer l' agitation de ceux qui la
recherchent et procéderai l' exfiltration demain
après-midi. La cible n' est toujours pas
convaincue que vous n' êtes pour rien dans sa
séquestration. Collaboration future exclue.
Début de citation : Tant pis pour les
intéressantes recherches que vos 150000 Euros
auraient pu financer. : Fin de citation.
COL C. Longhieu
CL440K
###############
```

[47] Michel Audiard dans « Les Tontons Flingueurs »

Saint-Cergue, 20 novembre, salle du Conseil Municipal, 20 h

Francis Calcomycès venait d'ouvrir la séance du Conseil municipal. Michel Sangulier y assistait, sur une des chaises réservées au public. À la table du Conseil, Mahmoud Ben Gharbi avait une sale tête. Il était assis à côté de Roselyne Flack. Il transpirait, il était fiévreux et avait le teint cireux.
Comme d'habitude, l'opposition a aussitôt demandé la parole pour protester contre les travaux qui avaient été entrepris derrière la mairie, sur le mur qui fermait l'entrée des carrières...

— C'est par hasard que certains conseillers municipaux ont appris que des travaux d'envergure ont été entrepris sans aucune concertation sur un site particulièrement important de la ville, puisque c'est le parking des élus... Les caves historiques de Saint-Cergue sont en train d'être dénaturées... Le Conseil Municipal doit être informé de tous les actes majeurs de la municipalité. On reconnaît bien là le mépris de Monsieur Calcomycès pour la démocratie.

— Ce point, répondit le maire, allait être abordé dans les « questions diverses », mais puisque nos collègues de l'opposition, comme d'habitude, n'ont aucun respect pour un ordre du jour qu'ils ont pourtant approuvé, nous allons le traiter maintenant... Vous savez que les sites souterrains sont recherchés par les autorités... Voyez les carrières de Taverny qui sont devenues le poste de commandement stratégique de l'armée de l'air... Alors, ce qui se fait chez nous, c'est pareil... Et c'est couvert par le secret de la défense nationale. Tout ce que je puis vous en dire, c'est que ces travaux sont patronnés par le ministre de l'Intérieur et qu'ils n'affecteront pas la partie historique des carrières, celle que nous faisons visiter au public pour les journées du patrimoine. Tout se passera dans les caves de l'ancienne mûrisserie de bananes, derrière le « Saint-Cergois ». Mais comme l'accès de la mûrisserie est maintenant fermée par l'immeuble du Saint-Cergois, à cause de la politique d'urbanisme irresponsable de mon prédécesseur...

— Je ne vous permets pas ! Intervint le conseiller Glavy ex-premier adjoint et maintenant leader de l'opposition municipale...

— Monsieur Glavy, vous n'avez pas la parole, le coupa Calcomycès et je n'ai pas besoin de permission... Donc comme ils ne peuvent pas utiliser l'entrée de la mûrisserie, ils passent par là. C'est tout ce que je puis vous en dire parce que c'est tout ce que je sais. Le reste est secret défense. Par ailleurs, pour l'usage de ces caves qui appartiennent à la Ville en vertu de l'article L153 et suivants du code minier, l'exploitant a proposé de nous verser une redevance annuelle de 150 000 Euros. J'ai consulté le service des Domaines... Et cette somme est la fourchette haute de leur estimation...

— Mais vous ne nous avez pas communiqué leur rapport d'évaluation...

— Parce que je ne l'ai que depuis tout à l'heure... D'ailleurs je crois que la Ville fait une excellente affaire... J'ai reçu un pré-rapport, comme c'est l'usage, hier matin par mail... J'ai aussitôt appelé l'auteur pour lui demander s'il n'y avait pas une erreur... Dans ce pré-rapport, la fourchette haute était de 15 000 Euros... Quand je lui ai dit que le ministre de l'Intérieur nous en offrait dix fois plus, elle a d'abord été incrédule. Je lui ai dit de vérifier. Et ce matin, j'ai dû lui rappeler que nous avions Conseil Municipal ce soir et qu'il me fallait absolument ses conclusions. A 16 heures, j'ai reçu enfin un rapport définitif où la fourchette de prix n'était plus entre 10 000 et 15 000 Euros, mais entre 50 000 et 150 000 Euros... Marc, vous pouvez distribuer les copies du rapport des Domaines, s'il vous plaît ?...

La séance se poursuivit à peu près normalement. Mahmoud, assis au bout de la table de la Municipalité était mal... Il transpirait et se tenait la tête de ses deux mains. Quand il avait la parole, il avait du mal à trouver ses mots, malgré sa verve habituelle qui faisait souvent sourire tant la véhémence de sa rhétorique était trahie par la pauvreté de son vocabulaire. Aujourd'hui, il répondait péniblement aux questions des conseillers municipaux, et tout le monde pouvait voir qu'il était malade. Nauséeux, il dut quitter la salle du conseil à trois reprises pour gagner les toilettes d'où il revenait pâle et titubant.

A vingt-trois heures, le maire déclara la séance levée et, alors que tous les conseillers quittaient la salle pour rentrer chez eux, Mahmoud avait du mal à se tenir debout. Le Maire lui dit qu'il n'était pas en état de conduire et qu'il devait laisser sa voiture sur le parking. Roselyne Flack, qui était descendue à pied, se proposa de le reconduire chez lui avec sa voiture. Michel Sangulier, entendant cela, s'apprêta à objecter mais se retint aussitôt de cette intervention qui aurait pu le trahir. « Après tout, advienne que pourra » se dit-il.

Extrait de la thèse de doctorat de Pauline Dummoulin

RESUME DE L'EXTRAIT

Le feu sacré est une réaction nucléaire entre différents métaux qui doit être menée avec science dans un fourneau géant appelé athanor. Faute d'être bien conduite, la réaction peut s'arrêter ou dégénérer en une explosion nucléaire.

(TEXTE INTEGRAL, EXCEPTION FAITE DES CENSURES)

L'athanor représenté sur les œuvres découvertes à Nazca est un fourneau à deux foyers. Les prêtresses entretenaient un feu dans la partie inférieure. Ce feu est décrit comme composé de métaux qui ne refroidissent pas et continuent éternellement à brûler sans se consumer... Le feu devait être entretenu en modifiant régulièrement la quantité respective des différents métaux. Ce rite décrit comme la quintessence de la science des prêtresses shavas consistait à changer régulièrement les isotopes métalliques. Plusieurs réactions de désintégration nucléaires étaient à l'œuvre simultanément dans l'athanor [suivent ici deux pages de formules abstraites[48]] *Comme on le voit, au fur et à mesure de l'avancement des combustions nucléaires de type (1) et (3), les combustions (2) et (4) se ralentissent par suite du manque d'atomes fissiles U et Np. Pendant cette phase, il fallait progressivement ajouter du radium et retirer du bismuth... Puis le processus s'inversait et les combustions (2) et (4) augmentaient tandis que les (1) et (3) diminuaient Au cours de cette seconde phase, il fallait retirer du plomb et ajouter du thorium. Ces phases successives duraient chacune la moitié de la durée d'un jour disent les documents shavas, soit douze heures. Si on ne régule pas le feu pendant la première phase, il va s'éteindre par manque de neptunium. Si c'est pendant la seconde phase que l'on néglige la régulation, alors on aura une production exponentielle d'atomes de plutonium (voir formules 12 et surtout 17 ci-dessus) et on dépassera si vite la criticité que l'explosion nucléaire est inévitable, même sans enceinte de confinement.*

La voûte du foyer, revêtue, sans doute, d'un métal lourd, renvoie une partie des neutrons rapides vers le matériau fissile, entretenant la combustion. Cette voûte possède une ouverture circulaire fermée par une poche en cuivre remplie de ce qui devait apparemment être de l'eau lourde. Les neutrons qui traversent la poche d'eau lourde pénètrent,

---

[48] NdA l'auteur n'a pas été autorisé à les reproduire ici.

ralentis, dans la partie supérieure de l'athanor. Là, ils sont captés par de la matière fissile (les textes sont obscurs sur la nature de cette matière fissile) qui se transforme... La description de cette transformation n'est pas claire, mais cette matière devient noire, puis jaune et enfin d'un rouge éclatant. Quand elle est rouge, disent les textes, il faut la mélanger à du verre en fusion pâteuse qui se colore en rouge. Puis on laisse le verre se solidifier et on le casse pour en distribuer les morceaux aux habitants de la plaine. Ce sont les « scories du Feu-des-Anciens ». Elles sont très chaudes, il faut les transporter dans des barriques pleines d'eau et elles restent chaudes pendant un an... Elles ne sont pas dangereuses à condition de ne pas les toucher et de les conserver dans de l'eau. Il faut beaucoup d'eau, disent les textes, sinon l'eau bout et disparaît. Or les scories sans eau sont dangereuses parce que celui qui les touche est brûlé comme par la foudre et meurt. Le message laissé par les Shavas sous forme de lignes immenses tracées au sol représentant des trajectoires de particules était clairement destiné à une civilisation future capable de le voir et de le comprendre, donc présumée capable de maîtriser les dangers de cette science. Il est ainsi démontré que les Shavas possédaient la science d'une énergie d'origine nucléaire qui assurait aux populations un niveau de confort de vie inimaginable pour l'époque. C'est ce confort de vie qui a permis l'épanouissement de la société civilisée, savante et démocratique que nous révèle l'interprétation textuelle des figures portées par les divers objets Shavas trouvés dans les tumulus au milieu des géoglyphes... Les documents trouvés disent que les prêtresses ont sauvegardé le savoir des Anciens avant d'éteindre le feu. On doit donc s'attendre à découvrir des écrits plus précis et plus pertinents dans le dernier temple, celui de l'est. J'ai mis à jour l'entrée de ce temple[49]. Elle est murée par des pierres de taille d'une tonne environ chacune, et le mur lui-même est dissimulé derrière des éboulis. Comme on peut le voir dans les équations précédentes, le feu s'entretient perpétuellement à condition de manipuler les métaux dans l'ordre précité : -Pb, +Th pendant douze heures, puis on remet tout à zéro et -Bi, +Ra pendant douze autres heures. Mais si on met simplement les sept métaux sacrés en présence, il ne s'allume pas spontanément. Selon les calculs ci-dessus, l'allumage ne pourrait se faire qu'avec un bombardement massif de neutrons, d'intensité comparable à celle qui est nécessaire pour allumer le

[49] NdA : Les coordonnées figurent en note de bas de page de la thèse, mais l'auteur n'a pas été autorisé à les reproduire.

deuxième étage d'une configuration classique de Teller-Ulam[50] *. Rien, dans les objets et documents trouvés ne permet de savoir comment le « feu des anciens » a été allumé : les « Anciens » l'auraient, semble-t-il, légué tout allumé aux Shavas.*

[50] NdA: architecture dans laquelle une réaction explosive de fission du plutonium amorce une réaction explosive de fusion d'hydrogène. C'est l'architecture des bombes à hydrogène.

Nazca 20 novembre 17 heures

Pablo et Gaëlle arrivèrent au site de fouilles plus tôt que la veille parce qu'ils avaient profité de l'arrivée d'un avion de ligne à 15 h 30... La pelleteuse leur avait été livrée sur une remorque qu'ils n'ont eu qu'à atteler au pick-up de Pablo. Ils étaient maintenant à pied d'œuvre. Il faisait encore grand jour, et le soleil, descendant sur l'horizon commençait tout juste à allonger les ombres et à teinter le ciel de couleurs chaudes... Pablo maniait le petit engin avec maestria et en moins d'une heure, il avait dégagé assez de pierres pour découvrir l'entrée d'un couloir souterrain. Un couloir, taillé par l'homme, pas une grotte. ...

Ils s'y engagèrent à la lumière de lampes-torches dont s'était muni Pablo. Au bout d'une soixantaine de mètres, le couloir tournait à droite... Soixante mètres plus loin, il tournait à gauche... Encore cinquante mètres et ils arrivèrent dans une vaste salle rectangulaire d'environ six mètres de hauteur et de plus de quinze mètres de côté... Le centre de la salle était occupé par une espèce de tour ronde en pierre de taille d'environ trois mètres de diamètre aussi haute que la salle, puisqu'elle touchait presque le plafond. Elle comportait deux chambres. Au niveau du sol une chambre d'un mètre cinquante de haut au plafond voûté donnait sur la salle par une sorte de porte voûtée d'à peine 1,20 mètre de haut. Plus haut, quelques pierres descellées dans la paroi formaient une ouverture à quelque deux mètres du sol qui donnait sur la chambre supérieure. Une échelle en aluminium était posée contre la tour pour y accéder. Chacune des deux ouvertures donnait ainsi sur une chambre voutée. La voûte de la chambre du bas comportait une ouverture circulaire de vingt centimètres de diamètre qui débouchait sur la chambre supérieure de la tour... Gaëlle gravit l'échelle d'aluminium posée sur le flanc de la tour pour accéder à cette chambre supérieure. Elle nota qu'intérieurement, cette chambre avait environ 3 mètres de hauteur et deux mètres de diamètre et qu'elle était fermée, en haut, par une voûte en dôme... Ce qui frappait, dans toute la tour, était l'épaisseur des murs, au moins cinquante centimètres et le jointoyage parfait des pierres. Non seulement elles étaient taillées avec une extrême précision, mais même elles étaient lutées à l'intérieur et à l'extérieur par des joints au plomb... L'ouverture latérale par laquelle Gaëlle était entrée, en haut de l'échelle, était récente... Les archéologues avaient descellé des pierres pour pouvoir entrer... D'ailleurs ces pierres étaient là, par terre,

au pied de la tour. Mais les deux chambres de la tour étaient vides… Gaëlle fit des photos et prit une vidéo pour détailler la construction… La forme de cette tour lui rappelait l'athanor des alchimistes… Dans la thèse de Pauline Dummoulin, elle parle à plusieurs reprises de l'athanor comme siège du Feu-des-Anciens… Comme Gaëlle ne connaissait pas ce mot, elle avait cherché dans un dictionnaire en ligne où elle avait lu « Fourneau dans lequel les alchimistes placent le récipient qui contient la matière de la pierre philosophale. ». Il y avait le dessin d'un athanor, très semblable à cette tour, si ce n'est que l'athanor, qui venait d'une gravure du 17ème siècle, avait à peu près une hauteur d'homme… Celui-ci était quatre fois plus grand.
Dans un coin de la salle, à l'opposé du couloir d'entrée, il y avait un tas de détritus divers… Les archéologues n'avaient décidément aucun respect… Non seulement ils ont obstrué l'entrée par des pierres, mais encore ils n'ont pas nettoyé le site de fouilles avant de partir… Des boîtes de conserve vides… Des canettes, des bouteilles, de vieux papiers gras, les restes d'un feu… A croire qu'ils bivouaquaient dans la salle… Parmi ce tas d'immondices, Gaëlle finit par trouver le carnet de croquis dont parlait Pauline Dummoulin dans sa carte postale… Un carnet A4 Canson de cent vingt feuilles avec une couverture orange. Il ne contenait apparemment que des brouillons, des schémas ou des formules chimiques griffonnées à la va-vite… Elle vit plusieurs esquisses de l'athanor… Ce n'était pas fait pour être lu, c'étaient sûrement des croquis ou des esquisses que les archéologues avaient faits comme brouillons de leur journal de fouilles… Gaëlle remarqua pourtant un croquis de “pierre, ciseau, papier” qui est un des signes de reconnaissance que le général de Saint-Elme lui avait fait apprendre par cœur voici quinze jours… Elle enfouit le bloc dans la large poche intérieure de son blouson…
Elle continua de faire le tour de la salle, en filmant tout ce qu'elle voyait… Tout à coup, elle poussa un petit cri… Dans un coin, sous une bâche de toile verte, il y avait un tas d'ossements humains… Elle n'était pas légiste, mais les crânes étaient manifestement humains… Il y avait six crânes… Certains étaient cassés. De toute évidence quelqu'un avait entassé là six squelettes, ils n'avaient pas pu mourir dans cette position… Impossible… Plus loin, sept cavités d'environ un demi-mètre cube étaient creusées dans la paroi à hauteur d'homme… Elles étaient vides… Sur le sol, devant les cavités, il y avait plusieurs dizaines de tapis de métal d'environ un mètre sur un entassés là, à plat ou repliés sur eux-mêmes, qui formaient une étonnante sculpture à la César.

Gaëlle essaya d'en soulever un. Il était mou et lourd… Peut-être du plomb…
Pablo, de son côté, admirait une fresque que Gaëlle venait de photographier sur le mur d'en face… Comme elle, il était frappé par la ressemblance de cette fresque avec certaines scènes figurées sur sa précieuse tablette d'obsidienne…
Ils en étaient là de leur contemplation qu'une voix retentit depuis l'entrée :
— Vous savez qu'il faut un permis de fouilles pour venir ici… L'avez-vous ?
— La Señora a un permis de fouilles… Moi, je suis le guide, tu me connais, Esteban…
— Peut-elle me le montrer ?
— A vrai dire non, dit Gaëlle… Je ne l'ai pas avec moi… Je l'ai oublié à l'ambassade de France à Lima improvisa-t-elle.
Celui qui les avait interpellés était un homme massif, corpulent même, au visage basané coiffé d'une casquette de base-ball. Il avait à son côté un holster contenant un revolver sur lequel il avait posé sa main droite… Il reprit :
— Je vais vous demander de quitter les lieux… Vous me le communiquerez sous vingt-quatre heures, sinon je devrai vous arrêter en flagrant délit de pillage d'un site archéologique.
— Écoutez, dit Gaëlle : voyez ceux qui ont abandonné ces détritus… Ils avaient un permis, eux ? Nous, nous sommes juste venus pour faire un reportage archéologique… On ne touche à rien, on fait juste des photos… Vous pouvez contrôler. Eux, par contre, ils ont laissé un tas d'immondices… Ils ont même déplacé les squelettes… Qui sont les vrais pillards ?
— Vous avez déjà démoli le tas de pierres à l'entrée…
— Mais ce tas de pierre est récent… Ce n'est pas un vestige archéologique.
— A la place, il y avait un mur qui fermait l'entrée… Ce mur était très ancien, lui.
— Et alors ? Nous n'y avons pas touché à ce mur… ce sont des archéologues autorisés qui l'ont démoli et remplacé par un tas de pierres, pas nous…
— Dehors, Señora… On reparlera de tout ça quand vous nous aurez produit votre permis de fouilles…
Pablo faisait désespérément signe à Gaëlle d'adopter un profil bas… Inutile d'insister. Ils ressortirent tous les trois… La nuit était presque

tombée. Un vague rougeoiement, à l'ouest, témoignait encore du récent coucher du soleil.

— Refermez l'entrée avec les pierres… On ne doit rien voir…

Gaëlle allait protester, mais Pablo lui fit signe de se taire… Plus tard, dans la voiture sur le chemin du retour, Pablo lui dit :

— Esteban est une brute. C'est le commissaire aux biens culturels, une sorte de shérif pour toute la zone des géoglyphes. Un sale type qui rançonne les touristes… Mais à nous, il ne nous a rien demandé… Il aurait pu nous demander beaucoup parce que ce site de fouilles n'est pas public… Mais il nous a juste expulsés…

— Alors, c'est peut-être raté… J'ai ramassé des vieux papiers qui… Enfin, je ne voudrais pas dire quoi que ce soit avant d'être sûre…

— Oui, en tout cas on a de la chance qu'il soit venu lui-même… Il a des sbires qui auraient sans doute tiré au lieu de palabrer… Vous savez, si vous n'avez pas de permis de fouilles, je vous conseille de quitter Nazca dès demain… Sinon vous pourriez bien vous retrouver en prison…

— Mais il n'a pas le droit…

— Oh si, il l'a !… Enfin, le droit, je ne sais pas, mais il en a le pouvoir ! Et une fois que vous serez en prison, il faudra plusieurs semaines avant que le consulat de France ne vous tire de là… Non, croyez-moi, Señora, si vous n'avez pas ce permis, quittez Nazca au plus vite et ne revenez que quand vous l'aurez…

C'est ainsi que Gaëlle quitta Nazca par un vol du lendemain matin. Pablo était venu l'accompagner.

— Au revoir, Señora… Revenez vite…

— Au revoir, Pablo… Je vais revenir… Et surtout garde soigneusement la tablette de tes ancêtres… Elle a une valeur pour toi, parce que c'est l'héritage de tes ancêtres… Mais je redoute que beaucoup ne la convoitent… Et des gens mal intentionnés…

Océan Pacifique 15°19'57,5" S 75°14'7,1"O 20 novembre 23h10

L'ex-ARA San-Juan était à deux miles à peine de la côte péruvienne. Il était désormais le San-Juan. Le commandant du Pablo Escobar aurait aimé le rebaptiser "Pablo Escobar II", mais l'équipage, superstitieux, s'y était vivement opposé et le commandant Carlo Fuéres avait décidé de ne pas mécontenter son équipage. Il arrivait en plongée à l'immersion périscopique. Si près des côtes, c'était dangereux, il risquait l'échouage… En principe les cartes lui assuraient un fond suffisant, mais il ne voulait pas courir le risque d'actionner son sondeur actif pour s'en assurer parce qu'à quinze miles nautiques d'une base navale, ça l'aurait certainement fait repérer. Le commandant Fuéres était au périscope de veille dans le poste central de navigation opérations éclairé de rouge. Le rendez-vous était à 4:30 GMT, soit dans vingt minutes exactement.

— Stoppez moteurs arrière deux dit le commandant.

Une secousse fut ressentie dans le bateau sous l'action de son hélice qui changeait de sens de rotation, puis

— Vitesse nulle dit le pilote dès que le sous-marin fut immobilisé. Assiette zéro.

— Stoppez dit le commandant.

Au périscope, le commandant scrutait la côte à l'aide de ses instruments de vision nocturne à amplification de lumière… Il ne tarda pas à voir arriver un camion sur la route qui longeait la grève. Il arrivait de la droite, c'est-à-dire de San Juan de Marcona et s'arrêta… Au grossissement maximal, il vit alors trois hommes en descendre et en extraire un Zodiac qu'ils mirent à l'eau… Il ne voyait pas bien ce qu'ils faisaient, mais il les vit faire des allers et retours jusqu'au camion et en décharger des caisses qu'ils portaient sur des diables pour les charger sur le Zodiac. Une fois cela fait, ils envoyèrent un signal lumineux de trois éclairs brefs et un long, qui laissèrent une rémanence de quatre taches blanches sur le visualiseur vert de l'amplificateur de lumière du périscope.

— Envoyez le signal dit le commandant.

— Signal envoyé !

Le commandant Fuéres vit alors un nouvel éclair, seul, qui accusait réception du signal optique envoyé par le sous-marin. Il vit deux des trois hommes regagner le camion qui prit aussitôt la route vers la gauche. Puis il vit le Zodiac se diriger vers lui. Au bout d'un quart

d'heure quand le Zodiac ne fut plus qu'à trois cents mètres par bâbord, le commandant ordonna :
— Surface !
— On chasse partout, répondit le pilote… On est en surface.
A la lumière de la lune, l'homme, dans le Zodiac, vit brusquement le monstre d'acier surgir de la surface de l'eau à quelques encablures devant lui… Quatre marins étaient sur le pont. Quand il fut arrivé, ils lui lancèrent une amarre et, à cinq, ils déchargèrent les caisses et les portèrent dans le sous-marin. Il y avait 56 caisses… Ils hissèrent ensuite le Zodiac sur le pont, le dégonflèrent et le démontèrent avant de l'embarquer, lui aussi, dans le sous-marin… A peine cela terminé, le San-Juan repartait en plongée à l'immersion périscopique pour s'éloigner de la côte.
Dans le poste de commandement, Carlo Fuéres salua l'arrivant.
— Bienvenue à bord, mais pourquoi êtes-vous seul ? Vous deviez être trois… Une minute, voulez-vous, je dois donner les ordres… Pilote en descente assiette -5° jusqu'à 70 mètres, vitesse 25 nœuds, route au 270.
— Bien compris Commandant… assiette -5° répondit le pilote
— Ian Mc Gwyr, archéologue, dit le nouveau venu avec un fort accent britannique, bonsoir, Commandant,
— En route au 270°, vitesse 25 nœuds interrompit le pilote
— C'est un problème de charge du Zodiac, reprit Mc Gwyr… Avec le poids des caisses, il n'y avait de place que pour un homme. Alors, c'est moi.
— Elles sont si lourdes que ça ?
— Immersion 70 mètres, annonça le pilote
— 1,2 tonne… 1217 kilos exactement… dit Mc Gwyr
— Baleines dans le 330 annonça le sonar.
— Je croyais que ça ne devait pas dépasser 700 kilos reprit le commandant… Bon, ça ne sert à rien d'épiloguer… Je ne suis qu'un transporteur… Je lui facturerai juste plus cher, voilà tout. Il faudrait entreposer les caisses dans le compartiment machines, votre boss a dit qu'il y aurait de la radioactivité.
— Il y en a… Mais les caisses sont doublées de plomb à l'intérieur… Ce n'est pas dangereux pour le personnel à condition de ne pas ouvrir les caisses
— D'accord. Bon… Maintenant, nous avons du travail… Nous partons pour une traversée de près de 10 000 miles nautiques… Heureusement que nous avons un bon bateau… Mais ça va quand même nous prendre

trois semaines... On ne peut pas passer par Panama, nous ! Je suis navré, mais un sous-marin, ce n'est pas un bateau de croisière, ce n'est pas confortable et ce n'est pas conçu pour accueillir des touristes. Vous avez une bannette réservée pour vous avec les officiers mariniers et vous prendrez vos repas au carré des officiers... Allez, Mc Gwyr... Bon courage ! De toute façon, je vous dépose à Valparaiso, c'est ce qui est convenu... Nous sommes bien d'accord ?

— Oui, c'est ce qui est convenu... Enfin, le cargo Tarass-Boulba doit me charger à quarante miles nautiques au large et me déposer à Valparaiso...

— Oui, c'est ça, et le rendez-vous est dans vingt-huit heures et... douze minutes... dit-il en regardant sa montre... Vous n'avez que pour deux nuits du confort sommaire d'un sous-marin. Le quartier maître Canchez va vous indiquer vos quartiers. Vous pouvez disposer.

Après un temps de silence, il reprit à l'attention de l'autre quartier-maître :

— Ah, les caisses, j'en veux la moitié à l'avant et l'autre moitié à l'arrière. Ça équilibrera mieux le bateau. Plus d'une tonne, ça aurait une incidence sur l'assiette qui est bien ajustée, et cela nous coûterait au moins un nœud de vitesse... Quartier-maître, occupez-vous de ces caisses avec deux matelots.

Saint Cergue 21 novembre 4h du matin

Un cheminot habitant la Tour Robespierre, descendait dans le sous-sol tôt ce matin parce qu'il devait prendre son service à cinq heures à Noisy-le-Sec. Le plus court pour aller à l'arrêt de bus de l'avenue de l'Europe, était de traverser le parking des tours en diagonale. Il vit une masse informe dans le coin où ont lieu les règlements de comptes entre voyous… Il détourna le regard… Dans le Quartier, si on ne veut pas d'ennui, il y a des choses qu'on ne doit pas voir… Arrivé à une dizaine de mètres, il sut que c'était bien un cadavre, ce qui n'était, hélas, pas la première fois si tôt matin… Ils n'auront juste pas encore eu le temps de le faire disparaitre, se dit-il… Il pressa le pas, et ce n'est qu'à cinq mètres qu'il reconnut l'Imam Salmane… Complètement abîmé, le visage boursouflé de coups, un œil crevé, les deux rotules explosées et le bras droit retourné à contresens du coude… Il ressortit en courant du parking… Épouvanté… L'imam… Ils s'en sont pris à l'imam…
Ce n'est qu'une fois arrivé à son travail, à l'atelier SNCF de Noisy-le-Sec que, pour ne pas être repéré, il emprunta le téléphone d'un collègue pour appeler le commissariat de police de Saint-Cergue. Au décroché, il dit simplement « Ils ont tué l'imam Salmane… Au parking, à l'endroit habituel… » et il raccrocha. Il n'était pas une balance, mais c'était un imam quand même… Un imam ne doit pas finir bouffé par les silures de la Seine ou transformé en fumée dans la chaudière…
A cinq heures et demie, Francis Calcomycès dormait profondément dans sa paisible villa de Marnes-la-Coquette quand son portable se mit à sonner… Il n'avait pas envie de répondre… La sonnerie s'arrêta… Bon, se dit-il… Un fâcheux… Puis il entendit le bip signifiant que le correspondant avait laissé un message… La barbe, se dit-il… Il se retourna dans son lit, et saisit son smartphone pour écouter le message.
« Capitaine Galtier de la BRB, mes respects Monsieur le Maire. L'imam Salmane vient d'être assassiné, torturé à mort selon les premières constatations. Son corps doit être enlevé. Une ambulance doit venir dans le quartier au deuxième sous-sol, côté Tour Danton, l'endroit habituel des règlements de comptes… Nous attendons votre feu vert pour la laisser pénétrer dans le quartier ».
Calcomycès était maintenant complètement réveillé… Et merde, se dit-il… Qui appeler pour résoudre ce problème ? Mahmoud ? Ce serait me déjuger parce que je lui ai dit que je m'occupais moi-même du quartier… Sangulier ? Je ne le connais pas encore bien. Il a l'air

d'assurer, mais un seul faux-pas et nous sommes repartis pour l'émeute… Il appela d'abord Mahmoud… Pas pour lui demander de l'aide, non, juste pour l'informer et essayer d'entendre ses réactions…

— Fran… Francis ? La voix de Mahmoud était encore plus faible que tout à l'heure au Conseil municipal…

— Bonjour, Mahmoud… juste pour t'informer… L'imam Salmane est mort…

— Où ? Quand ? Comment ?

— Cette nuit, dans le parking des tours, à l'endroit habituel… Torturé à mort…

— Et ?

— Non, rien, juste pour que tu saches…

— On est repartis pour des émeutes…

— Pourquoi dis-tu ça ?

— Parce que l'imam Salmane, je sais que ce n'était pas ton copain, mais c'était lui qui tenait le Quartier… C'était avec lui que je négociais…

— C'est lui qui m'a refait des cinquante mille euros que j'ai allongés pour avoir la paix ?

— Oui, c'est lui. Il a tout essayé, mais il n'a rien pu faire…

— Qu'il n'a rien pu faire, ça, j'ai vu… Merci…

— Tu veux que je fasse quoi, là ?

— Rien, c'était juste pour t'informer… Je sais que tu connaissais bien cet imam… Allez, salut, on se voit tout à l'heure à la mairie.

— Je sais pas… Suis malade… J'ai dû bouffer quelque chose de pas frais…

— Alors, soigne-toi bien… Bye

— C'est ça, à plus…

Puis il appela Sangulier

— Bonjour, Monsieur le Maire… répondit ce dernier d'une voix empâtée de sommeil

— Bonjour, Michel… L'imam Salmane vient d'être torturé à mort…

— Déjà !

— Comment déjà ?

— Non, rien… Oubliez ça… Mais je ne suis pas vraiment étonné…

— Je vois, mais sans lui, les émeutes risquent de reprendre… Une ambulance doit emporter le corps pour l'IML[51]… Elle va se faire massacrer…

— Elle est où, l'ambulance ?

---

[51] Institut médico-légal

— Avenue de l'Europe… Elle n'attend que mon feu vert pour entrer dans le quartier…
— Bon… Attendez juste dix minutes et donnez-lui ce feu vert…
— Mais…
— Pas d'inquiétude, je m'en occupe…
— Vous êtes sûr ? Parce que c'est chaud !
— J'assure !
Et il raccrocha. Peu habitué à ce qu'on lui raccroche au nez, Francis Calcomycès resta un instant bouche bée… Il n'avait pas d'autre choix, il devait faire une confiance aveugle à ce nouveau directeur de cabinet qu'il connaissait à peine… Il rappela finalement le capitaine Galtier pour lui dire d'attendre dix minutes avant de faire entrer l'ambulance dans le Quartier… Il était en réalité profondément inquiet. Qui est ce Michel Sangulier ? Il a déjà prédit la maladie de Mahmoud… Et maintenant, la mort de l'imam Salmane, la figure charismatique du Quartier, ne le surprend pas plus que ne le ferait un bus qui passerait un peu en avance… Qui donc est-il cet inquiétant personnage ?… Il faut qu'il en parle à Joël Vanderloo…
Au bout de dix minutes, l'ambulance entra dans le parking. Elle chargea le corps de l'imam… Elle ressortit du parking sous les yeux menaçants de dizaines de jeunes qui l'ont regardée partir dans un silence de plomb sans, pourtant, faire un seul geste d'hostilité.
Pendant ce temps, sur le Coteau, un mystérieux véhicule de fourrière que personne n'avait appelé, enlevait le Porche Cayenne de Mahmoud Ben Gharbi… Deux heures plus tard, le SAMU emmenait ce dernier, moribond, aux urgences de l'hôpital Beaujon. Il allait y mourir en trente-six heures, malgré l'acharnement des médecins à tenter de le sauver.
Francis Calcomycès avait laissé un message vocal à Joël Vanderloo « Tout part en vrille. On s'entretue dans ma commune. J'ai des doutes sur les qualités de Michel Sangulier. Il faut que nous en parlions de toute urgence »
Dans l'après-midi, Roselyne Flack, qui avait conduit la voiture de Mahmoud Ben Gharbi pour rentrer du conseil municipal, fut prise de nausées. Pensant à une intoxication alimentaire, elle se présenta à l'hôpital américain de Neuilly où son mari était chef de service… On lui diagnostiqua une leucémie foudroyante… Elle allait y agoniser quinze jours.
Les deux hôpitaux ne rapprocheront jamais les deux décès. Seuls les conseillers municipaux Saint-Cergois se féliciteront de n'avoir pas été

contaminés par la maladie, visiblement très contagieuse, de Mahmoud Ben Gharbi.

Hôtel Mena House Gizeh 21 novembre 10:30

Charles Longhieu avait fait dresser la table du petit déjeuner dans le salon de la suite. Pauline Dummoulin faisait ouvertement la gueule... Elle croyait toujours que la DGSE était à l'origine de sa séquestration. Elle était juste sortie de la chambre, en grommelant quand même un vague « Bonjour, militaire ! ». Pendant qu'elle mangeait des croissants et un bol de foul[52], Charles Longhieu lui dit :

— Bon, maintenant, on va partir... L'agitation de l'hôtel semble calmée. On va essayer de sortir naturellement.

— Vous n'y pensez pas ? Ils vont me repérer tout de suite. Vous pensez bien qu'ils sont aux aguets...

— Écoutez, c'est mon métier... Alors, je vous en prie, laissez-moi faire au mieux.

— En fait, je ne sais pas si je puis vous faire confiance... Et dans le doute, je réponds non.

Elle rentra se claquemurer dans la chambre. Le plan d'évasion de Charles était arrêté, mais il supposait un minimum de coopération de la demoiselle... Il prévoyait de créer une diversion et sortir simplement en espérant que le monde qui circulait dans le hall de l'hôtel dissuaderait le personnel d'une action violente... Le plan B, passer en force, était particulièrement dangereux dans un lieu aussi fréquenté que le hall de l'hôtel Mena House.

Il avait un message de la DGSE sur son ordi.

```
###############
Origine : DGSE
Destinataire : Mission Gizeh
21 novembre 9:55 TU
Urgence : routine
###############
Pour motiver votre cible à coopérer, vous
pourriez juste lui dire que j' ai sans doute
retrouvé le Palladium. Elle devrait comprendre.
GBR G. de Saint-Elme
CL154K
###############
```

Il frappa à la porte de la chambre

— Mademoiselle Dummoulin ?

---

[52] Fèves cuites au jus d'épices et de citron. Tous les hôtels égyptiens servent du foul au petit déjeuner.

— Non !
Il entrouvrit la porte et glissa la tête, elle était assise sur une chaise, devant la table face au mur.
— Je peux entrer ?
— Je vous emmerde…
— J'ai un message de la DGSE pour vous
— Je les emmerde…
— Je vous lis le message…
— Non…
— Ils ont sans doute retrouvé le Palladium… Ça vous parle ?
— Quoi ? Qui ? Où ? Dit-elle en bondissant de sa chaise.
— Le général de Saint-Elme me charge de vous dire qu'il a retrouvé le Palladium. Je ne sais même pas ce que c'est, alors je ne peux pas être plus précis.
— Mais enfin ! Demandez-lui où ! Dit-elle en se précipitant, fébrile, dans le salon. Vous vous rendez compte, c'est sans doute la plus grande découverte archéologique de ce siècle, dit-elle. Le Palladium… Imaginez… Une statue que Zeus lui-même aurait donnée à Ilos pour protéger la ville de Troie il y a plus de trois mille ans… Une statue de légende que Cassandre a implorée en vain quand elle a été agressée par Ajax pendant le sac de Troie. Cette statue qu'Ulysse et Diomède ont dérobée au milieu des ruines de Troie et qu'Énée a emportée avec lui pour être l'égide d'une nouvelle Troie de l'autre côté de la mer… Pendant deux mille ans, elle a veillé sur Troie, puis sur Rome… De Laomédon à Priam, de Numa Pompilius à Théodose le Grand. En plus, et ça c'est nouveau, je suis persuadée qu'elle recèle le secret du feu nucléaire des anciens !
— Du calme, Mademoiselle, du calme… Je n'ai même pas lu votre thèse… Je sais à peine de quoi vous parlez…
— Enfin, continuait-elle très agitée, Énée, le héros de Virgile ! Laomédon, le fils d'Ilos, premier roi de Troie, Numa Pompilius, le fils de Romulus, premier roi de Rome et Théodose, le dernier empereur romain ! Vous connaissez, quand même ? Ou n'êtes-vous, vous aussi, qu'un barbouze ignare comme les autres ?
— Bon, c'est en effet passionnant, mais mon rôle est de vous exfiltrer… Ça m'intéressera beaucoup de parler de ça avec vous dans l'avion du retour, mais pas avant. Maintenant, laissez-moi faire mon job…
— D'accord, d'accord… Mais quand même, le Palladium… On part quand ?

— Dans… 27 minutes. Maintenant, laissez-moi travailler, dit-il en ouvrant son ordi… Vous avez votre passeport ?
— Non, Mc Gwyr et vos sbires me l'ont confisqué.
— Ce n'étaient pas mes sbires…
— Enfin, ceux de la DGSE, quoi…
— Ce n'était pas la DGSE, vous ne lâchez jamais une idée, vous !
— C'est pareil… De toute façon, je n'ai plus mon passeport.
— Bon, ça va juste un peu compliquer, mais rien de rédhibitoire… J'avais prévu cette éventualité. Enfin, pour ce qui est des sbires, vous verrez… On va tenter de leur échapper. Mais pour ça, vous devrez faire exactement ce que je vous dirai…

Il parlait maintenant dans le vide, elle était retournée bouder dans la chambre.

###############
Origine : Mission Gizeh
Destinataire : DGSE
21 novembre 10:15 TU
Urgence : routine
###############
Ça a marché… Elle est motivée… J'espère pour vous que vous l'avez, ce Palladium, parce que cette fille est une virago incontrôlable. Le capitaine Prossez nous attend dans vingt minutes devant l'hôtel avec un puissant 4x4. Je compte gagner d'abord la voiture en douceur puis fuir rapidement. Vu la topographie des lieux, il n'y aura pas de coups de feu. Elle n'a pas son passeport. On va utiliser celui que Prossez lui a fait préparer à l'ambassade.
COL C. Longhieu
CL463K
###############

Lima, Pérou, 21 novembre 15 heures

Juste à côté d'une luxueuse villa crépie de rouge sombre et abritant le centre culturel péruvo-britannique, on voit un mur aveugle de trois mètres de haut entièrement crépi de blanc et rehaussé par des potelets de trois mètres de hauteur tenant sept rangées de barbelés... Le mur est si haut qu'il faut traverser l'avenue pour voir, de loin, la villa sans vrai style qui se trouve derrière et constater qu'elle porte deux drapeaux, français et européen. La villa, qui se cache au cœur de cette architecture carcérale, n'est ni une prison, ni un poste de police, ni un ouvrage de défense militaire, c'est l'ambassade de France au Pérou. C'est à une sinistre porte blindée noire ouvrant ce mur d'enceinte rébarbatif que Gaëlle s'apprêtait à sonner.

Sitôt arrivée à Lima, elle avait pris une chambre à l'Holiday Inn en face de l'aéroport... Elle avait feuilleté en détail le cahier de croquis qu'elle avait pris à Nazca... En bas d'une des pages, elle avait revu le nombre qui figurait sur la carte de vœux de Pauline Dummoulin... Ou, en tout cas, un nombre qui avait la même structure C05651497... Elle avait consulté internet, puisque Saint-Elme lui avait dit que ce genre de document déclassifié se trouve aisément et elle avait trouvé (en français sur le document déclassifié), la formule d'une encre sympathique à base d'aspirine. Elle lut, écrit d'une écriture maladroite tapée avec une machine à écrire de 1918 :

Pour faire apparaître l' encre invisible
1st
Alcool légèrement camphré 22 gr.
Eau distillée 50 gr.
Nitrate de potasse 0 gr. 50
Acide acétique 27 gr.
Tetrachlorure de carbure 20 gr.
Doit être bien mélangé et le faire appliquer dessus avec du coton mouillé
2nd
Acide acétique 100 gr.
Alcool a 90° 100 gr.
Eau distillee 50 gr.
Teinture de capsium 15 gr.
Chlorhydrate le quinine 0 gr. 50
Doit être appliqué après le premier bain, de la même manière mais il faut attendre que la premier solution soit complètement sèche.

Elle avait conclu que c'était trop difficile pour elle et appelé le général de Saint-Elme au secours qui l'a aussitôt aiguillée vers le correspondant de la DGSE, l'attaché militaire adjoint de l'ambassade, le capitaine Arthur Grimaud. Elle avait rendez-vous à 15 heures et c'est exactement à quinze heure qu'elle sonna à la porte de l'ambassade.
Sitôt orientée vers la mission militaire, elle fut accueillie par le capitaine Grimaud, dans son petit bureau, sous les combles... C'était un homme jeune au physique plutôt sportif. Sous un cheveu noir coupé court, il avait un visage mince assez inexpressif. Ses yeux brun foncé encadraient un grand nez à la Cyrano. Son attitude réservée et son air sérieux pouvaient passer pour de la timidité, mais il n'en était rien. Il était simplement sérieux, réservé et pas expansif pour deux sous.
— Bonjour, Madame, capitaine Grimaud, attaché militaire adjoint...
— Bonjour, Capitaine, Gaëlle Le Couëdic, journaliste en mission spéciale pour la DGSE.
— Le général de Saint-Elme vous a recommandée, c'est pourquoi je vous reçois, mais je ne vous cache pas que j'ai peu de temps à consacrer aux journalistes. Vous comprenez, cette année, c'est la France qui organise le tournoi de tennis des diplomates à Lima... Et ça nous occupe...
— Je comprends, fit Gaëlle, qui, justement, ne comprenait rien à l'ordre de priorité que ce responsable de nos services de renseignement donnait à ses activités...
Quand le capitaine lui dit, pontifiant, que, de nos jours, personne n'utilise plus l'encre sympathique. Gaëlle s'est retenue de lui répliquer « si, la preuve... » . Elle s'est contentée de l'écouter disserter sur les codes secrets, depuis la scytale de Plutarque jusqu'à la cryptographie PKI en passant par les machines Enigma de la Kriegsmarine... Pour finalement conclure qu'il ne pouvait rien pour elle parce qu'il n'avait pas le matériel et qu'il lui fallait envoyer son document à la DGSE par la valise diplomatique...
Gaëlle restait pantoise devant la désinvolture de ce jeune blanc-bec...
— Impossible, les délais sont trop courts.
— Alors je ne vois pas ce que je peux faire...
— Par exemple me donner l'adresse d'un droguiste où je pourrai acheter les ingrédients... Pour le pèse-lettres et le coton, je me débrouillerai, je trouverai bien une papeterie et une pharmacie...
— Ah, oui, ça je peux, répondit-il sans relever l'ironie... Il fouilla dans son tiroir et en sortit une carte de visite... Allez là et demandez Monsieur Mendoza de la part de Peter Rabbit. Il est très débrouillard

(contrairement à vous ne put s'empêcher de penser Gaëlle) et il vous dépannera...
— Très bien, Capitaine. C'est loin ?
— Non. C'est tout près... Cinq cents mètres à pied...
— Très bien, merci Capitaine, et je vous souhaite bonne chance pour le tournoi de tennis !
— Tenez-moi au courant, n'est-ce pas...
Compte là-dessus... Pensa Gaëlle. En sortant de l'ambassade, Gaëlle se disait « Ben, cet attaché militaire, c'est pas une flèche ! » tout en dirigeant ses pas dans les rues, plutôt pimpantes, du quartier Miraflores. Elle n'eut, en revanche, aucun problème avec le nommé Mendoza. Raúl Mendoza, une sorte de petit bonhomme pétillant, qui ne trouvait rien difficile et semblait prendre plaisir à tout.
— Les amis de Peter Rabbit sont mes amis, Señora... Voyons cette liste... Rien de bien difficile... Juste le chlorhydrate de quinine... C'était un médicament très utilisé au début du vingtième siècle... Maintenant, ça sera plus difficile, depuis qu'on utilise surtout l'hydroxy-chloroquine... Mais je trouverai... Bon... Il vous le faut pour quand ?
— Dès que possible... Il se peut qu'une personne soit en danger... Pouvez-vous ajouter un carnet de croquis à reliure spirale format A4...
— Format A4, c'est un format européen, ça... Mais je trouverai... Ce soir, avant vingt heures, vous aurez le tout. Et où la señora veut-elle être livrée ?
— Vous me livrez ? Eh bien, à l'hôtel Holiday Inn de l'aéroport. Vous déposez le tout à l'attention de Madame Le Couëdic...
— Très bien, Señora et, pardonnez-moi, mais je facture notre ami Peter Rabbit ?
— Je ne préfère pas... Combien cela coûtera-t-il ?
— Disons 1500 soles
— D'accord pour 300 dollars US si je paie cash ?
— Ah oui, d'accord, dit-il apparemment réjoui. Peter Rabbit est jeune et inexpérimenté et il paie toujours en retard. Je préférais vraiment le Peter Rabbit d'avant !
Gaëlle se contenta de sourire en sortant trois billets de 100 dollars de son sac à main.
— Vous ne devriez pas avoir de telles sommes sur vous à Lima, Señora, les rues ne sont pas sûres...

— Comme ça, je ne les ai plus… Allez, à ce soir avec toute la liste… N'oubliez pas l'eau distillée… Il me faut en tout quatre litres environ…

Saint Cergue 21 novembre 11 heures

Joël Vanderloo était arrivé rapidement à Saint-Cergue, répondant à l'appel de Francis Calcomycès. Ils étaient assis tous les deux dans les fauteuils cossus installés dans l'angle opposé au bureau Boulle du maire. Le premier avait, à la main, un verre de Perrier et le second un verre de whisky avec des glaçons.

— Qui est donc ce Sangulier que vous m'avez envoyé ? Il m'a l'air bien singulier…

— Je vous l'ai dit, un sale con… Mais il est efficace. Vous avez à vous plaindre de lui ?

— En réalité, il me fait peur…

— Vous ne risquez rien tant que nos accords tiennent et que personne ne vient fouiner dans les affaires que je traite dans vos souterrains municipaux…

— A ce propos, hier soir, j'ai vu deux camions livrer un grand nombre de palettes, d'eau minérale je crois… Votre activité secrète, c'est grossiste en boissons ?

— Non, non… Vous n'y êtes pas… Il est trop tôt pour vous y associer, mais patience…

— En réalité, ce qui m'inquiète, avec Sangulier, ce ne sont pas vos activités, c'est le Quartier… Qu'on ait de nouvelles émeutes, et adieu ma réélection…

— Dans votre message vocal, vous dites que tout part en vrille… Il n'a pas assuré avec la racaille ?

— Si, mais d'une manière qui ne me plaît pas…

— Ça ne m'étonne pas, il est assez primaire… Mais précisez…

— Mahmoud Ben Gharbi, vous vous rappelez, mon adjoint à la jeunesse et aux sports, celui qui était ma courroie de transmission avec le Quartier…

— Oui, et dont je vous ai dit qu'il ne pouvait plus vous être utile…

— Il est très gravement malade…

— Empoisonné ?

— Pas que je sache…

— Alors quoi ? Où est le problème ?

— Il était en parfaite santé…

— Tout homme bien portant est un malade qui s'ignore…

— Il ne se connaissait aucune maladie, si vous préférez.

— C'est le cas de tout le monde avant que la maladie se déclare…

— Mais, s'il ne se savait pas malade lui-même, Sangulier, lui, m'a dit, il y a trois jours, qu'il était atteint d'une leucémie…
— Une leucémie ? Quel con !…
— Il n'était pas con…
— Lui, je ne sais pas, mais Sangulier oui, qu'avait-il besoin de vous dire ça ?
— Et puis il y a eu l'imam…
— Quel imam ?
— Le salafiste, celui que je n'aimais pas beaucoup. Il a été assassiné ce matin…
— Preuve que vous n'étiez pas le seul à le détester…
— J'ai été prévenu directement par un OPJ de la BRB et quand j'ai téléphoné à Sangulier, ça ne l'a pas étonné… C'est quand même étonnant, l'assassinat d'un imam, non ?…
— Si, si, je vous l'accorde.
— Eh bien, Sangulier, lui, au lieu de s'étonner, il a juste dit « Déjà ! »
— Il n'aurait jamais dû vous dire ça… Il vous rend complice, en quelque sorte… C'est inacceptable. Je le lui dirai…
— Mais… Enfin…
— Mais quoi ?
— Vous pensez qu'il est pour quelque chose dans la maladie de Mahmoud et dans l'assassinat de l'imam ?
— Pas vous ?
— Justement, je ne veux pas de…
— Pas de paroles définitives, Francis… Vous avez la paix dans le Quartier… Et vous l'avez pour longtemps… Vous allez gagner beaucoup d'argent avec votre pourcentage parce que le chiffre d'affaires de vos dealers va exploser… Votre réélection est assurée et surtout… Non, n'anticipons pas… Mais, que voulez-vous, votre Mahmoud et votre imam, ce sont des dommages collatéraux… On ne fait pas d'omelette sans casser des œufs.
— Mais…
— Chut ! Vous ne voudriez pas que je regrette de vous avoir fait confiance ? Alors, oublions cette conversation, ce sera le mieux, conclut Vanderloo en souriant… Allez, au revoir, Francis… Dès que j'ai fini mon installation dans vos caves municipales derrière la mairie, je vous la fais visiter, mais à vous seul, hein ?… À bientôt !

Francis Calcomycès pensif, debout à la fenêtre de son bureau, regardait les gens sur la place. Ils sortaient du marché, ils achetaient leur journal ou ils buvaient un jaune au bar du Saint-Cergois… Tout avait l'air paisible… Pourtant, dans le Quartier, un imam venait d'être sauvagement assassiné… « Après tout, le Quartier, c'est un autre univers… Ce qui s'y passe ne doit pas en sortir et tout ira bien… C'est Joël Vanderloo qui a raison… Certes, Michel Sangulier est primaire, mais, au moins, il assure… J'ai la paix et je serai réélu… Que demander de plus ? »

Souff avait montré les photos compromettantes de l'imam à tout le Quartier. En l'exécutant, il était devenu le caïd incontesté. Michel Sangulier, quant à lui, avait assis son autorité sur Souff et prouvé au maire qu'il assurait, dans la gestion des affaires du Quartier… Francis Calcomycès lui-même avait fait allégeance à Joël Vanderloo. Le pouvoir, à Saint-Cergue-sur-Seine, avait changé de mains.

Aucun Saint-Cergois ne le savait, mais c'était un nouveau Saint-Cergue que le maire contemplait pensif de la fenêtre de son bureau. Un Saint-Cergue où il n'avait plus que l'apparence du pouvoir, mais un Saint-Cergue où il aurait la paix.

Hôtel Mena House, le hall, 21 novembre 14h

En ce début d'après-midi, le hall de l'hôtel Mena House, comme tous les halls d'hôtels internationaux, était occupé par des gens très affairés, des groupes de voyageurs qui se retrouvaient dans des éclats de rires tonitruants accompagnés de grandes tapes dans le dos, d'autres, qui faisaient silencieusement la queue à la caisse ou au desk.
Soudain, la sirène d'incendie fit entendre sa stridulation lugubre, en même temps qu'une épaisse fumée venant de la porte de l'escalier se répandait dans le hall… La foule s'égailla et se précipita vers la sortie tandis que le personnel ouvrait toutes grandes les portes et repliait les vantaux de la porte à tambour. Personne ne regardait derrière et si quelqu'un l'avait fait, il aurait vu Charles Longhieu et Pauline Dummoulin jaillir du nuage de fumé, un mouchoir sur le nez et la bouche, et se précipiter vers la porte ouverte à droite de la porte tambour.
Un des gardes de sécurité de l'hôtel les vit et cria… « La voilà, elle est là… ». Mais, au milieu de ce tohu-bohu, il n'eut pas plus d'effet que s'il avait uriné dans un stradivarius.
Dehors, en face de l'entrée de l'hôtel, juste au-delà du terre-plein, un Porsche Cayenne gris-bleu attendait moteur tournant et portes ouvertes. Charles enfourna littéralement Pauline Dummoulin sur la banquette arrière, claqua la porte et s'engouffra lui-même sur la place passager avant. Il n'avait pas encore fermé la portière que Prossez, au volant du 4x4, démarrait en trombe laissant trois gorilles en costume noir impuissants derrière lui. Ils débouchèrent sur la route touristique, coupèrent la file des véhicules qui faisaient la queue au point de passage de l'enceinte des pyramides et tournèrent à gauche vers Le Caire. Le conducteur du Camry à qui il avait coupé la route n'apprécia pas… Il avait la priorité, quoi… Il avança donc pour couper la route aux Range Rover noires estampillées « Mena House » qui poursuivaient le Cayenne… Las, il avança trop tard, à moins que les Range Rover aient été trop préoccupées par le Cayenne. Toujours est-il que le choc fut violent. Le premier Range Rover s'encastra dans le Camry et le second heurta si violemment le premier qu'il le propulsa, avec le Camry, sur le bord opposé de la chaussée, coupant la route des pyramides dans les deux sens.
Le Cayenne s'éloignait à bonne allure et Pauline Dummoulin, qui regardait par la lunette arrière s'exclama.

— Bien fait pour leurs gueules à ces deux salopards et aussi à ce connard qui a préféré risquer sa vie plutôt que perdre la priorité ! Un qui va faire une drôle de tronche, c'est Mc Gwyr quand il devra rendre compte de son fiasco au général de Saint-Elme : "deux morts dans mes troupes et la prisonnière envolée". Bravo, la DGSE !

— Ce n'est pas la DGSE, répéta encore Charles... La DGSE, ici, c'est moi.

— Je n'en sais encore rien, et, dans le doute, je vous emmerde conclut Pauline Dummoulin qui semblait avoir une appétence toute particulière pour cette expression.

Plus tard allait tomber dans la messagerie de Charles un crypté DGSE qu'il lirait dans l'avion :

###############
Origine : DGSE
Destinataire : Mission Gizeh
20 novembre 14:50 TU
Urgence : routine
###############
Votre exfiltration a fait deux morts dont un touriste. Vous détaillerez dans votre rapport le sens que vous donnez à l' expression « sortir en douceur ».
GBR G. de Saint-Elme
GS173K
###############

Lima Hôtel Holiday Inn Airport 21/11 19h 30

Dans sa chambre d'hôtel, Gaëlle révélait au fur et à mesure les pages du cahier de croquis… Le cahier comptait cent vingt feuilles couvertes recto-verso de formules et de croquis au crayon… Elle avait photographié toutes les feuilles avant de commencer, puis elle avait démonté la reliure spirale du cahier… Elle devait ensuite tamponner les feuilles avec du coton trempé dans la première solution de produits chimiques, les sécher avec le sèche-cheveux de la salle de bains de l'hôtel, puis recommencer avec la deuxième soupe, celle qui sentait le vinaigre… Enfin, une fois le texte révélé et les feuilles sèches, elle gommerait les croquis au crayon pour ne laisser apparaître que les pages écrites à l'encre sympathique de la main de Pauline Dummoulin .

Gaëlle commença par les rectos des quatre premiers feuillets. Elle ne pouvait pas révéler plus que quatre feuillets à la fois, parce qu'elle faisait ça sur la tablette de la salle de bain qui n'était pas assez grande pour en poser davantage. L'écriture était appliquée, mais maladroite, comme ces écritures d'écoliers du vingtième siècle pour qui les plumes sergent-major et l'encre violette trop newtonienne[53] étaient les principaux obstacles à la qualité de leur calligraphie…

Pour les dessins et les petits mots au crayon, Pauline Dummoulin avait rempli d'abord toutes les pages recto puis elle avait retourné le cahier et rempli les pages verso… Apparemment ce n'est pas ce qu'elle avait fait pour son journal à l'encre sympathique, où le verso de la page une était la page deux et ainsi de suite…

Page 1

> *Je ne sais pas qui sont les types avec lesquels j'ai entrepris ces fouilles… L'écossais, Mc Gwyr est un archéologue. En tout cas, il connaît l'archéologie. Les deux autres sont des brutes épaisses presqu'illettrées. Bien qu'ils cherchent à la dissimuler, j'ai vu que tous les trois portent en permanence une arme sur eux. Je ne suis pas libre de mes mouvements. Au début, ils m'ont dit que je dormirai sur le site, que ça gagnerait du temps, et que, comme ça je pourrai mieux profiter des fonds dont m'a dotée la DGSE… En réalité, c'était pour me tenir prisonnière… Ils me disaient qu'ils*

---

[53] Un liquide newtonien est un liquide normal, comme de l'eau. Une bonne encre doit avoir des propriétés dites non-newtoniennes qui lui évitent de couler ou de faire des pâtés. L'encre violette des écoles de la première moitié du vingtième siècle n'était pas une bonne encre.

étaient en relation avec la DGSE et que je n'avais pas à m'inquiéter... Maintenant, j'ai compris que j'étais la prisonnière de la DGSE. La seule chose qui les intéresse, c'est le « Feu-des-Anciens » shava. Mc Gwyr a lu ma thèse et il comprend un peu la grammaire shava... Heureusement, il la comprend mal parce qu'il ne m'a pas bien lue. Aussi ai-je décidé de m'appliquer à l'induire en erreur. Et surtout il n'a aucune connaissance en physique nucléaire, ce qui l'empêche de comprendre les implications scientifiques de ce que nous allons découvrir dans ce temple. J'ai donc entrepris de tenir le présent journal que j'écris la nuit, quand je suis seule dans le temple souterrain, avec un cure-dents trempé dans une solution d'aspirine...

Page 2

J'y écrirai mes découvertes au fur et à mesure, comme je les aurai vues et pas comme je les aurai interprétées pour Mc Gwyr. Je vais écrire aussi dans ce journal tout ce que j'aurai découvert quand j'aurai fini de traduire la fresque du mur du fond et les treize tablettes d'obsidienne. Mais il vaut mieux que je commence par le début.

13 novembre

Nous sommes arrivés à l'entrée de ce que les Shavas appelaient le temple de la montagne de l'est... En survolant la montagne, nous avions décelé les reliefs d'une très ancienne route, depuis longtemps invisible du sol, un peu comme les géoglyphes, mais bien plus à l'est. Cette route s'arrête brusquement au flanc de la montagne... Nous y sommes allés et nous avons fini par découvrir un mur de pierres de taille noires qui semblait fermer l'entrée d'une grotte... J'ai été choquée par le fait qu'au lieu de démonter et répertorier les pierres du mur, ils l'ont simplement dynamité. C'est indigne d'un archéologue, même amateur et c'est là que j'ai eu, pour la première fois, l'impression que ce Mc Gwyr était un voyou. Il faudra que je dise au général de Saint-Elme qu'il emploie des voyous. Cette impression ne m'a pas quittée depuis. Le couloir souterrain, derrière le mur était en parfait état... Il comprend trois tronçons à angle droit les uns des autres. Un de 67,20 mètres, un de 68,70 mètres et le troisième, de 61,40 mètres, débouche dans la salle de l'athanor. Les virages

Page 3

à angle droit qui séparent les trois tronçons se situent, en réalité, 3 mètres exactement avant le bout du tronçon, qui est en cul-de-

sac... C'est la confirmation que ces temples sont en réalités construits pour résister à une explosion extérieure très violente. Ces culs-de-sac ont la même configuration que les couloirs d'accès aux postes de tir du Plateau d'Albion, en France où ils sont destinés à piéger une onde de choc qui pénètrerait par l'entrée du tunnel, pour qu'elle arrive atténuée à la salle souterraine. Je l'ai dit à Mc Gwyr qui a semblé, tout à coup, très excité parce qu'il y voyait la confirmation des activités nucléaires des Shavas... Jusque-là, il me faisait l'impression d'être juste l'œil de la DGSE qui veillait à ce que je n'utilise pas les fonds à autre chose que la recherche archéologique. D'évidence, il espérait que tout ça finirait au plus vite parce qu'il tenait notre mission pour une perte de temps et ma thèse pour une élucubration farfelue. Mais là, il venait juste de changer d'avis. C'est à ce moment qu'il m'a dit que je bivouaquerai dans le temple pour que je puisse travailler plus vite. Le temple était une salle carrée de 14,98 mètres sur 15,00 et une hauteur sous plafond variant entre 5,79 et 6,02 mètres. Au centre de la salle, un énorme athanor... Énorme parce que les athanors que l'on voit dans les traités d'alchimie ont au plus une hauteur d'homme... Celui-là mesure 6 mètres et juste au-dessus, le plafond du temple est creusé de quelque vingt centimètres pour que son sommet ne le touche pas.

Page 4

Il y a des opes dans la paroi du temple, des trous carrés de 81 centimètres de côté et autant de profondeur. Dans ces trous, il y a des barres cylindriques de métaux divers, rangées en couches séparées les unes des autres par des tôles de quatre millimètres en plomb. Six squelettes étaient allongés sur le sol. Ils les ont ensuite entassés dans un coin de la salle. Face à la porte d'entrée, au fond de la salle, une sorte d'autel en pierre supporte une pile de treize tablettes d'obsidienne gravées de dessins shavas. Mais n'anticipons pas. Dès notre arrivée dans le temple, ce sont les barres métalliques qui ont attiré l'attention de Mc Gwyr... Il les regardait avec les yeux cupides d'un chevalier un peu con qui aurait trouvé le Graal et qui n'y croirait pas lui-même. Je décidai de ne jamais lui dire ce que je pensais de ces barres...

14 novembre

J'ai passé une nuit horrible seule dans ce temple sinistre en présence de six squelettes. Les deux sbires de Mc Gwyr avaient entassé les squelettes dans un coin, au mépris de tous les principes de l'archéologie scientifique. Heureusement que j'avais pris des photos avant. Mc Gwyr est un pilleur de temple, pas un archéologue... Je bivouaquais dans le coin opposé et les squelettes étaient recouverts d'une bâche, pourtant leur présence m'empêchait de dormir...

....

Le carnet comportait 120 feuilles, soit 240 pages... Gaëlle passa une partie de la nuit à tout révéler. Seuls les dix dernières feuilles ne comportaient aucune écriture à l'encre sympathique. Elle lirait le tout après, dans l'avion du retour. C'était long parce qu'il fallait que le papier soit bien sec avant d'appliquer la deuxième couche de révélateur... Dans la petite salle de bains de l'hôtel, ça sentait le vinaigre et le chloroforme...Malgré la ventilation, l'air était surchauffé par le sèche-cheveux qui soufflait sans discontinuer. Inlassablement, Gaëlle numérotait quatre feuilles, les mouillait de la soupe au chloroforme, laissait agir une minute, allumait le sèche-cheveux, séchait les quatre feuilles, les mouillait ensuite avec le révélateur au vinaigre... Là, elle voyait apparaître les textes... Pas le temps de les lire, un nouveau coup de sèche-cheveux, plus sommaire, et elle retournait les quatre feuilles pour recommencer de l'autre côté... Puis elle les posait, alignées, sur le lit de la chambre afin de libérer la place dans la selle de bains... Elle devenait une stakhanoviste de l'espionnage...

A une heure et demie du matin, elle avait fini... Elle acheva de sécher les derniers feuillets au sèche-cheveux. Puis, enfin, elle vida les bains de révélateurs dans les WC et tira la chasse d'eau... La chambre empestait, l'air était surchauffé... Elle ouvrit grand la porte-fenêtre du balcon pour évacuer l'odeur chimique. Elle empila les feuillets et, par précaution, elle les dissimula dans la doublure de son bagage.

Elle démonta le carnet de croquis neuf que lui avait donné Mendoza et le remonta en remplaçant les deux couvertures par les couvertures Canson du carnet de Pauline Dummoulin. Elle remplaça aussi les cinq premiers et les cinq derniers feuillets par les dix feuillets du carnet qui ne comportaient pas d'écriture à l'encre invisible. Elle corna ensuite les autres pages afin que ce carnet vierge ressemble parfaitement à celui, très usagé, qu'elle avait ramassé dans le tas d'ordures du temple shava. Elle le mit dans son bagage, sur le dessus, et elle s'endormit.

....

Deux heures après, Gaëlle dormait profondément quand un personnage silencieux, vêtu de noir, pénétra dans la chambre par le balcon. Il avait une mini Maglite à la lumière discrète de laquelle il explorait les affaires de Gaëlle. Il repéra bien vite le carnet de croquis et en consulta rapidement les premières pages. Apparemment satisfait de ce qu'il y vit, il le prit et repartit en silence par où il était venu.

Aéroport Charles de Gaulle 21h05

Le vol Egyptair 801 avait atterri à l'heure. Charles Longhieu et Pauline Dummoulin avaient quitté l'avion les premiers parce qu'une voiture officielle les attendait au pied de la passerelle. Le général de Saint-Elme était assis à l'intérieur. Charles le salua tandis que Pauline restait ostensiblement coite.

— Bonjour, mademoiselle Dummoulin, dit pourtant le général…

— …

— Avez-vous fait bon voyage ? Insista-t-il.

— Pas grâce à vous…

— Grâce au Colonel Longhieu alors…

— Ni lui, ni vous, ni aucun barbouze… Vous avez peut-être le droit de saisir ma thèse, mais je doute que cela vous donne le droit de me faire séquestrer par votre archéologue maison… Votre Mc Gwyr…

— Du calme… Qui est ce Mc Gwyr ?

— Vous le savez bien…

— Faites comme si je ne le savais pas…

— C'est bien la peine de diriger un service de renseignements si vous avez besoin de quelqu'un pour vous renseigner sur vos propres barbouzes…

— Écoutez-moi bien, mademoiselle. Depuis Georges Lautner et Michel Audiard, personne ne parle plus de barbouzes. Il n'y a pas de barbouzes. Ça n'existe pas, ça n'existe plus.

— Il y en a et je les emmerde…

— Personne n'émarge à la DGSE sous le nom de Mc Gwyr. Alors si vous ne m'aidez pas… Que pouvez-vous me dire sur lui ?

— Que c'est un sale type et que je l'emmerde…

— Oui, bon, ça, nous sommes d'accord, mais encore ?…

— Il travaille pour vous, il me l'a dit lui-même…

— Il a menti…

— De toute façon, vous, les barbouzes, mentir est votre seconde nature… Alors quand un barbouze dit le contraire de ce qu'il dirait s'il devait dire ce qu'il pense, il dit la vérité, n'est-ce pas ?

— Sans doute… enfin, je ne sais pas répondit Saint-Elme tandis que Charles lui faisait un geste ironique qui signifiait « Je vous l'avais bien dit. »

— Alors Mc Gwyr est un barbouze…

— Admettons… Décrivez-le-moi

Entretemps, le chauffeur qui avait mis le gyrophare et foncé à belle allure sur l'autoroute, était arrivé dans la cour de la DGSE, boulevard Mortier. La conversation, pas toujours facile avec Pauline Dummoulin, avait convaincu Saint-Elme de lui faire faire un portrait-robot de ce mystérieux Mc Gwyr. Un gendarme spécialisé dans les portraits robots était venu les rejoindre dans le bureau du général et il a commencé à lui présenter, sur un écran, un visage apathique qu'il modifiait au fur et à mesure des précisions qu'elle lui donnait. Au bout d'un quart d'heure, agacée, elle dit.

— Décidément, vous n'êtes qu'une bande de gros nases... Il n'y en a pas un pour racheter l'autre ici... Elle sortit de son petit sac à dos un carnet de croquis et un crayon gras et, en deux minutes, elle dessina un portait si réussi qu'il rendait même la dureté du regard de Mc Gwyr.

— Voilà, dit-elle. C'est lui, c'est bien votre Mc Gwyr, n'est-ce pas ?. Alors, Général, si je demandais à Charles ici présent s'il le connaît, que me répondrait-il ?

— ... ?

— Ah non, ça ne marche qui si l'un ment et l'autre dit la vérité[54]... Là, vous mentez forcément tous les deux... Alors vous allez répondre oui, ce qui signifie non puisque vous mentez et que vous savez que Charles aussi aurait dit non en sachant que c'est oui... Décidément j'emmerde tous les barbouzes.

— C'est une idée fixe... De toute façon, merci pour votre portrait... Vous avez du talent... En fait, une journaliste a retrouvé votre carnet de croquis à Nazca et nous l'avons aidée à le révéler...

— Gaëlle, la femme de Charles ? Oui, il m'en a parlé dans l'avion...

— Oui, Gaëlle Le Couëdic, c'est ça. Nous pensons qu'elle est en danger. Depuis qu'elle a révélé votre prose, on s'est introduit dans sa chambre pour essayer de la lui voler... Vous devriez l'aider à terminer son reportage parce qu'il n'y a que vous qui puissiez répondre à ses questions sur place, à Nazca.

— Oui, il faut analyser les barres métalliques et mesurer leur activité... Depuis quatre mille ans, elles ont dû vieillir, et je ne suis pas sûre qu'elles soient encore aptes à entretenir les réactions nucléaires de fusion froide qui constituaient le feu des anciens Shavas... Mais sait-on jamais.

---

[54] Allusion à l'énigme dite « des deux portes »

— Vous ne pouvez pas partir à Nazca avec un spectrographe de masse…
— Oh, vous savez ce qu'est un spectrographe de masse ? Alors vous connaissez la physique des particules ?
— Pas vraiment, mais je sais combien ça coûte. J'en ai acheté un pour le laboratoire de la DGSE. J'ai demandé au Professeur Sagnol de rester ici ce soir. Il nous rejoint dans cinq minutes.
— Théodore Sagnol ? Vous voulez dire le Professeur Tournesol ? L'académicien ? Le prof de l'X ?!
— Vous le connaissez ?
— Si je le connais ? Il est incroyable, ce vieux prof ! Il m'a énormément aidée pour mon doctorat en physique nucléaire. J'ai regretté qu'il n'ait pas pu être mon directeur de thèse, mais il ne pouvait pas, pour des raisons administratives… Mais c'est un mec génial, Général… Ne me dites pas qu'il travaille pour la DGSE ?
— Il dirige notre laboratoire…
— Un savant chez les barbouzes, dit-elle en riant franchement… Enfin quelque chose de drôle dans votre monde de dingues !

Charles, Saint-Elme et le gendarme se regardaient perplexes, hésitant entre amusement et consternation.

— On finit le briefing, on voit Théodore Sagnol et vous partez aussitôt pour Lima, dit le général. Vous arriverez à Lima à 10h00 demain matin avec correspondance à Miami.
— Eh ! Minute, militaires… Moi, je suis revenue parce que vous avez la statue du Palladium… Alors, n'essayez pas de me la faire à l'envers !
— Oui, nous savons où elle est. Mais ne vous faites pas de bile, elle ne bougera pas… En principe, à Nazca, vous n'en avez que pour quelques jours… Vous avez déjà vu l'essentiel, si j'en crois tout ce que Madame Le Couëdic m'a dit de vos notes.
— Il faut tout vérifier… La moindre erreur peut provoquer une catastrophe nucléaire… Mais oui, je peux d'ores et déjà affirmer que, sur le principe, j'avais vu juste dans ma thèse et que les Shavas entretenaient un feu de nature nucléaire… Une fusion froide… Reste à savoir si les Égyptiens et les Romains aussi. J'étais à Gizeh pour ça, mais je n'ai pas pu, vous savez pourquoi… Et c'est aussi pour ça que je veux étudier le Palladium…
— Nous redoutons que les personnes qui sont à vos trousses n'aient aucun intérêt particulier pour l'archéologie, mais veuillent simplement s'approprier l'antique science que vous avez découverte.

— S'ils s'y prennent comme votre Mc Gwyr, c'est-à-dire comme des bourrins, c'est une explosion nucléaire qu'ils vont se prendre dans la gueule, ces connards.
— Ce n'est pas « notre » Mc Gwyr… tenta encore Charles…
— Enfin, je me comprends… Et je l'emmerde.
— Et vous, vous ne venez pas à Nazca, dit-elle à Charles ?… Pour le cas où il y aurait encore quelques barbouzes à démolir… Au fait, Général, il vous a raconté comme il les a arrangés à Gizeh, les barbouzes ?…
— Non, mais je suis sûr qu'il va le faire… Il vous rejoindra un peu plus tard. Demain, nous avons une réunion avec le ministre de l'Intérieur… Et sa présence est attendue. Allez, mademoiselle Dummoulin… Voici votre billet, votre ordre de mission et un peu d'argent liquide. A Miami, un agent spécial vous attendra qui vous fera prendre directement la correspondance sans passer par les formalités. Gardez le passeport qu'on vous a donné au Caire. C'est un vrai passeport. Vous n'aurez pas de problème.

Entra alors le professeur Tournesol… Pauline et lui se congratulèrent… Ils se mirent à échanger toutes sortes d'informations techniques sur le feu nucléaire des Shavas et sur ses analogies avec celui des Vestales et surtout avec la pierre philosophale des alchimistes. Ils parlèrent isotopes, métaux, rayonnements alpha, bêta, neutrons et autres[55]… Leurs points de vue divergeaient sur la nature de certains isotopes et sur le sens de certaines réactions isotopiques… C'était incroyable de voir le vieux professeur, membre de l'Institut et prix Nobel, discuter d'égal à égale avec la jeune femme. Les deux officiers voyaient avec étonnement Pauline, si grossière et incontrôlable avec eux, disserter doctement avec le professeur, le reprendre même parfois, et surtout lui manifester un respect admiratif, alors que jusqu'à présent, ils l'avaient vue ne respecter rien ni personne.

— Bon, maintenant, il est temps de partir, sinon vous allez rater le vol pour Miami, conclut le général de Saint-Elme
— Au revoir, Ted, au revoir, militaires, dit Pauline en sortant…
— Au revoir, Mademoiselle, dit Saint-Elme
— À après-demain matin, renchérit Charles…
— Ah, oui, j'oubliais… J'emmerde quand même les barbouzes, conclut Pauline en sortant sans se retourner.

[55] NdE : Il n'a pas été possible à l'auteur de s'appesantir sur ce qu'ils se sont dit alors, parce que le détail du feu des anciens, classifié à un très haut niveau de secret défense, a été censuré par le gouvernement.

Quand elle fut partie, Les deux officiers et le professeur Tournesol éclatèrent de rire… Le général leur proposa d'aller dîner au Bistrot du Poinçonneur, un agréable petit estaminet qui venait d'ouvrir juste derrière la Caserne Mortier… Là, évidemment, ils ne parlèrent pas service, mais ils échangèrent leurs impressions sur la tornade Pauline Dummoulin… C'est le professeur Tournesol qui la résuma le mieux : « Une surdouée, c'est comme une enfant gâtée… Un esprit brillant et des qualités relationnelles exécrables… Elle méprise tous ceux qui en savent moins qu'elle, c'est-à-dire au moins 99,9% du genre humain… Mais je crois qu'elle n'a pas un mauvais fond… »

Océan Pacifique 32°59’21,2” S 72°25’37,1”O 22 novembre 4h10 du matin

Le San-Juan était à cinquante miles nautiques au large de la côte chilienne. La mer était peu agitée. Il était remonté à l’immersion périscopique. Le sonar avait le contact sur plusieurs bateaux. Tous des bâtiments de commerce…

Le commandant observait l’horizon. Les feux de navigation de deux bateaux étaient visibles. Le premier était loin vers le nord, ses feux était au ras de l’horizon. Le second était plus proche, on voyait une bonne partie de ses superstructures. Il était dans le secteur ouest-sud-ouest.

— On reste à l’immersion périscopique, cap au 245°, 10 nœuds

— 10 nœuds cap au 245° répondit le pilote.

Le bateau se rapprochait. C’était un cargo… La description correspondait. C’était bien le porte-containers ukrainien Tarass-Boulba… Il était maintenant à 4000 mètres…

— Vitesse deux nœuds,

— Deux nœuds répondit le pilote

— M. Mc Gwyr, prêt pour l’aventure ? Demanda le commandant par l’interphone.

— Prêt, Commandant, répondit-il.

Il était dans le poste torpilles à l’avant du sous-marin, en combinaison de plongée. Il ajusta son masque et entra en rampant dans le tube lance-torpilles n°3 en poussant devant lui un caisson contenant un radeau de survie. Quand le tube fut refermé devant lui, le maître-torpilleur en charge des tubes lance-torpilles remplit le tube n°3 et l’ouvrit.

— Tube n°3 ouvert, Commandant.

Au périscope, le commandant ne tarda pas à voir le radeau de sauvetage jaune recouvert d’un taud orange se déployer sur la surface et Mc Gwyr se hisser à l’intérieur et jeter à la mer son équipement de plongée. Une minute après, il tirait une fusée de détresse en direction du Tarass-Boulba.

A bord du San-Juan, le commandant, qui observait tout au périscope de veille, vit nettement le Tarass-Boulba changer de route et se diriger vers lui. Le matelot de première classe qui assurait la veille au sonar lui confirma :

— Le bateau le plus proche a changé sa route et augmenté ses tours d’hélice… Il se dirige vers nous…

— Vitesse trois nœuds annonça le commandant.

— Vitesse trois nœuds dit le pilote…

— Venir au 180°.
— Venir au 180°... Route au 180 rendit compte le pilote
— Assiette moins vingt, vingt nœuds, venir à cinquante mètres, ordonna le commandant Fuéres en rentrant le périscope.
— Assiette -20° répondit le pilote après avoir incliné le sous-marin avec les barres de plongée.

Le San-Juan poursuivait sa route plein sud, direction le cap Horn, puis l'Europe.

Sur la passerelle du Tarass-Boulba, un matelot montrait au capitaine Sernine une fusée de détresse rouge qui retombait doucement sur l'horizon par bâbord avant dans l'azimut 65°. Sernine avait été averti d'avoir à récupérer un naufragé à 50 miles nautiques à l'ouest de Valparaiso et il avait reçu deux mille dollars pour le faire débarquer discrètement au Chili. Il fit pousser les machines et virer sur bâbord pour mettre le cap au 65. Dix minutes plus tard, il mit machine arrière pour ralentir le Tarass-Boulba et fit allumer deux projecteurs pour balayer l'océan devant lui. Le naufragé, qui avait largué un fumigène flottant, fut rapidement repéré. Le capitaine Sernine ordonna une prise de coffre et fit mettre en avant lente. Deux aussières furent lancées par l'avant, mais le bateau passa à dix brasses au moins du radeau et aucune ne put le crocher... сукин сын[56] ! grommela Sernine qui fit battre moteur arrière toute pour stopper le bateau... Un matelot largua par tribord une échelle de coupée en cordage... Et c'est à la pagaie que Mc Gwyr rejoignit le Tarass Boulba

[56] Enfoiré

Lima, Hôtel Holiday Inn Airport 22 novembre 7h30

Gaëlle se réveillait… En ouvrant les rideaux, elle vit qu'il faisait grand jour… Elle sortit sur le balcon respirer un air encore frais à cette heure de la matinée... Ce n'est que par-delà l'aéroport et les quartiers industriels, qu'elle pouvait apercevoir l'Océan Pacifique... Quant à l'air frais du matin, il sentait plus le kérosène des avions que l'iode de l'océan… Pas très glamour, mais un hôtel d'aéroport n'est pas non plus un lieu de villégiature… Tout à coup, elle se rappela le carnet de croquis… Elle rentra dans la chambre pour constater que le carnet qu'elle avait hâtivement confectionné avec des pages vierges et quelques pages du carnet de Pauline Dummoulin, n'était plus là. Sans précipitation – Gaëlle était une jeune femme réfléchie –, elle vérifia que les pages du vrai carnet, qu'elle avait révélées hier soir, étaient encore dans la doublure de son bagage. Mais il n'y avait quand même pas une minute à perdre. Le voleur n'allait pas tarder à constater qu'il avait été possédé…

Gaëlle s'habilla à la hâte, refit son bagage et descendit régler sa note d'hôtel… Elle devait fuir et regagner Paris au plus vite… Elle sortit et s'engouffra dans la navette aéroport qui était juste sur le départ… L'aéroport n'est qu'à cinq cents mètres, mais difficile d'accès à pied, aussi la navette est-elle le seul vrai moyen de s'y rendre.

Une fois dans l'aérogare, elle s'assit au fond d'un restaurant presque désert pour prendre son petit déjeuner et elle en profita pour envoyer un message crypté à Saint-Elme.

Avec les données de cryptage et de mise en forme ajoutées par le logiciel, le message était :

##############

Origine : Mission journalistique Nazca

Destinataire : DGSE

5 décembre 09:40 TU

Urgence : routine

##############

Cher Général,

J' ai trouvé des choses très intéressantes à Nazca. Un carnet de croquis sur lequel Pauline Dummoulin a écrit pas moins d' une centaine de pages de texte à l' encre sympathique. J' ai dû quitter Nazca précipitamment parce qu' un potentat local, une sorte de shérif, officiellement commissaire aux biens culturels

me menaçait de prison. J' ai révélé les cent pages de texte écrites par Pauline Dummoulin, et on a essayé de me les voler cette nuit. Je regrette de ne pas pouvoir rester parce que ce que j' ai vu à Nazca est fascinant, mais je rentre en France. J' ai déjà de quoi faire un très beau reportage avec les images que j' ai tournées et avec le texte de Pauline Dummoulin. Vous imaginez le titre « A la recherche de Pauline Dummoulin, l' archéologue disparue » Je ne vous remercierai jamais assez de votre soutien pour m' avoir permis ce reportage. Il y a plein de vols pour l' Europe. J' en trouverai bien un avec une place pour moi. Pouvez-vous avertir Charles de mon retour demain ? Avec tous ces patibulaires, j' ai préféré couper mon portable pour ne pas être repérée. J' ajoute que je n' ai pas eu le temps de lire toute la prose de Pauline Dummoulin, mais j' ai quand même lu que c' étaient vos agents, sous la direction d' un certain Mc Gwyr, archéologue, qui la retiennent prisonnière. Avec ça, vous devriez la retrouver.
Meilleur souvenir. Gaëlle Le Couëdic
GLC1361K
###############

Gaëlle, occupée à rédiger son message, n'avait même pas remarqué le petit déjeuner qu'on lui avait apporté... À côté des viennoiseries banales, il y avait de la nourriture péruvienne : elle se régala notamment du ceviche de poisson cru et d'un bol de céréales à base de quinoa et de cañihua. Par acquit de conscience, avant de partir à la recherche d'un vol pour l'Europe, elle consulta sa messagerie sécurisée. Il y avait déjà une réponse !

###############
Origine : DGSE
Destinataire : Mission journalistique Nazca
5 décembre 09:59 TU
Urgence : flash
###############
Ne quittez pas le Pérou. Réfugiez-vous à l' ambassade de France. Grimaud vous attend. Pauline Dummoulin est retrouvée. Le colonel Charles Longhieu vous rejoint avec du nouveau.

Ne publiez pas encore le contenu du carnet de Pauline Dummoulin. GBR de Saint-Elme
GPS254K
###############

Charles ? Ici ! Elle était ravie ! C'était si rare de se retrouver sur le terrain, lui, avec ses activités d'agent de renseignement et elle avec ses reportages… C'est d'un pas léger qu'elle gagna la station de taxis devant le niveau arrivée. Un véhicule se présenta devant elle. Mais juste comme elle allait y embarquer, une dame âgée arrivait clopin-clopant. Elle avait de la peine à marcher et s'appuyait sur sa valise à roulettes comme sur un déambulateur. Gaëlle lui céda gentiment la place et prit le taxi suivant, sans remarquer l'air courroucé du premier chauffeur qui, avant de charger le bagage de la vieille dame textait à un mystérieux correspondant. « *Pas pu charger la cible. Elle part sur véhicule B2W-521.* »

Le taxi avait quitté la zone aéroportuaire. Au fur et à mesure qu'ils s'en éloignaient, l'Avenida Elmer Faucett traversait des quartiers de moins en moins sinistres… L'avenue elle-même avec ses boutiques, son terre-plein central fleuri et ses passants qui vaquaient à leurs occupations, ressemblait de moins en moins à ce qu'elle était près de l'aéroport avec ses bâtisses sordides, ses murs tagués et cette population désœuvrée qui zonait l'âme en peine… Le taxi tourna à gauche, une autre grande avenue, de plus en plus urbaine. Des tours apparaissaient même çà et là parmi les maisons de deux niveaux qui faisaient encore l'essentiel du tissu urbain. La circulation aussi se faisait plus dense, les voitures moins minables… On était maintenant carrément en ville. Aucun immeuble de moins de cinq niveaux ne bordait plus l'avenue. Le paysage était cossu et propre. Gaëlle était si occupée à observer les gens et les choses qu'elle ne remarqua que tardivement la voiture de police qui avait commencé à suivre son taxi au rond-point précédent. Lorsque le taxi s'arrêta devant l'ambassade de France, le véhicule de police le dépassa et stoppa vivement juste devant.

Gaëlle avait remarqué la manœuvre. Pas le temps de tergiverser. Elle donna le premier billet qui lui tombait sous la main, et c'est 100 dollars US que le chauffeur empocha incrédule, sans rendre la monnaie parce que sa cliente était déjà sortie du taxi, comme une fusée, et s'était précipitée sur la porte blindée de l'ambassade dont elle écrasait frénétiquement le bouton de sonnette… Deux policiers péruviens, la main sur leur arme, se dirigeaient vers elle… Elle était là, dos à cette porte fermée et sentait la panique l'envahir. Tout à coup, sans crier gare,

la porte de l'ambassade s'ouvrit tandis que deux mains vigoureuses la happaient et la tiraient à l'intérieur, et qu'elle entendait « Immunidad diplomatica... Ahora por favor vayase[57] ». La porte se referma entre elle et les policiers en colère.
Le capitaine Grimaud, était là, souriant,
— Alors, ma petite dame, des ennuis ?
— Peter Rabbit ! On peut dire que vous êtes l'homme providentiel... répondit Gaëlle émue. Heureuse de vous revoir, Capitaine !
En une seconde, le jeune homme était remonté en flèche dans l'estime de Gaëlle.
— Vous ne m'avez pas dit que vous étiez la femme de Charles Longhieu !
— Vous connaissez Charles ?...
— Il a été mon instructeur à l'École de l'Air... Et puis j'ai servi sous ses ordres à Avord... Ça crée des liens...
— Justement, il...
— Il arrive demain matin, je sais. Vous allez l'attendre ici... Je ne sais pas si les flics qui vous poursuivaient étaient de vrais flics... Je ne crois pas, mais on ne sait jamais... Alors, je vous demande de ne pas quitter l'ambassade jusqu'à demain.
— Je ne crois pas non plus que c'étaient de vrais flics... Ou en tout cas, ils n'étaient pas en mission officielle. Je n'ai commis aucun délit, si ce n'est d'avoir visité un site archéologique qui n'était pas fermé au public...
— De toute façon, on le saura juste à voir l'humeur de l'ambassadeur, vous allez le rencontrer tout à l'heure. Si c'étaient de vrais flics, il aura reçu au moins une note verbale, et peut être même une convocation du Ministerio de Relaciones Exteriores... S'il n'a rien reçu, il sera enjoué parce que son ambassade aura sauvé une imprudente ressortissante française des griffes d'une organisation criminelle implacable. Sinon, il sera furieux parce que les services secrets auront encore anéanti des années d'efforts diplomatiques pour maintenir les bonnes relations que nos deux grands pays entretiennent depuis des siècles.
— Un vrai diplomate, en somme.
— On peut le dire comme ça, oui.

[57] Immunité diplomatique, circulez s'il vous plaît

A 11 heures précises, la secrétaire de l'ambassadeur fit signe à Gaëlle de descendre au premier étage pour le rendez-vous prévu avec son patron.
Le bureau de l'ambassadeur de France, Lucien Barma, était un bureau d'ambassadeur archétypique... Beau et triste... Meublé par le mobilier national, grande bibliothèque empire, un double drapeau, français et européen, dans le coin derrière le bureau et trois fauteuils visiteur empire autour d'une table basse en bronze doré. Des meubles entièrement faits d'ébène et de bronzes figurant des sphinges ailées. Gaëlle avait déjà rencontré Lucien Barma quand il était en poste en Ukraine[58]. Elle ne le tenait pas pour quelqu'un de très fiable... Il était assis derrière son bureau et sa carrure fluette le rendait insignifiant derrière la lourde table de travail ouvragée noire et dorée.

— Madame Le Couëdic, je suis heureux de vous rencontrer à nouveau.
— Monsieur l'Ambassadeur...
— Je crois que je vous avais un peu sous-estimée en Ukraine. Aujourd'hui, je connais votre talent aussi bien journalistique que de femme d'action et je vous salue chapeau bas...
— N'en faites pas trop, Monsieur l'Ambassadeur, je ne suis qu'une journaliste qui...
— Qui fourre son nez dans des affaires louches...
— A mon corps défendant, on peut le dire comme ça, oui.
— Et qui est heureuse que les gros bras de l'ambassade lui sauvent la mise.
— Je ne dirai jamais assez ma reconnaissance au capitaine Grimaud...
— Parce que vos poursuivants n'étaient pas des policiers... j'ai communiqué la vidéo des caméras de surveillance et le ministère des relations extérieures péruvien m'a confirmé que mon ambassade vous a tiré des griffes de dangereux criminels... L'équivalent péruvien de la Mafia... Je sais que vous n'aimez pas parler de votre job et je respecte la liberté de la presse, mais qu'est-ce qui vous attire au Pérou ?
— Le nucléaire... Vous avez vu le reportage que j'ai fait sur l'usine d'eau lourde argentine ?
— Je ne l'ai pas vu, mais j'en ai entendu parler... Mais il n'y a pas de nucléaire au Pérou...
— Justement, comme ça, ça ne me gêne pas de vous en parler... J'ai lieu de croire qu'il y en a, mais que le gouvernement n'y est pour

[58] Voir Wouristok du même auteur

rien… Apparemment, une organisation criminelle le convoite. C'est une thésarde de la Sorbonne qui m'a orientée sur cette piste… Une certaine Pauline Dummoulin.

— Ah ! C'est ça !

— Vous la connaissez ?

— Non, mais elle arrive à Lima. Le Département[59] m'a annoncé sa visite et demandé de veiller à sa sécurité. Normalement, les archéologues français, c'est la mission culturelle qui les supervise. Pour elle, au contraire, ce sera la mission militaire, ordre du Département. Pour sa sécurité, nous la logerons ici, dans la chambre de passage de l'ambassade. Le capitaine Arthur Grimaud, est parti l'accueillir à l'aéroport. Ils ne devraient plus tarder tous les deux. Mais vous, vous la connaissez ?

— Justement non, je sais que la DGSE était à sa recherche et qu'ils l'ont retrouvée à Gizeh, en Égypte, séquestrée par des voyous. Il est important que tout le monde ignore sa présence ici, sinon l'organisation criminelle dont nous parlions tentera sûrement de l'enlever à nouveau.

— Je sais. Aussi est-ce à votre nom que j'ai obtenu le permis de fouilles à Nazca que voilà… dit-il en lui tendant un document officiel. Je vous conseille d'en faire une photocopie et de conserver l'original en lieu sûr… Et je pense que le bureau du capitaine Grimaud est le lieu sûr qu'il vous faut.

— Oh, oui, je vous remercie. J'ai dû quitter précipitamment Nazca avant-hier parce que je faisais l'objet de menaces – ou d'une tentative de racket, je ne sais pas – de la part d'une sorte de cow-boy armé qui joue les shérifs en se disant commissaire aux biens culturels…

— Ce n'est pas la première fois que cette ambassade entend parler de cet énergumène. Il a très peu de pouvoir légal, mais il rançonne les archéologues isolés… Vous, en revanche, vous ne serez pas isolée, puisque vous aurez avec vous le capitaine Grimaud. Il est inscrit sur la liste diplomatique, votre shérif ne peut donc rien contre lui.

— C'est beaucoup, Monsieur l'Ambassadeur… Je ne sais comment vous remercier…

— Grimaud est passionné d'archéologie précolombienne et puis il y a deux officiers dans la mission militaire française au Pérou, alors je pense que je pourrai supporter l'absence temporaire de l'un d'eux.

[59] Le Quai d'Orsay en jargon diplomatique

— Je ne sais pas, mais si cela me vaut l'assistance du capitaine Grimaud, alors, oui, je suis d'accord avec vous. Un diplomate, ça devrait le calmer, le shérif aux biens culturels qui sévit à Nazca.

La secrétaire frappa et passa une tête pour annoncer

— Le capitaine Grimaud et l'archéologue…

— Faites-les entrer tous les deux… Bonjour, Mademoiselle, Bonjour Arthur… Asseyez-vous. Je crois que vous ne connaissez pas Gaëlle Le Couëdic…

— La femme du barbouze ? dit Pauline.

— … Du colonel Charles Longhieu, en effet, bonjour… J'ai lu votre thèse… Je ne peux pas dire que j'ai tout compris, mais je suis totalement admirative !

— Bon, bon… Stop les salamalecs… Moi aussi, je connais vos exploits… Le barbouze me les a racontés dans l'avion de retour du Caire… Salut, l'artiste ! A propos, il me charge de vous dire qu'il nous rejoint demain…

— Oui, je sais, merci.

— Ah, mais ça alors ! Monsieur l'Ambassadeur, quelle coïncidence, ne trouvez-vous pas ? dit Pauline Dummoulin, décidément très à l'aise, en se levant de son fauteuil et en examinant le mobilier.

— Quoi donc ?

— J'arrive du Caire et, justement, qu'est-ce que je trouve ici ? Tout votre vieux mobilier, là, cette table, cette biblal, ces fauteuils, c'est du style empire « retour d'Égypte », je me trompe ?

— Non, non, en effet, ce sont bien des « retour d'Égypte »… Mobilier national… Tous des meubles signés…

— J'aime pas, conclut-elle en se rasseyant.

— Moi non plus, pas vraiment, mais le budget étant ce qu'il est, on ne peut pas déménager tout le temps le mobilier national… Bon, alors le programme. Dans l'immédiat, déjeuner avec la ministre de la Culture… Je suis gêné parce que j'ai appris que votre thèse était « secret défense »… Alors, on ne peut pas en parler ?

— Oui, mais je sais ce que je dois taire… Je peux lui parler de la civilisation shava, de leurs écrits… Bref de tout sauf de l'ésotérisme… Mais leur science ésotérique est parfaitement dissimulée sous un exotérisme qui nourrira bien la conversation le temps d'un déjeuner… Vous n'aurez qu'à lui dire que je ne suis que doctorante et que ma thèse n'est pas encore terminée…

— Très bonne idée, comme ça, elle ne pourra pas vous la demander… Parce que, si elle la demande, j'aurais du mal à expliquer qu'une thèse sur une civilisation précolombienne…
— Et même pré-paraca... Le coupa-t-elle
— A fortiori pré-paraca… J'aurai du mal à invoquer le secret-défense de manière crédible…
— Pourtant, la diplomatie, c'est bien l'art de slalomer entre demi-vérités et demi-mensonges, n'est-ce pas ? D'ailleurs, même à vous je n'ai pas le droit de parler de l'ésotérisme. La seule personne habilitée ici est madame Le Couëdic… Sinon, les barbouzes et le professeur Tournesol.
— Le professeur Tournesol ?
— Oui, monsieur l'ambassadeur. Théodore Sagnol, membre de l'Institut, un grand savant ! Si vous vous intéressez à n'importe quoi de scientifique et que vous allez à Paris, allez le voir de ma part. Il est prof à l'école Polytechnique et je viens d'apprendre qu'il travaille aussi à la DGSE… Vous verrez, il est adorable, ce vieil hurluberlu… Un génie perdu au milieu des barbouzes…
— Vous ne tenez pas nos services secrets en grande estime, je vois…
— Je les emmerde… Ils ont saisi ma thèse, puis ils m'ont séquestrée…
— Je vous demanderai de modérer vos propos quand vous serez en présence de la ministre… Elle parle très bien français.
— Vous pouvez toujours le demander, monsieur l'ambassadeur. Et je vous promets d'essayer… Mais le plus sûr serait juste d'éviter de porter la conversation sur Ian Mc Gwyr, sur la DGSE et sur tous ses nervis qui m'ont séquestrée… Parce que, eux, je les emmerde.
— Euh… Je suis le correspondant de la DGSE au Pérou… dit alors le capitaine Grimaud
— Vous… Euh… Je ne vous connais pas encore assez, mais vous ne ressemblez pas trop à un barbouze… Enfin pas vraiment… conclut-elle… En tout cas, je ne voulais pas vous vexer…

Gaëlle constatait, amusée, l'embarras de Pauline Dummoulin qui, apparemment, n'avait pas coutume d'être embarrassée de quoi que ce soit.

Paris, ministère de l'Intérieur 22 novembre 9h30

Dans l'Hôtel Beauvau, sur la place éponyme en face du palais de l'Élysée, le bureau du ministre de l'Intérieur est une vaste pièce aux murs ornés de moulures dorées, plutôt sobres si on les compare à d'autres palais de la République, et décorés de quelques portraits à l'huile d'hommes plus ou moins célèbres ayant occupé ces lieux au cours des siècles passés. Le long du mur de gauche en entrant une table de réunion au plateau de verre entourée de dix chaises de cuir noir témoigne des nombreuses réunions que préside le ministre. En face de la porte, devant la cheminée, son bureau, lourde table ouvragée de style empire, fait face à trois fauteuils visiteurs.

L'huissier à chaîne en livrée noire introduisit « Général Gonzague Pasquier de Saint-Elme et Colonel Charles Longhieu ». A la grande surprise des deux militaires, un des fauteuils visiteur était occupé par Joël Vanderloo.

Les deux militaires connaissaient Joël Vanderloo comme un ancien inspecteur général des finances qui s'était reconverti dans le trafic d'influence... Ils savaient qu'il avait auparavant mis en faillite, en la pillant, une grande société publique dont il était président. Plus récemment, il était fortement impliqué dans une affaire d'attaque biologique contre la population française[60]... Mais dans les deux cas, l'Inspection des Finances avait réussi à le soustraire aux poursuites judiciaires pour éviter un scandale qui aurait jeté le discrédit sur l'un des principaux grands corps de l'État.

Le ministre, après les salutations d'usage, entra dans le vif du sujet.

— Monsieur Vanderloo, que je n'ai pas besoin de vous présenter, est missionné par plusieurs maires de communes dites « sensibles » pour les aider à assurer l'ordre républicain sur leurs territoires... Sa tâche est difficile, vous le comprenez, aussi serais-je clair avec vous. Je souhaite non seulement qu'aucune opération des services secrets ne vienne entraver son action, mais encore que vous l'aidiez dans cette tâche ardue en mettant à sa disposition les éléments dont vous disposez sur les sujets qui le concernent.

— Monsieur le Ministre, répondit Saint-Elme, comme je ne sais pas ce qu'il fait, je ne risque de le contrecarrer qu'à mon corps défendant. En revanche, je ne sais pas non plus comment je pourrais l'aider. Nous avons nos réunions hebdomadaires de la Communauté du

[60] NdE : Voir Wouristok, du même auteur

Renseignement[61] et la DGSI ne nous a rien dit de la mission de Monsieur Vanderloo. J'ignorais jusqu'à ce jour qu'il fût encore en activité. Je le croyais en détention préventive dans le cadre de l'enquête sur l'agression biologique criminelle dont la France a été l'objet l'an passé.

— Écoutez, mon Général, tout ça, c'est du passé. Sa détention provisoire a été levée et l'instruction se poursuit. Mais, mis en examen ou pas, tant qu'il n'aura pas été condamné, et je suis persuadé qu'il sera innocenté, je lui garde ma confiance.

— Bon, mais j'imagine que la DGSI vous rend compte des réunions de la Communauté du Renseignement. Alors, dans les opérations en cours de la DGSE, qu'est-ce qui pourrait gêner l'action de Monsieur Vanderloo ? Et d'abord, que fait-il exactement ?

— Ce qu'il fait ne vous concerne pas vraiment. Il aide les maires à organiser le pouvoir communal pour que les éléments incontrôlés ne trouvent pas matière à s'insurger contre eux.

— Comme à Saint-Cergue-sur-Seine le mois dernier par exemple ?

— Voilà, c'est ça, c'est ce qu'il permet aux maires d'éviter.

— J'en conclus que le Maire de Saint-Cergue ne fait pas partie de ses clients ?... Au fait, Monsieur le Ministre, le Maire de Saint-Cergue s'appelle Calcomycès je crois... Est-il apparenté à votre jeune secrétaire d'État aux collectivités locales Fabienne Calcomycès ?

— Ah, mais ça suffit, Saint-Elme, cette ironie... le coupa Vanderloo. Vous savez parfaitement que Francis Calcomycès est un ami et que Fabienne est sa belle-fille...

— Ne le prenez pas mal, cher ami, mais pour Saint-Cergue, votre intervention n'a pas été un franc succès, convenez-en...

— Messieurs, messieurs, les coupa le ministre... Ce n'est pas de cela que je veux que nous parlions aujourd'hui. Allez-y, Vanderloo, exposez votre demande.

— Merci, monsieur le ministre. Le premier octobre dernier, la DGSE a préempté la thèse de doctorat d'une certaine Pauline Dummoulin.

— Oui, elle l'a fait pour des raisons de secret militaire. D'ailleurs, elle a eu raison de le faire parce que les travaux de mademoiselle Dummoulin sont actuellement convoités par des services de renseignement étrangers au point que je suis contraint d'assurer sa protection physique.

[61] Conférence des six grands services de renseignement français : DGSE, DGSI, DRM, DRSD, TRACFIN et le renseignement douanier.

— Vous voulez dire, l'interrompit le ministre en regardant fixement Vanderloo, qu'elle a été l'objet d'agressions physiques ?
— Enlèvement et séquestration, oui. J'ai dû l'exfiltrer des mains de ses ravisseurs. Le colonel Longhieu ici présent est en droit de s'enorgueillir du succès de cette opération.
— Quand ? Où a-t-elle eu lieu, cette exfiltration ? demanda le ministre.
— C'était hier après-midi. Quant au lieu, c'est hors du territoire national. Au-delà de ça je ne suis pas autorisé à répondre à votre question. Cela mettrait en danger des agents en poste à l'étranger. Il faudrait que vous vous adressiez au ministre des armées, ce sont des secrets de nature purement militaire.
— Vous pouvez avoir toute confiance en moi, bien sûr, et en Monsieur Vanderloo.
— Je n'en doute pas, Monsieur le Ministre, mais je ne décide pas comme ça avec qui je puis partager les secrets de la DGSE. Il y a des procédures à respecter pour ça. Mais Monsieur Vanderloo ne nous a pas dit en quoi cette thèse l'intéresse… Il s'agit d'une thèse assez farfelue sur une très ancienne civilisation précolombienne disparue depuis près de 4000 ans…
— Ah ? dit le ministre… Et c'est tout ? Dites-moi, Vanderloo, vous m'aviez parlé de substances psychotropes dérivées d'herbes connues des anciens amérindiens ?
— Alors, soyez rassuré, monsieur le Ministre, il n'y est absolument pas question de cela… Maintenant, Mademoiselle Dummoulin poursuit ses travaux sous le sceau du secret militaire et sous la protection de la DGSE et je m'engage à vous avertir sans délai si ces travaux venaient à évoquer des substances psychotropes. Il sera bien temps alors de réfléchir à un partage de secret. Dans l'immédiat, ma première priorité est de préserver cette brillante thésarde des dangers qui la menacent, et de lui faire poursuivre ses travaux afin de me permettre soit de déclassifier sa thèse, soit, au contraire, de la maintenir à un niveau adéquat de secret-défense.
— Eh bien, nous voici rassurés, n'est-ce pas, Vanderloo ? Mon Général, mon Colonel, je vous souhaite une bonne journée… Non, Vanderloo, je voudrais que vous restiez une minute.
Dans la voiture qui les ramenait boulevard Mortier, Charles explosa.
— Vanderloo… C'est une honte… Ce type est un criminel… Et le ministre qui…
— Du calme, Charles, du calme… Vous n'avez pas une grande habitude de ces réunions... Quand j'ai dit que mademoiselle

Dummoulin avait été enlevée et séquestrée, vous avez vu le regard que le ministre lui a envoyé... Je ne sais pas ce qu'il en pensait avant la réunion de ce matin, mais maintenant, il est convaincu que ce que j'ai appelé un service de renseignements étranger est en réalité la clique Vanderloo. Déjà très déstabilisé par sa mise en examen Vanderloo est, en ce moment même, en train de se faire remonter les bretelles par le ministre...

— Alors vous croyez que le ministre va lui couper les ailes ?

— Oui... C'est Vanderloo qui a demandé la réunion de ce matin : le ministre n'est pas stupide et il a forcément fait le lien entre votre opération d'exfiltration et cette requête... Vanderloo a grillé sa dernière cartouche avec lui, il ne pourra plus rien lui demander...

— Ah parce que vous croyez qu'à défaut d'avoir pu s'assurer la collaboration de Pauline Dummoulin, il espérait que le ministre allait nous demander de la contrôler pour son compte ?

— Pas vous ? Voyons, Charles, vous n'êtes pas né de la dernière pluie... Maintenant, il faut que vous partiez pour le Pérou assurer la sécurité de la mission journalistico-archéologique de Gaëlle Le Couëdic et miss Dummoulin. Méfiez-vous de tout le monde, et même de nos diplomates, vous venez de voir que le danger vient de l'intérieur au moins autant que de l'extérieur... Au fait, j'ai appris de notre poste à Lima que le capitaine Arthur Grimaud allait être mis à votre disposition. A deux, vous devriez assurer... Je tiens Grimaud pour un élément de confiance...

— Oui, moi aussi, je le connais. Soyez tranquille. J'assurerai... Surtout s'il s'agit de Gaëlle...

— Alors, vous avez juste le temps de prendre le vol Air France de 13h10 et vous serez à Lima pour dîner avec votre chérie... Paris a six heures de décalage horaire avec Lima, je crois.

Le général de Saint-Elme ne savait pas à quel point il se trompait sur le ministre de l'Intérieur. En effet, pendant qu'il tenait ces propos, Vanderloo disait au Ministre « Vous croyez que je n'ai pas vu votre cinéma ? Vous vouliez semer le doute, c'est ça ? Méfiez-vous... Vous savez que j'ai toujours les photos de Dar-al-Baraka ! »

De quoi parlait Vanderloo ? Qu'est donc Dar-al-Baraka ?

....

Tanger, quartier de la Médina. Scénario immuable, l'invité vérifie son invitation et constate que c'est bien là. Dar-al-Baraka, riad discret doté d'une porte de bois massif percée d'un petit judas carré barreaudé et dotée d'un heurtoir en bronze. L'invité actionne le heurtoir. Par le judas, on lui demande le code à six lettres porté sur l'invitation, puis on lui ouvre. Dedans, contraste saisissant avec la ruelle triste et obscure, il est dans un palais des mille-et-une nuits richement décoré d'ors et de moucharabiehs. On l'invite à aller poser ses affaires dans sa chambre au deuxième étage. Il redescend prendre une collation et se détendre autour du bassin de mosaïque bleue et noire qui occupe la plus grande partie de la cour intérieure du riad, dominée par les quatre niveaux de coursives qui desservent les étages. Il s'installe sur un gros coussin-fauteuil et un serveur apporte un cocktail multicolore d'où un grain de glace carbonique provoque l'émanation d'une fumée blanche dont les volutes débordent du verre et tombent doucement sur le plateau de la table basse. « Vous êtes l'invité de Dar-al-Baraka. Le maître de céans n'est pas là pour le moment, mais il nous rejoindra ce soir. En attendant, il m'a chargé de vous dire que vous êtes ici chez vous ». Les cocktails offerts, celui-ci comme tous ceux qui lui succéderont, contiennent des substances euphorisantes pour que le visiteur se sente bien, complètement détendu, libre de tout souci. Autour de lui, il voit arriver, comme dans un rêve, des jeunes femmes d'une lumineuse beauté vêtues de robes-kaftans légères fendues sur le côté jusqu'en haut des cuisses. L'une et l'autre, sans vergogne, goûtent au cocktail du visiteur béat et demandent au garçon d'en servir d'autres. L'une d'elles engage l'invité à venir se baigner dans la piscine. Elle défait le zip qui fermait le col de son caftan qu'elle laisse tomber au sol. Elle est nue en-dessous. Elle déshabille le visiteur qui se laisse faire, comme dans un rêve. Ils vont à l'eau, vite rejoints par les autres ondines... Les corps se frôlent, s'apprécient, s'éloignent, se retrouvent, en un ballet d'une sensualité torride. Les belles naïades font place, une à une à de jeunes adolescentes, sans que pour autant s'interrompent ces jeux érotiques. Sorti du bassin, le visiteur se retrouve entre les mains expertes d'adolescentes et même de fillettes qui lui délivrent des caresses insistantes auxquelles il s'abandonne alangui d'une euphorie quasi-onirique. Quand arrive l'hôte des lieux, il salue l'invité d'un simple « Bienvenue à Dar-al-Baraka, carpe diem, *vous êtes ici chez vous. On se voit au dîner » sans paraître remarquer qu'il le surprend au milieu d'ébats érotiques pédophiles aussi sordides que torrides. Ce n'est que le lendemain quand l'invité est prêt à partir, sa valise à la main, que l'hôte lui signale que tous ses ébats ont été filmés mais que, sauf mauvaise volonté de sa part, aucun de ces enregistrements ne quittera jamais son coffre-fort.*

....

Alors, poursuivit Vanderloo, je vous ai promis qu'aucun des enregistrements de vous ne quitterait jamais mon coffre-fort sauf mauvaise volonté de votre part. Et là, voyez-vous, Monsieur le ministre, j'ai cru déceler comme l'amorce d'un élan de mauvaise volonté. Considérez que c'est le dernier avertissement.

Lima, ambassade de France, 22 novembre 19 heures

Le déjeuner donné par l'ambassadeur pour la ministre péruvienne de la culture avait montré un aspect de Pauline Dummoulin totalement opposé à celui de gamine mal élevée qu'elle avait présenté jusque-là. Elle savait parfaitement se tenir en société et s'était montrée carrément brillante en discutant civilisations précolombiennes avec la ministre. Tantôt, elle apportait des précisions à ce que disait la ministre, tantôt elle lui en demandait. Les autres convives, l'ambassadeur et son épouse, le capitaine Grimaud et Gaëlle Le Couëdic avaient assisté, pendant tout le repas, à un dialogue dont l'érudition et la haute tenue forçaient l'admiration. Oubliés les « j'emmerde les barbouzes » et autres coups de gueule habituels de la demoiselle…
Après le déjeuner, Arthur Grimaud avait exposé à Gaëlle et Pauline que ni l'une ni l'autre ne pouvaient aller à l'hôtel pour des raisons de sécurité et qu'il leur faudrait partager la chambre de passage de l'ambassade. Aucune des deux n'y avait vu d'objection, même si Pauline avait lancé un provocateur « Comme il y a deux lits et que je n'ai pas encore choisi, je laisserai la vieille choisir le sien… ». Merci pour la vieille, avait grommelé Gaëlle.
Une fois dans la chambre, Gaëlle et Pauline commencèrent à parler de la thèse… Gaëlle était émerveillée de constater à quel point trois civilisations qui n'avaient rien à voir entre elles ont développé en même temps le même feu sacré… Les Shavas, dont le feu sacré se serait éteint au début du deuxième millénaire avant notre ère. Les Égyptiens dont Khéops aurait fait éteindre le feu sacré vers 2600 avant notre ère et Troie dont le feu sacré aurait été perpétué dans le Latium et à Rome jusqu'au milieu du premier millénaire avant notre ère…
— Oui, répondait Pauline, ce parallèle est incroyable… Et les prêtresses de ces feux sacrés ont laissé trois testaments. Treize tables d'obsidienne pour Nazca, une table d'émeraude pour Gizeh et une statue pour Troie… Les Troyens n'ont laissé aucun écrit, ils ne connaissaient pas l'écriture. J'ai hâte de voir la statue du Palladium parce que je suis sûre qu'ils y ont enfoui leur secret sous une forme ou sous une autre. Les 13 tablettes d'obsidienne du temple de l'est de Nazca portent des dessins qui sont codifiés et constituent d'authentiques textes… Mais, si vous avez lu mon cahier de croquis, vous avez vu qu'il y a autre chose…

— J'ai révélé ce que vous aviez écrit à l'encre invisible, mais je n'ai pas tout lu… Ils sont là… Mais, dites-moi, Pauline, je suis peut-être la vieille, mais on pourrait quand même se tutoyer, non ?
— D'accord pour le tutoiement… Ce qui compte est au dos des tablettes d'obsidienne… Au fait, puisque tu y es allée, elles y sont encore ?
— Non, mais j'en ai vu une quatorzième.
— Merde… Mc Gwyr les aura emportées… Une quatorzième, dis-tu. Où ?
— Tu connais Pablo, ton pilote quand tu préparais ta thèse… Il avait un Stampe, je crois, à cette époque…
— Si je me rappelle Pablo ? Bien sûr… Impossible d'oublier un type aussi sympathique. Carrément vieux, lui. Bien plus que toi !
— Eh bien, Pablo est un Indien Nazca… Il est sans doute le dernier des Nazca…
— Non ? Il t'a servi une salade comme ça et tu y as cru ?
— Je n'y aurais pas cru s'il ne m'avait pas présenté ça… Attend, dit-elle en sortant son Leica…Là, tu vois, sur l'écran de l'appareil, la photo… C'est une tablette d'obsidienne…
— Incroyable ! Et comment l'a-t-il eue ? Le temple était muré par de grosses pierres de taille et pour autant que j'ai pu en voir, il n'a pas été ouvert depuis la construction de ce mur… Vers… Je ne sais pas, disons 1900 avant Jésus-Christ…
— Il la tient de son père qui la tient de son père etc… C'est, selon lui, le dernier souvenir d'un peuple très ancien qui a tué ses dieux, des dieux terribles dont la colère…
— …Est plus claire que mille soleils… Oui, il m'a parlé de cette tradition à moi aussi.
— J'ai essayé de traduire cette tablette en utilisant le précis de grammaire shava de ta thèse, et voici ce que j'ai obtenu, dit-elle en extrayant le document froissé qu'elle avait griffonné voici deux nuits dans sa chambre d'hôtel…

Pauline examinait maintenant le papier de Gaëlle et la photo sur le Leica.

— Attends, ne t'esquinte pas les yeux. Je te mets la photo en plus grand sur mon ordi… Là… Voilà.

Après dix minutes d'examen approfondi, Pauline souriait largement…

— Pas mal, pour une débutante en langage dessiné Shava… Pas mal du tout… Ça ne veut rien dire, mais c'est assez fidèle aux inscriptions de la tablette.
— Mais, tu ne trouves pas que c'est le texte de la Table d'Émeraude ?

— Merde alors ! Tu as raison… Putain, j'aurais dû le voir !… Parce que plusieurs phrases de la tablette sont représentées aussi sur une fresque sur le mur du temple. Mais la nuit, j'économisais la lumière, alors je ne regardais pas la fresque, qui est trop grande et le jour, quand ils étaient là avec leurs lampes, je subissais le harcèlement de questions de Mc Gwyr… Du coup, je n'ai pas fait le rapprochement avec la Table d'Émeraude…

— Oui, je l'ai vue, cette fresque et je l'ai photographiée… Attends… Voilà… Elle représente les six premières scènes de la tablette…

— Oui, oui, enfin, la septième y est aussi, regarde, tu rapproches là et là et elle apparaît… Mais globalement tu as raison… Cette fresque est la première partie de la tablette de Pablo. Dis donc, c'est pas mal pour une néophyte en culture Shava ! Je peux te dire que Mc Gwyr est moins bon que toi en grammaire shava, pourtant, il l'a lue, ma thèse ! Mais il y a treize autres tablettes d'obsidienne… Je les ai trouvées sur l'autel, dans le temple… Alors, j'ai peut-être raison pour la Table d'Émeraude… Tu as vu, dans ma thèse, qu'elle ne serait que le sommaire d'un ensemble de quatorze tables… Quatorze, comme le Mutus Liber, si l'on excepte sa planche I qui est manifestement un ajout tardif.

— Oui, tu as écrit que la gravure deux du Mutus Liber, celle après la page de titre, est l'illustration du texte de la Table d'Émeraude… alors, peut-être que les tablettes…

— N'anticipons pas… Tu es journaliste, alors tu aimes te faire des films… Mais pas de panique. D'abord, allons à Nazca revoir ces treize tablettes…

— Mais elles n'y sont plus, je te dis… Sur l'autel, il n'y avait que des canettes de bière vides… Enfin plus ou moins vides…

— Ah, c'est vrai… Salopard de Mc Gwyr… Pilleur de sites antiques… Indiana Jones du monde barbouze… Ce que tu ne sais pas si tu n'as pas lu tout mon cahier, c'est que les illustrations que l'on voit sur ces tablettes, ce ne sont que des illustrations… Ces dessins, pourtant si structurés que je leur ai découvert une grammaire, ne sont que des illustrations en langue du peuple… Derrière les tablettes, il y a des dessins plus simplifiés, encore plus structurés, un peu comme des hiéroglyphes égyptiens… Les pictogrammes sont des mots, mais certains sont aussi des syllabes ou des consonnes… Je pense que, si les grands dessins étaient l'écriture du peuple, ces hiéroglyphes étaient l'écriture sacrée des prêtresses shavas… Plus précise, moins ambiguë, plus concise aussi…

— Pas de chance, derrière la tablette de Pablo, il n'y a rien…
— Rien, dis-tu… Et qu'en sais-tu ?…
— Tiens, j'ai fait une rafale de photos de son verso… Regarde toi-même… Rien !
— Je peux les voir en plus grand format, ces photos ?
— Si tu veux, mais tu ne verras rien, c'est tout noir, sauf les bords…
— Et ça, dit-elle en désignant un pixel blanc sur la troisième des cinq photos de la rafale.
— Rien juste un défaut…
— Juste un défaut que tu ne vois que dans une photo sur cinq ?…
— Oui… Mais des défauts comme ça, ça arrive et ça se corrige avec Photoshop…
— Et d'où il vient ce défaut ? Ce serait ton Leica qui le créerait ? Un appareil à 10 000 euros créerait plus de défauts que le modèle d'entrée de gamme de chez Darty ? Pas très scientifique comme analyse ! Je vais te dire d'où il vient ce défaut, même si c'est un peu compliqué pour ta petite tête de journaliste…
— Ah ? Oui ? Alors d'où il vient ?
— De la tablette. C'est un neutron ou, plus probablement, une particule alpha ou bêta, ou peut-être encore un photon gamma émis par la tablette… En tout cas, ça a assez d'énergie pour exciter un pixel du capteur de ton Leica…
— Et comment le sais-tu ?
— Des textes en écriture sacrée shava ont été tracés au verso des tablettes d'obsidienne. Ils l'ont été avec une encre radioactive… L'encre a disparu, mais elle a laissé certains atomes de la tablette dans un état excité métastable… On peut révéler le texte par thermoluminescence…
— C'est quoi, la thermoluminescence ? Demanda-t-elle simplement de peur des développements qu'aurait entraîné une question sur les "états excités métastables"…
— Simple… Certains atomes du matériau ont accumulé de l'énergie venant de la radioactivité de l'encre… Si tu chauffe le matériau, ces atomes restituent l'énergie sous forme de photons… Et tu vois apparaître les textes ou les dessins en tracés lumineux. J'ai ainsi révélé une partie du texte d'une des tablettes… Mais je n'avais pas d'équipement… Ça ne dure pas longtemps la thermoluminescence… Et on ne peut le faire qu'une fois… Après, les atomes ont tous le même niveau d'énergie… Juste pendant ces quelques minutes, j'ai transcrit le texte, mais très vite et ce n'est pas précis. Je n'avais pas de matériel

photographique... Ces salopards m'avaient pris mon portable... C'est sur mon carnet, au crayon, pas à l'aspirine... Je n'avais pas besoin de la cacher parce que Mc Gwyr n'y comprenait rien... Il a cru que c'était juste un brouillon pour moi. Mais, je vois que tu as gommé tout ce qui était au crayon... Alors c'est foutu...

— Journaliste, mais pas stupide, ma belle... J'ai gommé pour pouvoir lire les textes que tu as écrits à l'encre invisible et qui apparaissent en bien pâle, tu vois... Mais avant de révéler les textes invisibles, j'avais photographié toutes les pages... Vois, deux pages vis-à-vis par photo...

— Super ! Mais je n'ai plus la tablette... ce qui m'avait frappé, c'est que le dessin au recto de la tablette était une sorte d'aide-mémoire ésotérique du texte écrit au verso en écriture sacrée... Si tu veux mon avis, les images du recto sont le rituel... Elles aident les prêtresses shavas à respecter strictement le mode opératoire qu'elles connaissent et elles sont justement composées pour être incompréhensibles aux personnes non initiées... Après la catastrophe qui a anéanti le temple de l'ouest, les prêtresses avaient ordre de préserver le savoir des anciens et de mourir avec le feu sacré... Les géoglyphes étaient déjà un moyen de signaler le caractère nucléaire de la science shava... Je suppose que le verso des tablettes contient cette science elle-même et qu'il aurait été composé après la catastrophe juste avant l'extinction de la civilisation shava. Mais tout ça n'était décelable que par une civilisation qui posséderait un savoir-faire aéronautique pour voir les géoglyphes et qui connaîtrait la science atomique nucléaire, pour les interpréter...

— Les Shavas ont donc laissé des signes à destination du futur, pour une civilisation évoluée comme la nôtre, quoi...

— Je crois plutôt que les shavas attendaient une civilisation sage... Dans l'antiquité, science et philosophie étaient deux aspects d'une même sagesse...

— Oui, oui, j'ai lu Platon, tu sais...

— Platon ? C'est pas une lecture de journaliste, ça !... Tout Platon ?

— Non, juste ses dialogues les plus connus, et aussi l'Apologie de Socrate... Alors je comprends ce que tu dis. Dans Platon, sagesse et science sont indissociables. Il montre que les Grecs tenaient le scientifique pour un grand sage, comme le philosophe se devait d'être érudit en sciences... Socrate et Théétète par exemple...

— Les Shavas, c'était pareil... Je ne pense pas qu'ils aient envisagé la possibilité d'une civilisation comme la nôtre où la science peut nourrir la sauvagerie. Ils ne pouvaient pas concevoir un salopard comme Mc Gwyr qui veut maîtriser la science pour je ne sais quel dessein funeste…

La porte s'ouvrit à la volée et Charles Longhieu fit irruption, guilleret.

— Salut les filles !

Gaëlle se pendit à son cou pour l'embrasser… Tandis que Pauline le saluait aussi, à sa manière :

— Ah ! Le barbouze de Gizeh. Ça va bien depuis hier ?

DGSE, bureau du général de Saint-Elme 23 novembre 11h00

Saint-Elme était encore plongé dans la lecture de la thèse de Pauline Dummoulin… La donzelle déborde-t-elle d'imagination ou ces tribulations historico-religieuses sont-elles réelles ?

Extrait de la thèse de doctorat de Pauline Dummoulin

Le feu sacré était entretenu dans l'athanor, sorte de fourneau en pierre comportant au moins deux chambres. L'une où le feu sacré se consumait, sans doute une cavité recouverte de réflecteurs de neutrons ou contenant des ralentisseurs de neutrons et l'autre, dans laquelle un matériau, infiltré par les neutrons produits par le feu de la première, gagnait peu à peu des propriétés différentes. Les shavas appelaient ce matériau les "scories du feu-des-anciens", qui leur apportaient chaleur et confort. A Gizeh, si la table d'émeraude a disparu, on n'a pas non plus trouvé trace de l'athanor. A cet égard, on notera qu'au XIXème siècle, l'archéologue anglais Richard Vyse, Richard William Howard Vyse, a fait de nombreuses recherches sur les pyramides de Khéops puis de Mykérinos. C'était plus un Indiana Jones qu'un véritable archéologue… Il n'a pas hésité en effet, à dynamiter la grande pyramide pour dégager le couloir obstrué qui menait à la chambre souterraine… Une fois dans cette chambre, il y a creusé dans le sol un puits vertical de quinze mètres de profondeur et trois mètres de diamètre… Officiellement, il n'y trouva rien… Toutefois, il cessa brusquement ses recherches dans la grande pyramide pour exercer quelque temps ses talents d'artificier dans celle de Mykerinos. Peu après, il affrétait un brick marchand de 178 tonneaux pour transporter au British Museum un sarcophage qui serait celui du pharaon Mykerinos, le petit-fils de Khéops… Cet affrètement était secret parce que, héritage de la déclaration du général Bonaparte au peuple égyptien en 1798, le pacha Méhémet Ali, garant de l'indépendance, était le dévolutaire obligatoire de toutes les découvertes archéologiques en Égypte… Non seulement l'affrètement de la "Béatrice" était secret mais même, officiellement, elle n'arriva jamais à Liverpool et nul ne sait où elle a terminé sa traversée… Mais, si l'on excepte les quelques historiens qui estiment qu'elle a coulé au large de Chypre, plusieurs rumeurs s'accordent sur l'hypothèse qu'elle aurait abordé secrètement à Gibraltar, sous un autre nom, pour y décharger son contenu. Le sarcophage de Mykerinos n'a jamais été retrouvé... Non plus qu'une quelconque épave qui eût pu être celle de la Béatrice. Alors la question se pose de savoir ce que Vyse a bien pu trouver dans le puits qu'il a creusé dans la chambre souterraine de la pyramide de Khéops. Il n'est, en effet, pas possible d'exclure que le sarcophage de Mykérinos ne soit qu'un leurre destiné à empêcher des rumeurs de circuler au sujet de la découverte faite sous la pyramide de Khéops, et qui pourrait bien être celle de l'athanor où les pharaons des premières dynasties faisaient entretenir le feu sacré, ou encore celle du stock de métaux fissiles qui leur servaient de combustible. Selon Richard Vyse, La Béatrice partait pour Liverpool. La thèse du naufrage au large de Chypre ne tient pas parce que la dernière trace que l'on a de la Béatrice est une inscription au registre du Marsamxett Harbour de La Valette, Malte, à la date du 13 octobre 1838, où elle a avitaillé sans rien décharger. Elle y est restée en quarantaine en raison d'une épidémie à bord. A la levée de la quarantaine, l'armateur est personnellement venu à Malte pour recruter un nouvel équipage. La Béatrice a appareillé le 22 novembre. Puis, plus rien. Fin janvier 1839 la Lloyd déclara la Béatrice perdue corps et biens.

Gibraltar, se disait le général, est un point de tension stratégique. La DGSE a du monde à Gibraltar. En ce moment, où il y a un peu moins de tensions hispano-britanniques au sujet de la souveraineté sur le rocher, ce poste est un peu désœuvré... J'ai bien envie de leur donner cet os à ronger... Ça les occupera... Je pourrais même leur envoyer la miss Dummoulin, ça mettra un peu d'agitation au milieu de la vie tranquille de leur bonne planque... Chercher la trace d'un brick marchand de 178 tonneaux appelé je ne sais comment qui aurait déchargé je ne sais quoi de lourd, un sarcophage égyptien ou autre chose, en octobre 1838...

Il en était là de ses réflexions, que le professeur Tournesol demanda à être reçu.

— Bonjour, professeur... Que puis-je pour vous ?

— Je viens vous demander de l'aide, mon Général...

— De l'aide ? Vous avez besoin d'aide ? Que vous arrive-t-il ?

— En fait, le conseil d'administration de l'École Polytechnique veut me limoger...

— Vous ? Ils sont fous !

— C'est ce que je croyais... Mais on m'a dit des choses horribles... Et je comprends leur point de vue. Mais vous qui connaissez le général

Enesco, le directeur de l'X, vous pourriez peut-être faire quelque chose pour moi…
— Oui, je connais bien Enesco, c'est même un ami. Mais c'est quelqu'un de raisonnable et vous limoger, ce n'est pas raisonnable… Vous iriez forcément enseigner ailleurs… J'imagine que Stanford ou le MIT vous accueilleraient à bras ouverts…
— Oui, oui… Mais j'aime la France et je voudrais y rester…
— Alors pourquoi veulent-ils vous limoger ?
— C'est toute une histoire et je ne sais pas par quel bout commencer…
— Eh bien, racontez-moi tout depuis le début, c'est comme ça qu'on fait d'habitude…
— Oui, oui, bien sûr mon Général, bien sûr… Depuis deux ans, je sentais bien que quelque chose n'allait pas. Le général Enesco, a pris ses fonctions il y a un peu plus de deux ans, et je n'ai jamais eu avec lui les relations franches et cordiales que j'avais avec le général de Ridder, son prédécesseur… Vous l'avez connu aussi, je crois
— Oui, oui, Ridder était un homme d'une rare érudition, un personnage fin et très humain… Enesco est plus "jugulaire-jugulaire" si vous voyez ce que je veux dire, ce qui n'enlève rien à ses qualités d'authentique honnête homme, au sens classique du terme…
— Toujours est-il que j'ai juste mis cette attitude distante sur le compte de la personnalité du nouveau général directeur et que j'en avais pris mon parti. Mais j'ai constaté que certaines de mes anciennes relations – je n'ose plus les qualifier d'amis – prenaient aussi avec moi une attitude de plus en plus distante… J'avais parfois l'impression d'être un importun. Vous savez, comme celui qui arrive dans une réunion et à qui personne n'ose dire que sa braguette est ouverte… Toujours est-il que, la semaine dernière, dans l'autobus, je croise Louis Dupont, un ami de l'Institut, membre de l'Académie des Inscriptions et Belles Lettres… Il est conseiller maître à la cour des comptes… Il en est même secrétaire général. Il me salue, avec la compassion qu'on a pour quelqu'un à qui il arrive un malheur considérable… Comme je lui rends son salut avec enjouement, il enchaîne "Alors, votre affaire, ça s'arrange ?". Surpris, je lui réponds "Quelle affaire ?". Il me regarde avec des yeux ronds… "Mais, Saint-Cergue-sur-Seine, bien sûr". Quand je lui eus répondu que je n'étais plus maire-adjoint de Saint-Cergue depuis que Francis Calcomycès y avait pris le pouvoir….
— Vous avez été maire-adjoint de Saint-Cergue-sur-Seine ?

— Oui, pendant douze ans… J'étais chargé des finances communales… Je crois que j'ai fait du bon travail, puisque, avec le maire, nous avons pu baisser les impôts locaux de près de 20%.
— C'est rare, en effet…
— Oui, et le nouveau maire, Francis Calcomycès me battait froid parce qu'il ne sait pas s'y prendre. En un demi-mandat, il avait déjà dû augmenter de nouveau les impôts de 20%… En fait, sa gestion est loin d'être rigoureuse et certains postes de dépenses sont rien moins que suspects… Mais ce n'est plus mon problème. Je ne suis plus Saint-Cergois et je ne m'occupe plus de politique locale. Pour en revenir à Louis Dupont, il me fit descendre du bus à l'arrêt suivant et m'invita à déjeuner chez Françoise, le restaurant sous le bâtiment d'Air France de l'esplanade des Invalides. Vous connaissez ?
— Oui, oui, très bien…
— Là, il m'apprit que la Chambre régionale des Comptes avait entrepris la rédaction d'un rapport sur Saint-Cergue. Ils le font presque systématiquement quand il y a un changement de maire dans une commune de plus de vingt mille habitants… Au bout de deux ans, ce rapport n'était toujours pas déposé. Ce retard a alerté la Cour des Comptes, qui est, en quelque sorte, l'organisme de tutelle des chambres régionales… Et l'auditrice en charge du rapport Saint-Cergue a indiqué qu'au moins une fois par semaine depuis deux ans, le maire de Saint-Cergue ou son secrétaire général lui téléphonaient sur le thème "Cherchez mieux, on sait que Théodore Sagnol a détourné de l'argent public… Vous devez le dénoncer". Je me suis aussitôt récrié un peu brusquement, au point que mon verre s'est renversé dans l'assiette de Louis… Et je crois même que ma réaction un peu vive n'est pas passée inaperçue dans l'ambiance feutrée qui règne Chez Françoise… Dupont m'a rassuré en me disant qu'il me connaissait bien et que l'idée d'un détournement de ma part était saugrenue… La cour des comptes a d'ailleurs enjoint la chambre régionale de déposer son rapport sans délai, ce qu'elle venait juste de faire. Sur ma gestion, m'a dit Louis, il n'y a que du positif, mais, a-t-il ajouté, les calomnies de Calcomycès, relayées par des conseillers municipaux serviles, m'ont fait une réputation épouvantable dans tous les milieux de la haute administration… D'où la réaction d'Enesco…
— Je vais parler de ça à Enesco et ça va s'arranger… Mais ce que vous me dites de Calcomycès n'est pas forcément fait pour me surprendre… Je le connais. Il est ingénieur général des Mines, et sa carrière n'a été faite que d'une succession d'échecs et de scandales

plus ou moins étouffés. Je crois qu'il est ce que l'on appelle un loser, vaniteux comme un dindon et incapable de connaître ses propres limites... Dans le secteur privé, ce genre d'individu ne sévit pas longtemps parce que, rapidement, il ne se trouve plus personne pour lui faire confiance. Dans le secteur public, en revanche, les losers de son espèce en appellent toujours à leurs collègues pour leur dire qu'il est de leur devoir de sauver l'honneur du Corps des Mines, ou de l'Inspection des Finances, ou de la Cour des Comptes ou d'autres corps de fonctionnaires encore...

— Comme d'autres en appellent aux Enfants de la Veuve...

— Oui, mais, à la différence des ordres maçonniques, il s'agit, pour les corps de fonctionnaires, d'un réflexe de survie... Ce qui fait qu'on les voit souvent couvrir sans discernement les scandales les plus méphitiques...

— N'exagérez-vous pas un peu ?

— Rappelez-vous l'affaire de la Société Marseillaise de Crédit à la fin du vingtième siècle. Le directeur du Trésor, un inspecteur général des Finances, représentait l'État actionnaire unique. Il savait depuis deux ans que le président de la SMC était en train de faire n'importe quoi, qu'il avait "pété un plomb", comme on dit... Il aurait dû faire ce que n'importe quel actionnaire doit faire quand il voit son entreprise se déliter entre les mains d'un incapable. Il aurait dû le déposer. C'est pour ça que la loi prévoit que les mandataires sociaux sont révocables *ad nutum*.

— Et il ne l'a pas fait ?

— Non... Ce n'était pas son propre argent qui partait en fumée, c'était juste celui du contribuable... Alors il s'est contenté d'envoyer quelques vagues billets à l'Élysée pour informer le président de la République de la situation.

— Et pourquoi ?

— Parce que, comme lui, le président de la Société Marseillaise de Crédit était inspecteur général des Finances, et surtout parce qu'il était même président du Corps de l'Inspection des Finances. Ainsi la carrière de ce directeur du Trésor dépendait de lui... C'est en échange de garanties pour sa carrière qu'il ne l'a pas déposé... Et, à cause de cette inconséquence, pendant un an, l'impôt sur le revenu des Français n'a servi qu'à payer la vanité de ce haut fonctionnaire... Et, par la suite, en échange de ses bons et loyaux services, la carrière de ce lamentable directeur du Trésor a été tout simplement féerique.

— Vous me faites peur... La capacité de nuire de Calcomycès...

— Ne vous inquiétez pas avec Calcomycès. Il a le même profil, mais il ne joue pas dans la même cour... Son point de chute, maire de Saint-Cergue-sur-Seine, ce n'est pas vraiment ce que l'on appelle un couronnement de carrière... Même si on lui prête des ambitions plus nationales... Non, Professeur, n'ayez aucune inquiétude... Et surtout je dirai à Enesco qu'il n'a aucune prévention à avoir contre vous et qu'il serait même bon qu'on vous vît ensemble plus souvent... Un grand scientifique comme vous honore l'École Polytechnique... Et comme il honore aussi la DGSE, venez donc déjeuner avec moi quelque part où on nous verra. Vous aimez la choucroute ?... Et, appuyant sur l'interphone, il poursuivait : Corinne, pouvez-vous nous réserver deux couverts chez Lipp. Pas ma table habituelle... Cette fois, vous demanderez une table au rez de chaussée, bien en vue !... Puis il reprit à l'intention du professeur Tournesol : Francis Calcomycès, que je tenais pour un nul, est en fait un salaud... Mais que lui avez-vous fait ?
— Rien, à ma connaissance, mon Général... J'avais juste remis de la rigueur dans les finances communales et il n'a pas su, ou pas voulu, se montrer à la hauteur... Pour autant que j'en sache, la gestion des finances communales de Saint-Cergue est devenue plus que douteuse depuis son élection.
— Déjà hier, je le découvre associé avec Vanderloo et ce matin j'apprends la haine qu'il vous porte au point d'utiliser contre vous toute sa capacité de nuire... Hargneux et vindicatifs, c'est ce que deviennent bien des nuls quand ils sont frontalement confrontés à leur nullité conclut-il.
— Vanderloo avez-vous dit, mon Général ?
— Oui, vous le connaissez ?
— L'inspecteur général des Finances ?
— En disponibilité... Mais oui... Pourquoi ?
— Il m'a interrogé sur les fondements scientifiques des travaux de Pauline Dummoulin le mois dernier.
— A peine sorti de prison, il recommence ses agissements.
— Il était en prison ? Qu'a-t-il fait ?
— Il était en détention préventive pendant l'instruction de son procès... Mais il est sorti, je l'ai vu hier matin avec le ministre de l'Intérieur. Ce qu'il a fait ? C'est couvert à 90% par un secret dont je ne peux pas vous parler, mais c'est monstrueux... Il a soumis la France à un

chantage à l'arme biologique. Un virus[62] récupéré dans les anciens arsenaux de l'ex-Union Soviétique…

Avant de partir déjeuner, il fit un "urgent" pour le poste de Gibraltar

###############

Origine : DGSE

Destinataire : Gibraltar

Copie : Mission Nazca

23 novembre 11:05 TU

Urgence : urgent

Classification : Très secret rubis

###############

Prière de rechercher la trace d'un brick marchand de 178 tonneaux qui aurait déchargé quelque chose de lourd, comme un sarcophage égyptien ou plus lourd encore, à Gibraltar fin novembre ou courant décembre 1838. Vous obtiendrez des informations sur la nature exacte de la cargaison et sa destination et vous me rendrez compte personnellement.

GBR. G de SAINT-ELME

GS363K

###############

[62] Voir « Wouristok », du même auteur

Nazca, 24 novembre 11 heures

Gaëlle, Charles, Pauline Dummoulin et Arthur Grimaud débarquaient du petit Embraer qui les avait amenés de Lima. Comme Pauline Dummoulin en avait l'habitude, ils ne gagnèrent pas l'aérogare, mais traversèrent la piste à pied pour se rendre au hangar de l'aéroclub. Pablo n'était pas là et personne n'a pu les renseigner. Son portable était sur messagerie et il n'était pas en vol, puisque son ULM et son Stampe étaient là… Ils durent retourner à l'aérogare pour louer un véhicule. Ils se renseignèrent aussi pour la location d'un engin de terrassement et de petit outillage pour les fouilles. L'hôtesse Avis leur indiqua une entreprise locale qui louait divers matériels pour les entreprises de BTP… C'est ainsi, munis de la même pelleteuse sur la même remorque que quelques jours plus tôt, que Gaëlle repartit vers le site du temple de l'Est Shava, accompagnée, cette fois, de Charles, de Pauline Dummoulin et d'Arthur Grimaud. Ils y parvinrent peu après 15 heures…

L'entrée du souterrain était maintenant fermée par une palissade et une porte en planches portant la mention “zona arqueológica. Entrada prohibida”…

— Le gros shérif a encore frappé, dit Gaëlle. Mais, ajouta-t-elle, nous avons un authentique permis de fouille, cette fois. Il devra nous ouvrir…

— Ah ! Je vois que tu connais Esteban… dit Pauline

— Chut… fit Charles avec un doigt devant la bouche. Il collait son oreille à la porte… On entend des bruits… Des sortes de gémissements, on dirait… Un renard ou quelque chose comme ça…

— Là, dedans ?

— Ça vient de loin…

— Possible, dit Gaëlle, le couloir fait au moins 200 mètres et il tourne deux fois…

— On y va dit Charles en s'apprêtant à faire sauter le cadenas d'une balle de son Sig Sauer.

— Attendez, dit Pauline Dummoulin

Elle sortit un couteau suisse de son sac à dos. Elle en déplia ce qui semblait être un décapsuleur et qui se révéla pouvoir être utilisé comme tournevis. Elle dévissa juste quatre vis et le loquet se détacha, pendant au chambranle avec son cadenas… Elle se tourna vers Charles :

— Alors, militaire, toujours la manière forte ! Comme à Gizeh… Vous n'avez pas vraiment l'habitude de faire dans la finesse, hein ?

Tiens, dit Charles à mi-voix à l'oreille de Gaëlle, elle se civilise… Elle n'a pas encore dit « J'emmerde les barbouzes »

Une fois la porte ouverte, les gémissements étouffés devinrent nettement audibles… Ils avançaient prudemment. Charles Longhieu et Arthur Grimaud étaient là pour assurer la sécurité de la mission contre des forces obscures et avérées criminelles… Alors ils avaient une arme à la main tenue devant eux bras tendu… Après les deux tournants à angle droit, ils arrivèrent dans le temple et c'est entravé par des menottes et des chaînes, bâillonné au pied de l'autel, derrière l'athanor, qu'ils découvrirent Pablo…

Charles ôtait le bâillon du malheureux Pablo tandis qu'Arthur repartait chercher dans la voiture un outil pour couper ses chaînes.

— Señora Gaëlle, Señorita Pauline… Que je suis heureux de vous voir… Vous… Euh vous vous êtes retrouvées toutes les deux alors…

— Ce ne fut pas facile répondit Gaëlle… Il a fallu l'aide des services secrets français…

— Oui, dit Pauline. En général, tous ces barbouzes sont des brutes épaisses et je les emmerde. Mais là, en Égypte, ils ont assuré ! Trois morts… Pas très fins, mais efficaces.

— Et vous, Pablo, que vous arrive-t-il ?

— C'est Esteban, Señora, le commissaire aux biens culturels… Il est furieux. Il cherche un cahier qui devait être là. Il est persuadé que je l'ai volé…

Le capitaine Grimaud revenait en courant… « Une voiture arrive… Un 4x4… Trois personnes à bord… Ils seront là dans cinq minutes… » Avec le coupe-boulons, il eut vite fait de désentraver Pablo. Pauline, quant à elle, avait déjà commencé à fouiller. Elle était montée par l'échelle dans la chambre supérieure de l'athanor… Elle était assez souple pour se faufiler par l'ouverture. Elle avait repoussé l'échelle et était parfaitement invisible d'en bas quand le commissaire Esteban et deux sicaires, arme au poing, firent irruption dans le temple.

— Violation de bien national, bris de clôture… Vous êtes bien mal barrés, gringos…

— Enlèvement et séquestration, tu ne crois pas que toi aussi, tu es mal, Esteban ? Rétorqua Pablo

— Quand les gringos seront au trou, Pablo, ils ne pourront pas témoigner… Et puis, ils n'ont toujours pas de permis de fouille…

— Si, dit Gaëlle en lui tendant le permis…

Esteban prit le document, et, sortant un briquet de sa poche, il y mit le feu et conclut : « Maintenant, vous n'en avez plus… Allez, passez-leur les menottes et en route »

Nazca, bureau du commissaire Esteban 17 heures

Après avoir coffré les trois gringos pris en flagrant délit dans le temple souterrain et les avoir menottés et attachés à l'arrière de son véhicule, le commissaire avait pu encore rançonner un couple de touristes islandais qui contemplaient le géoglyphe de l'alligator depuis le bord de la route... Ils avaient payé 1500 soles... Plus loin, un groupe de quatre Turcs avait même rangé sa voiture sur le bord de la route pour aller à pied entre le héron et la grande spirale. Il les avait taxés de 2000 soles chacun. La journée avait été bonne.

A son retour, quelle ne fut pas sa surprise de voir, assise à son propre bureau, en train de téléphoner avec son propre téléphone, Pauline Dummoulin... La fille qu'il croyait en Égypte...

Pauline téléphonait, imperturbable, comme si Esteban n'était pas là...

— Non, pas lui, mais ses deux assesseurs... j'aurais plutôt penché pour des tueurs à gage, mais puisque vous le dites... Ne vous inquiétez pas... Mais oui ! 20 kilomètres à pied, ça entretient la forme... Ah, le voici, il vient d'arriver... C'est ça, je vous le passe... Puis, sans se lever, elle tendit le combiné à Esteban : c'est pour vous...

— Je suis occupé... Qui est-ce ?... Allo ! Entama-t-il d'un ton exaspéré... Qui est en ligne ?... Oh, pardon, Señora ministra, je ne savais pas... Oui, bien sûr... Ce sera fait, Señora ministra... oui, le pilote aussi... C'est ça, au revoir Señ... Il jeta le combiné par terre et dit à Pauline : Vous... Vous... Vous...

— Eh bien, quoi ? Vous avez entendu la ministre... Qu'attendez-vous ? Fit Pauline. Allez, merde, bougez-vous !

Esteban revint au bout de trois minutes avec Gaëlle, Charles et Arthur...

— Voilà les prisonniers...

— C'est tout ? dit Pauline... Elle ne vous a rien dit d'autre, votre ministre ?

— Erreur judiciaire... Excuses officielles...

Pauline le coupa par un de ses habituels

— C'est bon. Je vous emmerde... Oui, hier, ajouta-t-elle à l'intention de ses compagnons, avec la ministre, nous avons beaucoup parlé de civilisations précolombiennes. Elle est très savante ! On a sympathisé et nous sommes convenues de rester en contact... Nous avons échangé nos numéros de portables... Et la ministre, elle est comme moi, des connards comme Esteban, elle les emmerde !... Enfin elle ne le dit pas comme ça. Je résume... Alors, comme elle est en quelque sorte la patronne d'Esteban... Je ne sais pas ce qu'elle lui a dit, mais, vous avez vu, elle assure, la vieille ! Conclut-elle en quittant le bureau.

Puis, comme prise d'un remords, elle reprit :

— Pas comme vous, les barbouzes... Bande de nases ! Menottés dans la voiture de ce gros tas de pourriture ! Allez au boulot ! Mc Gwyr a pillé le temple, je vois... Mais il reste l'athanor... Il peut encore nous en apprendre beaucoup... Allons-y... Esteban, comme tu as laissé notre voiture là-bas, on prend la tienne, tu viendras la récupérer... A pied il n'y a que vingt kilomètres !

Avec l'athanor dont Pauline Dummoulin a longuement examiné la voûte de la chambre inférieure qui faisait office de réflecteur de neutrons rapides et avec les feuilles de plomb que Mc Gwyr avait laissées, elle a pu tirer d'importantes conclusions qui ne peuvent être décrites ici parce que la DGSE en a malheureusement censuré le contenu. Leur séjour à Nazca n'a duré que trois jours, mais au bout de ces trois jours, elle put faire un rapport circonstancié sur le feu nucléaire des Shavas. La fusion froide était à portée de main. Ce rapport est actuellement classifié très secret diamant, qui est un des plus hauts niveaux de secret de la République.

Nous avons juste été autorisés à reproduire le premier alinéa de l'"abstract" de ce rapport

Résumé

Nous avons confirmation de la nature du feu des Shavas. Il est nucléaire et il se consume dans les conditions normales de température et de pression à condition d'alterner des phases d'activité de douze heures environ. Une phase crée du plutonium et la suivante le détruit, chaque fois en produisant des neutrons, de l'hélium et de l'énergie. Et ces neutrons agissent sur la matière de la chambre supérieure de l'athanor de façon à la faire évoluer vers un autre état que nous ignorons encore. C'est très semblable à ce que décrivent les alchimistes avec l'évolution de ce qu'ils appellent l'œuf philosophal au cours du Grand Œuvre. L'état ultime de cette matière, quand elle devient rouge, est comparable à ce que les alchimistes décrivent comme la « poudre de projection » ou encore la « pierre philosophale ». Partant de là, nous avons démontré que l'alchimie est un vestige d'une ancienne science nucléaire perdue.

Saint-Cergue 25 novembre 10h30

Francis Calcomycès, assis à son bureau était en conversation avec Joël Vanderloo :

— Je ne comprends pas bien… Vous voulez m'aider ? Mais à quoi ? Vous dites que ma réélection est définitivement assurée…

— Mon cher Francis, être Maire de Saint-Cergue-sur-Seine, ça n'est quand même pas l'ambition de votre vie ?

— Que voulez-vous dire ?

— Juste après les élections municipales, il y a les sénatoriales… Vous avez beaucoup fait pour le parti… Ils vont donc vous mettre sur la liste…

— Oui, c'est prévu… Mais sûrement pas en position d'être élu… On m'a parlé d'être numéro cinq… Nous avons actuellement trois sénateurs, et même si le collège électoral change avec les municipales, comme c'est probable, nous n'en aurons toujours pas quatre…

— C'est là que je puis vous aider… Vous serez numéro trois… Comme ça, vous êtes sûr de compter parmi les Pères Conscrits[63]…

— Et pourquoi faites-vous cela pour moi ? Qu'attendez-vous de moi en échange ?

— Rien, sinon me laisser mener tranquillement mes affaires à Saint-Cergue… Et vous faire mieux connaître… J'ai demandé à la meilleure agence de relations presse d'organiser votre notoriété. Avant les élections municipales, vous aurez une notoriété nationale de premier plan.

— Pour vivre heureux, vivons cachés…

— Si c'est là votre philosophie de la vie politique, alors, nous n'avons plus rien à faire ensemble…

— Non, non , je plaisantais…

— Quand vous serez connu, je vous demanderai de vous présenter à la Présidence de la République…

— Là, vous êtes malade ! C'est un poste auquel les candidats se préparent dès leur sortie de l'ENA. Certains même, ce sont leurs parents qui les y avaient préparés depuis l'enfance… Il n'y a pas de place pour des candidats surprise…

[63] "Patres conscripti" désignait les sénateurs de la Rome antique

— Erreur, mon cher, erreur... Je ne sais pas encore qui sera votre adversaire, entre celui de l'opposition et l'autre, celui de la majorité... Mais aucun des deux ne pourra être élu si j'en décide ainsi.
— Mais comment...
— L'un est un obsédé sexuel autour de qui je puis déclencher un scandale public à tout moment... L'autre a naguère fait travailler sa femme dans un emploi aussi vague que fictif et, même si ça ne passionne pas vraiment les foules, une mise en examen demandée par le Parquet Général Financier sapera sa crédibilité... Dans l'immédiat, laissez-les fourbir leurs armes et, le moment venu mais pas avant, c'est votre nom qui sortira du chapeau...
— Et pourquoi voyez-vous l'avenir comme ça ?
— Parce que je veux que vous soyez le volet politique de mon business...
— Et l'autre volet ?
— Vous le connaîtrez en son temps... Maintenant, nous avons six mois pour faire de vous une personnalité politique d'envergure nationale... C'est assez, ce n'est pas trop... Pendant ces six mois, vous partagerez votre temps entre l'agence de relations publiques et moi.
— Et Saint Cergue ?
— Vous avez Michel Sangulier pour ça...
— Vous voulez que je le prenne sur ma liste pour les prochaines élections municipales ?
— Non, non, ne changez rien à votre liste ! Il aura bien plus de pouvoir comme directeur de cabinet que comme maire-adjoint !...

La semaine dernière, le poisson Calcomycès avait mordu. Aujourd'hui, Joël Vanderloo commençait à le ferrer... Tous les pêcheurs le savent, pour ferrer un poisson, il faut de la psychologie. Il faut persuader le poisson que la meilleure place pour lui, c'est l'épuisette... Il faut que Francis Calcomycès abandonne toute méfiance... Il faut l'occuper pour qu'il ne pense à rien d'autre et flatter son ambition pour qu'il y pense tout le temps...

Nazca 30 novembre 18h30

Avant de quitter Nazca, Charles, Gaëlle, Pauline et Arthur voulaient faire leurs adieux à Pablo. Charles lui avait proposé de venir déboucher avec eux une bouteille de champagne au bar de leur hôtel « La Maison Suisse », puis de dîner ensemble...

— Alors, Pablo, vos relations avec Esteban ?

— Zéro, Señor, zéro... Il ne me parle plus... On dit qu'il n'est plus commissaire aux biens culturels de Nazca...

— Que puis-je faire pour toi, Pablo, demanda Gaëlle...

— Je crois que ce qui me met en danger, c'est le secret que je vous ai montré Señora... Alors, je voudrais le montrer aussi à la Señorita Pauline... Elle est archéologue... Elle pourra juger de son importance...

— Écoute, Pablo, je te remercie de ta confiance, mais je voudrais te demander plus encore... Je voudrais lire ce qu'il y a derrière la tablette de tes ancêtres.

— Derrière, Señorita ? Mais il n'y a rien derrière...

Ils firent l'expérience de la thermoluminescence... La tablette était posée sur la plaque chauffante d'un barbecue électrique et tout à coup, sont apparus des dessins fins, précis, ordonnés, alignés comme de l'écriture, en tracés lumineux blanc bleuté. Pablo était émerveillé et stupéfait... Gaëlle fit des photos avec son Leica. Ils restèrent quelques minutes à contempler l'apparition, puis le texte devint plus pâle, s'estompa et disparut complètement... Gaëlle fit une copie de ses photos sur une clé USB pour Pauline et lui demanda :

— Alors, qu'est-ce que ça veut dire ?

— Oh ! Je n'en sais encore rien. C'est comme les hiéroglyphes... Il faut maintenant déchiffrer tout ça... L'écriture dessinée shava était simple... Elle était figurative et je n'ai pas eu à chercher longtemps... Cette écriture sacrée en est manifestement dérivée. Je n'aurai donc pas autant de difficultés que Champollion avec l'écriture égyptienne ou Ventris avec le linéaire B...

— Pourquoi ?

— Parce que les hiéroglyphes égyptiens ne sont dérivés d'aucune écriture plus ancienne et que le linéaire B a beau être dérivé du minoen A, ça n'a servi à rien, parce qu'on ne sait pas déchiffrer le minoen A. L'écriture sacrée shava est dérivée de l'écriture dessinée que je sais déchiffrer... C'est un point de départ plus avantageux, mais ça ne sera quand même pas facile ! Ah, mais dites-moi, les barbouzes, à la DGSE, vous avez sans doute des spécialistes du déchiffrage de codes à la con… Un genre de Bletchley Park[64]… Je me trompe ?

— Secret défense dirent en chœur les deux officiers…

— Parce que si vous avez ça en rayon, les joyeux duettistes, ça pourrait aider !

Plus tard, Charles parla à Gaëlle et Arthur du message qu'il avait reçu quelques jours auparavant… Un classifié TSR[65] qui parlait d'un brick du dix-neuvième siècle à Gibraltar… Ils ne comprenaient ni pourquoi Saint-Elme les avait mis en copie, ni pourquoi un brick vieux de deux siècles était classifié TSR. Ils ne pouvaient pas non plus en parler à Pauline Dummoulin ou à Pablo qui n'étaient pas habilités au TSR. Ils dînèrent tous ensemble d'une copieuse raclette à la charcuterie péruvienne dans l'incroyable salle à manger helvétique de « La Maison Suisse ». Une fois Pablo reparti chez lui, Charles tenta un ballon d'essai

— Curieux cette histoire de brick du XIXème siècle à Gibraltar…

— Oh ! Quoi ? Qu'est-ce que vous dites ? Réagit brusquement Pauline.

— Secret défense… Je n'ai rien dit…

— Je vous emmerde avec votre manie du secret… Vous avez lu ma thèse, au moins, les barbouzes ?

— En fait, les interrompit Gaëlle, moi, je l'ai lue et il pourrait s'agir de la Béatrice…

— Comme tu dis, il pourrait… Novembre 1838, elle appareille de Malte avec un nouvel équipage et janvier 1839, l'assureur la déclare perdue corps et biens… C'est moi qui ai parlé de Gibraltar, j'ai juste écrit que c'étaient des rumeurs pour amadouer le jury… Et vous savez ce qu'elle transportait, cette Béatrice ?…

— Oui, dit Gaëlle, je t'ai lue… Le sarcophage de Mykerinos…

— Conneries, tout ça !… J'ai dû l'écrire parce que Dunabla était dans le jury de thèse, mais c'est de la connerie. En tout cas, si elle transportait ce sarcophage… Je ne dis pas qu'elle le transportait, mais si elle le transportait, ce n'était pas sa principale cargaison… C'est pour ça que je voulais faire des fouilles à Gizeh… Je suis convaincue qu'elle transportait le métal fissile, le combustible du feu nucléaire des anciens Égyptiens… Et il est encore actif… En tout cas il l'était encore en 1838…

---

[64] Centre de recherche sur la cryptanalyse anglais pendant la seconde guerre mondiale qui a cassé le code « Enigma » nazi.

[65] Très secret Rubis, secret concernant le nucléaire militaire

— En 1838, qu'en savez-vous ? Les compteurs Geiger n'existaient pas au dix-neuvième siècle !

— De quoi croyez-vous qu'il était malade, l'équipage débarqué moribond à Malte ? Je suis allée à La Valette et les registres du port, comme ceux de l'hôpital, disent « maladie inconnue ». Les symptômes sont ceux d'une leucémie foudroyante… Ils ont été irradiés, tout simplement… Voyez, militaires, j'en connais plus que vous, sur votre secret-défense-de-polichinelle… Vyse avait peut-être voulu utiliser le sarcophage de Mykerinos pour contenir les métaux actifs, je n'en sais rien… De toute façon, pas de bol, le sarcophage est en basalte et le basalte n'arrête pas les gammas… Alors, couic l'équipage… Pensez, quinze jours tout contre cette source radioactive… J'imagine que dans la chambre souterraine de Gizeh, c'était comme dans le temple shava, les stocks de combustible étaient confinés dans des feuilles de plomb… D'ailleurs, vous avez vu, ces salopards sont partis avec le métal fissile et il reste plein de feuilles de plomb par terre.

— Alors, ils vont être irradiés ?

— J'aimerais bien… Parce que je les emmerde tous, mais ils connaissent la radioactivité… En tout cas Mc Gwyr… Alors ils savent s'en protéger. Je suppose qu'ils ont utilisé une partie du plomb pour blinder leurs caisses de transport, et ce qu'on a vu n'est que ce qu'ils en ont laissé… Mais je voudrais bien fouiller, comme Vyse, le sous-sol de la chambre souterraine de Khéops… Je vous parie que j'y trouverai des feuilles de plomb comme celles qu'ils ont laissées ici, à Nazca. Pari tenu ?

— Quel est l'enjeu du pari ?

— Un gueuleton dans le restaurant de mon choix !

— Pari tenu, conclut Charles.

Dun-le-Palestel 9 décembre 17h30

Depuis son retour de Nazca, Pauline Dummoulin bouillait d'impatience de voir enfin le Palladium… Gaëlle l'accompagnait à Dun-le-Palestel, parce qu'une statue comme cela, c'est une découverte archéologique de première grandeur et qu'elle voulait en faire un scoop pour sa chaîne de télévision. Dun-le-Palestel est une bourgade somme toute assez banale, quoique non dénuée de ce charme désuet et intemporel propre aux bourgs de la France profonde que l'exode rural du vingtième siècle a figés dans une curieuse atonie paisible et éternelle.
La veille, elles étaient allées au ministère de la Culture, au Palais-Royal, rue de Valois, demander un permis d'étudier une statue dont la trace est perdue mais qui se trouverait sans doute versée au FBCNI, le fonds des biens culturels nazis inconnus. Il a fallu une bonne demi-heure avant de trouver quelqu'un qui sache ce qu'est le FBCNI… Et même une fois cette personne trouvée, une dame d'un certain âge assez maniérée, elle a d'abord essayé de les dissuader. Selon elle, il n'y avait rien au FBCNI, sinon quelques rogatons à peine dignes d'un brocanteur de quartier… Mais la vieille dame, totalement fermée à la qualité de journaliste de Gaëlle, est devenue plus coopérative quand elle a vu les deux doctorats de Pauline Dummoulin – c'est fou le respect immodéré de l'administration pour les diplômes – et surtout quand Gaëlle lui a demandé sans ménagement de consulter le fichier des œuvres qui y sont déposées… On ne dira jamais assez le talent des fonctionnaires pris en défaut pour cacher leur lacune… Bref, la vieille dame, après avoir passé dix minutes à exposer la minutie avec laquelle son ministère tenait à jour l'inventaire du patrimoine artistique de la République, leur dit que, finalement, si elles voulaient vraiment savoir ce qu'il y avait dans ce fonds, il fallait qu'elles aillent elles-mêmes le visiter à Dun-le-Palestel… Elle leur a signé une autorisation de consultation de l'ensemble du fonds, officiellement pour leur être aussi agréable que possible, mais, en réalité, parce qu'elle aurait été bien incapable de dénicher la référence d'une seule œuvre qui y aurait été déposée… Elle n'a même pas cherché à retrouver la référence de cette statue rapportée de la campagne d'Italie de 1944 par le général Juin… Elle leur a donné une lettre d'introduction auprès de Marty Bruletourte, le conservateur honoraire du fonds… Honoraire, pour une administration, ça veut dire supplétif, ou même bénévole, se dit Gaëlle in petto…

En début d'après-midi, elles avaient garé leur voiture près de l'hôtel et, comme il était trop tôt pour s'enregistrer, elles s'étaient rendues à pied chez Marty Bruletourte, en face de l'ancienne gare SNCF dont les sous-sols abritent les œuvres du FBCNI. Marty était un artiste qui créait des pièces en verre filé. Il y avait dans son atelier une très belle collections de plantes et d'animaux extraordinaires aux couleurs vives allant de quelques centimètres à plus d'un mètre. Les pièces de verre captaient les rayons lumineux et, surtout, elles étaient éclairées d'en-dessous par l'intérieur et formaient ainsi une jungle fantasmagorique éclatante de lumière. Marty les reçut mais ne pouvait leur faire visiter le FBCNI que le lendemain. « Vous comprenez, expliqua-t-il, il faut que je vive et un artiste ne peut pas vivre juste en vendant son art et encore moins en étant conservateur bénévole d'un fonds artistique que personne ne connaît. Alors j'anime des ateliers d'art tous les jeudis et vendredis après-midi... Mes élèves vont arriver d'une minute à l'autre. Mais demain matin, huit heures trente, comme ça nous aurons toute la matinée... Le ministère m'a dit que c'est une statue de Pallas-Athéna qui vous intéresse... Elle est là. J'ai vérifié l'inventaire hier soir et j'ai vu la statue dans sa caisse ce matin même...».
Elles ressortirent un peu déçues. Elles décidèrent alors d'aller faire quelques pas, histoire de se détendre et de faire le tour de cette ancienne gare désaffectée, encore marquée de l'écriteau « Dun-le-Palleteau », l'ancien nom de la commune. Cette gare, leur avait dit Marty, avait été désaffectée en 1952, au tout début de la période où la SNCF avait découvert qu'il était bien plus rentable et plus facile de vendre ses infrastructures que de les valoriser commercialement[66]. Gaëlle remarqua une fourgonnette blanche siglée « La Poste » qui se garait à côté de la gare.

— Étrange... Tu as vu cette fourgonnette ?
— La Poste ? Oui, et alors ?
— Tout à l'heure, quand nous arrivions, nous l'avons croisée sur la rue qui mène ici. Puis, en sortant de chez Bruletourte, elle est passée à nouveau. Chaque fois dans le même sens. Et là, elle revient encore...
— Ils distribuent les lettres une à une à Dun-le-Palestel ? Dit Pauline en pouffant.
— Sérieusement... C'est bizarre, et ça m'inquiète un peu...

[66] Depuis cette époque, la SNCF a parfaitement su intégrer ce constat comme ligne directrice de sa stratégie d'investissement et de désinvestissement.

L'hôtel Joly était un paisible petit hôtel aux chambres simples mais confortables, à la façade dix-huitième siècle de province avec des balcons et des menuiseries curieusement peintes en rose… Pauline et Gaëlle eurent deux chambres contigües donnant sur la rue Bazennerye. Une fois installées, elles résolurent d'aller à la Poste pour se renseigner sur les tournées des véhicules… Cette fourgonnette les intriguait. La Poste étant à deux cents mètres de l'hôtel, elles s'étaient donné rendez-vous à la réception pour y aller ensemble. Gaëlle allait pour descendre l'escalier quand elle vit Pauline le remonter quatre à quatre, lui agripper le bras et l'entraîner vers leurs chambres en lui faisant signe de garder le silence. Comme Gaëlle avait encore sa clé à la main, c'est dans sa chambre qu'elles se réfugièrent …

— Quoi, qu'y a-t-il ?…

— Mc Gwyr… Je viens de voir Mc Gwyr… Il loge ici, à l'hôtel

— Mc Gwyr ?

— Oui, Ian Mc Gwyr, le type qui me retenait prisonnière pour la DGSE…

— C'est une obsession, chez toi… Charles t'a dit que ce n'était pas la DGSE. Saint-Elme te l'a confirmé. Qu'est-ce qu'il te faut de plus ?

— Je n'ai pas confiance…

— Tu es gonflée, quand même… C'est Charles qui t'a tirée de leurs griffes…

— Ouais… Là, il a assuré, mais c'était peut-être une mise en scène…

— Bon, écoute, ça suffit, la parano.

— C'est pas de la parano. Je suis sûre que ce type est ici pour me reprendre et voler le Palladium…

— Je t'accorde que je ne crois pas qu'il soit de passage par hasard à Dun-le-Palestel… Je vais appeler au secours…

— Qui ?

— Saint-Elme…

— Pas question, je n'ai pas confiance

— Mais réfléchis un peu, à la fin. Si Mc Gwyr était un agent secret à ta poursuite, tu crois qu'il logerait ouvertement dans le seul hôtel du bourg ? Alors que tu le connais et que tu es forcément descendue là, toi aussi ? Ou Saint-Elme est au courant pour Mc Gwyr et je ne lui apprendrai rien, ou il ne l'est pas et tes soupçons sont infondés. L'appeler au secours fait que nous n'avons rien à perdre et tout à gagner… C'est pragmatique, mais c'est quand même un raisonnement à la portée d'une universitaire, non ?

— D'accord, mais je veux écouter la conversation…

— Si tu veux… A mon avis, s'il est ici au vu et au su de tous, c'est parce qu'il te croit encore au Pérou ou en Égypte… Mais d'abord, je voudrais le voir ton Mc Gwyr…
— Il est à la réception… En tout cas, il y était il y a une minute… Je l'ai juste vu à la réception avec un autre type… Ils arrivaient, je crois. En tout cas, ils entraient dans l'hôtel.
— Je vais voir en bas… Moi, il ne me connaît pas… A quoi ressemble-t-il ?
— Tu te rappelles, j'ai fait un portrait. Il ressemble juste à un sale type…
— C'est un peu vague…
— À un connard… Et puis je l'emmerde
— D'accord, mais physiquement ? Grand, petit, gros, maigre ?
— Il parle avec un accent anglais… Il est plus grand que moi… Je dirais 1,80 m… Euh, il est à moitié chauve…
— Oui, mais l'autre moitié, brun, blond, gris ?
— Euh… Je ne me rappelle plus… Poivre-et-sel, je crois
— Bien… Les yeux ?
— Petits et globuleux… Un sale type, quoi !
— Bon, je vais essayer de me débrouiller avec ça… Et l'autre, celui qui l'accompagne ?
— Je ne l'avais jamais vu avant… Bien propre sur lui, décoré, genre haut fonctionnaire, hautain et sûr de lui, un peu dégoûté que l'hôtel ne soit pas un palace, si tu vois ce que je veux dire…
A peine une minute plus tard, elle remontait précipitamment et retrouvait Pauline…
— Alors, toi aussi, il te fait peur ?...
— Non, non, plus grave… J'appelle Saint-Elme… Là, je ne te demande pas ton avis… Mais tu peux rester…
Elle se connecta en visioconférence sécurisée.
— Bonjour, Gaëlle.
— Bonjour, Général. Je suis avec Pauline Dummoulin à Dun-le-Palestel. Demain, nous allons visiter le FBCNI. Nous avons obtenu un permis rue de Valois… Mais il y a un hic. Vous me demandez de vous tenir informé, alors je le fais… pourtant, ça pourrait faire un scoop…
— Quel hic, Gaëlle ?
— Ian Mc Gwyr, l'archéologue qui a séquestré Pauline Dummoulin, n'est pas à Gizeh en train de la chercher, mais ici, à Dun-Le-Palestel et aussi, avec lui il y avait… Vous ne devinerez jamais !
— Qui ?

—Joël Vanderloo, vous vous rappelez, l'inspecteur des finances reconverti en consultant spécialisé dans les affaires louches... Je le croyais en prison[67].

—Il est sorti de préventive voici deux mois... L'instruction de son procès est ralentie parce que l'Inspection des Finances ne coopère pas avec la justice. Elle voudrait se limiter à une simple sanction administrative... Elle a déjà tenté d'obtenir un classement par le Parquet et maintenant que le juge d'instruction est saisi elle vise le non-lieu... Actuellement, il est libre. Je l'ai rencontré la semaine dernière dans le bureau du ministre de l'Intérieur

—Décidément, c'est un vrai champion du réseau de relations... Et il est ici, à Dun-le-Palestel, à l'Hôtel Joly. C'est un hôtel sympathique, mais quand même, ce n'est pas un hasard. On ne vient pas à Dun-le-Palestel en villégiature ! En plus, ce personnage hyper-louche accompagne Mc Gwyr, cet archéologue carrément glauque... Je crains que nous ne soyons en danger. A mon avis, ils sont à la poursuite de Pauline Dummoulin.

—Ou plutôt à la recherche de votre statue... S'ils savaient que vous étiez là, ils auraient pris plus de précautions pour se cacher. Bon, je m'en occupe. Demain, vous irez au FBCNI comme si de rien n'était. Vous aurez un gendarme pour vous protéger. Il vous attendra dans le hall de votre hôtel à 8h30... Vous voilà rassurées ?

—Oui, Général, rassurée... Répondit Gaëlle

—Et vous, mademoiselle Dummoulin, rassurée aussi ?

—J'emmerde les services secrets et les barbouzes...

—Moi aussi Mademoiselle, je vous souhaite une bonne soirée conclut Saint-Elme en raccrochant.

Pauline, eut, en silence, une mimique d'étonnement que Gaëlle préféra ignorer

Pour ne pas risquer de rencontrer ces deux inquiétants personnages, Gaëlle appela la réception pour se faire servir les dîners de Pauline et elle dans sa chambre plutôt qu'au restaurant. Il lui fallut discuter un peu parce qu'il n'était pas dans les usages d'un modeste hôtel comme l'hôtel Joly d'avoir un room service. Mais elle finit par obtenir gain de cause. La cuisine de l'hôtel Joly est de très haute tenue et, conseillées par le chef elles s'étaient régalées dans la chambre de Gaëlle où il leur avait fait porter leurs repas. C'est ainsi qu'elles ne rencontrèrent ni Mac

[67] Voir Wouristok du même auteur

Gwyr ni Vanderloo qui dînaient, eux, confortablement installés au restaurant de l'hôtel.

Saint-Cergue-sur-Seine, secrétariat du maire, 9 décembre

Michel Sangulier avait exigé l'embauche d'une assistante personnelle. Il y eut un deal entre le Maire et lui : une secrétaire de plus au cabinet du Maire, soit, à condition qu'elle soit intégrée dans un secrétariat unique. Aussi, depuis un mois, Marie-Jeanne, l'imperturbable et infatigable secrétaire de Francis Calcomycès, était-elle maintenant à la tête d'un secrétariat de trois personnes. Elle le dirigeait d'une main de fer dans un gant de velours et ses deux collaboratrices ne tarissaient pas d'éloges sur elle… Elles ne pouvaient pas lever le petit doigt sans son approbation, elles faisaient ce qu'elle voulait, elles pensaient même comme elle voulait… Et elles s'en portaient bien… Marie-Jeanne avait bien compris que le pouvoir avait changé. Le grand bureau fastueux du Maire n'était plus le siège que de l'apparence du pouvoir… Le vrai pouvoir, c'était Michel Sangulier… Il occupait le petit bureau qui donnait sur le secrétariat par la porte opposée à celle du maire… Avec son air de ne pas y toucher, elle avait l'art de laisser traîner sous les yeux du directeur de cabinet tout ce qui pourrait l'intéresser, quoi qu'en dise le maire… Elle avait choisi son camp, c'était celui du pouvoir, c'était Michel Sangulier et son patron Joël Vanderloo… Elle reçut ce matin-là un appel du maire de Port-au-Fleurs, jolie petite ville de la côte d'Azur dans laquelle, avait-elle appris par la presse du matin, des émeutes avaient éclaté la veille au soir… « Bonjour Monsieur le Maire… Non, il n'est pas encore arrivé… Bien, Monsieur le Maire… Mais, en attendant, je puis vous passer son directeur de cabinet… Si, si, Monsieur le Maire, parfaitement, c'est lui qui traite ces sujets à Saint-Cergue… Je vous le passe… Monsieur Sangulier, j'ai le Maire de Port-aux-Fleurs qui appelait le maire, il désire vous parler. Vous êtes au courant pour les émeutes de cette nuit ?… Je vous le passe ».

— Bonjour, Monsieur le Maire

— Bonjour, Monsieur le Directeur. Je voulais parler à Francis Calcomycès, mais il n'est pas là…

— Si je puis vous aider…

— Voilà. Il m'arrive à peu près ce qui vous est arrivé il y a un mois, alors je voulais échanger avec lui…

— Oui, Monsieur le Maire, j'ai vu la presse… Vous avez raison, c'est exactement ce qui nous est arrivé… Un changement des réseaux d'approvisionnement en drogues et cigarettes de contrebande… Le nouveau réseau tente de liquider l'ancien, qui se défend, comprenez-le !

— Écoutez, je ne comprends pas bien ces choses-là, mais ce qui me préoccupe, c'est que mon adjoint, qui assurait la paix républicaine dans les quartiers nord, n'y comprend plus rien lui non plus. C'est lui qui m'a dit d'appeler Francis mais j'ai appris que son adjoint chargé de ces questions est décédé…

— Oui, une maladie foudroyante… C'est bête… Pauvre Mahmoud… Il était de l'ancien monde… Il ne faudrait pas que votre adjoint…

— Vous voulez dire que cette maladie…

— Je ne veux rien dire, mais sait-on jamais… Il vaut mieux rester prudent… De toute façon, Monsieur Calcomycès a voulu un temps lui retirer sa délégation, parce qu'il ne pouvait plus lui servir à rien… Hélas, Monsieur le Maire, que ne l'a-t-il pas fait… Peut-être lui ôter le poids de cette lourde responsabilité lui aurait-il sauvé la vie ? Toujours est-il que, oui, les choses changent dans l'économie souterraine. Le produit-phare, ce n'est plus l'héroïne, mais la cocaïne et ses avatars… Les réseaux d'approvisionnement ne sont plus tenus par des islamistes, mais par des businessmen…

— Vous savez apparemment bien des choses… Il faut absolument que j'en parle à Francis…

— Je ne crois pas qu'il puisse vraiment vous aider… Toutes ces questions, c'est moi qui les traite à Saint-Cergue… Et, par ricochet, dans toute la petite couronne parisienne… Non, la personne qui pourra vous aider, c'est un consultant spécialisé dans le maintien de l'ordre républicain dans les quartiers sensibles… C'est un peu aussi votre problème, n'est-ce pas ? Sans le plein emploi, pas d'ordre possible, et sans l'économie souterraine, pas de plein emploi possible… Appelez-le de ma part… Il s'appelle Joël Vanderloo…

— Oh, oui, je connais, je l'ai rencontré au Congrès des Maires de France… Mais je le croyais en prison.

— Non, non, il a été placé un temps en détention préventive à la suite de dénonciations odieuses, mais il est libre et l'instruction qui le vise est au point mort… Appelez-le… Je vous envoie ses coordonnées par texto… Il vous aidera. Il a sauvé Saint-Cergue du même chaos que le vôtre…

Quand je pense que son adjoint aurait pu être notre distributeur pour toute la Côte d'Azur, pensait-il après avoir raccroché… Quel connard… Exiger d'être livré en Méditerranée… On n'allait pas courir le risque de franchir le détroit de Gibraltar avec le sous-marin juste pour complaire

à cet abruti... Certes, on aurait pu trouver moins loin que le Raz de Sein... Mais quand même...
Deux jours plus tard, le maire de Port-aux-Fleurs signait une convention de consulting avec Joël Vanderloo et il recrutait un directeur de cabinet. Le jour même, Izz-ud-Din, l'imam de la mosquée de Port-aux-Fleurs, un salafiste notoire fiché « S » depuis deux ans, prenait la fuite sous les jets de pierre des fidèles qui dénonçaient sa richesse insolente et l'accusaient de détournement. Il fuyait en taxi parce que sa Maserati avait brûlé. Aussitôt l'imam parti, le calme revint à Port-aux-Fleurs...
Une semaine plus tard, devant son conseil municipal, le maire s'attribuait tout le mérite du retour de ce qu'il appelait l'ordre républicain. Pendant son discours, son maire-adjoint en charge de la jeunesse et des sports mourait d'une leucémie foudroyante à l'hôpital de Grasse... A 700 kilomètres de Saint-Cergue, l'histoire se répétait.

Dun-le-Palestel nuit du 9 au 10 décembre

Peu après minuit, une explosion secoua la paisible bourgade de Dun-le-Palestel… Elle avait affecté le bâtiment de l'ancienne gare. Des voisins ont vu deux hommes sortir une caisse d'environ deux mètres sur un par l'ouverture béante qu'elle avait laissée dans le mur, la charger dans une camionnette blanche portant le logo de La Poste et partir en trombe par la nationale vers La Souterraine… Réveillée par l'explosion, Gaëlle, réflexe de journaliste, a eu juste le temps de se précipiter sur son balcon caméra au poing et de filmer une camionnette Mercedes Sprinter blanche qui fonçait à tombeau ouvert sur la nationale, passant à côté de l'hôtel avant de disparaître dans la nuit… Le matin, au petit déjeuner, elle demanda à l'hôtelier qui étaient les deux hommes qu'elle avait vus hier après-midi à la réception, pour apprendre qu'ils n'étaient pas clients de l'hôtel, ils étaient juste là pour dîner au restaurant. À 8h30, au lieu du seul gendarme qu'avait promis Saint-Elme, il y en avait quatre, plus quatre autres à l'ancienne gare… Mc Gwyr et Vanderloo étaient loin.

Un mandat d'amener fut délivré le jour même contre Joël Vanderloo, formellement identifié par Gaëlle et contre Ian Mc Gwyr, identifié par Pauline qui, cette fois, n'essaya même pas de se soumettre au spécialiste des portraits-robots. Tout en disant, bien sûr, qu'elle emmerdait la maréchaussée, elle en dessina directement un portrait au crayon gras et Gaëlle confirma qu'il était criant de vérité. Les gendarmes avaient reçu ordre du Parquet de saisir les documents du FBCNI et de tenter de déterminer ce qui avait été volé. L'un d'eux avait reçu spécialement de la DGSE instruction de se faire assister de Pauline Dummoulin, archéologue, présente sur les lieux… Le conservateur, Marty Bruletourte, leur confirma que c'était bien la statue de Pallas-Athéna qui avait été volée. La veille, il avait été intrigué par l'appel du ministère qui lui annonçait l'arrivée des deux dames pour voir cette statue. Il avait vérifié sa présence. Il l'avait même photographiée… Il avait dû ouvrit la caisse pour cela, ce qu'il n'avait pas vraiment le droit de faire… « Mais, s'empressa-t-il d'ajouter, je l'ai refermée. Cette statue m'intéressait, ajouta-t-il, parce qu'elle était visiblement très ancienne, mais en bois. » Pauline et Gaëlle examinaient les deux photos. Le socle de la statue portait l'inscription en latin gravée par Servius de Nursie. Elle représentait une guerrière casquée. De son bras droit levé, elle brandissait une lance, apparemment en bronze, pointée devant elle vers le bas. À son bras gauche, elle portait un bouclier rond, un "aspis" des anciens Grecs. Et surtout l'artiste lui avait fait une tunique très ouvragée, finement brodée de délicats motifs géométriques...

—En bois ? Étonnant dit Gaëlle... Peut-être n'est-elle pas si ancienne.

—Si, si la coupa Pauline... La tradition dit que la statue de Pallas-Athéna est en bois de figuier. En fait, ça doit être du sycomore... C'est un bois imputrescible. On a retrouvé beaucoup d'objets en sycomore dans les tombeaux égyptiens... D'ailleurs si elle avait été en pierre, elle aurait été bien trop lourde pour qu'Achille et Diomède la dérobent seuls... A fortiori Mc Gwyr et Vanderloo... Ouais, ajouta Pauline en regardant les photos...Elle ressemble bien au vase du Peintre de Kléophradès[68]... Mais, sur la poterie du Peintre, la tunique est unie. Là, elle est composée d'une sorte de dentelle...

—Dentelle ou broderie, je ne sais pas, mais c'est d'une finesse... dit Gaëlle... Fabuleux travail d'artiste. Quelle est la taille de la statue ?

—Un mètre soixante-huit de hauteur hors tout, répondit Bruletourte...

—Attendez... dit Pauline en regardant les photos de près avec la loupe de son couteau suisse... Ce n'est pas de la broderie... Non... Oui, c'est bien ça... C'est de l'écriture... Incroyable ! Linéaire B...

—Pardonne-moi si je suis béotienne, mais c'est quoi la ligne RB ?

—Linéaire B, pas ligne RB... C'est l'écriture mycénienne... Tu ne connais pas ?

—Si... Agamemnon, le frère de Ménélas, était roi de Mycènes, il me semble...

—Ça, c'était cinq cents ans plus tard... Non, longtemps avant Agamemnon, et même avant Troie, Mycènes était une civilisation préhellénique très avancée, articulée autour des trois villes de Mycènes, Pylos et Cnossos. C'est une longue histoire. Mais, si cette statue est troyenne, l'existence d'écriture Linéaire B pourrait bouleverser tout ce que nous savons sur l'origine réelle de la ville de Troie... Une origine mycénienne... Ce serait une découverte archéologique aussi importante que la pierre de Rosette... Je ne connais que dix personnes capables de lire convenablement le Linéaire B... Les autres font semblant et disent n'importe quoi... Comme des journalistes, ajouta-t-elle en glissant un regard amusé vers Gaëlle.

—Alors, forcément, les voleurs contacteront l'une d'elles, répondit Gaëlle sans relever la pique.

---

[68] Peintre céramiste athénien du 5ème siècle av. J.-C. Qui a peint un vase intitulé « Le viol de Cassandre » où l'on voit Ajax menacer de son épée une Cassandre à terre qui se raccroche désespérément à la statue du palladium.

— Forcément, oui, sinon la statue ne leur sert à rien…
— Tu peux me faire la liste des savants capables de traduire le linéaire B ?
— Ah, je te vois venir… Non, non, vous allez leur faire des crasses… Et puis je vous emmerde tous…
— S'il te plaît, Pauline… Si on a une chance de retrouver ta statue, c'est en les surveillant. L'un d'eux sera forcément contacté par Mc Gwyr ou Vanderloo… Et c'est là qu'il sera en danger !

Pauline finit par s'exécuter… Parfois elle rayait un nom en disant « Non, lui, il frime, il ne saura jamais lire un texte si long » ou encore « Lui, c'est un sale con cupide, je ne serais pas étonnée qu'il pactise avec Mc Gwyr… ». Au bout du compte, elle remit une liste de onze noms à Gaëlle qui s'isola pour communiquer cette liste par la messagerie DGSE au général de Saint-Elme…

Plus tard, de retour à l'hôtel, pendant que Gaëlle se préparait à partir, Pauline Dummoulin essayait fébrilement de coucher sur le papier toutes les implications archéologiques de cette découverte… Tu penses, disait-elle à Gaëlle, du linéaire B à Troie !…

— C'est très intéressant, mais c'est moins urgent que de tenter de retrouver la statue… dit Gaëlle après avoir lu le papier de Pauline. Je te propose d'exposer ça aussi au général de Saint-Elme.
— Oui, mais tu vois, reprit-elle très excitée, chaque fois qu'une civilisation est en avance sur son époque, on découvre que c'est avec le feu sacré… Égyptiens, Shavas, Troyens, Romains, et maintenant Mycéniens… Incroyable, non ?
— Je pense que c'est justement pour ça que la DGSE a classifié ton dossier… Il ne fait pas de doute dans l'esprit du général de Saint-Elme que Mc Gwyr et Vanderloo veulent utiliser le pouvoir de ce feu antique au service d'inquiétantes ambitions personnelles…

La presse fit quelques gros titres « Explosion mystérieuse dans une bourgade de la Creuse » (La Montagne) « Le FBCNI, un fonds artistique secret » (Le Populaire du Centre) « L'Inspecteur des Finances pense que son antique statut lui donne des droits sur une statue antique » (Le Canard Enchaîné). Dès le lendemain, un substitut du Procureur de Guéret annonçait, dans une conférence de presse, que Monsieur Vanderloo était hors de cause parce qu'il avait un alibi indiscutable : il était en réunion avec le maire de Saint-Cergue-sur-Seine et son directeur de cabinet jusqu'à une heure avancée de la nuit… Les services de police recherchèrent activement Mc Gwyr pendant une semaine, puis tout fut oublié. Les journalistes trouvaient qu'un attentat sans victime autre qu'un obscur fonds d'œuvres artistiques, ce n'était pas vendeur, même en jouant sur le « On ne nous dit pas tout ». Les policiers ont estimé que Mc Gwyr était forcément parti à l'étranger. Ils ont envoyé leur mandat de recherche à Interpol et sont passés à autre chose : ils avaient des statistiques à respecter et ils ne pouvaient se permettre de passer plus d'une semaine sur un crime non résolu, surtout si ce crime n'avait fait aucune victime et si le mobile était le vol d'on-ne-sait-pas-bien-quoi.

C'est ainsi que le vent de l'oubli est passé sur le vol d'une des plus prodigieuses antiquités du monde.

Montmartre, avenue Junot, 10 décembre 18 h

Jules Canéli, l'énigmatique personnage que nous avons vu s'intéresser aussi aux travaux de Pauline Dummoulin venait d'ouvrir la porte à Eugène Lansquenet, son non moins énigmatique secrétaire, qui avait l'air passablement agité.

— Bonsoir, Eugène, pourquoi tant de hâte ? Cela ne pouvait pas attendre demain ?

— Vous jugerez par vous-même, Monsieur…

— Allons, Eugène, pas debout. Asseyez-vous. Je vous sers quelque chose ? Ce vieux rhum de 1875 devrait vous remettre les idées en place…

Une fois confortablement assis, Eugène reprit :

— J'ai deux mauvaises nouvelles.

— Dites-moi…

— La première est que le sarcophage de Mykerinos est en passe d'être retrouvé…

— Ce n'est pas une mauvaise nouvelle. C'est même une bonne nouvelle pour l'archéologie. Mykerinos était le petit-fils de Khéops, n'est-ce pas ? Donc il ne peut pas éventer de secrets, puisque Khéops avait fait fermer le culte du feu… Et où est-il ce sarcophage ?

— A Gibraltar…

— Très bien, Gibraltar, c'est logique. C'est entre Alexandrie et Liverpool… Une colonie britannique… Tout se tient. Vyse aura voulu garder le sarcophage pour lui ou un complice…

— Cela se tient, oui, Monsieur. Mais Mc Gwyr rejoint mademoiselle Dummoulin en pensant que ce sarcophage n'était qu'un leurre pour cacher le fait que la cargaison de son navire, la Béatrice, était en réalité le métal philosophal qu'il aurait trouvé dans la chambre souterraine de la pyramide de Khéops…

— Vous avez raison. Tout cela est logique. Mais Vanderloo a déjà du métal philosophal et rien ne permet de penser qu'il sache l'allumer… Le secret de son allumage est là, sur ces tablettes hiéroglyphiques… Vaguement traduites par un adepte imprudent dans le *Mutus Liber*… Mais si vaguement que personne n'a jamais réussi le Grand Œuvre en utilisant le *Mutus Liber*…

— Il y a aussi l'*Atalante Fugitive*…

— Encore plus opaque que le *Mutus Liber*… Son auteur serait un ami de Basile Valentin, lui-même ami de Thomas d'Aquin et le secret en

résiderait, sous une forme que je ne connais pas, dans la statue du Palladium. Or cette statue est restée au Mont Cassin jusqu'en mai 1944 où le Mont Cassin a été détruit et incendié en totalité… Elle était en bois, en bois de figuier, dit-on, elle n'est donc plus que cendres.
— C'est ma deuxième mauvaise nouvelle… La statue du Palladium n'a pas brûlé en 44, elle était entreposée dans une collection secrète à Dun-le-Palestel…
— Où ?
— Dun-le-Palestel, dans la Creuse…
— Ah ? Et que faisait-elle là ?
— C'est toute une histoire. Les Allemands l'avaient évacuée avant la destruction du Mont Cassin et un officier français l'avait interceptée… Puis l'administration française l'a versée dans un fonds d'œuvres d'art dont elle ne savait que faire parce qu'elles n'appartenaient à personne…
— Au monastère du Mont-Cassin quand même.
— Le monastère n'a été reconstruit qu'en 1956 et, à cette date, la statue avait été perdue dans les tréfonds insondables de l'administration.
— Et on l'a retrouvée ?
— Apparemment oui…
— Alors il faut absolument la soustraire aux convoitises des archéologues, des militaire et de tous les ambitieux. Mettez-y le prix qu'il faudra, mais je la veux ici. Elle est aussi dangereuse pour le secret de l'Œuvre que les tablettes de jade.
— Hélas, elle a été dérobée !
— Par qui ?
— Justement, par notre informateur, par ce Mc Gwyr… Il ne savait pas que nous nous y intéressions aussi.
— Maintenant qu'il le sait, qu'il dise son prix… Je paie.
— Trop tard. Il l'a volée avec Vanderloo, son autre commanditaire, et c'est Vanderloo qui l'a.

Tanak, banlieue de Mossul, Irak 14 décembre 10h00

Rien ne distinguait cette maison de toutes les autres maisons avoisinantes, un cube blanc avec des fenêtres barreaudées au milieu d'un petit jardin clos d'un mur de deux mètres vingt de haut et fermé par un portail de tôle pleine. Sur la porte, aucun nom, juste le numéro de rue 87R69V. Cette maison d'apparence paisible était celle du redoutable Muhammad al Badri.

Fils d'Abou Bakr al Baghdadi et d'une épouse allemande du calife de Daech, Muhammad Al Badri a été un important cadre de Daech au temps du califat. Puis il a vécu en Allemagne sous le nom de Karl Ottheimer après la mort de son père. Il a quitté l'Allemagne pour la Syrie et l'Irak d'où il organise l'évasion des prisonniers de Daech et les fédère en une organisation souterraine dont l'objectif est de porter le Jihad en Europe. Il fabrique une nouvelle identité aux anciens cadres de Daech et les envoie comme imams dans des mosquées allemandes et françaises.

Ce jour-là, arrivait chez lui un de ses anciens compagnons d'armes qui avait décapité tant de mécréants, l'illustre Boubaker El Hakim qu'il avait envoyé comme imam de la mosquée de Port-aux-Fleurs deux ans plus tôt sous le nom d'Izz-ud-Din.

— As salam aleikoum, mon frère. Ton voyage fut-il paisible ?

— Oua aleikoum assalam, Calife, et merci de m'accueillir. Mon voyage n'a pas d'intérêt, c'est la situation en France qui m'inquiète.

— J'ai appris ton départ de Port-aux-Fleurs il y a une semaine. Pourquoi tout ce temps ? Qu'as-tu donc fait depuis ? Ne t'avais-je pas donné tous les passeports nécessaires pour que tu puisses voyager sans entrave ? Avec ton passeport turc et ton passeport iraquien, je t'attendais vendredi au plus tard.

— J'ai dû quitter Port-aux-Fleurs sans passer par chez moi... J'étais lapidé par des fidèles devenus fous. Il y a des forces mécréantes qui soulèvent les fidèles et les poussent à devenir des renégats...

— Tu es en train de me dire que tu as abandonné tous les secrets que je t'avais confiés ?

— Hélas oui, Calife, mais les mécréants n'en auront pas profité. Le sous-sol où étaient entreposés les documents était piégé par des grenades au phosphore. Tout a brûlé, je m'en suis assuré avant de quitter la France...

— Tout ? Et l'argent ? Où est-il, l'argent que tu dois au Jihad en échange de l'héroïne que je te fournis ?
— Brûlé avec le reste.
— Et la drogue ?
— Elle est cachée en nourrice par les dealers… Mais je ne les contrôle plus, ils sont en rébellion. Ils la vendent certainement pour leur compte maintenant.
— En somme, mon frère, tu es grillé en Europe. Ta fausse identité est certainement connue de tous les services de renseignements. Tu n'as plus l'argent et tu n'as plus d'autorité sur ceux qui le gagnent. Alors, dis-moi en quoi tu peux encore être utile au Jihad ?
— Calife, ne dis pas ça. Je te suis indéfectiblement fidèle. J'aurais pu fuir après la déroute de Port-aux-Fleurs, mais je suis venu te rejoindre. Ma vie appartient au Prophète. Ne me la prends pas !
— Et pourquoi ? Tu ne peux plus rien apporter et, en venant ici, tu deviens un risque. Comment puis-je être sûr que les services de ces chiens d'Européens ne t'ont pas suivi ? Comment puis-je être sûr que ton passage de la frontière avec la Turquie n'a pas été signalé aux services secrets israéliens ou, pire, à ceux des chacals chiites iraniens ?
— Je… J'ai pris toutes les précautions que tu nous as dictées, Calife… J'ai même caché mon smartphone dans le bagage à main d'une passagère pour Lima pour qu'on me croie parti au Pérou.
— Comment être sûr que ce subterfuge grossier a marché ? Comment être sûr qu'un drone américain n'est pas en train d'armer sa charge explosive avant de tomber sur cette maison ?
— J'implore ta miséricorde, Calife.
— A la réflexion, je ne vais pas t'envoyer aujourd'hui au paradis d'Allah… Je crois que j'ai une mission à te confier.
— J'ai encore mon passeport français et d'autres papiers d'identité français…
— Mais, mon frère, ils sont plus dangereux qu'autre chose… Nous allons commencer par les détruire. Tu es fiché « S » en France.
— « S » ? Non ! Ce n'est pas possible… Comment…
— C'est certain… Attends…
Et le Calife présenta à Boubaker el Hakim l'écran de son ordinateur affichant une fiche S portant sa photo et le nom de Izz-ud-Din al Riyaddi.
— Mais comment peuvent-ils ? Izz-ud-Din al Riyaddi n'a pas de passé puisque cette identité n'a été créée que depuis deux ans.

— Qui sait s'ils n'ont pas un soupçon sur le fait que Boubaker El Hakim ne serait peut-être pas mort dans le bombardement de Raqqa ? Après tout, les Américains n'ont jamais présenté qu'un corps carbonisé méconnaissable... Non, non, je vais devoir t'attribuer une nouvelle identité. Or les faux papiers, ça coûte de plus en plus cher au fur et à mesure que les états perfectionnent les dispositifs d'identification biométriques... Et l'argent ne rentre plus parce que quelqu'un, en France, marche sur nos terres. Non seulement plusieurs imams, comme toi, ont perdu le contrôle de leurs réseaux, mais même, sur les marchés qui nous restent, la clientèle fait défaut apparemment attirée par d'autres substances... Nous sommes obligés de baisser les prix... En France, je ne peux même plus recruter de combattants pour le Jihad parce que mes troupes disparaissent à vue d'œil, par mosquées entières.

— Alors qu'attends-tu de moi ?

— Tu vas fédérer les imams déchus par ce Vanderloo qui est à l'origine de nos malheurs. Puis vous allez l'affaiblir. D'abord vous exécuterez plusieurs responsables des nouvelles filières d'importation de poudre en France. Puis vous vous emparerez de ses stocks et de son argent. Vous ne le liquiderez qu'après. J'ai des informations. Il a construit un entrepôt souterrain dans le département du Gard, sur le causse de Campestre. C'est sûrement là le cœur de son dispositif. C'est là que tu trouveras la coke et l'argent.

— Ce sera fait, Calife.

— Va, mon frère et qu'Allah te protège !

Aucun des deux djihadistes ne pouvait savoir que Boubaker El Hakim alias Izz-ud-Din al Riyaddi n'avait plus qu'un mois à vivre.

Sèvres, 14 décembre 20 h

Pauline était invitée à dîner chez Gaëlle et Charles à Sèvres. Les enfants étaient montés se coucher et ils restaient tous les trois à siroter une coupe de champagne en grignotant des zakouskis.
Trois jours plus tôt, quand Gaëlle avait parlé à Pauline de l'avoir à dîner, elle avait eu l'air ravi et avait ajouté « Tu sais ce qui me ferait plaisir, puisque ton mari travaille à la DGSE, ce serait que vous invitiez aussi le professeur Tournesol. Tu verras, il est super-cultivé et c'est quelqu'un de très agréable, malgré son grand âge. ». Et ce fut fait. Charles avait invité Théodore Sagnol qui a été d'abord un peu surpris, mais qui a tout de suite accepté quand il a compris que Pauline Dummoulin était à l'origine de l'invitation.
La sonnette de la grille retentit. Gaëlle à l'interphone : « Bonjour, Professeur, poussez bien la grille, elle coince un peu. L'entrée est sur la droite de la maison ».
Le professeur Tournesol était arrivé avec une bouteille de Château Angélus 2010…
— Bonjour, Professeur, je ne vous présente pas Pauline, vous la connaissez, je crois…
— Si je la connais ! Bien sûr ! Bonsoir, Pauline, dit-il en lui faisant la bise…
— Bonsoir, Ted.
— Mais vous aussi, laissez donc tomber les « Professeur ». Je m'appelle Théodore… Mes amis m'appellent Ted… Gardez les "Professeur" pour le travail !
— OK, Ted, moi, c'est Charles, et voici Gaëlle.
— Oui, nous nous sommes rencontrés dans le bureau du général…
— Un Château Angélus ! dit Charles en regardant la bouteille, nous sommes comblés…
Après avoir servi une coupe de champagne au professeur et rempli les trois autres coupes, déjà entamées, la conversation tourna autour des évènements en cours.
— Ainsi, Pauline, vous êtes sûre que la science nucléaire des Shavas que vous avez découverte à Nazca, était connue également des Égyptiens, jusqu'à la IVème dynastie, des Troyens, des Latins, puis des Romains jusqu'à Tullius… Et maintenant, m'avez-vous dit, des Mycéniens…

— Oui, Ted, j'en suis sûre… Et je suis sûre aussi que deux ouvrages d'alchimie sont des « aide-mémoire » pour ceux qui connaissent déjà cette science. Le *Mutus Liber* et l'*Atalante Fugitive.*

— J'ai souvent vu des étudiants farfelus soutenir que l'alchimie était le vestige d'une science nucléaire perdue… Mais c'étaient de doux dingues… Je ne voudrais pas avoir à vous compter au rang de ces énergumènes. Des auteurs récents aussi… J'ai lu les deux ouvrages de Fulcanelli[69], c'est quand même assez fumeux. Louis Pauwels a soutenu cette thèse dans « *Le matin des magiciens* », mais son livre n'est qu'un bel exercice de style, ce n'est pas un ouvrage scientifique… Je maintiens que les liens entre la science alchimique et la physique nucléaire ne sont pas prouvés, pour ne pas dire qu'ils sont purement chimériques

— Il y a du nouveau depuis ma thèse. A Nazca, dans le temple de l'est, celui qui a été fermé sans explosion, on a trouvé des tablettes d'obsidienne. Il y en avait 13. En fait, il en existait une quatorzième, transmise de génération en génération, que Gaëlle a retrouvée. Or le *Mutus Liber* comprend quatorze planches…

— Ce n'est pas quinze ?

— Vous voyez que vous vous intéressez aussi à l'alchimie… Vous vous êtes trahi, Ted !

— A force d'entendre des polytechniciens développer ces théories farfelues sur l'alchimie, je me suis documenté…

— Eh bien, non, il n'y en a que quatorze authentiques… La première n'est qu'un frontispice ajouté au dix-septième siècle !

— Et vous n'entendez quand même pas me faire croire que ces dessins contiennent une science nucléaire ?

— Non, sans doute pas… Mais les Shavas avaient une science nucléaire et ils nous ont laissé des tablettes d'obsidienne gravées. Et… Non, Gaëlle explique toi-même ce que tu as découvert.

— Eh bien, dit Gaëlle, la première des tablettes d'obsidienne porte, en écriture figurative shava, un texte qui est pratiquement le même que celui de la Table d'Émeraude, dont on dit qu'elle proviendrait d'un pillage de la pyramide de Khéops…

— Et, ajouta Pauline, ce texte pourrait parfaitement être le commentaire sous-jacent de la planche II du *Mutus Liber*. De plus, contrairement

[69] Les *Demeures Philosophales* et le *Mystère des Cathédrales*. Pures élucubrations, mais écrites dans un style somptueux.

aux livres alchimiques, qui n'ont pas de texte ou qui n'en ont plus, les tablettes d'obsidienne de Nazca ont des textes précis au verso.

— Que voulez-vous dire ?

— Une écriture syllabo-alphabétique, plus précise que l'écriture figurative shava… Comme le Linéaire B mycénien est moins figuratif et sans doute plus précis que le Linéaire A minoen. Malheureusement, les treize tablettes ont été volées par un prétendu archéologue appointé par la DGSE.

— Ah ? demanda le professeur

— Non, intervint Charles, il s'agit d'un aventurier qui s'est fait passer pour un émissaire de la DGSE dans le but de circonscrire les recherches de Pauline et de s'approprier ses découvertes. Apparemment, c'est la science shava qui l'intéresse. Il s'appelle Ian Mc Gwyr.

— C'est effrayant. Pour ce que j'ai lu dans la thèse de Pauline, il existe un véritable danger… Cette énergie était sans doute utilisée par les Shavas pour se chauffer et accéder ainsi au confort matériel qui permet à une civilisation de se développer. Mais je crains que ce qui attire ces aventuriers ne soit la possibilité de la détourner et d'en faire une arme nucléaire. Une explosion comme la décrit Pauline, brillamment, dans sa thèse, c'est-à-dire une réaction en chaîne qui s'emballe assez vite pour provoquer une explosion avant de provoquer la fragmentation de la matière fissile, c'est théoriquement possible , même si nous ne savons pas la produire actuellement.

— Oui, intervint Charles, c'est ce qui a poussé la DGSE à saisir la thèse de Pauline dans l'attente de savoir s'il existe un vrai danger.

— C'est pourtant la vérité, dit Pauline. J'ai refait les calculs et…

— Oui, Pauline, dit le professeur, j'ai vu vos calculs… Le général me les a montrés. Je crains que vous n'ayez raison et que votre thèse ne doive rester secrète… Autant je reste réservé sur l'alchimie, autant j'ai trouvé votre thèse convaincante pour les Shavas.

Gaëlle proposa de passer à table. Le menu était simple, composé d'un foie gras accompagné d'un Château-Chalon, suivi d'une pièce de bœuf magnifiquement accompagnée par le Château Angélus du professeur Tournesol.

Au cours du repas, Gaëlle intervint pour reparler de la situation.

— C'est quand même curieux, ce que nous voyons autour du nucléaire. D'abord une usine d'eau lourde à l'arrêt qui se révèle produire, en réalité, plein pot, puis ces manœuvres autour de la découverte de Pauline…

— A propos d'eau lourde, renchérit Pauline, les planches quatre à six du *Mutus Liber* décrivent sans doute une fabrication d'eau lourde, ou en tout cas d'eau deutérée[70]... Planche IV, on voit d'abord les deux personnages récolter de la rosée sur des linges tendus... Eh bien, j'ai essayé. Et la rosée, le matin quand elle est exposée au soleil, est plus riche en eau lourde que l'eau naturelle... Il y a 312 ppm[71] d'eau deutérée dans l'eau naturelle et environ mille dans la rosée.

— Pourquoi ?

— Je ne me l'explique pas, vous vous rappelez, Ted, je vous avais donné plusieurs échantillons d'eau où vous avez trouvé jusqu'à 1020 ppm d'eau deutérée et vous m'avez demandé où je les avais eus. Je ne voulais pas vous bassiner avec l'alchimie parce que je sais bien que les carvas[72] le font assez pour vous exaspérer, mais je peux vous le dire. C'était simplement de la rosée récupérée au Luco[73], sur une pelouse, en posant une toile sur l'herbe et en la tordant pour en récupérer l'eau, comme sur la planche IV du *Mutus Liber* ! Je peux même vous dire que plus il y a de soleil, plus il y a d'eau deutérée dans la rosée ! Les planches V et VI décrivent des opérations de distillations fractionnées et on sait que la première phase du Grand Œuvre alchimique, l'« Œuvre au Noir » dure des mois voire des années. Des distillations fractionnées successives constituent un procédé pour faire de l'eau lourde... Le seul procédé d'ailleurs quand on ne dispose pas d'électricité...

— Pardonne-moi, intervint Gaëlle, mais c'est quoi la distillation fractionnée ?

— Quand tu chauffe de l'eau, l'eau normale se vaporise plus vite que l'eau deutérée, qui, elle-même se vaporise plus vite que l'eau lourde. Alors, pour faire simple, tu as dix litres d'eau à 1000 ppm d'eau deutérée. Tu en évapores la moitié. Il te reste cinq litres d'eau à 1200 ppm d'eau deutérée. Tu ajoutes cinq litres d'eau à 1000 ppm, cela te fait à nouveau dix litres, mais l'eau est deutérée à 1100 ppm, cette fois. Et ainsi de suite. Après la vingtième distillation, tu auras consommé 100 litres d'eau à 1000 ppm et tu auras obtenu cinq litres d'eau à 21000 ppm. Tu es encore loin de compte, mais tu vois, ça progresse. Avec ce calcul, il faudrait mille distillations et cinq mètres cubes de rosée pour obtenir un litre d'eau deutérée. L'eau lourde c'est

[70] Eau semi-lourde DHO, un atome d'oxygène, un d'hydrogène et un d'hydrogène lourd.

[71] Parties par million, c'est-à-dire, très schématiquement, milligrammes par kilo.

[72] Polytechniciens en argot éponyme

[73] Jardin du Luxembourg à Paris

pareil, sauf que la proportion d'eau lourde augmente plus vite que celle d'eau deutérée, mais elle part de bien plus bas : la rosée contient entre 0,3 et 0,7 ppm d'eau lourde. Tu comprends ?

— Je crois, oui… Enfin pas tout. Heureusement que tu as dit « pour faire simple » ! Ce que je comprends, c'est qu'il faut passer son temps à faire bouillir de la rosée et à compléter le volume avec le la rosée fraîche.

— Tout juste ! dtit le professeur, mais il faudrait des années. D'autant plus que si votre eau bout à gros bouillons, ça ne marchera pas. Pour constater un enrichissement, vous devez la vaporiser sans ébullition ou presque… Juste une évaporation.

— L'œuvre au noir des alchimistes dure des années… Reprit Pauline. Ils parlent de distiller mille et mille fois l'eau qui sert à préparer l'Élixir…

— Alors, reprit Charles, ceux qui veulent utiliser le savoir nucléaire que serait l'alchimie, veulent gagner du temps et raccourcir l'œuvre au noir en prenant de l'eau lourde toute faite… C'est quoi exactement l'œuvre au noir ?

— Pour les alchimistes, répondit Pauline, c'est la première phase du Grand Œuvre. Il y en a quatre : l'œuvre au noir, ou saturne, le plomb alchimique, l'œuvre au blanc ou la lune, l'argent alchimique, l'œuvre au jaune ou vénus, le cuivre alchimique et enfin l'œuvre au rouge ou le soleil, l'or alchimique. Mais les métaux alchimiques ne sont pas ceux que nous connaissons sous ces noms. On suppose que les alchimistes les appelaient comme ça pour cacher leur science aux profanes. Pour moi, ces quatre métaux sont des métaux plus ou moins radioactifs et les œuvres alchimiques consistent à les faire échanger des neutrons pour obtenir des transmutations jusqu'à la transmutation finale qui donne ce que les Shavas appelaient les scories-des-anciens et les alchimistes poudre de projection ou encore pierre philosophale…

— Oui, répondit Gaëlle, j'ai vu ça dans ta thèse…

— Et ce qui est troublant, reprit Pauline, c'est que les alchimistes européens et les shavas sont d'accord pour décrire le produit de l'œuvre au rouge comme une substance très active, rouge vif, qu'il faut incorporer à du verre en fusion pâteuse pour en faire les scories-des-anciens des shavas ou la poudre de projection des alchimistes. Les deux traditions s'accordent pour dire que ce produit est une sorte de panacée, d'élixir de longue vie et qu'il permet aussi de donner de la lumière, du confort et de la richesse. Pour les shavas, les scories-des-

anciens permettent de transmuter les métaux, mais il est interdit au peuple de le faire lui-même. Seules les prêtresses en ont le droit.
—Mais vous commenceriez à ébranler mes certitudes concernant l'alchimie, Pauline !
—On s'est longtemps demandé l'origine de tout l'or que l'on a trouvé à Mycènes. Homère qualifiait Mycènes de πολύχρυσος[74], c'est-à-dire riche en or. Pourtant il n'y a pas de mine d'or en Grèce… Alors ? La poudre de projection expliquerait tout !
—On ne le saura sans doute jamais avec certitude, dit le professeur…
—Vous parlez trop vite, Ted… On a retrouvé une statue légendaire, le Palladium, une statue de Pallas-Athéna dont Cassandre avait la garde… Vous savez, la statue tutélaire du feu sacré de Troie qui était censée protéger la ville… Eh bien, devinez ce que j'y ai vu ?
—Je suis trop vieux pour jouer aux devinettes, surtout avec l'antiquité, qui n'est pas du tout mon domaine…
—Des inscriptions en Linéaire B, en écriture mycénienne ! Et pourtant, poursuivait-elle à l'intention de Charles et Gaëlle, les Troyens n'utilisaient pas l'écriture. C'est pour cela qu'on n'a aucune trace historique de la fondation de Troie… Elle a été fondée au cours des « siècles obscurs » qui ont succédé à la chute de l'empire mycénien, sous les coups de ceux que les Égyptiens ont appelé les peuples de la mer[75] à la fin du XIIIème et au début du XIIème siècle avant notre ère. Toutes les civilisations méditerranéennes, sauf l'égyptienne, ont sombré, et notamment Mycènes qui était la seule civilisation égéenne à utiliser l'écriture. Les siècles obscurs ont duré du XIIème au VIIIème siècle.
—Les siècles obscurs ? Demanda Gaëlle.
—C'est cette période pendant laquelle aucune civilisations de Grèce, d'Asie Mineure ou de Phénicie ne connaissait plus l'écriture, dont l'usage avait disparu avec la chute de Mycènes. On n'a donc aucune chronique de ces siècles.
—Pourtant, la guerre de Troie ?
—Homère et Hérodote, pour ne citer qu'eux, ont écrit des récits transmis de bouche à oreille de génération en génération. Ils l'ont écrit bien après la fin de la guerre.
—Et Dictys de Crète, et Darès de Phrygie ? Demanda le professeur, qu'en pensez-vous ?

[74] Polychrysos, synonyme de Mycènes chez Homère.
[75] Peuples qui ont attaqué toute la Méditerranée orientale par la mer à la fin de l'âge de bronze

— Rien… Ce sont probablement les textes les plus authentiques, mais nous n'en avons qu'une traduction plus ou moins romancée faite mille ans après… À une époque où Homère servait de référence… Alors les textes, oui, je les crois sérieux, mais ils sont perdus, quant à leur traduction en latin, je la crois douteuse.
— Oui, répondit le professeur, c'est ce qui est communément admis.
— La découverte d'écriture mycénienne sur la statue troyenne de Pallas-Athéna, reprit Pauline, pourrait induire que le feu sacré des Troyens a, en réalité, une origine plus ancienne, mycénienne. Avec cet éclairage, on peut conclure que c'est lui qui a permis à Mycènes d'être aussi riche et aussi incroyablement en avance sur les autres cités jusqu'aux invasions. Ainsi Ilos ne serait qu'un Mycénien qui aurait fui Mycènes, ravagée par les Peuples de la Mer.
— Ilos ? Demanda Charles, qui est-ce ?
— C'est le mythique fondateur de Troie. On dit que Zeus lui aurait envoyé la statue du palladium devant sa tente en lui demandant d'aller fonder une nouvelle cité dont elle serait la figure tutélaire… Si le Palladium est mycénien, Ilos serait alors un Mycénien qui aurait ainsi fondé Troie qu'il voulait être une nouvelle Mycènes. De la même manière que, bien plus tard, Énée emportera le feu sacré en fuyant Troie dévastée pour fonder Lavinium, une nouvelle Troie. Et puis, j'ai écrit dans ma thèse que la conquête de ce feu sacré était sans doute la vraie cause de la guerre de Troie. Cela se comprendrait encore mieux si ce n'était pas sa conquête, mais sa reconquête !
— Eh bien, conclut le professeur Tournesol, cette perspective est vertigineuse. Et que disent ces inscriptions sur la statue ?
Un silence de plomb répondit au professeur… Pauline et Gaëlle se regardaient, gênées. Charles regardait le fond de son verre.
— Qu'y a-t-il ? J'ai posé la question qu'il ne fallait pas ?
— C'est à peu près ça, dit Gaëlle. On a volé le Palladium… sous notre nez, la semaine dernière à Dun-le-Palestel dans la Creuse.
— Donc vous n'avez plus rien qui pourrait décrire précisément ces réactions nucléaires dont vous avez pourtant largement prouvé l'existence. Les tablettes shavas, la statue du Palladium, volées…
— Et volées par le même Ian Mc Gwyr…
— Que vous reste-t-il ?
— Rien. La conviction que la Table d'Émeraude n'est que la première de toute une série de tablettes qui traitent de ce sujet pour la Haute-Égypte et que l'auteur du *Mutus Liber* a eu toutes ces tablettes en sa possession. Pour l'autre, celui de Troie, la certitude que Michel Maier,

auteur de l'*Atalante Fugitive,* a eu connaissance d'une traduction des inscriptions en Linéaire B du Palladium.

— Une traduction ? Intervint Gaëlle, mais j'ai trouvé sur Wikipédia que le Linéaire B n'avait été déchiffré que dans les années 1950... Alors, au dix-septième siècle, si c'est une traduction, elle aurait été faite par qui ?

— Exact. Ni les Troyens ni les Grecs de l'époque de la guerre de Troie ne connaissaient l'écriture. Resteraient les Latins ou les Romains, mais rien ne permet de penser qu'ils connussent le Linéaire-B. Vraiment rien. Le Linéaire-B n'était guère utilisé que sur des tablettes d'argile effaçables, dont aucune n'a pu résister aux siècles, bien sûr. On n'a su le déchiffrer au vingtième siècle que parce que l'incendie du palais de Pylos avait cuit des milliers de tablettes, les transformant en brique. On les a retrouvées en faisant des fouilles archéologiques à Pylos. On en a aussi retrouvées à Cnossos. Mais à Mycènes même, qui n'a pas été incendiée, presque pas. Non, et peut-être que je me fais un film et que l' « *Atalanta Fugiens* » n'a rien à voir... Il faut d'abord retrouver le Palladium et déchiffrer ses inscriptions. De toute façon, ni le « *Mutus Liber* », ni l'« *Atlanta Fugiens* » ne sont suffisamment explicites. À mon avis, ils ne sont que des aide-mémoire destinés à des personnes qui connaissent déjà bien le sujet. On pourrait dire des pense-bête pour qu'ils n'omettent rien au cours des manipulations.

— Et votre Mc Gwyr, lui, il a tout ?

— Oui, mais il ne sait pas encore l'utiliser. Les textes des tablettes d'obsidienne shavas ne sont visibles que par thermoluminescence, et d'une part il ne le sait pas et d'autre part ils sont écrits dans une écriture encore inconnue...

— Donc s'il découvre l'existence de ces textes, ils ne lui seront d'aucune utilité et il les aura détruites puisque la thermoluminescence détruit aussitôt ce qu'elle révèle...

— C'est ça ! Et le texte du palladium est en Linéaire-B et...

— Et il ne connaît pas le Linéaire-B... Alors rien n'est perdu !

— Oui, répondit Charles, la DGSE a placé des mouchards chez les universitaires qui connaissent assez le Linéaire B. Pauline a établi une liste de cinq britanniques, quatre Américains, un Russe et trois Français... Pour les étrangers, nos services ont fait ce qu'il fallait, mais le ministre de l'intérieur ne coopère pas. Alors nous craignons que Mc Gwyr ne fasse traduire ce texte par un paléographe français sans que nous le sachions.

Ce n'est que plus tard, après le dessert, que Pauline annonça, alors qu'elle n'avait, normalement, pas le droit d'en parler au Professeur Tournesol :

— Demain, Gaëlle et moi partons pour Gibraltar. On devrait y trouver le sarcophage de Mykerinos…

— Oui, répondit le professeur, je sais, et j'imagine que vous espérez aussi trouver les matériaux fissiles du feu sacré Égyptien, celui que Khéops a fait éteindre. J'ai bien lu votre thèse, Pauline. Khéops a même fait fermer tous les temples de peur que le secret en soit encore entretenu par quelque prêtre dissident… Hérodote affirme que c'est cette fermeture qui serait à l'origine de son impopularité.

— Que les prêtres lui reprochent cette fermeture, je l'admets avec Hérodote, l'interrompit Pauline, Mais ce qui l'a rendu odieux aux yeux du peuple, je crois plutôt que c'est la catastrophe nucléaire qui l'aura conduit à ordonner cette fermeture. Je crois que le verre libyque du désert à l'ouest de l'Égypte provient de la vitrification du sable par une explosion nucléaire… D'ailleurs, vous l'avez lu dans ma thèse…

— Bon, dit Charles, n'épiloguons pas davantage… Nous sommes dans du TSR[76]…

— Ne vous inquiétez pas… De toute façon, connaissant Pauline, je suis sûr que cette expédition à Gibraltar sera soit à la une des journaux, soit classifiée par le général avant trois jours. Quand partez-vous pour Gibraltar ?

— Nous prenons un Eurostar après-demain midi et repartons de Gatwick le lendemain matin par un vol pour Gibraltar.

[76] Très secret Rubis. Secret concernant le nucléaire militaire.

A bord du San-Juan, baie d'Audierne, France nuit du 14 au 15 décembre

Le sous-marin San-Juan était arrivé au point de rendez-vous près d'une heure en avance. Le commandant avait donné l'ordre au pilote de maintenir la position. Il était au périscope de veille. C'était sa troisième livraison de la nuit et son avant-dernière en Europe. Après-demain matin, il partirait pour Carthagena… Il surveillait la côte par simple curiosité. Il attendait le signal… Il entendit le capo primero Nuñez, au sonar passif, annoncer

— Un bruiteur… Faible… Une hélice trois pales dont une faussée… Moteur très rapide… Peux pas compter les tours…

C'est lui, se dit le commandant Fuéres… Pile à l'heure… Avec l'appareil de vision nocturne du périscope, il voyait un Zodiac l'approcher rapidement par l'avant. Il rentra le périscope de veille pour passer au périscope d'attaque. C'est un périscope plus petit et plus discret que le périscope de veille, mais il a les mêmes aptitudes à la vision nocturne que l'autre, avec, toutefois, un angle de vue plus réduit… Ils étaient deux à bord du Zodiac. Il les vit s'approcher si près qu'ils auraient sans doute remarqué le périscope de veille.

— En arrière lente, dit-il à destination du pilote

— En arrière lente répondit-il

— Stoppez

— Moteur stoppé. Vitesse 0,2 nœud en arrière, route au 095.

— Ils ont arrêté leur moteur, dit Nuñez… J'ai juste un biologique… Un banc de crevettes… Musique… J'ai de la musique… Le générique de la vieille série télé « The Lone Ranger »… Ça a fait fuir les crevettes !

— Quoi ? Dit le commandant étonné… Ce n'est pas ça que j'attends… Mettez la musique sur haut-parleur

— C'est l'ouverture de Guillaume Tell de Rossini… Déclara, méprisant, le commandant Fuéres

— Désolé, Commandant, je ne suis pas mélomane !

— C'est la musique convenue pour la livraison numéro trois… Tubes lance torpilles n°1, 3 et 6, lancez…

— Tube n°1, colis parti !

— Tube n°6, colis parti !

— Tube n°3… Non… Si… colis parti !… Il y a un problème.

Le contenu des tubes 1 et 6 fut expulsé sans difficulté par les refouloirs pneumatiques… Par le périscope, le commandant vit les deux premières bouées sphériques jaillir hors de l'eau... La troisième bouée resta un instant à juste affleurer le dioptre[77]... Le filet est resté coincé dans le tube pensa-t-il...

— Ils ont remis le moteur... Petit bateau, hélice trois pales dont une faussée...

— En arrière toute

— En arrière toute dit le pilote

Aussitôt il vit la troisième bouée sauter elle aussi complètement... Le troisième chargement était décoincé...

— Stoppez

— Moteur stoppé vitesse 4 nœuds en arrière, route au 095

Ainsi le refouloir du tube n°3, chargé d'un filet d'une tonne, a peiné à expulser son chargement... Il s'en est fallu de peu que le filet ne restât coincé à la bouche du tube et il a fallu faire reculer le sous-marin pour l'en extraire... Le commandant nota *in petto* de ne plus faire de paquets de plus de 750 kg, qui était la masse des torpilles Mk37 équipant normalement le San-Juan...

— Pilote en avant lente

— En avant lente... Vitesse trois nœuds arrière...Un nœud arrière... Un nœud avant... Deux nœuds...

— Régler la vitesse à cinq nœuds, immersion périscopique, route au 310.

— Vitesse cinq nœuds... En route au trois cent dix... Assiette 1°

Il avait une dernière livraison à effectuer à trois miles d'ici... Dans une heure et 21 minutes... Puis il partirait pour la base clandestine de Carthagena, son port d'attache qu'il ne connaissait pas encore... Il avait préparé cette dernière livraison en empaquetant les caisses dans deux filets de cordage, comme les précédents, chacun était attaché à une de ces bouées de détresse qui se gonfle automatiquement dès la sortie du tube lance torpille... Et il les fit installer l'un dans le tube n°1 et l'autre dans le tube n°4. Jusqu'ici, se dit-il, les destinataires sont plutôt bons... Il n'y a pas eu une erreur...

[77] terme optique parfois utilisé par les sous-mariniers pour désigner la surface de l'eau

Baie d'Audierne, Finistère, nuit du 14 au 15 décembre

C'est Souff qui conduisait le Ford Transit. Il était avec Buzz. Buzz était un garçon qui lui avait toujours été fidèle. Depuis deux semaines, il était le second de Souff... Les gars du quartier le craignaient autant que Souff et lui obéissaient comme à Souff... Il était baraqué, le visage fermé, une large mâchoire encadrée par des joues creuses mal rasées, un nez court et cassé. Ses yeux étaient totalement inexpressifs sous un front étroit entre ses épais sourcils noirs et sa coiffure en pétard. Buzz avait été surnommé ainsi à cause de Buzz l'Éclair, actif, agressif, mais pas très intelligent...

— Tu vois, c'est facile.... On a pris un utilitaire, mais c'est exceptionnel... Habituellement, tu viendras avec plusieurs 4x4 rapides et tu n'auras qu'une charge par 4x4... Tu comprends ?

— Oui, tu me l'as dit, une charge de 500 kilos par 4x4 avec trois 4x4, ça fait 1500 kilos à récupérer toutes les trois semaines... C'est bien ça ?

— Oui. Ou tous les mois... Enfin, chaque fois, que je te dirai... Je te dirai aussi exactement le lieu, l'heure et la musique...

— Tu ne m'as toujours pas dit à quoi elle servait, ta zikmu...

— Tu verras bien...

Ils étaient sur une toute petite route au fin fond de la Cornouaille, dans le Finistère au milieu d'une vaste étendue de champs labourés. La nuit était noire et il n'y avait aucune maison en vue.

A un carrefour, Souff hésita une seconde avant d'aller tout droit, direction « Stang ar Liou ».

— On est presqu'arrivés, dit-il.

— C'est quoi, Stang ar Liou ?

— C'est juste la petite plage où on va chercher la marchandise pour la charger dans le Ford.

— Un Ford Transit, pour un go-fast, ça craint...

— D'abord, c'est pas un go-fast... On n'a pas de voiture de reconnaissance devant nous... On est seuls... mais c'est exceptionnel... Toi, tu feras des vrais go-fasts avec une voiture pour ouvrir la route, genre Porsche, et les trois voitures de charge, genre Range Rover ou Dodge Ram... Mais je te répète : tu me dis à l'avance qui vient avec toi, et avec quelles caisses...

— Oui, oui, OK, j'ai compris, mais comment on va récupérer la marchandise ?

— Tu vas voir... Tu regarderas bien et tu te rappelleras... D'accord ?

— Oui… OK… Ne me prends pas pour un débile

Pas complètement débile, le Buzz, pensa Souff, mais débile, quand même un peu…

Il faisait nuit noire. Le Ford Transit était arrivé au bout de la petite route, sur la plage déserte… Il manœuvra pour s'arrêter dos à la plage. La lune gibbeuse diffusait une clarté blafarde et sans relief, mais suffisante pour ce qu'ils avaient à faire. La mer était haute et la plage ne faisait qu'une quinzaine de mètres de large… Ils sortirent le Zodiac de la camionnette, l'assemblèrent et le gonflèrent à l'aide de la bouteille d'air comprimé amarrée dans le véhicule… Puis ils le mirent à l'eau, ils le chargèrent de cordages et de grappins et embarquèrent eux-mêmes…

— Voilà, on va maintenant gagner le point de rendez-vous… 47,919212 -4,443918, ce sont ses coordonnées GPS. Il faut être précis… C'est là qu'on va… Tu vois, on va aller surtout vers l'ouest, parce qu'on est presque bons pour la latitude

— La quoi ?

— La latitude… C'est le premier nombre GPS… C'est le nord et le sud….

— Ah oui, la latitude… Et l'autre, c'est la longitude… Oui, c'est ça…

— Mais avant de partir, on va noter les coordonnées GPS d'ici, pour qu'on puisse revenir… Tu vois, tu notes ici : 47,925468, c'est la latitude et -4,386968, c'est la longitude…

Ils partirent vers le large en obliquant vers la droite… Le bruit agressif du moteur de leur Zodiac semblait tonitruant dans la nuit silencieuse…

— On va nous entendre… dit Buzz.

— Mais non, notre moteur a l'air de faire du bruit, comme ça parce qu'il n'y a pas d'autre bruit… Mais personne ne nous entend… Attention de ne pas allumer de lumière, même pas une allumette, parce que ça, ça se voit… Tiens, regarde à gauche, un peu derrière nous, tu vois la lumière qui tourne ? C'est le phare d'Eckmühl… Et à droite, moins fort, tu as plusieurs petits phares… Au retour, tu devras voir le premier à droite devant et les seconds à gauche… Mais de toute façon, c'est le GPS qui doit te guider…

Au bout d'un quart d'heure, ils étaient, à quelques mètres près, à la position GPS prévue.

— Voilà, tu vois, on est arrivés… On ne s'occupe pas du dernier chiffre du GPS… Ça fait un mètre, ça ne compte pas… Bon, maintenant, on maintient la position avec les pagaies… Le moteur doit être stoppé… Là, comme ça, tu mets la musique… Pose ton smartphone sur le fond du bateau… Sur la latte, là…Voilà… Il faut que le son se

communique bien à l'eau… Et mets la musique…
— Mais l'imam dit que la musique…
— T'occupe pas de l'imam. Il est mort…
— Mais…
— Mets-là cette zikmu, bordel !… et discute pas… Maintenant, on se tait et on regarde.
Le smartphone de Buzz diffusait l'ouverture de Guillaume Tell de Rossini.
Une minute plus tard, un gros ballon jaillit de l'eau avec un grand plouf, une sorte de bouée flottante juste devant le Zodiac.
— Approche le bateau avec la pagaie… On doit l'accrocher, dit Souff qui passa un des grappins dans le cordage du ballon gonflable.
Pendant qu'il disait cela, une autre bouée jaillit de la surface de l'eau à bâbord et une troisième, un peu plus loin, restait à affleurer à peine la surface de l'océan…
— Bon, dit-il, trois, c'est fini. On peut remettre le moteur pour aller chercher les bouées.
Juste après qu'il eut remis le moteur, ils eurent un moment d'inquiétude : la troisième bouée, celle qui n'était pas complètement émergée, s'éloignait d'eux, puis elle bondit à son tour pour flotter immobile comme les autres… Ils crochèrent les deux dernières bouées avec les deux autres grappins
Le Zodiac voguait maintenant vers l'est suivi des trois bouées, chacune crochée par un grappin et touée par une élingue… Ils regagnèrent ainsi le rivage. A chaque bouée, un ensemble de caisses enfermées dans un filet était arrimé par un orin de sept mètres… Ils chargèrent tout, caisses, filets, cordages ainsi que les bouées dégonflées, dans la camionnette. Puis ils démontèrent et dégonflèrent le Zodiac qu'ils chargèrent aussi. Ils traînèrent enfin l'enveloppe d'une des bouées dégonflées sur le sable de la plage pour effacer toutes les traces de leur passage.
Il s'était à peine écoulé deux heures entre leur arrivée et leur départ. La petite plage de Stang ar Liou avait retrouvé son calme… Sur le chemin du retour, Buzz dit à Souff
— Mais, attends, je calcule… 1500 kilos toutes les trois semaines… ça fait cinq cents kilos par semaine…
— Tu calcules bien, dis-moi…
— Et cinq cents kilos par semaine, qu'est-ce qu'on va en faire ?
— Tu vas en faire du blé… Tu dois vendre tout…

— Mais de la coke, les dealers n'ont pas d'expérience... Et puis, tu te rends compte cinq cents kilos par semaine... Ça fait euh...
— 71 kilos par jour...
— Jamais on pourra faire ça... Jamais...
— Faudra bien... C'est le nouvel objectif pour Saint-Cergue... Mais t'inquiète, j'ai déjà des clients qui nous en prennent 68 kilos, des grossistes... Toi et tes potes, vous n'avez plus que 3 kilos à fourguer par jour... Ça fait même pas cent grammes par dealer... Vous y arriverez...
— Ben... C'est toi qui le dis... cent grammes... Même en héro ya que les meilleurs qui vendent ça...
— Regarde l'échantillon, le mois dernier... Il est parti en moins de cinq minutes ! Il n'en restait plus rien ! Vous y arriverez.
— Je ne sais pas...
— Vous les vendrez, c'est à la fois une prévision et une exigence... Vous avez même le droit de vendre en gros à des dealers d'autres cités, sauf Basquervilliers et Villeneuve-la-Breche. Et encore une ou deux cités que je te dirai... Mais sinon, vous pouvez vendre à qui vous voulez... C'est de la coke de premier choix... Direct de Colombie... De la blanche pure à 99%, on n'a jamais vu ça à Saint-Cergue. Les clients vont a-do-rer ! C'est autre chose que des paquets de cigarettes merdiques, le shit ou cette héro coupée que nous refilaient les barbus !
— Et puis, 1500 kilos, je n'ai pas assez de nourrices... On avait dit jamais plus d'un kilo à la fois dans une nourrice...
— Si tu passes à deux kilos, ça marche ! Ce que je vends à des grossistes, tu ne le mets pas en nourrice. Tu le remettras directement aux acheteurs. Tu verras, je te dirai comment. On va devenir un centre national ! Les réseaux des autres cités vont être à notre botte, je te dis ! On sera pétés de tunes ! En plus, j'ai un labo qui nous fera du free base... Quand les clients seront bien habitués à la coke, on leur fourguera ça...
— Du crack aussi ?
— Arrête tes conneries, les fumeurs de crack, ce ne sont pas des clients pour Saint-Cergue... Il n'y a que des emmerdes à attendre du deal de crack. Le free base, c'est pas la même clientèle !

Golfe de Gascogne à bord du San-Juan 15 décembre

Toutes les livraisons s'étaient bien déroulées, sauf la dernière... Elle était prévue au sud de la Pointe du Raz. Le commandant a fait patienter le sous-marin jusqu'au lever du soleil et personne n'est venu.
Pas question de rester de jour au périscope si près des côtes et surtout si près des routes maritimes... Il fallait repartir au large pour établir une liaison téléphonique d'urgence.
— En avant 18 nœuds, route au 180.
— En avant dix-huit nœuds, la barre est dix à gauche... En route 180.
— Assiette moins cinq.
— Assiette moins cinq.
— Venir à 25 mètres. Régler la vitesse à 25 nœuds.
Le San-Juan partait plein sud. Il cherchait une zone sans navires pour déployer une antenne de transmission par satellite.
A 12h30, le sonar annonça...
— Ça y est, Commandant, j'ai des biologiques proches, mais les bruiteurs sont lointains.
— Lointains comment ?
— Je dirais 18000 mètres pour le plus proche.
— Réduisez à 8 nœuds, venir à l'immersion périscopique.
— On est à l'immersion périscopique.
— Hissez l'antenne Inmarsat.
— Antenne hissée.
Le commandant saisit le combiné d'un téléphone mural spécial maritime et il obtint la communication.
— Vanderloo... entendit-il
— Ici le San-Juan... Bonjour, Monsieur. À la dernière livraison, pointe du Raz, il n'y avait personne au rendez-vous...
— Bonjour, Commandant. Oui je sais...
— Alors que dois-je faire ?
— Échouez la cargaison sur une plage, n'importe laquelle...
— Mais il y a 1500 kilos...
— Je sais, mais c'est une question d'ego, le client voulait pouvoir fixer lui-même les rendez-vous et ne pas se les faire imposer...
— Il est rien con, votre client Señor ! Il n'en est pas question !
— Oui, oui, je suis d'accord... En plus il a déjà payé et il pensait juste que nous n'oserions de gaspiller une cargaison de 1500 kg !
— C'est vous le patron. Vous avez une préférence pour la plage d'échouage ?

— Où vous voudrez, ça m'est égal… Tout ce que je veux, c'est que ça se sache… Il faut un échouage spectaculaire pour que les collaborateurs de feu cet abruti l'apprennent par la presse.
— Vous ne serez pas déçu. Je dois interrompre la liaison, sinon je vais me faire repérer.
— Au revoir… Ah, par la suite, pour les questions de fret, je veux que vous appeliez Michel Sangulier… Moi, je ne suis plus que votre armateur… Sangulier est l'importateur. Allez, au revoir, Commandant.
— Au revoir, Señor armateur !

Une fois raccroché, le commandant ne rentra pas tout de suite l'antenne Inmarsat, le temps de télécharger les cartes des courants et des marées dans le golfe de Gascogne… Après avoir examiné cela pendant cinq minutes, il fit rentrer l'antenne, il se lança dans des calculs de vitesse et de courants et ordonna :
— Pilote, venir en route au 300°, vitesse 2 nœuds.

Il partit déjeuner au carré des officiers d'un hamburger au bacon avec du chili.
— On va bien s'amuser, avant de partir pour Carthagena… On doit échouer sur la plage les 1500 kg de marchandise qui nous restent. On avance lentement pour nous synchroniser avec la marée…
— Quelle plage ?…
— Où nous voulons… Et l'armateur veut que ça se voie ! Et justement, dans exactement 45 minutes, nous serons au point où le gulfstream va faire dériver la marchandise Nord-Nord-Est un certain temps avant que la marée ne la pousse vers les côtes, parce que nous serons à l'étale de basse mer…
— Mais, Commandant… Elle vaut cher, cette came…
— Elle est déjà payée…
— Mais on pourrait…
— Voler l'armateur ? Ce serait suicidaire. Dans nos milieux, toutes les relations sont basées sur la confiance… Et si quelqu'un n'a plus confiance en toi, tu es mort ! Nous ne sommes plus dans l'Armada Argentina !

A 13h35, le commandant fit ouvrir les caisses et répartir les 1500 paquets d'un kilo dans les tubes lance-torpilles n°2 et 3. Il fit mettre les tubes en eau et les fit ouvrir. Puis il mit le sous-marin en arrière pleine puissance avant d'actionner les refouloirs pour éjecter les paquets du tube 3 et, trente secondes plus tard, ceux du tube 2.

La coke, est plus légère que l'eau. Les paquets remontèrent donc à la surface répartis sur une distance de plus de 2000 mètres. Il avait pris par le travers cette branche du Gulf Stream qui pénètre dans le golfe de Gascogne et remonte au nord pour rendre le climat du Morbihan et du sud Finistère si agréable… Ainsi les paquets qui ont émergé hors du courant seront emportés tout de suite sur place et les autres plus tard et plus loin… Avec la marée qui les drosse vers la côte, les premiers paquets, les plus lents, échoueront sur les côtes des Landes et les plus rapides iront jusqu'en Bretagne. Toutes les plages françaises de la côte Atlantique recevront leur coke… Il y en aura partout… Le señor Vanderloo voulait que ça se voie… Eh bien ça se verra, pensait le commandant Fuéres avec satisfaction avant de donner enfin l'ordre que l'équipage attendait depuis un mois.
« Venir à 150 mètres, 25 nœuds, route au 264… On rentre à la maison » dit-il en réalisant que lui-même n'avait encore jamais vu son port d'attache.

DGSE, bureau du général de Saint-Elme, 15 décembre

Un urgent TSR venait d'arriver sur l'ordinateur du général de Saint-Elme

###############
Origine : Gibraltar
Destinataire : DGSE Action
15 décembre 10:17 TU
Urgence : urgent
Classification : Très secret rubis
###############

Je me réfère à votre TSR du 23/11-11:05. Les autorités portuaires de Gibraltar se sont montrées assez peu coopératives et j'ai dû puiser dans les fonds secrets à hauteur de 5000 Euros pour les aider à me faire confiance. J'ai obtenu la liste de tous les bricks marchands de 180 tonneaux (à dix tonneaux près) ayant relâché au port de Gibraltar entre le 15 novembre 1838 et le 15 janvier 1839. Aucun ne transportait de fret tel que celui décrit dans le TSR de référence. A fortiori aucun n'a donc pu débarquer une pièce massive comme vous la décrivez. Toutefois, le 30 décembre 1838, un brick de 178 tonneaux est arrivé lège au port de Gibraltar en provenance de Gibraltar. Il avait pu décharger ailleurs à Gibraltar, dans un mouillage privé, par exemple, où il n'en reste pas de trace parce que ces mouillages ne tenaient pas de registre. Il battait pavillon ottoman et s'appelait Beatrice II. Il était encore la propriété de Lord Sashward dixième du nom qui venait de le perdre au jeu.

LT C FORNAT CF985K
###############

Curieux ce brick qui va de Gibraltar à Gibraltar… On ne fait pas de cabotage le long d'une presqu'île d'à peine cinq kilomètres, surtout avec un aussi gros bâtiment… Il chercha si le service de la documentation avait une fiche sur ce Lord Sashward dixième du nom. Il trouva une nécro succincte.

Baron Archibald Alexander Sashward dixième du nom. Né le 21 février 1801 dans son manoir de Pevensey, Sussex, mort le 11 janvier 1839 dans sa résidence d'hiver de Devil's Tower Manor, Gibraltar. Il a mené une vie agitée, partageant son temps entre Londres et Gibraltar. Il s'adonnait au jeu et était adepte des duels. Il est mort d'une attaque brutale de syphilis, sans héritier, à l'âge de 38 ans. Mort intestat, la reine Victoria a saisi ses biens comme biens de la couronne. Ses terres anglaises ont été dévolues à la pairie de Sussex et sa propriété de Gibraltar à l'armée dans le cadre d'un plan de fortification de la presqu'île. Quant à l'importante flotte marchande de 41 navires dont il était armateur, sa vente aux enchères, navire par navire en juillet et août 1839, n'a pas permis de rembourser toutes ses dettes. Comme il s'agissait de dettes de jeu, la reine n'a pas accepté la vente des terres pour les combler.

Un drôle de pistolet, ce Lord… Ainsi, on peut imaginer que, pour payer sa dette de jeu, il se soit débarrassé de la Béatrice après en avoir déchargé la cargaison non pas au port, mais dans sa propriété de Devil's Tower… Il n'avait sans doute gagé que le bateau, et pas la cargaison… Comme la Béatrice était nolisée par Sir Richard Vyse, il ne pouvait pas la gager… D'où une falsification des registres maritimes pour la rebaptiser et changer son pavillon… Ça se tient… Il est mort juste après, il devait donc être déjà bien atteint à l'époque des faits. Et il n'a matériellement pas eu le temps de se soucier de la marchandise… A moins… Oh, mais, c'est possible !… La syphilis, ça n'arrive pas de façon brutale… On est de plus en plus malade pendant plusieurs mois, et même plusieurs années. Ça ne passe pas inaperçu… Alors, peut-être n'a-t-on conclu à la syphilis qu'à cause de son mode de vie et que, de toute façon, il était mort et le diagnostic n'avait pas d'importance… Et, dans ce cas, peut-être est-il mort, comme les marins débarqués à Malte, de l'irradiation radioactive que présume miss Dummoulin…

Décidément, ça semblait loufoque au début, mais, de plus en plus, je crois que j'ai eu vraiment raison en saisissant la thèse Dummoulin… Ainsi, il est possible que des matériaux fissiles soient cachés à Gibraltar, avec le sarcophage de Mykerinos, dans l'ancienne propriété de ce curieux lord. Si c'est le cas, il est très inquiétant de voir un personnage aussi louche que Vanderloo tourner autour de cette thésarde…

################

Origine : DGSE

Destinataire : Gibraltar

23 novembre 11:25 TU

Urgence : flash

Classification : Très secret rubis

################

Rechercher des informations sur la propriété de Lord Sashward à Gibraltar.
Placer une surveillance pour surprendre et intercepter d'éventuelles investigations dans la zone
Rendre compte
Accueillir Pauline Dummoulin, universitaire et Gaëlle le Couëdic, journaliste et les associer aux recherches. Elles sont habilitées TSR pour cette seule opération.
GBR. G de SAINT-ELME GS365K
################

Une fois ce flash envoyé, il convoqua Charles et lui présenta les deux TSR.

— J'ai des raisons de croire que les métaux fissiles dont parle Mademoiselle Dummoulin dans sa thèse sont cachés dans l'ancienne propriété d'hiver d'un certain Lord Archibald Alexander Sashward, mort en 1839. Je ne sais pas si notre poste sera à la hauteur. Tout ce qu'ils font jusqu'ici, c'est d'entretenir un coûteux réseau de correspondants, essentiellement des policiers, des agents portuaires, des restaurateurs et des hôteliers…

— Et pourquoi cela ?

— Au service de la Direction des Douanes, et dans le cadre de notre coopération avec les autorités britanniques et espagnoles dans la lutte contre la drogue… Beaucoup des passeurs de drogue ont leurs bateaux basés à Gibraltar… Jusqu'ici, nos agents ne font que de l'infiltration et du renseignement… Là, je leur demande d'intercepter illégalement des suspects… Vous, ici à Paris, je vous demanderai de préparer un commando prêt à partir pour Gibraltar en urgent…

— Je pense, mon Général, qu'il faudrait leur envoyer un complément d'information. Attendez… dit-il en rejoignant Saint-Elme derrière son bureau et en préparant un message sur son ordinateur… Quelque chose comme ça…

— Vous avez raison, Charles, dit le général en souriant.

C'est ainsi qu'un troisième message partit un quart d'heure après le précédent.

################
Origine : DGSE
Destinataire : Gibraltar
23 novembre 12:34 TU
Urgence : flash
Classification : Très secret rubis

###############
En complément de mon GS365K précédent. Ne soyez pas surpris par la personnalité de Mademoiselle Dummoulin. Ce n'est qu'une universitaire surdouée, rien de plus.
GBR. G de SAINT-ELME
GS177K
###############

Marnes-la-Coquette, pendant ce temps-là

C'est dans le salon de Francis Calcomycès, à Marnes-la-Coquette, que Joël Vanderloo avait résolu de réunir ceux qui allaient devenir l'âme du complot. Il y avait là les maires des communes qui étaient sous contrat avec lui ainsi que le ministre de l'intérieur.
Francis Calcomycès, en tant que maître des lieux, l'introduisit :
— Monsieur le Ministre, chers collègues, nous connaissons tous Joël Vanderloo qui nous a été de si bon conseil pour la reprise en main des éléments incontrôlés de nos communes. Aujourd'hui, avec lui, nous allons être en mesure de faire au niveau du pays ce que nous avons réussi au niveau de nos communes. Faire de la France un pays prospère, paisible, docile et sous contrôle... Aujourd'hui est un grand jour parce qu'il marque le début d'une ère de prospérité pour la paix et pour nous. Une ère nouvelle. La nôtre. Joël, vous avez la parole.
— Tout d'abord, merci à Francis de nous accueillir dans sa résidence aussi belle que discrète. Vous et moi allons faire de grandes choses pour ce pays. Nous avons déjà réussi à rétablir l'ordre dans vos communes et cela va durer. Pour que vos jeunes ne vous fassent plus d'ennuis, il suffit de les occuper. Ça, c'est mon problème. Je leur fournis du boulot. Ils font leur business et vous reversent leur dîme. Tout va bien de ce côté-là. Depuis le limogeage de vos imams radicaux, le commerce a dû reprendre sans aucune dimension religieuse et vous êtes normalement rémunérés comme avant. Est-ce bien le cas ?
— En ce qui concerne Saint-Cergue, répondit Calcomycès, c'est même mieux qu'avant. Ils me versent près de deux fois ce qu'ils me versaient avant.
— Ce n'est pas normal. C'est le signe que votre maire-adjoint, celui qui assurait la liaison avec la pègre...
— Mahmoud Ben Gharbi ? Il est mort.
— Oui, paix à son âme. Mais c'est signe qu'il se mettait dans la poche la moitié de ce qui vous revenait.
— La moitié ? Je savais qu'il se sucrait un peu au passage, mais la moitié !...
— Il n'était pas à mauvaise école. Dois-je vous rappeler votre propre attitude quand vous aviez été chargé par le gouvernement du projet de troisième aéroport de Paris ? Même à Bruxelles, ils ont remarqué que le dossier n'était pas net...

Francis Calcomycès se retint de répondre, et regardait inquiet vers le ministre qui, lui, semblait totalement indifférent à cet échange.

— Donc, reprit Vanderloo, nous sommes d'accord. Nous sommes tous dans le même bateau. Un bateau qui va nous amener aux plus hautes fonctions du pays. Notre république est devenue inefficace au possible. Les partis politiques ne sont plus que des bureaux de placement pour politiciens et la haute administration consomme plus d'énergie à cacher les fautes commises par ses fonctionnaires qu'à gérer le pays.

Le téléphone de Joël Vanderloo sonna. Il regarda l'écran et fit un signe d'excuse tout en répondant à mi-voix « Vanderloo... Bonjour, Commandant. Oui je sais... Échouez la cargaison sur une plage, n'importe laquelle... Je sais, mais c'est une question d'ego, le client veut pouvoir fixer lui-même les rendez-vous et ne pas se les faire imposer... Oui, oui, je suis d'accord... En plus il a déjà payé et il pensait juste que nous n'oserions pas gaspiller une cargaison de 1500 kilos... Où vous voudrez, ça m'est égal... Tout ce que je veux, c'est que ça se sache... Il faut un échouage spectaculaire pour que les collaborateurs de feu cet abruti l'apprennent par la presse... Au revoir... Ah, par la suite, pour les questions de fret, je veux que vous appeliez Michel Sangulier... Moi, je ne suis plus que votre armateur... Sangulier est l'importateur. Allez, au revoir, Commandant. ». Puis il reprit son allocution :

— La République foule aux pieds les principes mêmes qui la fondent : le principe démocratique de la séparation des pouvoirs en autorisant les fonctionnaires à être députés sans perdre leur qualité d'agents de l'exécutif. Elle a ôté au peuple une grande part de sa liberté de choisir ses élus en imposant des quotas de gens pour lesquels il a limitativement le droit de voter.

— Vous exagérez quand même. Il est normal que l'on ait des femmes ou des représentants des minorités à l'Assemblée.

— Si le peuple l'estime normal, oui... Alors il serait normal de laisser le peuple les élire comme il veut. Ou alors, faire comme dans la Grèce antique. À Athènes, l'assemblée, la Boulê, était tirée au sort pour une durée d'un an parmi les citoyens. Là, au moins, on était sûr d'avoir une représentativité. Le tirage au sort est un mode de désignation des représentants du peuple – on ne peut plus vraiment dire de ses délégués – tout à fait admissible. On l'utilise bien pour les jurys d'assises.

— Mais les jurys d'assises travaillent sous le contrôle d'un magistrat professionnel…

— Et l'assemblée nationale alors ? Vous ne croyez pas qu'elle travaille sous le contrôle de l'administration ? Les fonctionnaires ont le monopole des projets de lois et ils ont même le droit de voter les lois que leurs collègues ont proposées. Vous l'avez tous constaté, une loi défavorable à l'administration n'a aucune chance d'être adoptée, parce que les députés-fonctionnaires, même s'ils appartiennent à la majorité, votent contre son adoption. C'est pour ça que nous avons l'État le plus cher du monde… Et qu'il est de moins en moins efficace. La France est vouée à l'inefficacité molle qu'avait la République de Rome avant la dictature de Jules César.

— Et où voulez-vous en venir demanda alors le ministre ?

— Le peuple n'en peut plus, mais il est si endoctriné qu'il ne sait même pas identifier la cause de son exaspération. Il travaille plus de la moitié de son temps pour nourrir une administration en faillite et il ne le remarque même pas. Il ne le remarque pas parce que la faillite de son administration s'accompagne de subsides, modestes aumônes avec lesquelles l'état achète la paix sociale au lieu d'assurer la prospérité du pays. Notre république souffre de paralysie ou d'obésité. Comme la Rome de Cicéron, il nous faut un Jules César, et il est impossible de compter sur les partis politiques pour nous le trouver. Aujourd'hui, l'assemblée a le pouvoir suprême de déposer le gouvernement en votant la censure… Et cet acte qui consiste, pour le gouvernement, à déposer un 49-3 devrait être l'acmé de la démocratie, puisque le gouvernement se met lui-même la tête sur le billot et soumet son sort à la décision des représentants du peuple. Eh bien, voyez où notre démocratie est tombée : ce parangon de démocratie, nos hommes politiques ont réussi à en faire la pire faute contre la démocratie parce que tout le monde sait que les députés tiennent bien trop à leur fauteuil pour risquer de le perdre au nom de convictions qu'ils n'osent plus exprimer que verbalement, en aboyant comme des roquets. Alors, Monsieur le Ministre, Messieurs les Maires, voici où je veux en venir. Nous allons offrir à la France le Jules César que l'histoire a offert à Rome. La république est gangrenée par un État protoplasmique qui ponctionne plus de la moitié de la richesse du pays, gangrenée par une administration qui préfère distribuer des subsides cache-misère plutôt que lever le carcan qu'elle fait peser sur l'économie, gangrenée par une classe politique qui préfère la vocifération à l'action…

— Vous ne voulez quand même pas refaire la constitution à vous tout seul ?
— A moi tout seul, non, mais avec vous, nous pouvons faire beaucoup. Nous sommes aujourd'hui une vingtaine. Demain nous serons des milliers. Le peuple de France a besoin de calme et de prospérité. Nous sommes en mesure de lui apporter les deux : depuis que nous sommes en affaires ensemble, nous n'avons plus de problèmes d'émeutes, tout va mieux, n'est-ce pas ?
— En tout cas, chez moi, toute la tension est brusquement retombée…
— Et vous êtes ?… demanda l'un des maires.
— Je suis maire de Port-aux-Fleurs dans le Var
— Oh oui ! Mais vous avez eu des émeutes violentes la semaine dernière…
— Brusquement arrêtées. Depuis dimanche, il n'y a plus d'agitation du tout. Je n'y comprends rien. Même la police peut passer dans les quartiers sensibles à condition de prévenir, bien sûr, et il ne lui arrive plus rien.
— Voyez, reprit Vanderloo, en une semaine , on peut reprendre en main une situation désespérée. Eh bien, nous allons le faire au niveau du pays.
— Comment ?
— La carotte et le bâton… La recette est connue. La carotte, c'est le calme revenu, c'est l'ordre républicain rétabli… Enfin, dans les communes qui se joindront à nous, bien sûr…
— Bien sûr, fit Francis Calcomycès… Et le bâton ?
— Il est trop tôt pour vous l'exposer en détail, mais une découverte scientifique de premier plan va nous donner à la fois une énergie propre et inépuisable, ça, c'est encore la carotte, et une arme de dissuasion épouvantable. Tout ce que je peux vous dire, c'est que je suis en possession d'une science comparable à la « fusion froide » pour ceux qui savent ce que c'est… Oui, bien sûr, notre ami Calcomycès, qui est polytechnicien, connaît ça.
— Il s'agit d'une source d'énergie nucléaire disponible sans avoir besoin de températures et de pressions élevées. Une source qui peut produire de l'énergie dans un simple fourneau ou dans un bac à électrolyse…
— On peut le dire comme ça… Et cette source d'énergie peut se transformer en une arme aussi dévastatrice qu'une bombe thermonucléaire… Une arme de dissuasion… Une arme qui assoit un pouvoir sans avoir besoin d'être utilisée… Alors, mes amis, j'ai le

plaisir de vous présenter notre prochain président de la République : Francis Calcomycès. Je vous ai déjà parlé de lui, à tous. D'ici six mois, avec tous les moyens que je vais déployer en relations publiques, il apparaîtra aussi providentiel au peuple de France que Bonaparte au Directoire en 1799 ou que Jules César au Sénat romain en 46 avant Jésus-Christ.

— Quand même, l'un et l'autre se sont imposés en rentrant dans leurs pays couverts de gloire par leurs campagnes militaires. « Qu'avez-vous fait de mes victoires ? » disait Bonaparte. Quelles sont vos victoires, Calcomycès ?

— Nous sommes au vingt-et-unième siècle le coupa Vanderloo et on ne gagne plus la gloire par la victoire militaire. On la gagne en vainquant la pègre, on la gagne en neutralisant toutes ces forces souterraines qui visent rien moins qu'à saper les fondements de notre société. Et sur ce plan, mes amis, grâce à vous, la paix règne chez vous. Vous êtes des surhommes... Et votre supériorité sur vos collègues qui ne nous ont pas encore rejoints ne fera que s'affirmer au cours des semaines à venir. Faites-moi confiance ! Nous allons ramasser ce fruit pourrissant qu'est devenue la République et nous allons lui donner vigueur et prospérité. Et vous tous, amis de la première heure, préparez-vous à y prendre de hautes responsabilités. Aujourd'hui, grâce à vous, la paix et la prospérité règnent dans vos communes. Demain, c'est encore grâce à vous qu'elles règneront dans tout le pays. Et nous tiendrons parce que nous n'aurons qu'à utiliser à notre profit le régime de censure, inimaginable dans tout autre pays démocratique, que la République Française met à notre disposition : si une idée ne plaît pas aux élites, il est parfaitement admis qu'elles interdisent purement et simplement d'en discuter... Ceux qui seront avec nous auront la paix sociale et resteront incontestés aux commandes du pays. Les autres seront contestés et auront le chaos... Et peut-être la mort avec cette nouvelle arme.

— Croyez-vous que ce soit bien démocratique, cette vision des choses ?

— Qui parle de démocratie ? La démocratie est un luxe que ne peuvent s'offrir que les peuples paisibles et prospères. La France avec ses émeutes et ses quartiers incontrôlés n'est pas paisible. Et avec son économie plombée par une ponction fiscale phagocytaire et un carcan administratif étouffant, elle n'est pas prospère. A nous de lui rendre ces qualités ! La démocratie... eh bien... la démocratie... Installons-nous déjà au pouvoir et on verra après.

En sortant, il prit le ministre de l'intérieur à part et lui dit « Quinze cents kilos de cocaïne vont être échoués quelque part sur une plage de l'Atlantique, probablement dans les Landes dans les heures à venir… Vous pourriez utiliser cette information pour manifester votre efficacité et accroître encore votre influence sur vos collègues du gouvernement, n'est-ce pas ?… Mais attention à tout ce qui pourrait me faire penser à une félonie de votre part ! Je ne ferai plus d'avertissement »

Gibraltar 17 décembre 11h00

Gaëlle avait été ravie de l'invitation que Saint-Elme lui avait faite la veille... Un reportage sur une opération des services secrets... Même si elle n'aurait pas le droit de tout dire, elle le savait bien, elle avait quand même là une occasion unique... « A la recherche du sarcophage de Mykerinos »... Un beau titre, non ? Ou encore « Mykerinos, un sarcophage vieux de 4500 ans ». Elle savait bien que c'était Pauline Dummoulin qui intéressait surtout la DGSE et que si elle, Gaëlle, avait été invitée, c'est parce qu'elle avait noué avec Pauline des liens de relative confiance, ce qu'aucun agent n'avait réussi à faire... Sauf peut-être le capitaine Grimaud, mais il était en poste à Lima.
Très curieux, l'arrivée à Gibraltar, pensait Pauline... Après un strict contrôle d'immigration, on sort de l'aérogare pratiquement sur la piste. En tout cas, les voitures, pour quitter l'aéroport, doivent traverser la piste et prendre l'Avenue Winston Churchill afin de gagner la ville, à droite du Rocher qui domine tout. La ville de Gibraltar, tassée sur un site pentu au pied du rocher est un vrai morceau d'Angleterre avec ses rues étroites, ses maisons à bow-window, ses boutiques et ses pubs aux fenêtres à petits carreaux... Les portes des maisons, très british, sont massives, en bois peint de couleurs vives... On y voit les mêmes lampadaires, les mêmes bancs publics qu'à Londres... Même les policiers portent des uniformes de bobbies londoniens. Ce décor est si british qu'il semble presqu'incongru d'y voir les voitures rouler à droite... Les agents de la DGSE qui ont accueilli Gaëlle et Pauline étaient deux jeunes lieutenants courtois, mais très service-service... Nous les appellerons de leurs noms de code Dupont et Dupond parce qu'il nous a été interdit de révéler leur identité. D'évidence, ils n'appréciaient guère la présence de deux civiles dans leurs opérations.
Sitôt après avoir traversé la piste de l'aéroport, au lieu de continuer l'avenue Winston Churchill vers le centre-ville, ils tournèrent à gauche au premier rond-point et s'engagèrent vers une zone industrielle au pied du Rocher.

— Où allons-nous ? Demanda Gaëlle? Nous avons réservé deux chambres à l'hôtel Bristol... Je croyais que c'était downtown...
— C'était un excellent choix... Mais pour la mission, nous avons loué un appartement à l'emplacement même de l'ancien manoir de Lord Sashward... Il y a trois chambres... Vous pourrez y loger, vous serez au cœur des opérations.
— Arrêtez-nous là ! Fit immédiatement Pauline... Pas question...

—Du calme, Pauline. Qu'y a-t-il ? s'inquiéta Gaëlle.
—Je sais bien... Ils vont nous séquestrer. Je connais les méthodes de la DGSE maintenant. Ils vont nous séquestrer, je te dis.
—Mais non, voyons... reprit l'un des deux lieutenants, qu'est-ce que...
—Vous, je vous emmerde, le coupa-t-elle... Vous nous conduisez à l'hôtel Bristol sinon je saute... Et elle ouvrit la portière de la voiture...
Ils restèrent arrêtés dix minutes, deux roues sur le trottoir de Devil's Tower Road et il fallut beaucoup de persuasion à Gaëlle pour, finalement, calmer les inquiétudes de Pauline qui renonça enfin à l'hôtel Bristol. Ils ne sauront que bien plus tard combien le cours des choses aurait été changé si Gaëlle avait été moins persuasive.
Ils gagnèrent enfin l'appartement. Il était situé au 13ème étage d'une résidence somptueusement appelée « Beach View Terraces », construite en pleine zone industrielle ... Mais cet appartement n'avait de vue que sur le rocher, qui, à cent mètres à peine, leur cachait le ciel... En se penchant par la fenêtre, on pouvait voir la mer, mais pas la plage... Juste un chantier de travaux publics et quelques entrepôts... Sur une table, au milieu du séjour, des cartes et des plans étaient étalés. Pauline, apparemment échaudée par ses expériences de Nazca et de Gizeh, avait exigé de garder elle-même en permanence les clés de l'appartement.
—Voyez, dit Dupont (ou Dupond, ils sont interchangeables et le lecteur choisira) en montrant une vieille carte datée de 1811, la propriété de lord Sashward était l'arrière-terre de l'Eastern Beach, elle allait de la mer au cimetière, à peu près jusqu'à l'actuelle Lancaster Road. Au nord, elle n'allait pas au-delà de l'actuelle piste de l'aéroport et au sud, jusqu'à la falaise et se terminait en pointe où le rocher rejoignait alors la mer, à peu près au virage actuel de Sir Herbert Miles Road, là, lui dit-il en désignant le virage par la fenêtre... La plupart de ces autres terres, là, à l'est, n'existaient pas à l'époque de Lord Sashward. Elles ont été terrassées depuis. D'ailleurs, les chantiers n'arrêtent pas, comme vous le voyez. Une large zone d'éboulis se trouvait jadis au pied du rocher elle est terrassée et bâtie aujourd'hui... La route a été construite dans la zone de ces anciens éboulis... La propriété Sashward comprenait deux bâtisses : une ancienne tour de guet, la Devil's Tower, près de la plage, sensiblement au milieu, là, et le manoir, à cent mètres de là, vers le sud... Nous sommes à l'emplacement du manoir et la tour de guet n'existe plus... Le baron aurait pu cacher le sarcophage dans un de ces deux bâtiments ou, éventuellement, dans une grotte naturelle. Le rocher en est plein, un

vrai gruyère, certaines ont servi de gîtes néandertaliens... On va y aller. Regardez cette gravure, à l'époque de Lord Sashward, il y avait ici une vaste pelouse, des rhododendrons, de grands arbres avec des singes... Au sud, à peu près là, dit-il en désignant le chantier de terrassement entre la mer et la route, il y avait un pier, une jetée en quelque sorte, de cent vingt mètres avec un kiosque à musique au bout. Il ne reste rien de tout ça. Vous avez vu, maintenant, cette propriété n'est plus qu'une zone industrielle occupée par des garagistes, des entrepôts, quelques commerces. Et, depuis peu, l'immeuble d'habitation où nous sommes...

— Le pier a sans doute servi à décharger la Béatrice...

— Sans doute, oui, c'est d'ailleurs un indice qui a attiré mon attention sur lord Sashward.

— Et la propriété où il a pu cacher le sarcophage est vaste.

— Selon le cadastre de l'époque, 39 acres, soit un peu moins de 16 hectares... Pour la résidence d'hiver d'un lord de l'époque, c'était modeste, mais pour Gibraltar, qui ne comptait alors que 600 acres, hormis le Rocher, c'était un grand domaine. Mais d'abord, la DGSE...

— J'emmerde les barbouzes le coupa Pauline par réflexe... pendant que Gaëlle faisait signe aux deux autres de ne pas faire attention.

— La DGSE nous a demandé de sécuriser le secteur. C'est-à-dire de nous assurer que personne ne cherche la même chose que nous et, sinon, d'intercepter l'intrus...

— Intercepter ? Demanda Gaëlle.

— Oui, le faire prisonnier, quoi...

— Mais comme ça, sans associer la police ?

— La RGP[78] coopérera si nous lui prouvons que l'intrus fait quelque chose d'illégal... Mais si nous ne pouvons pas le prouver, il vaut mieux laisser la police de Sa Majesté dans l'ignorance... Elle sait qui nous sommes et elle nous tolère, mais il ne faut pas lui poser de problème... Et ça ne posera pas de problème, sauf si l'intrus est un sujet britannique... Pas touche les sujets de Sa Majesté !

— Justement, un des individus qui nous traque est britannique. Un nommé Ian Mc Gwyr dont nous ne savons rien...

— Oh alors, c'est autre chose... Pour un sujet britannique, nous ne pouvons pas risquer l'incident diplomatique...

— Vous avez dû recevoir une fiche, parce qu'il est recherché par Interpol...

---

[78] Royal Gibraltar Police

— Nous ne sommes pas la police, mais oui, en même temps qu'il nous annonçait votre venue, le général nous a adressé copie d'une fiche rouge[79] au nom de Ian Mc Gwyr… Avec, en portrait, un dessin au lieu d'une photo…

— Alors, si nous le repérons, nous serons protégés par la police ? Demanda Gaëlle.

— Ici, vous êtes protégés par nous, Madame… Mais, pour répondre à votre crainte, oui, si nous le repérons, la police ne fera aucune difficulté pour l'arrêter… C'est si nous l'arrêtons nous-mêmes, qu'il faudra la jouer finement avec eux.

— Pourtant, ça simplifierait les formalités d'extradition, n'est-ce pas ? Le coupa Pauline

— Il ne faut pas le dire comme ça, mais c'est quand même un peu ça, oui. L'extradition, avec leur « habeas corpus », c'est toujours un peu difficile au Royaume-Uni. En résumé, la zone à surveiller est d'une part Eastern Beach road où se trouvaient le manoir et la tour et d'autre part les terrains plus ou moins vagues situés entre Devil's Tower Road et le Rocher à cause des grottes dont beaucoup sont murées et dont l'une a pu servir de cache… On va se partager le travail. Lui pour Eastern Beach Road et moi pour le Rocher. Qu'en pensez-vous, mesdames ?

— C'est quoi, ça ? dit Pauline, en désignant, sur le plan, un carré qui recouvre largement l'emplacement de l'ancien manoir.

— Le « Beach Wiew Terraces », c'est l'immeuble où nous nous trouvons…

— Ça s'appelle Beach View Terraces, cette merde d'où on ne voit qu'une falaise ? Décidément, les promoteurs immobiliers du monde entier sont tous pareils !

— Et pourquoi cette question ?… l'encouragea Gaëlle

— Ben quoi ? C'est évident, non ? Reprit Pauline, s'il y avait eu un sarcophage égyptien dans le manoir ou dans ses sous-sols, le chantier aurait été arrêté et on en aurait parlé dans la presse… Vyse était peut-être un archéologue prédateur, mais il a laissé d'excellents croquis du sarcophage de Mykerinos et tous les égyptologues savent à quoi il ressemble… Un sarcophage égyptien, dans un chantier de construction, ça ne passe pas inaperçu ! Restent donc la vieille Devil's Tower et les grottes… Votre tour du Diable, elle a été démolie quand ?

[79] Avis de recherche émis par Interpol

— Au début de la seconde guerre mondiale… Par le général Manson-McFarlane, gouverneur militaire de Gibraltar… On se demande encore pourquoi il a voulu la démolir…

— Ah merde, des militaires ! Dit Pauline… Évidemment, démolir, c'est leur truc… Et s'il était là, le sarcophage a été détruit… Ils ne respectent rien… Et elle datait de quand cette Tour du Diable ?

— Elle a été construite au dix-septième siècle sur un des rares affleurements rocheux de cette zone marécageuse. Elle servait à observer les allées-et-venues avec l'Espagne.

— Au dix-septième siècle, on ne se serait pas compliqué l'existence à creuser une cave dans un rocher pour une tour de guet ! Et si le sarcophage avait été dans la tour et pas enfoui dessous, il aurait été découvert bien avant 1940. Bon… On peut dire que la tour est exclue, elle aussi… Restent les grottes du Rocher… de l'autre côté, entre la route et le Rocher… CQFD ! Ça réduit le champ des recherches, n'est-ce pas, militaires ? Elles sont répertoriées ces grottes ?

— Oui, plus ou moins, il faut aller au service des archives nationales…

— Allez, au boulot !

— Bon, mais à cette heure-ci, les administrations sont fermées. Il va bientôt être l'heure d'aller dîner. Je connais un bon restaurant sur le port de plaisance…

— Elle commence sérieusement à nous gonfler, cette jeune archéologue… ajouta Dupond en aparté à Gaëlle

— Ne faites pas attention. Elle est comme ça avec tout le monde… Enfin surtout les militaires et les agents des services spéciaux… Vous, vous êtes les deux, alors… Mais reconnaissez qu'elle a permis de restreindre singulièrement le champ des investigations…

— On aurait pu trouver ça tout seuls….

— En deux minutes, comme elle, répliqua-t-elle avec un sourire, ne seriez-vous pas un peu prétentieux, jeunes gens ?

Hôtel Bristol, Gibraltar, pendant ce temps-là

Le hall de l'hôtel Bristol est un salon très british, avec une moquette à fleurs, des sièges en cuir et quatre colonnes plus ou moins doriques en faux marbre rehaussées de moulures peintes en doré. Old fashion, à l'image de tout l'hôtel qui, malgré une architecture d'ancien palace de front de mer, n'est plus qu'un banal hôtel de catégorie moyenne dont même la vue sur la mer a été amputée par les constructions nouvelles autour d'un port de plaisance récent. Ian Mc Gwyr, avec deux hommes de main, attendait. Il était assis dans un canapé Chesterfield en cuir grenat, dans un coin discret du salon, et il patientait sans rien faire. Ses informateurs lui avaient dit qu'une certaine Pauline Dummoulin avait réservé une chambre et devait arriver par le vol de 11 heures.
Il était une heure de l'après-midi et il attendait toujours, très agacé. Pauline Dummoulin lui avait échappé à Gizeh, elle ne lui échappera plus ici ! Par deux fois, il a téléphoné à l'aéroport, la première fois pour se faire confirmer que le vol était attendu à l'heure et la seconde pour se faire confirmer qu'il avait atterri à l'heure. Il ne supportait aucune des réflexions de ses deux séides… Et les « Vous êtes sûr de votre tuyau, patron ? » ou « Elle s'est sans doute arrêtée pour déjeuner, on pourrait en faire autant » étaient rabroués par des grognements excédés. Il se fit quand même servir des snacks pour lui et ses sbires et, malgré l'invite du barman, il préféra les prendre dans le hall plutôt qu'au bar ou au restaurant, de peur de rater l'arrivée de la demoiselle. Il passa ainsi l'après-midi à tromper son impatience. Vers 16 heures, il avait lu tous les journaux, il y en avait cinq à la disposition des clients et visiteurs de l'hôtel, cinq journaux accrochés au mur, chacun sur sa baguette de lecture en acajou verni… Renonçant à la prudence, il gagna la réception et demanda si une Française du nom de Pauline Dummoulin était bien descendue à l'hôtel. Il savait qu'il était recherché en France après l'affaire de Dun-le-Palestel, mais le risque de se faire reconnaître ici, dans un des coins les plus perdus du Royaume-Uni, il le jugeait d'autant plus faible que l'impatience et l'agacement avaient émoussé sa vigilance.
— Non, monsieur, nous n'avons personne de ce nom…
— Une réservation, peut-être ? Et elle ne serait pas encore arrivée ?

— Non, Monsieur, désolé… Ah! Attendez… Si… Si, si, nous avions une réservation, mais elle a été annulée tout à l'heure. Sans doute la lady aura-t-elle raté son avion…
— Vous savez à quelle heure elle a annulé sa réservation ?
— Désolé, Monsieur, non, et, de toute façon, je ne serais pas autorisé à vous le dire… Mais non, je vois juste la mention « cancelled b. phone » avec la date d'aujourd'hui sur le registre des réservations. Donc je ne puis même pas prendre un message pour elle.
— Allez, on s'arrache, dit brutalement Mc Gwyr à ses deux acolytes.
Et ils quittèrent l'hôtel dépités.
Le concierge du Bristol n'avait pas manqué de remarquer cet individu bizarre qui avait passé l'après-midi dans son hall à ne rien faire et qui n'avait demandé son aide qu'après cinq heures de patience… Dans la plupart des hôtels de Gibraltar, les concierges entretiennent de bonnes relations avec la RGP, aussi est-ce plus pour entretenir ces bonnes relations que par sentiment de nécessité, qu'il signala cet incident par texto à son correspondant dans la police. Sans doute ce correspondant était-il désœuvré et il saisit cette occasion pour s'inviter à venir boire un verre avec ses deux amis du Bristol, le concierge et le barman.
Ils burent un whisky au bar, puis un deuxième et un troisième, juste histoire de comparer les mérites respectifs d'un Highland, d'un Speyside et d'un Islay… Enfin le policier dit au concierge
— Au fait, *old chap*, montre-moi la vidéo du desk, que je voie au moins quoi il ressemble, ton suspect… Comme ça, je pourrai dire à mon chef que ce n'est pas uniquement pour le whisky que je suis venu
— Il ne te croira pas !
— Peu importe qu'il me croie, il faut au moins que je lui donne un alibi… Voyons… C'est lui ?
— Oui, c'est lui !…
— Oh, mais… Attends… Je crois bien… disait-il en cherchant sur son smartphone… *Holy shit !*
— Quoi ?
— Il est recherché… Grave… Une fiche rouge d'Interpol… Il est resté combien de temps ?
— Je dirais qu'il est arrivé entre onze heures et midi. Ils étaient trois et ils sont restés sans rien faire dans le coin là-bas avant de me demander, vers quatre heures, si j'avais une french lady Dummoulin. Puis ils sont partis et je t'ai appelé… C'était bien quatre heures, n'est-ce pas ?…
— Oui… Lady Dummoulin, tu as un prénom ?
— Pauline… Pauline Dummoulin

— Euh et cette Pauline Dummoulin, elle est toujours ici ?
— Non. Elle n'est pas venue. J'ai reçu un appel téléphonique vers onze heures ce matin pour annuler sa réservation et celle d'une autre française, Gaëlle Le Couëdic…
— Très bien dit-il en prenant frénétiquement des notes sur un carnet moleskine… Je dois aller faire un rapport… *So long*, James !

Quinze minutes plus tard, un texto de la RGP arrivait sur les iPhones de Dupond et Dupont

« Votre Mc Gwyr a été vu à l'hôtel Bristol. Nous le recherchons. Il ne peut pas quitter Gibraltar et nous allons l'arrêter. Avisez-nous si vous le voyez. Il recherche une Pauline Dummoulin »

Gibraltar 18 décembre 23h00

Pauline et Gaëlle avaient passé toute la journée aux archives nationales de Gibraltar, dans Governor's Lane où sont regroupés, autour du palais du gouverneur, la plupart des services gouvernementaux gibraltariens. Elles avaient compulsé force relevés géologiques et cartographiques qui indiquaient les cavernes, grottes et autres cavités de la face nord du Rocher. Et elles étaient légion... Dupond, à moins que ce ne fût Dupont, exagérait à peine quand il disait que le Rocher était un vrai gruyère... Gaëlle et Pauline le constataient par elles-mêmes Il y avait toute une cité souterraine, entièrement artificielle, créée au cours de la deuxième guerre mondiale, à partir de toutes sortes de souterrains et batteries d'artillerie creusés dans le Rocher au cours des trois siècles précédents. Il y avait aussi un grand nombre de grottes naturelles dont certaines étaient prolongées par des caves ou des souterrains, communiquant ou non avec les couloirs de la cité militaire souterraine. Gaëlle et Pauline excellaient dans ce type de recherche et la sagacité de la journaliste combinée à la curiosité de l'archéologue faisaient merveille.
A la fin de la journée, elles avaient inventorié trois cavités qui pouvaient correspondre parce qu'elles donnaient sur l'ancien domaine Devil's Tower de Lord Sashward et surtout parce qu'elles apparaissaient sur des relevés du dix-neuvième siècle et n'apparaissaient plus sur les relevés plus récents. Toutes trois donnaient sur des propriétés privées et il était vraisemblable qu'elles aient été condamnées par leurs propriétaires pour éviter les ennuis. En effet, Gibraltar avait été un important site de peuplement néandertalien et la plupart des grottes et cavernes en partie basse du Rocher en contenaient des vestiges... Il y avait même, derrière un garage Toyota, une caverne répertoriée par l'Unesco qui obligeait le garagiste à laisser l'accès aux visites archéologiques... Ainsi on comprend que les propriétaires aient cherché à cacher leurs grottes pour éviter ces servitudes.
C'est ainsi qu'ils avaient décidé, avec les deux Dupondt, de faire une reconnaissance autour de ces trois grottes. Sur la demande de Pauline, ils s'étaient munis d'un détecteur de radiations. Il ne leur a pas fallu une heure pour trouver. Les rayonnements naturels étaient de 0,1 microsievert par heure. Mais au fond d'un terrain utilisé comme entrepôt de matériaux de construction, il y avait une sorte d'appentis en parpaings adossé à la falaise et, devant la porte métallique de cet appentis, le rayonnement passait à 0,4 microsievert par heure. La serrure en était rouillée et fut difficile à crocheter, mais ils y parvinrent

en une dizaine de minutes. L'appentis fermait l'entrée d'une caverne dont le fond ouvrait sur un tunnel. Pauline leur avait annoncé qu'à 5 microsievert par heure, il serait prudent de rebrousser chemin. Le détecteur se mit à s'affoler quand ils passèrent devant une porte massive dans la paroi gauche du tunnel. 5,1 µS/h annonça Dupond. La porte était ancienne, en épais bastaings de bois renforcée de ferrures forgées impressionnantes. Le lourd loquet en avait été soudé et elle était donc condamnée… Ils avaient fait demi-tour et étaient ressortis dans la nuit. Ils avaient regagné l'appartement et Pauline, qui avait pris les jumelles de vision nocturne des Dupont, observait, accoudée à la fenêtre, l'appentis qu'ils venaient de quitter, à cent cinquante mètres de là.

— Dites, les barbouzes, vous n'en foutez décidément pas une ramée… Vous deviez refermer la porte derrière nous, je crois…

— Oui, je l'ai fermée…

— Elle est entrouverte et je vous emmerde. Bon, je redescends pour la fermer… Vous êtes décidément des gros nases…

— Non, Pauline, tu ne descends pas, intervint Gaëlle. Ils l'avaient fermée, cette porte, je l'ai vu… Il y a sûrement quelqu'un…

Sans perdre une minute, Dupont appela son correspondant dans la police royale de Gibraltar…

— Oui, c'est moi… Désolé de vous réveiller, mais votre Mc Gwyr… Oui, d'accord, notre Mc Gwyr… Oui, oui, celui de la fiche rouge, on l'a sans doute localisé… Écoutez, on devra négocier, mais il y a un danger de radiations… Il y a une pièce archéologique majeure que vous pourrez envoyer vous-même au British Museum. Ça et la capture de Mc Gwyr, ça vous vaudra au moins l'Ordre du Mérite… Mais les matières radioactives, laissez-les-nous, et Mc Gwyr, je me moque que vous l'extradiez, mais les services français devront pouvoir l'interroger… D'accord pour ce deal ?… OK, alors il est en ce moment 70 Devil's Tower Road, c'est le terrain d'un entrepreneur de travaux publics… Non, non… Un appentis adossé à la falaise, au fond du terrain… Oui, c'est ça, il ferme une grotte non répertoriée… Oui, ils sont dedans… Bon courage, on se voit demain matin à la première heure… Non, faites fissa. Attention, ils sont sans doute armés… Guère plus de dix minutes à mon avis… Un tunnel et une porte massive condamnée sur sa gauche… Je dirais vingt mètres, pas plus… Oui, c'est derrière cette porte.

Une explosion se fit alors entendre dans la nuit.

— Allo ?… reprit Dupont, ils viennent sans doute de faire sauter la porte… S'ils n'ont pas de dosimètres, ils risquent l'irradiation… Tout dépendra du temps qu'ils passeront à l'intérieur... On discute des modalités demain 9 heures ? D'accord... Oui, j'ai deux témoins pour identifier Mc Gwyr... OK, elles viendront aussi... A demain !

Pauline, après avoir grommelé un « Barbouzes de tous les pays, unissez-vous ! », reprit les jumelles de vision nocturne et se mit à la fenêtre. Elle vit les deux voitures de police arriver, quatre policiers entrer dans l'appentis pendant que deux autres restaient en faction devant. Cinq minutes plus tard, les policiers ressortaient avec trois hommes menottés parmi lesquels elle reconnut Mc Gwyr. Même à cette distance, il n'y avait aucun doute, c'était lui. Deux bobbies restaient en faction devant l'entrée du terrain, 70 Devil's Tower Road : nous sommes au Royaume-Uni et la loi ne les autorisait plus à rester sur une propriété privée, maintenant que la situation de flagrant délit était passée.

Dans la nuit le général de Saint-Elme reçut un TSR[80]

###############
Origine : Gibraltar
Destinataire : DGSE
18 décembre 01:10 TU
Urgence : flash
Classification : Très secret rubis
###############
Attn personnelle GBR G de Saint-Elme. La cargaison présumée du brick Béatrice est localisée dans une caverne au nord du Rocher. La police de Gibraltar est intervenue. Mc Gwyr a été arrêté. J' ai négocié avec la police les matériaux radioactifs pour nous et le sarcophage pour la couronne britannique… Mais cette négociation ne résistera pas longtemps s' ils demandent des instructions à Londres. Je vous suggère d' envoyer urgemment un commando équipé NBC pour emballer et évacuer le métal fissile. Localisation : 36,145592N - 5,343559W. Un appentis adossé à la falaise. Fenêtre estimée 18/12-01:00 à 19/12-05:00.
LT C FORNAT CF624K
###############

[80] Très Secret Rubis

Royal Gibraltar Police Headquarters 19 décembre 9h00

Le matin, le Gibraltar Chronicle ne disait mot de l'arrestation de Mc Gwyr et de ses sbires. Gaëlle et Pauline ont suivi les deux Dupondt au quartier général de la RGP, au sud de la Ville, près des formes de radoub du port de commerce.
Les locaux de la RGP étaient sobres et fonctionnels. Au-delà du hall d'accueil, Pauline et Gaëlle furent introduites dans un bureau par les cloisons vitrées duquel elles voyaient l'ensemble de l'étage. Dans un autre bureau vitré, à une dizaine de mètres, elles voyaient Mc Gwyr et les Dupont avec un fonctionnaire gibraltarien. Ils étaient en grande discussion et, apparemment, pas d'accord avec ce que leur disait Mc Gwyr.
L'interrogatoire des deux femmes fut mené par un policier en tenue. Il avait été entendu avec les Dupondt que leur intrusion dans l'appentis et dans le tunnel qu'il cachait ne serait pas retenue contre elles. Le propriétaire des lieux, une entreprise de BTP a accepté de ne pas porter plainte en échange d'une amnistie pour l'infraction qui consistait à n'avoir pas déclaré au cadastre l'existence de ce souterrain. A Gibraltar, la police est habilitée à négocier avec les inculpés sans passer par le juge lorsqu'il s'agit, comme ici, de délits mineurs. Omission dans une déclaration foncière pour l'entreprise de BTP et effraction sans dégradation pour Pauline et Gaëlle.
Le policier voulut en savoir davantage sur l'histoire de Mc Gwyr qui prétendait être un archéologue travaillant à un programme de recherches sous les ordres de Pauline Dummoulin. L'explication était difficile sans violer le secret défense. Gaëlle invoqua le fait que les travaux de Pauline sont commandités par l'état français pour exiger la présence du Consul de France. Ce dernier arriva deux heures plus tard, le temps d'obtenir des instructions du Département.
Il exigea l'extradition de Mc Gwyr qui fait l'objet d'un mandat d'amener en France. Les choses se sont alors compliquées, parce que c'était impossible même si la France, comme indiqué dans la fiche rouge d'Interpol, le demandait. C'était impossible, expliquèrent-ils parce que Mc Gwyr est un sujet de Sa Majesté... Le Consul conclut en annonçant qu'une commission rogatoire internationale allait donc être délivrée par la France à destination de l'avocat de la Couronne de Gibraltar et solliciterait l'autorisation pour un magistrat français de participer à l'instruction de son procès... Ça prendrait des semaines. Gaëlle pestait intérieurement... Dès qu'on soumet un problème aux

diplomates, ils vous pondent une solution encore plus compliquée que le problème.

En sortant du quartier général de la police, Dupont demanda

— Comment le Consul a-t-il été mis au courant ?

— C'est moi qui ai demandé son intervention, répondit Gaëlle. Le flic voulait des précisions sur l'opération classifiée.

— Nous pouvions arranger ça sans lui. Nous avons de bonnes relations avec la RGP… Pas lui… Maintenant, l'affaire va traîner des mois. Et nous sommes dans un pays d'*habeas corpus* et si quelqu'un paie la caution, Mc Gwyr va s'évanouir dans la nature… Heureusement, j'ai suggéré l'importance de l'affaire et j'espère que le juge fixera une caution élevée…

16 heures, Palais de justice, salle d'audience n°2

Après avoir ouvert l'audience de mise en état, le juge énonça les chefs d'inculpation de Ian Mc Gwyr au premier rang desquels il y avait trafic de matériaux nucléaires. La gravité de cette accusation et les implications nécessairement internationales d'un tel trafic justifiaient, affirma-t-il, sa mise en détention. Le juge statua sur la demande d'extradition présentée par le Consul de France. Il fit valoir que d'une part le prévenu était sujet de la Couronne et que d'autre part le délit qui lui est reproché a été commis sur le territoire de Gibraltar et qu'en conséquence il ne faisait pas droit, en l'état, à la demande de la France. Il fixa la caution de Mc Gwyr à cinq cent mille livres.

Puis, on passa aux deux complices. Il était apparu aux policiers que Mc Gwyr s'était tenu prudemment hors de la cave où se trouvaient le sarcophage et les matériaux fissiles et qu'il y avait juste envoyé ses deux hommes de main. Le juge déclara que cela établissait que les deux complices ignoraient le caractère radioactif du matériau, il ne les inculpa que d'effraction et de complicité de tentative de vol de biens culturels et il fixa leur caution à deux cents livres chacun.

Après l'audience, et à la demande de Mc Gwyr, leur avocat communiqua l'information à Joël Vanderloo en France. Pour Vanderloo, la tâche de Mc Gwyr était terminée. Il fit un virement de 4000 Euros à l'avocat pour ses honoraires, et rien pour la caution. Mc Gwyr et ses sbires restèrent donc en détention dans l'attente de leur procès.

Gibraltar, le Rocher, 19 décembre 18 heures

Un minibus affrété par un groupe de touristes était arrêté sur le parking du Military Heritage Centre, un épaulement à mi-hauteur au nord du Rocher. L'heure de fermeture des routes touristiques du parc naturel l'obligea à redescendre en ville. Personne n'avait remarqué qu'en fait, il redescendait à vide. Les passagers du minibus, au nombre de huit, avaient débarqué et, loin d'être allés faire les promenades touristiques habituelles, ils avaient déchargé un important attirail et ils s'étaient cachés, avec leurs impedimenta, dans la végétation dense. Ils attendaient la tombée de la nuit, un peu agacés par les singes qui leur tournaient autour, peut-être pour quêter quelque nourriture, peut-être par simple curiosité pour ces humains dont l'immobilité était bien singulière à leurs yeux de primates habitués aux touristes et aux joggers. À la nuit tombée, ils changèrent leurs tenues décontractées de touristes bobos pour des treillis noirs et des casques de vision nocturne. Ils empruntèrent alors, en formation, un parcours très escarpé pour continuer à flanc de rocher, jusqu'à un épaulement de la falaise, à trois cents mètres de là. Cent mètres de falaise abrupte les séparaient maintenant de Devil's Tower Road juste en dessous.

Ils préparèrent leurs matériel qui comprenait notamment de lourdes caisses intérieurement doublées de plomb et ils attendirent en observant le trafic, en bas, sur Devil's Tower Road avec leurs casques de vision nocturne. Ils voyaient notamment deux policiers garder l'entrée du fameux terrain. Ils avaient l'air de s'ennuyer ferme. A 22h30, très précisément l'heure convenue, l'éclairage public de tout le quartier s'éteignit… « Bravo, les Dupont ! » se dit le chef du commando. Et il annonça aux sept autres. « La lune se lève dans deux heures. Go ! »

Chacun savait ce qu'il avait à faire. Ils arrimèrent quatre cordes de rappel et les larguèrent le long de la falaise. Quatre hommes descendirent rapidement, retenus chacun à un câble par son jumar. Puis ils réceptionnèrent tout le matériel, envoyé à l'aide des mêmes câbles par les quatre commandos restés en haut qui descendirent à leur tour, toujours le long des cordes de rappel. Dans l'obscurité, les deux bobbies, à cinquante mètres de là, n'avaient rien remarqué.

De l'appartement du Beach View Terrace, Pauline, avec les jumelles de vision nocturne, observait admirative ce ballet parfaitement réglé… Gaëlle filmait avec un gros téléobjectif qui avait une ouverture suffisante pour permettre, malgré l'obscurité, de voir nettement les silhouettes descendre le long de la falaise…

— Alors, Pauline, qu'en dis-tu ?
— Là, je dois dire, ils sont plutôt bons, tes barbouzes, les flics n'ont pas moufté !
— Ce ne sont pas mes barbouzes. Je suis journaliste !
— Je les emmerde… N'empêche, ils sont bons !

Au bout d'une demi-heure, elles virent les huit hommes sortir de l'appentis en portant des caisses apparemment très lourdes. Les bobbies de garde avaient pour consigne d'empêcher quiconque d'entrer sur le terrain. Aussi ne regardaient-ils guère que la rue, pas le terrain. Quatre hommes s'approchèrent d'eux en silence et les policiers se retrouvèrent entravés et bâillonnés avant même de comprendre ce qui leur arrivait. Pendant ce temps, les quatre autres commandos faisaient tomber les câbles de rappel qui les avaient descendus de la falaise, les lovaient et les prenaient sur leurs dos. Leur minibus, sortant de North Beach road, les rejoignit au fond du terrain, en se faufilant entre un Caterpillar et une toupie à béton. Ils y chargèrent les caisses avec peine, tant elles avaient l'air lourdes.

Ils embarquèrent tous les huit dans le minibus qui n'avait que deux cent cinquante mètres à parcourir pour aller se garer à côté du bar de la plage, North Beach Road, où trois Zodiac « Hurricane » surmotorisés les attendaient. Ils les tirèrent à l'eau, répartirent les hommes et le chargement dans les trois bateaux et s'éloignèrent vers le large à la vitesse de 50 nœuds. Inutile de dire qu'à cette vitesse, même repérés par les radars britanniques, ils n'avaient aucun risque d'être interceptés par les garde-côtes. Ils avaient douze miles nautiques et demi à parcourir avant leur point de rendez-vous avec le sous-marin français S604-Emeraude qui devait les déposer à Toulon le surlendemain matin.

###############
Origine : Commando spécial Gibraltar
Destinataire : DGSE
Destinataire : Gibraltar
20 décembre 00:18 TU
Urgence : routine
Classification : Très secret rubis
###############

Attn personnelle GBR G de Saint-Elme. Objet : Compte rendu de mission. Avons pris possession de 400 kg environ de barres de métaux radioactifs rangés dans un sarcophage égyptien en pierre noire laissé sur place. Exposition aux radiations inférieure à 20 mSv. Deux policiers

neutralisés sans violence. Pas d' autre dommage collatéral. Nous sommes au point de rendez-vous en mer d' Alboran et attendons le véhicule de ramassage.
C. NINOM CN433K
###############

Pendant ce temps, la GEA[81] avait localisé le court-circuit qui avait privé tout le quartier d'éclairage public. A minuit, bien avant que la lune se lève, l'éclairage était rétabli. De leur côté, les radars de la Navy repérèrent les trois bateaux rapides qui quittaient North Beach et les autorités les prirent pour des trafiquants de drogue qui quittaient l'île[82]. La RGP alertée, envoya une patrouille qui parcourut North Beach et ne trouva rien sinon les traces qu'avaient laissées les trois Zodiac dans le sable... Ils conclurent que de la drogue venait d'être débarquée et qu'elle leur avait échappé.
Le lendemain 8 heures, Le Gibraltar Chronicle publiait à la une :

Deux policiers gibraltariens découvrent le sarcophage du pharaon Mykerinos perdu depuis 1838

Deux policiers de la RGP, après une enquête minutieuse et grâce à leur sagacité exceptionnelle viennent de retrouver, ici, à Gibraltar, Devil's Tower rd, le sarcophage du pharaon Mykerinos. Pharaon de la IVème dynastie, Mykerinos, petit-fils de Khéops, a construit la troisième des grandes pyramides...

....

En 1838, son sarcophage avait été chargé à Alexandrie par Sir Richard W Vyse à bord du brick Béatrice à destination de Londres. La Béatrice n'est jamais arrivée à Londres. Tout le monde pensait qu'elle avait coulé entre Malte et le détroit de Gibraltar... Elle avait, en réalité, été perdue au jeu par son armateur Lord Archibald Sashward qui avait entreposé sa cargaison dans une cave de sa propriété de Devil's Tower à Gibraltar...

....

Le sarcophage va être envoyé au British Museum où il sera assurément l'une des pièces majeures de la section d'égyptologie, au même titre que la pierre de Rosette et le cercueil de Cléopâtre. Auparavant, nous espérons tous que les Londoniens ne nous refuseront pas de l'exposer quelque temps au Musée de Gibraltar.

---

[81] Gibraltar Electricity Authority

[82] Gibraltar est une île, pour les Gibraltariens.

Dans la nuit, alertés par un appel téléphonique anonyme, les policiers s'étaient rendus sur place, et ils avaient trouvé les deux bobbies attachés et bâillonnés. Dans la grotte, le sarcophage de Mykerinos était toujours là, mais vide des barres de métal qu'ils y avaient vues la veille. Comme ils n'avaient fait aucune communication à la presse, ils comprirent très vite que la France avait fait ce qu'il fallait pour s'assurer que le deal entre la RGP et ses services secrets ne puisse plus être contesté... *Hard but fair*...
Deux heures plus tard, pendant que Gaëlle et Pauline discutaient avec la conservatrice du musée de Gibraltar en vue d'obtenir l'autorisation de prendre des photos du sarcophage de Mykerinos, un étrange dialogue se tenait au Palais de Justice, à deux cents mètres du musée, entre l'avocat de Mc Gwyr et le juge.
— Votre Honneur, vous avez fixé hier une caution énorme pour mon client.
— C'est à dessein, Maître et je ne reviendrai pas là-dessus : je redoute qu'il quitte Gibraltar et se soustraie à la justice...
— Votre Honneur, il est inculpé de trafic de matériaux nucléaires, n'est-ce pas ?
— Oui, et c'est suffisamment grave pour que je veuille absolument que la Couronne rende sa justice.
— Alors, nous pouvons arranger cela.
— J'en serais surpris, Maître.
— Vous allez comprendre, Votre Honneur. De quels matériaux nucléaires parlons-nous ?
— De ceux qui sont enfermés dans ce sarcophage égyptien dont parle le Gibraltar Chronicle ce matin.
— Eh bien voilà, Votre Honneur, je vous demande juste de noter qu'il n'y a rien dans le sarcophage.
— Désolé, maître, mais il y a des métaux radioactifs c'est attesté par le rapport de la RGP.
— J'ai vu le rapport de la RGP, mais même s'il dit vrai sur l'existence et la nature de ces métaux, ce que je conteste, il n'y a rien aujourd'hui. Et ce ne peut pas être le fait de mon client, il était en prison. C'est pourquoi, puisque votre Honneur va devoir abandonner l'inculpation de trafic de matériaux nucléaires contre lui, je vous demande de prononcer un *habeas corpus* et de le libérer. Il n'est coupable que d'effraction et une caution égale au prix de la porte dynamitée sera largement suffisante pour préserver les droits du propriétaire de la porte et ceux de la Couronne.

Il est souvent instructif d'apprendre par qui les prisonniers libérés sont accueillis... Deux caméras de surveillance enregistrent systématiquement pour la RGP les abords du portail de la prison à chaque libération. Ce matin-là, à dix heures, elles filmèrent la sortie de Mc Gwyr et de ses deux complices. Un taxi les attendait devant la prison. L'un des trois hommes y monta et les deux autres prenaient, à pied, la direction du centre-ville. Cet enregistrement vidéo n'intéressait personne à la RGP en sorte que personne ne l'analysa et qu'il se retrouva archivé avant même que d'avoir été visionné.

Montmartre 20 décembre 10h

Jules Canéli et Eugène Lansquenet étaient perplexes. Ils venaient d'apprendre que le cercueil de Mykerinos contenait bien du métal radioactif et que ce métal avait été volé... Ce ne pouvait être que le métal philosophal des pharaons de la quatrième dynastie.
D'après Mc Gwyr, ce serait la DGSE qui aurait dérobé ces barres de métal. Il a une démonstration un peu simple mais convaincante, il dit que, puisque ce n'est pas lui le voleur, c'est forcément l'autre... Et l'autre, c'est la DGSE.
— Un partout la balle au centre comme on dit dans les milieux sportifs, n'est-ce pas, mon cher Eugène ? Vanderloo et la DGSE possèdent tous deux le métal philosophal...
— Mais aucun des deux ne sait l'allumer.
— Sans doute, sans doute... Mais qu'importe... Ce métal ne doit pas rester entre leurs mains.
— Que dois-je faire, monsieur ?
— Je veux rencontrer Gaëlle Le Couëdic, l'amie de Pauline Dummoulin. De tout ce que vous m'avez dit, elle est la seule qui puisse comprendre... Et j'ai besoin d'un correspondant plus fiable que votre Mc Gwyr...
— Elle est journaliste... Ce métier ne l'incline sûrement pas à la discrétion et encore moins au secret...
— Je sais... Mais les deux autres personnes sensées dans ce dossier sont militaires, le colonel Longhieu et le général de Saint-Elme... Je ne veux pas être celui qui courra le risque de partager si peu que ce soit des arcanes du Grand Œuvre avec des militaires...
— Il y aurait aussi mademoiselle Dummoulin...
— Justement, j'y pensé aussi. Mais vous me l'avez décrite comme quelqu'un de fantasque et incontrôlable...Peut être devrais-je les rencontrer toutes deux. Vous m'arrangez ça, Eugène ? En terrain neutre. Ni ici, ni chez elles...
— Ce sera fait, monsieur.

Saint Cergue, Bureau de Michel Sangulier 20 décembre 10 heures

Sur le bureau de Michel Sangulier, une revue de presse des derniers jours établie par Marie-Jeanne : « Cocaïne : ces mystérieux paquets de drogue sur les plages de la côte Atlantique » (Sud-ouest); « Des paquets de cocaïne débarquent sur les plages de la côte Atlantique » (Le Point); « Le mystère des paquets de cocaïne échoués sur les plages de l'Atlantique » (Le Parisien) «De mystérieux paquets de cocaïne retrouvés sur les plages de la côte Atlantique » (L'Express) « Des paquets de cocaïne découverts sur les plages de l'Atlantique, une enquête ouverte » (Ouest France) « D'où viennent les mystérieux paquets de drogue qui arrivent sur les plages du littoral atlantique ? » (L'Obs) « Ouverture d'une enquête après la découverte de dizaines de paquets de cocaïne sur les plages de l'Atlantique » (La Dépêche)... « C'est la ruée sur la coke Atlantique » (Le Canard Enchaîné). Joël Vanderloo qu'il venait d'avoir au téléphone, avait adoré... Les enquêteurs, disait-il, n'ont pas fini de patauger. Pendant qu'ils enquêtent sur tous les cargos qui passaient par le golfe de Gascogne, le San-Juan, lui, filait déjà vers Carthagena !

— On vous appelle de Gibraltar, Maître Pencroft, avocat de Monsieur Mc Gwyr, annonça Marie-Jeanne au téléphone.

— Passez-le moi... Allo ? Michel Sangulier à l'appareil, Bonjour, Maître. Que puis-je pour vous ?

— Bonjour, Monsieur, répondit l'avocat en français avec un fort accent anglais... Mes clients, Mr. Ian Mc Gwyr et ses deux employés font l'objet d'un *habeas corpus* et Monsieur Vanderloo m'a dit que c'est à vous que je devais m'adresser désormais.

— Je sais tout ça, et nous ne paierons pas la caution, je crois qu'il vous l'a dit, non ?

— Oui, oui, il me l'a dit, mais les choses ont changé depuis hier...

— Comment ça, elles ont changé ?

— Oui, j'ai obtenu une diminution significative de la caution. Au lieu de cinq cent mille livres, elle n'est plus que de 8200 Livres pour Mr Mc Gwyr et deux cents livres pour chacun de ses deux associés... Vous comprenez... Alors, comme vous êtes mon référent, je me dois de vous avertir que la Cour ne comprendrait pas que personne ne les sorte de prison.

— Mais vous avez dit à Monsieur Vanderloo qu'ils étaient accusés de trafic de matériau nucléaire et que le juge voulait absolument pouvoir les juger pour ça… D'où l'énormité de la caution.
— Je suis leur avocat et j'ai obtenu l'abandon du principal chef d'inculpation, celui de trafic de matériau nucléaire. Ils ne sont plus inculpés que d'effraction aggravée. Alors le juge a estimé qu'une caution de 8200 livres, correspondant au double du prix de la porte fracturée serait suffisant. Je vous suggère de me virer la somme de 10600 livres se décomposant en 8200 livres pour la caution de Mr Mc Gwyr, quatre cents livres pour la caution de ses deux employés et 2000 livres pour mes honoraires, à la fois pour les devis de la porte et comme *success fees*. Je les ai bien défendus, je crois !
— C'est un élément nouveau. Je ne sais pas… je vous rappelle d'ici une heure ? D'accord ?
— Sans faute, n'est-ce pas ? Je dois ajouter que cette caution signifie vraisemblablement – c'est comme ça que l'on dit *presumably*, n'est-ce pas ? – que la Cour aimerait ne pas avoir à les juger… Il y a une demande d'extradition de la France… Il y a des dessous d'espionnage qui répugnent au juge. Il estime que le procès serait coûteux pour la Couronne au regard d'un simple délit d'effraction, même aggravée par l'usage d'explosifs. Il pense qu'avec 8600 livres, la Couronne est dédommagée du trouble causé par l'effraction et estime que le mieux, sauf votre respect, Monsieur, ce serait que les prévenus aillent se faire pendre ailleurs. Le juge me l'a nettement laissé entendre.
— Oui, j'ai bien compris, merci. Et c'est justement ce qui me pose problème. Je vous rappelle.
— Encore un mot si vous le permettez. J'ai rencontré Mr Mc Gwyr à quatre reprises. Je ne lui ai pas encore annoncé la bonne nouvelle. La dernière fois que je l'ai vu, c'était pour lui annoncer que Mr Vanderloo ne payait pas sa caution. Et… Comment dirais-je ?… Notez que je ne comprends pas bien le *slang*, alors je peux être dans l'erreur. Mais il m'est apparu que… *well*… que Mr Mc Gwyr élaborait à ce moment-là le projet d'occire Monsieur Vanderloo et, pour autant que j'aie compris ses paroles, qu'il n'excluait pas auparavant d'avoir recours à la torture sur diverses parties de son anatomie que la faiblesse de mon vocabulaire argotique ne m'a pas permis d'identifier avec certitude.
— Raison de plus pour le laisser en prison…
— Je suis l'avocat de Mr Mc Gwyr, et, en tant qu'avocat, je me dois de souligner le fait que Mr Mc Gwyr ne risque presque rien avec cette seule inculpation d'effraction. Je compte même plaider que mon client

a découvert une pièce archéologique d'un intérêt exceptionnel pour la Couronne et que cette contribution majeure aux collections d'égyptologie du British Museum compense, et au-delà, l'usage blâmable d'explosif dans une propriété privée tierce, d'autant que le propriétaire, sans doute sensible aussi à l'honneur de la découverte faite sur sa propriété, renonce à se constituer partie civile... Avec ce dossier, mon client sera très probablement condamné à une simple amende. Et si, comme cela, Mr Mc Gwyr devait se procurer lui-même le montant de sa caution, je suppose que son projet funeste de... *well*... d'attenter à l'intégrité physique de cet excellent Mr Vanderloo deviendrait irréversible...

—Ça va, Maître, j'ai compris. Je vous rappelle dans une heure... conclut, agacé, Michel Sangulier avant de raccrocher.

Saint Ferréol, Campestre-et-Luc, 20 décembre 10h

En cette saison le causse de Campestre, dans le Gard, est un plateau désolé, glacial, blanc de neige et balayé par le vent d'hiver. Il ne comporte que quelques hameaux de deux ou trois maisons, généralement des résidences secondaires pour amateurs de solitude et de grands espaces... Mais en hiver, il n'y a personne. Au milieu de ce plateau, une curieuse parcelle d'à peine quatre hectares vient d'être vendue par maître Levieil, notaire à Campestre-et-Luc.
Depuis des dizaines d'années, cette parcelle était un objet de litige entre les autorités locales, gendarmerie et mairie, et son propriétaire. Elle est particulièrement dangereuse parce qu'elle comprend un aven de quatre-vingts mètres de profondeur presqu'invisible du chemin et, quand on le voit, on est trop près et on est déjà en grand danger d'être entraîné vers le fond par le sol friable et pentu. Au cours des siècles, nombreux ont été les moutons qui y ont fini leurs jours, et même quelques bergers imprudents. Au dix-neuvième siècle, cet aven a été utilisé pour affiner des fromages de brebis dans le courant d'air permanent qui règne au fond de l'abîme, à température constante tout au long de l'année, comme à Roquefort-sur-Soulzon sur le causse du Larzac voisin. Le bâtiment de l'ancienne fromagerie surplombe vertigineusement l'aven. Mais, vu du chemin, il ressemble à n'importe quelle bergerie. La particularité de ce terrain ne réside pas seulement dans cet aven. À deux cents mètres de là, il comporte une doline effondrée, une formation géologique en forme de vaste ouverture conique dans le sol. Cent cinquante mètres de diamètre au niveau du plateau et une vingtaine au fond, cinquante mètres plus bas. Les propriétaires des lieux ont eu l'ingénieuse idée, au dix-neuvième siècle, de percer un tunnel de deux cents mètres entre le fond de la doline et l'aven. Ainsi, grâce à un chemin qui descend en spirale sur les flancs de la doline, ils pouvaient amener des chariots dans l'aven même. Le tunnel débouche une dizaine de mètres au-dessus du sol d'une vaste salle souterraine attenante à l'aven. Il facilite aussi l'appel d'air dans l'aven pour un meilleur affinage des fromages. Las, la fromagerie n'atteignit jamais la prospérité qu'elle espérait. Depuis la nuit des temps, le roquefort a bénéficié d'édits royaux, d'ordonnances ducales et autres lettres patentes qui protègent son appellation et garantissent le privilège de sa fabrication, aussi les fromagers de Roquefort ont-ils vu d'un très mauvais œil l'installation de cette fromagerie sur un causse qui n'était même pas le leur et qui, insulte suprême, produisait un fromage que les

gastronomes commençaient à apprécier. On dit que Curnonsky se plaisait à affirmer qu'il le trouvait plus riche et plus subtil que le roquefort. Tous les maires de Roquefort-sur-Soulzon ont systématiquement poursuivi en justice les éditeurs qui évoquaient ce fromage dans leurs publications. La fromagerie a ainsi vivoté jusqu'en 1929 où elle ferma, définitivement achevée par un décret de classement « AO », qui deviendra plus tard AOP, limitant au causse du Larzac voisin la production de roquefort.
Depuis lors, le propriétaire des lieux vivait comme un cauchemar les sempiternels rappels à l'ordre des autorités pour avoir à clôturer ce bout de terrain afin d'empêcher les curieux de risquer une chute dans l'abîme. En bon terrien, il ne voulait pas faire cette clôture parce que, d'abord, il ne voulait pas se faire imposer de contraintes par les gens de la ville et ensuite parce qu'il ne voulait pas dépenser d'argent pour un terrain qui ne lui rapportait rien. Ainsi quand un étrange citadin est venu le trouver en octobre dernier et lui a proposé d'acheter ce terrain, il était prêt à le céder pour rien. Le sous-préfet du Vigan, qui voulait avoir le dernier mot dans le bras de fer qui l'opposait à ce paysan têtu, ne l'entendait pas de cette oreille et a mis son veto à la vente tant que le terrain ne serait pas « borné et clôturé ». Le paysan, d'abord découragé, a été surpris de voir cet incroyable acquéreur parisien commander immédiatement la réalisation d'un bornage et d'une clôture de 900 mètres composée d'un double grillage de deux mètres surmonté de deux rangées de barbelés. Il a payé chat en poche un acompte de la moitié du prix demandé, en exigeant en contrepartie que l'ouvrage soit réalisé en un mois. Le vendeur était ébahi… « Il lui faudra au moins cent ans avant que ce terrain lui ait rapporté le prix que lui coûte cette clôture… ». Il ne pouvait évidemment savoir à quel point il se trompait.
Ce jour-là, les travaux étaient terminés depuis près d'un mois. Le terrain était clôturé et un discret réseau de vidéosurveillance couvrait l'aven, la ruine et la doline. Le chemin qui descendait en spirale au fond de la doline avait été reprofilé pour devenir à peu près carrossable jusqu'au tunnel, en bas, dont l'entrée avait été fermée par une lourde grille et une serrure de sûreté digne d'un coffre-fort. Le nouveau propriétaire, Joël Vanderloo, était au fond de la doline accompagné de deux hommes. Tous trois, emmitouflés dans de lourdes parkas examinaient le travail. Le chemin en spirale, la grille, les caméras de vidéosurveillance…
Joël Vanderloo venait d'ouvrir la grille et s'apprêtait à entrer dans le tunnel quand son téléphone se mit à sonner. Il le regarda et il eut un geste d'agacement « Sangulier. Il ne me lâchera jamais, celui-là !… ».

« Bonjour… Oui… Mais je t'ai dit de ne pas payer… Non ce n'est pas une question de prix… Oui… Non, les rosbifs n'ont qu'à les garder… Oh ? … Mais comment ça ?… Bon… Quel crétin !… Menaçant comment ?… Je vois, oui… Oui… D'accord, ce sont des menaces… Oui, c'est inadmissible, mais laisse-moi gérer ça. Paie et dis à Mc Gwyr de venir au rapport… Non, ne lui laisse pas le temps de se retourner… Demain, à la gare TGV de Montpellier… Non, en train, je ne veux pas qu'il passe par Londres… Je l'attendrai moi-même à la descente du TGV de Barcelone… Je ne sais plus exactement, mais c'est en début d'après-midi… Oui, il part dès sa levée d'écrou… Fais-le prendre par un taxi à la sortie de la prison pour le conduire à Cadix. Là, il a un TGV pour Madrid et un autre pour Barcelone d'où il prendra celui de Montpellier… Oui, je ne suis pas inquiet, il saura faire… ».
Les trois hommes avaient maintenant parcouru les deux cents mètres de tunnel éclairés tout du long par deux rubans de LED blanches. Ils contemplaient l'immense salle souterraine juste éclairée par un candélabre central de neuf mètres portant une grappe de projecteurs au sodium. Devant eux, dix mètres plus bas, il y avait quatre bâtiments de chantier et une construction en pierre d'environ six mètres de hauteur, copie de l'athanor du temple de l'Est de Nazca. Plus loin, le fond de l'aven était un éboulis sur lequel la lointaine lumière du jour pénétrant par les quatre-vingts mètres du gouffre contrastait avec l'éclairage jaune des projecteurs au sodium. Lucien Féron, le gardien, sortit d'une des baraques pour les saluer de la main pendant qu'ils descendaient les deux volées de marches en béton séparant le tunnel du fond de la grotte. Ils inspectèrent les lieux. Le premier Algeco abritait le logement du gardien et le PC de vidéosurveillance du site. Les deux suivants étaient des logements encore inoccupés. Le quatrième servait d'entrepôt à plusieurs caisses portant un pochoir au trisecteur et la mention « RADIOACTIVE ». Enfin, ils inspectèrent l'athanor. Il était en tous points semblable à celui de Nazca, si ce n'est certains détails qui auront leur importance par la suite et qu'ils n'avaient pas su remarquer. Les joints entre les pierres de taille étaient en maçonnerie quand à Nazca ils étaient en plomb et surtout la voûte de la chambre inférieure, celle qui comporte une ouverture centrale pour communiquer avec la chambre supérieure, était tapissée de plomb quand celle de Nazca l'était de carbure de tungstène.
Ils restèrent deux heures à tout inspecter. Enfin, ils prirent congé de Lucien Féron en l'assurant qu'on allait bientôt procéder à l'allumage de

l'athanor et qu'il ne resterait plus seul bien longtemps parce qu'un technicien, allait bientôt venir loger ici avec lui.

Quand ils quittèrent le site par le portail qui donnait sur la route, ils ne remarquèrent pas une Jeep Wrangler stationnée à l'abri d'un fourré, loin des chemins, à l'opposé du portail par rapport à la doline. Dans la Jeep, il y avait quatre hommes de type méditerranéen dont deux observaient la scène avec des jumelles.

— Le plus grand, dit l'un des deux qui n'était autre que Izz-ud-din, l'ancien imam de Port-aux-Fleurs, regardez-le bien. C'est Joël Vanderloo. Je crois que c'est lui l'homme-clé.

— Alors… fit simplement son voisin en passant son index en travers de sa gorge…

— Non, non, pas tout de suite… Il a détruit tous nos réseaux. Si on le tue, chaque réseau va prendre son indépendance et on ne pourra plus rien récupérer. Les instructions du Califat sont de récupérer ses stocks de came et de rendre compte… Moi, je crois que cet aven, c'est leur stock central… C'est ici qu'il faut attaquer.

— Et les deux types qui accompagnaient ce Joël Vanderloo ?

— Je ne sais pas… Sans doute des gardes du corps… Mais je suis sûr que c'est ici que nous reconquerrons ce qu'il nous a volé… Allahu Akbar !

— Allahu Akbar ! Répondirent les trois autres en chœur.

Banlieue de Montpellier, 21 décembre 14 h

Sur la terrasse d'un immeuble de bureaux de la zone d'activités de Boirargues, un homme était assis adossé à l'édicule de béton blanc qui abritait à la fois la machinerie des ascenseurs et l'escalier d'accès à la terrasse. Il était là depuis douze minutes et il attendait. Il était vêtu d'une combinaison noire portant au dos l'inscription « Clean Protect », l'entreprise de services qui assure le ménage et le gardiennage de l'immeuble. Ses mains étaient gantées de cuir blanc. Il avait un visage anonyme parfaitement impassible, un de ces visages que l'on a l'impression d'avoir déjà vus et dont on est incapable de décrire précisément un seul trait significatif. Une valise de type « fly-case », siglée, elle aussi, « Clean Protect » était posée à terre à côté de lui. Il regardait sa montre de temps à autre.

Par-dessus l'acrotère à travers la balustrade de sécurité, il voyait, à trois cents mètres de lui, la très contemporaine gare TGV de Montpellier. Il constatait un déploiement de militaires inhabituel, même en période de vigilance anti-attentats. En temps normal, s'il y avait une patrouille sur les quais et dans les bâtiments, il n'y en avait pas à l'extérieur de la gare. Ce jour-là, il voyait deux patrouilles de deux militaires sur les parkings et une sur le parvis de la gare.

Le TGV a du retard, se dit-il en regardant sa montre. Non... Il le voyait maintenant arriver de la gauche à un kilomètre de là. Il envoya alors le texto qu'il avait préparé

Parking sud - place 42G - Volvo bleue CU167GF - attendre instructions

Puis il sortit la carte SIM du smartphone et la broya soigneusement entre deux galets.

Pendant que le TGV entrait en gare, il ouvrit la valise et assembla l'arme qu'elle contenait. C'était un fusil à longue portée modèle « Hécate II ». Une fois l'arme assemblée, il monta la lunette et, au bout du canon, au lieu du pare-flamme, il vissa un énorme silencieux de près de quatre-vingts centimètres composé de deux cylindres aboutés. Puis il introduisit une cartouche de 12.7 dans la chambre et, par sécurité, une autre dans le magasin. A cette distance, il ne pouvait pas rater son coup. Il était un sniper professionnel et le fusil Hécate II, même avec un silencieux, est précis à plus d'un kilomètre. La cartouche supplémentaire était une sécurité illusoire parce que la munition de 12.7 est lourde et puissante en sorte que, si elle rate sa cible, son impact fait tellement de bruit que la cible, alertée, se cachera ou se mettra à courir

en zigzag, devenant impossible à atteindre, même à deux cents mètres. Mais, plus par superstition que par acquit de conscience, il mettait toujours une cartouche de sécurité dans le magasin, en plus de celle de la chambre.
Puis il referma la mallette et posa le bipied de l'arme dessus. Il s'allongea à plat ventre, jambes légèrement écartées dans la position dite « du tireur couché ». Après réglage du bipied, le fusil était juste assez haut pour viser la gare et les parkings par-dessus l'acrotère, mais il était assez en retrait pour être invisible du bas de l'immeuble.
Il voyait maintenant les premiers voyageurs sortir de la gare. Dans la lunette, il visait la Volvo bleue sur la place de parking 42G. Il vit un homme arriver en regardant au sol, s'arrêter devant la Volvo, prendre un peu de recul pour lire son numéro d'immatriculation, essayer d'ouvrir une portière pour, finalement, poser son sac de voyage sur le capot et attendre en regardant autour de lui. Les deux militaires de la patrouille étaient à l'extrémité opposée du parking. La détente du « Hécate II » est particulièrement légère et la butée est même insensible à quiconque n'est pas familier de l'arme. Il appuya dessus avec délicatesse. Un demi-millimètre de plus et le coup partit dans un « plof » étouffé par le silencieux, tandis que la crosse lui envoyait un violent choc dans l'épaule. Il réajusta la visée tout en actionnant le levier d'armement pour faire passer la seconde cartouche dans la chambre. Pendant ce temps, la balle avait franchi les 225 mètres qui le séparaient de la cible et il vit, dans la lunette, la tête de l'homme éclater sous l'impact du projectile.
Il réarma encore la culasse du fusil pour récupérer la seconde cartouche devenue inutile. Il ramassa la douille que le fusil avait éjectée, puis, avec des gestes rapides et précis de professionnel, il démonta son arme, la rangea dans la mallette et quitta la terrasse par l'escalier. Il descendit jusqu'au parking du sous-sol où il s'installa au volant d'une Toyota Yaris blanche portant le logo « Clean Protect ». Il sortit tranquillement du parking en faisant, au passage, un petit salut de la main au gardien puis il s'éloigna rapidement. Il parcourut environ cinq kilomètres à cause des inextricables sens interdits des rues de Boirargues et d'Aiguerelles, pour arriver sur le parking de l'hôtel Formule 1 "Montpellier Sud". Il y abandonna la Yaris pour une Range Rover vert olive aux vitres fumées. Dans le 4x4, il se défit de sa combinaison « Clean Protect » et de ses gants qu'il tassa dans la valise du fusil. Sous sa combinaison, il portait un jean et une épaisse chemise canadienne à carreaux rouge et noire. Il décolla les stickers « Clean Protect » de la

valise, les froissa et les enfouit dans une poche de son jean. Puis il démarra, mit de la musique et parcourut les curieuses circonvolutions qu'imposaient l'échangeur Montpellier-sud avant de traverser Montpellier qu'il quitta par Juvignac en direction de Lodève.
Quand il eut quitté l'agglomération Montpelliéraine, il s'arrêta sur une aire de stationnement pour texter « C'est fait » à l'aide d'un smartphone qui était resté dans la boîte à gants de la Range Rover et qu'il rangea dans une des deux poches poitrine de sa chemise.

DGSE, bureau du général de Saint-Elme 21 décembre 14 h

Le général avait plusieurs documents sur son bureau. Deux TD[83] et une note de la DGSI[84].

Un TD du Consul honoraire à Gibraltar

TD GIBRALTAR 310 LE 20 DÉCEMBRE
FLASH SIGNATURE 20/12-13:01
CHIFFRE
DISTRIBUTION MESSAGE
AD : DIPLO CONSULAIRE 197
TXT
OBJET : DEMANDE D' ASILE POLITIQUE
JE ME RÉFÈRE À MON TD 309 IAN MCGWYR DE NATIONALITÉ BRITANNIQUE PASSEPORT 71EX21635 ET SON SALARIÉ MARCEL PHARSAMY, DE NATIONALITÉ FRANÇAISE PASSEPORT 15DD72896 VIENNENT DE FAIRE L' OBJET D' UN HABEAS CORPUS DANS L' AFFAIRE DE VOL AVEC EFFRACTION. ILS SE DISENT MENACÉS ET DEMANDENT L' ASILE. MR MCGWYR PRÉTEND QU' IL A DES RÉVÉLATIONS À FAIRE À LA DGSE AU SUJET D' UNE STATUE GRECQUE QU' IL APPELLE « PALINDROME » ET NE VEUT LES FAIRE QU' AU GÉNÉRAL DE SAINT-ELME. LES DEUX HOMMES PRÉTENDENT REDOUTER UN ATTENTAT A LA GARE TGV DE MONTPELLIER DEMAIN A 14 HEURES. CE POSTE A ACCEPTE DE LES ABRITER VINGT-QUATRE HEURES DANS L' ATTENTE D' INSTRUCTIONS.
SIGNE : FROMENT./.

Un crypté des agents à Gibraltar

##############
Origine : Gibraltar
Destinataire : DGSE
20 décembre 12:15 TU
Urgence : routine
Classification : message
##############
Mc Gwyr et ses deux sbires sont sortis de prison en vertu d' un habeas corpus consécutif à l' abandon du grief de trafic de matériaux nucléaires. L' un des sbires est parti en taxi pour une destination inconnue. Mc Gwyr et l' autre sont réfugiés au consulat de France. Ils ont peur pour leur vie et sont prêts à coopérer en échange de notre protection. Le

[83] Télégrammes diplomatiques
[84] Direction générale de la sécurité intérieure, direction du ministère de l'intérieur qui regroupe les anciens RG et DCRI.

consul n' a pas de moyens logistiques et je suggère que nous les prenions en charge et les exfiltrions jusqu' à Paris. Les deux visiteuses que vous avez placées sous notre égide ne sont pas informées de ces nouveaux développements et se livrent aujourd' hui à des activités purement scientifiques et journalistiques autour du sarcophage de Mykerinos. Convoqués par le consul pour assister à l' entretien avec Mc Gwyr, nous avons dû les laisser seules avec l' administration gibraltarienne. Je sollicite des instructions à leur sujet.
D. DUPONT DD856K
##############

Aussitôt après avoir reçu ces deux documents, il avait demandé à Charles Longhieu d'enquêter auprès de ses agents à Gibraltar pour savoir ce qu'il en était. Charles lui a fait un bref rapport dont il ressort que le grief de trafic de matériaux nucléaires a été abandonné par le Tribunal contre Mc Gwyr, ce qui est assez logique puisqu'après le vol des matériaux nucléaires par notre commando pendant que les prévenus étaient sous les verrous, le juge n'avait plus rien à quoi adosser ce grief. Il aura sans doute diminué la caution et ainsi permis à Mc Gwyr et ses sbires de sortir de prison.
Comme Charles entrait dans le bureau pour exposer ses conclusions, une copie de la réponse du Quai d'Orsay à son consul honoraire parvenait à Saint-Elme.

TD DIPLOMATIE 81210 LE 20 DÉCEMBRE
URGENT SIGNATURE 20/12 -14:10
CHIFFRÉ
DISTRIBUTION MESSAGE
AD : GIBRALTAR 1140 CQ : MINDEF 17200
TXT
JE ME RÉFÈRE À VOTRE FLASH NO 310. GARDEZ MESSIEURS MCGWYR ET PHARSAMY AU SECRET ABSOLU SOUS LA RESPONSABILITÉ DE DGSE GIBRALTAR JUSQU' À NOUVELLES INSTRUCTIONS. LE DEPARTEMENT SUGGÈRE PALLADIUM POUR LE NOM DE LA STATUE ET RAPPELLE À GIBRALTAR QUE SE TENIR AU COURANT DE L' ACTUALITÉ FRANÇAISE FAIT PARTIE DES OBLIGATIONS INCOMBANT AUX CONSULS DE FRANCE. LE VOL DU PALLADIUM PAR IAN MCGWYR LE 10 DECEMBRE DERNIER ETAIT À LA UNE DE TOUS LES JOURNAUX PAPIER, RADIO ET TÉLÉVISION FRANÇAIS.
SIGNÉ : BARDICK./.

Le général et Charles sourirent en lisant ce texte... Typique des diplomates, pour qui l'existence même de consuls honoraires est une insulte à leur qualité de diplomates professionnels parce que ces gens occupent gratuitement un emploi qu'il serait bien plus profitable de confier (moyennant traitement d'expatrié, bien sûr) à un fonctionnaire du Département.
Presqu'au même moment arrivait la réponse du Ministre de l'Intérieur sur la menace d'attentat :

20 décembre
Origine : Intérieur Cabinet
Destinataires : Diplomatie Cabinet, Diplomatie DGAPS[85], Défense DGSE
Les services de renseignement intérieur ne font état d'aucune menace sur la gare TGV de Montpellier. Le niveau d'échanges électroniques dans les milieux à potentiel terroriste est stable et rien n'indique une activité particulière ni au niveau national ni au niveau de Montpellier. Mc Gwyr est connu de nos services comme un pilleur d'œuvres d'art mais pas comme un terroriste. Il est recherché par Interpol pour avoir attaqué à l'explosif le FBCNI à Dun-Le-Palestel, mais il s'agissait d'un vol avec effraction que rien ne permet de lier, ni de près ni de loin, au terrorisme.
Par précaution, le préfet a dû renforcer les patrouilles de sécurité à la gare TGV de Montpellier. Vous devez attirer l'attention du lanceur d'alerte sur le coût qu'une telle information infondée fait peser sur le budget de mon ministère/

Il n'aimait pas ce côté « circulez, y'a rien à voir » de la note de l'Intérieur. Mais, au fond, se disait-il en regardant sa montre, il n'a pas tout à fait tort, il ne s'est rien passé à 14 heures à la gare TGV de Montpellier...Juste comme il se faisait cette réflexion, Corinne, sa secrétaire, passa la tête par l'embrasure de la porte et lui annonça
— Général, excusez-moi de vous interrompre, mais RTL vient juste d'annoncer qu'un archéologue écossais du nom de Ian Mc Gwyr a été tué par balle sur le parking de la gare TGV de Montpellier.

[85] Direction générale des affaires politiques et de sécurité

Gibraltar Devil's Tower Rd. 70 - 21 décembre 15 h

Depuis la veille, Pauline Dummoulin examinait le sarcophage de Mykerinos dans cette vieille cave dont la porte avait été détruite par les explosifs de Mc Gwyr. Elle travaillait avec la conservatrice du musée de Gibraltar et une troisième archéologue arrivée spécialement de Londres. Les trois scientifiques étaient excitées comme des puces. La police surveillait les lieux comme il se devait. Gaëlle Le Couëdic avait obtenu de sa chaîne qu'elle achète au propriétaire du terrain l'exclusivité des droits télévision sur la découverte. C'était un entrepreneur de travaux publics gibraltarien manifestement ravi de la notoriété que lui donnait ce sarcophage, aussi n'exigea-t-il qu'un prix symbolique pour accorder cette « exclu ». Gaëlle avait installé trois projecteurs pour éclairer le sarcophage et, plus loin dans la galerie, un coin interview avec deux sièges et un projecteur sous réflecteur parapluie. Elle avait ainsi filmé le sarcophage sous tous ses angles, elle avait interviewé les trois archéologues et aussi, pour faire bonne mesure, le propriétaire et les policiers... De nombreux rushes permettraient de monter un magazine de 52 minutes avec divers aspects du sarcophage commentés à tour de rôle par Pauline Dummoulin et par l'archéologue anglaise spécialisée dans la Haute-Égypte. La seule chose qu'elle regrettait était de n'avoir pu ni interviewer ni même filmer Mc Gwyr, libéré la veille et maintenu au secret par les deux agents de la DGSE.

Les trois archéologues, la journaliste et le propriétaire déjeunaient maintenant tous ensemble d'un fish-&-chips un peu plus loin dans Devil's Tower Road. Gaëlle parlait de devoir replier son matériel parce qu'elle avait assez d'images et regagnait Paris pour faire le montage de son émission. Les archéologues, que ses projecteurs arrangeaient bien, étaient déçues mais l'entrepreneur propriétaire des lieux les a toutes mises d'accord en leur proposant des projecteurs de chantier... Tout allait pour le mieux dans le meilleur des mondes antiques quand le portable de Pauline sonna.

— Pauline Dummoulin ? Dupont à l'appareil

— Dupont ou Dupond ?

— Drôle... Avez-vous écouté la radio française ?

— Non, là, je suis au restaurant, mais sinon, je suis dans une grotte... Les ondes ne passent pas et je peux juste téléphoner grâce à la femtocell que Gaëlle a activée en toute illégalité.

— Ah oui ! Eh bien, les radios françaises ont annoncé voici une demi-heure que votre copain Ian Mc Gwyr avait été tué par balle à Montpellier.

— Paix à son âme, mais c'était un salaud. En fait, vous êtes un peu cons, vous les barbouzes. Hier soir vous nous affirmiez que vous le déteniez prisonnier depuis que les rosbifs l'avaient relâché et, moins de vingt-quatre heure après, il est refroidi à plus de mille kilomètres d'ici.

— Justement, ça ne tient pas. Mc Gwyr est enfermé dans l'appartement que nous avons loué dans le Beach View Terrace, tout près de là où vous êtes… Dans la chambre que vous occupiez, justement. Et moi je suis dans le salon de l'appartement. Et il est toujours dans la pièce à côté, je le vois.

— Que voulez-vous que ça me fasse ?

— Je voudrais que vous veniez me dire si le type qui se fait appeler Ian Mc Gwyr et qui a le passeport de Ian Mc Gwyr est bien Ian Mc Gwyr… Enfin celui que vous connaissez. C'est à moins de deux cents mètres… Vous voulez bien vous séparer dix minutes de votre précieux sarcophage ?…

— Je ne suis pas au sarcophage, je suis à table. Mais OK, je finis ma bière et mon fish-and-chips et j'arrive. Mais je viens avec Gaëlle, dit-elle avec un clin d'œil vers son amie, et elle pourra l'interviewer.

— Une interview ? C'est exclu, il est au secret…

— Ce n'est pas négociable, ou alors je ne viens pas…

— Il faudra bien qu'un jour quelqu'un vous dise que vous êtes une emmerdeuse, miss Dummoulin… Que dis-je une emmerdeuse ? Une emmerderesse, oui… Bon, c'est d'accord.

— À tout' les barbouzes !

Après avoir raccroché, elle interpela son amie « Gaëlle, je viens de t'obtenir une interview du pire salopard que le monde de l'archéologie ait jamais connu, Ian Mc Gwyr… Mais c'est tout de suite… Tu viens ? C'est pas loin d'ici » Elle prit Gaëlle par le bras et toutes deux se dirigèrent vers l'immeuble… « Ben quoi, ajouta Pauline, c'est bien ce que tu voulais, non ? Les barbouzes voulaient garder Mc Gwyr au secret… Mais moi, je les ai fait changer d'avis ! »

Elles avaient à peine trois cents mètres à parcourir et, en quelques minutes, elles retrouvèrent les deux agents de la DGSE dans l'entrée de l'appartement.

— Un certain Ian Mc Gwyr a été abattu hier d'une balle en pleine tête sur le parking de la gare TGV de Montpellier. Enfin, c'était un type qui avait dans sa poche le portefeuille de Ian Mc Gwyr, avec ses papiers d'identité, ses cartes de crédit... Tout.

— Son passeport ?

— Non, pas son passeport. Son passeport, le voilà dit-il.

— Eh... Minute, vous ne m'aurez pas si facilement ! Gaëlle l'interviewe d'abord et je vous dis après si c'est bien lui. Je n'ai pas confiance, vous comprenez... Mais au fait, vous avez une photo du type qui a été abattu ?

— Oui, mais je ne vous la montrerai pas...

— C'est con, ça... Parce que c'est quand même un élément, non ?

— Je ne vous la montrerai pas parce que c'est horrible à voir. Il a été abattu d'une balle de très gros calibre. Du 12.7, vous connaissez ?

— Vous savez, moi, les armes...

— Bon, d'accord, mais c'est une munition énorme et très puissante. Elle a frappé la victime à l'arrière gauche du crâne et est ressortie sous l'œil droit. Le corps n'a plus de visage... Explosé !... Ces munitions sont faites pour percer des blindages, alors vous pensez bien, un crâne. Mais le plus curieux, c'est que Mc Gwyr, enfin celui qui est ici, est venu hier, dès sa sortie de prison, se réfugier au consulat de France parce qu'il se disait menacé et il nous a annoncé qu'il devait se rendre à Montpellier et que c'est là qu' « ils » allaient attenter à sa vie.

— Mais alors qui a été tué à Montpellier ? Demanda Gaëlle.

— Il affirme que c'est un certain Pepito Ramirez, un de ses employés chiliens...

— Je connais Pepito, intervint Pauline. C'était un de mes geôliers à Nazca et à Gizeh... Tout en muscle, mais très con... Si la balle a si bien traversé son crâne, c'est parce qu'il n'y avait rien dedans. L'autre nervi, ils l'appelaient Pharmacie, je ne sais pas pourquoi.

— Il s'appelle Pharsamy...

— Ah, c'est ça... Il est aussi con que Pepito. Moins gros, mais plus brutal...

— Il est là, à côté avec Mc Gwyr...

— Oui, alors on s'en va. Je ne veux pas le voir. Vous savez, ces deux-là, c'est des mutants. Un chaînon manquant dans l'évolution régressive de l'homme vers le grand singe. Parce que l'humanité régresse : il y aura eu l'homo sapiens, puis le militaire, puis le barbouze, puis des dégénérés comme Pharmacie et, juste après, c'est le singe. Méfiez-vous, les gars, vous êtes tous les deux sur la pente descendante ! Bientôt, c'est vous qui amuserez les touristes en haut du Rocher de Gibraltar ! Tu viens, Gaëlle, on s'en va.

— Écoute, Pauline, répondit Gaëlle… Je ne sais pas où tu situes le journaliste dans ta chaîne de dégénérescence, mais j'aimerais bien la faire, cette interview… Pharmacie ne me fait pas peur, et c'est Mc Gwyr que je voudrais interviewer…

— D'autant, intervint Dupont, qu'un agent arrive de la DGSE pour les exfiltrer tous les deux vers Paris. Et, dans les locaux de la DGSE, vous pouvez toujours courir pour obtenir une interview ! Nous attendons le colonel Charles Longhieu en fin d'après-midi.

— Charles ? Fit Gaëlle… Super !

— Vous le connaissez ?

— Oui, intervint Pauline, ils vivent ensemble, enfin quand ils peuvent, et ils sont toujours amoureux… Et lui, il s'y connaît en exfiltrations ! Il m'a exfiltrée d'Égypte. L'hôtel était plein de fumée, on fonçait à au moins dix fois la vitesse autorisée et il y a eu trois morts. Deux barbouzes qui nous poursuivaient et un touriste un peu con qui ne voulait pas les laisser passer. Trois morts, et encore, c'est parce que Charles avait décidé de m'exfiltrer en douceur… Ah ! Ah ! Gibraltariens ! Préparez-vous, ça va bouillir dans votre petite colonie tranquille !

(clap)

(Plan-poitrine sur Ian Mc Gwyr avec, en fond, une fenêtre donnant sur la falaise. Voix off de Gaëlle Le Couëdic)

— Monsieur Mc Gwyr, vous êtes archéologue et vous avez travaillé sur une ancienne civilisation amérindienne au Pérou. Pouvez-vous m'en parler pour les téléspectateurs de « la Cinquième » ?

— Oui, j'ai travaillé à Nazca, au Pérou. La civilisation qui a tracé les géoglyphes sur le sol est bien plus ancienne que ce que croyaient jusque-là les archéologues. Elle était incroyablement plus avancée que les autres civilisations andines de l'époque. Et même aucune civilisation précolombienne postérieure n'a jamais plus atteint ce niveau de connaissances. Elle connaissait notamment une forme d'écriture et une science particulièrement avancées.

— C'est la langue Nazca qui vous intéresse tant ?

— Au départ, oui. Pauline Dummoulin que j'ai plaisir à retrouver ici[86] *avait soutenu une thèse extrêmement brillante sur cette civilisation, et cela avait attiré mon attention. Cette thèse contenait*

[86] Pour ne pas surcharger le récit de grossièretés inutiles, nous n'avons pas reproduit les commentaires dont Pauline Dummoulin a émaillé cette interview et qui ont, d'ailleurs, été coupés au montage.

des correspondances troublantes entre la science des anciens Nazcas et la science alchimique du moyen-âge et de la renaissance en Europe. Ces correspondances passaient par d'autres civilisations antiques, l'Égypte de l'Ancien Empire jusqu'à Khéops, Troie jusqu'à sa chute, Albe-la-Longue et la Rome monarchique jusqu'à Tullius. Pourtant aucun contact n'a jamais eu lieu entre les peuples andins et les civilisations méditerranéennes.
— Pouvez-vous nous parler de cette science ?
— Pas vraiment. Des forces terribles la convoitent et je suis moi-même menacé. J'ai échangé l'exclusivité de ce que je sais de cette science contre ma protection.
— On parle de science nucléaire.
— Je ne vous dirai rien, si ce n'est que Pauline Dummoulin, l'auteure de cette thèse d'où tout est parti, en sait bien plus que moi... Je crois qu'elle ne me faisait pas confiance et qu'elle ne me disait pas tout. Demandez-lui. Elle vous parlera peut-être, à vous.
— Vous travailliez pour votre propre compte ou aviez-vous un commanditaire ?
— Je ne peux rien vous dire à ce sujet.
— Vous êtes recherché par la police pour avoir pénétré par effraction dans les locaux du FBCNI à Dun-le-Palestel et y avoir dérobé une statue antique d'une valeur inestimable.
— Il s'agit du Palladium... Une très belle statue de Pallas-Athéna... C'est en effet un trésor archéologique inestimable.
— Vous ne pouvez pas m'en dire plus sur les raisons de ce vol et le lieu où vous détenez cette statue ?
— Non, sinon que je suis disposé à restituer la statue.
— Elle provient bien de Troie ?
— Oui. La légende dit qu'elle a été façonnée par la déesse Athéna et que Zeus l'a donnée à Ilos, le fondateur de Troie pour être la protectrice de la cité.
— Et à part la légende, qu'en disent les historiens ?
— On n'a que la légende parce que les Troyens n'avaient ni historiens ni archivistes, ils ne connaissaient pas l'écriture. Mais c'est bien de cette statue qu'il s'agit. A la chute de Troie, elle aurait été dérobée par Ulysse et emportée par Énée puis vénérée par les Latins. Plus tard elle aurait été dérobée par les Romains sous Tullius. Après la chute de l'empire romain d'occident, elle a circulé de main en main en Italie jusqu'à ce que Saint Thomas d'Aquin en

hérite et la dépose au monastère du mont Cassin où elle est restée jusqu'à la seconde guerre mondiale.
— Ce vol au FBCNI, vous l'avez commis seul ?
— Oui.
— Ce n'est pas ce qu'ont dit certains témoins.
— Je suis au courant, je l'ai lu dans les journaux, mais ce prétendu complice que, d'ailleurs, je ne connais pas, n'était pas sur les lieux à l'heure où j'ai volé la statue.
— Mais il était bien à Dun-le-Palestel.
— Non, j'étais seul. Et j'ai même appris qu'il avait un alibi à plusieurs centaines de kilomètres de là. Mais je me suis livré, maintenant et je répondrai de tout ça devant la justice française.
— Il y était, je vous ai vus moi-même, tous les deux, à l'hôtel Joly...
(Expression étrange dans le regard de l'interviewé)
— Je ne vous dirai plus rien.

(Fin de l'enregistrement)

Gibraltar - Poste frontière - 21 décembre 19 h

Une Renault Scenic grise immatriculée en France se présenta à la frontière pour quitter Gibraltar. Elle avait des vitres fumées en sorte que l'on ne pouvait voir les passagers à l'arrière. Charles Longhieu était au volant et Gaëlle Le Couëdic occupait la place passager avant. Derrière, il y avait Mc Gwyr et Pharsamy menottés accompagnés d'un gendarme français en civil. Encore derrière, un autre gendarme et Pauline Dummoulin occupaient les deux petits sièges additionnels de la voiture. Charles tendit son passeport au policeman et dit simplement « Je suis attendu ». Il vit alors Dupond sortir du poste de douane et faire un signe d'acquiescement au policier. Ils quittèrent ainsi Gibraltar sans encombre. L'exfiltration musclée qu'attendait Pauline n'aura pas lieu.

— Et voilà, fit Charles… Exfiltrés

— Comment as-tu fait ? Ils n'ont pas le droit de quitter le territoire… fit Gaëlle.

— Le juge n'a aucune envie de les juger…

— Et la justice alors ?

— La Couronne est dédommagée du trouble à l'ordre public par la caution et le propriétaire de la grotte n'a pas porté plainte. Le juge évite ainsi un procès qui se promettait agité et coûteux. Tu sais, le système judiciaire britannique est plus paisible, sinon plus juste, que le nôtre. Officiellement, ils ont quitté Gibraltar à l'insu de la police des frontières, puisque personne n'a vu d'autre passager que toi et moi dans la voiture

— C'est un peu faux-cul…

— On peut dire aussi que c'est diplomatique…

— Ou pragmatique… Après tout, Gibraltar, c'est l'Angleterre, pays du pragmatisme…

Cent mètres plus loin, un fourgon de la Guardia Civil espagnole attendait dans lequel embarquèrent les deux gendarmes français et les deux prisonniers.

— C'est quoi, ça ? Demanda Pauline. Vous livrez ces salopards aux Espagnols ?

— Non, non… C'est une commission rogatoire internationale. Les fourgons cellulaires français n'ont pas la possibilité de transporter des prisonniers dans d'autres pays. La justice française a demandé à la justice espagnole de lui livrer Mc Gwyr et Pharsamy au poste frontière d'Irun où un fourgon cellulaire français les attend.

— La justice ? En quelques heures comme ça ? Mon cul, oui…

— Quoi, mon cul, demanda Gaëlle ?
— Quand on demande quelque chose à la justice, ça prend six mois, alors, moi je crois que c'est juste une combine entre barbouzes… Et les barbouzes espagnols…
— … Tu les emmerdes, dirent ensemble Charles et Gaëlle ! Oui, on sait !
Charles invita Pauline à s'installer à la place des prisonniers parce que les places tout à l'arrière de la Scenic ne sont pas très confortables.
— Nous avons une très longue route. Nous passerons une nuit à Cordoue et une nuit à Bayonne…
— Vous, les barbouzes avec vos plans de merde…
— Et ne vous plaignez pas, les prisonniers, eux, rouleront jour et nuit. Ils n'ont pas le droit de s'arrêter…

DGSE, 24 décembre 15h30

Le Pôle National de Cryptanalyse et de Décryptement est un service secret au sein des services secrets. Il est interministériel mais il est hébergé, financé, et administré par la DGSE, au deuxième étage de l'aile ouest. Il est ce que Pauline avait appelé le Bletchley Park[87] de la DGSE. Il ne fait pas partie de la branche action, mais le général de Saint-Elme n'avait pas eu beaucoup de mal à convaincre son collègue de permettre au PNCD de se pencher sur l'écriture sacrée shava, celle qu'elle avait révélé par thermoluminescence au verso de la tablette de Pablo. Dans ce monde hétérogène du PNCD dont la population allait du polytechnicien le plus sérieux au geek le plus déjanté, décoder cette écriture alors qu'ils avaient déjà le sens général du texte avait pris à peine trois jours. Pauline Dummoulin était arrivée au PNCD en début d'après-midi, pour constater que les textes étaient pratiquement décryptés. Le secret de l'écriture sacrée des shavas était brisé. Un texto apparut sur son portable.

> *« Puisque vous êtes dans nos murs, pouvez-vous passer me voir avant de partir. Saint-Elme »*

Elle était maintenant assise en face du général, dans son bureau.

— Désolé de vous avoir fait venir la veille de Noël, disait ce dernier, vous avez avancé dans le décryptage de la nouvelle écriture shava que vous avez découverte à Nazca ?

— Nous avons pratiquement fini tout ce qu'on peut tirer de la tablette de Pablo. Il faut maintenant plus de textes pour progresser dans la syntaxe et le vocabulaire de cette langue écrite. Et les autres tablettes, c'est ce fumier de Mc Gwyr qui les a…

— Des difficultés de procédure ont fait que son interrogatoire n'a pu être finalisé que tout à l'heure.

— Il n'est pas encore au trou, ce salopard ?

— Il est ici, en garde à vue prolongée. Vous savez, la France est un état de droit… Il y a des procédures à respecter. La DGSE a des enquêteurs, mais, quand elle enquête sur un droit commun, elle ne peut le faire qu'en liaison avec le Parquet.

— Et alors ?

— Nous sommes un service secret…

— Des barbouzes, ça, je sais ! Mc Gwyr aussi, alors vous voulez arranger vos affaires entre barbouzes…

---

[87] Centre anglais de recherche sur la cryptanalyste pendant la seconde guerre mondiale.

— Ne compliquez pas tout. L'enquête est confiée à la DGSE à cause des implications internationales sur la sécurité de l'État et à cause du fait qu'elle touche à de possibles armes nucléaires. Mais il a fallu négocier avec le Parquet Général de la cour d'appel de Paris… C'est très complexe… Il n'était pas convaincu des implications internationales et il avait des difficultés à accepter le secret défense sur le volet nucléaire. J'ai dû leur donner une copie de votre thèse en leur disant qu'elle prouvait l'aspect nucléaire et international.

— Si vous voulez, je peux leur expliquer…

— Surtout pas. Ils n'ont pas osé avouer qu'ils n'avaient rien compris, mais ils ont cherché à consulter un expert en sécurité nucléaire disponible. Ils ont des listes d'experts et ils ne font confiance qu'à eux. A deux jours de Noël, ils n'ont trouvé personne, alors ils ont refermé le dossier et accepté mes conditions. Donc nous enquêtons et nous sommes désormais couverts par le PNAT[88]. Tenez, lisez ça…

PROCÈS-VERBAL D'AUDITION DE MONSIEUR MC GWYR IAN
Réf : DGSE / DGGN / 0897 / A71/E4D
Gendarmerie Nationale / DGSE
Date : 24 décembre 12h01
Enquêteur : Major Ernest Dubraille IRCGN / DGSE.
En présence de:
Général de brigade Gonzague Pasquier de Saint-Elme
Colonel Charles Longhieu
Nom et prénom du prévenu : MC GWYR, Ian
Date et lieu de naissance : 21/10/1978 à Inverness (Royaume-Uni)
Domicile : 2 Young St, Inverness IV3 5BL, Royaume-Uni
Situation de famille : célibataire, sans enfant
Profession : archéologue indépendant
Casier judiciaire : n/c
Sur les relations avec Mademoiselle Dummoulin.
J'ai travaillé avec Mademoiselle Dummoulin dès après sa soutenance de thèse. Je ne me rappelle plus comment j'ai eu connaissance de sa thèse. Je l'ai aidée à obtenir des crédits de recherche de la DGSE. Elle est venue avec moi à Nazca de son plein gré. Nous y sommes restés un mois et demi du 1er octobre au 15 novembre. A sa demande, nous sommes partis pour Gizeh afin de procéder à des fouilles dans la chambre souterraine de la pyramide de Khéops. Elle m'a précédé à Gizeh parce que je suis resté

[88] Parquet National Antiterroriste

quelques jours au Pérou pour des raisons dont je ne veux pas parler. Mais elle a quitté Gizeh sans m'en aviser en sorte qu'elle n'était plus là quand j'y suis arrivé. Elle n'était pas seule à Gizeh, deux de mes collaborateurs l'accompagnaient. Messieurs Marcel Pharsamy et Pepito Ramirez. Mademoiselle Dummoulin n'a jamais fait l'objet de contraintes de ma part.
Sur les biens archéologiques dérobés à Nazca.
Nous n'avons sorti du temple souterrain que 13 tablettes d'obsidienne et des barres de métaux radioactifs que nous avons emballées dans des caisses doublées avec des feuilles de plomb trouvées sur place. Les caisses ont été livrées à un sous-marin au large de San-Juan de Marcona. J'ignore quel est ce sous-marin. Son équipage parlait espagnol. Je ne connais pas la destination des caisses. C'est Monsieur Vanderloo qui m'avait donné les instructions relatives à ce sous-marin.
Sur la nuit du 9 au 10 décembre.
Je me suis rendu à Dun-le-Palestel seul dans une camionnette Mercedes qui appartenait à Monsieur Vanderloo. J'ai dîné au restaurant de l'hôtel Joly que j'ai quitté vers 22 heures. Je suis allé à l'ancienne gare. Je savais, par Monsieur Vanderloo, que le sous-sol de l'ancienne gare abritait des œuvres d'art ayant appartenu aux nazis pendant la seconde guerre mondiale. Monsieur Vanderloo voulait une statue appelée « Palladium » et je voulais m'en emparer pour la lui vendre. La trappe d'accès au sous-sol avait été remplacée par une porte blindée que je ne suis pas parvenu à crocheter. J'ai attendu minuit pour être sûr qu'il n'y ait plus personne dans les rues. J'ai utilisé une charge de C4 pour l'ouvrir. Cette charge était trop forte et elle a détruit une partie du mur extérieur. J'ai pris une caisse en bois frappée de l'aigle nazie. Cette caisse était à claire-voie et j'ai vu qu'elle contenait la statue convoitée par monsieur Vanderloo. Je n'ai rien pris d'autre. Je suis reparti sur Paris pour déposer la statue dans une maison de Marnes-la-Coquette que m'avait désignée Monsieur Vanderloo, à côté de la villa de Johnny Hallyday. Je ne connais pas le propriétaire de la maison. Il m'a dit qu'il avait été averti de ma venue et il m'a aidé à décharger la statue. Il m'a dit de laisser la camionnette à Marnes. Je l'ai laissée en face du restaurant « Les Hirondelles » et je suis reparti en appelant un Uber. Je logeais à l'hôtel de France, avenue du général Leclerc à Boucquencourt où je suis arrivé à 4 heures 15. J'ai fait tout cela parce que Monsieur

Vanderloo m'avait dit qu'il s'y intéressait. J'ai agi de mon propre chef, seul. Je n'ai pas agi sur ordre de Monsieur Vanderloo ni de quiconque.
Sur la statue volée.
Cette statue, qui intéressait Monsieur Vanderloo, était conforme à ce que je savais du Palladium qui est représenté notamment sur une amphore du cinquième siècle signée du Peintre de Cléophradès. Je pourrais en dire plus sur le sujet. Elle est d'un grand intérêt archéologique. Elle est en bois de figuier. Elle était la statue tutélaire de la cité de Troie depuis sa fondation jusqu'à sa destruction. Elle a suivi un parcours complexe sur lequel je pourrais être plus précis. Elle est tombée entre les mains du corps expéditionnaire français du général Juin juste avant la prise du monastère du Mont Cassin par les alliés. Je ne sais pas comment Monsieur Vanderloo savait qu'elle était dans l'ancienne gare de Dun-le-Palestel.
Sur la nuit du 18 au 19 décembre.
J'avais appris que deux dames s'intéressaient à un ancien domaine appelé Devil's Tower Manor à Gibraltar. Je l'avais appris en me renseignant moi-même aux archives gibraltariennes. Lorsque je suis arrivé sur les lieux, j'ai vu quatre personnes sortir d'un appentis accolé à la falaise sur le terrain d'une entreprise de travaux publics. Je crus reconnaître Mademoiselle Dummoulin. Quand les quatre personnes eurent quitté les lieux, je suis moi-même entré dans l'appentis qui ouvrait sur une caverne. J'étais accompagné de mes deux collaborateurs, Marcel Pharsamy et Pepito Ramirez. J'ai trouvé un sarcophage égyptien que j'ai identifié comme étant celui du pharaon Mykerinos. J'ai dû faire sauter une porte avec un peu d'explosif. Une charge de C4 plus petite qu'à Dun-le-Palestel. Je n'ai rien volé dans la caverne. Je n'avais pas l'intention de voler et cette visite n'était motivée que par la curiosité archéologique.
Sur l'assassinat de Pepito Ramirez.
Un client dont je ne veux pas dire le nom à cause du secret des affaires, m'avait donné rendez-vous à la gare TGV de Montpellier. Je ne croyais pas que ce client était digne d'intérêt, aussi ai-je délégué Pepito Ramirez en lui donnant pour consigne de fixer un nouveau rendez-vous au cas où il s'agirait d'une affaire sérieuse.
Clôture de l'audition à 13h17

— Prends-nous pour des cons dit Pauline à Saint-Elme après avoir lu ce procès-verbal… Quel salopard… À le lire, ce serait presque moi qui l'aurais contraint. Aller à Gizeh pour découvrir, tout triste, que je suis partie comme une malpolie. Pov'chéri… Et vous, vous avez retrouvé le Palladium ?
— Hélas non, nous sommes allés à Marnes-la-Coquette. La maison qu'il nous a désignée appartient à Francis Calcomycès, le maire de Saint-Cergue-sur-Seine…
— Cette ville où il y a eu des émeutes sanglantes au mois de novembre ?
— Oui, et c'est peut-être le signe que Mc Gwyr collabore un peu plus que vous ne le croyez. Il se trouve que Calcomycès était l'alibi de Vanderloo pour la nuit de Dun-le-Palestel…
— Pourquoi est-ce une preuve de collaboration ?
— Parce qu'en mouillant Calcomycès, il affaiblit l'alibi de Vanderloo. C'est du billard à plusieurs bandes. Je crois qu'il est sincère quand il dit que Vanderloo lui fait peur… C'est pour cela qu'il a maintenu être allé seul à Dun-le-Palestel… Ainsi, sans l'attaquer directement, il essaie de l'affaiblir… Il est assez retors, au fond.
— Ça, voyez-vous Général, pas la peine d'être un super-barbouze pour le découvrir. Je confirme ! Retors et salaud… Parce que, Pepito, il savait bien qu'il l'envoyait se faire tuer ! Ce n'est pas une grande perte, mais il le savait, ce fumier.
— Il serait logique qu'après avoir réceptionné la statue, Calcomycès ait souhaité la mettre lui-même en lieu sûr ailleurs que chez lui… Mais on marche sur des œufs. Calcomycès est une étoile montante au firmament des stars politiques. Il y a un mois encore il n'était qu'un pauvre loser inconnu, maire d'une petite commune de banlieue. Et aujourd'hui, les journalistes politiques s'accordent à dire qu'il faudra compter avec lui pour les élections présidentielles de l'an prochain… Presqu'un people, quoi. On ne peut pas le mettre en garde à vue comme ça.
— Et pourquoi un fumier comme Mc Gwyr collabore-t-il ?
— Je vous le dis, il a peur de Vanderloo… Qui lui aurait donné rendez-vous à la gare TGV de Montpellier…
— Ce n'est pas ce qui est écrit dans le PV, il déclare ne pas vouloir dire le nom de son client.
— Il a demandé que le nom de Vanderloo ne figure pas, mais il nous a bien dit que c'était lui. Il aurait envoyé Pepito Ramirez à sa place et Ramirez, petit truand sans envergure, s'est fait abattre par un tueur professionnel de haute volée… Une carabine de 12.7…

— Ouais, vos barbouzes de Gibraltar m'ont parlé de ça, mais moi, les armes…
— Le moins qu'on puisse dire est que ce n'est pas une arme courante… C'est une arme de sniper. Le tueur est arrivé en avance, il s'est posté sur une terrasse à plus de 200 mètres. Il a tiré une seule balle. Il n'a laissé aucune empreinte, il a ramassé la douille et est tranquillement reparti. Il avait tout son temps, la preuve : les premiers enquêteurs ne sont arrivés sur cette terrasse qu'une demi-heure après le crime. C'est du travail de professionnel. De très grand professionnel.
— Bon, d'accord, mais pourquoi m'avez-vous convoquée ? Ces histoires de tueurs et de truands ne me concernent pas.
— Je voudrais que vous me parliez de la statue volée. Quel peut bien être son intérêt autre qu'historique ? Que ça intéresse des musées ou des collectionneurs, je le comprends. Mais je ne crois pas que Mc Gwyr joue dans cette catégorie. Ce qui l'intéresse, c'est ce que vous décrivez sur le feu nucléaire. J'ai lu votre thèse et les tribulations de cette statue, de Troie au Mont Cassin… Vous avez fait un travail d'investigation impressionnant.
— Et encore, maintenant que j'ai vu les photos, j'ai la preuve qu'avant la fondation de Troie, cette statue était à Mycènes… Vers la fin du treizième siècle avant Jésus-Christ, Mycènes est détruite, sans doute par une invasion… Elle ne se relèvera que quatre siècles plus tard avec Atrée, le père d'Agamemnon. Ce que j'ai vu de la statue m'incite à penser que le mythique fondateur de Troie, cet Ilos dont on ne sait rien, était en réalité un prince mycénien rescapé de la catastrophe. Il serait allé fonder une nouvelle Mycènes, Troie, en l'occurrence, de l'autre côté de la mer Égée. Tout comme, plusieurs siècles plus tard, Énée, rescapé du sac de Troie ira fonder Lavinium qui sera à l'origine de Rome.
— Vous devriez écrire un mémoire là-dessus !
— Trouvez-moi la statue du Palladium et quelques crédits pour une mission en Méditerranée orientale, et je vous écris ça.
— Pourquoi avez-vous besoin de la statue ?
— Mais parce que les broderies de la robe de cette statue de Pallas sont en réalité des textes écrits en Linéaire-B.
— Ah, oui, le linéaire-B…
— Oui, la langue écrite des anciens Mycéniens.
— En effet… J'ai fait mettre plusieurs spécialistes de linéaire-B sous surveillance, au cas où quelqu'un les contacterait pour cette statue… Oui, c'est vrai…

— Jusqu'au douzième siècle avant Jésus-Christ, il n'y avait que deux civilisations à connaître l'écriture en Méditerranée. Mycènes et l'Égypte.
— Et Sumer ?
— Voyons, Général ! Sumer n'est pas une civilisation méditerranéenne !
— Oui, oui… Continuez.
— Les Peuples de la Mer ont attaqué les deux. Mycènes est tombée, l'Égypte a résisté.
— Les Peuples de la Mer ?
— C'est comme ça que les Égyptiens appelaient ces envahisseurs qui ont déstabilisé toute la Méditerranée orientale aux treizième et douzième siècles avant Jésus-Christ. Des peuples venus du nord… On ne sait pas très bien qui ils étaient… Ils ont initié une ère de cinq cents ans dite des siècles obscurs. Pendant cinq siècles, aucun peuple grec ou phénicien ne connaissait plus l'écriture. Troie a été fondée par Ilos et détruite par les Grecs pendant les siècles obscurs, alors, vous comprenez, on n'a aucun écrit troyen… Sauf le Palladium parce que, depuis trois jours, on sait que la statue était couverte de texte. Vous comprenez, maintenant, son importance historique ?
— Dites-moi alors… Si elle utilisait l'écriture, pourquoi ne connaît-on pas mieux la civilisation Mycénienne ?
— Parce qu'ils n'utilisaient pas leur écriture pour écrire l'histoire ou les codes de loi, comme les Sumériens ou les Égyptiens. Ils l'utilisaient essentiellement pour faire les comptes. Et surtout, ils écrivaient sur des tablettes d'argile crue. Quand ils n'avaient plus besoin d'un texte, ils mouillaient l'argile, ils l'effaçaient pour pouvoir réutiliser la tablette… Alors, même si certaines tablettes portaient des récits historiques, il ne reste rien parce que quelques ondées auront suffi à déliter l'argile…
— Il en reste quand même quelque chose puisque vous connaissez leur écriture.
— Oui, à Pylos et à Cnossos, qui était les deux principales colonies mycéniennes, les envahisseurs ont incendié les palais. Alors l'argile des tablettes a cuit et s'est transformée en brique… C'est comme ça qu'elles ont résisté au temps… Vous comprenez ma stupeur en voyant, sur les photos de la statue du palladium, du linéaire B gravé dans du bois…
— Et pourquoi voulez-vous vous rendre sur place ?…

— Décidément, vous êtes bien un militaire obtus qui ne comprenez rien à rien hors la guerre... Oh, oui, je vois bien que la chute de la civilisation mycénienne et l'incendie de tous ses palais, ça, vous comprenez, c'est la guerre. Mais qu'on puisse avoir la preuve qu'Ilos, le fondateur de Troie, était un prince mycénien, vous vous en foutez. Pour vous, Ilos est l'arrière-petit fils de Zeus... Et vous acceptez ça sans réfléchir ? J'imagine que vous vous représentez Ilos en guerrier... Casqué, en treillis et rangers, fusil d'assaut en bandoulière, il découvre la statue de Pallas parachutée par Zeus devant son bivouac dans un container kaki. Non mais, vous vous rendez compte que, si Ilos était mycénien, alors l'histoire s'éclaire d'un nouveau jour. Ilos quitte Mycènes ravagée en emportant la statue qui est le fondement de la civilisation pour aller implanter cette civilisation ailleurs. Comme Énée quittera Troie cinq cents ans plus tard, après qu'Agamemnon, roi de la Mycènes déchue depuis des siècles, l'aura mise à sac... C'est pour ce feu sacré et pour la statue de Pallas qui en recèle le secret qu'il a attaqué Troie... Pas pour ce connard de Ménélas, ni pour cette pouffe d'Hélène... D'ailleurs Hélène était en Égypte à cette époque, pas à Troie.
— En Égypte ?
— Lisez Hérodote, bordel ! A Memphis, sous la garde d'un pharaon qu'Hérodote nous désigne sous le nom de Protée. Alors si c'était pour la rendre à Ménélas pourquoi aurait-il attaqué Troie ? Hein ? Pourquoi ?
— Homère pourtant...
— Homère ? Vous croyez Homère ? Vous croyez un poète ? Vous le militaire, vous vous fiez à un poète plutôt qu'à un historien ? À un bateleur plutôt qu'à un enquêteur ? Hérodote, dit qu'elle était à Memphis, sous la garde de Protée qui trouvait immoral le cocufiage de Ménélas... Et Hérodote savait de quoi il parlait, lui. Il relate en détail comment il a enquêté, qui il a interrogé et les réponses qu'on lui a faites avant qu'il ne parvienne à ses conclusions ... Vous me faites marrer, Général ! Alors vous croiriez Victor Hugo plutôt que Michelet ? Vous seriez bien le genre à envoyer un corps expéditionnaire faire un raid sur Jérimadeth[89], vous !
— Mais...
— Mais quoi ? Homère est un aède, un poète...

[89] Nom d'une cité inventée par Victor Hugo parce qu'il ne trouvait pas de rime en -dait. (Jérimateth = j'ai rime à -dait). « Tout reposait dans Ur et dans Jérimadeth » (Victor Hugo, La Légende des Siècles)

Se levant de son fauteuil et accompagnant ses paroles d'un ample geste du bras, Pauline entonna : « Chante, Déesse, du Pèlèiade Akhilleus la colère désastreuse, qui de maux infinis accabla les Akhaiens, et précipita chez Aidès tant de fortes âmes de héros ». Elle se rassit un peu essoufflée et poursuivit :

— C'est beau, c'est grandiloquent, mais vous parlez d'une vérité historique ! Et vous préférez croire le poète quand Hérodote dit... Attendez, je ne sais pas par cœur (elle consulta sa tablette) « Lorsque j'ai questionné les prêtres sur Hélène, ils m'ont fait ce récit... » ou encore euh... « Lorsque j'ai demandé aux prêtres si, au sujet du siège d'Ilion -Troie-, les Grecs faisaient ou non un récit digne de foi, voici ce qu'ils m'ont répondu... » Ça, au moins, c'est une démarche positive de véritable enquêteur, bien plus que les élucubrations d'un illuminé comme Homère.

— Calmez-vous, ce que j'en disais...

— Non, non, on n'a jamais su pourquoi les Achéens, enfin les Grecs, quoi, ont attaqué Troie. Alors, comme on ne savait pas et que les gens comme vous ont horreur de dire qu'ils ne savent pas, ils ont cru Homère et sa ridicule histoire de prince cocu... Pourtant Hérodote démontre que c'est n'importe quoi. En vrai scientifique, Hérodote préfère dire la vérité, même s'il n'en comprend pas les causes... Avec le feu sacré, on a enfin une explication plausible de la cause de la guerre de Troie. Encore plus plausible si ce feu, qui faisait la prospérité de Troie, avait fait celle de Mycènes cinq cents ans plus tôt... Imaginez la rage de ce connard d'Agamemnon qui régnait sur une Mycènes clochardisée hantée par le souvenir de sa richesse passée...

— Connard... Comme vous y allez, c'était un grand chef de guerre quand même... répliqua Saint-Elme amusé par les outrances verbales de la demoiselle.

— C'est pas incompatible avec connard ! Peut-être un grand chef de guerre... Mais très primaire malgré tout... Il était assez con pour s'aliéner ses alliés les plus puissants, Achille et ses Myrmidons. Général, nous sommes en train d'écrire l'histoire, alors un peu de hauteur de vue, bordel ! Ne voyez-vous pas l'évidence ? C'est le feu nucléaire qui a été la force des civilisations antiques les plus avancées ! Mycènes, puis Troie et enfin Rome. L'Égypte... Et même une civilisation pré-paraca, que, jusqu'à l'année dernière, le monde entier ignorait malgré les preuves évidentes que nous avions juste sous nos yeux !

— Ce feu nucléaire, il peut devenir une explosion nucléaire ?

— Oui, c'est dans ma thèse et vous m'avez même dit que c'est ce qui vous avait convaincu de m'empêcher de la publier...

— C'est exact... Mais pouvez-vous être plus précise sur l'explosion ?

— Je ne peux pas être vraiment précise... C'est difficile. La description de l'explosion du temple de l'ouest à Nazca me ferait dire entre cinquante et cent kilotonnes. Mais le verre libyque de Zerzura évoque plutôt une très grosse explosion. Dix mégatonnes ou même plus... Il faudrait que j'en parle avec Ted... Enfin, je veux dire le professeur Tournesol... Sagnol, excusez-moi.

— Là, c'est Noël... Allez le fêter tranquillement. Le Professeur Sagnol est déjà chez lui... Oh, j'y pense, il va aimer appendre que Calcomycès n'est pas à l'abri de tout soupçon... Puisque vous l'aimez bien, je vous laisse le lui annoncer... Vous verrez, il a des raisons de tenir Calcomycès pour fourbe. Mais, là, maintenant, vous avez répondu à mes questions. Ils ont le matériau fissile. Si c'est le même que celui que nous avons pris à Gibraltar, nous savons qu'il est encore assez actif pour permettre la réaction. Ils ont l'athanor... Ou plutôt ils ont pu le copier... Ils ont le savoir-faire avec le Palladium et les tablettes d'obsidienne de Nazca... Ils ont donc virtuellement entre les mains une bombe thermonucléaire... Et nous ne savons rien de leurs intentions...

— Mais ils sont assez cons... Par exemple, je leur ai dit que le réflecteur à neutrons de l'athanor était en plomb et ils n'ont jamais vérifié. En réalité, il est en carbure de tungstène... Ça pourrait tout changer...

— Comment ?

— Avec le plomb, le parcours des neutrons rapides sera différent, notamment leurs angles de diffusion et leurs sections efficaces

— Sections efficaces ?

— Oui, laissez tomber la section efficace... C'est trop compliqué. En fait, ça changera la vitesse de la réaction. Je ne sais pas si ça va l'accélérer ou la ralentir... Mais ça changera certainement beaucoup de choses, y compris la divergence...

— La divergence ?

— Oui, c'est pendant la phase où on retire du bismuth pour ajouter du radium...

— Bismuth, radium ? Pouvez-vous être plus claire ?

— Oh, mais vous avez lu ma thèse, oui ou non ? C'est en toutes lettres dedans.

— Je crains que les développements scientifiques sur les réactions nucléaires ne me soient restés obscurs…

— Ça ne m'étonne pas… Vous demanderez au professeur Tournesol… Lui, il comprend bien tout ça… Simplement, s'ils ne surveillent pas le feu en permanence, l'explosion pourrait arriver bien plus vite avec un réflecteur en plomb qu'avec le réflecteur en carbure de tungstène shava… Peut-être bien avant les douze heures pendant lequel les Shavas s'autorisaient à laisser le feu sans surveillance.

— Vous voulez dire qu'il y a un risque d'explosion nucléaire en cas de simple négligence de leur part ?

— S'ils ont découvert le moyen d'allumer le feu, oui… Les Shavas ne savaient pas allumer le feu. Ils l'entretenaient, mais, pour eux, quand le feu était éteint, c'était à jamais. A mon avis, les Égyptiens, c'était la même chose, mais il reste à faire des fouilles dans la chambre souterraine de Khéops pour s'en assurer. En revanche, je suis sûre que les Troyens savaient l'allumer, ce qui explique qu'il est apparu successivement à Mycènes, à Troie, à Lavinium, à Albe-la-Longue et à Rome au cours des siècles. Parce qu'il me semble impossible qu'Ilos, Énée ou encore Tullius[90] aient transporté un athanor…

— Donc s'ils déchiffrent l'écriture mycénienne sur la robe de la statue, ils sauront ?

— Sans doute… J'ai aussi tout lieu de croire que le Palladium a inspiré l'*Atalante Fugitive* de Michael Maier et que ce livre recèle aussi le secret de l'allumage du feu.

— Alors, il suffit de s'en procurer un exemplaire…

— Holà ! Pas si simple, Général… J'y avais pensé avant vous, bien sûr !… N'importe qui peut en acheter un sur Abebooks ou sur Livre-rare-book… Bien sûr, j'en ai un exemplaire. Mais c'est très ésotérique et je ne connais personne qui sache l'interpréter complètement… Je crois que le texte gravé en linéaire-B sur la statue dit la même chose, mais en plus clair. Et je connais plusieurs personnes capables de le lire.

— Oui, vous nous en avez fait une liste et nous surveillons leurs contacts. Allez, je vous ai assez retenue comme ça pour une veille de Noël. Rompez, mademoiselle, et bonnes fêtes…

— Merci, Général… Je ne sais pas pourquoi, mais vous avez quelque chose qui fait que j'ai du mal à vous cataloguer définitivement parmi les militaires obtus ou les barbouzes sans foi ni loi. Même si c'est pour

[90] Tullius Hostilius troisième roi de Rome, conquérant d'Albe-la-Longue.

le boulot, quelqu'un qui s'intéresse à l'antiquité ne peut pas être cent pour cent irrécupérable ! Même s'il préfère Homère à Hérodote ! Allez, au revoir, Général, et joyeux Noël à vous aussi !

Boulevard Mortier 24 décembre 16h15

Le ciel était gris et bas en cet après-midi d'hiver. Le jour déclinait déjà sur ce tronçon de boulevard extérieur où tramways et voitures transportaient des gens qui avaient quitté prématurément leurs bureaux et qui se dépêchaient d'aller fêter Noël. Sur les écrans de vidéosurveillance, le planton de la DGSE, 141 boulevard Mortier voyait d'un mauvais œil un civil à moto stationné sur le terre-plein central du boulevard, sur un petit bout de trottoir pavé du passage piéton à côté des voies du tramway. Portant son casque visière baissée, il n'avait pas bougé depuis dix minutes. Cette portion du boulevard Mortier est située entre les deux emprises de la DGSE, aux numéros 138 et 141. En principe, personne n'a rien à y faire, si ce n'est les agents du service. Respectueux de la consigne, il envoya deux collègues gendarmes contrôler les papiers de l'individu et lui signifier d'avoir à circuler. Sur les écrans de contrôle de la vidéosurveillance, il les vit traverser le boulevard et, après avoir contrôlé les papiers de l'homme au casque de moto, rectifier la position et le saluer militairement. Ils l'invitèrent même à traverser le boulevard et firent signe d'ouvrir le portail pour qu'il puisse entrer avec sa moto. Impossible, se dit le planton, c'est contraire au règlement. Par la caméra du portier, il vit l'individu relever la visière de son casque, pour rendre son visage reconnaissable et présenter un badge au lecteur sans contact. Le planton vit alors, sur son écran de contrôle la fiche du capitaine Arthur Grimaud, conseiller militaire adjoint à Lima et correspondant DGSE habilité niveau 2, c'est-à-dire autorisé à entrer sans rendez-vous.

— Une visiteuse qui avait rendez-vous au PNCD… Elle n'est pas encore sortie ?

— Il n'y a plus personne au PNCD… Ils sont tous partis… Vous savez, on est la veille de Noël… Attendez, je vérifie… Oui, il y avait une visiteuse… Pauline Dummoulin, c'est bien ça ?… Elle n'est pas sortie… Elle est chez le général de Saint-Elme… Mais vous êtes habilité niveau 2, vous pouvez la rejoindre…

— Merci, mon vieux, mais je préfère l'attendre ici. Je suis en perm, mais ça ne veut pas dire grand-chose dans les services secrets… Alors si le général me voit, il aura sûrement quelque chose d'urgent à me demander… Et c'est Noël…

— Pas de problème, mon capitaine, entrez donc au moins au poste de garde, vous serez au chaud… Votre visiteuse ne risque pas de sortir sans que je la voie… Ah, je vois que… Oui, elle vient de quitter le premier étage et elle descend par l'escalier… Nous suivons les visiteurs grâce à leur badge.

Le capitaine Grimaud referma son blouson, remit son casque et sortit du poste de garde. Il s'avança dans la cour à la rencontre de Pauline. A dix mètre d'elle, il releva la visière de son casque. Aussitôt, Pauline eut un sourire radieux, courut vers lui et sauta à son cou…

— Arthur, mon barbouze préféré… Mais je ne t'attendais que ce soir, j'allais te chercher à 11 heures à Roissy…

— J'ai pu prendre un autre vol… J'ai atterri en début d'après-midi.

De sa main droite, Arthur Grimaud fit à la caméra de surveillance un salut amical pour les malheureux gendarmes qui allaient passer la nuit de Noël en faction au poste de garde de la caserne Mortier, et ils s'éloignèrent, Pauline et lui, dans le vrombissement de sa moto.

TROISIEME PARTIE : L'ALCHIMISTE

Restaurant l'Arcane 4 janvier 12h30

Dans la Haute Rue Lamarck, peu avant les escaliers de la rue du Mont-Cenis, l'Arcane est un restaurant aussi cossu que discret. Gaëlle et Pauline étaient arrivées juste à l'heure dite. Sans attendre leur commande, le maître d'hôtel leur a apporté une coupe de champagne.

— Monsieur Canéli vous prie d'accepter ses excuses pour le retard. Il m'a demandé de vous servir une coupe de champagne, à moins que vous ne préfériez autre chose…

La veille, elles avaient, chacune de son coté, reçu un appel d'un mystérieux monsieur Lansquenet qui se présentait comme le secrétaire particulier d'un non moins mystérieux Jules Canéli. Son maître avait, leur a-t-il expliqué, des informations susceptibles de les intéresser sur leurs recherches en cours concernant un feu antique qui serait de nature nucléaire et sur ce que cela impliquait pour le monde scientifique. Elles se sont concertées et ont constaté qu'elles étaient toutes deux invitées au même restaurant montmartrois au même moment. A Gaëlle, il avait juste ajouté « Monsieur Canéli a l'intention de vous faire partager d'importants secrets. Ce n'est pas la journaliste qu'il invite, mais l'amie de l'archéologue. Il souhaite que vous la modériez et lui fassiez comprendre l'importance de ces secrets… Bien entendu, il est disposé à vous aider à préparer des sujets pour la télévision, mais ce n'est pas l'objet de ce déjeuner »

Aucune des deux femmes ne connaissait ce restaurant, mais quand elles sont entrées, Pauline a glissé à l'oreille de Gaëlle « Dis-moi, c'est pas le bar-tabac chez Gégène, ici !… » tandis que le maître d'hôtel attentionné les menait à la table réservée par monsieur Canéli, d'évidence un habitué. Tout ici respirait le bon goût feutré. Quand, d'un geste maladroit, Pauline laissa tomber ses clés par terre, elle n'eut même pas le temps de se pencher qu'un garçon les lui avait déjà ramassées. La table de monsieur Canéli était dans un renfoncement, un peu isolée du reste de la salle, tout à fait une table d'habitué.

Elles en étaient là de leurs réflexions qu'un vieil homme arrivait et se présentait.

— Jules Canéli, je vous remercie d'avoir accepté mon invitation… En disant cela, il s'assit avec des gestes si souples et si vifs qu'il était impossible de savoir s'il était le trentenaire de ses gestes ou l'octogénaire de son visage.

— Je suppose, poursuivit-il que… Ah oui, dit-il en repoussant la carte qu'apportait le garçon… Non… Comme d'habitude… Vous pouvez me faire confiance, poursuivit-il à l'attention de ses deux invitées, le chef est un virtuose… Je le laisse toujours composer le menu, comme je laisse le sommelier choisir les vins… Vous aimez ce Roederer Cristal ?… C'est toujours du 2008 ? Demanda-t-il au garçon.

— Ce sont nos dernières bouteilles de 2008, oui, monsieur.

— Bon, c'est pas tout ça, Monsieur, mais qui êtes-vous et pourquoi sommes-nous ici ? Interrompit Pauline que ces salamalecs commençaient à agacer.

— Oui, pardon… Allons au fait. J'ai lu dans votre thèse que vous aviez découvert une troisième civilisation à avoir connu le Grand Œuvre…

— C'est de l'alchimie, ça, le Grand Œuvre… Le lien entre l'alchimie du moyen âge et le feu sacrés des Shavas est ténu. Ce n'est qu'une hypothèse qui ne repose que sur des coïncidences.

— De quelles coïncidences parlez-vous ?

— Première coïncidence : de nature nucléaire avérée, le feu sacré des Shavas est apparemment le même que celui de Troie et de Gizeh. Autre coïncidence : la gravure deux du *Mutus Liber* et la Table d'Émeraude, par exemple…

— Vous lisez les hiéroglyphes ?

— Je ne suis pas une experte, mais je me débrouille.

— Alors, regardez ceci… Je vous demande le secret absolu… Mon secrétaire, ce dévoué Eugène, qui a pris des renseignements, me dit que je puis vous faire confiance… Nous sommes bien d'accord ?

— Oui, répondirent-elles en chœur.

Il sortit alors de sa serviette de cuir fauve une photo au format 13x18 et la posa sur la table à côté de l'assiette de Pauline qui la regarda à peine quelques secondes.

— Bordel de Dieu ! S'écria Pauline sous le regard désapprobateur du personnel… Et, baissant le ton… C'est la Table d'Émeraude…

— Elle est en jade, mais oui…

— Mais elle est perdue… On n'en a que des traductions en arabe et en latin…

— Voici une photo de l'original. L'original hiéroglyphique de ce que tout le monde connaît sous le nom de Table d'Émeraude…

— Fantastique. Monsieur… Je ne sais pas qui vous êtes, mais il faut communiquer cela à l'Académie des Inscriptions et Belles Lettres…

— Non, mademoiselle. Non parce que vous avez raison dans vos spéculations…

— Vous voulez dire que…

— Oui, mademoiselle, il y en a treize autres…

— Il faut absolument les retrouver. Où avez-vous trouvé celle-ci ?
Il sortit alors une liasse de photos et la posa sur la première
— Ne perdez pas votre temps à les chercher. Voici les photos de ces treize autres tablettes… Elles contiennent tout le secret du Grand Œuvre. Tout…
— Y compris l'allumage du feu ? J'étais persuadée que les Égyptiens ne savaient pas l'allumer…
— Ils savaient tous l'allumer… Simplement les Égyptiens et, je vous ai lue, les Shavas avaient posé un tabou religieux… Ils se sont interdit de le rallumer… Pas les Troyens… Mais revenons aux Shavas, c'est vous qui les avez découverts. Je crois qu'il n'y avait que treize tablettes d'obsidienne dans le temple… alors que les pillards du deuxième siècle après Jésus-Christ ont trouvé, eux, quatorze tablettes dans la pyramide.
— Comment pouvez-vous savoir qu'il y avait treize tablettes d'obsidienne ? Je n'ai jamais communiqué sur le sujet.
— J'ai mes sources vous voyez… Mais pourquoi me posez-vous cette question ?
— Et puis comment pouvez-vous être sûr que les pillards ont trouvé quatorze tablettes dans la pyramide. Qui vous dit que ce n'est pas d'avoir trouvé une tablette hors du monument qui leur a donné l'idée de fouiller la pyramide et d'y trouver les treize autres ?
Sous la table, Gaëlle lui donna alors un coup de pied dans le tibia.
— Juste comme ça, je voudrais savoir ce que vous savez de l'origine des tables d'émeraude…
— De jade.
— Bon, ça va, ne jouons pas sur les mots… Quelles sont vos sources ?
— J'ai décidé de vous faire confiance. Alors que je n'ai plus confiance en ma source… C'est Ian Mc Gwyr… Vous le connaissez, je crois.
— Il est en prison, intervint Gaëlle, il a volé une œuvre d'art dans une réserve appartenant au ministère de la culture.
— Je sais, et c'est pour cela que je ne lui fais plus confiance et que je crois bien m'être trompé en lui faisant confiance jusque-là. Alors, ces tablettes d'obsidienne ?
— C'est Mc Gwyr qui les a…
— Êtes-vous sûre ? Il m'a parlé de treize. Quel intérêt aurait-il eu à me mentir sur leur nombre ?
— Treize, oui, la quatorzième n'était pas dans le temple.

— Nous ne pouvons pas vous dire où elle est parce que nous avons juré le secret à son propriétaire. Mais elle exprime, en shava ce qu'exprime la Table d'Émeraude en hiéroglyphes .
— Qu'y a-t-il au verso de la Table d'Émeraude ? Demanda soudain Pauline
— Rien… Elle est lisse, parfaitement polie… Pourquoi cette question ?
— Pour rien…
— Écoutez-moi bien. Le secret du Grand Œuvre est terrible. Vous l'avez bien compris toutes les deux. Ce feu peut échapper au contrôle et produire une explosion nucléaire… C'est terrible s'il venait à tomber en de mauvaises mains. Et Mc Gwyr est au service de puissances maléfiques. Mon enquête m'a appris qu'il avait pour commanditaire un certain Joël Vanderloo. Méfiez-vous de lui. Il a en mains tout ce qu'il faut pour faire ce feu nucléaire. Par ailleurs, il est en train de réunir une force politique effroyable. Je ne le soupçonne de rien moins que de chercher le pouvoir total. Ce pouvoir, il va le conquérir par la force d'abord, avec les maires de France qu'il prend un à un sous sa coupe via une entreprise de consulting qui les débarrasse de leur pègre pour la remplacer par une autre pègre bien plus redoutable parce qu'invisible. Ce pouvoir, il va aussi l'acheter. Il achète des ministres et des dirigeants d'administrations : le Grand Œuvre, c'est aussi une richesse incommensurable. Enfin, les derniers démocrates, les ultimes récalcitrants à sa prise de pouvoir, il les convaincra par la terreur de l'explosif nucléaire que lui permet le Grand Œuvre… Pourquoi croyez-vous que les détenteurs du secret soient toujours restés en recul de la société ? Les Vestales de Rome ? Vos prêtresses shavas ? Vous le dites vous-même dans votre thèse : Khéops, ou peut-être même déjà son père Snefrou, avait commis l'erreur d'autoriser les Saramous à pratiquer le Grand Œuvre à Zerzura, au grand dam des véritables prêtres, ceux de Memphis… Et tout Zerzura a été vitrifié. Négligence coupable ou querelle intestine ? On ne saura jamais… Ce que l'on voit, c'est qu'en de mauvaises mains, il est terrible, ce secret. Aujourd'hui, je voudrais lever pour vous un peu de ce secret, afin de vous convaincre du danger qu'il représente. Mais ai-je raison de le faire ? Puis-je vous faire confiance ? Votre mari est militaire et la pire chose qui puisse arriver serait que ce secret tombe entre des mains militaires… Puis-je être sûr qu'il n'en connaîtra jamais rien ?
— Je n'ai aucune raison de douter de la loyauté de Charles…

— Soyons clairs, vous ne m'avez pas donné de raison objective de croire en cette loyauté, et le doute doit profiter au Grand Œuvre. Je ne vais donc rien vous dire aujourd'hui. Mais réfléchissez, j'ai besoin de vous deux pour apprendre jusqu'où ce Vanderloo a pu aller dans la maîtrise des arcanes du Grand Œuvre...

— Je suis désolée, mais je ne peux pas vous promettre de garder un secret vis à vis de Charles...

— Je ne vous en veux pas... Réfléchissez. Nous pourrons en reparler. Quant à vous, mademoiselle Dummoulin, gardez les photos des tables de jade, mais juste pour vous. Je pourrais vous aider à les déchiffrer si vous n'y parveniez pas seule. Mais je vous demande de garder le secret pour vous. J'ajoute que, quand vous les aurez déchiffrées, vous conviendrez avec moi du danger qu'il y aurait à les laisser tomber en n'importe quelles mains.

— Si vous parlez des militaires et des barbouzes, je suis déjà d'accord...

Le sujet étant provisoirement clos, ils poursuivirent leur déjeuner. Jules Canéli se révéla être un hôte cultivé et attentionné. À un détour de la conversation, on a évoqué son âge. Et tout ce qu'il en a dit fut :

— Oh, je suis un vieil homme, vous savez... Un vieil homme.

— Un vieil homme, vraiment ?

— Plus vieux que ça, mais n'en parlons plus... Plus tard, si nous pouvons continuer à nous voir.

Ils finirent de déjeuner sans plus parler du Grand Œuvre... Pauline et lui ont longuement discuté de la guerre de Troie, et de la crédibilité de ses différents chroniqueurs. Canéli partageait l'opinion de Pauline sur Homère, magnifique poète mais piètre historien. Ils ont plus longuement disserté sur Hérodote et Dictys de Crète pour convenir que le cocufiage de Ménélas n'était au mieux qu'un prétexte pour attaquer Troie... La vraie raison de cette guerre était de conquérir le feu sacré. Enfin Canéli se montra très intéressé par les origines mycéniennes du feu sacré de Troie, origines indubitables selon Pauline comme le prouveront les écritures en linéaire-B sur la statue de Pallas... Quand on l'aura retrouvée.

— La guerre de Troie est instructive pour nous disait Canéli. Le Grand Œuvre, ce que vous appelez le feu sacré, est l'objet de tant de convoitises qu'il a provoqué l'entrée en guerre de l'ensemble du monde égéen... Aujourd'hui en France, la violence est à nos portes, comme jadis à Troie et pour la même raison.

— N'exagérez-vous pas un peu ? lui objecta Gaëlle...

—Je ne crois pas, hélas. Voyez Francis Calcomycès, cette étoile montante de la politique. On commence à le voir dans tous les journaux… Croyez-vous sérieusement que quelqu'un qui a derrière lui une si parfaite carrière de loser aurait pu spontanément devenir un aigle ? Non, non… C'est Joël Vanderloo qui tire les ficelles. Calcomycès n'est que la marionnette qu'il actionne pour conquérir le pouvoir. Il est maire de Saint-Cergue et son autorité de maire tient plus de celle d'un chef mafieux que d'un élu du peuple… Allez à Saint-Cergue et vous verrez comment la pègre tient la ville et y maintient l'ordre bien plus efficacement que la police… Vous aurez une idée de ce que pourrait devenir la France sous la botte des milices de Vanderloo. Adepte du Grand Œuvre, il sera invincible… Je veux savoir où il en est de la connaissance de ses arcanes.

—Ça, dit Gaëlle, soudain inspirée, je peux enquêter… C'est mon métier de journaliste… Calcomycès est un sujet actuel et je pourrai facilement convaincre mon rédac'chef de me le confier… Et je vous tiendrai informé.

—Mais vous ne pouvez pas me promettre le secret vis à vis de votre compagnon ?

—Charles ? Ah non, ça je ne peux pas… Depuis que nous nous connaissons, je ne lui ai jamais menti et réciproquement… J'ai les mêmes habilitations que lui au secret-défense… Je n'ai nullement l'intention de saborder mon couple en commençant à lui mentir… Je peux juste vous suggérer de le rencontrer… Et vous jugerez vous-même à quel point il est digne de confiance. Puis-je vous suggérer que nous revenions vous voir lui et moi ?

—Je vais y penser… C'est, en effet, une possibilité. Mon secrétaire, Eugène Lansquenet, que vous connaissez…

—Au téléphone seulement…

—Ah oui, c'est vrai. Quoi qu'il en soit, il a vos coordonnées et nous reprendrons, lui ou moi, votre attache très prochainement.

Saint-Cergue 4 janvier 11h30

C'était le jour où Francis Calcomycès était invité par Michel Sangulier à venir visiter leurs installations dans les anciennes carrières de Saint-Cergue. Il lui avait même présenté cette visite comme le cadeau de Noël que voulait lui faire Joël Vanderloo. Les fêtes de fin d'année avaient été paisibles dans le Quartier. Une nette amélioration se dessinait, mais les habitants continuaient à se plaindre du manège constant des choufs et de devoir être contrôlés par la pègre chaque fois qu'ils rentraient chez eux. Ils se plaignaient aussi des réflexions désagréables que leurs faisaient, à ce sujet, les visiteurs de SOS Médecins et autres livreurs de pizzas. Ils se plaignaient enfin de ne pas pouvoir se faire livrer à domicile par Amazon et d'être contraints de se faire livrer chez des commerçants qui perdaient régulièrement les colis, ou alors en « Amazon Locker », loin du Quartier : à la gare, à l'autre bout de la ville, au-delà du Coteau, ou alors à Boucquencourt, sur l'autre rive de la Seine.

En revanche, il n'avait plus du tout de plaintes concernant les exactions des jeunes qui, naguère encore taguaient et dégradaient pour le plaisir de montrer qu'ils étaient les plus forts. Les seuls tags qui subsistaient étaient les indications permettant aux clients de trouver leur dealer attitré et de savoir avant de le rencontrer, s'il avait été approvisionné en telle ou telle catégorie de substances. Et ça, évidemment, pas question de l'ôter… Michel Sangulier avait quand même obtenu qu'ils effacent les indications périmées alors qu'auparavant, ils se contentaient de les surcharger à la bombe et de taguer à côté. Il voyait donc une nette amélioration. Il voyait aussi que le business marchait bien. En novembre, lui, le maire, avait touché le double de ce qu'il touchait d'habitude. Michel lui avait expliqué que la différence était la part que son ancien adjoint, feu Mahmoud, prélevait au passage sans lui dire. Le 31 décembre il a perçu encore deux fois plus que le 30 novembre. L'explication en était la montée en puissance du marché de la coke pour lequel Saint-Cergue était maintenant le centre de dispatching pour tout Paris et la petite couronne. La semaine précédente, il avait même reçu un satisfecit du ministre de l'intérieur qui lui avait appris que Saint-Cergue n'était plus considéré comme un foyer d'agitation terroriste ou djihadiste et que sa communauté musulmane était désormais considérée comme paisible. Tout allait donc pour le mieux pour lui et il était au plus haut dans les sondages.

Certes cette paix n'avait été obtenue qu'au prix de plusieurs cadavres, discrètement exécutés dans le parking et incinérés nuitamment dans la chaufferie de la tour Danton. Michel Sangulier se faisait une obligation de lui en rendre compte scrupuleusement, mais Francis Calcomycès mettait un point d'honneur à feindre de l'ignorer superbement quand des mères au désespoir venaient l'aviser de la disparition de leur fils.
Il était en relations avec l'agence Rand & Gloxer que lui avait trouvée Vanderloo. Une agence de relations publiques et de communication presse installée à La Défense. Grâce à elle, il avait même eu un article de trois pages dans Les Echos et il avait fait la couverture du Figaro Magazine avec un titre accrocheur « L'homme de la fin du salafisme politique en France ? ». D'une manière générale, il était présenté par la presse comme l'homme qui savait imposer paisiblement l'ordre républicain quand il est menacé.
Ce dimanche-là, Saint-Cergue s'était réveillé sous dix centimètres de neige. La neige étouffait les bruits et l'air glacé était silencieux. Francis Calcomycès était dans son bureau de la mairie quand Michel Sangulier passa une tête « Monsieur le Maire, c'est quand vous voulez… »
Ils descendirent sur le parking derrière la mairie. Il n'y avait que quelques voitures couvertes de neige. On était dimanche et personne n'était venu en mairie, surtout avec cette météo. Le portillon piéton s'ouvrit dans le grand portail métallique gris qui fermait l'entrée des carrières. Joël Vanderloo était là qui l'invita à entrer.
L'intérieur était largement éclairé par des verrines posées sur le plafond de la carrière.
— Tout d'abord, Monsieur le Maire, je vais vous demander de signer un NDA[91]
— Cela va de soi… C'est cela ?
— Oui, vous paraphez chaque page et signez la dernière…
— C'est un bien gros NDA… Dix pages…
Mais il était si curieux de voir ce qui se faisait dans ses carrières qu'il a signé sans relire autrement qu'en diagonale. Il n'a notamment pas remarqué l'article 14 qui était ainsi rédigé : « Le secret consiste en divers process énumérés en annexe ainsi que sur les dangers d'irradiation des personnes et de divergence incontrôlée desdits process ». Il prit place dans une voiturette de golf jaune à quatre places qui les emmena, Vanderloo, Sangulier et lui, plus profondément sous

[91] Non disclosure agreement. Document par lequel deux parties, qui partagent un secret, s'engagent à ne pas le divulguer sans l'accord préalable de l'autre.

terre. Il se fit la remarque qu'ils avaient fait beaucoup de travaux. L'éclairage d'abord, puis le sol de la carrière, naguère en glaise, et maintenant revêtu d'un enrobé gris qui permettait à la voiturette de suivre le trajet souterrain sans secouer ses passagers. Au bout d'une distance qu'il estima à cent mètres et après plusieurs virages, ils s'arrêtèrent dans une vaste salle brillamment éclairée. Comme toutes les carrières de la région, celle-ci était composée d'un sol horizontal argileux et d'un plafond calcaire jaune pisseux soutenu de loin en loin par d'épais piliers carrés grossièrement taillés par les carriers de jadis. Plus loin entre les piliers, il apercevait les palettes d'eau minérale qu'il avait déjà aperçues lors de leur livraison.
Joël Vanderloo lui demanda de s'approcher d'une table de laboratoire contre un des piliers. Immergées dans un bac, il vit une dizaine de dalles carrées rouges de dix centimètres de côté sur cinq centimètres d'épaisseur en verre d'un rouge intense, presque lumineux. L'eau du bac était renouvelée en permanence par un robinet et son trop-plein était évacué dans une rigole creusée dans le sol.
— Vous voyez, Monsieur le Maire, passez donc votre main dans l'eau du robinet…
Ce qu'il fit et il sentit la fraîcheur de l'eau.
— Et maintenant, dans l'eau qui s'évacue par le trop-plein.
Il retira vivement sa main : l'eau était brûlante.
— Vous voyez ces pierres rouges ? C'est le secret de la richesse des grandes civilisations de l'antiquité. L'Égypte, Troie, Rome et des précolombiens que vous ne connaissez pas. Le secret de la richesse de ce qui sera bientôt ma civilisation. Vous voyez, ces pierres chauffent l'eau. Toute seule, comme ça, chaque pierre dissipe environ dix kilowatts. Avec une pierre, vous pouvez chauffer un appartement pendant un an. Et ce n'est pas tout.
Il plongea une sorte de boîte apparemment assez lourde dans l'eau, y fit entrer une des dalles rouges en la poussant avec une baguette. Il ressortit le tout , puis il débrancha un des gros projecteurs de chantier qui éclairait la salle et il le raccorda à la boîte. Il se ralluma.
— Vous voyez, une pierre, correctement positionnée entre deux électrodes, peut produire jusqu'à dix kilowatts de puissance électrique… Vous en mettez quelques-unes comme ça dans une voiture électrique et elle n'a plus besoin d'être rechargé pendant plusieurs mois… Nous allons inonder la planète de voitures à piles… Et nous aurons le monopole des piles.
— Incroyable ! Et en quoi sont-elles ces piles ?

— En verre, essentiellement en verre…
— Oui, mais le verre ne produit pas d'énergie… Cette teinte rouge, c'est quoi ?…
— C'est un des secrets les mieux gardés de toute l'histoire des hommes. C'est pour le connaître qu'Agamemnon a fait la guerre à Troie, que Tullius a vaincu Albe-la-Longue et que la Sainte-Inquisition a torturé tant de supposés alchimistes du moyen-âge et de la Renaissance.
— Arrêtez… Agamemnon a attaqué Troie pour sauver l'honneur de Ménélas dont Pâris avait enlevé la femme.
— Et vous y croyez, à ces conneries ? Vous croyez vraiment que tous les royaumes de Grèce se serait coalisés pour l'honneur d'un pauvre type comme ce Ménélas ? Allons, c'est ridicule… Non, Ménélas n'était qu'un prétexte. D'ailleurs, lisez Hérodote : Hélène n'était pas à Troie, mais en Égypte pendant toute la guerre et les Achéens le savaient puisque Priam le leur avait dit dès leur débarquement. Non, non, cette ridicule histoire de cul n'était qu'un prétexte.
— Mais alors, pourquoi cette guerre ? Elle a quand même duré dix ans…
— Dix ans, ça reste à prouver. Ce qu'ils voulaient, évidemment, c'était cette science, ce secret de la matière, de l'énergie et de la vie qui faisait la richesse des Troyens. Au Moyen-Âge et jusqu'au dix-septième siècle, un petit nombre d'alchimistes avait encore accès au secret. Mais tous étaient victimes de poursuites pour sorcellerie par la Sainte-Inquisition. Même après avoir extorqué des aveux de sorcellerie, l'inquisiteur les torturait encore. Leurs aveux de sorcellerie les condamnaient déjà au bûcher. Alors, que croyez-vous qu'il essayait de leur faire avouer sous la torture ? L'Inquisition ne voulait qu'une chose, le secret de l'Œuvre au Rouge, le secret de ce que les adeptes appelaient “Poudre de Projection”, “Élixir de Longue Vie” ou encore “Pierre Philosophale”. Ce secret a toujours été bien défendu par ses rares vrais détenteurs. Parfois, certains imprudents comme Nicolas Flamel ou l'abbé Saunière ont affiché une richesse insolente d'origine incertaine. D'autres comme le Comte de Saint-Germain, sont apparus doués d'une longévité exceptionnelle… Mais c'étaient des médiocres dont la vanité mettait le grand secret en danger. Les vrais détenteurs du secret se fondaient dans la foule et ne laissaient pas transparaître quoi que ce soit. La princesse Cassandre, à Troie, en est morte. Le Pharaon Khéops, en Égypte a préféré se faire haïr de son peuple plutôt que dévoiler si peu que ce fût de ce secret. Bien que les Horaces aient gagné la guerre contre les Latins, le roi Tullius, à Rome, est mort

foudroyé par cette puissance formidable qu'il avait conquise et dont il avait perdu la maîtrise. Ce secret, je suis aujourd'hui le seul homme au monde à le détenir… Imaginez la puissance que cela va me donner… Nous donner, parce que c'est de cette puissance que je veux que vous bénéficiiez pour conquérir puis exercer vos fonctions politiques…

— Impressionnant, mais ce pouvoir repose sur le secret qui vous en assure l'exclusivité…

— … Qui nous en assure… interrompit Vanderloo pour le flatter un peu

— Si vous voulez… Mais un tel secret ne pourra pas être gardé secret longtemps… Tous les savants du monde vont analyser votre pierre et faire ce que l'on appelle du reverse-engineering… Et ils finiront bien par trouver…

— Depuis des millénaires, les hommes cherchent à faire ce que vous appelez du reverse-engineering. Alors, le temps qu'ils trouvent, nous vous aurons fait élire à la tête du pays, nous aurons fait en sorte que vous y restiez et nous aurons pu mettre tout le pays à notre botte… Accrochez-vous cela au revers de votre veste, s'il vous plaît.

— Qu'est-ce ?

— Un dosimètre[92]. Nous allons voir le cœur de l'installation, mais nous ne pourrons pas y rester longtemps. Venez…

Ils poursuivirent plus loin avec la voiturette. Au bout de cent mètres, ils furent dans une nouvelle salle souterraine, moins éclairée et beaucoup plus haute de plafond. Au milieu de la salle on voyait une tour en pierre de taille, circulaire, de quelque six mètres de haut et trois mètres de diamètre couronnée par un dôme, en pierre de taille lui aussi. En bas de la tour, une ouverture carrée d'un peu moins d'un mètre de côté éclairait la salle d'une pâle lumière bleue.

— L'athanor des alchimistes, annonça Vanderloo. Le fourneau dans lequel s'opère la transformation de la matière vile en poudre de projection… Je travaille bien plus vite que les alchimistes. Ces vieux savants passaient l'essentiel de leur temps à distiller et redistiller de l'eau pour en faire de l'eau lourde, capable de transformer les neutrons rapides radioactifs en neutrons thermiques lents noyés dans le matériau fissile et aptes à provoquer la fission des atomes. C'était l'Œuvre au Noir, celle qui les occupait jour et nuit pendant des années… Moi, j'ai de l'eau lourde.

— Vous avez de l'eau lourde ?

---

[92] Badge mesurant la quantité de radiation reçue par son porteur.

— Oui, que croyez-vous ? Vous m'avez déjà interrogé sur ces palettes de bouteilles d'eau minérale... Avec cette eau lourde, je fais l'économie de l'œuvre au noir... Ça et d'autres améliorations des rituels alchimistes, je produis la Pierre en deux jours seulement. Deux fois par jour, il faut modifier la composition du combustible qui brûle en bleu dans la partie inférieure de l'athanor et, au bout de deux jours, on descelle quatre pierres de la partie supérieure pour extraire la poudre et recharger l'athanor en matière vile.

— La matière vile, qu'est-ce que c'est ?

— Cela fait partie du grand secret. Tous les ouvrages alchimiques en parlent... Ils l'appellent généralement plomb ou parfois mercure... Mais ce n'est ni du plomb ni du mercure... C'est une matière si banale que vous ne pourriez y croire... On la trouve partout.

— Mais encore ?

— A vous la politique, à moi le business... Et mon business repose sur le secret. Vous voyez comment je la fais, mais je ne vous dévoilerai pas ce que je fais... Je vais juste vous présenter la phase finale de l'œuvre...

Ils reprirent la voiturette et revinrent dans la première salle. Joël Vanderloo prit un bocal parmi une dizaine, tous pleins d'une poudre rouge vif. Il s'approcha d'un fourneau sur lequel chauffait un creuset d'environ vingt litres contenant juste deux litres de matière en fusion chauffée au jaune orangé. Avec une spatule de laboratoire en inox, il prit une pincée de poudre rouge et la jeta dans le creuset. Aussitôt après, il versa un seau d'eau sur le creuset. Un grand chuintement de vapeur et l'eau continua à bouillir tandis qu'au fond, le liquide incandescent s'était transformé en verre rouge, la matière dont était composée la dalle qui avait servi tout à l'heure à produire de l'électricité...

— Vous voyez, une pincée me permet de produire quatre dalles. Et tous les trois jours, l'athanor produit un bocal. Au fond du creuset, c'était du verre en fusion. Une fois refroidi, vous voyez, c'est la Pierre. Là, j'ouvre le robinet en continu afin de la refroidir. Plus tard, quand on videra l'eau, la Pierre va se mettre à chauffer spontanément jusqu'à entrer à nouveau en fusion et on la versera dans des moules pour faire les dalles de dix centimètres que vous avez vues...

— La pierre est radioactive ?

— Oui, mais elle ne produit que des alpha et des beta. Ces rayonnements ne sont pas dangereux en tant que tels et, surtout l'eau les arrête. La pierre dans l'eau n'est pas radioactive. Chaque cuisson dure deux jours, plus un jour pour déconditionner et reconditionner l'athanor. Et elle produit assez de poudre pour produire vingt à trente mille pierres. Je ne produirai pas les pierres ici, mais dans une véritable usine, officielle, d'où un service commercial pourra vendre des piles ou des appareils de chauffage autonomes. Après tout, la production des pierres à partir de la poudre, vous avez vu, il n'y a rien de bien compliqué.

— Mais la poudre…

— Ça, c'est secret. Les alchimistes l'appellent la « poudre de projection » parce qu'il faut la projeter sur le verre pour obtenir la Pierre… Et pour cette poudre, j'aurai deux sites de production, le principal étant ici, à Saint-Cergue.

— Et l'autre ?

— Dans un endroit nettement plus désertique. Il faut que vous sachiez que le pouvoir de la pierre, c'est aussi le pouvoir de l'athanor. Mal conduite, la combustion dans l'athanor peut diverger et tout détruire en une explosion nucléaire. Alors, si je dois faire la démonstration de cette puissance, nous sommes bien d'accord qu'il vaut mieux la faire en zone désertique qu'à Saint-Cergue, n'est-ce pas ?

— Je n'aime pas votre question.

— Je vais y répondre quand même : si je dois faire cette démonstration, la zone de dévastation, celle où tout sera brûlé et où il n'y aura aucun survivant ne compte aucun habitant. La zone dans laquelle ceux qui seront directement exposés à l'explosion pourront mourir, compte 142 habitants. S'il faut faire étalage de notre puissance, nous démontrerons aussi notre souci d'épargner les vies humaines… De toute façon, officiellement, une telle démonstration ne sera jamais qu'un accident involontaire…

— Est-ce vraiment nécessaire ?

— J'espère bien que non… Mais cela reste possible. Une arme de dissuasion, c'est ça… Mais pour qu'une arme de dissuasion soit dissuasive, il faut savoir faire la démonstration de sa force…

— Je ne veux rien savoir de cette force.

— Ne soyez pas nerveux… Trop de stress pourrait nuire à votre image. De toute façon, vous êtes au courant. Vous avez signé le NDA. Article 14. Vous savez mais vous n'avez pas le droit d'en parler…

Sèvres, 6 janvier 20h15

Gaëlle et Charles avaient autorisé les enfants à monter se coucher un peu plus tard pour pouvoir regarder leur mère à la télévision. Le journal du soir de la Cinquième était commencé depuis quinze minutes.

(Studio. Yann Bordewsky, présentateur)

Le magazine du JT de ce soir est consacré à Francis Calcomycès, l'étoile montante de la droite modérée en France. Il est maire de Saint-Cergue-sur-Seine, sans étiquette. Nombre d'élus locaux, de droite comme de gauche, citent l'exemple de Saint-Cergue-sur-Seine. Cette ville de banlieue parisienne a subi trois jours d'émeute d'une violence inouïe voici à peine plus de deux mois et aujourd'hui, le ministère de l'Intérieur a supprimé Saint-Cergue de la liste des quartiers sensibles. On peut circuler, livrer et travailler à Saint Cergue. Qu'est-ce qui a permis ce spectaculaire renversement ? Un reportage de Gaëlle Le Couëdic.

(Fondu au noir)

(Plan américain sur Gaëlle Le Couëdic sur le terre-plein central de l'avenue de l'Europe à Saint-Cergue, avec, en arrière-plan, les tours Danton et Robespierre)

Ici Gaëlle Le Couëdic, qui vous parle de Saint-Cergue-sur-Seine, paisible ville de banlieue. Il est difficile d'imaginer que, voici à peine deux mois, de terribles émeutes se sont produites qui ont fait quarante victimes hospitalisées, vingt-trois parmi la population et dix-sept parmi les forces de l'ordre. Ces émeutes se déroulaient dans le Quartier du Quatorze Juillet que vous voyez derrière moi. C'était un quartier, comme il en existe malheureusement plusieurs centaines en France, replié sur lui-même, dans lequel la Charia tenait lieu de code civil et sur lequel un imam régnait comme un calife secondé par des lieutenants qui veillaient à ce que rien de la société française ne vienne porter atteinte à sa souveraineté. Aucun véhicule de police, de pompiers, du Samu ni de SOS médecins ne pouvait y pénétrer sans l'accord préalable de cette hiérarchie occulte, sous peine d'essuyer des jets de pierres, de boules de pétanque et des tirs de fusées d'artifice. Et encore moins une équipe de télévision. Quand vous pénétriez en voiture dans ce quartier, vous étiez arrêté, avant d'avoir parcouru cent mètres, par des voyous qui vous demandaient sans aménité qui vous étiez et ce que vous veniez faire ici.

(Cut)
(Plan large sur Gaëlle Le Couëdic entre les tours Danton et Robespierre avec deux septuagénaires)

— *Nous sommes dans le Quartier du Quatorze Juillet et nous avons rencontré un ménage de retraités qui habite tour Danton, c'est bien cela n'est-ce pas ?*

— *(La dame) Oui, c'est ça...*

— *Êtes-vous heureuse dans ce quartier de Saint-Cergue ?*

— *(Le monsieur) Oh oui, ce quartier est très bien situé, au bout du pont de Saint-Cergue... et juste de l'autre côté du pont, il y a le métro qui va à Boucquencourt et Paris.*

— *(La dame) Et avoir un terminus de métro à côté de chez soi, c'est vraiment bien, parce qu'on est toujours assise.*

— *Oui... Bon... Mais trouvez-vous ce quartier tranquille, agréable à vivre ?*

— *(Le monsieur) Depuis deux mois, oui, vraiment, c'est très calme. Avant, c'était horrible. On avait même fait une demande pour quitter Saint-Cergue.*

— *(La dame) Vous comprenez, dans ce quartier, quand on n'est pas musulman, on se sentait un peu étranger. Notez bien que nos voisins étaient gentils, mais ils ne nous étaient pas aussi proches que leurs amis musulmans. Et surtout, quand on n'était pas musulman, on n'avait pas les bonnes protections, alors, nous ne pouvions pas recevoir à dîner des amis qui habitent hors du quartier, nous ne pouvions pas nous faire livrer nos courses ou nos pizzas, nous ne pouvions pas faire venir SOS-Médecins. En plus, il y avait des bagarres deux ou trois fois par semaine, jusqu'à ces trois jours de novembre où ça a explosé... C'était vraiment la guerre... Puis, plus rien, le calme...*

— *La vie est redevenue comme avant ?*

— *(Le monsieur) Non, pas comme avant... Ou alors comme avant il y a très longtemps, quand nous étions jeunes (rire)... Nos voisins sont bien plus chaleureux, ils n'ont plus de réticence à sympathiser avec nous. Et puis, nous pouvons nous faire livrer. Au début Speed Pizza ne voulait plus et puis on nous a dit que si un livreur ou un médecin ne voulait pas venir, il fallait appeler un numéro à la mairie. Et ça marche ! Comme ça, ce n'est plus l'imam qui protège le Quartier, c'est le maire...*

— *(La dame) Oh, il est bien notre maire. Pourtant j'avais pas voté pour lui. Mais maintenant, je voterai pour lui... Et on parle même de lui dans les journaux... Vous pensez !...*

— *(Le monsieur) Vous devriez le rencontrer, vous verrez, ce serait bien qu'il passe à la télévision.*

— *C'est bien mon intention.*

(Cut)

(Même lieu, plan américain sur Gaëlle)

— *Un quartier qui était laissé à l'abandon et la sécurité de ses habitants livrée au bon vouloir de bandes radicales islamistes est devenu un quartier paisible où nous avons rencontré des habitants qui vivent désormais une retraite heureuse.*

(Cut)

(Plan large sur le bureau du maire de Saint-Cergue, Gaëlle Le Couëdic, Francis Calcomycès, Michel Sangulier, deux caméras)

— *Nous sommes maintenant dans le bureau du maire de Saint Cergue, Francis Calcomycès que tout le monde connaît. Il a tenu à être accompagné de son directeur de cabinet, Michel Sangulier. Monsieur le Maire, vos administrés disent le plus grand bien de votre politique qui a permis de rendre paisible et même particulièrement agréable à vivre un quartier qui était, il y a deux mois encore, une des zones sensibles les plus violentes de France. Francis Calcomycès, pour les téléspectateurs de la Cinquième, quel est votre secret ?*

(Cut)

(Plans rapprochés sur les locuteurs successifs)

— *Le secret est une autorité sans faille pour faire respecter la République et ses valeurs. Il ne faut jamais laisser s'installer une autorité qui ne respecte pas celle de la République. Je dis la République et non pas l'État, vous avez bien noté ?*

— *Oui, justement et pourquoi faites-vous ce distinguo ?*

— *La République, c'est l'État et les collectivités locales. Et en matière de maintien de l'ordre républicain, l'État a été rien moins que défaillant. Il y a deux mois encore, les bandes du Quartier défendaient le Quartier contre les forces de l'ordre de l'État. Et les forces de l'ordre étatiques étaient dans l'incapacité de maintenir l'ordre. Les bandes étaient les plus fortes. Le Quartier était exclu de la République.*

— *Maintenant, ce n'est plus le cas... Qu'avez-vous donc fait en deux mois ?*

— *Deux choses. Un : casser l'autorité parasite qui opprimait le quartier et deux : m'assurer que les jeunes du Quartier soient occupés et ne passent plus leur temps à zoner.*

— *Vous êtes en fin de votre cinquième année de mandat...*

— *C'est vrai. J'avais un maire-adjoint qui pactisait avec les bandes pour éviter qu'elles n'imposent leur violence partout.*

— *Clairement, pour la paix du reste de Saint-Cergue, il sacrifiait les habitants du quartier en les laissant livrés à ces bandes sans foi ni loi.*

— *Sans foi... Je ne dirais pas cela. Ils faisaient ça au nom de leur foi en le djihad et c'est par haine des mécréants qu'ils empêchaient leurs fidèles de se rapprocher du reste de la population saint-cergoise... Sans loi non plus, ils s'appuyaient exclusivement sur la loi de la Charia. Tout ce qu'ils pouvaient trouver dans la Charia leur était bon pourvu que cela aille contre les lois de la République...*

— *Un sécessionnisme religieux ?*

— *Vous savez, c'est impossible de l'éviter avec nos lois décadentes. L'interdiction de tenir des fichiers ethniques ou religieux fait qu'il nous est impossible d'empêcher que les gens se regroupent par religion et par origine. Nous ne pouvons pas l'empêcher tout simplement parce que la loi nous empêche de le savoir et quand nous le découvrons, il est trop tard. Dans le Quartier, à ma connaissance, il n'y a plus que trois familles non musulmanes et toutes les trois ont déposé un dossier pour trouver un HLM ailleurs.*

— *J'en ai rencontré une tout à l'heure. Deux sympathiques retraités. Ils nous ont demandé de ne pas dire leur nom à l'antenne.*

— *Je sais qui c'est, intervint Michel Sangulier. Ils m'ont téléphoné après leur interview.*

— *Oui, intervint le maire, J'ai recruté Michel Sangulier qui est un spécialiste. Je lui ai demandé de rétablir l'ordre républicain et il l'a fait, malgré le décès du maire-adjoint dont je vous parlais...*

— *Alors, c'est à vous que je pose la question : quel est le secret ?*

— *Il fallait d'abord casser la hiérarchie criminelle qui existait dans le Quartier, structurée par un imam qui dirigeait tout ça d'une main de fer sous couvert de Charia. L'imam est parti de lui-même.*

— *Il est mort intervint Calcomycès.*

— *Oui, il est mort reprit Sangulier, un peu agacé. Il a ensuite fallu démotiver les lieutenants de cet imam et les mettre au service de l'intérêt commun... Ce qui fut fait.*

— *On meurt beaucoup ces temps-ci parmi les notables de Saint-Cergue, me semble-t-il, intervint alors Gaëlle en prenant son air le plus innocent.*

(Cut)

(Plan américain sur Gaëlle Le Couëdic avec la mairie en arrière-plan mou)

Nous n'en apprendrons pas plus de la part du maire de Saint-Cergue qui n'a visiblement pas aimé la réflexion sur les décès parmi les notables. Pourtant ce sont un imam et deux maires-adjoints qui sont décédés dans les deux semaines qui ont suivi les émeutes... La question posée, à lui et à son spécialiste, était « Quel est votre secret ? ». Il n'y aura pas de réponse et le secret restera un secret. On sait que l'imam est mort assassiné. Les deux maires-adjoints sont morts à une semaine d'intervalle, chacun des suites d'une brève et fulgurante maladie. L'ordre républicain règne à Saint-Cergue-sur-Seine. Mais il y a eu trois morts dont deux personnalités liées de près à l'ordre voyou qui régnait avant. Rien ne permet de rapprocher ces morts de la pacification de la ville, mais il est difficile de ne pas s'interroger sur le secret de Francis Calcomycès.

(Cut)

(Plan large. Gaëlle le Couëdic sur le parking derrière la mairie, fermé en arrière-plan par un haut mur de soutènement percé d'une ouverture voûtée de plus de cinq mètres close d'un grand portail métallique gris)

Nous sommes ici sur le parking du personnel et des élus de la mairie de Saint-Cergue. Derrière moi, ce mur de douze mètres de haut soutient le bas de la colline de Saint-Cergue, percée comme un gruyère pour avoir été exploitée comme carrière de pierres du moyen-âge au dix-neuvième siècle. Ces carrières ont été exploitées comme mûrisserie de bananes jusqu'en 1970. Aujourd'hui, elles sont louées au ministère de l'intérieur et on nous a objecté le secret défense dès que nous avons abordé le sujet de leur destination. Ces mystérieuses carrières contiendraient-elles le secret de Francis Calcomycès ? Impossible de le savoir. C'était Gaëlle Le Couëdic qui vous parlait de Saint-Cergue-sur-Seine.

— Très bon ce reportage, très bon... dit Charles à Gaëlle en l'embrassant. Il y a vraiment un mystère à Saint-Cergue...Oui... Bon, ajouta-t-il pour les deux enfants, vous avez vu maman à la télévision. Maintenant, il est temps d'aller dormir… Montez vous laver les dents et vous mettre en pyjama. Nous venons vous dire bonsoir dans cinq minutes. D'accord ?

Phuong avait sa chambre au premier et Tchang au second. Les deux enfants montèrent l'escalier en trottinant. L'iPhone de Gaëlle sonna. Le numéro appelant était inconnu de son répertoire.

— Gaëlle ?

— Qui l'appelle ?

— C'est Théodore Sagnol… J'ai…

— Oh, Professeur, comment allez-vous ? Au fait, bonne année !

— Merci, bonne année à vous aussi, mais appelez-moi Ted, je vous en prie.

— D'accord, Ted, qu'est-ce qui vous amène ?

— Je viens de voir votre reportage sur Saint-Cergue-sur-Seine !

— Ah ! Et qu'en avez-vous pensé ?

— Et vous, qu'avez-vous pensé de Francis Calcomycès ?

— A vrai dire, il m'inquiète ce type… Il n'est pas franc… Avec cet éternel sourire forcé et son regard fuyant… Et en plus, il n'a pas voulu me recevoir sans son directeur de cabinet…

— Et vous avez remarqué comme ce directeur se pose en commissaire politique et intervient chaque fois que Calcomycès dérape ?

— Oui… Commissaire politique ? Vous croyez ? j'avais plutôt l'impression que Calcomycès avait besoin de quelqu'un sur qui rejeter la faute s'il commettait une bévue…

— Savez-vous que j'ai habité Saint-Cergue voici quelques années et que j'ai ai même exercé la fonction de maire-adjoint ?… C'était avec le prédécesseur de Francis Calcomycès. Un brave type, pas compliqué mais honnête, lui. J'étais chargé des finances et grâce à une politique attractive nous avons pu baisser les impôts locaux de 20% en deux mandats.

— C'est assez rare pour être souligné… Vous avez rogné sur toutes les dépenses…

— Au contraire, en investissant dans des quartiers d'affaires et des écoles nous avons rendu la ville attractive pour les entreprises et pour leurs cadres, ce qui a entraîné une augmentation du nombre de contribuables… Et une augmentation importante des finances publiques malgré une baisse des taux d'imposition… C'est un peu technique, excusez-moi…

— Un peu technique ? Vous trouvez ? À côté des affaires de surcriticité et de réflecteurs au carbure de tungstène dont vous nous avez entretenus le mois dernier, ces questions financières sont d'une simplicité enfantine !

— Ne vous moquez pas... Toujours est-il que Calcomycès, une fois élu, a augmenté les impôts de vingt pour cent en trois ans... Il a défait en trois ans ce que nous avions fait en douze... Alors, forcément, on le lui a reproché... Et certains Saint-Cergois le lui reprochent encore. Apparemment, il croit que c'est moi qui anime le foyer de contestation... Je viens de l'apprendre à mes dépens. C'est le général de Saint-Elme qui m'avait suggéré de vous en parler dès qu'il a su que vous alliez faire son interview.

— Malheureusement l'interview est faite... Oui, ç'aurait été intéressant, une question du genre « Comment expliquez-vous que Saint-Cergue voit ses impôts augmenter alors que votre prédécesseur les avait baissés ? »

— En réalité, il se passe de drôles de choses à Saint-Cergue. Mais au téléphone, ce n'est pas idéal... Voulez-vous qu'on en parle ?

— Vous m'accorderiez une interview pour "la Cinquième" ?

— Pourquoi pas ? Oui... Une interview... C'est une bonne idée...

— Pourriez-vous demain ?

— Demain matin, oui, et où voulez-vous ?

— Je pense que le mieux serait de faire ça dans l'un des deux studios de talk-shows de la Cinquième... Faire ça sur vos lieux de travail, à l'X ou à la DGSE serait peut-être délicat vis à vis de ces organismes...

— Vous avez tout à fait raison. Calcomycès est le point de convergence de nombreuses forces politiques en ce moment. Une interview dans les locaux des généraux de Saint-Elme ou Enesco les mettrait en position difficile.

— Je m'assure la disposition du studio et je vous rappelle.

La Cinquième, studio n°3, 7 janvier 10h00

(caméra 1 plan large)

— *Nous accueillons aujourd'hui, dans les conditions du direct, le Professeur Théodore Sagnol, éminent scientifique, membre de l'Académie des Sciences, prix Nobel de physique et professeur de physique à l'École Polytechnique... Bonjour, Professeur,*

— *Bonjour, Gaëlle Le Couëdic*

— *Aujourd'hui, ce n'est pas le scientifique que je vais interroger, mais l'homme qui a habité plusieurs années Saint-Cergue-sur-Seine, cette ville qui a souffert de violentes émeutes au mois de novembre et dans laquelle la paix règne aujourd'hui sous l'égide de son maire, Francis Calcomycès, étoile montante au firmament des hommes politiques français. Théodore Sagnol, il y a quelques années encore, vous résidiez à Saint-Cergue-sur-Seine dont vous étiez même adjoint au maire, n'est-ce-pas ?*

— *Il y a un certain nombre d'années, en effet, c'était avant Calcomycès...*

— *Et quels souvenirs en gardez-vous ?*

— *J'habitais sur le Plateau, quartier pavillonnaire paisible sur la hauteur dominant le centre-ville. Il y avait aussi ce que l'on appelait « Le Quartier », qui était un quartier de HLM un peu inquiétant. Tous les murs étaient tagués et il était le siège de nombreux trafics. En tant qu'élu, j'ai souvent déploré l'impuissance de la police nationale à y faire régner l'ordre républicain.*

— *Les habitants se plaignaient ?*

— *De moins en moins. Au fur et à mesure du temps qui passait, les Juifs d'abord, puis tous les non musulmans, quittaient le quartier. Nous étions inquiets du pouvoir des deux imams qui se substituait au pouvoir de la République...*

— *Et vous ne pouviez rien faire ?*

— *Rien. Une loi empêche de détenir des informations sur l'appartenance religieuse des populations, alors il nous était impossible de demander aux sociétés d'HLM de faire respecter la mixité socioreligieuse... Quand j'ai quitté Saint-Cergue, le Quartier était en passe de devenir une enclave musulmane dans laquelle la Charia se substituait à la loi de la République.*

— *N'y allez-vous pas un peu fort ?*

— *Non, la dernière année de son mandat, le maire a été sommé par l'imam de refuser de marier une jeune fille du quartier, musulmane, parce que l'imam n'avait pas béni leur union...*
— *Pourtant, il est interdit à un ministre du culte de marier un couple tant qu'il ne l'a pas été par le maire...*
— *C'est compliqué... L'imam expliquait qu'il ne mariait pas, mais qu'il bénissait seulement l'union de couples qui avaient l'intention de se marier devant le maire... C'est jouer sur les mots, bien sûr, mais bien des imams pratiquent comme cela et bien des maires ferment les yeux. C'est ainsi qu'il existe en France d'innombrables familles polygames devant la mosquée qui, devant l'état civil, ne sont que des familles monogames avec des concubines. En général, les maires, par souci d'éviter des violences physiques, ferment les yeux. Là, il était confronté à une difficulté inédite pour lui. La fille était en rébellion contre sa famille et voulait se marier contre l'avis de son père qui l'avait promise à un autre... Le Maire de Saint-Cergue, un brave homme dont le courage n'était pas la vertu dominante, a délégué ses pouvoirs à un de mes collègues maire adjoint pour les marier. Juste après la cérémonie, quatre nervis l'ont intercepté à la sortie de la mairie et l'ont passé à tabac. Trois côtes cassées et le foie éclaté. Il a failli y rester.*
— *Professeur, vous nous décrivez là un aspect inquiétant de Saint-Cergue... Vous pensez que c'est ce qui a provoqué les émeutes de novembre ?*
— *Sans aucun doute. Il aura suffi qu'une autorité républicaine veuille s'imposer contre une décision de l'imam pour tout embraser... Déjà pendant notre mandat, la police, les pompiers et, d'une manière générale, tout ce qui symbolise l'autorité de l'État était banni du Quartier. On n'y avait plus le droit d'appeler SOS médecin, ou les pompiers. Il fallait appeler l'imam, et c'est lui qui s'occupait du problème. Un médecin pouvait venir, à condition qu'il soit musulman et que ce soit l'imam qui l'ait appelé...*
— *Et comment expliquez-vous que Francis Calcomycès ait rétabli la paix ?*
— *Je ne sais pas exactement, mais ce que je vois, c'est qu'en trois ans de mandat, il a augmenté les impôts de 20%.*
— *Impôts que vous-même, Professeur, en tant que maire-adjoint chargé des finances, aviez baissés de 20% n'est-ce pas ?*
— *Exact.*

— *Vous avez fait une vaste "chasse au gaspi" dans les dépenses communales ? Pouvez-vous expliquer votre secret aux téléspectateurs de la Cinquième qui aimeraient bien voir leurs impôts baisser...*

— *Non... Pas de chasse au gaspi... Sauf, évidemment, un souci de rigueur. Non, au contraire, le secret, c'est de rendre la ville attractive, en investissant. Nous avons créé deux quartiers d'affaires, nous avons accru le parc HLM et nous avons construit deux écoles supplémentaires... Alors, cela a attiré des entreprises et les propriétaires se sont efforcés de valoriser leur foncier en créant ou en rénovant des logements, ce qui a attiré de nouveaux habitants. Non, c'est en augmentant le nombre des contribuables est surtout en attirant des entreprises que nous avons pu baisser les impôts tout en augmentant le niveau des services communaux...*

— *Et maintenant ?*

— *Je n'habite plus Saint-Cergue, mais je m'intéresse toujours, de loin, à ce qui s'y passe... Eh bien, les impôts ont augmenté de 20% sans aucun service nouveau, pas une école de plus, pas un parking, pas un terrain de sports nouveau. Le seul investissement significatif aura été la rénovation pharaonique de la mairie. Mais aucun investissement pour rendre la ville attractive. La médiathèque a même réduit la voilure. Aucun service public nouveau...*

— *Alors où passe l'argent ?*

— *En fait, la ville dépense beaucoup d'argent en contrats de consulting... C'est très cher, mais apparemment, ça marche puisque le calme est revenu dans le Quartier...*

— *Le calme, c'est le résultat du travail d'un consultant ?*

— *Oui, je crois... D'après mes informations, un bureau de consulting a placé auprès du Maire le directeur de cabinet que vous avez interviewé avant-hier. En fait, c'est lui qui administre vraiment la ville; Calcomycès ne fait plus que de la figuration.*

— *Ah, c'est Michel Sangulier – on peut dire son nom – qui a rétabli l'ordre ?*

— *Oui, je crois, et sous l'égide d'un consultant nommé Joël Vanderloo.*

(caméra 3 plan rapproché sur Gaëlle qui tique à entendre ce nom)

— *Donc, pour nous résumer, le secret, c'est qu'imposer l'ordre républicain contre la Charia, ça coûte 20% d'un budget communal.*

(caméra 1 plan large)

— *C'est très simplificateur, mais, c'est à peu près ce que l'on peut dire de mieux en une seule phrase. La question qui subsiste est : est-ce vraiment l'ordre républicain qui règne à saint-Cergue ?*

— *Mais vous-même, professeur, on dit que Francis Calcomycès vous en veut et prétend que vous auriez commis des malversations.*

— *Je connais ces bruits insensés et je vous remercie de me donner l'occasion de m'exprimer sur le sujet. J'ai diminué les impôts. La Chambre Régionale des Comptes a mis deux ans, mais elle a déposé un rapport élogieux sur ma gestion. J'ai appris que Francis Calcomycès m'avait sali auprès d'elle et l'avait sommée de différer le dépôt de son rapport pour enquêter sur moi. En réalité, il avait besoin d'un rideau de fumée pour faire passer les augmentations d'impôts qu'il lui fallait pour rémunérer tous ceux qu'il avait décidé d'appointer en vue de s'attirer les bonnes grâces des plus importants réseaux d'influence du pays.*

— *Que voulez-vous dire ?*

— *En fait, ce qui l'obsédait, c'était le Sénat. Il voulait devenir sénateur. Dans ce département, les sénatoriales se font sur scrutin de liste. Il lui fallait donc complaire à tous ceux qui avaient une influence sur la constitution de la liste. Il a été jusqu'à refuser la construction d'une gare RER sur sa commune parce que le maire de Boucquencourt, la commune voisine, la revendiquait et que le maire de Boucquencourt était, justement un de ces hommes d'influence. En matière de gestion communale, Calcomycès a fait tout ce qu'à mon sens, il ne faut pas faire : dépenser à tort et à travers et éloigner l'investissement attractif. Je suis la preuve que sa politique est néfaste.*

— *Vous êtes un peu sa statue du commandeur...*

— *On peut le dire comme ça. C'est pour ça qu'il me voit avec méfiance et détestation. C'est justement sur la recommandation du maire de Boucquencourt qu'il a fait appel à ce Joël Vanderloo.*

— *Joël Vanderloo rappelons-le pour les téléspectateurs, est un ancien inspecteur général des finances qui fait l'objet d'une mise en examen dans une affaire touchant à la sécurité de l'État. Il est sorti de détention préventive il y a quatre mois, mais l'instruction est toujours en cours.*

— *Je crois pouvoir vous dire que ce même Joël Vanderloo aurait été vu par des témoins participer au casse du fonds artistique de Dun-le-Palestel le 10 décembre dernier. Vous vous rappelez, n'est-ce pas ?*

— *Mais... Je... Professeur...*
(caméra 2 plan rapproché sur Théodore Sagnol)

— *Et, poursuivait le Professeur imperturbable, il a été mis hors de cause parce qu'un témoin encore plus digne de foi lui a fourni un alibi à 300 kilomètres de là...*

— *Mais...*

— *Calmez-vous, je vous en prie. Cela vous gêne que je dise que vous-même êtes l'un des témoins qui l'ont vu à Dun-le-Palestel ? Je sais aussi que l'alibi, c'est Francis Calcomycès... Il est curieux de voir des juges préférer le témoignage d'un homme politique en vue, même en relations d'affaires avec le suspect, à celui d'une journaliste indépendante et déontologiquement irréprochable.*

— *Professeur, je vous rappelle que nous sommes à l'antenne.*

— *Vous avez raison. Ce n'est pas à un vieux prof comme moi de dévoiler les détails d'une instruction judiciaire. Mais, je suis sûr de mes sources, comme on dit dans votre jargon journalistique.*

(caméra 1 plan large)

— *Eh bien, Professeur, merci de votre témoignage.*

— *C'est moi qui vous remercie de m'avoir invité.*

Après cet enregistrement, ils allèrent à la cafétéria avec l'équipe technique. Gaëlle avait dit « dans les conditions du direct » alors que c'était un sujet enregistré. Déontologiquement, elle n'avait que deux possibilités : ou bien la chaîne le diffusait intégralement, ou bien elle ne diffusait rien. Mais les conditions du direct garantissent à l'interviewé que rien ne sera coupé à la diffusion. Comme souvent, c'est à la cafétéria que ce dilemme a trouvé sa solution. Armand Blot, le rédacteur en chef était là. Gaëlle fit les présentations et lui rendit compte de l'interview qu'elle venait d'enregistrer. Théodore Sagnol était un grand nom de la science et, en tant que rédacteur en chef, il se réjouissait de pouvoir diffuser son interview. C'est le professeur lui-même qui tempéra son enthousiasme en lui expliquant que ce sujet n'était pas à l'honneur de Francis Calcomycès, non plus qu'à celui de Joël Vanderloo. Armand n'avait pas une opinion très nette de Calcomycès, surtout depuis l'interview de la veille, et il n'avait carrément aucune estime pour Vanderloo, depuis l'affaire Wouristok[93]. Ils repartirent vers la régie du studio 3 visionner ledit sujet.

— Professeur, demanda Armand Blot à la fin du visionnage, vous êtes sûr de ce que vous avancez ?

---

[93] Wouristok, roman du même auteur

— Absolument et je peux tout prouver.
— Comment ?
— Pour le dénigrement auprès de la Chambre régionale des comptes, je peux demander au secrétaire général de la Cour des comptes de vous le confirmer et pour Vanderloo, je crois que vous n'avez plus besoin de témoignage d'immoralité, je me trompe ?
— Ça passera ce soir au 20 heures… Gaëlle, n'oubliez pas que la conférence de rédaction est déplacée à 16 heures aujourd'hui !
— Je ne risque pas de l'oublier, Merci, Armand, répondit Gaëlle avec un large sourire.

Le lendemain, le comité de soutien à Francis Calcomycès assignait la Cinquième en diffamation devant la dix-septième chambre du tribunal judiciaire de Paris et déposait un recours contre la chaîne auprès du CSA[94]. Dès la semaine suivante, le CSA condamnait la Cinquième pour la diffusion de ces sujets sur Calcomycès, avec des attendus aussi obscurs et alambiqués que d'habitude. Le tribunal de Paris, quant à lui, mettra dix-huit mois à débouter les zélateurs de Francis Calcomycès en constatant qu'il n'y avait pas de manquement journalistique de la part de la Cinquième, parce que les faits allégués étaient exacts et que les investigations avaient été faites avec le sérieux nécessaire. Le Conseil d'État mettra deux ans à annuler la condamnation hâtive de la chaîne par le CSA.

Mais ces deux sujets télévisés consécutifs allaient précipiter les évènements.

[94] Conseil Supérieur de l'Audiovisuel

Saint Ferréol, Campestre-et-Luc
10 janvier 22h30

Lucien Féron était le gardien des installations de l'aven de Saint-Ferréol. Le lendemain de Noël, Joël Vanderloo était venu avec un technicien pour mettre en marche la tour de pierre qu'il appelait athanor. Ils sont restés cinq jours et, au bout de ces cinq jours, l'athanor produisait une douce lueur bleue par l'ouverture de sa partie inférieure. Les caisses contenant les barres de métal avaient été soigneusement rangées et étiquetées et le technicien a longuement expliqué à Lucien Féron les manœuvres qu'il fallait opérer. L'athanor devait continuer à produire cette lumière bleue. Ni plus fort, ni moins fort. Pour cela, il fallait régulièrement remplacer deux barres de métal par deux autres. Il était important de le faire régulièrement, mais on pouvait arrêter pendant un maximum de douze heures sans risque autre que de consommer plus de métal que nécessaire. « Portez un dosimètre[95]. Tant que l'athanor reste à son niveau de fonctionnement nominal, il ne rayonne pas de radiations dangereuses. Mais si on s'écarte de cette situation, il peut rayonner, et il faut alors pouvoir le mesurer pour ne pas courir de risque. »
Joël Vanderloo avait précisé à Lucien Féron que le technicien était le patron et que c'est lui qui s'occuperait de réguler l'activité de l'athanor. Néanmoins, chacun des deux avait droit à un jour de congé par semaine et c'est pourquoi il était essentiel qu'ils connaissent tous deux les manipulations à effectuer.
Ils occupaient chacun un logement dans les Algecos installés dans la salle souterraine, au fond de l'aven. À tour de rôle, ils allaient au ravitaillement à Campestre, à sept kilomètres de là. Les commerçants de Campestre pensaient qu'ils étaient un couple d'hurluberlus homosexuels qui vivaient dans le causse. Il fallait être fada pour vivre là en plein hiver.
Ce dimanche, Lucien Féron était seul parce que son collègue était en congé. Normalement, quand il est seul, il n'a pas le droit de quitter son poste. Mais, s'était-il dit, le patron a bien dit qu'il ne pouvait rien arriver à l'athanor si on le laissait à lui-même moins de douze heures… De plus, avec ce blizzard dehors, il ne risquait pas d'y avoir un rôdeur mal intentionné qui cherche à forcer la propriété. Il avait donc résolu d'aller

---

[95] Appareil de mesure de la quantité de radiations à laquelle on a été exposé.

au Vigan, la ville la plus proche, à vingt-huit kilomètres. Il voulait s'offrir un peu de bon temps et espérait y trouver des prostituées.
Après avoir erré dans Le Vigan, déçu, il avait échoué dans un bar minable qui était apparemment la seule distraction en hiver. Bar tellement nul qu'il n'y est resté qu'à peine un quart d'heure. Il rentrait déçu à Saint Ferréol. Pour venir du Vigan, la route sinuait le long de la vallée de l'Arre jusqu'à Alzon où il fallait bifurquer vers Campestre-et-Luc. Là, une méchante petite route allait jusqu'au site de Saint-Ferréol. Deux cents mètres avant la grille d'entrée, on passait à côté de l'aven et de l'ancien bâtiment de la fromagerie qui domine l'abîme. Lucien fut intrigué de constater que, dans la nuit, la lumière bleue de l'athanor semblait jaillir de l'aven et illuminait le vieux bâtiment… Il n'y attacha pas vraiment d'importance. « Bah, se dit-il, avec cette nuit sans lune et cette absence complète de lumière ambiante, la moindre lueur se voit de loin. »
Une fois franchi le portail, il s'engagea sur la piste qui descendait en spirale au fond de la doline et il remarqua aussitôt que la lumière bleue illuminait aussi le tunnel de communication avec l'aven. « Quand même, c'est bizarre que l'athanor éclaire le tunnel autant que son propre éclairage, il fait presque 200 mètres, ce tunnel quand même ! ». Il commençait à être inquiet. Il gara la voiture, ouvrit la grille d'entrée du tunnel et s'y engagea. « Jamais l'athanor n'a été aussi brillant se dit-il… Il y a un problème… Pourtant, je suis resté absent à peine quatre heures, et il n'y a aucun risque à moins de douze heures, lui avait-on assuré. D'ailleurs nous sommes déjà restés plus de quatre heures sans changer la moindre barre métallique »… Dans le tunnel, il avançait de plus en plus vite et se mit même à courir, non pas tant qu'il se crût en danger, mais plutôt parce qu'il avait peur que le patron lui reproche de s'être absenté alors qu'étant seul, il n'avait pas le droit de le faire. La salle souterraine était illuminée par la bouche de l'athanor. Il se rappelait qu'il fallait remplacer une à une et alternativement des barres de type 1 et 3 par des barres de type 2 et 4 jusqu'à ce que le système revienne à son état normal. La lumière avait encore augmenté et, de bleue, elle était devenue presque blanche, aveuglante. La bouche de l'athanor inondait la salle souterraine de lumière violente et de chaleur intense. Il affronta cette fournaise hostile, et, se brûlant les mains et le visage, il se mit à extraire des barres de l'athanor et à en insérer d'autres. Peu à peu, la chaleur redevint supportable, puis simplement tiède pour, enfin, disparaître, alors que la lumière redevenait bleu sombre comme elle n'aurait jamais dû cesser d'être.

Le visage et les mains de Lucien Féron avaient été brûlés au troisième degré. Il grimaçait de douleur et, se précipitant vers l'armoire de premiers secours, il se couvrit la peau d'une crème anti brûlures apaisante.
Le lendemain matin, son collègue, ne le trouvant pas à son poste, entra dans le logement où il agonisait sur son lit. Il avait reçu la dose de radiations exorbitante de 28 700 millisieverts et il mourut sans avoir pu expliquer à son collègue ce qui s'était passé. La divergence avait été stoppée quelques minutes à peine avant qu'elle ne dégénère en explosion nucléaire, mais personne ne l'a su parce que le malheureux technicien n'a rien dit, tant il redoutait les colères froides de son patron. De toute façon, il ne savait rien parce que Lucien Féron ne lui avait rien dit lui-même avant de mourir. Son dosimètre n'apprit rien parce qu'il sature à cinq cents millisieverts. Ainsi personne n'a pu soupçonner que cet athanor était très instable. Tout le monde était convaincu que Lucien Féron était resté douze heures sans surveiller l'athanor, peut-être s'était-il soûlé et endormi douze heures… Toujours est-il que personne n'a cherché à tirer sérieusement les leçons de l'incident. La seule conclusion qu'en a tirée Joël Vanderloo est qu'il fallait d'urgence installer un technicien de plus à Saint-Ferréol afin que, comme à Saint-Cergue, personne ne soit jamais seul avec l'athanor.

Montmartre, avenue Junot, 12 janvier 16 h

Eugène Lansquenet était entré et avait déposé son pardessus, son chapeau et son écharpe sur le portemanteau de l'entrée. Jules Canéli l'attendait assis à sa table de travail. Son secrétaire était un peu essoufflé et le froid qui régnait sur Montmartre n'avait pas aidé sa respiration depuis la place Clichy d'où il arrivait d'un pas athlétique.

— C'est fait, nos deux néophytes sont recrutés par Vanderloo.

— Bien ! Bien… C'est parfait… Vous leur avez bien expliqué qu'ils étaient en terrain ennemi ?

— Oui… Absolument, je leur ai dit d'être très prudents pour me contacter… De toute façon, il ne faudra pas qu'ils restent trop longtemps…

— Pourquoi donc ?

— Les exigences de Vanderloo sont excessives en termes d'exposition aux radiations… En trois mois, ses opérateurs auront pris la dose acceptable pour une année selon les normes en vigueur partout sauf en Chine…

— Et ils travailleront où ? C'est la première des questions, n'est-ce pas ?

— Joachim travaillera à Saint-Cergue-sur-Seine. Ils ont apparemment construit un athanor dans les anciennes carrières, sous la colline… Vous voyez ?

— Très bien… Notre amie Gaëlle Le Couëdic a vraiment eu le nez creux en concluant son reportage sur le mystère que recèleraient ces carrières…

— Oui… Enfin… Vous l'avez bien orientée, n'est-ce pas ?

— Et l'autre néophyte… Comment s'appelle-t-il ?

— Foulques. Eh bien, lui, c'est autre chose. Il est affecté à Campestre, dans le Gard.

— Et que doit-il faire à Campestre ?

— Je ne sais pas encore. Il part demain. Mais il s'agit d'un emploi sédentaire. Il sera logé sur place et n'aura qu'un jour et demi de congé hebdomadaire où il lui sera permis de quitter le site. Le reste du temps, il sera d'astreinte H24…

— Et qu'y a-t-il à Campestre ?

— Justement, il n'y a rien. C'est un village d'à peine une vingtaine de maisons, presque toutes des résidences secondaires… Le causse de

Campestre compte officiellement 99 habitants… Mais peu y résident, et en général, personne l'hiver.
— C'est inquiétant, ce que vous me dites, très inquiétant. Il y aurait donc un athanor à Campestre ? Pourquoi là ?
— Je ne sais pas. Il voulait sans doute rester discret.
— Comment voulez-vous rester discret au milieu d'un causse où il n'y a rien ? Non… D'ailleurs il est bien plus discret à Saint-Cergue. Je crains qu'il ne cherche justement un emplacement désert pour… Mais dites-moi, Eugène, n'auriez-vous pas le goût d'un voyage à la campagne ? Un causse en plein hiver, ça doit être une expérience intéressante, non ?
— Très bien, Monsieur, je pars pour Campestre et je vous tiens informé.
— Prévenez aussi le jeune Foulques qu'il ne courre pas le risque de se griller à essayer de vous joindre. Dites-lui que c'est vous qui prendrez contact.

Une fois Eugène Lansquenet parti, Jules Canéli se dit que, si ce Vanderloo méditait de faire une démonstration d'explosion nucléaire, il aurait sans doute choisi ce site… Un causse avec personne dessus. Tout portait à croire que le Grand Œuvre était tombé dans des mains malfaisantes… Tant pis pour les risques… Il se résolut à appeler Gaëlle Le Couëdic… Comme son téléphone était sur messagerie, il lui laissa juste un message pour lui demander de le rappeler parce qu'il voulait la rencontrer avec son mari le colonel Charles Longhieu. Il priait le ciel de n'être pas en train de commettre une erreur historique. Mais si Vanderloo avait bien, comme il le craignait, l'intention de déclencher une explosion nucléaire, alors, ce n'est plus un problème de philosophes, c'est désormais un problème de militaires… Très ennuyeux, se disait-il en se dirigeant vers son athanor. Puis il se ravisa… Non, il ne fallait pas que le militaire voie son athanor… En tout cas pas encore.

Porte de Versailles, 12 janvier 18h

Le pavillon 5 du parc des expositions de la Porte de Versailles avait été équipé en sièges, comme une immense salle de spectacle. Devant, une tribune surélevée de 4 mètres dominait toute l'assistance.
La tribune était siglée d'un logo étrange.

Les sièges portaient des signes distinctifs avec des étiquettes de couleur. On pouvait constater que ces étiquettes les organisaient en blocs de quatre rangées de dix sièges. En réalité, chaque bloc était affecté à une ville en relations d'affaires avec Joël Vanderloo. Elles étaient au nombre de 118. Chaque ville était représentée par vingt délégués, numerus clausus, sous la direction du maire. Et les délégués n'occupaient qu'un siège sur deux, ce qui permettait de remplir l'immense salle avec moins de délégués que de sièges.
Le bloc du milieu, juste devant la tribune était celui de Saint-Cergue-sur-Seine. Il y avait là Francis Calcomycès et Michel Sangulier, tous deux vêtus à l'identique, pantalon noir, chemise noire sans cravate et veste de cachemire beige clair. Parmi les autres Saint-Cergois, on reconnaissait Souff et Buzz. Ils étaient accompagnés de leurs lieutenants et de leurs principaux dealers, tous vêtus d'un jean bleu et d'un blouson de cuir noir, rehaussé d'une large bande rouge soulignant les manches et les épaules et d'une autre en travers de la poitrine.
En réalité, toutes les villes étaient traitées à l'identique. Deux personnes, dont le maire, vêtus en noir avec une veste beige clair et les autres délégués, en jean et blouson de cuir. Ils se disposaient dans leurs blocs respectifs. Aucun journaliste n'avait été convié à ce meeting. Pourtant, au premier étage dans une pièce condamnée ouvrant sur la salle par deux petites fenêtres, Gaëlle Le Couëdic, qui était arrivée discrètement le matin, ne perdait rien du spectacle. Elle voyait cette foule se placer dans les blocs qu'on ne distinguait d'ailleurs presque plus, au fur et à mesure que les sièges étaient occupés par les participants, toujours plus nombreux. Des hôtesses en robe rouge circulaient dans l'assistance et veillaient à ce que les participants n'utilisent qu'un fauteuil sur deux pour donner l'impression d'une foule qui couvre tout l'espace. Maintenant, chaque bloc contenait deux personnes en veste beige et dix-huit, semble-t-il, en blousons de cuir identiques. Ces blousons de cuir, tous du même modèle, donnaient une inquiétante impression de puissance, un peu comme s'ils étaient en

uniforme. C'était là l'impression que Joël Vanderloo voulait donner quand il avait importé ces blousons de Chine pour les distribuer aux caïds des villes qu'il coachait.
La lumière diminua dans la salle tandis que de puissants projecteurs éclairaient la tribune. Derrière la tribune, un rideau bleu nuit tomba affichant en blanc, haut de plus de trois mètres, le même logo que celui qui figurait sur la tribune : . Francis Calcomycès, suivi de Michel Sangulier et de Joël Vanderloo, montèrent à la tribune. Ce dernier, debout, se saisit du micro et prit la parole. Il parlait lentement à cause de la résonance de la salle, et son discours, diffusé par les puissants haut-parleurs, avait ainsi des accents de solennité à la limite de la grandiloquence :
« Vous êtes venus, vous êtes là. Ce soir est un grand soir qui verra l'avènement d'une force nouvelle en France, une force qui assurera la sécurité et la stabilité du pays en face des puissances étrangères qui manipulent souterrainement les éléments les plus exogènes et les plus fragiles de nos populations. Nous avons tous vu ces forces qui prennent naissance dans des pays d'un autre âge, des pays du moyen âge, financés par le pétrole que nous leur achetons, opérer une véritable razzia sur notre espace public, sur notre culture, sur nos traditions et sur nos valeurs. Certains d'entre vous se rappellent même un passé récent où ils ont été eux-mêmes l'objet de ces manipulations ou de ces tentatives de manipulation. Si vous êtes ici ce soir, c'est que vous en avez assez de voir notre pays livré à ces forces délétères avec la complicité objective d'une justice laxiste et d'une police impuissante qui rejettent l'une sur l'autre la responsabilité de leurs échecs. Si vous êtes ici ce soir, c'est parce que vous vous rappelez la situation, pas si ancienne, où l'ordre qui était censé être assuré par la police n'était en fait que le cache-sexe du chaos islamiste, c'était l'effondrement de notre nation. Si vous êtes ici ce soir, c'est parce que vous entendez faire la preuve que nous pouvons reprendre les choses en main. Nous avons prouvé que nous pouvions assurer l'ordre sans la police et, s'il le faut, contre la police. Il nous faut sortir le pays du chaos et rénover ses institutions pourrissantes. Il nous faut rétablir les droits de l'homme. Et je le dis bien fort, les droits de l'homme, ce n'est pas obliger 90% de la population à vivre en esclaves pour garantir que les 10% restants ne seront pas inquiétés, surtout si ces dix pour cent constituent la garde rapprochée des pires obscurantistes religieux que nous ayons subi depuis le Moyen-Âge. Non ! Les droits de l'homme sont le fondement de la société française, nous ne les laisserons pas ronger par

l'obscurantisme. C'est la France qui les a inventés avec nos grands philosophes des lumières. Non ! Les droits de l'homme ne sont pas négociables et s'il faut priver de droits dix pour-cent de la population pour que les 90 autres pour-cent vivent en hommes libres, c'est le choix que nous faisons. Si vous êtes ici ce soir, c'est parce que vous avez su vous débarrasser des religieux musulmans totalitaires qui asservissaient votre jeunesse au nom de préceptes ouvertement hostiles à notre nation. Nous sommes aujourd'hui plus de cent villes qui comptons en tout un tiers de la population de la France. Cent villes que nous avons soustraites à la barbarie, cent villes dont les citoyens vous sont reconnaissants d'avoir rétabli l'ordre républicain mis à mal par ces voyous, cent villes autour desquelles nous allons créer la plus formidable force politique que le pays ait connu depuis la Libération. Une force résolue, disciplinée, implacable. » Avec un grand geste du bras en direction du logo affiché sur le rideau derrière lui, il ajouta : « Nous adopterons ce logo qui nous vient des âges les plus anciens de l'humanité et qui figure notre force. Rien ne nous arrêtera jusqu'à ce que nous ayons installé durablement notre ordre, l'ordre républicain, dans tout le pays. Cette force, figurée par notre logo, mes amis, c'est vous, c'est autour de vous, c'est avec vous qu'elle conquerra le pouvoir. Il nous faut un leader… Nous en avons un… Chez lui, c'était le chaos. Il a été le premier à nous montrer la voie. J'ai nommé Francis Calcomycès… »
L'assistance se leva alors spontanément, au garde-à-vous en scandant « Francis, Francis… ». À la tribune, Francis Calcomycès se leva et resta un moment immobile à entendre scander son nom par ces milliers de poitrines, dans un ordre et un rythme parfait. Puis Joël Vanderloo leva la main droite et le silence se fit instantanément. Francis Calcomycès déplia un papier que lui avait remis Michel Sangulier une heure auparavant. Son éloquence était moins assurée que celle de Joël Vanderloo et c'est un peu laborieusement qu'il commença à lire :
« Rasseyez-vous, mes amis. Merci, Joël, pour ce discours. Nous sommes nombreux… Nous sommes la France et nous voulons installer l'ordre. L'ordre républicain. Et la prospérité. Vous savez que nous avons les moyens de la prospérité. Ne comptons pas sur l'État pour offrir du travail à notre jeunesse. L'État est tellement corrompu qu'il confie à des fonctionnaires qui n'ont jamais ni recruté ni été recrutés, ni licencié ni été licenciés, le soin de trouver du travail aux chômeurs. Vous, vous savez offrir du travail à notre jeunesse. Dans vos quartiers, tout le monde a du travail… Nous saurons imposer ce système au pays

tout entier et nous éradiquerons ces sangsues de la société que sont toutes ces agences d'état incapables, qui n'ont qu'un but, celui d'occuper un maximum de fonctionnaires et de dépenser un maximum d'argent public. Nous partons à la conquête du pouvoir... Et ce pouvoir, nous le conquerrons pour longtemps. Notre ordre républicain sera durable... Vous avez prouvé qu'il n'y a pas besoin de police pour faire respecter l'ordre... Nous éradiquerons ces corps de policiers qui ne font qu'attiser les conflits. Vous serez à la fois les employeurs, les policiers et les juges. Vous avez prouvé que c'était possible. Avant vous, c'était le chaos. Maintenant, la paix règne chez vous. L'ancien modèle a fait faillite, étouffé par la complaisance coupable d'un État omniprésent qui ponctionne les deux tiers de la richesse de la nation. Vous produisez une richesse que l'État ne ponctionne pas. Vous êtes l'avenir de la nation. Enfin, je vais vous faire aujourd'hui une révélation. Nous avons à notre disposition une arme terrible que nous saurons opposer à cet État décadent s'il était réticent à s'autodétruire. Parce que cet État tentaculaire doit s'autodétruire. Nous ne supporterons plus longtemps encore que la France soit administrée par un État une fois et demie plus cher que celui des pays voisins et une fois et demie moins efficace pour l'ordre public et pour le plein emploi des populations. Si cet État en putréfaction ne s'autodétruit pas spontanément et s'il fallait en venir à l'épreuve de force, nous avons cette arme redoutable qui fait de nous les plus forts. Nous arriverons au pouvoir parce que c'est notre mission face au pouvoir actuel qui a corrompu la république par son impuissance et sa boulimie. Et si on cherche à nous en empêcher, nous prendrons le pouvoir quand même parce que nous sommes les plus forts. Nous sommes l'avenir et les forces du passé ne peuvent rien contre nous ! »

Sur un signe de Vanderloo, toute l'assistance se releva en scandant « Francis, Francis... ». Une ovation qui dura dix bonnes minutes, tandis que Francis Calcomycès, avec son éternel sourire forcé, descendait de la tribune et commençait à parcourir l'assistance en serrant des mains.

Il était 20 heures. Les participants commençaient à quitter la salle. Michel Sangulier resta le dernier. Il jeta un regard circulaire et fit un signe en direction de la cabine technique. Les lumières s'éteignirent et il quitta la salle à son tour. Un quart d'heure plus tard, les équipes du parc des expositions arrivaient pour démonter les sièges et balayer. A 21h30, il n'y avait plus personne. Gaëlle, toutefois, allait devoir passer la nuit-là parce que la salle serait sous alarme jusqu'au lendemain où elle avait été louée par le salon du train électrique et du jouet ancien.

Elle avait tout filmé et la vidéo était en cours de téléchargement par le réseau cellulaire vers le serveur de La Cinquième.
C'est à ce moment qu'elle prit connaissance du message de Jules Canéli.
— Bonsoir Monsieur Canéli, Gaëlle Le Couëdic ici, je viens seulement d'avoir votre message…
— Bonsoir, merci de me rappeler. Mais pourquoi parlez-vous à voix basse ?
— Parce que je suis en reportage et que je ne veux pas être découverte
— Alors, après-demain ou vendredi, vous pourriez ?
— Il faut que je demande à Charles, mais a priori, c'est oui.
— Très bien, je vous en remercie. À propos de reportage, j'ai vu vos deux sujets sur Calcomycès… Je vous félicite, mais prenez garde, vous vous mettez en danger à titiller ainsi la marionnette de ce puissant personnage de l'ombre qu'est Vanderloo.
— Justement, je vous en parlerai demain. J'ai assisté clandestinement à un meeting politique organisé par Vanderloo pour introniser Calcomycès comme leader d'un parti politique que je qualifierai de carrément fasciste.
— Fasciste ? Vraiment ?
— Écoutez, ils étaient plusieurs milliers en uniforme, ils se mettaient au garde-à-vous pour scander "Francis, Francis"… Ils veulent prendre le pouvoir par la force s'il le faut…
— Très inquiétant, en vérité… Et ils sont en passe de percer le secret du Grand Œuvre…
— À moins qu'ils ne l'aient déjà percé. Il a parlé d'une arme redoutable qui serait à sa disposition et qui leur permettrait de prendre le pouvoir par la force si cela devenait nécessaire…
Elle téléphona à Charles pour lui expliquer qu'elle était retenue au Parc des Expositions de la Porte de Versailles jusqu'au matin et lui demander si un déjeuner ou un dîner dans un très bon restaurant de Montmartre avec un authentique alchimiste était possible pour lui après-demain ou vendredi, puis elle rappela le numéro de Jules Canéli pour lui dire que dîner vendredi, c'était possible. Vingt heures ? Vingt heures !

Le Mas Gauzin, causse de Campestre - 13 janvier 19 h

Le gros 4x4 Mercedes classe G avançait à vive allure sur la petite route enneigée avec une aisance que seule permettait la technologie de pointe du constructeur allemand en matière d'ASR et d'ESP. Eugène Lansquenet conduisait avec calme et concentration. La lumière des phares éclairait la route toute blanche et la poussière de neige du blizzard.
La veille, il avait relevé une annonce pour une location d'été au Mas Gauzin, un des trois hameaux du causse de Campestre. Quand il avait appelé le propriétaire, il avait été reçu fraîchement... « Impossible, voyons, le causse est désert en cette saison. Personne n'y habite à l'année sauf, de temps à autre, une ou deux familles à Campestre... Mais dans les hameaux, Homs ou le Mas Gauzin, il n'y a jamais personne en hiver... Et en plus les routes sont à peu près inaccessibles... Ils déneigent la départementale à peine une fois par mois, alors vous pensez, la route du Mas Gauzin ne verra pas un chasse-neige de l'hiver... ». Il lui avait précisé qu'il était écrivain et avait besoin d'isolement, et qu'il était prêt à payer le même loyer que celui prévu pour le mois d'août... « Bon, d'accord, mais vous viendrez prendre les clés chez moi à Alès... Je ne monte pas sur le causse en cette saison ! Et puis, apportez votre eau potable. En hiver les canalisations sont purgées pour les préserver du gel et on ne les remet en eau qu'au début du printemps... » Le virement Paypal effectué, un mois payé d'avance au tarif des nuitées de pleine saison, le ton était devenu carrément chaleureux « J'espère que vous passerez un bon séjour et, en tout cas, je vous garantis le calme et l'isolement... Si vous parvenez à parcourir la route... Ce n'est pas gagné, je vous assure ! De toute façon, on se voit demain pour la remise des clés ! ».
Contrairement aux craintes du propriétaire, la route avait quand même été déneigée, même si ce n'était pas vraiment récent. Le terrain balayé par le vent, était plat en sorte qu'aucune congère ne s'y formait et qu'en l'absence de précipitations importantes, l'effet blizzard maintenait une épaisseur de neige relativement faible sur la chaussée. Arrivé au Mas Gauzin, c'était une autre histoire. La neige avait été accumulée par le vent contre les maisons du hameau et Eugène Lansquenet dut déblayer à la pelle, dans la lumière des phares, un chemin pour accéder à la porte et un autre pour aller de la porte au bûcher adossé au mur ouest de la maison. Il était neuf heures du soir quand il avait enfin pu allumer un

feu dans le poêle et que la température de la maison commençait tout juste à devenir positive. Il n'avait déchargé qu'une partie des vivres qu'il avait apportés avec lui dans le spacieux 4x4. Après tout, avec le froid qui régnait dehors, le reste ne risquait pas de s'avarier. Il y avait de l'électricité et du réseau (3G seulement, mais c'était déjà ça). Il put se connecter pour tenter de suivre le traceur GPS dont il avait doté le jeune Foulques à son insu, cousu dans la tige de son soulier gauche. Il ne vit rien de nouveau depuis la veille. Sa dernière localisation était un lieudit « Abîme de Saint Ferron » sur la carte IGN et « Abîme de Saint-Ferréol» sur Google Earth, à un kilomètre à vol d'oiseau du hameau où il se trouvait.

Il ne voulait pas attirer l'attention, aussi est-ce à pied qu'il résolut d'aller reconnaître le lieu où le signal avait disparu. D'après la carte, il n'était qu'à deux kilomètres par la route. Chaudement emmitouflé dans une épaisse parka, chaussé de bonnes chaussures de marche, et portant un sac à dos, il quitta le Mas Gauzin à dix heures du soir. La nuit était noire et on n'entendait que le sifflement incessant du vent qui balayait le plateau. Il parvint à l'Abîme de Saint-Ferréol en moins d'une heure. Le terrain était entouré d'une clôture toute neuve d'environ deux mètres de hauteur surmontée de potelets inclinés portant quatre rangées de barbelés. En une heure son œil s'était bien habitué à l'obscurité et le sol blanc diffusait la faible lueur qui tombait des étoiles et de la lune à son premier quartier. Il voyait la vieille bergerie vaguement éclairée par en bas, comme un monument dans un « son et lumières » en bien moins lumineux. La route d'accès avait été parcourue par des voitures, comme en témoignait le tassement de la neige et les traces d'empreintes de pneus. D'ailleurs, pour éviter de laisser des traces de pas, il marchait dans les empreintes de pneus, ce qui l'empêchait de quitter le chemin pour essayer de voir la chose de plus près. De toute façon, il n'était là que pour une première reconnaissance. Il sortit de son sac à dos une station radio de la taille d'une boîte de chaussures, en déplia quatre courtes antennes et la déposa au sol, cachée par la neige derrière un buisson épineux. Cela fait, il jeta un dernier coup d'œil derrière lui et repartit d'où il était venu.

De retour au Mas Gauzin, il téléphona à Jules Canéli

— Ah, mon bon Eugène, comment se déroule votre villégiature ?

— J'apprécie votre humour. Je suis au milieu d'un plateau glacé balayé par un blizzard incessant. Il gèle à pierre fendre et la maison que j'ai louée n'a pas l'eau courante parce que les canalisations éclatent quand il gèle…

— Je compatis à votre inconfort…
— Je dois me chauffer au bois parce que la température est si basse que la pression de la citerne de propane est insuffisante… Je dois faire fondre de la neige pour ma toilette et pour la cuisine. Pour la boisson, j'ai acheté des packs d'eau minérale… Je peux tenir une semaine !
— Et le Grand Œuvre ?
— Ah, oui. Il y a une sorte d'aven dont émane une vague lumière. Le terrain est clôturé et je n'ai pas pu m'en approcher pour ne pas laisser d'empreintes de pas dans la neige. La route d'accès témoigne d'un trafic automobile important pour le lieu et la saison. Je dirai qu'il est passé au moins une quinzaine de voitures depuis la dernière chute de neige.
— Et la lumière, elle était bleue ?
— Non, elle était plutôt jaune, mais pas jaune clair comme le rayonnement du corps noir[96], je dirais qu'elle émanait d'un éclairage au sodium.
— Ainsi si nous ne recevons plus de signal, ce n'est pas forcément parce qu'ils ont découvert le traceur GPS, c'est peut-être simplement parce qu'il est au fond d'un aven et qu'il ne voit plus les satellites…
— Ou que le réseau cellulaire ne parvient pas au fond de l'aven pour qu'il nous transmette les informations…
— Ou les deux… C'est l'ennui avec ce traceur. Il a une grande autonomie, mais il ne nous indique pas les raisons qui le font mettre en veille.
— Demain matin, dès le lever du jour, j'en saurai plus.

Le lendemain, juste après le lever du soleil, il n'y avait ni mouvement ni bruit autour de l'Abîme de Saint-Ferréol. Le vent était tombé et la température aussi. Après cette nuit sans nuage, il ne faisait pas loin de -20° Celsius… Derrière un buisson épineux, la curieuse station radio d'Eugène Lansquenet émit un léger ronronnement. Une trappe s'ouvrait sur le dessus, repoussant la neige qui avait commencé à la recouvrir et un minuscule drone, de la taille d'un hanneton, en sortit avant que la trappe se referme. Le drone se dirigea vers l'aven, passa par-dessus la clôture et descendit dans l'aven lui-même. Il était très silencieux et il aurait été totalement invisible en été. En cette saison, par contre, la présence d'un gros insecte volant paraîtrait suspecte aux occupants des lieux s'ils la remarquaient.

---

[96] La référence au corps noir est ce que l'on fait quand on dit d'un métal qu'il est chauffé au rouge ou chauffé à blanc par exemple. L'expression est d'un physicien du dix-neuvième siècle, Gustav Kirchhoff. Elle dénote la culture scientifique d'Eugène Lansquenet

À un kilomètre de là à vol d'oiseau, Eugène Lansquenet était connecté à la station de base du drone et pilotait le minuscule engin qui lui transmettait en permanence l'image 4K de sa caméra miniature.
Il eut un instant d'incrédulité, mais il dut se rendre à l'évidence : ce qu'il voyait là, dans une salle souterraine attenante à l'aven, quatre-vingts mètres sous la bergerie, c'était un athanor en activité... Une douce lumière bleu ciel rayonnait par l'ouverture voûtée en bas de la tour... Ils savent allumer un athanor ! Il continua à télécommander le drone pour se faire une idée de la topographie de la vaste salle souterraine où était cet athanor. Il y avait trois baraquements Algeco fermés. À côté du troisième, il y avait trois palettes dont une vide, une deuxième encore intacte et une troisième à moitié entamée. Des packs de six bouteilles d'eau minérale Gota... L'eau lourde ? Se demanda Eugène Lansquenet. Soudain, la porte d'un des baraquements s'ouvrit. Il posa le drone à côté de la palette d'eau et coupa son moteur... Du sol inégal de la caverne, l'image transmise par le drone était mauvaise. Toute la moitié inférieure était occultée par le sol. Il vit néanmoins le jeune Foulques, celui qu'il avait infiltré dans l'organisation Vanderloo, se diriger vers l'athanor et manipuler des barres de métal à l'aide de longues pinces. Il tirait des barres de l'athanor et y en introduisait d'autres... Puis il s'en écarta rapidement et rentra dans son baraquement. Le drone redécolla, gagna le puits de l'aven et sortit quatre-vingts mètres plus haut pour réintégrer le boîtier qui lui servait de base. La trappe se referma sur lui. Le vent continuait à souffler et, cinq minutes plus tard, le boîtier était à nouveau invisible sous une fine couche de neige.

Saint-Cergue 15 janvier 4h30 matin

Buzz avait piloté le go-fast parti hier prendre livraison de 1500 kilos de coke, au même rendez-vous que la dernière fois, Stang ar Liou. Il avait bien alerté Souff pour lui dire que ce n'était pas bien de garder plusieurs fois le même point de livraison, mais rien n'y avait fait. L'idée de Souff était que, con comme était Buzz, il valait mieux ne rien changer au mode de livraison qu'il avait reconnu avec lui.
La livraison s'était passée à la perfection. Les trois bouées étaient apparues exactement de part et d'autre du Zodiac. Le go-fast comprenait quatre véhicules. Une Porsche 911 Carrera et trois Range-Rover Discovery appartenant à une société de location luxembourgeoise, elle-même détenue, via une banque singapourienne et une holding de Macao, par Joël Vanderloo.
En tête de convoi, la Porsche, véhicule de reconnaissance, était pilotée par Buzz. Deux kilomètres plus loin, les trois Discovery se suivaient à 150 mètres l'un de l'autre. L'ensemble du convoi roulait à 140 km/h, vitesse fixée par Buzz et suivie par les autres à l'aide d'un traçage GPS.
« On s'arrête faire le plein à la prochaine station, dans 10 kilomètres » annonça Buzz sur Skype. Trois « OK » successifs lui répondirent. Quelques minutes plus tard, Buzz prit la sortie vers l'aire de Sargé Le Mans Sud. Une voiture de gendarmerie stationnait devant le bâtiment. Buzz annonça « On ne va pas sur l'aire de Sargé. Rendez-vous sur l'aire de la Ferté-Bernard ». Pour donner le change, Buzz gara la Porsche, alla aux toilettes et repartit. Il dépassa plus loin les trois Discovery. À l'aire de La Ferté-Bernard, il sortit, et, pendant qu'il faisait le plein, il annonçait sur Skype. « C'est clair à La Ferté-Bernard. » Les trois Range-Rover arrivèrent aux pompes, et tous les quatre faisaient mine de s'ignorer. Buzz repartit le premier, suivi une minute après par les trois Discovery et le convoi reprit sa route. Pont-Colbert, l'A86, sortie Saint Cergue. « Nous arrivons » dit-il sur Skype à l'intention de Souff. « Tout est clair, premier sous-sol » répondit ce dernier.
Quatre minutes après, très exactement, Buzz entrait dans le premier sous-sol du parking du Quartier et, à la place convenue, il n'y avait pas de Souff. « Plan B » eut-il le temps de dire sur Skype à l'intention des trois Discovery… À peine eut-il prononcé ces mots que quatre individus vêtus de Qamis et coiffés de chéchias le tiraient hors de la voiture et l'entraînaient dans la chaufferie de la tour Danton. Buzz savait ce qui l'attendait. Dans la chaufferie, il vit aussitôt le corps

décapité de Souff et sa tête posée à côté. Il y avait du sang partout. « Il y a deux mois, un saint homme mourait ici en martyr. Celui qui l'a tué est mort et sa tête tranchée l'empêchera à jamais d'entrer au paradis d'Allah » dit l'un des quatre salafistes en crachant sur le corps de Souff. « Si tu veux vivre tu devras nous dire pourquoi Saint-Cergue n'achète plus d'héro. Tu sais pourtant que tout bon musulman doit aider le Jihad. Alors, comme tu n'as pas d'argent, tu l'aides en allant faire la guerre en Syrie ou en finançant la guerre. Et pour ça, il faut acheter de l'héro. Mais d'abord tu vas nous dire où tu planques la coke que tu viens d'apporter avec ton go-fast de merde. » Ils entreprirent de le battre avec des cannes de golf. Il était à terre recroquevillé. De temps en temps, ils cessaient leurs coups. « Alors où ? » Puis, devant son mutisme, ils continuaient à lui casser des côtes et des vertèbres. Il était en si piteuse posture que c'est à peine s'il entendit les coups de feu. Ses quatre agresseurs gisaient maintenant à terre dans leur sang juste à côté de lui. Le « Plan B » avait fonctionné !

Ses quatre sauveurs étaient quatre nervis de la garde rapprochée de Vanderloo. Il n'était pas en état de les aider, aussi les quatre hommes durent-ils introduire seuls les corps dans la chaudière.

— C'est fait, dit l'un des quatre au téléphone avec Joël Vanderloo. Ils étaient quatre et ils avaient commencé à torturer Buzz pour…

— Buzz ? Fit Vanderloo…

— Oui, Buzz, c'est le second de Souff, l'homme de main de Michel Sangulier et Francis Calcomycès…

— Et Souff ?

— Mort… Décapité…

— Bon. Faites disparaître tous les corps dans la Seine…

— Non, pas dans la Seine. À Saint-Cergue, il y a la chaudière à granulés de bois. C'est bien mieux que la Seine pour ça.

— Bon, très bien… À la réflexion, laissez le corps de Souff. Quant à ce Buzz, il peut encore servir ?

— J'ai appelé une ambulance. Il a plusieurs côtes cassées et peut-être des vertèbres aussi. Il est apparemment évanoui. En tout cas il ne profère que de vagues gémissements de la gorge. On ne le bouge pas en attendant les secours…

— Non, je veux dire, à votre avis, est-il à même de remplacer Souff auprès de Sangulier ?

— Je ne sais pas… Je ne le connais pas bien, mais il a la réputation d'être vraiment très con… Notez que c'est peut-être une réputation fausse parce que c'était lui le leader du go-fast de cette nuit. Ça veut dire que Souff lui faisait confiance, signe qu'il n'était sans doute pas si con qu'on le disait...

— Vous avez déjà appelé l'ambulance ?

— Oui...

— Bon, alors la question ne se pose pas... Il a de la chance, ce Buzz... Souff lui faisait confiance, mais ce n'est pas forcément un diplôme d'intelligence, parce qu'à ma connaissance, ce Souff, ce n'était pas non plus le niveau prix Nobel...

Il raccrocha après cette oraison funèbre laconique sur le malheureux décapité.

Le Monde, 15 janvier 14h00
(édition du 16 janvier)

***Une contre-offensive islamiste dans les banlieues** ?*
Ce matin, un corps décapité a été retrouvé dans le parking d'une cité HLM de Saint-Cergue-sur-Seine. Il s'agit du corps d'un certain Jean-Baptiste H., 17 ans. Juste à côté de lui, une inscription taguée en arabe sur le mur disait « mort à l'apostat ». Petit délinquant depuis l'enfance, délinquant depuis l'âge de douze ans, il était fiché S, sous le surnom de Souff, pour ses accointances avec l'imam radical de la mosquée de Saint-Cergue. Depuis la mort violente de cet imam, Jean-Baptiste H. n'avait plus fait parler de lui. Il s'était même investi dans des activités bénévoles municipales parfaitement laïques, ce qui lui aura valu cette accusation d'apostasie. Il était depuis lors rasé, il s'habillait à l'européenne et il n'avait plus aucune pratique religieuse. On rappelle que la République Française a renoncé à reconnaître aux musulmans le droit de changer de religion et ne protège donc pas les musulmans qui renoncent à l'Islam, alors que, pourtant, la loi islamique punit l'apostasie de mort.
Depuis deux mois, nous soulignons régulièrement dans nos colonnes que de nombreux quartiers sensibles de banlieues et de grandes villes sont reconquis par leurs maires et que l'autorité de la République y reprend la main sur celles d'imams intégristes qui y faisaient la loi jusqu'alors. L'assassinat de Jean-Baptiste H., qui fait suite à plusieurs autres, est-il le signe d'une reconquête salafiste ? L'assassinat le plus récent avant celui de Jean-Baptiste H., est celui de Djamel S. à Port-aux-Fleurs samedi dernier. Djamel S. avait le même profil social de Jean-Baptiste H. Petit délinquant et farouche musulman intégriste, il s'était complètement laïcisé dès qu'il a cessé d'être soumis à l'influence d'un imam salafiste.
Au ministère de l'Intérieur, où on se félicitait du recul de l'islamisme dans de nombreux quartiers sensibles de France, on est attentif à cette recrudescence de crimes religieux dans les banlieues qui pourrait être le début d'une contre-offensive du salafisme.

X.C.

Rue Lamarck 15 janvier 20h30

L'article du monde a été repris par les autres quotidiens nationaux. Les quotidiens régionaux qui avaient déjà publié sur des cadavres décapités dans la pègre locale, reprirent et amplifièrent même l'information. Gaëlle et Charles dînaient au restaurant L'Arcane avec Jules Canéli, qui était arrivé avec quelques minutes de retard.

— Pardonnez ce retard mais j'avais à faire dans le quinzième arrondissement. C'est à la fois un des pires pour les embouteillages et le plus éloigné de Montmartre, et traverser Paris à cette heure-ci…

— Oui, ne nous en parlez pas, nous venons de Sèvres !

La conversation se poursuivit tantôt futile, tantôt plus profonde, sur toutes sortes de sujets d'actualité ou d'érudition. À plusieurs reprises, la question de l'arme nucléaire fut abordée.

Jules Canéli essayait d'évaluer Charles… Ce militaire pouvait-il être digne de confiance, se demandait-il ? Difficile à dire. Ils étaient en train de manger leur carré d'agneau quand il sortit de sa serviette un courrier daté de 1943. Le texte était en anglais et la calligraphie un peu brouillonne, mais clairement lisible. Il était écrit à l'encre noire un peu pâlie sur un papier jauni par le temps.

Princeton, NJ, 11 novembre 1943

Cher monsieur Canéli

C'est avec effroi et consternation que je prends la plume aujourd'hui. J'avoue, à ma grande honte, que j'ai d'abord traité votre lettre du 3 octobre par le mépris. Je reçois souvent des courriers d'illuminés qui ont des idées précises sur la libération des énergies contenues dans le noyau de l'atome. Votre style, et le ton posé que vous utilisez pour me décrire ce que vous y décrivez tranche toutefois sur la masse des courriers farfelus que je reçois quotidiennement. Les sept isotopes que vous appelez tantôt soleil, lune, vénus, mercure, mars, saturne et jupiter tantôt or, argent, cuivre, mercure, fer, plomb et étain ont, selon votre lettre, des réactions entre eux. En cachette de mes collègues et étudiants de Princeton, j'ai fait plusieurs vérifications. J'ai ainsi pu identifier au moins quatre et peut-être cinq de ces sept isotopes et je dois vous rendre cette justice que vous êtes dans le vrai.

Vous attirez mon attention sur le fait que la libération incontrôlée de l'énergie de la matière, que mes collègues atomistes appellent

« réaction en chaîne » peut être obtenue avec fort peu de moyens et que la science alchimique, que vous dites issue de l'antiquité, dispose de ces moyens. Plusieurs de vos allégations recoupent ce que seuls Szilard, Teller, Bohr et moi, savons déjà et que vous ne pouvez pas avoir appris de nous. Depuis plusieurs années, le Metallurgical Laboratory de Chicago avance à grands pas sur l'étude des neutrons et la connaissance de la fission de l'atome. Plus récemment un gigantesque complexe militaire de recherche scientifique a été établi à Los Alamos, au Nouveau Mexique. Tous les travaux convergent et les militaires obtiendront une réaction en chaîne dans un an, deux au maximum. Si Groves[97] *ou Openheimer avaient connaissance de la science que vous m'avez dévoilée, ce délai ne se compterait plus en années, mais en semaines, et je suis terrifié à l'idée que les militaires*

(là s'arrêtait le texte qui n'était visiblement que le premier feuillet de la lettre)

Charles resta un moment sans voix, à regarder alternativement la lettre et son interlocuteur.

— Qu'est-ce que c'est que cette plaisanterie ? En 1943, vous n'étiez, au mieux, qu'un enfant.

— Je suis bien plus âgé que vous ne pourriez le croire, je vous l'ai déjà dit. Mais ne parlons pas de mon âge. Parlons de cette lettre, voulez-vous ?

— Que voulez-vous m'en dire?

— Elle est de la main d'Albert Einstein.

— Vous avez connu Albert Einstein ?

— Une relation seulement épistolaire, mais je crois qu'il avait fini par avoir confiance en moi, oui.

— Qu'attendez-vous de moi au juste ?

— Ça, c'est une bonne question. Gaëlle a dû vous dire que mon interrogation actuelle porte sur la confiance que je puis vous accorder malgré votre qualité d'officier supérieur. Les secrets que je détiens et dont j'ai révélé une partie à Albert Einstein à partir d'octobre 1943 ne doivent pas être mis au service des fabricants d'armes… Sans les connaître, ils ont déjà bombardé Hiroshima et Nagasaki. Je n'ose imaginer de quoi ils seraient capables s'ils en connaissaient une partie. Je crois que certains de ces secrets sont en de mauvaises mains, et font planer une menace grave à laquelle j'ai besoin de sensibiliser l'armée

[97] Général américain commandant la base de Los Alamos de 1943 à 1945

sans pour autant lui livrer les secrets du Grand Œuvre. Vous m'inspirez confiance et j'ai compris que vous sauriez garder un secret…

— Je ne garderais jamais un secret si cela devait me rendre déloyal…

— Oui, oui, nous sommes d'accord… Alors je vais vous laisser cette lettre…

— Le premier feuillet de cette lettre !

— Oui, oui, c'est bien suffisant. Je suppose que dans vos services secrets vous avez toutes sortes de laboratoires capables d'analyser des documents écrits…

— Je ne…

— Ne me répondez pas si ça vous gêne… Mais prenez cette lettre et appelez-moi demain après que vous aurez pu la faire authentifier comme ayant bien été écrite en novembre 1943 de la main d'Albert Einstein.

— Mais comment pourrais-je justifier cela ? Les labos coûtent cher et on ne peut les utiliser comme ça sans justification.

— Votre chef a fait saisir la thèse de Pauline Dummoulin… Et…

— Bon, d'accord, vous avez gagné. Mais m'expliquerez-vous, enfin ?

— Sans doute, oui, sans doute. Voulez-vous que nous en reparlions demain ? J'attends votre appel téléphonique et nous nous reverrons ensuite. Madame, poursuivit-il en s'adressant à Gaëlle, vous aussi, en tant que journaliste, je vous sais intéressée, mais vous allez devoir trier entre ce que vous pourrez publier et ce que vous devrez garder pour vous.

— Et Pauline Dummoulin ? Vous avez de ses nouvelles ?

— Vous allez rire, mais elle est au Pérou où elle partage son temps entre les fouilles archéologiques à Nazca et une aventure amoureuse avec… Non… Devinez qui !

— … ?

— L'attaché militaire de l'ambassade de France, le capitaine Grimaud !

— Non ?! S'exclama Gaëlle. Son expression favorite était « J'emmerde les barbouzes » et, juste après « J'emmerde les militaires »… Et maintenant, elle file le parfait amour avec un officier du renseignement militaire ! Décidément, elle est spéciale, cette gamine !

— Et encore, renchérit Charles, tu ne l'as pas exfiltrée d'Égypte, toi !

La suite du repas fut tout à fait cordiale. Jules Canéli, pourtant de nature réservée, riait de bon cœur tandis que Charles lui faisait le récit de l'exfiltration de Pauline à Gizeh. Apparemment, Charles avait passé avec succès le test de confiance que constituait ce dîner.

Le Mas Gauzin, Causse de Campestre
15 janvier 23h30

Eugène Lansquenet dormait après avoir fait son rapport biquotidien à Jules Canéli. Un rapport de routine dont il ressortait que, comme tous les jours il avait surveillé, avec le micro-drone, les trois techniciens qui travaillaient au fond de l'abîme de Saint-Ferréol et que, comme tous les jours, ils ne faisaient que charger et décharger des barres métalliques de l'athanor et entretenir l'œuf philosophal[98] avec une bonne régularité. Leur science du Grand Œuvre était clairement solide, quelle que soit la source de la connaissance qu'ils en avaient.

Il commençait à trouver le sommeil quand la départementale qui passe à deux cents mètres du Mas Gauzin et qui dessert l'abîme de Saint-Ferréol fut parcourue par un convoi de véhicules. Il en compta six. À l'oreille, il aurait dit de gros 4x4. Ils roulaient en direction du sud, ils allaient donc passer devant l'aven. Jamais aucun véhicule ne traverse le causse en pleine nuit l'hiver. Eugène sortit de son lit. Il avait baissé le feu pour la nuit, aussi faisait-il bien froid dans la maison. Il s'emmitoufla d'une couverture et lança sur son ordinateur la télécommande du micro-drone. Sur son écran, il vit les véhicules arriver de loin. A trois cents mètres environ, ils éteignirent leurs lumières et poursuivirent leur route plus lentement, tous feux éteints. Ils arrivèrent devant l'abîme en silence. C'étaient des Jeep Wrangler, sans doute hybrides électriques s'il en croyait le silence de leur progression. Elles s'arrêtèrent cent mètres avant l'abîme, soit trois cents mètres avant le portail d'entrée qui ouvrait sur le chemin en spirale de la doline. Les passagers des véhicules étaient au nombre de dix-huit. Ils étaient vêtus de parkas claires et portaient tous une arme à la bretelle, fusil d'assaut ou lance-roquette. Ils portaient aussi des rouleaux de cordes. Avec la caméra « vision de nuit » du micro-drone, Eugène ne pouvait pas voir la couleur des parkas, mais il lui semblait qu'elles étaient blanches. C'étaient des tenues de combat pour théâtres d'opérations enneigés.

Ils découpèrent une ouverture dans le grillage de clôture et entrèrent dans la propriété, au niveau de l'aven. Deux d'entre eux prirent position autour de l'aven. Deux autres partirent au pas de gymnastique vers la

[98] Pour les Alchimistes, l'œuf philosophal désigne le foyer des transmutations de métaux qui s'enchaînent au feu de l'athanor.

doline. Les autres arrimèrent chacun leur corde à un piquet ou à un arbre et, sur un signe de celui qui devait être leur chef, ils lancèrent leurs cordes dans l'abîme et descendirent eux-mêmes, glissant prestement le long des filins à l'aide de jumars.
Le micro-drone les suivit avec un peu de retard, parce qu'Eugène avait été surpris par la rapidité de leur action. D'autant plus qu'en même temps, il avait alerté Jules Canéli par téléphone afin qu'il pût suivre, lui aussi, sur son écran, les opérations mystérieuses qui se déroulaient à Saint Ferréol.

— Je crois que c'est une attaque de la base de Saint Ferréol...

— Oui, et je redoute pour l'athanor. Avec les erreurs de conception, la réaction de l'œuf philosophal pourrait être imprévisible.

Arrivés au fond, les commandos gagnèrent silencieusement la salle souterraine où tout dormait. Il y avait assez de lumière et la caméra du micro-drone repassa en mode couleur. L'éclairage au sodium faisait régner une ambiance jaune terne et l'athanor éclairait le fond de l'aven devant lui d'une douce lumière bleue. Douze hommes se répartirent trois par trois les quatre Algecos. Au signe du chef, ils enfoncèrent les portes et entrèrent. Le microdrone ne pouvait pas les suivre tous, mais trois courtes rafales d'armes automatiques furent le signe que les trois techniciens venaient de passer de vie à trépas. Les hommes se rassemblèrent et leur chef leur dit : « Nous recherchons entre cinq cents kilos et une tonne de dope. Elle est forcément ici. Cherchez. Il faut aussi que nous trouvions l'argent... Ça devrait faire au moins un million d'euros... C'est gros tout ça, cherchez... ».

Les hommes commencèrent une fouille méthodique de la salle souterraine. L'un d'eux s'approcha de l'athanor. Il essaya de regarder à l'intérieur, par l'ouverture qui rayonnait cette lumière bleue. Il poussa les barres métalliques qui obstruaient l'ouverture. Aussitôt, la lumière bleue devint éblouissante et il porta ses mains à son visage en hurlant « Ça brûle ! Je suis aveugle ! Au secours ! »... Par l'écouteur, Eugène Lansquenet entendit alors Jules Canéli lui crier :

— Fuyez, Eugène ! L'œuf philosophal explose !

— Trop tard ! Il est trop tard....

— Je n'en sais rien ! Cet athanor est imprévisible ! Fuyez... Vous avez peut-être le temps...

Avenue Junot, 16 janvier 0 heure 10

Eugène Lansquenet, avant de fuir, avait posé le drone sur l'éboulis du fond de l'aven et il donnait une vue panoramique de la salle souterraine et de l'athanor, mais trop loin des protagonistes pour que leurs paroles soient intelligibles. Jules Canéli vit plusieurs hommes courir vers leur camarade brûlé par le rayonnement et, à leur tour, se tordre de douleur, profondément brûlés. Ceux qui restaient, abandonnant leurs recherches, se ruèrent vers l'escalier de béton qui desservait le tunnel vers la doline. Ils en grimpaient les marches quatre à quatre. D'où était posé le drone, Jules Canéli ne pouvait voir l'entrée du tunnel, et, pendant quelques minutes, il ne resta plus dans la salle souterraine que quatre hommes tordus de douleur devant l'athanor et abandonnés par leur complices.
L'ouverture de la chambre inférieure de l'athanor était de plus en plus lumineuse en sorte que le capteur CCD de la caméra du drone ne montrait plus qu'une image fantomatique. Brusquement, après un ultime éclair, la caméra s'éteignit et l'écran de Jules Canéli se figea. Il décrocha son téléphone pour appeler Charles Longhieu.
— Mon Colonel ? Jules Canéli à l'appareil…
— Charles, appelez-moi Charles…
— Oui, Charles… Ça y est… Je passe la main aux militaires. Je ne sais toujours pas si j'ai raison, mais je suis obligé de vous faire confiance. Une explosion nucléaire vient de se produire à Saint-Ferréol, un aven du causse de Campestre, dans le Gard…
— Mais, c'est la mystérieuse propriété de Joël Vanderloo que je devais aller reconnaître dans les prochains jours… Vous la connaissiez ?
— Oui, j'ai même enregistré des images de la catastrophe.

Alzon, 16 janvier 0 heures 20

Il fallut à peine dix minutes à Eugène pour parvenir à Alzon, village tapi au fond de la vallée encaissée de la Vis. La seule lumière était celle d'une fenêtre du presbytère… Il tambourina à la porte en criant

— Vite… les cloches… Alerte… Sonnez le tocsin…

La fenêtre s'ouvrit et parut le curé.

— Vite, Danger… Tocsin… Répéta Eugène Lansquenet.

— Le tocsin ? Mais il y a une éternité que personne ne l'a entendu !… J'arrive…

Il rejoignit Eugène en pantoufles et robe de chambre avec les clés de l'église à la main… Dans la sacristie, le tableau de commande des cloches… Heureusement, tout est électrique… Et il y a bien un interrupteur « Tocsin ». Allez… Mais dites-moi quoi…

— Sans doute une bombe atomique… Vite…

Sans répondre, le curé enclencha le bouton « Tocsin » et on entendit le bourdon lancer un lugubre et monocorde « Dong… Dong… Dong… »

— Bon, maintenant, on se met à l'abri, dit Eugène

— Non, pas encore… Venez… dit le curé…

Dans la pièce attenante à la sacristie, il y avait le matériel de sonorisation qui servait pour la kermesse paroissiale du quinze août, don d'un paroissien ancien forain. Le temps de le brancher et de le régler sur la puissance maximale… Après un Larsen à réveiller les morts, il cria dans le micro « Réfugiez-vous tous dans vos caves… » et Eugène d'ajouter « Ne regardez pas dehors… Protégez-vous des rayonnements ! ». Dans le silence de la nuit, tout le village, déjà réveillé par le tocsin, entendit les messages et chacun de se précipiter qui dans son sous-sol, qui dans son cellier… Eugène suivit le curé dans la crypte romane de l'église et ils n'y étaient pas plutôt entrés qu'une lumière aveuglante les inonda malgré l'escalier en colimaçon et le couloir étroit qui les séparaient du chœur. Ce fut comme un éclair de flash, en plus fort et plus soutenu, accompagné de chaleur intense. Le tocsin cessa d'égrener son lugubre do dièse. De longues secondes s'écoulèrent puis un énorme tremblement de terre ébranla le village. Eugène et le curé entendirent l'église s'écrouler au-dessus d'eux. De la poussière et des gravillons tombaient des joints de la voûte romane de la crypte… Ils craignaient d'être emmurés vivants… Mais en réalité, seuls le clocher et une partie du transept s'étaient écroulés. Ils purent sortir de leur crypte par le passage et l'escalier en colimaçon, encombré de gravats, qui débouchait derrière l'autel… L'arrière de la nef, sous le clocher, avait disparu et laissait voir le ciel illuminé de rouge par un gigantesque champignon incandescent qui s'élevait au-dessus de la montagne. Dehors, le village n'était que ruines. Toutes les maisons avaient eu leurs toitures enlevées, beaucoup étaient en partie écroulées et les arbres étaient couchés au sol. Une violente tempête glacée se levait maintenant, comme si le champignon atomique aspirait à lui tout l'air de l'hiver. Quelques Alzonais sortaient hagards dans les rues... Le tocsin et le message parlé les avaient sauvés...

Montpellier, 16 janvier 0h25

A cinquante kilomètres de là, les rues de Montpellier étaient à peu près désertes quand elles furent éclairées comme en plein jour pendant une fraction de seconde. Puis, plus rien. Les quelques Montpelliérains que cela a réveillés ont cru à un mauvais rêve et se sont rendormis. Ceux qui ne dormaient pas ont été surpris, puis, au bout de quelques secondes, ne voyant ni n'entendant plus rien, ils ont pensé à autre chose. Une minute plus tard, une sorte de tremblement de terre accompagné d'un fort bruit de déflagration les a intrigués ou alarmés, mais il n'a laissé personne endormi… Par-dessus les toits des immeubles, vers le nord-ouest, on voyait une boule de feu monter verticalement dans l'air, éclairant le ciel d'une lueur rougeâtre.
À minuit quarante, toutes les sirènes de Montpellier faisaient entendre leur chant lugubre. Il en était ainsi de toutes les sirènes dans un périmètre de cinquante kilomètres de l'explosion, quatre-vingts dans le secteur sud parce que les météorologues avaient établi que la tramontane porterait le nuage radioactif vers la mer qu'il atteindrait entre Montpellier et Béziers. Les radios diffusaient en boucle un message du gouvernement. « Une explosion criminelle vient de se produire. Le plan ORSEC NRBC[99] est déclenché sur les départements de la Lozère, de l'Aveyron, du Gard et de l'Hérault. Tous les acteurs de ce plan doivent se présenter, avec leur dotation NRBC, aux points qui leur sont assignés par le plan. Les autres habitants sont confinés chez eux. Il leur est interdit de sortir. Ils sont invités à calfeutrer les portes et fenêtres et à ne pas consommer l'eau courante. La circulation est interdite sur tout le territoire de ces départements, hormis aux véhicules de secours. L'armée y a été appelée en renfort et est investie des pouvoirs de police. Les habitants doivent obtempérer aux injonctions de l'autorité militaire. Les habitants des départements limitrophes sont invités à limiter leurs déplacements au strict minimum. ».
Plus tard, les spécialistes évalueront la puissance de l'explosion à une vingtaine de kilotonnes. Selon eux, les effets directs, souffle, onde de choc et onde de chaleur, ont été réduits parce que l'explosion s'est déclenchée au fond de l'aven. Pour la même raison, ils estimeront que le nuage radioactif, quoique significatif, était sans commune mesure avec celui de Tchernobyl. La tramontane allait le porter vers la mer où on espérait que les conditions météorologiques l'y dissoudraient.

---

[99] Nucléaire, radiologique, biologique et chimique.

Sèvres 16 janvier 0h15

Charles avait annoncé la catastrophe à Gaëlle qui s'était précipitée elle-même sur son téléphone pour appeler Armand Blot, son rédacteur en chef à La Cinquième.

— Une explosion nucléaire dans le Gard…

— Arrête tes conneries, répondit-il d'une voix empâtée de sommeil.

— Je suis sûre à cent pour cent de ma source… Tiens, envoie quelqu'un devant l'Élysée, et tu verras rappliquer les membres du Conseil de Défense…

— Quand a-t-elle eu lieu cette explosion ?

— Il y a dix minutes à peine… Je suppose que si tu appelles quelqu'un pas trop loin, Montpellier, Rodez ou Béziers, il te confirmera…

— Comment le sais-tu ?

— Secret de mes sources ! Joker ! Mais je peux te dire exactement où elle a explosé.

— Où ?

— Dans une propriété rurale sur le causse de Campestre. Une propriété appartenant à… Devine qui ?

— Arrête les devinettes, réveillé en pleine nuit, j'ai pas la tête à ça…

— Joël Vanderloo !

— Non ?

— Si ! Et je sais bien des choses sur lui…

— Il faudrait les dire…

— Mais j'en soupçonne bien d'autres encore… Tu vois, j'enquête… J'investigue, même si je ne te dis pas tout minute par minute… J'ai un sujet, je t'en ai déjà parlé, mais je l'ai enregistré dans un lieu privé à l'insu des intéressés, alors je ne pouvais pas le passer… Maintenant, tu pourras négocier l'autorisation de le diffuser avec le parquet national antiterroriste !

— Et il dit quoi, ton sujet ?

— Enfin, je te l'ai dit ! Il montre Vanderloo présidant le meeting d'une organisation carrément fascisante. Il a décidé de prendre le pouvoir en France par le truchement de sa marionnette Francis Calcomycès… Des milliers de fanatiques en uniformes avec une centaine de maires de villes moyennes les ont acclamés tous les deux voici deux jours dans une salle du parc des Expositions de la Porte de Versailles.

— Ah ? Oui, c'est vrai, tu m'en as parlé… mais c'était une réunion privée…

— C'était non seulement privé, mais même secret… J'y étais, tu penses bien, privé et secret, ça ne pouvait que m'attirer ! Il a même annoncé qu'il disposait d'une arme redoutable qui ferait d'eux les plus forts…
— Alors là…
— Il faudrait vite que j'aille interviewer Vanderloo. Si elle est accidentelle, il n'est sans doute pas encore au courant de l'explosion…
— Tu sais où il crèche ?
— Oui, villa Boileau, t'inquiète…
— Alors vas-y, mais sois prudente !
Une fois raccroché, elle demanda à Charles
— Eh bien, tu n'y vas pas ?
— Non, je n'ai rien à faire… J'ai avisé Saint-Elme et un conseil de défense restreint est convoqué séance tenante. J'ai suggéré que Jules Canéli y serait plus utile que moi… Le principe du CDSN[100] est que chaque participant peut venir avec un expert. Saint-Elme y représentera sans doute le Ministre des armées et, même si le ministre y vient en personne, je lui ai suggéré que Canéli serait un expert bien plus pertinent que moi…
— Super… Alors, tu viens avec moi… J'ai un peu peur des réactions de Vanderloo.
— Où ?
— Chez Vanderloo. Je te dirai dans la voiture… Viens.
Ils arrivèrent villa Boileau dix minutes plus tard : à cette heure avancée de la nuit, il n'y avait pas encore beaucoup de circulation. A la radio, ils ont entendu un journaliste parler d'une forte explosion qui se serait produite dans la région de Montpellier. On ne parlait pas encore d'explosion nucléaire.
Villa Boileau, après avoir copieusement sonné à l'interphone, Gaëlle entendit la voix pâteuse de Vanderloo
— C'est quoi, là… Il est une heure du matin.
— C'est la Cinquième, la chaine de télévision. Nous voudrions recueillir vos déclaration sur les évènements de cette nuit.
— Quels évènements ? Allez vous faire voir…
— Votre propriété de Campestre-et-Luc… L'explosion…
— … (buzzer de la gâche électrique) Entrez !
La Villa Boileau est une courte impasse bordée de maisons dix-huitième siècle. Celle de Vanderloo était sur la gauche. La porte en était

[100] Conseil de défense et de sécurité nationale

entrouverte. Dans l'entrée, ils trouvèrent Joël Vanderloo, vêtu d'un pardessus prêt à partir.. .

— Nous partons.

— Où ?

— Coupez votre caméra d'abord…

— D'accord, mais que…

Dès que Gaëlle eut coupé sa caméra, il sortit de sa poche un pistolet Glock 22 noir et leur fit signe de sortir de la maison. Ils levèrent tous deux les mains et obtempérèrent. Un "Urus" Lamborghini était stationné dans le garage.

« Montez devant. L'un de vous va conduire ». Gaëlle s'assit au volant et Charles à droite. Vanderloo à l'arrière, continuait de les tenir en respect de son arme. Il ordonna à Charles d'ouvrir la boîte à gants et de se garder de toute actions brusque. Il y avait une autre arme.

— Prenez l'arme par le canon entre le pouce et l'index et passez-la moi… Bien… Maintenant, démarrez. Ouvrez la porte du garage, le bouton vert au milieu de la planche de bord… Parfait. On y va… Ouvrez maintenant la grille, le bouton orange à côté de l'autre… Bien. Vous partez vers la Porte de Saint-Cloud. Vous êtes mes otages et je n'hésiterai pas à vous descendre… Alors je vous conseille d'être dociles.

Comme ils quittaient la rue Molitor, Gaëlle eut juste le temps d'apercevoir les feux tournants de voitures de police s'arrêter devant la Villa Boileau. Ils franchirent la Seine au Pont Mirabeau et s'engagèrent avenue Émile Zola pour, finalement gagner un immeuble de boxes dans une impasse rue de la Croix-Nivert. Le troisième bouton, le bleu, ouvrait la porte basculante de l'immeuble. Une fois entrés, il les fit stopper et descendre de la voiture. Puis, sans cesser de les tenir en respect de son arme, il ouvrit la porte d'un box et s'assit au volant du gros cabriolet Bentley bleu nuit qui y était stationné. Il partit en trombe, les laissant là tous deux livrés à eux-mêmes. Ils se précipitèrent dans la Lamborghini, mais ils ne purent démarrer. Bien sûr, se dirent-ils, elle ne peut pas démarrer parce qu'il a gardé la clé dans sa poche et qu'il est loin, maintenant.

Marnes-la-Coquette 16 janvier 5h30

Francis Calcomycès dormait d'un sommeil agité quand il fut réveillé par la sonnerie de son téléphone. C'était son directeur de cabinet Michel Sangulier.

— Bonjour, Monsieur le Maire. Pouvez-vous regarder la télévision, les « breaking news » de la Cinquième ?

— ... Mais... Il est cinq heures du matin.

— C'est urgent, Monsieur le maire. Regardez ça et on en reparle. À tout à l'heure.

Et il raccrocha...

« Il faudrait quand même qu'il se décide à savoir enfin qui est le patron à Saint-Cergue ! Voilà maintenant qu'il me sonne comme un sous-fifre un peu demeuré ». Il n'avait pas encore complètement assimilé le fait que la nouvelle hiérarchie instaurée, à Saint-Cergue comme dans ses autres communes inféodées à Vanderloo, faisait de lui, justement, le sous-fifre un peu demeuré qu'il reprochait à Michel Sangulier de voir en lui... Par souci de dignité, il prit plaisir à vaincre sa curiosité, à prendre sa douche, se raser, s'habiller se préparer un café et se toaster une tranche de pain avant de passer au salon allumer la télévision. Un déroulant disait « ...d'interrompre notre programme quatre fois par heure pour diffuser le message du gouvernement », pendant qu'une voix off énonçait sur un ton monocorde :

Une explosion nucléaire d'origine criminelle s'est produite cette nuit à une heure dans le sud-est du département du Gard. Le plan ORSEC NRBC est déclenché sur les départements de la Lozère, de l'Aveyron, du Gard et de l'Hérault. Dans ces quatre départements, tous les acteurs de ce plan doivent se présenter, avec leur dotation NRBC, aux points qui leur sont assignés par le plan. Les autres habitants de ces départements sont confinés chez eux. Il leur est interdit de sortir. Ils sont invités à calfeutrer les portes et fenêtres et à ne pas consommer d'eau courante. La circulation est interdite sur tout le territoire de la Lozère, de l'Aveyron, du Gard et de l'Hérault, hormis aux véhicules de secours. L'armée a été appelée en renfort et investie des pouvoirs de police. Les habitants de ces départements doivent obtempérer aux injonctions de l'autorité militaire. Les habitants des autres départements ne courent aucun risque. Il leur est toutefois demandé de limiter leurs déplacements en voiture au strict minimum pour ne pas gêner la logistique des secours.

Francis Calcomycès était maintenant complètement réveillé.

Cut sur les images filmées par le micro-drone d'Eugène Lansquenet, les visages des assaillants étant floutés, pendant que la présentatrice poursuivait en voix off :

« Un aven du causse de Campestre a été l'objet d'une attaque par un commando lourdement armé. Vous voyez ici les images filmées par un drone de vidéosurveillance du site. On ne sait pas quelle était l'activité qui s'exerçait dans la salle souterraine au fond de cet aven. Mais on voit clairement les assaillants pénétrer dans les Algecos et on les entend exécuter leurs occupants... La tour de pierre que l'on voit en premier plan est certainement l'origine de l'explosion nucléaire. On voit en effet l'un des agresseurs modifier quelque chose par l'ouverture de ce qui semble être un four qui, à la suite de cette fausse manœuvre, se met à briller de plus en plus fort tout en brûlant violemment l'homme qui le manipulait. On voit maintenant trois des agresseurs venir au secours de leur collègue brûlé et, sans même toucher au four, être brûlés à leur tour. Puis, plus rien : l'explosion nucléaire a détruit le drone.

Fondu enchaîné sur une image fixe du champignon atomique

« Selon les spécialistes, le champignon atomique est resté relativement modeste en hauteur – 10 000 mètres, ce n'est quand même pas rien – parce que l'explosion était souterraine. Toute la surface du Causse de Campestre est entièrement brûlée. Le sol est même vitrifié dans un rayon de deux cents mètres autour du foyer de l'explosion, signe que sa température s'est élevée à plus de mille deux cent quatre vingts degrés celsius. Le bilan des victimes n'est pas encore connu. Mais, selon nos informations, outre les dix-huit agresseurs et trois techniciens, il n'y avait pas d'habitants sur le causse lui-même en cette saison. Les villages d'Alzon et de Sauclières sont en partie soufflés, mais ils n'ont pas été touchés par l'onde de feu, ce qui fait qu'il devrait s'y trouver de nombreux survivants. Le propriétaire de l'abîme de Saint Ferréol, l'aven où s'est produite la catastrophe est un haut fonctionnaire, en rupture de ban avec son administration qui avait déjà été mis en examen jadis dans l'affaire Wouristok[101] *et qui était laissé libre pendant l'instruction de son procès. »*

[101] Voir « Wouristok » du même auteur

Fondu au noir.
Francis Calcomycès envoya juste un texto à Michel Sangulier :
« 7h30 dans mon bureau. On doit se parler »
Et, sans attendre la réponse, il partit pour Saint-Cergue.

DGSE, bureau du général de Saint-Elme
16 janvier 7h00

Les évènements s'étaient précipités. D'abord, à l'Élysée. Au conseil de défense avait succédé un conseil des ministres extraordinaire, indispensable pour permettre à l'armée d'exercer des pouvoirs de police dans les départements touchés. Saint-Elme, assisté de Jules Canéli avait représenté le ministre des armées au conseil de défense et ce dernier est venu en personne les relever pour le conseil des ministres. Saint-Elme était retourné à la caserne Mortier vers trois heures du matin, toujours accompagné de Jules Canéli, qui, prudent, n'avait pas cherché à se défiler, tant il savait qu'en une période trouble comme celle-ci, il pouvait être utile au général qui avait, par ailleurs, un fort pouvoir de contrainte.

Dans le bureau de Saint-Elme, ils ont visionné ensemble les images de la caméra du micro-drone.

— Ce qui m'inquiète le plus, c'est Eugène Lansquenet. A-t-il survécu ? A-t-il eu le temps de se mettre à l'abri ?

— Il n'y a aucun moyen de le savoir. Aucun réseau de télécommunications ne fonctionne plus. Les premières reconnaissances aériennes montrent que les villages d'Alzon et de Sauclières sont en partie détruits, mais qu'il y a des survivants. Aucun survivant, par contre, à Campestre-et-Luc, Homs et Le Mas Gauzin si tant est qu'il y eût là des habitants en cette saison..

— Eugène Lansquenet a quitté le Mas Gauzin quinze minutes avant l'explosion… Il y a de l'espoir…

— Les équipes de secours arrivent en ce moment-même dans les villages où on peut espérer des survivants… Mais voyons d'abord votre vidéo…

Sur l'écran mural, le général repassait la vidéo prise par le mini-drone au crible d'un logiciel de reconnaissance biométrique. Sur les dix-huit assaillants, seize étaient identifiés et leurs visages apparaissaient encadrés d'un fin cadre bleu accompagné d'un nom.

— La plupart sont d'anciens imams salafistes, tous fichés "S", et récemment chassés par la population. Celui qui donne les ordres, vous voyez, Izz-ud-Din al Riyaddi, c'est une fausse identité pour Boubaker el Hakim un important cadre de Daech, présumé tué à Raqqa voici trois ans. Sous le nom d'Izz-ud-Din al Riyaddi, il était imam de la mosquée de Port-aux-Fleurs, dans le Var. Vous vous le rappelez peut-

être, la presse en a parlé. Il a dû prendre la fuite précipitamment pour éviter le lynchage…
— Si je comprends bien, mon Général, l'explosion de Saint-Ferréol aura supprimé de la liste un bon nombre de fichés "S".
— Oui, et parmi les pires !
Un planton entra alors et annonça l'arrivée du colonel Charles Longhieu.
— Oui… Bonjour, merci d'être arrivé si vite…
— Bonjour, mon Général, bonjour, Monsieur Canéli…
— Monsieur Canéli, ce que nous allons dire est couvert par le secret d'État. Je suis désolé de vous demander cela, mais pourriez-vous nous attendre dans la pièce voisine.
— Je crois que vous n'avez plus besoin de moi…
— Encore merci de votre aide au conseil de défense. Elle nous a été infiniment précieuse. Vous avez empêché l'État de s'égarer sur des pistes stériles… Même si votre initiative de communiquer votre vidéo à Gaëlle Le Couëdic a été diversement appréciée à l'état-major… Et surtout, cette lettre d'Albert Einstein, que nous n'avons eu aucun mal à authentifier, a convaincu les plus sceptiques, comme le ministre de l'intérieur… Sans elle pour vous accréditer, je crois bien que le conseil de défense serait encore à palabrer…
— Devant la gravité de la situation, je ne pouvais pas faire moins… Notez que j'ai donné cette lettre au colonel Longhieu parce que je redoutais déjà un mauvais usage de cette science avant que l'explosion ne se soit effectivement produite.
— Soyez-en d'autant plus remercié.
— Mais dites-moi tout ce que vous apprendrez sur le sort d'Eugène Lansquenet. Il a sans doute eu le temps, en quinze minutes, de gagner Alzon ou Sauclière, les deux villages dont il reste encore quelque chose. J'espère seulement qu'il n'aura pas commis l'erreur de chercher refuge à Campestre-et-Luc.
— Je vous tiendrai au courant minute par minute. Encore merci. Mon chauffeur est là qui vous raccompagnera où vous voudrez…
Une fois Jules Canéli sorti, il reprit à l'attention de Charles :
— Dans la Lamborghini de Vanderloo, nous avons trouvé un document avec des coordonnées et des heures. Il s'agit de points situés tous en mer à deux ou trois kilomètres du littoral… . Ce sont des rendez-vous, puisqu'ils sont désignés sous l'appellation de « R.-V. ». Au vu de leurs localisations, il semble que ce soient des rendez-vous avec un

sous-marin. Chaque rendez-vous est associé à un morceau de musique… Peut-être un signal de reconnaissance.
— Un sous-marin ? Mais pour quoi faire ?
— Je n'en sais rien, mais il y a douze rendez-vous. Huit sont passés, c'étaient au cours des deux nuits écoulées. Restent quatre la nuit prochaine, sur la côte atlantique à… euh… 23h45, 1h30, 3h00 et 4h45… Il n'y a pas de temps à perdre si on veut que la Marine mette en place une souricière à sous-marin…
— Cette nuit est la dernière de la liste. Pouvez-vous aller sans délai à l'état-major de la marine afin de leur permettre de préparer un arraisonnement. Voici les quatre points de rendez-vous et les musiques associées. Allez, foncez à Balard et tâchez d'être persuasif avec le CEMM[102].
Charles était à peine parti que Gaëlle appelait le général de Saint-Elme au téléphone.
— Bonjour, Général. Avez-vous des nouvelles de Vanderloo depuis qu'il nous a abandonnés ? Vous l'avez perdu ?
— Oui… Il s'est évaporé dans la nature… Mais tout n'est peut-être pas perdu. Le box où il a pris sa Bentley est loué par une société financière luxembourgeoise…
— Alors, vous le croyez au Luxembourg ?
— Non, non, ce n'est pas ça, mais cette société loue aussi un autre boxe dans le même immeuble. Alors, je vais ordonner une perquisition… Je ne serais pas surpris que l'on trouve là des choses intéressantes, comme la statue du Palladium, par exemple. Je peux demander à l'officier de police qui procédera à cette perquisition, de vous autoriser à filmer…
— Oh oui ! Si vous pouviez faire ça, ce serait super ! Merci, Général !

[102] Chef d'état-major de la marine

Télévision La Cinquième 16 janvier 9h00

Gaëlle Le Couëdic était entrée dans le bureau d'Armand Blot, son rédacteur en chef. Elle insistait pour lui faire visionner les images qu'elle avait tournées mardi soir à la Porte de Versailles.
Le bureau d'Armand Blot était encombré de toutes sortes de souvenirs qui lui avaient été remis à l'occasion de reportages et de distinctions diverses octroyées à La Cinquième. Lui-même, sexagénaire vif et toujours réactif, savait se faire respecter et n'avait jamais désavoué aucun de ses journalistes. La contrepartie était, évidemment, qu'il attendait d'eux une franchise absolue sur les conditions de leurs reportages. Et, justement, là, il y avait un problème. Gaëlle lui avait dit qu'elle s'était introduite clandestinement dans une salle du Palais des Expositions qui avait été louée par Joël Vanderloo...

— Elle n'était donc pas ouverte au public...
— Non... Des vigiles demandaient de montrer patte blanche à l'entrée... Et...
— Et toi, comment as-tu montré patte blanche ?
— Je n'en ai pas eu besoin. J'étais dans une cabine technique en mezzanine...
— Illégalement !
— Je ne sais pas... Je ne crois pas... La porte n'était pas fermée à clé quand j'y suis entrée et la cabine donnait sur la salle par une fenêtre intérieure.
— Ne joue pas sur les mots. Tu t'es introduite dans une réunion privée à l'insu de ses organisateurs... Non... Non... Je ne peux pas diffuser ça... Il y a des lois qui protègent la vie privée...
— Mais ce n'était pas un goûter d'anniversaire, quand même ! C'était un meeting fasciste !
— Comme tu y vas ! Ce n'est pas une raison. En privé, les citoyens de ce pays ont parfaitement le droit de tenir les propos qu'ils veulent. D'ailleurs, mercredi soir, j'ai dîné avec le ministre de l'intérieur... Et je lui ai demandé s'il avait connaissance d'un meeting qui se serait tenu mardi à la Porte de Versailles.
— Ah, merci ! Tu vois que, quand tu veux...
— Justement. Sa réaction a été immédiate. Il connaissait, il contrôlait et c'était privé. Tu m'avais parlé de fascisme. J'ai prononcé ce mot devant lui. Il m'a sèchement rabroué en me traitant de grotesque et circulez, y'a rien à voir. A croire qu'il y était...
— Visionne-le au moins ce sujet. Ça ne t'engage à rien...

— Le seul fait que tu l'aies téléchargé sur les serveurs de la chaîne m'engage. Tu t'es immiscée illégalement dans une réunion privée. Tu l'as fait ès qualité de journaliste de la Cinquième et ton sujet, hébergé sur le serveur de la chaîne, en est la preuve…

— Alors, j'ai ici la carte SD de la caméra. J'y ai enregistré le sujet en même temps que je le téléchargeais sur ton serveur. Tu peux le visionner sur cette carte SD, si ça te gêne de l'ouvrir sur le serveur.

— Quand tu as une idée en tête, toi… Bon… Allons-y.

Il alluma le téléviseur et, sur son ordi, tapa quelques commandes. En quatre clics le téléviseur affichait la copie de l'écran de l'ordinateur. Il introduisit la carte de Gaëlle dans le slot SD de l'ordinateur.

Il regarda tout…

> *…Si cet État en putréfaction ne s'autodétruit pas spontanément et s'il fallait en venir à l'épreuve de force, nous avons cette arme redoutable qui fait de nous les plus forts. Nous arriverons au pouvoir parce que c'est notre mission face au pouvoir actuel qui a corrompu la république par son impuissance et si on cherche à nous en empêcher, nous prendrons le pouvoir quand même parce que nous sommes les plus forts. Nous sommes l'avenir et les forces du passé ne peuvent rien contre nous ! »*

Jusqu'à l'assistance au garde-à-vous scandant « Francis, Francis… »

À la fin, il resta coi une longue minute…

— Cette arme redoutable… L'explosion nucléaire de ce matin, tu crois ?

— J'en suis certaine… Vanderloo, est propriétaire du site qui a explosé. Vanderloo a placé, auprès de Francis Calcomycès ce personnage glauque qu'est Michel Sangulier, tu te rappelles l'interview que j'ai faite ? Calcomycès n'a accepté de me recevoir qu'en présence de ce type. En cours d'interview, il m'a fait l'impression d'être une sorte de commissaire politique… En plus, tu te rappelles que j'ai vu Vanderloo à Dun-le-Palestel le soir du vol de cette statue troyenne…

— Oui, je me rappelle, le Palladium, c'est ça ?

— Oui. Je ne suis pas folle. J'ai vu Vanderloo avec Mc Gwyr… Pourtant un témoin au-dessus de tout soupçon a fourni un alibi à Vanderloo pour ce soir-là…

— Ah ? Je ne savais pas… Alors es-tu vraiment sûre ?

— Oui, je suis sûre… Et ce personnage dont le procureur a préféré le témoignage au mien pour innocenter Vanderloo, c'est… devine…

— Calcomycès ?

— Gagné ! D'ailleurs, rappelle-toi, le lendemain, j'interviewais Théodore Sagnol, tu te rappelles, le prix Nobel…
— Oui, je me rappelle…
— Eh bien il a carrément mis les pieds dans le plat… Tu avais visionné le sujet, avec lui et moi, avant de le faire passer au 20 heures…
— Écoute, normalement, quand j'envisage exceptionnellement un sujet obtenu illégalement comme le tien, je demande son avis au ministère de l'Intérieur… Et j'ai déjà eu un démenti catégorique du ministre lui-même…
— Tu crois que le ministre est prêt à se sacrifier pour un Vanderloo ou un Calcomycès ? N'oublie pas que, cette nuit, la bombe atomique qui a explosé en France appartenait à Vanderloo… À l'organisateur de cette prétendue petite soirée privée de mardi.
— Tu as sans doute raison… Je vais poser à nouveau la question.
Il demanda qu'on lui passe au téléphone le cabinet du ministre de l'intérieur…
— Oui, ce n'est peut-être pas la peine de le déranger en personne en ces circonstances… Oui, Calcomycès et Vanderloo… Oui, un meeting mardi dernier… Ah, alors si vous avez des instructions expresses, bien sûr… Passez-le moi… Bonjour, Monsieur le Ministre… Je suis désolé de vous dér… Oui… Non, bien sûr, je comprends… Mais vous m'aviez dit… Tout à fait Monsieur le Ministre, j'ai sûrement mal compris… Oui… Merci Monsieur le Ministre…
Une fois raccroché, il riait en disant à Gaëlle :
— Tu avais raison ! Volte-face totale : il ne m'a jamais contesté la légalité de ce sujet… Au contraire, puisqu'il s'agit d'une possible atteinte à la sécurité de l'État. Il s'est même dit surpris que ce sujet n'ait pas encore été diffusé depuis mercredi… D'ailleurs, a-t-il ajouté, nous n'avions pas à le consulter et ainsi il ignore tout de ce reportage. Une chiffe molle.
— Non, un homme politique… Naufragé d'un coup foireux, il se débarrasse de ses amis parce que le radeau est trop petit ! Il espère sauver son cul, c'est tout ! Alors, c'est décidé ? On le passe, mon sujet ?
— Oui. On en passe des extraits au 13 heures et l'intégralité dans le magazine de l'après-midi. D'ailleurs, tu viens ?… Il va être dix heures. Conférence de rédaction !
— D'accord, mais je dois être à 11 heures dans le quinzième… Alors je présente mon sujet, tu dis combien de minutes sur le 13 heures et je pars.

— Qu'est-ce que tu fais à 11 heures ?
— La police sait où se trouve la statue du Palladium... Elle va ouvrir un box appartenant à Vanderloo . La statue est sûrement dedans... Ça fera un court sujet pour le 20 heures, tu ne trouves pas ?
— Pas mal... D'accord !

Rue de la Croix-Nivert , 11 heures

Gaëlle arriva en même temps que le véhicule de police devant l'immeuble de boxes où Vanderloo l'avait abandonnée avec Charles dix heures plus tôt. Elle sortait sa caméra tout en se présentant à l'OPJ.

— Bonjour, madame. Je suis le commandant Galland. On m'a prévenu de votre venue. Je serai heureux de retrouver cette statue sous l'œil de votre caméra. En plus, le code de procédure pénale m'oblige à avoir un témoin pour ouvrir un espace privé. Alors, si ça ne vous ennuie pas, c'est vous qui signerez avec moi le procès-verbal d'ouverture. D'accord ?

— Très bien, alors allons-y, je vous suis.

Caméra à l'épaule en train de filmer, elle suivait le commandant armé d'un coupe-boulons le long du large couloir bordé de portes métallique. La Lamborghini n'était plus là. Ils allèrent jusqu'au box numéro 143, quatre portes après celui où Joël Vanderloo avait sa Bentley. Le commandant Galland coupa le cadenas et ouvrit la double porte. A l'intérieur, il y avait quelques cartons poussiéreux, une bibliothèque directoire contenant des livres et des papiers, une sorte de table à jeux, un vieux vélo... Mais de statue du Palladium point.

— Chou blanc dirait-on, Commandant !

— Hélas oui, navré, mais on ne gagne pas à tous les coups... Pourtant ce boxe appartient bien à Vanderloo, dit-il en examinant quelques liasses de papiers. Vous ne diffuserez pas ces images, n'est-ce pas ? demanda-t-il en cadenassant la porte et en y apposant les scellés.

— Non, bien sûr que non... Elles n'ont aucun intérêt journalistique, ces images.

— Merci. Je vais quand même vous demander de venir rue de Vaugirard, signer le PV d'ouverture du box.

— Oui, bien sûr... Mais... Pardonnez-moi... J'ai un coup de fil à passer avant.

— Faites...

Elle s'éloigna pour ne pas être entendue téléphoner.

— Monsieur Canéli, bonjour... Juste une question : qu'avez-vous fait du Palladium ?

— Décidément, madame Le Couëdic, vous ne me décevrez jamais ! Comment...

— Comment j'ai su que vous l'aviez ? Mais simplement parce que vous êtes allé prendre la statue hier après-midi. C'est bien ça qui vous a mis

en retard pour dîner, n'est-ce pas ?... Rappelez-vous que vous nous avez dit avoir dû faire un détour par le quinzième arrondissement.
— Bien vu ! Je crois que vous avez gagné le droit de la voir, cette statue.
— Avez-vous des nouvelles de votre secrétaire, Monsieur Lansquenet ?
— Oui !... Il est sain et sauf. Il s'était réfugié à Alzon et il a certainement sauvé des vies en prenant le risque de donner l'alerte générale avant de se mettre lui-même à l'abri.
— Mais reparlons-en plus tard parce que, dans l'immédiat, je suis attendu à Saint-Cergue... Vanderloo s'est retranché dans d'anciennes carrières et menace d'y provoquer la même explosion nucléaire que cette nuit à Campestre...
Gaëlle revint vers le policier :
— Je ne vais pas pouvoir vous suivre tout de suite. J'ai un sujet à couvrir d'urgence... Je vous promets de passer au commissariat avant la fin de l'après-midi.
Enfin elle fit un texto à Armand Blot « Chou blanc et tuyau crevé. La police n'a rien trouvé dans le box de Vanderloo.».

Saint-Cergue 16 janvier 12 heures 15

En arrivant à Saint-Cergue, Gaëlle vit Francis Calcomycès et Michel Sangulier menottés dans la fourgonnette de police, encadrés de deux policiers. Il y avait une grande effervescence sur le parking des élus derrière l'hôtel de Ville. Le portail métallique qui avait tant intrigué Gaëlle dix jours plus tôt était maintenant grand ouvert. Un policier en civil paraissait diriger les opérations. Elle s'approcha de lui, avec sa caméra.

— Bonjour. Je suis Gaëlle le Couëdic, pouvez-vous me dire quelques mots pour La Cinquième ?

— Si vous voulez...

— Bon, allons-y... Vous êtes ?

— Commissaire divisionnaire Morel, je fais partie du groupe d'enquête constitué autour de l'explosion nucléaire de ce matin.

— Attention, ça tourne, dit Gaëlle en portant sa caméra à l'épaule. Bonjour, ici Gaëlle Le Couëdic pour La Cinquième. Nous sommes à Saint-Cergue-sur-Seine où le divisionnaire Morel, qui fait partie du groupement d'enquête criminelle chargé d'instruire l'affaire de l'explosion nucléaire de ce matin, a accepté de nous parler. Commissaire, en quoi Saint-Cergue est-il concerné par cette explosion ?

— Je ne peux pas vous révéler les secrets de l'instruction. Je peux toutefois vous dire que le principal suspect de l'explosion de cette nuit est retranché ici.

— Vous voulez dire qu'il pourrait provoquer ici une autre explosion nucléaire ?

— En l'état, et pour autant que nous le sachions, il n'y a aucune raison de céder à la panique. Un spécialiste qui connaît bien les installations de cette nature va arriver d'une minute à l'autre. Nous l'attendons pour donner l'assaut.

— Vous voulez parler de...

— Ne citez pas son nom. Il ne veut pas être connu... C'est à cette seule condition qu'il accepte de coopérer.

Elle coupa sa caméra.

— *Off the record*, nous parlons bien de Monsieur Canéli ?

— Oui. Mais vous n'aurez pas non plus le droit de le filmer...

— Oh, mais n'est-ce pas lui que je vois arriver ?

— Vous le connaissez ?

— Oui, oui...

Puis, toujours caméra éteinte, elle se dirigea vers lui, en lui faisant un salut de la main.

— Oh, bonjour, madame Le Couëdic… Déjà là !

— Oui. Je ne voulais pas rater ça.

— Je suis un ésotériste. Un homme de l'ombre. Je ne veux pas que mon nom soit prononcé ni mon visage publié.

— Si je vous promets que votre nom ne sera pas prononcé et que votre visage sera flouté, je peux filmer ?

— Oui, je vous fais confiance, comme j'aurais dû faire confiance à votre mari, quelques heures plus tôt…

Sur un signe du commissaire Morel, ils pénétrèrent dans les carrières. Ils traversèrent les deux premières salles. Un tunnel poursuivait vers la salle de l'athanor. Il était gardé par des hommes du GIPN.

— Alors ? demanda le commissaire Morel au policier qui négociait au mégaphone avec Vanderloo.

— Il déclare qu'il fait tout sauter si nous pénétrons dans ce tunnel.

— Et quelles sont ses exigences ?

— Il demande l'immunité, un million d'euros en liquide et un avion privé long courrier pour quitter le pays.

— Et ?

— Il exige tout cela dans les quinze minutes, et nous ne pouvons rien faire. À mon avis, c'est un illuminé et il a l'intention de faire exploser l'installation quoi qu'il arrive. La négociation n'est qu'un baroud d'honneur…

— Et que dit le commandement ?

— Rien, justement. Le ministre de l'intérieur vient de se suicider.

— Quoi ?

— Oui, je viens de l'apprendre et son entourage est encore en train de palabrer pour savoir qui commande dans ce ministère !

— Quelle distance entre ici et l'athanor ? demanda Jules Canéli.

— Ici et quoi ?…

— L'installation qu'il menace de faire sauter…

— Ah ! L'espèce de tour de pierre que nous avons entraperçue ?

— Oui, c'est ça, celle avec une lumière bleue.

— Vingt-six mètres. Voyez, on l'aperçoit là-bas, au bout du tunnel.

« Six minutes… » fit la voix de Vanderloo au mégaphone du fond du tunnel.

— Nous pouvons y aller dit Canéli sans se démonter. Il faut au moins dix minutes entre le moment où il amorcera la divergence et celui où elle deviendra incontrôlable. Monsieur le Commissaire, si vous

neutralisez le forcené, je pourrai reprendre le contrôle de la réaction nucléaire.
— Vous êtes sûr ?
— Oui, j'en suis sûr.
— L'enjeu est trop important pour que je prenne cette décision seul. Vous comprenez bien que ce qui est en question, c'est la vie d'un million de personnes... Nous ne sommes pas sur un causse perdu inhabité.

Il appela le ministre de l'Intérieur sur la radio d'un policier. Gaëlle, Jules Canéli et les deux policiers entendirent la réponse : « Non, Monsieur le divisionnaire, non, le ministre vient se suicider. Il n'y a plus de ministre. Voulez-vous parler à son directeur de cabinet ? » et après un petit silence « Ou au DGPN ? ». Nouveau silence « Je suis le ministre par intérim et je vous ordonne de... Silence ! vous êtes un séditieux... » entendit-il ensuite. Il conclut en s'adressant aux hommes :

— Que Dieu ait pitié de nos âmes. C'est le bordel dans notre chaîne de commandement. Attaquez. Vous foncez, vous neutralisez Vanderloo et vous suivez les instructions de Monsieur Canéli.
— Tir létal autorisé ?
— S'il a déclenché la réaction nucléaire, le tuer ne servirait plus à rien, intervint Jules Canéli...
— Et comment savoir si elle est déclenchée ?
— Oh, vous le verrez bien. Si la bouche de l'athanor ne brille que d'une pâle lueur bleue, comme des flammes de gaz, elle ne l'est peut-être pas. Mais si elle se met à briller d'une lumière de plus en plus vive, presque blanche, c'est que la réaction est amorcée et alors, gare aux radiations !
— Compris ? dit le commissaire. Tir létal autorisé seulement si la lumière du bazar est vive. Go !

Les six hommes du GIPN se mirent à courir suivis de Jules Canéli. Gaëlle et le commissaire Morel étaient médusés de voir ce vieillard courir presqu'aussi vite que ces hommes hyper-entraînés. Ils s'engagèrent dans le tunnel à sa suite. La lumière qui régnait dans la salle au bout du tunnel devint progressivement éblouissante. Jules Canéli cria « Divergence ! Attention aux radiations, restez à l'écart de l'athanor ! ». Gaëlle et le commissaire s'arrêtèrent net au milieu du tunnel. Les hommes du GIPN étaient déjà arrivés à la salle de l'athanor où Jules Canéli les rejoignit et se mit à examiner la bouche de l'athanor.

Quand la lumière bleue commença à décliner, Gaëlle et le commissaire arrivaient à la salle de l'athanor. Dans la partie inférieure de l'énorme athanor rond en pierres de taille, une ouverture rayonnait encore d'une pâle lumière bleue un peu irréelle… Gaëlle était fascinée. Jules Canéli était devant et achevait de sortir une à une, à mains nues, les barres du foyer et d'en placer, au fur et à mesure, d'autres à la place. Chaque nouvelle introduction diminuait l'intensité de la lumière bleue. Pendant qu'il introduisait les dernières barres, elle était même carrément éteinte. Finalement, apparemment fatigué par l'effort qu'il venait de produire, il se retourna. Il avait le visage et surtout les mains tout creusés de brûlures apparemment atroces qu'il semblait, pourtant, supporter stoïquement. Il dit péniblement, mais avec un accent qu'il voulait triomphant :

— Ça y est ! Il est éteint. Vous ne risquez plus rien. Faites quand même attention, les métaux restent un peu radioactifs. Si vous devez rester plusieurs heures dans leur voisinage, surveillez vos dosimètres. D'ailleurs, dit-il en désignant un lourd coffret métallique à l'entrée de la salle, c'est sans doute une réserve de dosimètres… Je vous conseille de les utiliser quand vous déménagerez tout ce bazar !

— Monsieur, vous avez éteint ce feu. Mais vous… Vous êtes méchamment irradié.

— Ce qui m'arrive n'a pas d'importance… J'espère que je survivrai, mais j'ai déjà tant vécu que c'est de peu d'importance.

Deux hommes du GIPN l'allongèrent sur une civière et commençaient à le conduire vers la sortie

— Venez, Madame Le Couëdic… Je vous ai promis une interview… Venez…

— Il n'y a plus aucun risque d'explosion ? dit Gaëlle en courant à côté de la civière.

— Aucun. Cette extinction est définitive.

— Même si on remet les barres que vous avez ôtées ?

— Même. L'allumage est une opération très secrète et nul, s'il n'est initié à l'art du Grand Œuvre et à la philosophie d'Hermès le Trismégiste, n'en peut connaître.

— Pourtant Francis Calcomycès, qui vient d'être placé en garde à vue, l'a bien allumé, lui.

— Ce n'est pas lui qui l'a allumé. Celui qui l'a allumé, c'est Vanderloo, le forcené. Il a usurpé une science à laquelle il n'avait pas droit, faute d'avoir été initié à la philosophie hermétique par un maître. C'est ce qu'a résumé François Rabelais, un grand initié du seizième siècle, par : « Science sans conscience n'est que ruine de l'âme ». L'explosion de ce matin lui donne – ô combien – raison, hélas !

— Mais cette science, il la connaît maintenant.

— Sans un objet particulier du savoir, ce qu'il sait ne lui sert de rien.

— Qu'appelez-vous « objet particulier du savoir » ?

— Un objet matériel, corollaire nécessaire du savoir auquel il se réfère. Je ne vous en dirai pas plus.

— Mais cet objet, il l'a puisqu'il a allumé ce feu ?

— Il l'avait, mais il ne l'a plus.

— Vous êtes sûr ?

— Oui, et en plus, il est prisonnier des carrières et il ne pourra pas se cacher longtemps. Le GIPN est à sa poursuite. Il va l'arrêter.

— Merci d'avoir accepté de parler aux téléspectateurs de La Cinquième. Ici Gaëlle Le Couëdic qui vous parlait de Saint-Cergue-sur-Seine dont le maire et son directeur de cabinet viennent d'être emmenés en garde à vue par la police.

À l'invitation de Jules Canéli, elle monta avec lui dans l'ambulance :

— Qu'est-ce…

— Chut… On pourrait nous entendre… Je vous ai promis de vous présenter le Palladium. Venez demain à quatorze heures. 27 bis avenue Junot. Ne parlez de cette adresse à personne !

— 27 bis avenue Junot. Demain quatorze heures… Mais, vous serez sorti de l'hôpital ? Vous êtes méchamment brûlé !

— Ne soyez pas inquiète pour ça. Demain… D'accord ?

— D'accord, et merci encore.

Les anciennes carrières de Saint-Cergue sont vastes et labyrinthiques. Le GIPN passa plusieurs heures à rechercher Vanderloo jusqu'à ce qu'ils découvrent un tunnel exigu, récemment percé et aboutissant dans une grotte naturelle qui communiquait avec le sous-sol d'une école primaire du Coteau. Des traces montraient que l'on était passé par là récemment. Vanderloo était en fuite.

A bord du San-Juan 17 janvier 1h35

Le sous-marin San-Juan arrivait au point de rendez-vous avec cinq minutes de retard. Au sonar, le quartier-maître Srabar annonça…

— Ils sont déjà là. J'ai la musique… « No milk today »…

— C'est bien ça, dit le commandant. Position ? Demanda-t-il à l'intention du pilote.

— La centrale inertielle donne 46°32'58"Nord 1°54'05" Ouest. Nous sommes encore à 500 mètres du point de rendez-vous dans le 117°

— Venir au 117° à 4 nœuds. Monter à l'immersion périscopique.

— 117°, vitesse 4 nœuds.

— Immersion périscopique

Au périscope d'attaque, le commandant scrutait l'azimut 117°. Le Zodiac était bien là, deux cents mètres plus loin. Il regrettera plus tard de n'avoir pas fait d'abord un tour d'horizon 360° au périscope de veille. S'il l'avait fait, il n'aurait pas manqué de remarquer, derrière lui, à moins d'un mile, la silhouette massive du porte-hélicoptères Tonnerre que le sonar n'avait pas repéré parce qu'il était arrêté silencieux.

— La musique a cessé… J'entends une voix…

— Passez-la sur haut-parleur !…

Dans le poste central opérations du sous-marin on entendit :

« … nationale française à sous-marin inconnu… Vous naviguez illégalement dans nos eaux territoriales. Faites surface et mettez en panne. Ici la Marine Nationale française à sous-marin inconnu… Vous naviguez illégalement… »

— Coupez-moi ça tout de suite ! En arrière pleine puissance ! On plonge, assiette 10° !…

— Moteur arrière pleine puissance assiette 10°… Mais, commandant, il n'y a que quarante-cinq mètres de fond. Nous sommes à 32… 35… 38… 40

— Assiette zéro ! dit le commandant

— Assiette zéro.

— En avant soixante pour cent ! Aller au 270 par bâbord !

— En avant soixante pour cent. Vitesse cinq nœuds arrière… Trois… Zéro… deux nœuds avant… La barre 10° à gauche

Tout à coup une explosion secoua le sous-marin.

— Nous avons touché ? Demanda le commandant.

— Non… Explosion derrière, à cent mètres, juste sur notre précédente route.

— Vous entendez toujours la voix française ?

— Oui commandant. Le message a changé et en plus, nous sommes accrochés au sonar actif.
— Remettez la voix sur haut-parleur !
« Marine nationale française pour sous-marin inconnu. Ici le porte-hélicoptères Tonnerre. Vous vous dirigez sur nous. Ceci était un tir d'avertissement. Mettez en panne. Deux hélicoptères armés de grenades vous survolent. Vous êtes pris en chasse par le SNA Casablanca. Faites surface et mettez en panne »
— Pleine puissance ! dit le commandant.
— Pleine puissance, on fait route au 270.
Deux explosions secouèrent encore le San-Juan.
« Marine nationale française pour sous-marin inconnu. C'étaient les dernières sommations. Faites surface »
— C'étaient deux grenades. À bâbord avant, estimation quinze mètres et à tribord arrière, vingt mètres.
— Moteur en panne ! Ballasts, chassez tout ! Surface !
— Puissance zéro. Ballasts en chasse.
— Commandant à équipage. C'est foutu. Vous allez être arrêtés et interrogés. Vous ne savez rien de nos missions, vous n'êtes que des exécutants aux ordres de vos officiers. Tenez-vous en à ça et tout se passera bien. Bonne chance, les gars. Ravi de vous avoir connus.
En surface, les puissants projecteurs de deux hélicoptères en vol stationnaire illuminaient le San-Juan en train d'émerger. Le Tonnerre était à cent mètres à bâbord du sous-marin. Dans l'obscurité de la nuit, même un observateur attentif ne pouvait remarquer le microscopique périscope d'attaque du Casablanca plus loin sur tribord. Il était une heure cinquante du matin. Le San-Juan était arraisonné. Ses officiers sortaient dans le kiosque pendant que deux "ECUME[103]" l'abordaient avec des commandos armés.

[103] Embarcation Commando à Usage Multiple Embarquable

Avenue Junot 17 janvier 13 heures 45

Jules Canéli avait les mains engoncées dans des pansements et de profondes brûlures apparaissaient sur son front et ses joues. Le professeur Tournesol et lui étaient assis dans deux profonds fauteuils. Ils avaient longuement discuté.

— Vous voyez, professeur, il ne faut jamais dire jamais…

— Il y a à peine une semaine, je moquais les polytechniciens qui cherchaient dans les ouvrages d'alchimie la clé de secrets nucléaires…

— Ils ne risquaient pas d'y trouver grand-chose. Ce n'étaient que des jeux de l'esprit, pour eux. Mais vous voyez, l'alchimie est une science et une philosophie… Et je sais que je puis vous faire confiance pour travailler avec moi à approfondir les deux… Bienvenue dans le monde ésotérique. Bienvenue au nouveau fils d'Hermès le Trismégiste ! Ah, on sonne… C'est certainement Gaëlle Le Couëdic.

Ils se levèrent tous deux pour l'accueillir.

— Oh ! Ted, vous ici ?

— Oui, vous voyez, Gaëlle, j'ai décidé de travailler avec Jules Canéli autant pour faire de la science que pour approfondir la sagesse d'Hermès Trismégiste. C'est un domaine scientifique où il me sera interdit de publier… Mais Jules Canéli me l'a proposé et j'ai décidé d'accepter. Nous ouvrons un chantier fascinant. Fasse le ciel que nous ayons raison !

— Mais…

— Mais rassurez-vous, je n'entre pas dans les ordres, je continuerai à diriger les deux laboratoires et à enseigner… Et même à charrier les carvas[104] sur leurs fumeuses élucubrations alchimiques !

— Mais, dit Jules Canéli, ne restez pas sur le seuil, entrez !

La première chose qu'elle vit, trônant au milieu du salon sous une vitrine de protection, fut la statue du Palladium dont elle n'avait vu qu'une photo à Dun-le-Palestel ! Une statue en bois extraordinairement bien conservée malgré son âge plus de trois fois millénaire… Elle figurait la déesse vêtue d'une tunique ample serrée à la taille d'une fine ceinture, debout, casquée, l'air altier, un aspis[105] décoré de motifs ciselés attaché à son bras gauche et le bras droit levé, légèrement tiré

[104] Polytechniciens en argot polytechnicien
[105] Bouclier rond des hoplites grecs

vers l'arrière comme pour prendre élan avant de projeter devant elle la lance qu'elle brandissait de sa main droite. Ce qui frappait dans cette statue était son allure fière et remarquablement réaliste malgré le classicisme rigoureux de l'œuvre. Et partout sur la tunique et sur le casque cette fine ciselure que Pauline avait identifiée comme de l'écriture mycénienne « linéaire B ». Gaëlle était subjuguée tant par la beauté de cette œuvre d'art que par le respect dû à ses presque quatre mille ans d'âge...

— Quatre mille ans ! dit-elle aux deux hommes qui respectaient ce long moment d'émotion artistique...

— Quatre mille ans, dit le professeur... C'est presque aussi ancien que la quatrième dynastie fondée en Égypte par Djezer, l'arrière-grand-père de Khéops... Et aussi ancien que la civilisation Shava qu'a découverte notre amie Pauline Dummoulin. Quatre mille ans, c'est sans doute là l'âge de la science alchimique. L'âge de la philosophie hermétique, de la science d'Hermès le Trismégiste...

— Vous savez Gaëlle, enchaîna Jules Canéli – je peux vous appeler Gaëlle, n'est-ce pas ? – c'est un peu grâce à vous que j'ai maintenant les trois éléments fondateurs des trois foyers identifiés de cette science. J'ai les tables d'émeraude, qui sont le document égyptien. J'ai maintenant, largement grâce à vous, le Palladium qui est le document mycénien dont Pauline a si doctement décrit l'histoire jusqu'au Mont Cassin.

— Vous parliez de trois civilisations ?

— Voyez là, dit-il en désignant le mur opposé à celui qui portait les tables d'émeraude...

— Les tablettes d'obsidienne de Nazca !

— Oui, sauf celle de Pablo, bien sûr, mais vous m'en avez donné les photos, y compris la thermoluminescence du verso...

— Mais comment...

— Elles étaient dans le box de Vanderloo, comme la statue du Palladium...

— Il ne faut pas garder ça. C'est digne du Louvre ! Ce sont des pièces archéologiques inestimables.

— Ce sont aussi des objets de savoir redoutables ! Science sans conscience... Non, Gaëlle, non... Elles ne sauraient tomber entre les mains de non-initiés. Vous avez vu ce qu'il en est advenu à Campestre avec l'athanor de ce misérable Vanderloo, et ce qui a bien failli se reproduire à Sant-Cergue... À peine à quatre kilomètres de Paris...

— Pourquoi ces terribles accidents ?...

— Je ne saurais le dire avec précision. Mais il y avait pléthore d'approximations. Les barres métalliques étaient mal disposées. La voûte de la chambre inférieure de l'athanor était en plomb et non en carbure de tungstène… Et sans doute le rituel des changements de métaux était-il mal respecté. Les textes des tables d'émeraude et, je viens de l'apprendre, ceux du palladium et des tablettes d'obsidienne imposent un cérémonial aussi strict que complexe. Il suffit que les techniciens de Saint-Ferréol aient été négligents ou simplement approximatifs…

— Dites-moi, ne croyez-vous pas que vous devriez informer Pauline Dummoulin ? Enfin, la civilisation Shava et les tablettes d'obsidienne, c'est quand même elle qui les a découvertes.

— Vous avez raison… Appelons-la.

Gaëlle l'appela en visio par Skype sur son smartphone. Elle répondit aussitôt :

— Gaëlle, ça me fait plaisir de te voir ! Tu es avec Charles ?

(Tiens, se dit Gaëlle, elle ne dit plus « ton barbouze »… Le capitaine Grimaud a une grande influence, je vois)

— Non, je suis avec monsieur Canéli. Tu te rappelles ?

— L'alchimiste ? Bien sûr que je me rappelle…

— Et je suis aussi avec Ted…

— Oh, ils se connaissent tous les deux ? Ça ne m'étonne pas… Qui se ressemble s'assemble ! Ça me fait plaisir !

— Ils voudraient te montrer quelque chose.

Elle tendit son smartphone à Jules Canéli.

— Bonjour, Pauline… Nous ne vous dérangeons pas trop tôt ? Quelle heure est-il au Pérou ?

— Non, non, il est huit heures et demie… Que voulez-vous me montrer ?

— Ça, dit Jules Canéli en tournant l'iPhone vers le Palladium…

— Oh, vous l'avez retrouvé ! Il faut faire traduire les textes gravés sur la tunique.

— Inutile, je sais lire le linéaire B, répondit Canéli…

— Alors que disent-ils ?

— C'est trop dangereux. Ils contiennent le secret de l'allumage et de l'entretien de l'œuf philosophal dans l'athanor… C'est trop dangereux. Ces secrets ne doivent pas être accessibles aux non-initiés…

— Mais ils appartiennent à la science et à l'histoire.

— Savez-vous qu'une explosion nucléaire a ravagé la campagne au nord de Montpellier ?
— Oui, j'ai vu ça à la télévision... Encore une connerie d'un militaire obtus ?...
— Non, hélas, le feu d'un athanor mal conduit par des profanes...
— Et, reprit Gaëlle, on a évité de peu une autre explosion nucléaire à Saint-Cergue-sur-Seine cette fois-ci, à quatre kilomètres de Paris... Monsieur Canéli a été héroïque !

La conversation se poursuivit un temps. Ils discutèrent du Palladium et des tablettes d'obsidienne. Jules Canéli en avait révélé le verso par thermoluminescence et estimé qu'il était bien trop dangereux pour être communiqué. Après une discussion longue et acharnée, Pauline était parvenue à lui faire admettre que le recto n'était pas plus dangereux pour le savoir alchimique que le *Mutus Liber* ou l'*Atalanta Fugiens*... Et à lui faire accepter de faire don de ces tablettes au Musée du Louvre... Il ajouta même que, homme de l'ombre, il ne voulait pas apparaître à la lumière et que ces tablettes seraient exposées sous l'étiquette « Don de Pauline Dummoulin ».

Ni Pauline ni Gaëlle ne surent jamais qu'un athanor cultivait son œuf philosophal dans l'appartement même de Jules Canéli. Rien de stakhanoviste comme ce qu'avait fait Joël Vanderloo, non, juste une combustion légère qui produisait à peine quelque grammes de poudre de projection par an. Mais surtout, ce qui était important pour lui, il entretenait ainsi le savoir reçu des Anciens, transmis d'initié en initié depuis quatre mille ans et il allait le transmettre lui-même à Théodore Sagnol, le nouvel initié.

Juste avant de prendre congé, Gaëlle demanda :
— Une question encore, je ne sais pas si vous pourrez répondre. D'où vient cette science ? Qui l'a apprise aux anciens Mycéniens, Égyptiens et Shavas ? Qui était Hermès Trismégiste ?
— Le saura-t-on jamais ? Dit Jules Canéli.

Mar del Plata 1er février 10 heures

Dans le salon d'honneur de l'Amirauté, richement décoré de mobilier précieux et d'œuvres d'art, le ministre argentin de la marine et celui des affaires étrangères étaient debout devant la fenêtre. Ils regardaient le port, deux étages plus bas. On y voyait deux sous-marins. L'ARA Santa-Cruz, en cale sèche, était en carénage et l'ARA San-Juan à quai. Il était arrivé de Brest dans la nuit. Une conférence de presse devait annoncer l'après-midi même, à la grande presse internationale, que l'Argentine disposait désormais d'une force sous-marine crédible à propulsion nucléaire et qu'elle était totalement indépendante tant pour la fabrication de chaudières nucléaires que pour la production de combustible.

Ce matin, le Commodore Moralés et les deux ministres avaient convié les représentants de la France pour, à la fois, les remercier officiellement de leur avoir restitué le San-Juan et leur demander officieusement le secret sur les circonstances peu glorieuses dans lesquelles il avait été perdu.

L'ambassadeur de France avait délégué le Capitaine Grimaud pour le représenter. Il était venu accompagné de Pauline Dummoulin qu'il présentait comme sa femme. Le colonel Charles Longhieu était là aussi à la demande expresse du commodore. Il était accompagné de Gaëlle Le Couëdic qui devait couvrir la conférence de presse de l'après-midi pour La Cinquième.

Il y eut des échanges de discours et chacun y alla de son couplet sur la collaboration entre les nations et sur la grandeur des valeurs militaires. Les Français en français, les Argentins en espagnol et les interprètes traduisaient tout sur le ton monocorde et soporifique des traductions simultanées.

Quand la parole fut donnée à Pauline Dummoulin, qui n'avait, comme à son habitude, rien préparé, elle prit une profonde inspiration et dit, sans reprendre son souffle : « Comme vous devez bien commencer à le savoir, j'emmerde les barbouzes et tous les… ». Paul Grimaud lui coupa aussitôt la parole pour demander aux interprètes de ne pas traduire… Comme le Commodore invitait tout le monde à s'approcher du buffet, Pauline s'approcha de lui.

— Dites-moi Commodore, c'est bien beau votre buffet-apéritif et tous ces zakouskis… Mais quel est le meilleur restaurant de Mar del Plata ?

— Je ne sais pas, répondit-il un peu gêné par la question. Je pense que le restaurant de l'hôtel Sainte-Jeanne devrait vous plaire. Le chef est français...

— Vous entendez, le barbouze, dit-elle en souriant à l'attention de Charles... Vous vous rappelez, le pari à Nazca ?

— Eh bien, avec Paul, nous sommes allés à Gizeh et nous avons trouvé des feuilles de plomb au fond du trou qu'avait creusé et rebouché sir Vyse au dix-neuvième siècle... J'ai gagné mon pari, alors, vous me devez un gueuleton dans le restau de mon choix. On prend l'apéro avec le Commodore et on va déjeuner à l'hôtel Sainte-Jeanne !...

Puis, se ravisant, elle revint taper familièrement sur l'épaule du Commodore qui en fut plus amusé que surpris :

— Oh ! Commodore ! Vous vous joignez à nous ? Vous savez, Charles et Gaëlle, le barbouze et la journaliste, là, ont toutes sortes d'histoires incroyables à raconter et je vous garantis un déjeuner réjouissant !

« Bon, j'ai eu peur avec Grimaud, mais, finalement, il ne l'a pas trop changée, notre jeune archéologue... » dit Gaëlle en riant et elle ajouta « Dieu la fit et cassa le moule ! ».

Puis, s'adressant à Pauline :

— Dis-moi, Pauline, nous en avons déjà parlé, mais une question me taraude encore. D'où vient cette science si ancienne apparue simultanément en Méditerranée et dans les Andes ? Qui l'a apprise aux anciens Mycéniens, Égyptiens et Shavas ? Qui était Pallas ? Qui était Hermès Trismégiste ? Qui était l'Ancien des Anciens ?

— J'y travaille... Répondit Pauline évasive. J'y travaille, mais le saura-t-on jamais ?

ÉPILOGUE : L'ORIGINE DU FEU DES ANCIENS

Memphis, Égypte, vers 2670 av. J.-C.

Le récit du jeune Khéops

Père et moi, avions quitté Memphis, la capitale de la Colonie, depuis plusieurs heures. Père est le fils du Pharaon. C'est un personnage important, aussi notre palanquin avait-il vingt-quatre porteurs. Douze devant et douze derrière. Père voulait me montrer quelque chose qui, m'avait-il dit, pourrait faire le bonheur ou le malheur de la Colonie. Nous ne sommes pas la seule colonie extra-planétaire, m'avait-il expliqué, mais nous sommes la plus riche. Rien que sur cette planète, il y a trois colonies indépendantes en plus de nous.

— Et nous avons des contacts avec les autres colonies ?

— Seulement avec les colonies de cette planète.

— Tu ne m'as pas dit où nous allons. C'est si rare, que tu m'emmènes en voyage. Qu'allons-nous faire ?

— Je veux que tu voies quelque chose, fils... Tu verras quand nous serons arrivés...

— Combien y a-t-il de colonies sur cette planète ?

— Quatre, je te l'ai dit, et nous sommes la plus importante... Et mon père, ton grand-père, dont le grand-père est né sur la planète-mère, la dirige avec science et sagesse... Mais je me méfie de ses vues sur ce que nous allons voir tout à l'heure, c'est pourquoi je veux t'en parler avant lui.

— Tu ne lui as pas dit que nous allions voir ce... cette chose que tu ne veux pas me dire ?

— Il le sait sûrement ou, en tout cas, il l'apprendra bientôt. Vois, nous avons vingt-quatre porteurs... Tu ne penses pas que tu peux garder un secret partagé par 24 hommes du peuple...

— Ce ne sont pas des esclaves ?

— Affranchis. Ce sont des esclaves affranchis… C'est la politique de ton grand-père que d'affranchir les esclaves dès qu'ils atteignent un certain niveau de culture… Je crois que c'est une bonne politique, mais, là aussi, je n'en suis pas sûr.
— Pourtant, ils nous servent en portant ton palanquin…
— Oui, on peut être servi par des hommes libres. Ils me servent parce qu'ils préfèrent me servir et être appointés, logés, nourris et protégés de leurs ennemis. S'ils voulaient quitter la colonie, nul ne les en empêcherait… Quand l'arrière-grand-père de ton grand-père a fondé la colonie, il venait de la planète-mère avec sa femme et son fils, ton trisaïeul, âgé de deux ans… Des expéditions de reconnaissance avaient déjà eu lieu et ils savaient qu'ils allaient trouver ici des terres fertiles et des hominidés tout à fait capables d'être la main d'œuvre qui ferait fonctionner la colonie. Mais ces hominidés se sont révélés être des hommes, ou presque. Ils étaient à un niveau de civilisation égal à celui de nos ancêtres sur la planète-mère voici à peine cinquante mille ans. Alors, il a décidé que tout esclave qui saurait lire notre écriture et adorerait nos dieux, serait affranchi.
— Donc ils se sont dépêchés de se cultiver et ils ont quitté la colonie ?
— Non, tu vois, ils sont toujours là… En tout cas la plupart d'entre eux… Ils préfèrent servir la Colonie et bénéficier du bien-être et de la civilisation plutôt que retourner à l'état sauvage où ils devaient disputer leur nourriture aux lions et aux chacals. Ils sont habitués, et heureusement pour nous, parce que tu te verrais, toi, parcourir à pied cent soixante stades dans ce désert sec et torride ?
— C'est partout comme ça en dehors de la Colonie ?
— Oui. La Colonie, c'est un îlot de terres fertiles traversées par le Grand Fleuve et rien autour… Le sable du désert… Tiens, là-bas, regarde, nous arrivons…

A l'horizon, je voyais un plateau dominant le désert et, au-dessus de ce plateau, une colonne de fumée blanche montait dans le ciel… En haut du plateau, c'était toujours le désert, mais, de loin en loin, on voyait le rocher nu affleurer sous le sable… La fumée sortait d'un cratère creusé dans le rocher. Trois poutres métalliques maintenaient une poulie qui servait à des esclaves à sortir des pierres rouges du cratère… Nous nous sommes approchés et je constatai que ces esclaves étaient des jeunes filles.
— Pourquoi ces esclaves sont-elles toutes des filles ?

— Le travail n'est pas dur, elles sortent à peine quelques centaines de debens[106] de pierre par jour. Et puis, ce ne sont pas des esclaves, ce sont des prêtresses... N'as-tu pas remarqué leur habit ? Crois-tu que des esclaves, et même des servantes, porteraient des robes brodées d'or et de pourpre comme cela ?

— Et là-bas, au fond, ces petites collines triangulaires, avec des terrasses ? On dirait des tombes, comme près de la colonie, tu sais ? Nous avons de la famille enterrée ici ? En plein désert ?

— Non, non. Ici, ce ne sont pas des tombes. D'ailleurs, tu ne te rends pas compte à cause de la distance, mais elles sont plus grandes que les tombes habituelles.

— C'est quoi, alors ?

— Ça, vois-tu, ce sont juste des lubies de ton grand-père. Maintenant que tu les as vues, je voudrais que ce soit lui qui te l'explique... Ce sont des expérimentations scientifiques sur lesquelles je ne suis pas vraiment d'accord... Mais je voulais que tu les voies parce qu'après tout, c'est peut-être lui qui a raison...

— Et cette fumée qui sort du cratère, tu ne m'as pas dit ce que c'était ?

— Tu sais, ce que nous appelons les véhicules, ces appareils de fer, à la colonie.

— Oui, je sais, ça date de la fondation de la colonie et ça servait à se déplacer et à cultiver le sol avant qu'on ait des esclaves. Ils ont été fabriqués sur la planète-mère. Un moteur entraînait des crabots qui tiraient les chenilles et ça se déplaçait sur le sable... Mes précepteurs me l'ont appris...

— Et ils ne marchent plus parce qu'on n'a plus le métal actif qui alimentait leurs moteurs... Eh bien, ce qu'il y a dans le cratère, c'est la dernière chose que nous a expédiée la planète-mère, c'est un « feu-des-sept-métaux ». Les moteurs à métal ont été inventés par des ingénieurs de la planète-mère qui les appelaient des moteurs nucléaires, et les unités de production de métal actif s'appelaient des centrales nucléaires... Mais ne le répète jamais. Le mot « nucléaire » est interdit et nul, si ce n'est les chefs de la colonie et les prêtresses que tu vois ici, n'a le droit de le connaître. Pour le peuple et les prêtres, ce que tu vois s'appelle un « feu-des-sept-métaux ».

— Je peux aller voir dans le cratère ?

— Non, c'est dangereux. Même les prêtresses n'y vont presque jamais... C'est justement pour cela que je ne suis pas toujours

[106] Unité de poids de l'Égypte ancienne

d'accord avec ton grand père... Regarde bien tout ça, les prêtresses, le cratère, les pierres rouges qu'elles en extraient, les pyramides derrière... Maintenant que tu as bien vu ça, nous allons rentrer à Memphis et je voudrais que tu demandes à ton grand-père, Houni, de te raconter la planète-mère... Il est plus proche que moi des souvenirs que son grand-père lui a légués qui les tenaient lui-même de son père qui a vécu trente ans sur la planète-mère avant d'émigrer pour fonder la Colonie...

L'enseignement du vieil Houni, Pharaon d'Égypte

— Mon petit Khéops, je suis vieux et je ne voudrais pas que s'éteigne l'idéal qui animait mon propre grand-père quand il a succédé à son père, le courageux Djezer, fondateur de cette colonie. Je ne crois pas que ton père ait jamais eu l'intention de t'apprendre l'histoire de la planète-mère.

— C'est lui-même qui m'a dit que tu me l'apprendrais bien mieux que lui.

— C'est évident. Lui, la planète-mère l'indiffère. Alors, écoute-moi bien mon petit-fils, et instruis-toi. Depuis cent ans, la planète-mère donnait des signes inquiétants d'épuisement. Cela avait commencé avec un simple dérèglement climatique. Les hommes avaient chargé l'atmosphère de dioxyde de carbone – tu sais ce que c'est ? Interromps-moi si tu ne comprends pas – en sorte que les plantes ne suffisaient plus à l'absorber. D'autant plus que les hommes avaient progressivement débarrassé la planète-mère de ses plus grands arbres. Alors, l'atmosphère a commencé à se réchauffer. En se réchauffant, elle a fait fondre des milliards de mètres cubes de charogne et de plantes pourries qui étaient congelées dans le permafrost.

— Le quoi ?

— Le permafrost, on disait aussi pergélisol... D'immenses étendues d'anciens marécages gelés qui, jusque-là, ne dégelaient jamais, même en plein été. Et le méthane s'est ajouté au dioxyde de carbone.

— C'est quoi le méthane, grand-père ?

— C'est ce que tu connais sous le nom de tétrahydrure de carbone. Un gaz qui se produit quand des plantes ou des charognes pourrissent. Il est plus léger que l'air, donc il monte et il reste coincé en haute altitude... Ce n'est pas comme le dioxyde de carbone qui reste en bas, parce qu'il est plus lourd que l'air, et qui peut donc être détruit par les plantes. Le méthane est beaucoup plus générateur d'effet de serre que le dioxyde de carbone et il a formé un véritable couvercle au-dessus de l'atmosphère de la planète-mère. Pendant ce temps, les hommes devenaient de plus en plus nombreux. Tu vois, mon petit Khéops, le problème vient de ce qu'ils n'avaient pas compris qu'ils pouvaient être nombreux à condition de bien s'organiser. Si on ne l'avait pas ravagée, la planète-mère pouvait héberger encore bien plus d'hommes, mais plus ça allait, plus les hommes détestaient les savants et moins, par voie de conséquence, ils étaient capables de résoudre rationnellement leurs problèmes… C'est à cette époque qu'a été créée une assemblée de scientifiques appointés, on pourrait même dire stipendiés, par tous les gouvernants de la planète-mère pour donner leur caution d'hommes de science à ce qui deviendra la Religion Universelle de la Planète. On les appelait les Giecs. Ils étaient les prophètes de l'apocalypse et, parmi le peuple, chacun interprétait à sa façon les oracles des Giecs. Leur faute la plus terrible a été d'être complaisants vis à vis de sectes dogmatiquement opposées au feu-des-sept-métaux.

— Opposées aux centrales nucléaires, mais pourquoi ?

— Attention, le mot « nucléaire » est réservé aux membres de notre famille. Ne le prononce jamais devant un tiers. Le peuple doit l'oublier. Quelle était ta question ?

— Pourquoi les Giecs étaient-ils contre le feu-des-sept-métaux ?

— Ah oui ! Ils n'étaient ni pour ni contre, mais presque tous leurs zélateurs étaient farouchement contre. Revenons quelques centaines de milliers d'années en arrière. Les hommes venaient de domestiquer le feu. Le feu de bois, l'ancien feu, pas encore le feu-des-sept-métaux. À cette lointaine époque, ceux qui n'y connaissaient rien, mais qui voulaient se faire valoir, ont dit aux savants d'alors que le feu était dangereux et qu'il pouvait dévorer le monde entier. Ils disaient que le feu naturel existait dans les orages, et que les orages, c'était de la pluie. Alors, concluaient-ils, le feu naturel n'est pas dangereux à cause de la pluie qui accompagne l'orage, mais domestiquer le feu pour en avoir toujours, même quand il n'y a pas de pluie, c'était, selon eux, dangereux.

— C'était idiot, le feu a toujours été l'ami de l'homme.

— Pas toujours, vois-tu, il n'a été domestiqué qu'il y a environ quatre cent mille ans et les ignares qui le refusaient au nom du principe de précaution ont été écartés. Les sages, ceux qui voulaient que l'humanité progresse, ont eu gain de cause. Les hommes ont domestiqué le feu et ils ont ainsi pu s'élever au-dessus de leur condition de super-singes. Libérés des servitudes d'environnement, ils ont développé la pensée. C'est ainsi qu'il y a eu des philosophes et des savants. Les hommes ont connu quatre cent mille années de progrès. C'était l'âge d'or. A force de se développer, ils ont commencé à se disputer des territoires, du gibier, des zones de pêche… Leur goût pour la science et la philosophie augmentait et, paradoxalement, leur goût pour la chicane et pour la guerre augmentait en même temps.

— Et le feu-des-sept-métaux alors ?

— J'y viens… Malheureusement, ce ne sont pas les savants philosophes qui l'ont découvert, ce feu-des-sept-métaux, ce sont les savants guerriers. Et ils l'ont utilisé pour créer des armes capables de détruire la planète-mère tout entière. Alors des hommes pris d'une crainte superstitieuse se sont levés pour dire que le feu-des-sept-métaux devait être condamné. Ces hommes étaient aussi ignares et irrationnels que leurs ancêtres, quatre cent mille ans plus tôt, avec le feu de l'orage. Mais cette fois, ils ont réussi à se faire suffisamment peur pour que le feu-des-sept-métaux soit banni. Les hommes, toujours plus nombreux, n'avaient plus assez d'énergie sauf à détruire encore plus la planète-mère. L'énergie, tu sais ce que c'est ?

— Oui, grand-père, quand même ! C'est une fonction thermodynamique, une primitive partielle de la température par rapport à l'entropie.

— Bravo, tu as bien appris de tes précepteurs ! Il y a eu des tentatives désespérées avec l'énergie du vent ou celle du soleil, mais elles n'étaient pas à la hauteur des besoins humains. C'est à cette époque que, pressentant la mort de la planète, l'homme a commencé à envisager la création de colonies extra-planétaires.

— C'était il y a longtemps ? Combien d'années ?

— C'était il y a deux cents ans…

— Ah, oui, c'est récent, alors…

— Oui, c'est récent. Notre colonie, ici, par exemple, a été créée voici 130 ans par mon arrière-grand-père, Djezer… Et vois comme elle est belle ! A cette époque, Djezer faisait partie d'un groupe de pionniers qui sont venus créer ici les premières colonies extra-planétaires. C'était très dur et beaucoup voulurent renoncer, mais ils avaient signé un aller sans retour. Alors mon grand-père a racheté les domaines voisins et, en échange, il a embauché les colons sur le sien, comme régisseurs, architectes ou prêtres… Ils profitaient encore des véhicules et du métal actif qu'ils avaient apportés avec eux.

— Pourquoi se sont-ils découragés si vite ? On est bien, ici !

— Tu sais, Khéops, c'était très dur ici, au début quand il n'y avait rien et qu'il fallait tout créer. Mais maintenant, tu as raison, vivre ici est bien plus agréable que vivre sur la planète-mère, même si nous avons épuisé la réserve de métal-moteur depuis des années. Tu n'étais pas né quand le dernier véhicule a été définitivement remisé là-bas, où il rouille avec les autres.

— Grand-père, s'il te plaît, raconte-moi la suite. Qu'est-il arrivé sur la planète-mère ?

— Les hommes ont perdu la raison. Leurs gouvernants ont subordonné leur pouvoir aux oracles des Giecs qui sont devenus les prêtres tout-puissants de la nouvelle religion universelle. Au lieu de faire ce qu'il fallait pour cohabiter avec la planète, ils ont ordonné de l'adorer. Pendant des centaines de milliers d'années, cette planète avait servi l'homme en lui fournissant de la nourriture, des céréales, des fruits, du gibier, du bétail, et elle l'avait suivi au fur et à mesure qu'il évoluait. Les terres fertiles étaient suffisantes et auraient même pu nourrir une humanité bien plus nombreuse encore. Mais la nouvelle religion prêchée par les Giecs enseignait que la planète n'était pas au service de l'homme. Elle enseignait au contraire que l'homme devait l'adorer et même, s'il le fallait, mourir pour elle. Sous la haute autorité pontificale du Grand-Giec, les peuples habitant les terres fertiles ont dû consacrer une part de plus en plus grande de leurs terres à produire du carburant au lieu de nourriture. À cause de la raréfaction de la nourriture, les peuples dénués de terres fertiles ont commencé à mourir en masse. Ils disparaissaient, pour la plus grande satisfaction des grands-prêtres giecs parce que cela faisait moins d'hommes, donc moins d'injure pour la Planète. Ils étaient d'autant plus satisfaits que les peuples qui disparaissaient étaient justement à la fois ceux qui croissaient le plus rapidement et ceux qui étaient les plus pauvres, et qui n'avaient donc pas les moyens d'observer les commandements des Giecs.

— Qu'est-il arrivé après ?

— Quand mon grand-père a quitté la planète-mère à l'âge de deux ans avec son père Djezer et son frère Sanakht, le nombre des hommes avait déjà commencé à décroître. La méfiance, vis-à-vis des progrès techniques, enseignée par les grands-prêtres giecs de la Religion de la Planète, contraignait les hommes à se détourner des médicaments, des vaccins et de toutes les molécules artificielles. Progressivement, la population revenait à une situation plus ancienne, où, faute de traitements, un enfant sur deux mourait avant l'âge de deux ans… Les grands-prêtres giecs, pour qui les hommes étaient les ennemis de la Planète, étaient satisfaits. Les hommes sont devenus une race déclinante où les jeunes n'avaient plus ni le goût ni la compétence d'œuvrer pour le bien de leurs semblables. En pratique, la religion giecque interdisait le progrès technique parce que toute innovation était potentiellement attentatoire à la Planète. Les hommes, ne faisant plus la différence entre le risque et le danger, se repliaient dans un conservatisme morbide. L'atmosphère continuait à se dégrader et la planète à se réchauffer.

— Mais si les hommes étaient revenus à un niveau de civilisation plus primitif, ils faisaient moins de dioxyde de carbone, alors pourquoi la planète continuait-elle à se réchauffer ?

— En fait, ce qui avait été enclenché n'était plus réversible : les terres gelées, le permafrost ou le pergélisol, fondaient et libéraient des milliards de tonnes de méthane… Tu sais, le tétrahydrure de carbone…

— Oui, oui, je comprends…

— Et ce méthane créait un effet de serre de plus en plus intense. Même après que la production humaine de dioxyde de carbone a été réduite à zéro, la Planète continuait à se réchauffer à cause du méthane dégagé par le permafrost que ce réchauffement même faisait fondre. Un effet inattendu de cette évolution a été la stratification puis la raréfaction de l'oxygène et de l'azote qui composaient l'atmosphère d'avant. Ils s'ionisaient et le champ électrique terrestre les éjectait dans l'espace. Les hommes ont dû se réfugier dans des cités troglodytes où l'oxygène était confiné. Faute d'azote, les plantes ont cessé de pousser à la surface du sol… L'atmosphère, qui n'était plus composée que de dioxyde de carbone et de méthane, était ténue et parcourue par de gigantesques tempêtes de sable qui duraient des jours. Il y a cinq ans, nous avons reçu la toute dernière navette. Les hommes ne peuvent plus en construire et n'ont plus rien à nous envoyer. Ils sont vieux, ils ne font plus d'enfants, et ils n'ont plus de goût à rien. Cette dernière navette contenait un feu-des-sept-métaux qui devrait nous permettre de fabriquer nous-mêmes du métal actif pour développer la colonie. Désormais, nous sommes complètement seuls, la planète-mère ne répond même plus à nos messages… Tout porte à croire qu'elle est morte.

— Je peux te poser encore une question, grand-père ?

— Bien sûr. Je suis ravi de voir que mon petit-fils a le goût de connaître ses racines… C'est important, tu sais, de ne pas oublier d'où nous venons.
— Tu dis toujours la planète-mère. Elle n'a pas de nom ?
— Elle s'appelle Hor-Descher. C'est la planète rouge. Son nom vient du dieu Horus, le lointain. Horus est le dieu qui a été imposé aux hommes par le directoire planétaire giec pour détruire les cultes des autres dieux, ces dieux qui enseignaient que l'homme devait vivre avec la planète. Les Giecs invoquaient Horus pour exiger que l'homme meure pour la planète-mère plutôt que de la rendre compatible avec sa survie.
— Elle est loin, Hor-Descher, la planète-mère ?
— Elle est bien visible dans le ciel pendant quatre à cinq mois tous les deux ans. C'est une planète brillante et rouge, toute rouge. D'ailleurs, en général, on l'appelle seulement « La Planète Rouge ». Cette couleur vient du fait que son sol n'est plus que de la latérite inculte. On y voit encore les immenses canaux que les hommes ont creusés au plus fort des bouleversements climatiques, pour tenter d'acheminer de l'eau là où il n'en pleuvait plus. Mais rapidement, à cause du méthane, il n'y eut plus d'eau du tout en surface et, comme l'oxygène, elle était précieusement conservée et recyclée dans les cavernes sous le sol. Tout à la fin, mais bien trop tard pour que cela sauve la planète-mère, l'autorité déclinante du directoire planétaire giec n'a pas pu s'opposer à la construction de feux-des-sept-métaux destinés à produire l'énergie nécessaire pour recycler l'eau et l'air dans les cavernes… C'est l'un de ces feux que nous avons reçu par la dernière navette, il y a cinq ans… Ils n'en ont plus l'usage, parce qu'ils meurent.
— Pourquoi l'avoir installé si loin de Memphis et de la Colonie en général ?
— Il fallait un terrain solide, parce qu'il doit être enfoui dans le sol. On ne pouvait pas l'enfouir dans le sable, tu comprends bien… Il fallait être près du fleuve, parce que le feu-des-sept-métaux a besoin d'eau, mais il fallait aussi un site en hauteur pour qu'il ne soit pas inondé lors des crues… Un feu-des-sept-métaux, c'est très dangereux quand ce n'est pas conduit avec science et sérieux. J'ai trouvé cet emplacement, à cent soixante stades au nord, en aval du fleuve, un plateau rocheux appelé Gizeh… Mais tu connais, puisque tu y es allé avec ton père. Celui qui s'approche trop du feu-des-sept-métaux peut mourir parce que le regard d'Horus qui en rayonne ravage les intérieurs de l'homme… Ceux qui vivent près de ce feu meurent jeunes. Et leurs

enfants, quand ils en ont, sont des monstres. Il est servi par des jeunes prêtresses à qui, à cause de cela, il est interdit d'enfanter.

— Et toi, grand-père, que comptes-tu faire ?

— Tu sais, mon petit Khéops, je suis le chef de la colonie, le Pharaon. Alors je dois faire en sorte que mes sujets ne sombrent pas dans une délectation morose de la nostalgie pour la planète-mère. Il faut les tourner vers l'avenir et la planète-mère n'en a pas. Le feu-des-sept-métaux que nous a envoyé la planète-mère ouvre des perspectives de développement immenses, mais, pour cela, il faudra contrôler les prêtres. Je suis vieux et ton père, Snefrou, me succédera bientôt. Hélas, il a été plus ou moins endoctriné par les chapelles de prêtres nostalgiques de l'ancienne religion de la planète-mère. Il rêve de rétablir la religion des Giecs… Il s'intéresse trop aux Mycéniens, qui se font appeler Grecs, une évolution linguistique du nom Giec[107].

— Les Mycéniens ?

— Ton père ne t'en a jamais parlé ? Mycènes est la dernière fondée des colonies extra-planétaires. Elle est au nord, au-delà de la mer. Elle ne compte encore que quelques colons, mais fais attention à eux quand tu seras Pharaon à ton tour. Ce sont eux qui ont suscité chez nos prêtres cette nostalgie morbide pour la religion giecque de la planète-mère. N'oublie jamais que c'est sous l'autorité des Giecs que la planète-mère est devenue la planète rouge, la planète morte. *Timeo Danaos et dona ferentes*[108], disait toujours mon bisaïeul, le grand Djezer, qui connaissait bien la planète-mère pour y avoir vécu trente ans, rappelle-toi bien ça.

— C'est quoi, Danaos ?

— Justement, ce sont les Giecs, ou plutôt maintenant les Grecs… Quand je ne serai plus, ne laisse pas ton père éteindre le feu-des-sept-métaux. Qu'il le maintienne au moins en veille… Juste en veille s'il ne veut pas l'utiliser. Mais toi, Khéops, tu devras mettre ce feu-des-sept-métaux au service du peuple. Pour cela, il ne faut pas qu'il reste à l'air libre comme maintenant, sinon il va s'user. Tu devras faire une montagne artificielle suffisamment grande et suffisamment pentue pour que le regard d'Horus ne puisse pas la percer. Prends un calame

---

[107] Pour les linguistes, la diphtongue ιε a été aspirée et monophtonguée en ἑ et la consonne γ, aspirée par l'esprit rude du ἑ, est devenue γῥ.

[108] « Je me méfie des Giecs, même quand ils font des cadeaux ». Cet adage nous est connu par Virgile (Énéide, II, 49). Depuis la guerre de Troie, il est transmis de génération en génération mais il a été officiellement oublié depuis l'intégration, en 1997, de la sortie du nucléaire dans le corpus de mesures à prendre contre le réchauffement climatique.

et un papyrus et note bien les dimensions de la montagne que tu devras réaliser. Elle sera carrée de 440 coudées de côté et aura une hauteur de 280 coudées. J'ai déjà fait tester… Ce sont là les bonnes proportions. Je sais que tu es allé à Gizeh avec ton père… Tu as dû voir ces petites pyramides que j'ai fait ériger pour m'aider à calculer les dimensions de celle qui est à construire pour protéger le peuple du regard d'Horus qu'irradie le feu-des-sept-métaux. N'oublie pas : 440 coudées de côté et 280 de hauteur. Pas plus petit. Et, si tu veux faire plus grand, c'est bien, mais respecte la proportion d'Horus, qui est exactement le rapport entre un demi-cercle et son diamètre. Rappelle-toi la lettre T ou le pain[109].

— Mais, grand-père, déjà pour une pyramide de 440 sur 280 coudées, tu te rends compte du nombre d'esclaves qu'il faudra ?

— Tu devras faire travailler le peuple, et pas seulement les esclaves. Mais je t'en supplie, mon petit Khéops, je n'ai plus longtemps à vivre et ton père Snefrou n'a aucun goût pour cela, sans doute parce qu'il est dangereusement fasciné par les prêtres qui rêvent d'établir à Memphis la religion des Giecs… Profite du règne de ton père pour faire dresser les plans de la pyramide, et pour te familiariser avec les gros chantiers de construction afin que tout soit prêt quand tu arriveras au pouvoir. Dès que tu deviendras pharaon à ton tour, deux tâches prioritaires t'incomberont : affaiblir le pouvoir des prêtres et construire la pyramide pour abriter le feu-des-sept-métaux. Ne perds pas une journée et n'oublie pas ce qui est arrivé à la planète-mère. Les prêtres vont te honnir, mais ils n'empêcheront pas ton peuple de t'adorer. …

Hérodote d'Halicarnasse

Quelques pyramides plus ou moins ratées sont aujourd'hui attribuées à Snefrou par les égyptologues. Elles sont en réalité des chantiers-tests réalisés, sous son règne, par son fils Khéops qui voulait être sûr de maîtriser la technique et sélectionner les meilleurs architectes, chantiers que Snefrou, très tolérant, le laissait entreprendre bien qu'il n'y vît aucun intérêt.

C'est Hérodote qui nous apporte la preuve que Khéops, quand il a

---

[109] En écriture égyptienne, le pain s'écrit 𓏏 qui est aussi la consonne « T » et figure un demi-cercle sur son diamètre.

succédé à Snefrou, a scrupuleusement suivi les conseils du très sage Houni, son grand père, et que cela a terriblement déplu aux prêtres. Il relate ainsi les propos qu'il a entendus des prêtres :

> *« Μετὰ δὲ τοῦτον βασιλεύσαντα σφέων Χέοπα ἐς πᾶσαν κακότητα ἐλάσαι. Κατακληίσαντα γάρ μιν πάντα τὰ ἱρὰ πρῶτα μὲν σφέας θυσιέων τουτέων ἀπέρξαι, μετὰ δὲ ἐργάζεσθαι ἑωυτῷ κελεύειν πάντας Αἰγυπτίους. Τοῖσι μὲν δὴ ἀποδεδέχθαι ἐκ τῶν λιθοτομιέων τῶν ἐν τῷ Ἀραβίῳ ὄρεϊ, ἐκ τουτέων ἕλκειν λίθους μέχρι τοῦ Νείλου· διαπεραιωθέντας δὲ τὸν ποταμὸν πλοίοισι τοὺς λίθους ἑτέροισι ἐπέταξε ἐκδέκεσθαι καὶ πρὸς τὸ Λιβυκὸν καλεύμενον ὄρος, πρὸς τοῦτο ἕλκειν.* [...]*Τῇ δὲ πυραμίδι αὐτῇ χρόνον γενέσθαι εἴκοσι ἔτεα ποιευμένῃ » (Ἱστοριῶν δεύτερη ἐπιγραφόμενη Εὐτέρπη ρκδ')*

Traduction de P.Guiguet :
« Après lui, Khéops régna et l'on eut à souffrir toutes sortes de misères. D'abord il ferma tous les temples et défendit d'offrir des sacrifices ensuite, il força les Égyptiens de travailler pour lui. A quelques-uns il donna pour tâche de tirer, jusqu'au Nil, des pierres qu'ils extrayaient de la montagne arabique à d'autres, il prescrivit de passer en barque ces pierres et de les conduire à la montagne libyque [...] Il fallut vingt années pour bâtir la pyramide elle-même » (Histoires, livre II "Euterpe", CXXIV)

CARTOGRAPHIE

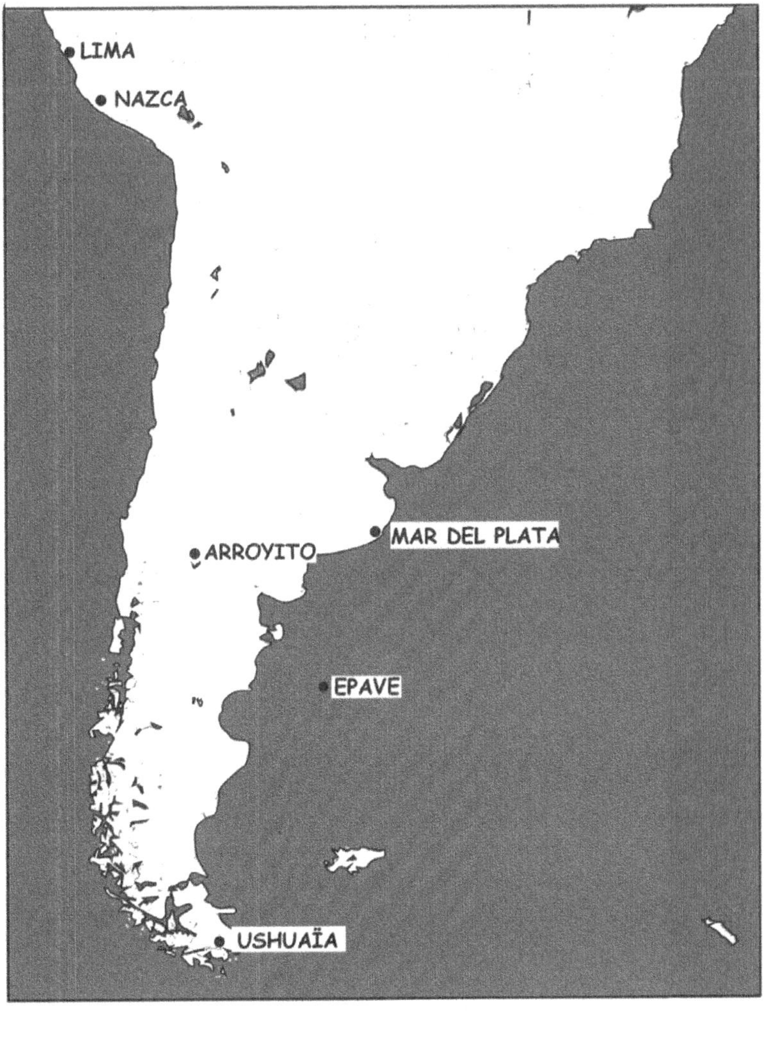

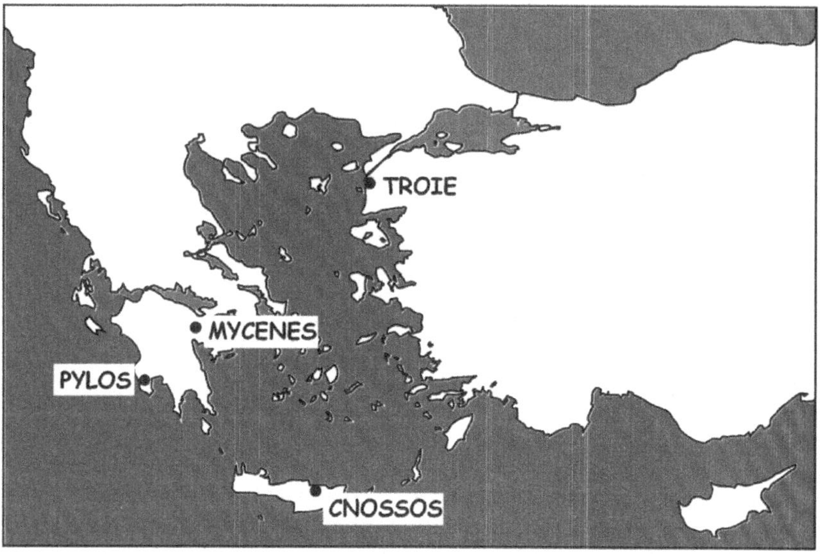
TROIE
MYCENES
PYLOS
CNOSSOS

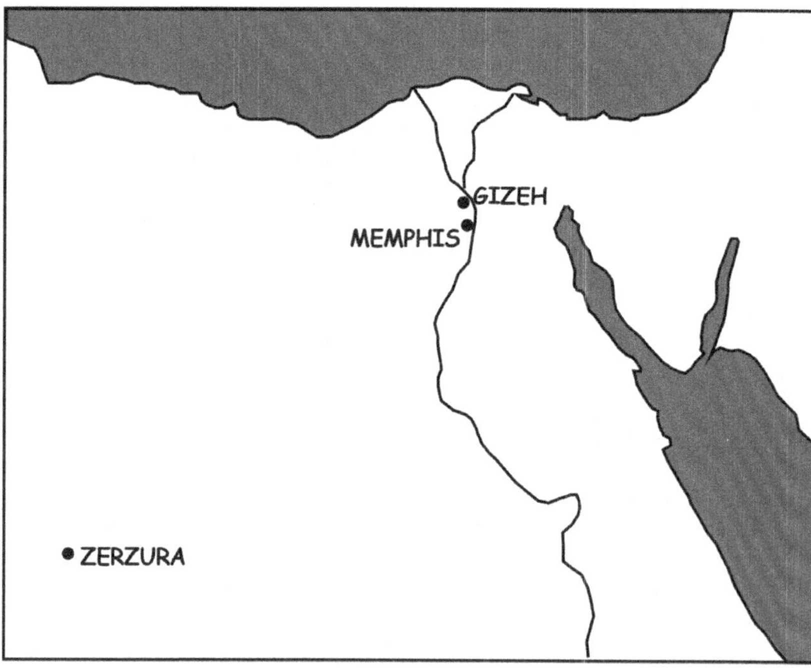
GIZEH
MEMPHIS
ZERZURA

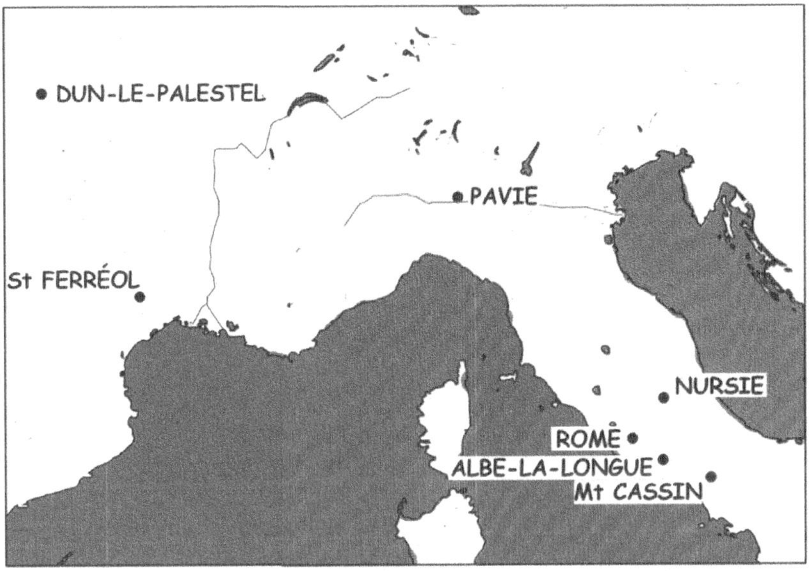
DUN-LE-PALESTEL
PAVIE
St FERRÉOL
NURSIE
ROME
ALBE-LA-LONGUE
Mt CASSIN

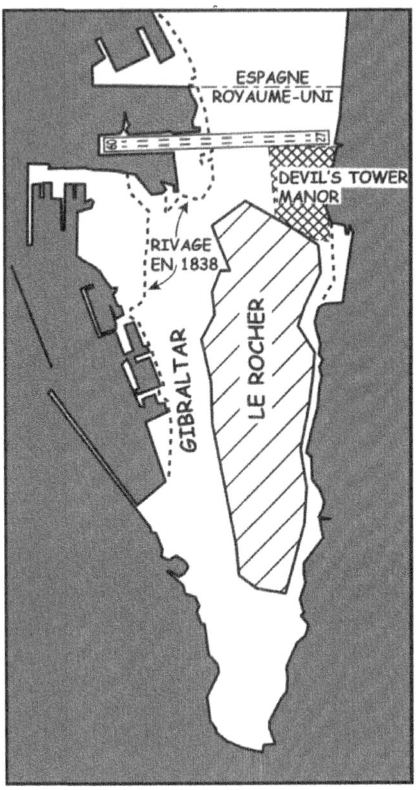
ESPAGNE
ROYAUME-UNI
DEVIL'S TOWER
MANOR
RIVAGE
EN 1838
GIBRALTAR
LE ROCHER

Postface

Vous venez de lire un roman… C'est un roman et les personnages et évènements contemporains sont fictifs. Mais, après tout, un roman est fait pour stimuler l'imagination, alors si, d'aventure, votre imagination vous conduisait à leur trouver une ressemblance avec des personnages réels, sachez que ce serait pure coïncidence. En revanche, les sources historiques qui en irriguent la trame sont, pour la plupart, bien réelles. Ces quelques passionnants ouvrages de référence vous aideront à explorer le no man's land qui sépare, vaille que vaille, le totalement invraisemblable du possiblement vrai.

1. Homère – Iliade (folio)
2. Dictys de Crète – Histoire de la guerre de Troie (Ed. Brunot-Labbe)
3. Darès de Phrygie – La guerre de Troie (Ed. Brunot-Labbe)
4. Hérodote – Histoires (Ed. Adame)
5. Virgile – Énéide (folio)
6. Plutarque – Vie des Hommes Illustres (Ed. Charpentier)
7. Ovide – Les Fastes (Ed. Les Belles Lettres)
8. Tite-Live – Ab Urbe condita Libri - Livre 1, Les Origines de Rome (folio)
9. Aulu-Gelle – Les Nuits attiques - Livre 1 (Ed. Les Belles Lettres)
10. J.-F. Champollion – Principes généraux de l'écriture sacrée égyptienne (Ed. Institut d'Orient)
11. Richard W Vyse – Operations carried on at the pyramid of Gizeh in 1837 (Internet Archive)
12. Jean Kerisel – Génie et démesure d'un pharaon, Khéops (Ed. Stock)
13. T. Monod, E. Diemer – Zerzura, l'oasis légendaire du désert libyque (Ed. Vents de Sable)
14. John Chadwick – Le déchiffrement du Linéaire B (Ed. Gallimard)
15. Maria Reiche – Geheimnis der Wüste (Ed. Heinrich Fink GmbH)
16. Michael Maier – Atalante Fugitive (Librairie de Médicis)
17. Isaac Baulot – L'alchimie et son livre muet (Ed. Gutenberg Reprint / Pierre Savouret)

18. Frère Basile Valentin OSB – Les douze clefs de la philosophie (Ed. de Minuit)
19. S/lt. Jean Lapouge – De Sétif à Marseille par Cassino (Ed. Anovi)
20. Robert Jungk – Plus clair que mille soleils (Ed. Arthaud)

Remerciements

Merci à Marie-Anne, ma chère épouse, pour ses patientes relectures et pour avoir supporté mes longues élucubrations sur la guerre de Troie, la pyramide de Chéops, les géoglyphes de Nazca… Ou l'instabilité sociale des banlieues.

Merci à Patrick Tudoret pour son coaching littéraire attentionné et bénévolent.

Merci à l'amiral Jean-Louis Barbier pour ses passionnants conseils sous-mariniers (et pardon d'avoir quand même laissé le San-Juan chargé de quelques fumeuses licences romanesques).

Merci à Edouard Baetz et à Gilles Baraton pour leurs conseils judicieux et leurs relectures attentives.

Mercis posthumes aux auteurs de la bibliographie pour les heures merveilleuses que j'ai passées à leur lecture stimulante

Structures éditoriales du groupe L'Harmattan

L'Harmattan Italie
Via degli Artisti, 15
10124 Torino
harmattan.italia@gmail.com

L'Harmattan Hongrie
Kossuth l. u. 14-16.
1053 Budapest
harmattan@harmattan.hu

L'Harmattan Sénégal
10 VDN en face Mermoz
BP 45034 Dakar-Fann
senharmattan@gmail.com

L'Harmattan Cameroun
TSINGA/FECAFOOT
BP 11486 Yaoundé
inkoukam@gmail.com

L'Harmattan Burkina Faso
Achille Somé – tengnule@hotmail.fr

L'Harmattan Guinée
Almamya, rue KA 028 OKB Agency
BP 3470 Conakry
harmattanguinee@yahoo.fr

L'Harmattan RDC
185, avenue Nyangwe
Commune de Lingwala – Kinshasa
matangilamusadila@yahoo.fr

L'Harmattan Congo
67, boulevard Denis-Sassou-N'Guesso
BP 2874 Brazzaville
harmattan.congo@yahoo.fr

L'Harmattan Mali
ACI 2000 - Immeuble Mgr Jean Marie Cisse
Bureau 10
BP 145 Bamako-Mali
mali@harmattan.fr

L'Harmattan Togo
Djidjole – Lomé
Maison Amela
face EPP BATOME
ddamela@aol.com

L'Harmattan Côte d'Ivoire
Résidence Karl – Cité des Arts
Abidjan-Cocody
03 BP 1588 Abidjan
espace_harmattan.ci@hotmail.fr

Nos librairies en France

Librairie internationale
16, rue des Écoles
75005 Paris
librairie.internationale@harmattan.fr
01 40 46 79 11
www.librairieharmattan.com

Librairie des savoirs
21, rue des Écoles
75005 Paris
librairie.sh@harmattan.fr
01 46 34 13 71
www.librairieharmattansh.com

Librairie Le Lucernaire
53, rue Notre-Dame-des-Champs
75006 Paris
librairie@lucernaire.fr
01 42 22 67 13

Achevé d'imprimer par Corlet - 14110 Condé-en-Normandie
N° d'Imprimeur : 1139483 - Décembre 2021 - Imprimé en France